TL 소설 속
시녀가
되었습니다

1

다나리 장편소설

TL 소설 속 시녀가 되었습니다

1

위즈덤하우스

차례

1

시녀가 되었습니다

"언니, 그거 알아? 사람은 죽기 전에 마지막으로 본 작품 속에서 다시 태어난대."

"네가 만화를 너무 많이 봤구나."

지금 생각하면, 그렇게 넘기는 게 아니었는데.

진짜인 줄 알았다면 수술 전날 씬이 잔뜩 나오는 TL 소설 따위가 아니라, 꿈과 희망의 파라다이스에서 토끼가 호랑이랑 친구 하며 구름 과자 먹는 맑고 깨끗한 동화나 처봤을 텐데.

"진짜일 줄 알았냐고……."

수술 전 병원에서는 할 일이 더럽게 없었고, 고로 한없이 지겨웠다. 게다가 급한 환자가 생겨서 수술 시간이 반나절이나 밀려 버렸다. 심심해서 쿠폰으로 미리 결제한 밀린 TL 소설을 봤을 뿐인데, 이게 그렇게 큰 잘못이었을까. 학창시절 엄마가 그런 거 너무 보지 말라 했던 이유가 이거였나.

'그건 키가 안 큰다는 이유였잖아.'

키 클 나이 한참 지났으니 좀 봐도 되잖아! 씬이 넉넉한 TL 소설이 얼마나 소중한데! 콩나물시루처럼 빽빽한 지하철로 출퇴근하는 현대인의 필수품까지는 아니어도 MSG는 된다고 생각했는데, 일이 이렇게 될 줄이야.

'진정하자. 진정하자. 이화윤!'

성인이 씬 좀 봤다고 벌받을 리 없잖아! 이성을 찾자! 머리를 굴리자!

일단 나는 숨을 몰아쉬면서, 하나하나 짚어 보았다.

'그래. 쉬운 거부터 가자. 여기는 어디고 나는 누구인가.'

천천히 주위를 둘러보았다.

낡고 꼬질꼬질한 마차가 눈앞에 펼쳐졌다. 갈라지고 못이 튀어나온 좁은 마차 안에는 온갖 짐이 가득했다.

'화물용인 거 같은데?'

아무리 봐도 짐 덩이에 사람이 얹어가는 모양새였다. 앉을 수 있는 의자는 구실처럼 만들어 놨지만 천하나 덧대어 놓지 않은 널빤지 그 자체였다.

그때였다. 갑자기 마차가 심하게 흔들리며 덜컹거렸다. 덕분에 엉덩이가 붕 떴다가 딱딱한 의자에 부딪혔다.

"아파!"

살집 없는 엉덩이라서 그런지 충격이 고스란히 전해졌다. 너무 아파서 눈물이 찔끔 나왔다.

그때부터 마차는 기다렸다는 듯 엄청나게 흔들렸다. 진동이 심해서 제대로 중심을 잡기 힘들었다. 나는 덜컹거리는 마차 안에 홀로 앉아서 짐 보따리를 꽉 껴안았다.

나는 왜 이 마차에 있는 걸까?

'기억나.'

아직도 눈에 선했다.

아이는 눈물을 흘리며 신부님과 친구들에게 작별인사를 했다. 그리고 자신의 발로 이 낡은 마차에 올라탔다.

이름이 뭐였더라?

'그러니까, 니나였나?'

원래는 고아라서 성이 없었다. 시녀가 될 때 겨우 고아원 이름을 딴 성을 받았다.

'나이가 어렸지?'

짐 보따리를 안고 있는 손을 가만히 펼쳐 보았다. 단풍잎처럼 작은 손바닥이 눈앞에서 어른거렸다.

작고 귀여운 손이지만 험한 일을 많이 해서 조금 거칠었다.

작게 아이의 이름을 되뇌었다.

"니나. 니나 케이지."

TL 소설에서 나왔던 어린 시녀. 이름을 떠올리자, 기다렸다는 듯 아이의 기억들이 쏟아져 내려왔다.

'그러니까 눈치 없지만, 착하긴 더럽게 착한 아이 맞지?'

소설 속에서 이 애가 뭘 했더라? 독점욕 강한 왕한테 탈출하고 싶어서 징징거리는 여주인공을 밖으로 내보내 줬다가…….

"에라이! 죽잖아!!"

목이 베였던가, 창에 찔려 죽었던가, 아니다 불에 탔던가?
어쨌든 죽긴 죽었다. 니나를 잃은 여주인공이 울자 왕이 눈물을
닦아 주며 억지로 옷을 벗기고, 너는 내 것이라는 바람직한 말
을 하며…….

'사흘 밤낮을 했지? 아마?'

그 밤은 여주인공의 처음이었고, 그렇게 독점욕이 강한 왕
은 여주인공을 놔주지 않은 게 참 잘했어요, 별 다섯 개였는데!

"엄마, 나 망했어요."

내가 지금 그 애가 된 거야? 얘가 죽어야 여주인공과 남주인
공이 만리장성을 쌓는 거야?

눈물이 볼을 타고 흘러내렸다. 갑작스러운 충격에 손마저
벌벌 떨렸다. 아니 얜 왜 이래. 애라서 그런가. 내가 울고 내가
놀라 버렸다.

'어린 만큼 여리나 보네.'

나는 조용히 눈가를 문지르면서 심호흡을 했다.

어쩌다 이렇게 됐나. 나는 왜 이 아이가 되었나.

'진정하자, 진정하자, 이화윤. 일단 니나 케이지가 된 건 맞지?'

필사적으로 아니라고 부정하고 싶은데, 니나의 기억은 눈에
잡힐 듯 선했다. 아이의 인생은 짧아서 별거 없긴 했지만, 확실
히 한 사람 몫의 생이었다.

니나. 여자아이. 어렸을 때 부모님을 잃고, 신전에서 운영하
는 고아원에서 생활하다 독을 감별하는 '기미 시녀'로서 이베리
아에 온다.

짧은 생 안에서 아이는 너무나 바보같이 착했다.

'정말 더럽게 착한 애네.'

CCTV를 빨리 돌려 보듯 훑어본 삶에는, 남을 도운 흔적만 잔뜩 있었다.

니나는 애도 잘 돌보고, 배고픈 아이한테 자신의 빵도 나눠 준다. 순진하고 밝고 착해서, 남을 잘 믿기도 했다. 잘 웃고 잘 울고, 신부님과 수녀님을 좋아했다.

'이런 애가 내 조카였으면 물고 빨았을 거야.'

게다가 마음만큼이나 얼굴도 예뻤다. 아직 어리지만 백금발에 붉은 눈동자가 오밀조밀한 이목구비에 잘 어울렸다.

'SNS에 사진 올리느라 DSLR 카메라도 샀을걸.'

될성부른 미인은 떡잎부터 다르다고, 니나가 그랬다. 착하고 예뻐서 사랑받고 또 그만큼 손해를 봤다.

"뭐 그래서 죽은 건가……."

기미 하며 모시는 여주인공이 너무 가여웠고, 소원 들어주다가 형장의 이슬로 사라진다. 니나의 죽음으로 주인공들은 몸으로 가까워지고 이런저런 사건이 벌어지지만 중요한 건 따로 있었다.

'여주인공이 니나 잊어버리잖아.'

후반에 나타난 서브남의 육탄공세 때문에 니나의 죽음은 뒷전이 된다. 씬과 씬의 축제가 벌어지고, 주인공들도 소설을 읽는 나도 니나의 존재를 잊은 지 오래였다.

'잊어버려서 벌받은 건가?'

나는 양 손바닥을 오므렸다가 펴기를 반복했다. 참 작은 손을 가진 아이였다. 이런 아이가 자라 보지도 못하고 죽어 버렸다. 그것도 착한 일을 하다가 말이다.

"미치겠네."

흔들리는 마차에서 균형을 잡으면서 한숨을 내쉬었다. 땅이 꺼져라 숨을 내뱉어 봤지만 달라지는 건 하나도 없었다.

마차 안은 고요했다. 짧은 침묵 속에서 나는 안고 있던 짐 보따리를 발밑에 두었다.

'아니, 그 전에 말이야.'

가장 중요한 걸 잊고 있었다.

"나 죽긴 죽은 건가?"

가느다란 목소리가 마차 벽에 닿았다 흩어졌다. 깨진 침묵 속에서 나는 곰곰이 생각했다. 마지막 기억이 뭐였지?

머릿속을 뒤져 보았다. 결론은 곧 나왔다. 대한민국 평범한 여자로 살았던 기억은 수술실이 끝이었다.

―마취제 들어갑니다.

간호사였을까, 의사였을까. 조금 낮고 갈라진 목소리였지만 어조가 너무나 평이했다. 그래서 일어나면 수술이 끝났겠지 싶었는데 죽었다니!

나는 작은 손바닥으로 니나의 가슴을 살짝 눌렀다. 아이의 심장은 콩닥콩닥 잘 뛰었다.

이화윤은 이 부위가 아팠다. 검진을 받는 중에 의사는 초음파를 권했고, 심장 판막에 이상이 있다는 결과를 받았다.

'심장 판막 수술이 그렇게 위험했나?'

수술 성공률은 90퍼센트 이상이었다. 그래서 상상도 못 했다.

'실비 받을 생각이랑 회사 쉴 계획은 있었지만 죽는 건 생각도 안 했는데…….'

평생 기계 판막을 가지고 사는구나. 와파린 먹을 때 주의 사항이 뭐지. 이런 것만 열심히 준비했다.

내가 죽으면 집은 어떻게 되려나. 오피스텔 전세금은 누가 가질까. 컴퓨터는 어떻게 될까. 아, 게임 하려고 그래픽카드 잘 맞춰놨는데 억울하네.

'게다가 따오기 폴더 장난 아닌데…….'

거기에 몸 좋은 남자 사진이랑 훈훈한 스포츠 영상 모아 뒀는데, 이럴 줄 알았으면 진즉에 지웠지.

'아니 애초에 스마트폰에 있는 TL 소설이 문제인가?'

패턴 잠금 풀면 당장에 이 소설 『묶인 새』부터 나올 텐데, 누가 볼지는 모르지만 부끄럽기 짝이 없었다.

"아하하. 아하하하하."

다행히 가족은 없으니까 슬퍼할 사람은 몇 없었다. 친구들은 좀 슬퍼하겠지만 잘 먹고 잘사는 애들이니 그렇게 오래가진 않을 것이다.

'허무한 죽음이다.'

나름대로 열심히 산 거 같은데 이렇게 덧없이 죽을 수 있다니.

'부작용은 내가 당하면 100퍼센트라더니, 수술하다 죽는 건 너무하잖아.'

과로는 좀 했지만 술 담배는 전혀 안 했다. 나름 건강했으니 분명히 병원 과실일 텐데, 소송 걸어 줄 가족이 없었다.

'진짜 더럽게 재수 없다.'

성인이 되고 취직하자마자 부모님이 돌아가신 것도 참 슬픈 일이었는데, 죽음마저 이렇게 덧없다니.

'유언장 좀 미리 써 놓을걸.'

남은 재산은 결식아동 급식비용으로 쓰이면 참 좋을 텐데. 유언장 안 써 놨으니, 친척이 대강 나눠서 가지겠지?

"허무해라."

이왕 다시 태어났으면 금수저 물었으면 얼마나 좋아. 환생인지 빙의인지 모르는데 왜 이 아이냐. 내 학력이랑 직장, 상속한 재산만 날아갔네.

'아니, 이화윤. 왜 그렇게 쉽게 죽은 걸 인정하고 그래. 아직 확실한 건 아니잖아.'

수술 끝나고 기다렸다는 듯 눈 뜰 수도 있는 거잖아. 이게 꿈일 수도 있어! 포기하지 말자.

나는 떨떠름하게 웃으며 발밑에 둔 짐 보따리를 툭툭 쳤다. 꽉 묶어서 싸서 그런지 팅기는 감촉이 남달랐다. 뭐가 들어서 이렇게 팽팽할까.

안타깝게도 이 짐 보따리에 뭐가 들어 있는지, 내가 더 잘 알았다.

'옷가지랑 소개장이랑 어머니 유품이었나?'

니나가 정든 고아원을 떠나며 눈물을 참으며 싼 짐이었다.

이렇게 기억이 섞였는데, 꿈일 리가 없잖아.

'게다가 니나의 마지막 기억은…….'

나는 마차를 둘러보며 한숨을 내쉬었다.

'마차 안에 있다가 중심 못 잡고 머리를 심하게 부딪친 게 끝이네?'

뭐야 머리 부딪치고 나서 이화윤의 기억이 섞인 건가? 그럼 지금의 나는 뭐지? 둘의 인격이 섞인 지킬과 하이드야?

'와, 대단하다. 인격이 두 개가 섞였는데 안 미치다니.'

해리성 정신장애가 아닌 거야? 그럼 이거 축하받을 일 아닌가? 나는 박수를 쳤다.

짝. 짝. 짝.

손바닥이 부딪치는 소리가 작은 마차 안에 울려 퍼졌다. 손뼉을 치긴 쳤는데, 막상 치고 나니까 허무하기 그지없었다.

뭐하니, 너. 정신 차려라.

나는 숨을 몰아쉬며, 마차에 뚫린 작은 창을 바라보았다. 짐 더미로 사이로 가늘게 비치는 햇살이 예리한 칼날 같았다.

빛줄기는 니나의 목에서 어른거렸다. 마치 아이의 운명 같아서 나는 머리를 긁적이다 한숨을 내뱉었다.

"일단 복잡한 건 둘째 치자."

이화윤도 니나도 단순했다. 그러니까 지금의 나도 단순했다.

"잘 살아 보자."

일단 죽지 말자.

"착하게 살지 말자."

여주인공 말 들어주다 죽지 말자.

"인생 별거 있냐? 잘 먹고 잘 자면 되지."

시녀 인생이 살얼음 같지만, 호랑이 굴에 들어가도 정신만 차리면 된다는 속담이 괜히 있어? 직장인 생활 8년 차인 경험은 죽지 않는다! 어리고 착한 니나를 성공의 젖과 꿀이 흐르는 땅으로 인도하자!

"아껴야 잘 살며, 죽으면 다 끝이다!"

목숨 보전, 안전제일!

"근데 그냥 시녀도 아니고 기미 시녀잖아?"

기미 시녀가, 그 독 감별하는 시녀 맞지?

'안전제일은 물 건너갔네.'

희망을 품자마자 절망으로 굴러떨어지면 이런 기분일까. 진짜 울고 싶었다. 나는 밑에 뒀던 짐 보따리를 다시 껴안았다. 팽팽한 짐의 묵직한 무게를 느끼고서야 아차 싶었다. 그러고 보면 뭔가를 껴안는 건 불안할 때 나타나는 니나의 습관이었다.

'이렇게 작은 어린애를 독 감별용 리트머스지로 쓰다니 인권은 어디에 있는데? 진짜 대한민국으로 가고 싶다.'

정치 상황이 다이내믹했지만, 탄핵도 성공한 좋은 나라였는데! 나는 무슨 죄를 지어서 이렇게 인권 최하위국에 말단 중의 말단이 된 걸까.

'시험용 쥐가 된 거잖아.'

높으신 여주인공 대신 독 먹는 어린 시녀라니, 이거 너무 처참하잖아.

'아, 그러고 보니 기미 시녀가 된 이유가 있었지?'

니나는 신력이 조금 있었다.

모든 병자와 환자의 병을 펑펑 낫게 해 주는 성녀님 정도는 아니더라도, 이 시녀는 약한 신력이 있었다. 신력이 너무 약해서 자기 몸이 빨리 낫는 정도밖에 안 되지만, 확실히 특별한 능력이었다.

'그래서 기미 시녀로 뽑혔고, 입이 많은 고아원은 얼씨구나 고맙습니다 하며 돈 받고 보내 버린 건가?'

신부와 수녀는 나름대로 눈물을 글썽이며 미안하다고 했지만, 의심할 줄 모르는 니나면 모를까 지금의 내가 보기엔 수상한 점이 한두 가지가 아니었다. 차라리 고아원 애들 먹이고 입히는 데 쓰이면 다행인데, 설마 그 돈 다 뒤꽁무니로 냠냠한 거 아니겠지?

'근데 독 내성이 어느 정도지?'

그때 수도원에서 온 수사는 치명적인 독이 아니면 괜찮을 거라고 했다. 그러면서 이베리아로 가는 걸 적극적으로 추천하며 소개장까지 써 줬다.

나는 안고 있던 보따리를 눈앞까지 들어 올렸다. 그 수상한 소개장은 이 보따리 속에 있었다. 니나는 의심도 하지 않고 소개장 두 개를 여기까지 소중하게 들고 왔다.

아이는 일을 하게 된 걸 다행으로 여겼다. 그대로 고아원에 있으면 미래는 뻔했다.

'운 좋으면 신전에서 일할 수 있지만, 니나는 얼굴이 예쁘니 어떤 배 나온 늙은이의 노리개가 됐겠지?'

고아원에서 니나를 노리는 새끼들은 많았다. 각자 양녀로 들이려고 했지만, 의도는 눈에 빤히 보였다. 그런 형식을 빌려서 힘없는 고아를 차지하려고 한 것이다.

'불쌍해 죽겠네.'

그래서 니나는 이베리아로 오는 걸 감사하게 여겼다. 수상쩍은 진단을 해 주고 소개장을 써 준 수사에게 몇 번이나 감사 인사를 할 정도였다.

'하긴 이상한 새끼 양녀 되는 것보다는 기미 시녀가 나을지도 모르겠다.'

나는 습관적으로 손톱을 깨물려다가 손을 내려놓았다. 이건 심각한 생각을 할 때 하는 '이화윤'의 습관이었다.

'니나도 자신을 이용한다는 것을 모르진 않았어.'

수녀와 신부는 니나의 손을 꼭 붙잡고 편지 하라고 부탁했다. 니나는 그렇게 이 짐마차에 올라서 이베리아로 가는 중이었다.

'인생 모 아니면 도야.'

기미 시녀가 그렇게 나쁜 게 아니라면 결론은 하나였다.

'승진하자! 늘어라, 연봉!'

기미 시녀는 주로 어린애를 썼다. 아이가 독이 빨리 돌아서 쉽게 감별할 수 있다는 게 이유였다. 그 말은 나이가 들면 당연히 그만두게 된다는 의미다.

'그때까지 기술이라도 익히자!'

뭐든 좋았다. 검술이든 마법이든, 의술이든, 요식이든! 학이 시습지 불역열호! 배우고 익히면 즐겁지 아니한가! 비바 전문 직! 그건 어디든 수요가 있으니까 다 건드려 보고 제일 재능 있 는 거 발견하면 한 우물만 들입다 파는 거다!

"아자 아자! 힘내자!"

행복하게 해 줄게, 가여운 니나야! 그리고 허무하게 죽지 말 자, 이화윤! 적어도 죽기 전에 모은 돈은 다 쓰고 죽어야지! 개 처럼 벌어서 정승처럼 쇼 미 더 머니 해야지!

'안전제일! 안빈낙도! 건강 제일! 행복해지자! 아프지는 말고!'

한참 두 손을 들고 결심할 때였다. 덜컹거리던 열차가 멈췄 다. 나는 급히 손을 내리고 짐 보따리를 다시 무릎에 두었다.

그때 마차 문이 열렸다. 갑자기 들어오는 햇살 때문에 미간 이 찌푸려졌다.

"어머, 세상에. 한스, 어린애를 이렇게 데려온 거예요? 적어도 창문이라도 열어 놔야죠! 애가 얼마나 갑갑하고 무서웠겠어요!"

초점이 맞지 않아서 말하는 사람이 누구인지 잘 보이지 않 았다. 나한테 호의적인 말을 해 주는 사람이 여자 목소리란 것 만 알았다.

맞아요. 언니. 애한테는 좀 별로인 마차였어요.

'오죽했으면 머리 부딪쳐서 인격이 두 개 됐을까.'

멀리서 걸쭉한 남자 목소리가 들렸다.

"사지 멀쩡하게 데려왔으면 된 거지! 이래 봬도 삼시 세끼 제대로 먹였어!"

언니는 내 어깨를 살며시 잡으며 마부에게 소리 질렀다.

"검은 빵이랑 물만 조금 준 거 아니고? 세상에 사흘은 넘게 걸렸을 텐데! 한스! 당신이라면 그러고도 남아! 또 술 처먹고 달린 거 아니지? 이 나쁜 놈아!"

맞아요! 나쁜 놈이에요. 더 해 주세요. 언니!

'진짜 먹은 게 별로 없긴 하다.'

언니 말대로 마부가 준 건 검은 빵과 소량의 물이었다. 물을 많이 마시면 화장실을 찾는다는 게 이유였다.

그나저나 여기서도 음주운전이 있구나. 어쩐지 운전이 거칠더라.

"애야, 일어나렴! 그래도 멀미는 안 해서 다행이야."

"가, 감사합니다. 그래도 가만히 있기만 하면 돼서, 그렇게 힘들지는 않았어요."

"좁은 곳에 사흘 내내 꼼짝도 못 하고 갇혀 있었는데, 괜찮을 리가 있겠니? 한스가 푼돈 좀 더 벌려고 짐도 잔뜩 실었네. 가여운 것! 어서 내려오렴!"

나는 천천히 마차에서 내려왔다. 갑자기 들어온 빛줄기 때문에 조금 어지러웠지만, 마음씨 좋은 언니가 부축해 줘서 걷는 데는 지장 없었다.

"이베리아에 온 것을 환영한다. 나는 사비나 테일러라고 한단다."

나는 배시시 웃으면서 그녀를 바라보았다. 초점이 잡히자 깔끔하게 뒤로 넘긴 갈색 머리카락이 제일 먼저 눈에 들어왔다.

성품만큼이나 시원시원한 겉모습의 언니였다. 큰 키와 남색 시녀복이 잘 어울렸다.

"니나예요. 케이진 성을 받았습니다."

"귀여운 아이구나. 오느라 고생 많았다."

사비나 언니는 내 머리를 쓱쓱 쓰다듬었다. 손길마저 부드러워서 아이를 위한 진심 어린 배려가 느껴졌다. 우와 이 언니되게 착하다. 어리고 약한 것한테 상냥하다니 반할 거 같아. 진짜 좋은 사람이네.

"난 카스텔리움에서 폐하의 전반적인 것을 맡고 있단다. 너는 그녀의 기미 시녀가 될 테니, 우리 자주 보겠구나? 이러니저러니 해도 폐하께서는 그녀에게 푹 빠졌으니까."

난 사비나의 말에서 적당히 정보를 모았다. 왕의 시녀라니, 높은 사람이셨군요. 이 언니 진짜 능력 있나 보다!

'무슨 지위일까?'

폐하의 전반적인 것을 맡고 있다고 딱 잘라 말했다.

언니는 달걀노른자처럼 중요한 분으로 보이시네요. 수석 시녀? 시녀장? 뭐든 수뇌부 쪽으로 한 발자국이신 거 같은데……

'왜 이렇게 높으신 분이 날 맞이하러 오셨을까.'

수상하기 그지없었다.

나는 침을 꼴깍 삼켰다. 이유가 뭔지는 모르지만, 저절로 긴장되었다.

"이베리아로 오는 게 무섭지 않았니? 성당 고아원에서 왔다고 들었는데?"

나는 고개를 급히 저었다. 덕분에 니나의 짧은 백금발이 나풀나풀 날렸다.

"이렇게 좋은 곳에서 일하게 되어서 얼마나 다행인지 몰라요! 성에서 일하게 될 줄은 상상도 못 했어요!"

"그러니? 성당에서는 이베리아를 마력을 쓰는 사교 집단으로 보는 줄 알았는데 다행이구나."

나는 뺨을 살짝 긁었다. 사비나 언니의 말은 사실이었다. 성당에서 이베리아란 나라에 대한 평가는 건방지게 신께 대드는 사교 집단 그 자체였다. 세상 만물은 교황한테 고개를 숙이는데, 예의조차 표시하지 않는 게 이베리아란 나라였다.

'그만큼 강하기도 하고.'

교황에게 건방져도 되는 이유는, 이베리아가 강하기 때문이다. 어떻게 강한지는 높은 새끼들이 쉬쉬해서 니나의 기억 속에 없었다. 하지만 교황이 전쟁을 안 일으키는 이유가 이베리아가 만만치 않아서인 것은 어린아이도 알았다.

"성당에서 걱정하진 않았니?"

"조금 걱정하셨는지 편지를 많이 쓰라고 하셨어요."

"그래?"

사비나의 시원시원한 눈매가 날카로워졌다.

순간, 갑자기 목덜미에 소름이 돋았다. 이화윤의 인격이 경고음을 냈다.

'지뢰 밟았다!'

뭔가, 뭔가 있다! 편지 보내는 거에 뭔가 있어!

사비나는 생각에 잠긴 듯 말없이 걸어갔다. 나는 조용히 그녀를 따라가며 눈치를 봤다.

'어떡하지?'

뭘 해야 이 지뢰에서 벗어나지?

'이럴 때일수록 솔직하게 대답해야 해.'

아무것도 모르는 어린애처럼 말해야 한다! 쓸데없는 의심을 피하려면 꼭 그래야 돼!

"이베리아는 성당과 교류가 별로 없어서, 편지 보내는 게 어려울 거야. 성당에서 전서구라도 줬니?"

"모르겠어요. 그냥 아모르 상회에 보내라고 했어요."

"그래? 아모르가 성당과 이베리아, 둘 다 교류하는 상회이긴 하지."

나는 성이 신기한 어린아이처럼 주위를 둘러보았다. 기억 속에 있는 니나의 행동을 얼추 따라 했지만, 대강 눈치챘다.

'편지가 수상해.'

아무리 안부지만, 이곳은 이베리아 심장 카스텔리움성이었다. 사소한 것이라도 노른자 정보일지도 모른다.

'니나 스파이였나?'

뭔가 중요한 정보를 편지로 성당에 날린 밀고자였나?

'와, 성당 새끼들 너무하네. 이렇게 어린아이에게 스파이를 시켜?'

니나는 순진해서 숨길 줄을 몰랐다. 아마 이런저런 정보를 솔직하게 넘겨줬을지도 모를 일이다.

'나쁜 놈들 같으니라고!'

어쩌면 니나가 형장의 이슬로 사라진 이유가 이거였을지도 모른다. 등에서 식은땀이 느껴졌다.

이러면 죽을 이유가 너무 많잖아.

'편지 쓰는 거 생각해 봐야겠다.'

뭔가 더 있을지도 몰라. 이건 진짜 살얼음 중판에 놓인 지뢰였다. 터지면 날아가는 것도 모자라서 깨진 얼음물 아래 빠져 익사할지도 모른다.

'어떡하지? 뭐라도 해야 하는데?'

감이 말해 줬다. 이 의심을 조금이라도 피해야 한다! 안 그러면 형장의 이슬이 되는 건 시간문제야!

나는 떨리는 목소리로 살짝 운을 뗐다.

"이곳으로 와서 기뻐요. 아마 성당에 있었으면 양녀가 되었을 거예요."

사비나의 날카로운 눈빛이 조금 달라졌다.

됐다! 먹힌다! 역시 가까워지는 데는 공공의 적을 실컷 욕하는 게 최고다! 그렇다면 어디를 욕하는 게 좋을까?

답은 금방 나왔다.

'당연히 성당이지!'

이베리아랑도 척지고 착한 니나도 이용한 쌍놈의 새끼들. 인제 와서 의리 지킬 필요가 없었다. 난 여기서 잘 먹고 잘 살 거야! 호의를 위해서 기꺼이 신을 버릴 수 있었다.

'애초에 니나도 별로 안 믿던걸. 이화윤은 무신론자고.'

물론 거기 신이랑 여기 신은 많이 다른 거 같지만 말이다.

나는 병아리처럼 쫑쫑쫑 따라가며 말을 이었다.

"양녀가 될 거 같아서 정말 무서웠어요. 그래서 여기 와서 너무 좋아요."

말이 양녀지 어린애 좋아하는 개새끼들의 노리개였다. 성당 고아원이 노예 장사하는 건 공공연한 일이었다. 양녀라는 형식만 갖춰놓으면 그만인 새끼들이었다.

고아가 양녀가 되고, 예쁜 나이가 지나면 어떻게 되는 걸까.

나는 입술을 깨물었다. 니나는 그것도 잘 알았다.

"그래."

사비나는 잠시 서서, 내 얼굴을 빤히 바라보았다. 나는 입술을 더 깨물었다.

"안타깝게도 예쁘구나. 그러면 더 그렇겠지."

"신부님과 수녀님은 좋은 분들이었지만, 양녀가 된 언니가 없진 않았어요."

"신전이 신의 이름으로 사람 장사하는 건 여전하구나. 여기로 오게 돼서 다행이구나, 니나."

말투가 다시 상냥해졌다.

나는 뺨을 살짝 붉히면서 어린애처럼 활짝 웃었다.

"열심히 일해서 이곳에서 살고 싶어요!"

"어머나!"

좀 놀랐는지 사비나의 눈이 동그래졌다.

나는 입술에서 피나는 게 느껴졌지만 아랑곳하지 않고 웃었다. 시원시원한 성격을 가진 언니니까, 내 의도도 잘 알 것이다.

"빨리 다른 일로 자리 잡고 싶어요."

이것이 제 목표입니다. 사비나 님. 그러니까 날 의심하지 말아줘요! 애는 아무것도 몰라! 어린애가 뭘 알겠어! 그러니까 부탁합니다. 전속 시녀면 꽤 가까울 거 같은데 왕한테 말 좀 잘 해주세요.

"하긴 기미 시녀는 오래 할 수 없지."

"뭐라도 익혀서 제대로 된 일을 하고 싶어요."

"꿈이 귀엽구나. 자리 잡는 데는 결혼이 최고인데, 그거까지 생각하니?"

나는 고개를 저었다. 그건 아니었다. 니나도 이화윤도 결혼 생각은 전혀 없었다. 니나의 이유는 간단했다.

"고아원에서 많이 봤어요. 아버지가 어머니를 죽이고, 애들을 고아원에 맡기는 거요."

안타깝지만 진짜였다. 니나는 그런 경우를 수도 없이 봤다. 아내를 죽인 남자들은 새장가를 알아보며 자신의 아이들을 버렸다.

사비나는 다시 아이의 머리를 쓰다듬었다.

나는 피난 입술을 다시 깨물며 작게 속삭였다.

"그래서 결혼하고 싶지 않아요. 무서워요."

캬~ 내가 생각해도 완벽한 연기였다. 끝에 떨림까지 훌륭해! 사비나 언니 상냥해진 것 좀 봐라!

"하긴. 네 말도 맞구나."

"이렇게 말하면 신부님이 혼냈어요. 결혼은 신의 뜻이라고 하면서요."

"웃기고 앉아 있네. 그럼 결혼해서 여자가 맞아 죽으면 자기들이 책임져 준다던? 고아원 애들도 다 노예로 파는 주제에. 염병하네. 미친 새끼들. 말은 잘해요. 니나야. 그런 웃기는 소리는 무시하렴. 성당은 항상 지네들도 못 지키는 거 신의 뜻이라며 남에게만 지키라고만 한단다."

와, 사비나 언니의 전투력이 느껴진다. 술 한잔하면, 제대로 친구가 되겠는걸?

'나랑 잘 맞을 거 같아.'

친해지고 싶어졌어. 언니 잘해 줄게요. 우리 좀 가까워집시다. 저 그럭저럭 성실하고 재미있어요. 손해 보진 않을 거예요.

성당에 대한 적대감이 높았는지, 사비나 언니는 씩씩거리며 니나의 손을 잡고 걸어갔다. 이 나라 사람은 어지간히 신전을 싫어하나 보다. 나는 주위를 둘러보며 부지런히 다리를 움직였다.

카스텔리움은 회색 벽으로 지어진 성이었다. 투박해 보이긴 하지만 굉장히 튼튼해 보였다. 나는 벽 끝에 촘촘히 놓인 망루와 병사들을 구경했다. 성체에 대한 건 잘 모르지만, 이 성이 실용성 있다는 건 느껴졌다.

'그나저나 현실감 없다. 엄청나게 생생한 VR 체험하는 거 같아.'

시골에서 올라온 니나에게도, 현대 기기에 익숙한 이화윤에게도 카스텔리움은 신기했다.

한참 정신없이 주위를 둘러볼 때였다.

'세상에!'

나는 화들짝 놀라서 멍하니 하늘만 바라보았다. 엄마야, 저게 뭐야! 순간 너무 놀라서 발걸음이 저절로 멈췄다.

"저, 시, 시녀님! 저, 저거! 뭐예요?"

내가 본 것을 믿을 수 없었다.

"응? 아, 저거?"

하지만 사비나는 아무렇지도 않았다.

"불기둥과 구름 기둥이잖니."

나는 깜짝 놀라서 눈을 비볐다. 그녀의 말이 맞았다. 하지만 머리로는 이해해도, 받아들일 수 없었다.

파란 하늘 끝에 높게 치솟은 불기둥과 구름 기둥이 있었다. 처음에는 불덩어리가 허공에 있어서, 화산 폭발인 줄 알았다. 그러나 흘러내리는 용암이 보이지 않았다. 이화윤이 다큐멘터리에서 본 그런 화산이 아니었다.

'이런 게 어떻게 존재하지?'

지구과학과 물리학을 탈탈 털어보아도, 이건 너무 이상했다. 맑은 하늘에 곧게 뻗은 불기둥과 구름 기둥이 덩그러니 있었다. 게다가 이 초자연적인 현상을, 이 성에 사는 왕의 시녀는 아무렇지도 않게 여겼다.

"이베리아 왕의, 위대한 마도의 결정체."

사비나는 한쪽 다리를 굽히고 다른 쪽 팔을 가슴에 대었다.

"언제나 경이로운 불기둥과 구름 기둥이란다. 우리의 자랑이고 피의 맹세며, 이베리아가 존재하는 이유지."

사비나가 무슨 말을 하는지 잘 알 수 없었다. 마치 신전에서 하는 기도문 같았다. 하지만 몇 가지는 눈치챘다.

'저걸 왕이 다룬다는 거야?'

이 나라 왕에게 그런 능력이 있었나?

나는 이화윤이 읽었던 TL 소설 『묶인 새』를 떠올렸다. 왕이 거대한 마력의 소유자인 건 나왔지만, 저런 건 보지 못했다.

'게다가 불기둥과 구름 기둥이라면, 어디서 들어 봤는데?'

나는 미간을 찌푸렸다. 이화윤은 무신론자였지만 어렸을 때는 교회를 다녔다. 물론 신앙이란 억지로 안 되는 거였고, 잠이 더 중요한 아이였기의 초등학교를 기점으로는 성탄절에만 갔지만 말이다.

'본 것 같아.'

그러고 보면 저런 게 있다고 들었던 거 같다.

'하지만 그건 좀 오래된 신화 같은 거라 생각했는데?'

곰이 여자가 돼서 신의 아들과 결혼한 거랑 비슷하다고 생각했는데, 이곳에서는 엄연한 현실이었다.

나는 침을 꼴깍 삼켰다. 뭔가 굉장히 이상했다. 나는 너무나 다른 세계에 있었다.

'아니다. 여긴 원래 니나의 세계지.'

"놀랐나 보구나. 넋이 나갔네."

사비나는 다시 니나의 손을 잡았다.

나는 정신을 차리고 고개를 끄덕였다.

"하긴 성당에서는 안 가르쳐 주긴 하지. 이베리아는 외진 곳에 있고, 직접 보지 않으면 상상이나 하겠니? 자기들이 벌이는 기적만큼이나 위대한 것이 존재한다는 걸."

"전 성력도 실제로 본 적은 없어요."

"성전은 성력을 손에 쥐고 돈벌이를 하잖니. 성력을 사용하는 귀한 이들도 수도에만 있지. 네가 있는 시골에는 없는 게 당연할 거다."

불기둥과 구름 기둥을 설명하는 사비나의 목소리에는, 자부심이 가득했다. 나는 심호흡을 하며 두 기둥이 있는 하늘을 바라보았다.

빨간 불과 검은 불이 섞인 불기둥이었다. 가장자리가 넘실거리기도 해서 마치 악마의 화염처럼 느껴졌다. 조금이라도 가까이 가면 뭐든 탈 것 같았다.

구름 기둥도 희한했다. 새하얀 구름이 아니었다. 시커먼 먹구름을 가진 기둥이었다.

'불은 그냥 불이라면, 먹구름은 뭘까?'

까마니까 설마 비를 뿌리나?

'그건 신의 영역이잖아.'

자연의 영역인 비를 마음대로 뿌리는 건 이화윤의 세계에서 드문 기술이었다.

나는 가슴에 손을 댔다. 니나의 조그마한 심장이 콩닥콩닥 뛰는 게 느껴졌다.

'두근거려.'

충격적이었다. 이런 세계였어? 난 이런 세상에서 살아야 하는 거야?

'진정하자, 진정해야 해. 정신 똑바로 차려라, 니나야.'

나는 필사적으로 마음을 갈무리했다. 놀랐지만 잊지 말아야 했다.

"이베리아는 신기해요."

이곳에서 살아남아야 했다. 이들 마음에 들어야 했다.

"굉장히 강한 나라네요. 제 상상보다 더 대단해요."

하지만 내뱉는 말이 거짓말은 아니었다. 괜히 이베리아가 이 세상에서 제일가는 권력을 가진 교황에게 덤비는 게 아니구나 싶었다. 도대체 저 불기둥과 구름 기둥은 어떤 상황에서 이용하는 걸까.

"만나를 보면 더 놀라겠구나."

이런 내 마음을 아는지 모르는지, 사비나는 내 머릿속에 폭탄 하나를 더 던졌다.

"마, 만나가 뭔가요?"

그녀는 잡은 내 손을 살짝 흔들었다.

"저 기둥들보다 더 굉장한 거야. 하얀색 결정인데 전쟁터에서 쫄쫄 굶어도 만나만 한 줌 먹으면 하루를 버틸 수 있단다. 게다가 짐승에게 먹이면 그 짐승은 엄청난 힘을 내지. 지금은 전시가 아니라서 그렇게 많이 만들어내지 않지만, 난 만나가 더 대단한 거라 생각한단다."

말만 들으면 효율 높은 전투식량 같았다.

'버프 기능 있는 영양제 같은 건가?'

먹기만 하면 힘을 내는 음식이라니, 사기 같았다.

"나도 옛날에 만나만 먹으며 겨우 버틴 적이 있어. 그때 만나의 위대함을 알았지. 맛이 너무 없어서 평소에는 잘 먹지 않지만 말이야."

몸에 좋은 건 입에 써서 그런가. 만나는 효과 면에서는 과히 사기적이지만 맛은 없는 모양이었다. 나는 곰곰이 생각에 잠겼다. 불기둥과 구름 기둥을 다루며 백성들이 먹을 만나까지 주는 왕이라.

"정말 신 같네요."

이화윤이 사는 현대에서도 국민을 굶기는 리더는 수두룩했다. 하지만 이곳의 왕은 먹을 것까지 준다.

자고로 먹을 걸 주는 사람에게는 충성하게 되는 법이다. 아직 제도와 철학이 발전되지 않은 세계에서는 그건 절대적이란 단어로 모자랐다.

'왕권이 굉장히 강하겠네.'

왕님께 잘 보여야지. 원래 그럴 예정이었지만, 손이 닳도록 아부해야겠다. 정말 대단한 분이셨네.

"어머나!"

사비나는 내 말이 마음에 드는지 호탕하게 웃었다. 그녀는 그렇게 한참을 웃다가 내 짧은 머리카락을 살며시 뒤로 넘겨줬다.

"하지만 우리의 왕은 인간이란다."

그녀는 내 귓가에 혼잣말하듯 속삭였다.

"정말 신이었다면 그렇게 아프시지 않을 테지."

알쏭달쏭한 말이었지만, 나는 사비나가 무슨 말을 하는지 알았다. 이건 이화윤이 봤던 TL 소설 『묶인 새』에 나왔던 내용이었다.

'왕은 아프지.'

마력을 쓰면 왕은 아팠다. 열이 나거나 신체가 마비되는 게 아니었다. 그저 왕은 해소되지 않는 갈증과 작열통에 시달렸다.

'굉장히 아픈 신경통이랑 비슷한가?'

진통제도 안 듣고 약도 없었다. 그나마 환각제는 겨우 들어서 전 대왕들은 마약을 사용했다. 그래서 거의 모든 이베리아의 왕은 마약 의존증으로 사망했다.

하지만 『묶인 새』의 남주인공은 그러지 않았다. 그저 맨몸으로 통증을 버텨 냈다.

'그래서 여주인공을 납치했지.'

모든 병을 낫게 하는 성녀, 세라피. 『묶인 새』의 여주인공.

이 소설은 왕이 성녀를 납치하는 게 첫 장면이었다. 신전에 잠입한 왕은 그녀를 기절시켜서 이베리아로 데려온다.

'사랑해서도 첫눈에 반해서도 아니야.'

그냥 인간 진통제로 다짜고짜 납치해서 왔다. 그렇게 시작되는 이야기였다.

"내가 너무 말을 많이 했구나. 이곳이 무섭지 않니?"

사비나가 쓸쓸하게 속삭였다.

나는 급히 고개를 저었다.

"잘 모르겠지만, 이제 제가 살아갈 곳인 걸요."

"아까부터 생각했지만, 니나는 말을 참 예쁘게 하는구나. 눈치도 좀 있는 거 같고."

니나의 손을 잡고 걸어가던 사비나가 손가락으로 앞을 가리켰다. 그쪽으로 고개를 돌리니, 굉장히 단단한 철문이 보였다.

"내성으로 가는 통로란다. 아무나 들어가지 못하는 곳이지만, 그녀의 기미 시녀니 너도 이곳에 머물게 되겠구나."

사비나의 얼굴을 아는 병사는 교차한 창을 치웠다. 곧 철문이 천천히 아래로 내려왔다.

내가 들어갈 길이 드러났다.

"네 소원이 이루어지도록 기원하마."

복도 끝에서 다른 시녀가 기다리고 있었다. 사비나는 내 손을 놓고 저리로 가라고 손짓했다.

"감사합니다!"

웃으면서 사비나에게 꾸벅 인사했다.

마음씨 좋은 언니는 웃으며 손까지 흔들었다. 나는 그녀가 시키는 대로 다른 시녀에게 달려갔다. 내가 들어가니 철문은 다시 올라왔다.

나는 낯선 시녀에게 다시 고개를 숙여 인사했다.

"니나 케이지입니다."

"알아. 기미 하는 애지? 잠시만. 내성 기사랑 할 얘기가 있어. 여기서 기다려. 그 뒤에 네가 머물 곳을 알려 줄게."

"예."

시녀는 기사에게 다가갔다.

나는 말똥말똥 눈만 뜨고 있다가, 잠시 내가 왔던 길을 바라보았다. 안에는 병사가 가득했고, 내성의 문은 벌써 닫혔다. 창가의 어른거리는 햇살을 보자, 이상하게 눈이 시큰거렸다.

참 낯선 곳이었다. 들어와서는 안 되는 곳처럼 느껴지기도 했다. 생각해 보면 이곳은 니나가 죽었던 곳이었다.

어디 한적한 곳에서 홀로 사는 것도 아니었다. 수많은 사람이 부딪치는 곳이었다.

'돌이킬 수 없겠지.'

니나도 이화윤도 덜컥 겁이 날 정도로 무서웠다. 하지만 무슨 일이든 돌이킬 수는 없었다. 두 개의 기억이 원하는 것이 생존이라면, 나는 나아가야 했다.

'살아남고 싶어.'

인권도 법도 없는 동네에서 잘할 수 있을까.

가지고 있는 건 기미 능력뿐인 아이였다. 주위에 아무도 없었다. 니나에겐 가족도 친지도 존재하지 않았다. 아이가 살아왔던 성당은 차라리 없는 게 나았다.

의심을 받는데, 원작의 죽음은 피해야 한다. 그렇다면 기미 능력 말고 다른 능력을 키워야 했다.

'할 수 있을까.'

갑자기 죽은 이화윤의 부모님이 그리웠다. 기억 속에만 있는 사람들이었지만, 유일하게 의지하고 있는 이들이었다.

나는 간절히 기도했다.

'도와줘요. 엄마 아빠. 동생아. 내가 잘할 수 있겠죠?'

어쩌면 신보다 더 믿는 이들이었다. 너무 멀리 있는 그들만이 위안이 되었다.

'힘내자.'

잘할 수 있을 거야. 안 하면 어떡하게. 못 하면 나락인 걸. 그러니까 힘을 내야 해.

시녀는 금방 돌아왔다. 조금 반가워서 나는 뛰어서 그녀에게 다가갔다.

시녀는 그런 나를 힐끔 보며 사무적으로 말했다.

"따라오렴."

"네."

나는 그녀를 쫓아가면서 다시 창가를 바라보았다. 바람결에 회색 벽 사이로 기어오른 담쟁이가 흔들거렸다.

기도가 효과가 있었는지, 겁이 나진 않았다. 역시 신보다는 가족이 더 의지가 되었다.

2

만남

이베리아는 생각보다 절차가 잘 갖춰져 있는 나라였다. 나는 TL 소설 주인공인 세라피를 만나기 전에 이런저런 과정을 거쳐야 했다.

'독이 진짜 듣는지 안 듣는지, 이렇게 직접 실험까지 할 줄이야.'

시녀 대여섯이 모인 방에서 일어나서, 임시로 받은 큰 시녀복을 입자마자 이곳으로 나를 데려왔다. 색색의 시약병이 겹겹이 쌓인 곳에서 의사로 보이는 놈이 외알 안경을 빛내며 나를 바라보았다.

소설에서는 어느 날 갑자기 툭 나온 시녀였는데, 이런 절차가 있을 줄은 상상도 못 했다. 더군다나 소개장은 그냥 종잇조각이었는지 가져오란 말도 없었다. 대신 이들은 자체적으로 만든 약을 먹였다.

덕분에 나는 배앓이 하는 약초를 먹고 한 시간 동안 복통에 시달렸고, 수면제를 먹고 삼십 분 동안 잠들었다. 의사는 최종적으로 몸을 간지럽게 하는 열매를 먹이고 지그시 날 지켜보았다.

난 온몸에 가려움을 느끼며 소매를 걷어 두드러기 난 팔을 보여 주었다.

"신기하구나. 넌 독이 빨리 퍼지는데 쉽게 낫네."

도저히 참을 수 없어서 피부를 살짝 긁자 의사 놈은 내 손을 저지했다.

"긁다가 덧나면 흉 진다. 이건 낫는 약도 없으니까 참아."

약도 없는 걸 나한테 먹인 거냐! 나는 눈물을 참으며 몸을 비틀었다. 알고 있었지만, 진짜 기미 시녀 인생은 실험용 쥐나 다름없었다.

"기름 나무 열매인데, 해독제는 개발 중이야. 가뜩이나 골치 아팠는데 다행이군. 너, 할 일 없으면 가끔 나 좀 도와라."

싫어. 내가 왜. 미쳤냐.

붉은 머리를 하나로 묶은 의사 놈이 하는 말은 사형선고처럼 느껴졌다. 나는 간지러움을 참으며 주먹을 꽉 쥐었다. 저놈이 쓴 외알 안경이 햇빛에 빛날 때마다 박치기로 부숴 버리고 싶었다.

"정말 신기하군. 벌써 발진이 없어지네? 그녀는 자체적인 치유력은 없는데 말이야. 성력은 마력이란 다른 게 참 흥미롭군."

확실히 두드러기는 나아갔지만 간지러움이 나아진 것은 아니었다. 나는 온몸을 비틀면서 남자를 바라보았다.

"이름이 뭐지?"

"니나 케이지입니다."

"성당에서 왔다고 했지?"

"시네리필에 있는 성당 고아원입니다."

그는 고개를 삐딱하게 돌리더니, 아무렇지도 않게 내 짧은 머리카락 몇 가닥을 확 뽑았다.

"아얏!"

"진짜 이런 색이군."

뭐냐, 이 미친놈은! 나는 갑작스러운 고통 때문에 찔끔 나온 눈물을 닦았다.

"아, 미안. 염색인 줄 알았다. 어쨌든 사람 불렀으니까 가라. 능력은 확실하구나."

그는 귀찮은 것을 쫓듯이 나가라고 손짓했다.

우와, 서러워라. 진짜 실험용 쥐 취급이네. 나는 눈물을 문지르며 조용히 뒤돌아서서 나갔다. 진짜 너무하네. 별거 아닌데 힘이 쭉 빠졌다.

'미친놈. 사채 쓰고 치마나 걸려라.'

이화윤이 대한민국에서 자주 하던 욕이었다. 여기에도 사채가 있는지 모르지만, 더러운 걸로 하나 걸려서 탈탈 털렸으면 했다.

'뭐 저딴 새끼가 다 있냐.'

차라리 두 가닥 뽑아 달라고 했으면 냉큼 줬을 텐데. 아주 취급이 개보다 못하네.

속으로 욕을 했지만 문은 조심스럽게 닫았다. 의원실을 나오니, 지키고 있던 병사가 말했다.

"기다려라. 내성에서 안내해 줄 사람이 올 거다."

나는 물기 어린 눈으로 방긋 웃으며 대답했다.

"예. 감사합니다."

어린아이가 우는 게 안쓰러운지 병사는 눈을 가늘게 떴다. 그러고는 다른 손으로 창을 바꿔 들고 내 머리를 쓰다듬었다. 제법 부드러운 손길에, 조금 부끄러워서 뺨을 살짝 긁었다. 이곳 사람들은 어리고 귀여운 걸 보면 머리부터 쓰다듬는 거 같았다.

"몇 살이니?"

"열네 살이요."

"내 조카랑 비슷한 나이구나. 언제 이베리아에 왔니?"

"어제 왔어요. 성이 처음이라 많이 어색해요."

병사는 갑옷 속에서 먹을거리를 꺼내 줬다. 약이랑 독초밖에 못 먹어서 입이 썼다. 그래서 뭔지 모르지만 일단 받아먹었다.

좀 뻑뻑했지만, 입안에 들어가니 그럭저럭 씹을 만했다. 식감은 꼭 단맛 나는 건빵 같았다.

"이베리아는 낯설겠지만 나쁜 곳은 아니란다. 디오메데 님은 확실하고 대단하신 분이야."

저 외알 안경 이름이 디오메데인 모양이다. 앞으로 볼 일이 있으려나, 없으려나. 뇌 용량도 적은데, 저 새끼 이름을 꼭 외워야 할까?

어쨌든 나는 웃으면서 고개를 저었다.

"기미 시녀인 걸요. 생각해 보니까 제 몸으로 확인하는 게 제일 확실하기도 하네요."

뭐, 공적인 측면에서 보면 이베리아는 제법 절차가 있는 듯 보였다. 성당에서는 거의 주먹구구식이어서 굉장히 신기했다.

'중세보단 과학적일 수도……'

역사책에서 본 중세는 참 더럽고 미개했는데, 여긴 적어도 그런 거 같진 않았다. 니나의 기억 속에 있는 고아원 성당은 그렇지 않았지만 말이다.

이런 내 마음을 아는지 모르는지, 병사가 말했다.

"나이가 어린데도 의젓하구나."

그야 이 몸에는 서른 살 인격도 들어 있으니까요. 그래도 해리성 정신장애는 아니랍니다. 희한하게 공존하고 있어요. 아, 진짜. 내 몸인데 내가 신기하네.

어쨌든 칭찬은 기분 좋은 법이다. 나는 솔직하게 활짝 웃었다.

"성에 온 건 행운인걸요. 이런 곳에서 일하게 될 줄 상상도 못 했어요."

"어디서든 정 붙이고 버티면 고향이 되는 법이란다. 힘내렴. 나도 이곳 출신은 아니지만 여기서 죽을 거란다. 가족도 생겼고 곧 아버지도 된단다."

나는 내 머리를 쓰다듬는 병사를 바라보았다. 수염이 수북한 남자는 태어날 아기를 생각하는지 미소를 머금고 있었다.

'와, 이것저것 물어보고 싶다.'

이방인도 터를 잡고 살 수 있나 보네? 살 만한가? 부동산 같은 건 어떻게 되지? 월급은? 연봉은? 돈은 어떤 형태로 주는 거지? 화폐의 단위는?

하지만 어린애가 이런 것을 물으면 스파이로 붙잡혀서 형장의 이슬로 사라질 것이다. 나는 머릿속에서 열네 살 아이가 할 법한 말을 골랐다.

"축하드려요! 건강한 아이였으면 좋겠어요!"

"고맙다. 꼭 그래야 할 텐데, 걱정되는구나."

병사는 그 걱정마저 행복해 보였다. 나는 이 수염 난 남자가 인생의 승리자처럼 보였다.

'나의 롤 모델이 여기에 있구나.'

이 병사와도 친해지고 싶다. 감이 말해 줬다. 이건 꼭 들이대야 해!

"이곳에 항상 계시나요? 가끔 찾아뵈어도 괜찮나요?"

"응? 나? 홀숫날은 여기 있긴 하다만 네가 올 수 있겠니? 내 성에 시녀는 잘 나오지도 못 하던데?"

"쉬는 날이 있겠죠. 날이 맞으면 가끔 찾아뵐게요."

빈손으로 안 오고 뭐라도 가져올게요. 사람 좋아 보이는 아저씨.

'우리 너무 친해지진 말고, 적당히 가까워져요.'

친구를 만들어야 했다. 정보가 너무 부족했고, 조금 외롭기까지 했다. 너무 친해지면 또 혹시라도 니나가 잘못됐을 때 화염이 튈지도 몰라서 마음을 활짝 열 수도 없었다.

"나야 상관없다만……. 아, 저기 시녀가 왔구나."

어젯밤 내성에서 내가 머무는 곳을 안내해 줬던 그 시녀였다. 나는 병사에게 꾸벅 인사하고 시녀에게 달려갔다.

그녀는 나를 보고 미간을 살짝 찌푸렸다.

"귀찮아 죽겠네. 내가 왜 이런 일까지 해야 해. 너 성안 지리는 좀 외웠니?"

나는 어색하게 웃었다. 어제 왔는데 너무하네. 하루 만에 지리를 다 외우면 그건 그거대로 수상한 거 아니냐?

"그, 식당만 겨우요."

"너 머리 나쁘니? 좀 외워라. 내가 너 따위를 모시고 다녀야겠니?"

와, 텃세 장난 아니다. 하기 싫으면 네 상사한테 지랄하지 왜 나한테 그래.

'니나가 스파이일 수도 있으니까 위쪽에서 특별 관리하는 거 같은데, 앤 왜 지랄이야.'

아마 위쪽은 내가 헤맨다고 이리저리 돌아다니는 걸 더 싫어할걸? 상사의 의도를 못 읽는 거 보면 너도 승진은 힘들겠구나.

나는 시녀를 흘끔거렸다. 갈색 머리와 주근깨를 가진 여자였다. 나이도 그럭저럭 어려 보았다.

'한 열여섯쯤?'

아무리 봐도 얘도 말단 같았다. 그러니까 귀찮은 일을 맡은 거겠지.

"빨리 외울게요."

더럽고 치사해서 내가 외워 주마. 나는 눈을 부릅뜨고 복도를 살펴보았다. 빨간색 커튼, 복도의 기둥 장식 등을 필사적으로 머릿속에 집어넣었다.

"얘가 말대꾸하네? 어디서 따박따박 대들어?"

내가 언제 그랬다고!

갑자기 머리 위에 주먹이 날아왔다. 딱- 굉장히 아픈 소리가 났다. 나는 깜짝 놀라서 시녀를 바라보았다. 소리에 놀랐지, 통증은 별로 없었다.

'와, 아동 인권 없는 거 실감하네.'

마음에 안 든다고 쳐 때리고 보는 거냐. 와, 욕 나온다. 이게 얼마 만에 맞은 거야. 학창시절에도 별로 맞은 기억이 없는데, 여기서 이런 취급을 당하네.

시녀는 지가 때려 놓고 자기 손목을 붙잡고 있었다.

'니나 돌머리구나.'

이미 아프지도 않았지만, 조금 서러웠다.

'뭐 이런 게 일반적이기도 하지.'

여기는 다른 세계고, 니나는 말단이자 이방인이었다. 텃세를 생각 안 한 건 아니지만 사비나가 워낙 좋은 언니여서 착각했다.

"넌 머리가 왜 이렇게 단단해!"

어쩌라고.

나는 입을 다물었다. 그리고 작게 숨을 내쉬고 그녀를 바라보았다.

'너 망하게 해 주마, 내가.'

일 잘해서 승진하면 널 내 아래 둘 것이며, 스파이로 형장의 이슬이 되면 너랑 꼭 공범이라고 해 주마. 엿 되면 엿 되는 대로, 잘되면 잘되는 대로 재수 없게 해 주마!

"빨리 가요, 시녀님."

나는 아무렇지도 않게 방긋 웃었다.

"야!"

"빨리 외워서 귀찮게 해 드리지 않을게요."

어리고 약한 것에 화풀이하는 애들은 똥을 밟아도 쌌다. 그리고 이런 것들에는 유약해 보이면 괴롭힘이 더 심해졌다.

'가만 안 둔다, 주근깨!'

내가 다른 사람은 내버려둬도 너 하나는 물고 늘어진다. 이화윤일 때 내 별명이 괜히 상어 이빨인 줄 아니? 난 이빨이 부러져도 안 놓는다고! 게다가 한 놈은 꼭 패!

뒤에서 구시렁거리는 소리가 들렸지만 나는 이를 갈며 길을 외웠다. 하루밖에 사용 안 했지만, 다행히 니나의 머리는 괜찮은 편이었다. 머릿속에서 몇 번을 되새기자 쉽게 이해했다.

외성을 지나, 내성 안쪽으로 걸어갔다. 복잡하게 돌다가, 계단을 올라갔다.

그렇게 한참을 걸어갈 때였다. 주근깨가 발걸음을 멈췄다. 내성 깊숙한 곳에 화려한 방문이 보였다.

'다 왔구나.'

난 이곳에 누가 있는지 알 것 같았다.

'세라피.'

성녀. 세라피. 이 소설의 주인공.

문이 열리고 병사가 손짓했다. 나는 안쪽으로 조심스럽게 걸어갔지만, 주근깨는 문 앞에서 서 있었다.

'나만 들어가는구나.'

소설의 첫 장면이 생각났다. 왕이랑 플라토닉한 하룻밤을 보낸 세라피는 교단으로 돌아가고 싶어서 울었다. 그때 작은 시녀가 다가와서 기미를 끝낸 물잔을 건네준다.

이중삼중으로 지키고 있는 병사들을 지나치니 그녀가 보였다. 세라피는 소설처럼 가련하게 울고 있었다.

비치는 천 사이로 드러난 팔이 가냘프기 그지없었다. 백금발을 아무렇게나 늘어트렸지만, 그것마저 햇살 사이로 빛났다.

굉장히 예쁜 명화를 보는 거 같았다. 미녀는 무슨 표정을 지어도 아름다웠다. 그래서 우는 것뿐인데도, 무슨 영화에 나오는 장면 같았다.

나는 조심스럽게 그녀에게 다가갔다. 가까이 갈수록 세라피의 모습이 더 드러났다.

하얀 피부에 초록색 눈동자가 보였다. 물기가 얼룩진 속눈썹에 또르륵 흐르는 눈물은 마치 보석 같았다.

"너는 누구야?"

니나는 웃었다. 내 사신인 여신에게 나는 한쪽 무릎을 굽히고 예를 표했다.

"니나라고 불러 주세요."

이 방으로 처음 온 니나에게, 이 사람이 성녀란 정보가 없었다. 그래서 나는 서둘러 탁자에 있는 물잔을 가져왔다. 그러고는 먼저 마셔서 기미를 했다.

"저, 부인. 오늘부터 담당 기미 시녀가 되었어요."

물잔을 건네줬지만 세라피는 마시지 않았다. 그녀는 나를 아래위로 훑어보았다.

"머리카락 색을 보니 너는 이곳 사람이 아니구나. 어디 출신이니?"

"시네리필인데, 아시나요?"

세라피는 고개를 저었다.

하긴 너무 외진 곳이라 수도에서만 생활했던 그녀는 모를 것이다.

"굉장한 시골이에요. 어제 이곳으로 왔어요."

그녀는 가까이 오라는 듯 손짓했다. 거부할 이유가 없어서, 나는 조심스럽게 다가갔다.

"나랑 똑같은 머리카락 색은 처음 봐."

세라피는 내 짧은 머리카락과 자신의 기다란 머리카락을 겹쳤다가 놓았다. 가느다란 손가락 사이로 백금발이 흩어졌다.

그러게. 똑같은 색이네.

'몰랐어.'

니나가 성녀랑 머리카락 색이 똑같다는 설정인 거 지금 알았네. 그러고 보니 얼굴도 좀 닮았나?

"전 이런 머리카락 색이 흔한 줄 알았어요. 제가 있던 고아원에서는 몇 명 있었거든요."

"그래? 난 성도에서 내 머리카락 색이랑 똑같은 사람을 한 번도 본 적 없어서 신기해. 이름이 뭐라고?"

나는 웃으면서 말했다.

"니나예요, 부인. 니나 케이지지만 뒤에 성은 어제부터 쓰기 시작해서 아직 낯설어요."

"성이 왜 없던 거야?"

그녀는 내가 건넨 물잔을 받았다. 세라피는 아무래도 세상 물정을 니나보다 모르는 모양이었다.

"고아는 성이 없어요. 있어도 성당 고아원에 가면 없어지게 돼요. 부모님께서 쓰시던 성이 있겠지만, 너무 어릴 때라 저는 기억조차 없어요."

왜 고아가 성당에 들어가면 성이 없어질까?

허울은 좋았다. 숭고한 교리 중의 하나였다. 고아가 되면 신의 품으로 들어온 것이니 다시 태어나는 의미에서 성을 없앴다. 하지만 이래서 인신매매를 할 수 있었다.

'성녀님은 모르겠지.'

아마 알 필요가 없었을 거다. 성녀는 성전의 명령에 따라서 병자를 치유하는 게 일이니까.

'높으신 분을 원망하는 건 아니지만 말이야.'

주위에서 숨겼으면 모르는 게 당연했다.

'하지만 알면 어떻게 될까.'

착하고 아름다운 성녀님은 어떻게 반응할까.

"저런. 원래의 성을 알고 싶겠구나."

이런 내 마음을 아는지 모르는지, 내 머리카락을 계속 만지 작거렸다.

"그런데 머리카락이 왜 이렇게 짧니?"

조금 허를 찔린 기분이었다. 그녀가 이걸 물을지 몰랐다. 나는 어색하게 웃으면서 시선을 돌렸다.

'솔직하게 얘기해야겠지?'

별로 나쁜 일은 아니었다. 나는 부끄러운 것을 고백하는 아이처럼 시선을 땅으로 돌렸다.

"여비가 필요해서 잘라서 팔았어요. 마침 제 머리카락 색을 좋아하는 귀족 영애가 있어서 꽤 비싼 값을 받아서 다행이었어요."

물론 금액의 3분의 2는 소개비와 헌금으로 빠져나갔다. 하지만 그래도 그 돈은 그럭저럭 여비 정도는 됐다.

'나야 단발에 별 저항 없지만, 이 세계는 여자의 머리카락이 중요한가 봐.'

적당히 짧은 게 오히려 가볍고 관리가 쉬워서 좋다고 생각하지만 말이다.

"세상에, 그래도 머리를 팔다니!"

"곧 자랄 텐데요. 그래도 가격이 꽤 나가서 기회가 된다면 다시 팔고 싶어요."

그럼 그럼. 현금 만세지. 이제는 세금도 없고 말이야. 거기다 머리는 또 자라잖아.

"안 돼! 그러면! 이렇게 예쁜 머리카락은 당연히 길러야지!"

성녀님은 내가 안쓰러운지 자꾸 내 머리카락 끝을 매만졌다. 나는 어색하게 웃을 수밖에 없었다.

'착하긴 한가 보다.'

하긴 그러니까 병자들을 치료했겠지. 심심하면 전국 방방곡곡을 돌아다니는 게 성녀였다. 잘은 모르지만 다닌 곳이 밝고 고운 곳만은 아닐 것이다.

세라피는 한참이나 내 머리카락을 만지작거리다 겨우 물 한 모금을 넘겼다. 얇게 비치는 천 사이로 드러난 피부가 눈이 부셨다.

'착하고 아름다운 성녀님이라……'

소설 속에 니나가 이 사람의 말을 다 들어준 이유를 조금 알 거 같았다.

'거기다 이곳엔 텃세도 있고 말이야.'

혹시 소설 속 니나에게 친절했던 사람이 성녀밖에 없었던 게 아닐까.

'슬프다.'

이런저런 생각을 할 때였다. 갑자기 낯선 인기척이 들렸다. 나는 깜짝 놀라서 고개를 들었다.

"재잘재잘 시끄러워."

낮은 목소리가 방 안에 울려 퍼졌다.

겹겹이 쳐진 캐노피와 커튼이 젖혀졌다. 성녀는 눈에 띄게 굳은 채, 인기척에 따라 몸을 살짝 떨었다.

나는 움직이지 않았다. 그저 소리가 난 방향만 바라보았다.

한 남자가 느릿하게 걸어 나왔다.

처음 눈에 띈 것은 긴 검은 머리였다. 단단해 보이는 어깨를 지나 허리까지 드리워진 검은 머리카락이 햇살에 빛났다.

'세상에!'

남자는 긴 가운만 반쯤 걸쳐서 맨몸이 그대로 드러났다. 게다가 그 가운마저 자연스럽게 풀려서 넓은 어깨 위에 흐트러졌다.

'모, 몸이 예술이다.'

이화윤일 때 많은 스포츠 선수의 몸을 분석했지만, 이렇게 완벽한 몸은 처음이었다.

목선과 어깨가 보기 좋게 만났다 떨어졌다. 드러난 쇄골은 목선의 중심을 잡아 줬다.

'비율이 장난 아니다.'

과하지도 않지만 단단한 가슴 근육의 아래에 보기 좋게 갈라진 복근이 있었다.

'진짜 TL 소설 남주인공 아무나 하는 게 아니구나.'

저 몸으로 여주인공과 사흘 동안 만리장성을 쌓은 거야?

'뭘 했을까? 어떻게 했을까?'

소설에서는 좋아하긴 하던데. 그럼 크기가 훌륭했겠지? 어, 어느 정도지?

왠지 코끝이 화끈했다. 나는 숨을 몰아쉬며 시선을 아래로 내리지 않기 위해 노력했다. 하지만 마음 같아서는 시선을 내리고 싶은 마음이 간절했다.

'보고 죽고 싶다.'

먹고 죽은 귀신이 때깔이 좋다면, 보고 죽은 귀신은 뭐가 좋을까.

왠지 좋은 죽음일 거 같아. 그거.

나는 주먹을 꽉 쥐었다. 본능과 이성이 아슬아슬하게 물타기를 했다. 정신 차리렴. 거시기 본 죄로 세상을 등질 수 없잖아. 이건 최소한 모독죄야. 그런 거로 형장의 이슬이 되고 싶니?

그렇게 필사적으로 되뇔 때였다. 갑자기 비명이 들렸다.

"어머, 니나야! 너 코에서 피가 나!"

어머나?

나는 깜짝 놀라서 코를 문질렀다. 시녀복 소매에 있는 하얀 레이스 위로 붉은 피가 얼룩졌다.

'니나는 흥분에 약하구나.'

어려서 그런가. 흥분과 스트레스에 약한 몸이었다. 나는 어색하게 웃으면서, 작게 속삭였다.

"좀 피곤한가 봐요."

하지만 대답한 사람은 다른 이였다.

"피곤한 얼굴이 아닌데?"

갑자기 고개가 돌려졌다. 어떻게 할 틈도 없었다. 정신을 차렸을 때 단단한 손가락이 내 턱을 잡고 있었다.

그와 눈이 마주쳤다.

'붉은 눈동자…….'

처음 생각한 건 그의 눈 색이었다. 피처럼 붉은 눈동자에는, 짧은 백금발의 니나의 모습이 비쳤다.

다른 사람의 눈 속에서 내 모습을 확인한 게 참 오랜만이었다.

'너무 가까워.'

왕은 숨결이 느껴질 만큼 얼굴을 들이밀었다. 나는 입술을 조금 깨물었다. 이건 조금 당황스러웠다.

'이런 장면이 있었나?'

내가 알기로는 없었다. 세라피와 니나가 만난 장면에, 왕이 침대에서 자고 있단 이야기는 어디를 뒤져 봐도 없었다. 게다가 왕이 시녀의 고개를 손으로 돌리다니!

"신기하군."

시선을 돌려야 할지, 그대로 쳐다보고 있어야 할지 영 감이 잡히지 않았다.

"눈 색이 나랑 똑같군. 붉은 눈동자는 나도 나 말고 처음 보는데? 그 눈 색도 네가 있던 고아원에 많았나?"

나는 고개를 살짝 저었다. 니나의 기억 속에는 자신과 똑같은 눈 색은 없었다.

왕은 곧 내 얼굴을 놔줬다. 그러고는 자신의 손을 보며 미간을 찌푸렸다. 나는 순간 식은땀이 났다.

'내 코피, 왕의 손등에 묻었다!'

애욕의 신이 나에게 준 크고 아름다운 엿이었다. 이래서 엄마가 너무 그런 것만 보지 말라고 한 건가! 나는 서둘러 앞치마를 홀렁 풀어서 왕의 손가락을 닦았다.

"죄송합니다!"

세상에 저 섬섬옥수에 내 코피가 묻었어!

변명은 필요 없고, 수습이 중요했다. 나는 하녀 앞치마로 왕의 손등에 묻은 코피를 꼼꼼히 닦았다.

그때, 웃음소리가 들렸다.

"웃기는 아이로군!"

왕은 유쾌하게 웃으며, 내가 깨끗하게 닦은 손등을 눈앞까지 들었다가 놨다. 나는 엉망이 된 하녀 앞치마를 든 채 멍하니 그만 바라보았다.

"니나라고 했나?"

"예? 아, 예."

그러고 보면 왕에게 예의도 표하지 못했다. 지금이라도 한쪽 무릎을 꿇어야 하는 걸까. 하지만 그럴 분위기는 아니었다.

"백금발에 빨간 눈이라니, 토끼 같군. 내 눈이 토끼 같다는 생각은 한 번도 해 본 적 없는데 말이야."

왕은 내 얼굴을 계속 만지작거렸다. 볼을 만지다가 눈가를 살짝 눌러 보기도 했다. 콧대를 쓰다듬는 게 간지럽지만 차마 뿌리칠 수 없어서 몸을 살짝 떨었다.

큭―.

왕은 그런 니나가 웃긴지 고개를 짧게 웃었다. 나는 점점 울고 싶어졌다. 아니 당황스럽게 왜 이러시나요.

심장이 심하게 쿵쾅거렸다. 얼굴이 화끈거리는 게 느껴졌다.

"재미있네. 그리고 너 좀 시원한 편이구나?"

이건 또 무슨 말일까. 왕은 이번에는 허리까지 굽혀서 두 손으로 내 볼을 잡아당겼다.

"말랑말랑하기도 하고 말이야. 약하긴 하지만 성력 때문인가? 회복력이 있다고 해서 신기했는데, 내 마력과 부딪치진 않나 보군."

도무지 무슨 말을 하는지 알 수 없어서 눈만 데굴데굴 굴렸다. 솔직히 이 상황에서는 눈을 감아야 할지 떠야 할지도 감이 잡히지 않았다. 하는 수 없이 왕만 바라보았다.

그렇게 얼굴을 본 순간 머릿속이 하얗게 변했다.

'너무 잘생겼어.'

몸이 훌륭해서 잊고 있었지만, 이 왕은 지나치게 준수했다.

'콧대가 예술이야.'

보기 좋은 이마와 이어진 콧대가 참 시원시원했다. 거기다 목선마저 완벽했다.

'이런 얼굴은 뭘 해도 완판이겠다.'

잡지에 나오면 잡지가 동나고, 패션 화보를 찍으면 옷이 다 팔려도 시원치 않을 거야.

넋이 나간 채 왕의 얼굴만 바라보았다. 이런 얼굴과 몸을 언제 다시 보겠어. 카메라가 없으니 최대한 머릿속에 담아 두고 싶었다.

입꼬리에 걸린 비웃음마저 예술이었다. 한 장면 한 장면을 놓칠 수 없었다.

'세상에는 좋은 게 참 많네요.'

이 세계에 와서 처음으로 신에게 감사했다. 이베리아 터가 좋은가 봅니다. 미남 미녀가 참 많아요. 그러고 보면 나나도 꽤 예쁜 편이지. 어려도 이렇게 예쁜데, 어른이 되면 높은 확률로 미인이 될 거야. 그래. 꼭 살아남아서 이세계에선 미인으로 한 번 살아 보자.

"어머! 니나야!"

등뒤에서 성녀의 비명이 들렸다. 인중에 흐르는 것을 안 순간, 나는 깜짝 놀라서 내 볼을 잡은 왕의 손을 쳐냈다.

"무, 묻어요!"

남색 시녀복 위로 빨간 피가 뚝뚝 떨어졌다. 나는 재빨리 쥐고 있던 하얀 앞치마로 코를 눌렀다.

왕은 내쳐진 자신의 손과 내 얼굴을 번갈아 보았다. 나는 순간 아차 싶었다. 왕의 팔을 쳐낸 거, 무례한 거겠지? 그래도 두면 피가 묻을 거 같아서 나도 모르게 치웠는데, 이거 사고 친 거 아니야?

'지, 지금이라도 무릎 꿇고 빌까?'

뭐라고 말해야 하나. 통촉하여 주시옵소서, 폐하? 그러면 되나? 이럴 줄 알았으면 사극 좀 보는 건데!

하지만 내 걱정은 오래가지 않았다. 왕은 유쾌하게 웃으면서 내 머리에 손을 얹었다.

"요즘 내 성이 재미있단 말이야."

그는 나와 세라피를 번갈아 보았다.

"예쁜 새와, 토끼가 한 번에 들어왔군. 털색이 똑같아서 아주 마음에 들어."

왕은 거칠게 내 머리를 쓰다듬었다. 어찌나 손의 힘이 센지, 쓰다듬는 방향대로 머리가 흔들렸다.

"나, 나는 성녀예요! 당신의 새가 아니에요!"

흔들리는 시야 사이로, 주먹을 꽉 쥔 채 소리치는 세라피가 보였다.

"놓아줘요! 나는 성녀의 의무를 다해야 돼요! 성전으로 돌아가야 해!"

"말했지 않습니까, 성녀님."

왕은 긴 머리카락을 한쪽 어깨 뒤로 넘겼다. 결 좋은 검은 머리카락이 천 자락 사이로 흔들렸다.

"그대로 인해 5년 만에 잠이 들 수 있었습니다. 미칠 것 같은 고통이 한순간에 사라지는데, 제가 어떻게 그대를 놔주겠습니까."

그는 여유가 넘치는지, 내 머리를 계속 쓰다듬었다.

"당신은 돌아갈 수 없어. 영원히 내 옆에 있어야 해."

"난 당신만을 위한 존재가 아니야!"

"그럼 당신을 대신할 것을 내놓든가."

그는 웃으면서 천천히 돌아섰다.

"헛된 저항은 마시고 부디 편히 쉬시길. 다시 밤에 뵙겠습니다."

왕은 가운만 입은 채로 천천히 방에서 나갔다. 병사들의 창이 젖혀지는 소리를 들으면서 나는 왕의 뒷모습과 성녀를 번갈아 바라보았다.

'대강은 어떤 상황인지 알겠다.'

이 장면은 『묶인 새』에 있는 장면이었다.

잡혀 온 성녀는 돌아가게 해 달라고 왕에게 간청한다. 하지만 왕은 자신의 고통을 잊게 해 주는 그녀를 놔줄 리가 없다.

'그때 니나는 없었지만⋯⋯.'

초반에 꽤 중요한 장면인데, 니나는 왜 여기에 있는 걸까.

'부, 불편해.'

성녀는 눈물을 흘리며 나를 바라보았다. 나는 무슨 말을 해야 할지 몰라서 입술을 달싹였다. 소설 속에 니나는 이런 성녀님이 참 가여웠겠지만, 나는 그저 곤란하기만 했다.

"니나야."

성녀의 뺨을 타고 눈물방울이 또르륵 떨어졌다.

"예."

"나는 성녀야."

세라피의 녹색 눈동자가 물기에 반짝였다.

"여기에 있으면 안 돼. 나는 병자 옆에 있어야 해. 어째서 저 남자는 나를 납치해서 여기 가두는 걸까. 나는 누구의 것도 아닌데……."

어떤 말도 할 수 없어서, 나는 그냥 입을 다물었다. 딱히 세라피도 니나의 대답을 원하는 거 같지 않았다.

'아니 뭐, 세라피 입장에서는 당연히 그러겠지.'

세라피는 성녀였고, 성녀는 신의 것이었다. 그녀는 나라의 모든 왕보다 고귀했고, 위에 있는 자는 기껏 해 봐야 교황뿐이었다.

"나는, 나는……."

그녀는 하염없이 울기만 했다. 나는 어쩔 수 없이 탁자로 달려가서 유리컵에 물을 떠 왔다.

"나는, 여기서 나가야 해……."

나는 왕이 지나간 문가를 바라보았다. 커튼이 쳐져 있지만,

병사의 창끝이 삐죽 튀어나와 있었다.

'병사가 이중삼중으로 지키고 있을 텐데?'

어떻게 나가려고 그러는지. 심정은 알겠는데 불가능에 가까웠다. 나는 그저 물잔을 건넸다. 성녀는 물 한 모금을 겨우 마셨다.

안타깝긴 한데 와닿지 않았다. 멀고 먼 남의 일처럼 느껴졌다.

물잔을 가져다주는 것. 어쩐지 이것이 니나가 할 수 있는 전부란 생각이 들었다.

왕이 느긋하게 걸어갔다. 뒤에서 시녀들이 우르르 따라오며 걸칠 것을 가져왔지만, 왕은 손을 들어서 만류했다.

맨살에 닿은 공기가 기분 좋았다. 실로 오랜만에 느끼는 청량함이었다.

"그 시녀, 감촉이 좋더군."

왕은 아까 전까지 만지고 있던 시녀를 떠올렸다. 커다란 눈에 가득 담긴 당황스러움이 더 재미있어서 일부러 놓지 않았다.

"의외였어. 기분 좋다니."

신력을 가진 소녀는 만지면 기분이 좋았다. 성녀 외에 신력은 다 불쾌했는데, 니나 케이지는 달랐다. 고통이 사라진 상태에서 접촉해서인지는 모르지만, 피부에 닿자 청량함마저 들었다.

"더 만질 수 있겠지?"

누가 들으면 오해할 수도 있는 말이었다.

왕은 웃으면서 가장 믿는 시녀에게 눈짓했다. 사비나는 재빨리 그에게 다가갔다.

"그 아이는 교단에서 온 첩자인가?"

"애매합니다. 성당에서 편지를 쓰라고 한 게 다인 거 같습니다."

"암호라도 적어서 보내는 건가?"

"살펴봐야겠지만 니나 케이지는 아무것도 모르는 것처럼 보였습니다. 오히려 그녀는……."

사비나는 말을 끊고 고민했다. 앞에 말은 지극히 필요한 말이었지만, 뒤에는 왠지 변명처럼 느껴졌다.

"왜 말을 하다 말아."

"그냥 이곳에서 잘 지내고 싶어하는 거 같았습니다. 성당에 계속 있었으면 양녀로 팔릴 위기였다고 하더군요."

지나치게 사담적인 말이라서, 왕께 올릴 공적인 보고와는 어울리지 않았다. 사비나는 송구스러워서 고개를 살짝 숙였다.

"마음에 들었나 봐? 사비나 마음에 들었다면 그 토끼, 제법이네?"

속마음을 들킨 시녀는 얼굴이 화끈거렸다. 시녀장의 자리에 오르면서 가지면 안 되는 사적인 감정인데, 왕에게 들켜 버렸다.

하지만 사실이었다. 사비나는 니나 케이지가 마음에 들었다. 표정을 잘 숨길 줄 모르는 아이였다. 머리 쓰는 것이 빤히 보이는데도 본인이 그 사실을 모르는 순진함이 귀여웠다.

"괜찮아, 사비나. 나는 너를 믿는다. 그리고……."

왕은 자신의 손을 바라보았다. 필사적으로 자신의 손등을 열심히 닦던 작은 소녀가 떠올랐다.

"나도 시원해서 마음에 들었어."

천 자락 사이에 있는 손가락이 손등을 스칠 때마다 맑고 서늘한 기운이 느껴졌다. 왕이 되고 마력을 쓴 뒤로 타오르는 작열통만 느껴서, 잊고 있던 감각이었다. 그래서 일부러 더 피부를 매만졌다.

"죽이긴 아깝더군."

왕은 살짝 주먹을 쥐었다.

고통을 모조리 없애 주는 성녀를 얻자마자, 청량함을 느끼게 해 주는 소녀가 왔다. 후자는 전자와 비교하면 매우 약하지만, 좋은 건 많을수록 좋았다. 그래서 이 상황이 매우 마음에 들었다.

"감시는 강화하도록."

"예. 몇 명 더 붙이겠습니다."

"외로우면 사고 칠 수도 있으니까, 옆에 적당한 애들도 가져다 붙여."

"니나 케이지는 무난한 성격이니까, 어떤 이라도 친해질 겁니다."

왕은 사비나를 보며 고개를 끄덕였다.

"정말 마음에 들었나 보네, 사비나?"

"예. 송구스럽지만 그렇습니다. 아이는 머리가 영리해 보였습니다. 저도 후에 보고를 봤는데, 괜찮았습니다. 다만 지금, 크게 걸리는 게 있습니다."

"말해 봐."

"왜 니나 케이지의 신력이 폐하께 기분 좋게 느껴지는 걸까요?"

왕은 눈을 내리깐 채 생각에 잠겼다. 그러고 보면 희한했다. 마력과 성력은 충돌하기 일쑤다. 고통을 줄이기 위해 성력을 쓰는 사제와 수도자를 꽤 많이 만났지만, 불쾌하지 않은 건 처음이었다.

"그렇군. 성녀는 그렇다 쳐도, 니나 케이지는 의외군."

"무슨 특별한 능력이 있는 걸까요?"

"디오에게 알아보라고 해야겠군. 연구거리가 생겨서 좋아하겠어."

사비나는 알았다는 듯 고개를 숙이고 물러났다.

왕은 복도를 걸어가면서, 니나 케이지에 닿았을 때 느낀 감각을 되짚어 봤다. 맑고 서늘한 기운이 손가락에 기분 좋게 달라붙었다. 피부 감촉도 좋았다. 아직 어린아이라서 그런지 살결은 부드럽고 말랑말랑했다.

문득 당황하던 눈동자가 생각났다.

아이는 백금발에 붉은 눈동자를 가지고 있었다. 어렸을 적 디오가 연구하던 토끼들이 그런 색이었다.

'닮았어.'

만지는 손을 내치는 게 꼭 그 토끼들 같았다.

'성녀는 위험해서 보호해야 하지만, 토끼 정도는 어디든 데리고 다니고 싶군.'

껴안고 다니면 토끼처럼 귀를 쫑긋거리며 도망갈까. 왕은 웃으면서 계속 나아갔다. 왠지 그 작은 소녀는 힘껏 뒷발로 차도 별로 아프지 않을 것 같았다.

성녀가 있었다.

병자를 낫게 하는 신의 대리자였다.

왕이 있었다.

교황마저 무시하지 못하는 세력을 지닌 남자는, 매일 마력의 부작용으로 고통에 시달렸다.

어느 날, 왕은 성녀를 납치했다.

왕은 생각했다. 모든 병자를 치유하는 성녀라면, 자신의 고통도 없어지겠지.

성녀에 닿자마자 왕의 고통은 씻은 듯이 나았다. 사라진 고통 속에서 왕은 성녀를 거대한 새장 속에 가뒀다. 이제는 그녀를 잃을 수 없었다.

'그게 『묶인 새』의 내용이었지.'

그러다 사랑에 빠져서 몸과 마음이 이어지는 이야기였다. TL 소설답게 씬도 많아서 별점도 높았다. 이화윤이 괜히 세일 기간에 쟁여 둔 게 아니었다.

'그럭저럭 재미있었어.'

책장도 잘 넘어갔고, 시간도 잘 갔다.

나는 고개를 저었다. 머릿속이 복잡했지만 지금 이 순간에 충실해지고 싶었다. 나는 접시를 노려보았다. 하얗고 둥그런 접시에는 으깬 감자와 하얀 빵, 그리고 과일 조각이 있었다.

이 훌륭한 메뉴가 아침이란 게 믿기지 않았다.

'밥 정말 잘 나온다.'

나는 접시에 놓인 감자를 입에 넣고 활짝 웃었다. 소금 친 삶은 감자만 먹었던 니나에게 성에서 준 으깬 감자는 너무나 맛있었다.

'버터와 허브향이 느껴진다!'

향신료 자체가 시골 고아원이랑 너무나 달랐다. 정신없이 으깬 감자를 먹고 있으니까, 웃음소리가 들렸다. 나는 살짝 고개를 들어 눈치를 봤다.

시녀 둘이 나를 보며 웃고 있었다. 다행히 비웃음 같지는 않았다.

"너 참 맛있게 먹는구나. 내 것도 좀 먹을래?"

같은 탁자에 앉은 시녀가 말했다. 나는 뺨을 살짝 붉히며 수줍게 접시를 내밀었다. 시녀는 다시 한번 크게 웃더니 자신의 으깬 감자를 덜어 줬다.

'먹을 것을 주는 분이라니! 진짜 좋은 사람이구나.'

고맙다고 하니 많이 먹으라는 따뜻한 대답이 들렸다. 이분들은 천사일까? 나는 최대한 얌전하게 먹으며 그들을 바라보았다.

"이렇게 맛있는 건 처음이에요."

"어머나. 그러니?"

"배불리 먹은 것도 어제가 처음이었어요. 고아원에서는 소금 친 삶은 감자만 먹어도 괜찮은 거였거든요."

거짓말은 아니었다. 니나의 기억 속에 식사란 멀건 죽이 대부분이었다. 그런 걸 먹고 용케도 살았구나 싶었다.

불쌍한 니나. 이제 내가 잘 먹어줄게.

'물론 김치가 당기지만……'

언젠가 여유가 생기면 김치는 무리더라도 동치미 정도는 담가야지. 나는 주근깨에게 무를 깎으라고 명령하는 나를 상상하며 배시시 웃었다. 이곳에도 땅에 묻을 항아리가 있을까?

"어머. 그래서 그렇게 맛있게 먹는구나?"

"성에서 일하게 되어서 다행이네. 이름이 뭐니?"

나는 천사 무리에게 기꺼이 인사했다.

"니나예요. 저도 성함을 여쭈어봐도 될까요?"

시녀들은 입을 가리고 자기들끼리 웃었다.

"성함이라니. 그렇게 어려운 말 안 해도 돼. 나는 라라라고 해. 재봉실에서 일하고 있어."

"나는 쥬시야. 주로 화단 청소를 한단다. 너는 무슨 일을 하니?"

맡은 일을 말하면 이들은 나를 싫어할까? 뭐, 그래도 거짓말은 할 수 없으니, 어쩔 수 없었다.

"부인의 기미 시녀를 맡고 있어요."

솔직히 말했습니다만, 제발 잘 봐주세요. 천사님들.

내 간절한 바람은 처음부터 빗나갔다.

"어머. 부인이라면, 그녀를 말하는 거니?"

라라는 눈을 빛내며 나를 바라보았다. 나는 이런 눈빛을 이화윤일 때 본 적 있었다.

"왕께서 완전히 빠졌다는 그분? 혹시 폐하도 가까이에서 본 적 있니?"

"부인은 어떻게 생겼니? 미인이라던데 얼마나 예쁘니?"

"내성 안쪽 방은 어떻게 생겼니?"

아이돌을 좋아하는 친구들에게서 몇 번 봤던 눈빛이었다. 그들은 먹이를 찾은 매처럼 사납게 몰아쳤다.

"폐하는 가까이서 봐도 잘생기셨니?"

"목소리도 가까이서 들어 봤니?"

"부인이랑 어떤 사이니?"

많은 질문을 다 대답할 수 없었다. 나는 으깬 감자를 오물오물 씹어서 넘기고 할 수 있는 대답부터 먼저 했다.

"그, 폐하께서는 정말 잘생기셨어요."

"어머머머머!"

"부인도 굉장히 아름다우세요. 둘이 같이 계시면 천재 화가의 명작 같아요."

"어머나, 진짜?"

천사 같은 두 시녀님은 스푼을 든 채 양 볼에 손을 얹으셨다. 정말 사랑스러운 분들이셨다.

"부인의 피부는 도자기 같으세요. 살짝 비치는 천 자락 사이로 손목이 드러나는데, 손가락과 이어진 그 선이 얼마나 예쁜지 몰라요."

갑자기 식당이 조용해지는 게 느껴졌다. 나는 살짝 목소리를 낮췄다.

"왕께서도 정말 잘생기셨어요. 흘러내린 긴 머리카락을 뒤로 젖힐 때마다, 세상이 멈추는 거 같아요. 그 미모는 새가 날갯짓하는 걸 잊고, 꽃은 꽃망울을 젖히는 걸 주저할 정도예요."

라라는 스푼을 놓고 내 손을 잡았다. 더하라는 거구나. 나는 고개를 살짝 끄덕이며 다시 말을 이었다.

"목소리 들어 보신 적 있어요?"

라라는 고개를 저었고, 쥬시는 끄덕였다.

"낮은 목소리인데 그렇게 좋을 수가 없어요. 만약 제가 세상의 모든 금을 가지고 있는 부자라면, 왕께서 제 귓가에 그 목소리로 속삭이는 데 금의 반을 내놓을 거예요."

"맞아. 맞아. 폐하 목소리 정말 좋으셔."

"나도 들어 보고 싶어."

나는 식당이 조용해진 게 신경 쓰였지만, 천사 두 분은 아랑곳하지 않았다. 그때였다. 누군가가 내 어깨를 쳤다.

"까, 깜짝이야!"

고개를 들어 보니 모르는 남자였다. 붉은 머리카락을 늘어트린 남자는 외알 안경을 고쳐 쓰고 날 못마땅한 눈으로 바라보았다.

쥬시는 이 사람을 알고 있었다.

"디오 님!"

어디서 들어 본 이름인데? 한참을 생각하다 외알 안경을 보고 깨달았다. 어제 아침에 만났던 그 의사였다.

"오늘 아침에 의원에 들르라고 했는데, 왜 안 왔지?"

금시초문이었다. 그런 말을 들은 적 없었다.

"아, 내가 어제 말을 안 했군."

뭐 인마? 지금 지나간 개그 하냐?

"그럼 내일부터 의원에 들러라. 길을 모르면 사람을 불러 주마."

남자는 그렇게 말하고 아무렇지도 않게 돌아서서 걸어갔다. 뭐라 말할 틈도 없었다.

"너, 디오 님도 아니?"

갑자기 라라가 눈을 빛내며 물었다.

나는 순순히 대답했다.

"네. 어제 제가 기미 능력이 있나 없나 살펴보셨어요."

"디오 님 멋지지. 너 우리 성의 미남은 다 만나 보는구나."

나는 어색하게 웃으면서 빵을 찢었다. 내일부터 오라니. 뭐 하려고 저러는 걸까.

'이상한 열매 먹으라고 할 거 같은데?'

저번에 먹었던 그거라면 또 간지러운 걸까. 두드러기는 금방 가라앉았지만 간지러움은 꽤 오래갔다. 긁으면 흉 진다 그래서 참느라 혼났는데…….

'안 갈 수는 없겠지?'

저는 성녀 세라피 전용 기미 시녀입니다, 라고 우길 수 있으면 참 좋을 텐데 말이다.

'인사 체계랑 업무분담이 어떻게 되어 있는지 알 수가 있나.'

성은 나름 규칙대로 돌아가는 거 같은데, 내 업무를 알 수 없었다. 첫날 안 것이라고는 남쪽 끝 방이 잘 곳이고, 식당이 이곳이며 밥이 잘 나온다는 것뿐이었다.

'사수라도 알고 싶다.'

궁금한 거 물어볼 선배라도 있으면 얼마나 좋아. 그나저나 이 성에 기미 시녀가 또 있을까?

'왕도 기미는 하겠지?'

적어도 나 하나는 아니겠지.

이런저런 생각을 할 때였다. 앞에 앉은 라라가 말했다.

"니나야, 다음에도 이런 얘기해 줄 수 있니?"

내가 순순히 고개를 끄덕이니, 천사들은 까르륵 웃었다.

'이분들 가십을 좋아하는구나. 하긴 나도 좋아하지.'

시간 잘 가는 데 가십만큼 좋은 게 없지. 위험한 정보는 적당히 거르면 되나? 하지만 정신 바짝 차려야 했다. 이곳에는 나를 스파이로 생각하는 사람도 있다.

'충성을 증명하자! 용비어천가를 해야겠어! 왕님 최고예요! 잘생겼어요!'

그것으로 이 목숨 줄을 이을 수 있다면 무엇을 못 하리오. 나는 작게 한숨을 쉬고 남은 으깬 감자를 목 뒤로 넘겼다.

"라라 언니, 뭐 하나 물어봐도 되나요? 성에서 천을 사려면 어떻게 해야 하나요?"

"옷이 해졌니?"

"아니요. 시녀복은 어제 받았는걸요. 누가 쓰던 거 같긴 하지만 입을 만해요. 자투리 천으로 뭘 만들어야 해서요. 거친 천이라도 좋은데, 개인적인 물건은 어디서 사야 할지 모르겠어요."

대답은 쥬시가 해 줬다.

"쉬는 날 주급을 받아서 성 밖에서 사면 돼. 뭘 만들려고 하니?"

"인형이요. 조각 천이어도 상관없어요."

내 말을 들은 라라가 아무렇지도 않게 말했다.

"그런 거라면 내가 줄까?"

세상에! 정말 천사였다.

"정, 정말요?"

"재봉실에 자투리 천 정말 많거든. 어차피 버릴 거 몇 개 가져오면 되는데 뭐. 쓸 만한 거 몇 개 줄게."

"감사합니다!"

"그런데 바늘은 있니?"

쥬시가 빵을 찢으며 물었다. 나는 고개를 끄덕였다. 니나의 보따리 속 보물 중 하나가 바늘이었다.

"그럼 일단 시녀장님께 확인서부터 받는 게 좋을 거야. 바늘이나 가위같이 위험한 물건은 허가를 받아야 하거든."

순간 깜짝 놀랐다. 이건 모르는 정보였다.

"누구한테 받으면 되나요?"

"저녁에 점호할 때 받으면 돼."

난 어젯밤 내 짐을 꼼꼼히 보던 시녀를 떠올렸다. 그분이 바늘

꽂이에 있는 바늘을 확인했던가, 안 했던가 잘 기억이 안 났다.

'확실한 게 좋으니까, 오늘밤에 허가받아야지.'

첩자 의심을 받는 몸이었다. 돌다리도 필수적으로 두들겨 봐야 했다.

찢은 빵을 먹을 때, 라라가 말했다.

"너 어디에 머무니? 천은 이따 내가 가져다줄게."

세상에, 라라에게 날개가 보였다. 배송까지 해 주다니 정말 천사 같은 언니였다.

"남쪽 끝 방인데 아세요?"

"아, 독방? 거기에서 머무니?"

"원래는 대여섯 명이 같이 쓰는 방이었는데, 오늘 아침 바뀌었어요. 거기를 쓰래요."

"독방 부럽다. 내 옆에 있는 미쉘은 코골이가 심하거든."

나는 웃으면서 과일을 꼭꼭 씹어 넘겼다. 나도 혼자 쓰는 게 편하긴 하지만 수상하긴 했다.

'특별감시 맞겠지?'

어쩌면 입는 거, 먹는 거, 이런 소소한 대화까지 보고되고 있는지도 모른다.

'의심병 걸리겠네.'

두 개의 인격이 섞여도 해리성 정신장애는 비껴갔는데, 애먼 편집증에 걸릴 거 같았다.

'어쩔 수 없지. 뭐.'

언젠간 의심은 없어질 것이다. 지금은 살얼음이니까, 조금만 참자.

'시간이 해결해 줄 거야.'

하지만 언제 모든 게 끝날까.

'왕과 세라피가 만리장성 쌓으면?'

아직 그렇게 끈끈한 관계 같지는 않았다. 세라피는 돌아가고 싶어서 울고 있고, 왕은 해 볼 테면 해 보라고 버티는 중이었다.

'조연들은 언제 등장하지?'

『묶인 새』는 왕과 세라피가 사랑을 확인하고 끝나는 이야기였다. 그런데 초반 내용이 상당히 달랐다. 일단 내가 죽을 생각이 없었다. 니나의 죽음이 없다면, 이야기는 어떻게 진행되는 걸까.

'쎈이 안 나오면 어떻게 되는 거지?'

왕은 세라피가 도망가려고 한 것을 알고, 독점욕의 화신으로 변한다. 그리고 결심한 듯 그녀를 취한다.

'그런데 니나가 없으면 도망가질 못하잖아.'

세라피가 내성에서 아예 나오질 못하게 된다.

'설마 내가 노력해야 해?'

둘이 잘되라고?

나는 한숨을 푹 내쉬었다. 이 한 몸의 소중한 목숨을 희생할 수 없으니까, 잘 좀 해 보시라고 불붙이고 바람 좀 불어넣어야 하는 걸까?

'이 무슨 팔자에도 없는 큐피드야!'

그리고 그렇게 둘이 붙으면 니나의 인생은 평화로워지나?

'이건 생각 좀 해 봐야겠다.'

모시던 상사가 성녀에서 왕비로 진급하면, 기미 시녀 인생에 콩고물이 떨어질까? 세라피만 왕비 되고 기미 시녀는 낙동강 오리알 될 수도 있을 거 같은데?

'괜히 직장만 잃는 거 아니야?'

다시 고아원으로 돌아갈 수는 없었다. 배 나온 놈의 노리개라니 생각도 하기 싫었다. 나는 고개를 저으며 절대 둘을 붙여놓지 않기로 결심했다. 언젠간 활활 타오를 연인이었다. 둘이죽고 못 살 날은 분명히 온다.

'그 전에 내가 자리를 잡아야 해!'

뭐든 배우고 익혀야 했다. 나는 주먹을 꽉 쥐고 자리에서 일어났다. 알아야 할 게 많았다.

"저 이만 일어날게요! 천 정말 고마워요. 라라 언니!"

꾸벅 인사하고 다 먹은 접시를 챙길 때였다. 어제 봤던 주근깨가 나에게 다가왔다.

'화났네.'

비뚤어진 입술에 심술이 덕지덕지 붙어 있었다. 나는 작게한숨을 쉬며 말했다.

"용건이 있으신가요?"

주근깨는 식당을 한 바퀴 둘러보았다.

그래. 사람이 너무 많지? 어제처럼 쥐어박을 수는 없을 거다. 그녀는 마음에 안 드는지 입술을 삐죽거리며 앙칼지게 말했다.

"메어리 님이 너 데려오래."

모르는 사람이었다.

"그분이 누구이신가요?"

순수한 질문이었지만 주근깨는 신경질이 났는지 내 종아리를 발로 찼다.

퍽―!

꽤 아픈 소리가 식당에 울려 퍼졌다. 식사 중이던 몇몇 시녀가 나와 주근깨를 보는 게 느껴졌다.

"너 바보니! 따라와!"

그 시선에는 방금 친해진 천사들도 있었다. 나는 괜찮다는 듯 둘에게 인사하고 다리를 절뚝이며 걸어갔다.

둘의 눈빛에 염려가 묻어 있어서, 괜히 기분 좋았다.

'주근깨, 아 진짜 쌍욕을 퍼붓고 싶다.'

나는 그 와중에도 다 먹은 식기를 치우는 것도 있지 않았다. 이렇게 아픈데 주근깨는 한 대 먹인 게 자랑스러운지 콧노래를 부르고 있었다.

'뭐가 좋다고 쟨 저러냐.'

니나는 열넷의 조그마한 아이였다. 쥐꼬리만 한 성력을 가진, 백금발에 붉은 눈이 예쁜 소녀는 오갈 곳 없는 고아이기까지 했다. 게다가 못 먹었는지 키도 작았다.

'너는 이런 애를 괴롭히고 싶니?'

성질 같아서는 무릎 차기를 명치에다 꽂아 넣고 싶지만, 지금은 아니었다.

'참자. 참아야 하느니라.'

나는 부끄러운 듯이 고개를 숙였다. 이왕 맞은 김에 챙겨갈 것은 다 가져가고 싶었다.

'최대한 불쌍한 척하자.'

일부러 다리를 더 절뚝였다.

'그래야 친한 사람이 늘어나지.'

카스텔리움성에서 일하는 존경하고 사랑하는 시녀님들, 니나 좀 가엾게 여겨 주세요.

'불쌍하다는 인식이 생기면, 살아남을 확률도 커지겠지.'

어디를 가도 좋은 사람과 나쁜 사람이 있다. 며칠 지내 본 결과, 이곳은 그럭저럭 살 만했다. 그러니까…….

'주근깨만 해결하면 될지도?'

니나를 괴롭히는 애는 얘밖에 없었다. 세라피는 착하니까 그럴 리 없고, 니나를 죽일 왕님은…….

'그건 일단 논외로 하자.'

친애하는 왕님께는 잘 보이는 게 문제가 아니었다. 살려 달라고 빌어야 했다.

식당밖에는 돌아다니는 사람이 없었다. 나는 언제 그랬냐는 듯 멀쩡하게 걸어갔다. 주근깨는 이런 나를 아는지 모르는지, 앞서가기만 했다.

얼마나 그렇게 걸어갔을까. 내성에서 세라피 방으로 가는 길 쪽에 작은 방으로 들어섰다. 주근깨는 옷매무새를 단정히 하며 말했다.

"메어리 이모, 저 왔어요."

방문이 열리자, 희끗희끗한 센 머리를 가진 할머니께서 탁자에서 책을 보고 계셨다. 나는 재빨리 고개를 숙여 인사했다.

시녀는 책을 덮으며 말했다.

"성에서는 이모라고 부르지 말랬지?"

주근깨는 입술을 삐죽거렸다. 대강 알 거 같았다. 주근깨는 이모 덕분에 성으로 들어왔나 보다.

'더러운 인맥 사회.'

이화윤일 때 인맥으로 들어온 떨거지들 때문에 고생 좀 해봐서 그런지, 인맥이랑 청탁은 정말 엿 같았다. 하지만 어디를 가도 인맥은 정말 중요했다.

"네가 니나니?"

"네. 니나 케이지라 합니다."

"앞으로 모르는 건 나한테 물어봐라. 쟤가 아무것도 얘기 안 했지?"

나는 어색하게 웃으면서 고개를 끄덕였다. 원래는 주근깨한테 이것저것 물어봐야 하는 거였구나.

"내 조카 샬롯이 부인의 잔심부름을 한단다. 나는 부인의 전반적인 것을 맡고 있단다."

아, 이분께서 세라피 담당 시녀였구나. 나는 안도의 숨을 내쉬었다. 기미 시녀가 하는 일에 대해서 이것저것 묻고 싶은데, 어떻게 해야 할지 감이 잡히지 않았다. 그래서 지금 너무나 다행이었다.

"일단, 아침 점심 저녁 때맞춰서 내성으로 오렴. 부인이 먹고 마실 것을 기미해야 한단다."

"언제까지 오면 되나요?"

"종이 한 번 치면 내성으로 달려오렴. 적어도 두 번 치기 전
까지 와 있는 게 좋단다."

나는 고개를 끄덕였다. 정말 피와 살이 되는 얘기였다.

"부인께서는 아침을 드신 후에는 바로 기도를 하신단다. 그
때는 자유 시간이니까 이곳에서 대기해도 된단다."

하루에 세 번 기도라니, 성녀는 성녀구나. 그나저나 자유 시
간이라니! 기미 시녀 그렇게 꿀보직이었나요?

"하지만 디오 님께서 연구를 위해 찾으셨으니 아침나절은
연구실에 가 있겠구나."

나는 식당에서 어깨를 쳤던 남자를 떠올렸다. 어째 좀 불길
하더라니, 쓸모없는 일이 늘어난 거 맞구나.

"거기다 폐하께서 널 보고 싶어하시더구나."

뭐라고요? 나는 깜짝 놀라서 어깨를 움찔했다.

"이유는 모르겠지만 기침하시는 새벽과 주무실 시간에는 부
인 방에 있으렴. 왕께서는 그 시간에 부인이 있는 그곳으로 오
신단다."

나는 무슨 표정을 지어야 할지 알 수 없었다. 아니, 도대체
내가 왜 세라피 방에서 그녀와 함께 왕을 기다려야 하는 거죠?

"오늘도 찾으셨다고 들었다. 다른 건 다 안 해도 좋으니까,
꼭 폐하께서 물러나라 할 때까지 있으려무나. 그러고 나서는 여
기서 대기하렴."

머릿속이 혼란스러웠다. 나는 심호흡을 하며 하나하나 정리해 봤다.

'그러니까 새벽에 빨리 일어나서 내성으로 와서 왕이 일어날 때까지 세라피와 같이 있으란 거지? 저녁때는 세라피 방에서 왕이 잘 때까지 기다리라는 거고?'

무슨 그런 해괴망측한 일이 다 있을까. 왜 기미 시녀가 밤에 왕을 봐야 해? 그건 세라피의 일이잖아.

나는 뭔가 더 묻고 싶은 얼굴로 시녀를 바라봤지만, 연륜만큼이나 그녀는 단호했다.

"니나야, 성에서는 알고도 모른 척해야 할 일이 많단다."

그야 그렇겠지요.

"부인의 존재가 그렇단다. 절대로 입을 함부로 굴리지 마렴. 성에는 듣는 귀와 속삭이는 입이 많단다."

저도 그건 당연히 압니다만…….

"왕의 명령이 최우선이란다."

나는 그제야 부인의 하는 말이 무슨 뜻인지 알 수 있었다.

'닥치고 들으란 거구나.'

돌려 말하지 않아도 들을 텐데, 뭘 이리 빙빙 꼬세요. 나는 침착하게 손을 모으고 작게 심호흡을 했다.

"이곳에 대기할 때는 아무거나 자유롭게 해도 되나요?"

내가 알아들은 것이 기분 좋은지, 나이 든 시녀는 부드럽게 웃으며 내 머리를 쓰다듬었다.

"그럼 뭘 해도 좋단다."

휴게실을 얻었으니 개꿀인 건가. 나는 테이블이 있는 작은 공간을 둘러보며, 이곳에서 무엇을 할까 고민했다.

"하지만 니나야, 웬지 부인께서는 너를 많이 찾을 것 같더구나."

나는 어색하게 웃었다. 그러고 보면 세라피는 니나에게 이상한 동질감을 느끼는 거 같았다.

'머리카락 색 때문에 그런 걸까?'

아니면 같은 신을 믿어서?

'그런데 나 안 믿는데?'

니나도 이화윤도 믿음이라고는 먼지만큼도 없었다. 적당히 숨길 테지만, 이걸 알게 되면 웬지 성녀가 상처받을 거 같았다.

'근데 진짜 성당 별로다.'

교황이 지배하는 곳으로 무슨 일이 있어도 가기 싫었다. 이왕 이베리아에 온 거 여기서 뿌리를 내리고 살고 싶었다.

'그 전에 살아남아야겠지만 말이야.'

성녀가 왕이랑 이어지는 건 시간문제였다. 그 전까지 먹고 살 방법을 찾아야 했다.

"저, 시녀님. 전 뭔가를 배우고 싶어요."

난 간절한 눈으로 나이 든 시녀를 바라보았다. 그녀는 눈을 가늘게 뜨면서 더 말해 보라는 듯 내 어깨를 두들겼다.

'면접 보는 느낌이네.'

피부가 따끔할 정도로 예리하게 관찰당하고 있었다. 너무하네. 이렇게 어린애한테 너무 엄중한 잣대를 들이대는 거 아닌가.

'말 잘하자.'

머리 쓰면 쓰는 대로 수상하게 생각할 것이다. 나는 필사적으로 니나가 할 법한 말을 골랐다.

"이베리아에 대해 알고 싶어요. 저만 시골에서 와서 아무것도 모르는 거 같아서요. 혹시 높으신 분께, 무례를 저지르지 않을까 걱정돼요."

나이 든 시녀의 눈이 부드럽게 휘어졌다. 하지만 나는 그게 더 무서웠다.

'광대가 안 웃잖아!'

볼이 움직이지 않은 웃음을 보자, 저절로 긴장되었다.

"글은 아니?"

"네. 성당에서 알려 줬어요."

"제법이구나."

문맹률이 높은 세계였다. 평범한 사람들은 글을 모르는 게 대부분이었다. 성당은 신의 뜻이라며 고아들에게 글을 알려 줬지만, 그나마도 생색내기에 가까웠다.

'필사를 꽤 했지.'

성당은 고아들을 시켜서 성전을 베껴 쓰게 시켰다. 니나의 기억 속에도 여자애 대부분은 바느질과 필사를 하면서 돈을 벌어야 했다.

'여기서는 금속 활자가 있을까?'

아 빛나는 조상님의 기술이여. 오늘따라 대한민국이 너무나 그리웠다. 지식 자체는 컴퓨터만 있으면 거의 익힐 수 있었던 나의 조국이여.

"도서관에 가려무나."

"예?"

나는 깜짝 놀랐다.

"성을 나가면 바로 보일 거다. 하얀 건물이 도서관인데, 수도에 살면 누구든 이용 가능하단다."

갑자기 이베리아가 굉장히 좋은 나라로 보였다. 세상에 국립 도서관이라니!

"놀랐어요! 그런 곳이 있는 줄 몰랐어요."

"이제까지 무슨 책을 읽었니?"

나는 살짝 뺨을 붉혔다.

"성당에는 교리에 관한 책이랑 성전밖에 없어서요."

니나는 신께서 이러하셨다는 구절밖에 아는 게 없었다. 성당에서 가르치는 건 그게 다이기도 했다.

'그런 거 알려 줄 시간에 다른 걸 좀 가르치지…….'

노동을 할 수 없는 아이들은 필사와 바느질을 했고, 나이가 들면 허드렛일이나 막일을 시켰다. 나는 니나가 했던 힘겨운 노동을 떠올렸다. 아이는 차가운 물에 손을 수도 없이 담가야 했다.

"다른 책을 볼 수 있다니, 가슴이 두근거려요!"

니나라면 나이 든 시녀에게 분명 이렇게 말했을 것이다. 시녀는 니나의 머리를 몇 번 더 쓰다듬었다.

"네가 빌리고 싶은 거 빌리렴."

알았다는 듯 고개를 끄덕였지만, 속마음은 달랐다.

아마 마음대로 빌리면 큰일나겠지.

'아무래도 감시하고 있는 거 같은데…….'

무슨 책을 빌려야 무난한 걸까. 의심받는 삶이란 생각보다 힘들었다.

'편하게 살고 싶다.'

나는 나오는 한숨을 애써 참았다. 스트레스를 받았는지 뒷목이 뻣뻣했다. 아 좀 편하게 삽시다. 상황은 알겠는데 아주 애를 달달 볶았다.

그때 주근깨가 말했다.

"야, 너 부인이 불러."

나이 든 시녀는 내 등을 토닥거렸다.

"부인께서 너를 찾으시는구나. 이 트레이에 있는 음식만 기미하고 가 보렴."

"예."

그녀는 나에게 작은 스푼을 쥐여 줬다. 나는 트레이에 놓인 음식을 보고 어색하게 웃었다. 세라피가 먹는 건 하얀 빵과 작은 컵에 담긴 푸딩과 콩 한 줌, 그나마 풍성한 과일 뿐이었다.

"그녀는 성녀라서 고기와 기름에 튀긴 음식은 안 된다고 하더구나."

고기는 그렇다 쳐도 튀긴 건 왜 안 되는 걸까.

"그럼 굽거나 찌면 된다는 건가요?"

그게 도대체 무슨 차이지?

내가 고개를 갸웃거리자, 나이 든 시녀는 입을 가리고 웃었다. 이번에는 확실히 광대가 올라간 웃음이었다.

"그러게나 말이다. 조금씩 기미하고 가 보렴."

별로 먹을 것도 없었다. 나는 접시에 놓인 순서대로 음식을 먹었다. 몇 개 없는 만큼 순식간에 기미가 끝났다.

마지막으로 유리 주전자에 담긴 물을 마시면서, 나는 성녀에게 조금 존경심이 생겼다.

'사람이 이런 것만 먹고 어떻게 사냐.'

역시 성녀는 아무나 하는 게 아니었다. 이딴 과일 조금 먹고 매일 병자를 치유했다니. 역시 여주인공은 대단했다.

'잘해 줘야겠다.'

성녀, 알고 보니 식단이 걸그룹 수준. 인터넷 신문 제목으로 어울리는 참 뼈아픈 진실이었다.

내 성의 가장 안쪽, 성녀 세라피가 머무는 방은 이중삼중으로 병사가 지키고 있었다. 그들과 눈인사를 하면서 새삼 신기해졌다.

'도대체 니나는 세라피를 어떻게 여기서 나가게 한 거지?'

나는 나풀거리는 커튼을 바라보았다. 만화에서처럼 설마 저 커튼을 밧줄로 사용한 걸까?

'불가능할 것 같은데?'

그건 세라피의 팔 근육이 암벽 타기 수준이어야 가능하지 않을까. 커튼의 질김은 둘째 치고 말이다.

'거기다 여긴 꽤 높단 말이야.'

도대체 성을 어떻게 이렇게 높게 지었는지 신기할 지경이었다. 특수한 건축 방법이라도 있는 걸까.

"왔구나, 니나!"

이런 내 마음을 아는지 모르는지, 성녀는 방긋 웃으며 나를 맞이했다. 아니, 왜 기다리고 그래요. 나는 황송함에 고개를 숙였다.

"이제 코피는 괜찮니?"

나는 살짝 뺨을 긁었다. 세라피는 정말 착한 사람이었다.

"예. 괜찮아요. 좀 피곤해서 그랬어요."

"다행이다."

그녀는 내 손을 꼭 잡았다. 갑작스러운 스킨십에 세라피를 바라보았다. 성녀는 내 시선에 천사처럼 밝게 웃었다.

그때 따뜻한 기운이 손안에서 흘러 들어왔다. 부드러운 솜사탕이 손을 쓸어내리는 것 같았다.

'이게 뭐지?'

하얀빛이 손등을 타고 내려왔다. 희미한 빛은 심장에 닿았다가 흩어졌다.

"어머?"

말릴 틈도 없었다. 세라피는 놀라며, 내 가슴에 손을 댔다.

심장이 두근거렸다. 콩콩 울리는 소리가 귓가에 가득 찼다. 타인이 온기가 이렇게 생생하게 느껴진 적은 처음이었다.

성녀의 손바닥에서 빛이 계속 났다. 하얀빛은 빙글빙글 돌면서 남김없이 가슴 안쪽으로 돌아갔다.

"니나는 심장이 안 좋구나?"

깜짝 놀라서 순간, 몸이 떨렸다.

그런 내용이 소설에 있었나?

'없어.'

그런 단락 자체가 나오질 않았다. 아니 애초에 니나는 중요한 역할이 아니었다. 그저 시녀일 뿐이었다.

이런 내 마음을 아는지 모르는지, 세라피는 예쁜 목소리로 속삭였다.

"어렸을 때는 괜찮지만, 어른이 되면 큰일날 수도 있어. 조금 불규칙하게 뛰네."

"몰랐어요."

"한 번도 가슴이 아픈 적 없었니?"

나는 고개를 끄덕였다. 니나의 기억을 훑어봤지만, 가슴을 부여잡은 기억은 없었다.

"다행이구나. 그리고 이제……."

빛은 점점 강해졌다. 순백의 빛은 눈앞이 안 보일 정도로 한 순간 눈부시게 빛났다가 천천히 사라졌다.

"괜찮을 거야."

세라피는 아무렇지도 않게 웃었다. 나는 가슴에 손을 얹고 비틀거렸다.

'뭐야…….'

니나도 심장이 안 좋았어? 이화윤처럼? 이게 우연일까?

머릿속이 혼란스러웠다. 나는 기운 없이 성녀를 바라보았다. 눈이 마주치자, 그녀는 여신처럼 아름답게 웃었다.

'지금 그게 고쳐진 거야?'

어떻게 이럴 수가 있지? 이렇게 쉽게 고칠 수 있어? 이게 성력인가?

"당신은……."

나는 입술을 달싹이다가 입을 다물었다. 너무 놀라서 속마음이 그대로 나올 뻔했다.

'이래서 주인공이구나.'

그래서 이 이야기의 주인공이었다.

나는 떨리는 손으로 세라피의 옷자락을 잡았다. 얇은 천이 니나의 작은 손에 잡혔다.

'성녀님은 알까?'

세라피는 내 손에 자신의 손을 포갰다. 온기가 맞닿자, 이상하게 몸이 떨렸다.

"감사합니다."

그녀의 따뜻한 눈빛을 보면서 나는 솔직하게 웃었다.

'어떡하지.'

곤란했다. 정말 이건 너무 힘들었다.

성녀가 나를 구해 줬다. 이렇게 쉽고 아무렇지 않게 내 목숨을 이어 줬다.

'익숙하지 않아.'

가벼운 손익계산이야 할 수 있지만, 큰 은혜를 다루는 법은 니나도 이화윤도 몰랐다. 도대체 어떻게 하면 좋을까.

'모르겠어.'

나는 그녀가 사신 같은 여신인 줄 알았다. 적당히 가까우면 되는 관계라고 생각했다. 그래서 도무지 이해할 수 없었다. 자신의 목숨은 다 귀한 것인데, 왜 어린 니나가 그렇게 어리석은 선택을 했을까.

'니나가 왜 목숨 걸고 빼 줬는지 이렇게 알게 되다니……'

이래서 도와준 거구나. 그래서 작은 니나가 세라피를 이곳에서 나가게 해 줬구나.

'미치겠다.'

세라피는 부드럽게 웃으면서 어린 니나를 품에 안았다. 그녀의 성력처럼 달달한 향기가 났다. 그러고 보면 아무도 니나를 안아 준 사람이 없었다.

'눈물이 나잖아……'

생각해야 하는데, 본능이 더 빨랐다. 나는 입술을 꽉 물고 눈물을 참으려 했지만 한 방울 흐른 물방울은 계속 바닥으로 떨어졌다.

'복잡해……'

너무 생각을 많이 해서일까. 머리가 뜨끈뜨끈했다. 아니, 그 정도가 아니었다. 작은 불이 머릿속에서 타오르는 거 같았다.

'점점 더 뜨거운 거 같아.'

성녀의 부드러운 빛이 가슴속에 불을 낸 거 같았다. 슬퍼서 흘린 눈물은 이 열기를 식혀 주지 않았다.

나는 그녀의 품속에서 중얼거렸다.

"성녀님……."

열기는 점점 차올랐다. 왠지 의식마저 가물가물했다. 뜨거운 느낌이 발끝까지 닿았다. 도저히 저항할 수 없었다.

"뜨거워요……."

몸이 불에 타는 거 같다는 게, 마지막으로 한 생각이었다. 의식은 기다렸다는 까맣게 덧칠되어 갔다. 귓가에 세라피의 목소리가 들린 거 같지만, 아무것도 생각할 수 없었다.

왕과 나

니나와 이화윤은 전혀 다른 사람이었다.

니나는 성당에서 자랐던 고아였고, 필사를 위해서 글자를 배운 게 다인 아이였다. 하지만 이화윤은 대학까지 나오고 제대로 된 직장에 취직했다. 그녀는 그럭저럭 열심히 살았고, 인생계획도 제대로 세웠다. 그래서 서울 시내에 차와 집이 있었고, 보험도 잘 들어서 노후대비까지 탄탄대로였다.

하지만 두 사람은 공통점이 있었다.

니나와 이화윤은 둘 다 외로웠다. 두 사람 다 고아여서 가족이 없었다. 물론 이화윤은 이십 대에 가족을 잃었지만, 그래도 혼자는 혼자였다.

이화윤은 가족의 재산을 지켜야 했다. 사업을 시작해서, 누가 결혼을 해서, 너는 아무도 없으니까, 참 별스러운 핑계로 친척들이 찾아왔다.

'가족 무덤에 흙이 마르기도 전에 알았지.'

아, 혼자라는 게 이런 거구나. 정말 나 혼자 잘 먹고 잘살아야 하는 거구나. 세상 속에 홀로라는 게 이런 거구나.

'그래서 어려워.'

호시탐탐 탐내는 사람들 사이에서 가진 것만 지킬 줄 알았다. 살면서 누군가에게 큰 도움을 받는다는 건 생각도 못 했다.

'근데 그 상대가 세라피야.'

어떻게 해야 할까?

이대로 가면 원작이었다. 성녀님이 내 심장병을 고쳐 주셨어요. 니나는 행복한 시녀예요. 그러니까 성녀님이 원하시는 걸 해 드릴게요.

'그건 안 돼!'

그렇게 되면 죽음으로 가는 지름길이었다. 이대로 형장의 이슬로 사라질 수는 없었다.

'그렇다고 입 싹 닦을 수는 없잖아.'

은혜를 입었는데 배신을 할 수도 없었다. 사람이 어떻게 그래.

'와, 미치겠다.'

나는 매끄러운 것에 얼굴을 비비면서 끙 신음을 내뱉었다. 진짜 답답하기 그지없었다. 진퇴양난이란 말이 딱 맞았다. 발을 뺄 수도 내디딜 수도 없었다.

'내가 원작을 얕본 것 같아.'

아차 하면 나도 원작처럼 될 거 같았다. 그럼 어떻게 해야 하는 걸까.

'운명에서 파닥거려 봤자 엑스트라는 엑스트라인 걸까?'

새삼스럽게 원망스러워졌다. 주인공들끼리 잘 먹고 잘사는 세상에서 왜 나는 니나일까. 이왕이면 세라피면 좋잖아.

'아, 그건 아닌가?'

평생 걸그룹 식단만 먹고 병자를 위한 삶을 살라니 그건 나름대로 괴로워 보였다.

나는 따듯하고 매끄러운 것에 이마를 비볐다. 한창 그러고 있자, 더 따듯한 게 등을 토닥거렸다. 추워서 그런지 닿은 온기가 제법 기분 좋았다. 나는 웃으면서 어깨를 으쓱거렸다.

'그런데 여긴 어디지?'

기묘한 이질감이 느껴졌다. 나는 매끄러운 것에 얼굴을 비비면서 천천히 고개를 들었다.

희미한 시야 사이로 검은 머리카락이 보였다. 나는 아무렇지도 않게 긴 머리카락을 손가락에 감아쥐었다. 손가락 사이로 머리카락이 사락거렸다.

'누구 머리카락이지?'

머릿결 한번 되게 좋았다. 누군지는 모르지만 트리트먼트에 돈깨나 썼구나 싶었다.

'내 주위에 이렇게 긴 머리는 없는데……'

순간 어깨가 움찔 떨렸다. 딱 한 명, 있긴 있었다.

'서, 설마……'

나는 필사적으로 눈을 깜박여서 초점을 맞췄다.

그때, 낮은 목소리가 들렸다.

"아직, 밤이다."

지나치게 좋은 목소리가 귓가에 속삭였다.

"더 자도 된다. 니나 케이지."

나는 내가 본 것을 믿을 수 없었다.

어스레한 달빛 사이로 남자의 모습이 드러났다. 검은 머리카락이 자연스럽게 흐트러진 남자는 입가에 미소를 머금고 있었다.

'천국인가?'

굉장한 미남이었다. 옅은 금빛에 드러난 턱선이 아름다웠다. 나는 홀린 듯이 손가락으로 그의 얼굴을 조심스럽게 쓸어보았다.

손이 떨렸다.

"꿈?"

꿈치고는 지나치게 생생했다. 손에 닿는 피부가 사람의 체온처럼 느껴졌다. 내가 고개를 갸웃거리자, 남자는 더 웃으며 내 어깨를 토닥거렸다.

"꿈이라 쳐도 좋다."

역시 나름대로라도 양심을 지키며 살았더니 신이 천국으로 인도해 줬구나. 나는 배시시 웃으면서 다시 매트 위로 엎어졌다.

'꼭 저번에 본 왕처럼 잘생겼네.'

이래서 사람은 잘생긴 것만 보고 살아야 해. 거 봐. 보고 죽은 귀신은 꿈도 잘 꾸잖아.

'근데 이왕이면 좀 더 이런저런 걸 보고 싶긴 하다.'

나는 활짝 웃으면서 다시 이마를 비볐다. 그런데 이 베개 왠지 천 자락 같지가 않았다.

'매끈매끈하고 따끈한 게 꼭……'

나는 살짝 눈을 뜨고 내가 비비고 있는 걸 바라보았다. 상앗
빛이 도는 게 꼭 살결 같았다.

순간 어깨가 떨렸다. 나는 고장 난 인형처럼 다시 고개를 들
었다.

'서, 설마……'

지금 뇌리에 스치는 게 진짜는 아니겠지? 설마, 그럴 리가
없잖아.

나는 눈을 크게 뜨고 주위를 둘러보았다. 처음 느낀 것은 꽤
어둡다는 점이었다. 하지만 불빛이 있어서 사물을 식별하는 데
는 지장이 없었다.

'커튼?'

섬세한 레이스를 새긴 얇은 천이 천장부터 아래로 쭉 내려
왔다.

'아니, 저건 캐노피였나?'

옅은 색의 캐노피와 진한 커튼이 겹겹이 쳐져 있었다. 나는
초점을 더 맞추려고 눈을 비볐다.

시각보다 촉각이 더 강했다.

피부 위로 바람이 부는 게 느껴졌다. 초점이 맞춰지자 드디
어 모든 것이 보였다. 얇은 캐노피가 바람결에 흔들거렸다. 그
모습이 너무 예뻐서 나는 이곳이 천국이 맞구나 싶었다.

'천국에 침대가 있나? 아니 애초에 죽었는데 잠을 자?'

난 왜 사후세계에 별로 관심이 없었을까. 모든 지식은 피가

되고 살이 되는데, 좀 알아둘걸.

'뭐, 천사도 미남이고 참 좋네.'

천사는 내가 기억하는 최고의 미남을 닮았다. 다시 보기 힘들 줄 알았는데, 역시 신은 관대하시구나. 나는 그의 얼굴 한 번 더 보려고 고개를 돌렸다.

천사는 눈을 감고 있었다.

남자의 보는 순간 머릿속이 멍해졌다.

옅은 금빛이 그의 얼굴에 닿았다. 이마부터 시작한 선은 코로 내려와 인중으로 떨어졌다. 섬세한 이목구비를 감상하다, 내가 보는 이 황금빛이 달빛이란 걸 깨달았다.

그는 아무렇지도 않게 내 어깨에 올린 손을 뺨으로 가져갔다. 조금 높은 체온이 느껴져서, 나도 모르게 어깨를 움츠렸다.

"잠이 깼나 보군."

천사는 말도 했다. 나는 아몬드형 눈이 천천히 떠지는 걸 바라보았다.

'목소리도 꼭 왕 같은 게……'

설마.

불길한 생각이 들었다. 아니라고 하고 싶은데 왠지 맞는 거 같았다.

"저, 저……"

"성녀가 널 침대에서 재우고 있더군."

"아, 아니 그래도……"

"기적을 받은 사람들은 종종 의식을 잃는다고 하더군. 이왕 침대에 있는 거 내가 그냥 두라고 했다."

내가 뭘 했더라?

나는 기억이 끊긴 부분을 떠올렸다.

'성녀의 기적을 체험하고, 원작의 대단함에 혀를 내두르다가 기절했었지.'

식은땀이 등을 타고 내려갔다.

'아니, 그러면 숙소에 있어야지 왜 세라피 침대에서 일어나는데!'

왕도 이상해. 자신이 머무는 침대에 시녀가 뒹굴고 있으면 대강 치우고 숙면을 취하시지 왜 그냥 내버려두는데!

'애초에 밤에는 세라피랑 단둘이 있어야 하는 거 아니냐고!'

눈앞이 어지러웠다. 나는 베개에 얼굴을 다시 비비다가 고개를 들었다. 도저히 이 상황이 이해가 가질 않았다.

그때였다.

뺨에 있던 왕의 손가락이 움직였다. 화들짝 놀라서 몸을 떨자, 그는 작게 웃었다.

"진짜 넌 토끼 같군."

왕의 손길은 거침없었다. 뺨을 매만지던 손이 귀를 쓸어내렸다.

"역시. 시원해."

"그, 그게 무슨 뜻인지 감히 물어도 되나요?"

"네게 닿으면, 청량함이 느껴진다."

그러고 보니 전에도 이런 말을 하긴 했다. 그때는 얼굴에 정신 팔려서 그러려니 했는데, 이제 좀 무슨 말인지 알 거 같았다. 얼굴을 매만지는 왕의 손길은 강했지만, 그렇게 억세지도 않았다.

'마치 애완동물을 만지는 거 같은데……'

뺨을 만지다가 다시 귓가로 손길이 옮겨졌다. 손가락이 목덜미 안쪽으로 슬쩍 내려갔다.

"힉!"

나도 모르게 온몸을 움츠리자, 그가 작게 웃었다.

"날이 더워지면 안고 자야겠군."

누가 들으면 오해하기 딱 좋았다. 설마 이걸 의도한 건 아니겠지? 도대체 무슨 말을 하는 거야.

나는 필사적으로 머리를 굴렸다.

'그러니까, 인간 죽부인이라는 거지?'

왕은 마력을 쓰면 끊임없는 작열통에 시달렸다. 그것을 없애 준 건 세라피의 기적 같은 성력이었다. 『묶인 새』에 보면 그 내용이 나왔다.

'그는 마력을 쓴 대가로, 신경통과 불면증에 시달렸지.'

사비나의 말이 떠올랐다. 불기둥과 구름 기둥을 다루고, 굶어 죽지 않게 만나도 뿌리지만 신이 아니었다. 견디기 힘든 고통을 느끼기에 왕은 인간이었다.

'니나에게 시원함을 느낀다는 건 뭘까?'

그냥 시원함도 아니라 청량함이었다. 거기다 왕은 온몸이 타들어가는 고통을 느끼는 사람이었다.

'조, 좋은 거겠지?'

인간 얼음베개라는 건가? 그럼 죽이진 않겠지? 인간 암반수 사이다가 여기 있습니다. 마음껏 이용해 주세요.

'도움 되니까, 적당히 콩고물이 떨어지려나?'

나는 왕의 눈을 바라보았다. 수려한 눈매의 붉은 빛 눈동자에는 호기심이 섞여 있었다.

서, 성적인 건 아니겠지?

'히, 힘내자.'

그게 아니라면 애완동물 같은 건 나쁜 게 아닐 거야. 나를 죽일 사람이 좋게 본다는 거잖아.

'물론 세라피 탈출시키면 형장의 이슬이 되겠지만……'

아아, 위대한 원작의 억지력이여.

그녀를 생각하자 가슴이 두근거렸다. 나는 한쪽 손으로 가슴 가를 꾹 눌렀다. 콩닥콩닥 잘 뛰는 이 심장을 세라피가 고쳐 줬다.

아픈지도 모르는 심장이었다.

"성녀님의 기적은 대단한 거 같아요."

왕은 옆자리에 누워 있는 세라피를 힐끔 보았다. 나는 그제야 왕과 세라피의 손이 묶여 있는 걸 깨달았다.

'계속 닿으려고 저렇게 해 놓은 건가?'

하얀 끈으로 두 사람의 손을 꽁꽁 묶여 있었다. 소설에서 봤지만, 그는 정말 성녀를 인간 진통제로 쓰고 있었다.

"그녀는 기적이지."

"어떻게 하면 제가 성녀께 은혜를 갚을 수 있을까요."

말하고서 아차 싶었다. 지금 내가 친애하는 왕님께 무슨 말을 하는 걸까. 스킨십 때문에 나도 모르게 친밀해진 걸까.

당황스러움에 입만 달싹일 때였다. 어슴푸레한 달빛에 왕이 웃는 게 느껴졌다.

난생처음 보는 미남의 미소는 눈이 부셨다. 그는 정말 재미있는지 계속 몸을 떨며 웃었다.

"그녀는 기적을 내리는 게 일상이다. 칭송을 받는 위치에서 할 일을 한 거지."

왕은 내 귓가를 매만지며 말을 이었다.

"그녀에겐 기적이 식사나 다름없다."

아니, 그 식사도 성력을 위해서 새 모이처럼 먹던걸요. 평생 절식하는 게 당연하고, 먹는 건 걸그룹 식단이라니. 그것도 대단한 거 아닌가요.

"네가 해 줄 게 없단 얘기다."

나는 그제야 왕이 무슨 말을 하는지 알았다.

'성녀에게는 이 기적이 별거 아니란 뜻이구나.'

나한테는 기적이지만, 성녀에게는 흔한 일이다. 그러니까 쓸데없이 은혜 갚을 생각 하지 마라.

순간 웃음이 나왔다.

'왕한테 이런 말을 들을 줄이야……'

이 사람도 칭송을 받는 위치였다. 왕, 권력자는 절대적인 충성이 필요하다. 사실 이 세계는 신분이 정해져 있다. 그런데 정점에 가까운 사람이 그딴 거 필요 없다고 말한다.

'기분이 되게 이상하네.'

내가 웃자, 그는 손가락으로 내 코끝을 살짝 눌렀다.

"그래도 잘해 드리고 싶어요."

도망치게는 해 주지 못하지만, 니나가 할 수 있는 범위 내에서는 뭐든 들어주고 싶었다.

"저한테는 기적이니까요."

그럼. 그럼. 사람이 그렇게 사는 거 아니야. 심보를 곱게 쓰지 않으면 복이 안 와요. 물론, 여유가 있을 때 얘기지만.

이 사람 때문에 결론이 깔끔하게 나왔다. 나는 웃으면서 옆에서 천사처럼 자는 세라피를 바라보았다. 백금발을 흐트러뜨린 채 자는 그녀는 달빛에 반짝반짝 빛났다.

그때였다.

커다란 손이 내 얼굴을 억지로 돌렸다.

나는 눈만 깜빡이며 왕을 바라보았다. 자신을 바라보게 고정한 남자는 미간을 찌푸렸다.

"후련한 얼굴이군."

그는 손에 힘을 주고 내 고개를 이리저리 돌렸다. 어찌나 힘이 센지 고개가 힘을 주는 방향대로 움직였다.

"마음에 안 드는군."

아니 뭐가?

"넌 내 성의 시녀 아닌가?"

나는 고개를 끄덕였다. 흐린 시야 사이로 왕의 얼굴이 왔다갔다 했다.

그야 그렇죠. 당신에게 돈 받는 시녀입니다. 누가 뭐라고 합니까?

"성에 있는 건 다 내 것이다."

고개를 잡았던 큰 손이 살짝 내려가서 이번에는 목을 잡았다.

아니, 내 목줄을 왜 잡고 그러세요. 꽃미남 왕님, 우리 말로 합시다.

"너도 내 것이다."

나는 어색하게 웃었다. 정말 누가 들으면 오해할 말이었다.

'왜 그걸 목을 잡고 말하는데…….'

아마 충성을 하려면 자신한테 하라는 말이겠지. 성녀한테 더 잘해 주겠다고 하면 목을 조일 기세였다. 나는 내 목을 잡은 팔을 따라서 시선을 차츰차츰 올렸다. 팔의 주인은 희미한 웃음을 지은 채 나를 바라보았다.

와, 진짜. 판단이 힘들다.

저, 폐하. 자꾸 오해하게 하지 마세요. 당신이 날 조금 좋게 생각한다고 믿을 거 같단 말이야.

'당신은 성녀만 바라보는 사람이잖아.'

좀 이상하긴 했다.

그는 왜 엑스트라인 니나를 보면서 웃는 걸까.

'애초에 왜 끼고 자고 있는데?'

원작에서 그는 좀 더 계산적이었다. 자신의 안으로 들어온 사람한테는 관대하긴 했지만, 필요 없으면 가차 없이 버리는 성격이었다.

'미남의 스킨십이 나쁘진 않지만, 적응이 안 된단 말이야.'

세라피에게 진득한 독점욕을 가진 채, 접근하는 조연들이랑 아수라장을 벌일 분 아니셨나.

청량함이 느껴져서 만지는 건 알겠는데, 그거 외에는 전혀 이해할 수 없었다.

"이상한 표정이군."

"어려우니까요."

그래. 당신 되게 힘들어. 내 머리가 나쁘진 않지만, 왕이 원하는 걸 알기가 힘들었다.

그는 내 목에서 손을 떼더니 이번에는 뒤통수를 부드럽게 내리눌렀다. 힘없는 니나는 인형처럼 그가 원하는 대로 움직였다.

매끈매끈한 것에 얼굴이 닿았다. 따끈한 체온마저 느껴졌다. 내가 계속 비비적대었던 베개였다. 그런데 베개가 매끈매끈할 리가 있나?

나는 고개를 살짝 들어서 베개를 확인했다.

"히익!"

깜짝 놀라서 고개를 드니, 왕의 웃음소리가 들렸다.

"내 팔 위에서 잘도 비비더군. 덕분에 즐거웠다. 얼음조각이 닿아도 없어지지 않았던 열기가 네가 닿으니 사라지더군."

잠깐, 그러면 내가 당신 가슴 위에서 얼굴 부비적거리면서 잤단 말이야? 아니 당신은 왜 그걸 두고 보는데!!

난 당황해서 어쩔 줄 모르는데 왕은 느긋하게 뺨을 매만졌다. 그러고 보면 단 한 번도 나를 만지는 걸 멈추지 않았다.

"아니, 저 이거 나중에 문제 되는 거 아니에요?"

"무슨 문제지?"

"그게, 시녀랑 성녀와 왕이 하룻밤을 보낸 셈이잖아요?"

세라피야 왕비 되고 잘 사니까 아무 문제 없지만, 나는 좀 이상해지는 거 아니야?

"제 나이도 그렇고, 왕께서 이상한 취향으로 오해받으시면 어떡해요!"

소아성애 비슷한 거로 신하들이 수군거리면, 친애하는 왕님 평판이 이상해지는 거 아니야?

"누가?"

"이 성의 사람들이? 송구스럽지만, 사람의 입은 막을 수 없잖아요."

"설사 그렇더라도 뭐가 문제지?"

순간 할 말이 없어졌다.

그러게. 왕이 마력 써서 아파서, 어린 시녀 좀 만진다는데 누가 뭐라 할 사람이 있나? 좀 지저분한 소문이 돈다 치자. 아동 인권이 없는 세계에서 그렇다고 한들 누가 뭐라 그럴 수가 있을까? 그것도 나는 시녀고, 이 사람은 왕인데.

"그, 그러네요. 문제가 되는 건 단 하나네요."

내 처지.

나는 어색하게 웃으면서 고개를 숙였다. 울고 싶었다. 아니 내가 이 성에서 일하는 사람이라도 니나가 이상했다.

'제 성녀의 기미 시녀인데, 왕이랑도 한 침대에서 잤대.'

안 봐도 들리는 BGM이었다.

이봐요, 왕님. 당신은 아무렇지도 않지만 저는 여기서 적응해서 잘 살고 싶거든요? 왜 내 인생을 이렇게 어렵게 만드시나요.

힘없게 웃는데, 왕의 목소리가 들렸다.

"계속 얼굴을 대고 있어라."

명령이라면 들어야죠. 나는 미간을 찌푸리며 주춤주춤 얼굴을 왕의 팔에 댔다.

'민망해.'

잘생긴 남자 팔을 베개 삼아 누워 있는데 왜 이리 혼란스러운 걸까.

"거기가 아니다."

왕은 내 목덜미를 잡고 머리를 잡아당겼다. 나는 귀 잡힌 토끼처럼 질질 끌려 올라갔다.

'부, 부끄러워……'

왕의 팔에는 내 체중을 실을 수 없어서 다리로 버텼지만, 좀 더 높아지니 그럴 수 없었다. 하는 수 없이 힘을 뺐다.

그는 만족스러운 듯 내 머리를 쓰다듬었다.

"자라, 니나 케이지."

당신 같으면 잠이 오겠습니까. 친애하는 왕의 맨살에 얼굴을 찰싹 대고 있는데!

"착하게 있으면, 뭐든 들어주겠다."

저 말이 무슨 뜻일까. 어떻게 착하게 있으란 거지? 그리고 들어주긴 뭘 들어줘. 소원이라도 빌라는 거야?

아니, 그렇다기보단······.

'애완동물 취급인 거 같은데?'

만지고 쓰다듬고, 팔베개해 주고. 이렇게 보니까 꼭 강아지 다루는 거 같았다.

아무리 니나가 작고 귀여워도 그건 아니지.

'아니다. 그래도 애완동물은 안 죽이긴 하지.'

오랄 때 오고, 가랄 때 가면 먹이와 집을 준다는 건가?

'형장의 이슬보단 낫나? 어떡하지. 진짜 답이 없네.'

원작의 억지력에 신음한 지 반나절 후에, 시녀들 사이로 무너진 평판을 걱정해야 한다니 니나 케이지의 인생은 너무 난이도가 높았다.

'숨 돌릴 틈이 없어.'

편안하게 살고 싶었다. 한적한 곳에 오두막 짓고, 밭을 일구며 살고 싶었다. 새소리 들으며 보리밥과 산나물을 먹고 싶었다.

'그런데, 정말 그른 거 같아.'

상황이 휙휙 변하는데 할 수 있는 일이 없었다. 정말 어떡하지. 미간을 찌푸리고 한숨을 쉬려다가 멈칫했다. 내가 뺨을 대고 있는 게 왕의 피부였다.

나는 그냥 조용히 입을 다물었다.

바람이 불어서 조금 추웠지만 닿은 피부는 따듯했다. 눈을 감으면 커튼이 부딪치는 소리밖에 들리지 않았다.

그때 따듯한 손이 볼을 쓰다듬었다. 하도 만지작거려서 익숙한 손길이었다.

소중한 걸 만지는 거 같았다. 그래서일까. 뭔가 뜨거운 게 가슴 위로 울컥 올라왔다.

나는 입술을 깨물었다.

'이상한 기분이야.'

왕은 나를 만지고, 옆에는 세라피가 있다.

연인이 있었던 이화윤과 달리, 니나는 부드러운 스킨십이 처음이었다. 신부와 수녀는 애들을 살뜰히 보살피지 않았다. 그래서 니나는 항상 더 어린아이들을 돌보며 안아 줬다.

니나는 가끔 누군가에게 안기고 싶었다. 그래서 이렇게 닿은 온기와 손길이 낯설었다.

문득 니나라면 지금 이 순간 울고 있을 거 같다는 생각이 들었다. 이유는 알 수 없지만 말이다.

"니나야, 잘 잤니?"

햇살 사이로, 아름다운 세라피가 활짝 웃었다. 순간 눈이 너무 부셨다. 나는 고개를 푹 숙였다. 왠지 눈을 뜰 수 없었다.

'부끄러워……'

나는 얼굴을 가리고 주저앉았다.

아침에 일어나니, 넓은 침대에는 나 혼자였다. 벌떡 일어나서 주위를 살펴보니 세라피는 일어나서 기도 중이었고, 왕은 없었다.

무릎 꿇고 기도하는 성녀님을 보며 나는 쥐구멍에라도 숨고 싶었다.

'맨살에, 가슴 베개에, 얼굴을 대고……'

처음에는 꿈인 줄 알고 헛소리까지 했다. 거기다 달밤의 마력으로 실없는 말도 잔뜩 했다.

'내가 미쳤어!'

그냥 입 다물고 있을걸! 왕인 걸 알면 그냥 두려움에 오들오들 떨면서 하라는 대로 할걸!

"어디 아프니?"

세라피는 상냥했다.

나는 주저앉은 채로 고개를 저었다.

"저, 성녀님."

"응. 나나."

"어젯밤 저 왜 여기에 있었나요?"

그녀는 나랑 똑같이 다리를 굽히고 앉아서, 눈높이를 맞췄다.

"어제 내 품에서 쓰러졌어. 걱정하지 마. 큰 병을 고친 사람들은 종종 그래. 처음에는 시녀가 바닥에 그냥 눕혀 놓으려고 해서, 내가 침대에 옮기라고 했어."

차라리 바닥에 놓으시지 그랬어요. 나는 정말 울고 싶었다.

"그러다가 깜빡 잊었어."

아니, 왜 침대에 시녀 한 명이 쓰러져 있는 걸 잊으셨나요.

"저 침대 커튼이 너무 많아서 안에 누가 있는지 잘 안 보이잖아. 평소에는 커튼을 펴 두기도 하고."

나는 고개를 돌려 침대를 바라보았다. 내성 가장 안쪽에 있는 이 침대는 평소에는 커튼을 쳐서 안쪽이 잘 보이지 않았다.

"나도 널 나중에 발견하고 놀랐는데, 그가 내버려두라고 하더라."

"그냥 복도에 버려도 되는데요."

이렇게 되느니, 찬 데서 자서 입 돌아가는 게 차라리 나아요.

"어떻게 그래. 니나인데."

세라피도 참 오해할 말을 잘했다. 뭐야. 날 예뻐하는 거 같잖아. 높으신 분들은 다 이런 걸까.

나는 고개를 숙이고 상황을 정리했다.

'그러니까 이제 내가 해야 할 일이 뭐지?'

나는 세라피를 바라보았다. 나와 눈높이를 맞춘 그녀는 부드럽게 웃고 있었다.

'일단 은혜를 입었으니 잘해 드려야지.'

니나가 할 수 있는 게 뭐가 있겠냐마는 성심성의껏 최선을 다해 모셔야지.

'그리고 앞으로의 내 생활……'

한숨이 저절로 나왔다. 나는 땅이 꺼져라 숨을 내뱉었다.

'내 평판 어떡해.'

—기미 시녀, 왕과 하룻밤 보내다.

인터넷 신문 제목으로 너무 잘 어울렸다. 가뜩이나 이곳은 가십을 좋아하는 거 같던데, 나 어떡해. 망했어.

'거기다 나는 열네 살에 출신도 타국이란 말이다!'

애초에 끼고 잔 왕이 문제지만, 이곳에서 그는 신성불가침보다 더한 존경을 받고 있으니 예외였다. 하지만 나는 아니었다. 귀한 존재도 아니고 만만하기 그지없는 데다 비빌 곳도 없었다.

'나 시녀들 사이에서 따돌려지는 거 아니야?'

아니 만인에게 사랑받을 수는 없어도, 능력 면에서 인정받고 싹싹한 아이로 보길 바랐는데 어쩌다 이렇게 된 걸까.

'설마 이것도 원작 때문이야?'

『묶인 새』에서 니나가 겉돌아서 나도 이렇게 낙동강 오리알 신세가 된 거야?

'이게 무슨 비참한 운명이냐!'

신이 있다면 발차기를 날리고 싶었다. 아니 잘살아 보려는 내가 그렇게 아니꼬워? 왜 상황을 꼬고 난리야!

"니나야, 아직도 아프니?"

세라피가 니나의 어깨를 토닥였다.

나는 숨을 몰아쉬면서 고개를 저었다.

"부인께서 고쳐 주셔서 전 아주 건강해요."

건강을 얻고, 평판을 잃었지만요.

"병자를 고치는 건, 성녀의 의무야."

"아무나 이런 행운이 오는 건 아니잖아요. 감사합니다."

신을 원망하고 나서 바로 성녀에게 감사라니. 니나의 인생은 정말 아이러니가 따로 없었다. 나는 성녀의 손을 덥석 잡았다.

"성녀님께서는 운명을 믿으시나요?"

"글쎄? 신께서 정해 주신 건 있다고 믿지?"

"전 오늘부터 안 믿으려고요."

원작의 억지력 따위에 굴복하지 않겠습니다. 사방팔방에서 자꾸 니나를 죽이려고 하는데요, 이렇게 된 이상 개똥밭에 굴러도 이승이 좋다고 이 한목숨 절대 놓치지 않을 거예요.

"응? 무슨 말이니?"

나는 성녀를 보며 방긋 웃었다. 내가 활짝 미소 짓자, 그녀도 따라 웃었다.

"잘 부탁드려요, 성녀님."

이렇게 된 이상 차지게 살아남아 볼게요. 정말, 열이 받아서 살 수가 없어요. 운명인지 억지력인지 모르지만, 지렁이가 꿈틀하는 걸 즐기는 거 같아요. 정말 인간으로서 내 자존심이 매우 아파요.

"그래?"

"일단 메어리 님께 가 볼게요. 부인의 아침을 기미해야 하거든요. 이따 뵙겠습니다."

나는 한쪽 무릎을 살짝 굽혔다가 펴고 문 쪽으로 달려갔다. 뒤에서 성녀가 어리둥절한 표정을 짓고 있었지만, 신경 쓰지 않았다.

나는 힘차게 달려갔다. 정말 너무 열이 받아서 뭐든지 부수고 싶은 심정이었다.

왕은 업무를 보다가 조금 웃었다. 사비나는 그런 그를 바라보다 살짝 고개를 숙였다. 왕은 서류를 내려놓고 어깨를 펴면서 말했다.

"할 말 해도 돼. 사비나."

"정말 해도 됩니까?"

왕은 느긋하게 찻잔으로 손을 뻗었다. 사비나는 성큼성큼 그에게 다가가서 작게 말했다.

"심중을 헤아리기 힘듭니다."

"내 심중을 말하는 건가?"

"시녀들 입은 막기 힘듭니다. 도대체 왜 그러셨습니까?"

왕은 조금 웃었다. 그러고 보면 어제 토끼도 비슷한 말을 했었다.

"토끼를 좀 안고 잤다고 난리군."

"성녀는 그럴 수밖에 없는 존재지만, 니나 케이지는 시녀입니다."

"뭐든 기분 좋으면 상관없어."

"그러다 니나 케이지가 엉뚱한 존재가 되면 어떡하려고 그러십니까?"

이건 좀 흥미로웠다. 왕은 서류에서 시선을 뗐다.

"무슨 뜻이지, 사비나?"

사비나는 아무 말도 하지 않았다. 왕은 한쪽 팔에 얼굴을 대고 재미있다는 듯 웃었다.

어떤 존재가 된다는 뜻일까?

특별한 쪽으로? 귀찮은 쪽으로?

왕은 일단 귀찮은 쪽으로 고개를 돌렸다.

"만약 니나 케이지가 나와의 관계로 날뛴다면, 그거 나름대로 처리하면 된다."

시녀는 미간을 찌푸렸다.

"그런데 그 토끼, 그럴 거 같진 않더군."

"머리가 영리합니다."

"주제를 잘 안다. 그래서 더 잘해 줘 봤는데도 한결같더군."

사비나는 왕이 무슨 말을 하는지 잘 알았다. 그는 니나 케이지가 일부러 오해하도록 행동한다는 말이었다.

왕은 아이를 시험하고 있었다.

"무슨 일이 있어도 성녀가 최우선이다. 닿으면 고통이 사라지는 존재는 소중하지. 니나 케이지는 만지면 좋긴 하지만 그뿐이다."

"있어도 그만, 없어도 그만이란 말입니까?"

"둘 중에 한 사람을 구한다면 당연히 성녀겠지. 그런 상황은 오지 않겠지만 말이다."

사비나는 무슨 말을 하려다가 입을 다물었다. 왕은 서류를 다시 들면서 말했다.

"청량함이 느껴지는 건 그럭저럭 좋으니까, 계속 옆에 둘 것이다. 그나저나 사비나는 정말 토끼가 마음에 들었나 보군."

"저보다······."

시녀는 작게 숨을 내쉬었다.

"응?"

"폐하께서 마음에 더 드신 거 같습니다."

왕은 서류에서 시선을 떼고 시녀를 바라보았다.

"뭐?"

"성녀 때는 이해할 수 있었지만, 니나 케이지는 너무 의외입니다."

자신이 아는 왕이라면, 그저 만지는 게 다여야 했다. 하지만 그는 아이의 반응을 봤다. 당황하면 즐거워했고, 난처해 하면 재미있어했다.

"흥미로우십니까?"

사비나의 거침없는 질문에 왕은 순간 할 말을 잃었다.

"작고 예뻐서 귀여우십니까?"

니나 케이지가 예쁘긴 해도, 그 아이보다 더 예쁜 사람은 찾으려면 얼마든지 찾을 수 있었다.

"그냥 토끼다."

"시험 같은 건, 저한테 시키시면 됩니다."

왕은 미간을 찌푸리고, 시녀를 바라보았다. 사비나는 충성의 대상을 향해 존경의 미소를 지었다.

"그런 말을 들으니······."

왕은 의자에 몸을 기대며 다시 서류를 바라보았다.

"더 귀여워해야겠군."

사비나는 놀라서 자기도 모르게 반문했다.

"예?"

"만지면 시원하니 흥미로운 것도, 니나 케이지가 작고 귀여운 것도 사실이다."

왕은 시녀의 반응이 만족스러웠다. 그는 여유롭게 서류에서 시선을 떼고 웃었다.

"왜 청량함이 느껴지는지는 디오가 밝혀내겠지. 교단이 무슨 꿍꿍이인지 모르지만, 니나 케이지는 내 손에 들어왔다. 이왕 이렇게 된 거 내 옆에 두는 게 무슨 문제가 된다는 거지?"

"하지만 그 아이는!"

"토끼 좀 귀여워하는 게 이렇게 난리 날 일인 줄은 몰랐군."

왕은 별거 아닌 듯 말했지만, 그를 평생 봐온 사비나는 알았다. 왕은 지금 객관성을 잃었다. 그로서는 매우 의외였지만, 깨닫지도 못했다.

시녀는 그냥 조용히 서 있다가 겨우 물었다.

"계속 곁에 둘 생각이십니까?"

"안 될 이유가 없다."

"알겠습니다. 그렇게 조치하겠습니다."

사비나는 고개를 숙이며 물러났다. 왕은 다시 정무를 시작했지만, 그녀는 이상하기만 했다.

'별거 아니긴 합니다만…….'

니나 케이지가 하는 일은 기껏해야 성녀의 기미였다. 설사 그녀가 왕의 관심을 등에 업고 휘두른다 해도 달라지는 건 없었다.

'폐하, 아십니까?'

차라리 그 아이가 그렇게 행동한다면 쉽습니다. 처리할 수 있으니까요. 하지만 니나가 욕심 따위 없이 그냥 이대로 지낸다면, 당신은 어떡하실 겁니까?

'폐하께서는 계속 그 아이를 만지실 겁니다.'

만나는 순간이 늘어나면 관계도 깊어진다. 그러다 보면 무슨 일이 생길지도 몰랐다. 사비나는 그것이 걱정되었다.

'그건 처리할 수 없으실 텐데요?'

사비나는 니나 케이지를 떠올리며 생각에 잠겼다. 짧은 백금발과 예쁘장한 얼굴이 기억났다. 아이는 밝고 영리했다.

그녀 자체도 아이가 마음에 들었다. 저렇게 처신이 좋으면 일도 금방 배우겠다 싶었다. 하지만 그건 시녀로서의 니나 케이지였지, 왕의 관심을 받는 니나 케이지로서가 아니었다.

"어쩌려고 그러십니까."

그 아이가 성녀와는 다른 존재가 될 거 같다는 느낌이 들었다. 그것이 좋은 쪽인지 나쁜 쪽인지, 사비나는 갈피를 잡을 수 없었다.

"늦게 와서 죄송합니다."

나는 고개를 숙이며 사과했다. 일어나는 게 늦어서 성녀님의 기미도 밀려 버렸다. 내 인사에 메어리는 고개를 저었다.

"상황은 나도 들었다."

메어리는 일단 성녀의 아침을 내왔다. 금빛 트레이 위에는 약간과 채소와 과일, 그리고 하얀 스튜가 있었다.

'여전히 새 모이만큼 먹는 성녀님이시네.'

먹을 게 별로 없어서, 기미는 빨리 끝났다.

메어리는 주근깨에게 가져가라고 손짓했다. 나는 앞치마에 입술을 훔쳤다. 살짝살짝 눈치를 보았지만, 그녀는 연륜이 있는 시녀답게 아무 말도 하지 않았다.

"저……."

어젯밤에 관해 물어볼 거라고 생각했지만, 그녀는 조용하기만 했다.

침묵이 내려앉았다. 나는 침착하게 시녀의 말을 기다렸다.

메어리는 나를 보며 옅게 웃었다. 그때처럼 광대가 올라가지 않은 웃음이었다.

"앞으로 처신에 신경을 써야겠구나."

말에 뼈가 있었다. 괜히 시녀 일을 오래 하신 게 아니군요. 나는 고개를 살짝 숙이고 한숨을 쉬었다.

"정말 아무 일도 없었어요. 그냥 시원하다고 만지신 것뿐입니다."

맨살에 볼을 비비고, 달빛 미남에게 홀려서 이상한 말 좀 하긴 했습니다. 하지만 그런 관계는 절대 아닙니다. 믿어 주세요.

"네가 왕과 그런 관계라면 제대로 걸어 다니지도 못하겠지."

그거 말하는 거 맞지? 참 뼈 있는 말이었다.

'진짜 무섭다.'

열넷 살의 니나라면 알아듣지 못한 척을 해야 해서, 나는 뺨을 긁으며 어색하게 웃었다.

"옆에는 부인께서 계셨니?"

"네! 당연하죠."

셋이 침대에서 잠만 쿨쿨 잤습니다를 어떻게 표현해야 하는 걸까. 나는 필사적으로 머리를 쥐어짰지만 나오는 게 없었다.

'이곳에서 열넷은 성적인 지식이 있을까, 없을까.'

나는 니나의 고향을 떠올렸다. 그곳에 신부와 수녀는 고아인 아이들을 합법적으로 팔아치웠어도, 성적인 부분에서는 굉장히 엄격했다.

'새하얀 도화지처럼 아무것도 몰라요로 나가야겠다.'

나는 오늘부터 아무것도 모르는 거다. 절대 아는 척하지 말자.

'하지만 그 외의 것은 솔직해야 할 거 같아.'

솔직히 별일 없긴 했어. 스킨십이 있긴 했지만, 그런 느낌은 절대 아니었지.

"그래. 그렇구나. 하긴 폐하께서는 그러실 리 없지. 그렇게 고생하셨는데, 쉽게 그러실 분이 아니야."

이건 또 무슨 말일까.

"괜한 소리가 많이 나올 거다. 하지만 시간이 지나면 사그라들 거야."

그야 시간이 지나면 뭐든 없어지긴 하겠지. 나는 입술을 깨물었다. 솔직히 억울했다. 니나를 만진 것도, 니나를 숙소로 보내지 않는 것도 왕이었다.

'열네 살짜리 애로 음담패설 돈다는 건 아는데, 그래도 이게 내 잘못은 아니잖아.'

다 친애하고 존경하는 왕님 탓 아닌가?

"메어리 님."

나는 숨을 몰아쉬며 말했다.

"저는 이베리아에서 살고 싶어요. 성당으로 돌아가기 싫어요. 고아원으로 가면 저는 이름 모를 남자에게 팔리는 양녀가 됩니다."

나이 든 시녀의 눈빛이 조금 달라졌다. 그것이 좋은 것인지, 나쁜 것인지 잘 몰랐지만 나는 솔직히 다 내던져 버렸다.

"이곳에서 시녀로 일하게 된 것을 행운이라고 생각해요. 그러니까 이곳에서 잘하고 싶은 마음밖에 없어요. 하지만 지금은 왠지 제가 감당하지 못하는 일에 휩쓸리는 기분이 들어요."

만약 원작의 니나에게 이런 일이 일어났다면, 아이는 어떻게 됐을까.

나는 앞치마를 잡은 두 손을 꼭 쥐었다.

"저는 여기서 잘하고 싶다는 마음밖에 없습니다. 제가 어떻게 하면 잘할 수 있을까요. 메어리 님, 도와주세요."

만약 니나를 감시하는 사람이 있다면, 이 사람이 제일 유력했다. 그래서 나는 더 솔직해졌다.

'진심 속에 거짓말을 섞는 게 처세의 기본이긴 하지.'

아마 이 사람은 위에다 보고하겠지. 그러면 지금 내가 한 말을 그대로 전할 것이다.

'최종 보고자는 누굴까. 사비나일까. 아니면……'

왕일까?

'다 당신 탓이잖아.'

만약 이 일로 큰일이 난다면, 내가 구천을 떠돌아서라도 괴롭힐 거야. 물론 당신한테는 솜방망이겠지만 지렁이도 밟으면 꿈틀하는 법이라고.

"나는 너를 돕지 못한다."

나이 든 시녀는 단호하게 말했다.

그야 그렇겠지. 당신이 날 도울 수는 없겠지. 그런데 너무하네. 말이라도 좋게 해 주지.

나는 고개를 푹 숙였다. 억지로 울기라도 해야 하나 고민할 때였다.

머리에 부드러운 손길이 닿았다.

"내가 너를 도울 수 있는 게 없다는 얘기란다. 니나야."

쓰다듬는 손길은 의외로 다정했다. 이건 나름대로 위로일까? 갈피가 잡히지 않아서 고개를 들었다.

그녀는 복잡한 표정으로 날 바라보았다.

"널 지켜보면 생각이 많아지는구나."

하지만 그 표정은 억지로 지은 거 같지 않았다. 어쩌면 지금 하는 말이, 이 사람의 진심일 수도 있겠구나.

"어린 솔직함이 무기가 될 수도 있구나. 니나 케이지. 너는 영리하고 신중하지. 하지만 이런 일은 네 의지와 상관없이 돌아가는 법이란다."

역시 경험은 무시 못 했다. 이 사람 이게 다 왕 탓이란 걸 아는구나.

"식사를 제대로 챙기고, 너 자신을 잃지 말렴. 내가 해 줄 말을 이것뿐이란다."

메어리는 내 머리를 몇 번 더 쓰다듬다가 문밖으로 나갔다. 나는 좁은 대기실에 멍하니 서서 문이 닫히는 소리를 들었다.

탁—.

둔탁한 소리를 끝으로 적막이 내려앉았다. 나는 얼굴을 쓸어내렸다.

'아니, 진짜로 충고해 줬네.'

실없는 웃음과 한숨이 동시에 나왔다. 나는 자리에서 주저앉아서 고개를 뒤로 젖혔다. 녹색 벽지 위로 까만 얼룩이 보였다.

"힘든 사람이야."

아니, 도대체 무슨 뜻이야. 나대지 말고 주제를 알라는 거야? 하지만 앞뒤 말을 살펴보면 그렇게 냉정한 말은 아닌 거 같은데…….

'자기도 감시자 주제에 상냥하기는…….'

밥 잘 먹고 버티라는 말을 저렇게 풀어서 얘기하다니.

웃음이 계속 나왔다. 나는 주저앉아서 천장을 바라보았다. 섬세하게 무늬가 아로새긴 벽은 며칠 사이에 익숙해져 버렸다.

이상한 사람들이 가득한 성에서 나는 숨을 몰아쉬었다.

"힘내라고 알아듣겠습니다."

주근깨처럼 구박하지는 않겠네. 저 사람은 대놓고 말을 하면 모를까, 뒤에서 괴롭히는 타입은 아니었다. 나는 자리에서 일어나서 앞치마를 툭툭 털었다. 그러고 보면 그녀의 말이 맞았다. 할 일을 해야 했다.

"의사한테 가야겠네."

그 전에 좀 씻고 옷도 갈아입어야 했다. 아, 생각해 보니까 밥도 안 먹었네.

"식사부터 하자."

상황이 혼란스러워도 일단 먹고 살아야 했다. 그래. 그러다 보면 좀 달라질지도 몰라. 나는 텅 빈 방을 보다 고개를 한번 젓고 나갔다. 왠지 웃음이 나왔다.

기운이 난 것은 비밀이었다.

"먹어."

나는 하얀 장갑을 끼고 건네준 약초와 의사의 얼굴을 번갈아서 보았다. 붉은 머리를 대강 뒤로 묶은 남자가 내가 오자마자 딱 한마디했다.

참 담백한 사람이었다. 좋은 점인지 나쁜 점인지는 알 수 없지만 말이다.

'안 물어봐서 다행이긴 한데…….'

나는 약초를 꼭꼭 씹어 삼키며 아까 있었던 식당에서의 일을 생각했다.

'그렇게 시선이 몰린 식사는 처음이었어.'

식당에 들어서자마자 얼굴이 표적이 된 거 같았다. 꽂히는 시선 때문에 참 민망했다.

'생각보다 덜해서 다행이야.'

대놓고 물어보는 사람도, 이상한 짓을 하는 이도 없었다. 그저 옆 사람과 얘기하면서, 식사하면서, 수를 놓으면서 한 번씩 쳐다본 게 다였다.

'빈도가 잦았지만…….'

그 많은 시녀님이 한 번씩 바라볼 때 진짜 너덜너덜해지는 기분이었다.

'그 와중에도 밥을 먹다니, 나도 참 나다.'

후식인 동그란 과일까지 앞치마 주머니에 넣고 잘 먹고 나왔다. 식당을 나서면서 난 니나의 신경줄이 굵어서 다행이라고 생각했다. 이화윤일 때는 꽤 예민한 편이었는데, 자의건 타의건 신경줄이 굵어졌다.

'이화윤이었으면 체했을 거야.'

나는 배를 쓸어내리며 한숨을 내쉬었다. 다행히 속이 아프지 않았다. 오히려 소화기관은 평화로웠다.

"복통이 와?"

의사는 내가 배를 문지르는 걸 고통으로 착각한 모양이었다. 나는 급히 고개를 저었다.

"아니요. 안 와요."

"다른 반응이 오면 말해라."

그 말이 끝나자마자 갑자기 온몸이 간지러웠다. 그때와 비슷한 고통이었다.

'신세 한번 험하네.'

나는 한숨을 폭 내쉬고 소매를 걷었다. 아직 뼈밖에 없는 마른 팔에는 붉은 발진이 빼곡했다. 의사는 내 팔에 난 것을 요리조리 보다가, 수첩에 뭔가를 썼다.

"어린싹도 발진 증상이 있군."

"저번에 먹었던 그 열매인가요?"

"기름 나무 어린싹이다. 이파리면 증상이 없을 줄 알았는데, 역시 생기는군."

나는 주먹을 꽉 쥐고 간지러움을 참았다. 얼굴을 살짝 쓸어보니 두드러기가 얼굴까지 나 있었다.

'와, 이건 좀 슬프다.'

곧 사라질 발진이었지만 좀 씁쓸했다. 니나의 귀여운 얼굴에 이렇게 흉한 게 생기다니.

'이 미모는 아껴 줘야 하는데 말이야.'

미안하다, 니나야. 나는 속으로 사과를 하며 얼굴에서 손을 뗐다.

"긁지 마라. 흉터가 생긴다."

그럼 아예 처음부터 주지 마. 나도 아니까 손 뗐잖아.

남자는 외알 안경을 고쳐 쓰고 종이에 이것저것을 썼다. 나는 그런 남자를 살짝 흘겨보았다. 남자의 깃털 펜촉은 쉼 없이 움직였다.

'디오라고 했었나?'

그때 의원실 문 지키는 아저씨한테 좀 긴 이름을 들은 것 같은데 생각이 나지 않았다. 역시 이름을 외웠어야 했다.

'그나저나 여기 참 정신없다.'

의원이라고 했지만, 연구실에 가까웠다. 빼곡한 책장에는 색색이 시약병이 있었고, 사방팔방으로 책이 쌓여 있었다. 원래는 매우 큰 공간 같은데, 각종 서류와 책 때문에 마치 미로처럼 보였다.

'잘도 찾네.'

이런 아수라장인 곳에서 남자는 용케도 뭉친 종이 더미를 찾아서 뭔가를 확인했다. 간지러움을 견디는 거 외에 할 일이 없어진 나는 구석에 놓은 의자를 끌어다가 앉았다.

내가 나무 의자에 앉자, 남자는 미간을 살짝 찌푸렸다. 순간 나는 아차 싶었다.

"저, 계속 서 있을까요?"

"아니. 됐어. 상관없어."

그는 책장으로 가서 서랍을 열었다. 엉망으로 묶은 붉은 머리카락을 보며 나는 고개를 갸웃거렸다.

'여기 사람들은 다 긴 머리네.'

왕도 머리가 길었고, 병사들도 대부분 단발 정도의 길이였다.

생각해 보니까 이 성에서 머리가 짧은 사람은 나밖에 없었다.

'무슨 풍습 같은 건가?'

한참 이베리아의 머리카락 길이를 생각하고 있을 때였다. 갑자기 문이 벌컥 열리더니, 갑옷을 입은 남자가 들어왔다.

"디오, 부탁한 거 아직 안 됐어?"

붉은 머리는 살짝 돌아서서 들어온 기사를 바라보았다. 나는 갑자기 들어온 사람을 보고 작게 신음을 내뱉었다.

'와, 머리 짧은 사람이다.'

현대로 치면 스포츠머리 정도의 길이였다. 잘 어울리는 사람이 드문데, 이 사람은 두상이 괜찮아서인지 그럭저럭 볼만했다.

'인상 좋은 스포츠가이 타입이네.'

농구 선수나 배구 선수가 저런 느낌일까. 하지만 목 두께를 보아하니 엄청나게 근육질 같았다.

체구도 크고 목도 두껍고, 머리는 짧았다. 이렇게 보면 조직 폭력배 같지만, 인상이 좋아서인지 서글서글해 보였다.

"레오 님, 오랜만이군요."

"아, 그러게 우리 몇 년 만이지?"

"작년 가을에 국경지대로 가셨으니 반년 만이군요."

남자는 성큼성큼 들어와서 시원하게 웃었다. 하얀 치아를 보니 건치로군요. 한 편의 치약 광고 같습니다그려.

그나저나 국경이라니, 기사라도 되나. 그럼 높은 사람인가?

너무 관찰했다 싶어서 나는 일부러 바닥을 바라보았다. 발가락을 꼼지락거리며 간지러움을 참는데 덜컹거리는 소리가 났다.

남자가 움직일 때마다 나는 철갑옷의 소리였다.

'무거워 보이는데, 잘도 움직인다.'

그만큼 근육질인가? 저 갑옷 벗으면 어마어마한 근육이 드러나나? 착한 일 많이 하면 언젠가 그 근육을 볼 수 있을까? 나 근육 좋아하는데.

"다시 가십니까?"

"아니. 후임에게 맡기고 왔어."

"하긴 병력은 수도에 집중시키는 게 더 좋을지도 모르겠군요."

"왕께서 하신 일이니 어쩔 수 없지. 그런데…….''

남자는 짧은 머리를 쓸면서 갑자기 나에게로 시선을 돌렸다.

"저 얼굴에 두드러기가 잔뜩 난 시녀는 왜 여기에 있는 거야?"

좋았던 기분이 다 날아갔다. 나는 일그러지는 표정을 애써 숨겼다.

'별거 아니지만, 갑자기 열받네.'

중요한 자리여서 옷을 차려입었는데 갑자기 스타킹 찢어진 거랑 비슷한 급으로 짜증이 났다.

"연구 중입니다."

"아, 그렇군. 너 이곳에 사람 잘 안 데려오잖아. 갑자기 쪼그만 게 있어서 제법 놀랐어."

제발 신경 좀 꺼 주세요.

나는 작게 숨을 내쉬며 먼 곳을 바라보았다. 산은 산이요, 물은 물이로다. 이 순간이여, 날아가라. 짜증을 내보이는 순간, 나는 망한다. 왜냐하면 저놈은 높은 사람이고, 나는 말단이니까.

갑자기 서러워졌다. 재수 없다! 인권 하위국! 그립다! 대한민국!

역시 아이는 학교에 가야 해. 이 나이대 애가 노동을 하면 안 되는 거야.

"야, 꼬맹아. 넌 어쩌다 얼굴이 그렇게 됐냐?"

그 와중에도 기사 놈은 사람 좋은 얼굴로 나한테 다가왔다. 나는 애써 표정을 숨기고 외알 안경을 바라보았다.

'빨간 머리, 네가 날 이렇게 만들었잖아. 네가 설명해라.'

내 눈빛을 읽었는지, 외알 안경이 말했다.

"연구 중입니다. 저 아이는 특수한 체질이어서 곧 나을 겁니다."

"무슨 체질이 그래? 연구감인데?"

"성력과 관련 있는 것 같습니다. 기미를 하는 애예요."

"아, 그 교단에서 보내는 애들 말하는 거지? 야, 너 교단에서 왔냐?"

이번에는 어쩔 수 없이 반응해야 했다. 나는 살짝 고개를 끄덕였다.

"우린 기미가 필요 없잖아? 어째서 데려온 거야?"

"필요한 상대가 생겼지 않습니까? 그녀는 새처럼 약하니까요. 안전을 위해서는 뭐든 좋으니까요."

"얘가 진짜 독을 감별해?"

기사는 갑자기 내 등을 툭툭 쳤다. 그는 별로 힘을 안 준 거 같은데, 받는 나는 달랐다. 갑작스러운 힘에 의자에서 떨어졌다.

쿵—.

바닥으로 떨어진 나는 황당해서 눈만 깜박였다. 이건 좀 의외였는지 붉은 머리도 당황스러운 표정으로 기사를 바라보았다.

"어, 미안하다."

의사는 내 양어깨를 잡아서 일으켰다.

엉덩이에 멍 들었겠다. 그것도 피멍 들었겠어.

나는 깊은 한숨을 내쉬었다. 오늘 아침부터 내 인생은 상당히 고달팠다. 미신을 믿는 건 아니지만, 오늘은 정말 최악의 날이었다.

'도대체 어떤 날인데 이렇게 재수가 없냐.'

기사는 조심스럽게 나를 다시 의자에 앉혀 줬다. 나는 살짝 입술을 깨물었다.

"꼬맹아, 어디 아프지 않니?"

다시 고개를 저으려고 할 때였다. 외알 안경이 말했다.

"레오 님이 신경 쓰지 않아도 됩니다. 별로 중요한 애가 아니에요."

순간 나는 입술을 세게 깨물었다. 저놈 말하는 싸가지 봐라. 지금 네가 먹인 독초 때문에 두드러기가 나고, 네 지인으로 보이는 기사 때문에 의자에서 굴러떨어졌는데 기껏 듣는 소리가 별로 중요하지 않은 애냐?

'사실이라 더 열받네.'

그래. 별로 중요하지 않은 애겠지. 오라 그러면 오고, 가라 그러면 가고. 먹으라 그러면 먹고!

"디오야, 얘 열받은 거 같은데?"

순간 아차 싶었다. 나는 심호흡을 하며 마음을 가라앉혔다. 참자. 참아야 하느니라. 이화윤일 때 도라도 닦아 놓을 걸 그랬어.

"꼬맹아, 아무튼 미안하다."

나는 기사를 바라보았다. 서글서글한 눈에는 정말 미안함을 담고 있었다.

진심은 통하는 법이었다.

"뭐, 괜찮습니다. 기사님."

한번 떨어졌다고 몸이 산산조각이 난 것도 아니고, 고통은 이미 사라졌으니 정말 괜찮았다. 단지 좀 더러운 바닥에 앞치마가 쓸린 게 신경 쓰였다.

나는 하얀 앞치마를 탁탁 털다가, 넣어놨던 과일을 발견했다. 꺼내서 살펴보니 귤 정도 크기인 이름 모를 과일은 조금 우그러져 있었다.

'문 앞 지키는 병사님 드리려고 했는데, 안 되겠네.'

의원 앞을 지키는 내 롤 모델한테 잘 보이려고 가져온 선물이었는데, 상해 버렸다. 이거 그냥 내가 먹어야 하나 고민할 때였다.

"뭘 연구하는데?"

"기름 나무 열매와 싹입니다."

"그거 발진이 나서 못 쓰잖아. 살짝 건드려도 나고."

"그래서 해독제를 연구하고 있습니다."

기사는 턱을 쓰다듬으며 말을 이었다.

"국경지대에 많이 나긴 하지. 그걸로 기름 짜면 불이 잘 붙는데 만지기만 하면 간지러워서 베어서 없애 버리는 것도 일이야."

"불에 잘 타다가도 튀어서 묻으면 골치 아프죠."

"쓸 수 있게 된다면 편하겠네. 역시 디오밖에 없다니까."

"할 일을 하는 것뿐입니다. 마침 좋은 게 왔으니까요."

기사는 과일을 살펴보는 날 보며 고개를 갸웃거렸다.

"쟤로 시험하는 거야?"

"금방 낫습니다."

"너무 작지 않아? 쟤 내가 살짝 밀었는데 의자에서 떨어졌어."

"괜찮습니다."

입술을 삐죽일 거 같아서 볼에 바람을 잔뜩 넣었다 뺐다. 난 안 괜찮다. 외알 안경아. 그거 얼마나 간지러운지 아니?

"보십시오. 얼굴에 난 발진이 벌써 없어졌습니다."

기사는 갑자기 자신의 상체를 쓱 들이밀고 내 얼굴을 바라보았다. 깜짝 놀라서 어깨를 떨자, 남자는 씩 웃기까지 했다.

"진짜 없어졌네. 신기한걸."

나는 도대체 왜 이러냐는 듯 고개를 뒤로 바짝 뺐다. 그러자 기사는 더 즐거운지 활짝 웃었다.

"레오 님, 괴롭히지 마십시오."

"귀엽잖아. 시커먼 녀석들만 보다 여자애를 보니까 신기하기까지 해."

빨간 머리는 못 말린다는 듯 고개를 저으며 내게 손짓했다. 오라는 거였다. 나는 냉큼 일어나서 외알 안경에게 다가갔다.

"발진은 어떻게 됐지?"

소매를 걷어서 멀쩡해진 팔을 보여줬다. 그는 고개를 끄덕이며 열매 하나를 줬다.

"다시 먹어라."

어제 먹었던 그 열매였다. 나는 그대로 외알 안경을 머리로 박아버리고 싶었다.

'야, 이 새끼야!'

겨우 간지러움이 나아졌는데 뭐라고? 다시 먹으라고? 아무리 독감별용 리트머스지지만 너무한 거 아니야?

"이번에는 해독제를 만들어 봤다. 안심하고 먹어라."

나는 숨을 몰아쉬었다. 그것참, 고맙습니다. 성은이 망극하네요. 참 알뜰하게도 써먹으십니다. 의사선생님.

서러움이 바다가 되어 몰아쳤지만 나는 필사적으로 꾹꾹 내리눌렀다. 지금은 참아야 했다.

'내 팔자야.'

이화윤일 때도 별로 마시지 않았던 소주가 간절히 당겼다. 하지만 내 앞에 있는 건 소주와 마른안주가 아니라 시커먼 독 열매뿐이었다.

'먹자, 먹어.'

죽진 않으니까 괜찮아. 간지러움은 낫긴 낫잖아.

나는 기름 나무 열매와 해독제 가루를 탈탈 털어먹고 땅이 꺼져라 한숨을 내쉬었다. 다시 기운 없이 걸어가 의자에 앉자, 뒤에서 웃음소리가 들렸다.

큭큭.

나는 고개를 돌려서 웃고 있는 사람을 바라보았다. 사람 좋아 보이는 기사는 나를 손가락으로 가리키며 계속 웃었다.

"디오, 애 되게 재미있다? 표정이 막 변해."

한번 터진 웃음은 막을 수 없는지, 기사는 이제 대놓고 웃었다. 그런 남자를 붉은 머리는 한심하다는 눈빛으로 바라보고는 다시 수첩에 뭔가를 적었다.

"너 이름이 뭐니?"

기사는 내 짧은 머리를 쓰다듬으며 물었다. 그 모습이 왠지 얄미워서 난 아무 말도 하지 않았다.

그때 그가 말했다.

"내가 오늘 성에서 이상한 소문을 들었는데 말이야."

이건 또 무슨 말일까.

"폐하께서 작은 시녀와 하룻밤을 보내셨다고 하더군."

외알 안경은 못 말리겠다는 고개를 저었다. 나는 그냥 얼굴을 가렸다. 기름 나무 열매 탓인지, 다시 온몸이 간지러웠다.

'미치겠다.'

처음부터 저 기사는 나를 놀리고 있었다.

"시녀들이 시끌시끌해서 물어보니까, 사비나가 조용히 하라고 주의를 시키더라고? 그래서 참 궁금했지. 그 시녀가 도대체 어떻기에 이런 소문이 도나. 그것도 선왕도 아니고 폐하를 상대로 말이야."

"레오 님, 그래서 이곳으로 오신 겁니까?"

"겸사겸사. 꼬맹아, 다시 물어볼게. 네 이름이 뭐니?"

쥐구멍이 있다면 정말 들어가고 싶었다. 나는 손을 내리고 한숨을 쉬었다. 그냥 재수가 없는 게 아니었다. 오지게 재수가 없었다.

"니나 케이지입니다."

"난 레오메데 델 벤셀이다. 왕의 기사요, 벤셀 가문의 가주다. 레오라고 불러라."

레오는 무슨. 나는 쓰게 웃으면서 고개를 푹 숙였다. 내가 왕의 기사를 이름으로 부를 기회가 있을까? 우리 더는 만나지 맙시다. 우연이라도 마주치지 마요. 아니 그냥 당신은 날 찾아오지 마!

나는 이 만남이 제발 이것으로 끝나기를 간절히 바랐다.

"시녀가 어리지만 꽤 귀엽다고 해서 궁금하기도 했고, 오랜만에 디오도 볼 겸 왔지."

그런데 본 건 얼굴에 두드러기 돋은 나였던 거구나. 그것참, 안타깝네요.

"꼬맹아, 좀 물어보자."

나는 고개를 들고 그를 바라보았다. 이쯤 되니 그냥 마음이 차분해졌다. 진짜 온갖 감정이 휘몰아치다가 이제 해탈할 거 같았다.

"너 정말 폐하와 하룻밤 보냈냐?"

야, 이 새끼야!

너무 단도직입이어서 뼈가 시릴 정도였다. 기사라서 그런가.

저돌적이기 그지없었다. 나는 허탈하게 웃었다.

그래. 대답해 주마. 한다!

"어젯밤 저를 얼음 베개로 안고 주무셨습니다. 아니, 진짜 그러실 리가 없잖아요. 봐요."

난 의자에서 벌떡 일어나서 기사 앞으로 다가갔다.

"작죠?"

니나의 키는 기사의 허리 밑에 있을 정도였다. 나는 앞치마를 잡고 빙그르르 돌았다.

"별일 없는 게 당연하죠?"

기사는 순순히 고개를 끄덕였다.

"애초에 옆에는 성녀님도 계셨습니다. 그냥 절 만지면 시원하시대요! 그게 다입니다!"

이렇게 먹지 못해서 자라지도 못한 아이를 데리고 왕이 그럴 리가 없잖아! 왕의 취향은 세라피 하나뿐이라고! 나는 그냥 사은품이란 말이야!

"뭐, 그럴 거라 생각했어."

기사는 자신의 턱을 쓰다듬으며 활짝 웃었다. 난 그 서글서글한 미소를 보며 눈을 흘겼다.

"그럼 왜 물어보셨어요!"

"혹시나 했지. 폐하께서 그럴 리가 없지. 그렇게 고생하셨는데 선왕의 길을 가실 리는 없잖아."

"쓸데없는 소문입니다."

"얼마나 힘들게 자리에 오르셨는데, 그러실 리 없지."

이건 또 무슨 말일까. 그 잘생긴 남자는 얼굴도 몸매도 수단도 다 좋아 보였는데 힘들었다니? 거기다 선왕의 길은 뭐야?

왕은 괜찮은 놈 아니었나?

'전제왕권이랑 세습은 잘 모르지만, 그 정도면 쌍수를 들고 환영해도 될 거 같은데?'

세라피에게 미치기 전까지 그는 정말 좋은 왕이었다는 설정 아니었나? 아닌가? 그래도 TL 소설에서 남자 주인공인데 거지 왕국에 능력 없는 왕일 리는 없잖아?

영문을 몰라서 고개를 갸웃거리며 물었다.

"저, 그게 무슨 말이에요?"

내 물음에 두 남자는 서로를 마주보았다. 그들은 대답하지 않았다. 덕분에 물어 본 나만 뻘쭘해졌다.

"아, 너는 타국 출신이었지."

"성도에서도 유명한 얘기 아니야?"

"나이가 어려서 잘 모르나 봅니다. 게다가 시골에서 왔으니까요."

"쟤 출신이 어디인데?"

외알 안경은 내 아래위를 훑어보며 대답했다.

"시네리필입니다. 성도에서도 꽤 떨어져 있죠. 성자의 숲을 지나서 있는 아주 작은 마을입니다."

"내가 지명을 들어 본 적이 없는 거 보니까 정말 시골인가 본데?"

"인적이 드문 곳이죠. 통행인도 제한해서 한스가 힘들었다고 하더군요. 저도 저 아이가 말하기 전까지는 지도상으로만 알고 있었습니다."

두 사람은 이번에는 나를 바라보았다. 두 사람의 눈빛에는 니나의 고향에 대해서 말하라는 무언의 압박이 있었다.

나는 순순히 대답했다.

"밭과 산밖에 없는 곳이긴 해요. 작은 마을과 성당 하나가 다예요."

"고아는 몇 명이었지?"

"서른아홉 명 정도요. 나이가 차면 다른 곳으로 갔지만요. 금세 늘었어요."

빨간 머리는 자신이 쓰고 있는 외알 안경을 뒤로 밀었다. 뭔가 생각에 빠진 눈치였다. 기사는 팔짱을 끼고 턱을 쓰다듬었다.

'뭐, 뭐야.'

왜 갑자기 분위기가 심각해지는 걸까. 아무래도 니나의 일 같은데, 왜 두 사람만 아는 거야?

"수상하군."

"수상하죠."

둘은 상큼하게 결론을 냈다. 아니, 뭐가 이상한데? 나도 좀 알자.

"아니. 제 고향이 그렇게 의심적은 곳이었나요? 두 분 다 눈으로만 대화하지 마세요. 저한테도 좀 설명해 주세요."

빨간 머리는 눈을 가늘게 떴고, 기사는 고개를 갸웃거렸다.

"아니, 그렇게 보지 마시고요. 제 일 같은데 아무것도 모르니까 정말 찝찝하거든요? 가뜩이나 신경이 갈리고 있는데, 또 걱정거리가 하나 느는 건 너무하잖아요. 저는 더 이상 아무것도 신경 쓰고 싶지 않아요! 아, 사는 거 진짜 힘드네. 시녀 때려치우고 싶어라. 기회만 있어 봐라. 내가 다 때려치운다!"

근육질의 남자는 날 손가락으로 가리키며, 외알 안경에게 물었다.

"쟤 상태 좀 이상한데? 뭐 이상한 거 먹인 거 아니야?"

"아, 해독제에 루미나초가 들어갔습니다."

"그거 자백제로 쓰이잖아. 보니까 쟤 얼굴도 발긋한데?"

빨간 머리는 나를 보며 말했다.

"바라잎을 섞었으니 약간의 취한 느낌도 들겠군요."

기사는 휘파람을 불었다. 높게 올라가는 바람 소리를 들으며, 나는 그제야 내 상태가 정상이 아님을 깨달았다.

'좀 어질어질하고 알딸딸한데도 기분이 좋아지는 게 꼭, 술 먹은 것 같긴 하다.'

어쩐지 아까부터 감정 제어가 안 되더라. 스트레스 때문이 아니라 약 때문이었구나. 젠장. 빨간 머리 자식 그런 걸 왜 먹인 거야. 아주 지가 안 먹는다고 골고루 먹이는구나.

나는 의자에 앉아 허리를 젖혔다. 천장이 가까이 왔다가 곧 뒤로 갔다. 세상이 파도처럼 흔들렸다.

"몸은 어떻지?"

외알 안경은 나에게 다가와, 소매를 걷으며 발진을 체크했다. 나는 깊게 한숨을 쉬며 중얼거렸다.

"기분이 붕붕 떠요."

"취했군."

"머릿속의 생각을 다 말하게 되는 거 같은데요?"

"루미나초 때문에 그렇다. 항염 때문에 넣었는데 너무 효과가 좋군."

대강 묶은 붉은 머리카락이 내 콧잔등을 간지럽혔다. 나는 남자의 머리카락을 치우면서 말했다.

"머리 좀 제대로 묶으세요. 볼 때마다 신경 쓰여."

킥─.

보지 않아도 누가 웃었는지 알았다. 나는 기사를 흘겨보다가 눈을 감았다. 계속 바라보면 왠지 주먹이 날아갈 거 같았다.

'행동이 자제가 안 된다.'

침착하자. 니나야. 미래를 생각하자. 여기 있는 놈들은 다 높으신 분들이다. 목숨 줄 좀 생각하자. 망하면 안 되잖아.

"자백제 효과가 어느 정도야?"

"글쎄요. 적긴 하지만, 이 애는 약초 효과가 과하고 빨리 돕니다. 성력 때문인 거 같은데, 이유는 연구 중입니다."

"그래?"

짧은 머리의 기사는 성큼성큼 나에게 다가왔다. 그러고는 천장을 보는 나한테 얼굴을 불쑥 들이밀었다.

평소에 니나 같으면 시선을 피할 테지만, 지금의 나는 그냥 쳐다보았다.

왜? 왜 그러는데?

귀찮아서 고개 돌리기 싫었다. 그래서 나는 대놓고 남자를 관찰했다.

기사는 그럭저럭 잘생긴 얼굴이긴 했다. 부리부리한 눈에 높은 콧대가 보기 좋았다. 선이 진한 남자는 눈가에 흉터마저 잘 어울렸다.

'좀 열받게는 해도, 상관으로서는 좋은 사람 같은데?'

이런 사람이 윗대가리면 일이 좀 편하긴 하지. 새삼스럽지만 이베리아에는 일 잘하는 사람이 참 많았다. 머리가 영리한 기사, 할 일을 하는 연구원, 성격 좋고 당당한 수석 시녀와 노련한 시녀까지.

'분담 체계가 확실하달까.'

왕은 신 같은 능력이 있고, 부하들은 다 괜찮은 사람이었다. 새삼 이 나라가 강한 이유가 뼈에 사무쳤다.

기사가 씩 웃으면서 물었다.

"니나 케이지. 하나만 물을게."

나는 가물가물한 눈에 힘을 줘서 기사를 바라보았다.

"왕과 하룻밤 보낸 기분이 어떠냐?"

이 무슨 쓰레기 같은 질문이야! 너 뭐냐! 왜 그런 걸 물어!

뼈가 시리다 못해 부러질 거 같은 직구를 또 맞아 버렸다. 나는 완전히 얼굴을 일그러트리고 남자를 바라보았다.

기사는 이런 내 마음을 아는지 모르는지 사람 좋은 미소만 짓고 있었다.

'침착하자.'

압박 면접이라고 생각하자. 니나야, 그래야 네 명줄이 길어져.

나는 작게 심호흡을 하고 딱 한마디 했다.

"죽겠어요."

겨우 내뱉은 말의 끝 음이 조금 떨렸다. 진짜 솔직한 심정이었다. 한 번만 더 이런 일 있으면 내 여린 신경줄이 다 갈려서 없어질 거 같았다.

푸하핫!

기사는 고개를 돌리고 마음껏 웃었다. 어찌나 크게 웃는지, 벽이 다 흔들리는 거 같았다. 제 딴에는 자제하고 참아 보려는 거 같은데, 한번 터진 웃음은 길어지기만 했다.

그래. 웃어라. 웃어.

얼마나 그렇게 있었을까.

왔다 갔다 하는 천장이 어지러워서 다시 의자에 바로 앉았을 때였다. 빨간 머리의 모습이 보였다.

'어라?'

그가 입을 가리고 웃고 있었다. 기사는 그렇다 쳐도, 저놈은 찔러도 바늘 하나 안 들어갈 줄 알았는데 좀 의외였다.

"너 마음에 든다!"

기사가 호쾌하게 내 어깨를 한 번 쳤다. 여전히 힘 조절을 못 하는지, 그 남자가 한 번 치니까 의자에서 미끄러져서 떨어졌다.

쿵—.

나는 엉덩방아를 찧은 채 눈만 깜박였다. 오늘 무슨 날인가. 두 번이나 이런 일이 벌어질 줄이야.

"어, 미안."

기사는 조금 전과 똑같이 사과했다. 여전히 진심이 느껴졌다. 나는 비적비적 균형을 잡고 일어나서 다시 의자에 앉았다.

"괜찮습니다. 아프지도 않아요."

신세 한번 처량한데 이게 뭐 대수겠습니까. 첩첩산중이 눈앞에 닥쳤는데, 가진 것이 아무것도 없는 게 더 문제지.

"얘 재미있다. 귀엽고 배짱 좋은데?"

"자백제 때문인 거 같은데요. 그러니까 저와 레오 님 앞에서 저렇게 얘기하죠."

"맞아요. 저 원래 차분해요. 제정신이면 이런 말을 나불나불 하겠어요?"

곧 죽어도 속으로 하고 말지.

기사는 뭐가 그렇게 재미있는지 한바탕 더 웃었다. 아주 배꼽 빠져라 바닥을 데굴데굴 구를 기세였다.

그래, 웃어라. 웃어. 너는 웃지만 나는 울고 싶다.

"그러니까 저 조그마한 머릿속에서 요런 재미있는 생각을 하는데, 숨긴다는 거지?"

나는 또 뭐라 말하려다 손으로 입을 가렸다. 정말 말이 뇌를 거치지 않고 나오는 걸 어떻게 할 수가 없었다.

기사는 내 손을 억지로 내렸다.

"가리지 마. 말해 봐. 안 죽일게."

"그걸 어떻게 믿어요."

"기사의 맹세라도 해 줄까? 진짜 안 죽일 테니까 말해 봐."

나는 짧은 머리 남자를 흘겨보았다. 이건 워낙 유명해서 니나의 기억 속에 정보가 있었다. 기사의 맹세라면, 한쪽 무릎 꿇고 '레이디를 평생 지키겠습니다' 하는 그거?

"부담스러워서 내 쪽에서 사양입니다."

고개를 휙 돌리니 어깨를 살살 친다.

"좀 믿어 봐라. 나 그렇게 신용 없는 놈 아니다."

"아, 못 믿는다니까요. 차라리 누가 죽일 때 말려 준다고 약속하든가."

빨간 머리가 팔짱을 끼며 말했다.

"누가 너를 죽이지? 폐하께 큰 도움이 되는데?"

"아니, 뭐 필요 없어질지도 모르잖아요."

맞아. 맞아. 쓸모없어지면 왕은 그냥 나를 훅 날려 버릴 거야. 어디로 날릴지 모르지만 말이야. 만약 기미 능력이 없어지고 만져도 안 시원해지면, 내 신세는 어떻게 될까. 죽일까, 쫓아낼까.

'애정을 잃은 애완동물은 어떻게 되더라?'

밥 굶고 꼬질꼬질해졌다가 마지막에는 버려지나?

유기동물은 어떻게 살아야 할까. 남이 버린 찌꺼기를 먹고 흙탕물 마시면서 악착같이 살면 되나? 그러다 날짐승 밥이 되는 건 시간문제 같은데?

버리려면 돈이라도 주고 내보냈으면.

"그러니까 말해 보라고 하지 마세요."

당신들은 그저 재미지만 나는 목숨이란 말입니다. 아시겠습니까, 높으신 분들?

그들은 서로를 바라보았다. 짧은 침묵이 내려앉았다. 나는 이 조용함이 매우 마음에 들었다.

적막을 즐기며 의자에 앉아서 다리를 흔들었다. 아직도 세상이 빙빙 돌았다.

그때였다.

부드러운 손길이 머리에 닿았다. 나는 팔의 주인을 물끄러미 바라보았다. 기사는 잔잔한 미소를 지은 채 내 머리를 쓰다듬었다.

'이곳 사람들은 참 머리를 잘 쓰다듬는단 말이야.'

조금 약하고 귀여운 걸 보면 머리부터 만지고 보는 걸까.

"그래. 너 입장이 좀 그렇긴 하구나."

"알면 좀 잘해 주세요."

기사는 잠시 생각에 잠기더니 고개를 끄덕였다.

"그래. 잘해 주마. 어디 보자!"

남자가 씩― 웃는 게 꽤 보기 좋다고 생각하고 눈을 감았다. 너무 어지러워서 골치가 아파졌다.

순간, 갑자기 몸이 들렸다. 버둥거렸지만 이미 단단한 팔에 허리가 잡힌 채였다.

"꼬맹아, 너 너무 가볍다."

기사는 나를 무슨 쌀 포대를 옮기듯 들어서 어깨에 걸쳤다. 순식간에 물구나무서는 것처럼 세상이 뒤집혔다.

나는 놓아 달라고 외치며 다리를 버둥거렸다.

"숙녀 엉덩이를 칠 수 없으니까, 좀 얌전히 있어라!"

"아니, 이게 무슨 짓이에요!"

"데려다줄게."

"왜 이렇게 가요! 차라리 부축을 해 줘요!"

"이게 더 빨라."

기사는 돌아서서 빨간 머리에게 말했다.

"다시 보자."

이 꼴로 있으니 보이는 건 바닥과 기사의 허리춤밖에 없었다. 나는 최대한 복근의 힘을 줘서 상체를 일으키려고 했다. 하지만 남자가 움직일 때마다 몸이 들썩였다. 덕분에 나는 기사의 어깨에서 그대로 미끄러져서, 원상태가 되었다.

"기다리겠습니다."

목소리밖에 안 들렸지만 느껴졌다. 빨간 머리의 목소리에 웃음이 섞여 있었다. 야, 좀 말려! 아니면 제대로 안으라고 말이라도 해 주든가!

'재미있어하는 거 아냐?!'

혹시 이런 내 꼴이 웃겨서 내버려두는 거냐, 너?

내 마음을 아는지 모르는지 기사는 의원실 문을 열고 밖으로 나갔다. 나는 몇 번이나 몸을 일으키려고 했지만 들썩이는 승차감에 모든 걸 포기했다.

"너 어디서 묵냐?"

"남쪽 끝 방이요."

"아, 그 독방? 너 여러 가지로 특별 취급이구나."

도대체 그 방이 어떤 방이기에 기사까지 아는 걸까. 그 방에 머무는 시녀는 다 형장의 이슬이 되어서 사라지기라도 한 걸까?

'찝찝해!'

나는 왜 그 방으로 배정받은 걸까? 스파이 의심 때문에?

나는 처음 왔을 때 잤었던 숙소를 떠올렸다. 그때는 여섯 명이 자는 방이었지만, 보통은 서너 명이 한방인 거 같았다.

'차라리 여러 명이 묵는 공간이 좋은데……'

얼굴 마주보다 보면 한 명이라도 더 친해질 수 있을 텐데.

기사는 천천히 앞으로 나아갔다. 철컹거리는 갑옷이 움직이는 소리는 그렇게 나쁘지 않았다. 문제는 따로 있었다.

복도에는 당연히 시녀들이 지나갔다. 그들의 치마가 보일 때마다 나는 쥐구멍에 들어가고 싶었다.

'어째 더 사고 치는 거 아니야?'

왕과 하룻밤을 보내서 시끌시끌한 애가 반나절도 지나지 않아서 애먼 기사한테 들려가다니! 내가 이 성에서 일하는 사람이라면 수군거리고도 남았다.

'아 놔. 울고 싶어라.'

무슨 대책이라도 마련해야 하는데, 약 때문인지 머리가 잘 돌아가지 않았다. 거기다 지금 말들이 뇌를 안 거치고 입 밖으로 나왔다.

"너 밥 좀 잘 먹어야겠다. 왜 이렇게 작고 가볍냐?"

"정말 잘 먹고 있어요. 맛있는 게 이렇게 많구나 매일 감탄하며 먹는데요."

이화윤이야 맛있는 거 많이 먹고살았지만, 니나에게 이 식당의 밥은 찬양해도 시원치 않았다. 언젠가 주방장님 만나면 절이라도 하고 싶은 심정이었다.

"주방장 밀러가 솜씨가 좋기는 하지."

"식사는 진짜 만족해요."

회사 식당 메뉴를 보면 사내 복지를 알 수 있다. 성에서 준 밥을 보는 순간, 니나가 된 나는 이베리아란 나라의 됨됨이를 알았다.

'별거 아닐지도 모르지만 먹는 게 좋다는 건 대단한 거야.'

식자재 예산이 그대로 쓰인다는 건 회계감사가 제대로 됐다는 의미였다.

'꿍쳐 먹는 놈이 없다는 거지!'

알면 알수록 이베리아란 나라는 좋은 나라처럼 보였다. 그래서 웬만하면 이곳에서 살고 싶었다.

"시녀만 아니면 돼……."

적당히 다른 일을 할 수는 없으려나.

"그게 무슨 말이냐?"

나는 작게 숨을 몰아쉬었다. 진짜 자백제 성능 한번 대단했다. 어쩜 이렇게 말이 입 밖으로 술술 나올까.

"시녀 관두고 싶다는 별거 아닌 얘기입니다."

"관두고 싶어?"

"뭐 배우면 관두고도 남아요. 제가 뭘 배우면 좋을까요."

뭘 익히면 전문직이 될 수 있을까. 그리고 보면 직업 탐방을 해야 하는데, 하도 정신없어서 꿈도 꾸지 못했다.

"몸은 튼튼한데, 기사나 될까?"

니나는 다친 게 빨리 나았고 머리도 단단했다. 주근깨가 때리면 때릴수록 자기가 당황했던 거 생각하면, 기사도 괜찮지 않을까?

"여기사 멋지다. 여기사 많아요?"

열넷이면 이미 늦었나?

마침 그 직업에 종사하는 사람이 있어서 마음껏 물어보았다. 남자는 대답을 하지 않았다. 대신 갑자기 내 팔뚝과 등을 손가락으로 콕콕 눌렀다.

"으악! 뭐예요!"

나는 육지로 나온 생선마냥 파닥거렸다. 기사는 안심하라는 듯 내 등을 툭툭 쳤다.

"넌 기사는 안 돼. 좋은 근육이 아니야."

"그걸 찔러보면 알아요?"

"넌 유연한 근육이 너무 많아. 검에 힘을 주려면 이 근육 가지고는 안 돼. 거기다 여자라면 더 어릴 때부터 검을 잡아야 하고, 근육의 질이 좋아야 해. 한마디로 근력이 부족해서 안 된다, 꼬맹아."

꽤 해박한 지식이었다. 그러고 보면 이 사람 전문가지. 아마추어는 웬만하면 숙련자의 말은 듣는 게 좋았다.

나는 직업 선택지에서 기사를 지웠다. 피와 땀과 의지로 신체를 단련하는 선택란이 있지만, 생각해 보면 난 육체적으로 싸우는 데는 소질이 없었다.

'검을 쥔다는 것은 누군가를 벤다는 거구나.'

날카로운 것으로 사람을 죽이는 것이 직업이 되는 일이었다. 나는 고개를 살짝 숙이고 반성했다. 그냥 시녀 일을 때려치우고 싶어서 핑계 김에 할 말은 아니었다.

"죄송해요."

"뭐가?"

"아니요. 너무 쉽게 말을 한 거 같아서요."

기사는 신경 쓰지 말라는 듯 내 등을 가볍게 툭툭 쳤다.

"뭐, 어렸을 때는 뭐든 되고 싶은 법이지. 꼬맹이가 여기사를 동경한다고 뭐라 그럴 정도로 나 나쁜 놈 아니다?"

나는 어색하게 웃었다. 이 사람 내 말을 어린애가 '내 꿈은 대통령입니다.' 급으로 받아들였나 보다.

뭐, 좋은 게 좋은 거겠지. 나는 다음 선택지를 말해 봤다.

"그럼 마법사는 괜찮을까요?"

나는 고깔모자를 쓰고 불덩이를 쏘는 나를 상상했다. 그러고 보면 여기 마법은 어떤 식일까? 게임에서 스킬 나오는 그런 느낌일까?

그때 기사가 갑자기 걸음을 멈췄다. 내가 의아해 하며 고개를 들자, 남자가 말했다.

"꼬맹이 너 진짜 아무것도 모르나 보구나?"

"예? 예."

"너 기미 시녀 아니었어? 성력을 가지고 있을 텐데 마도를 배운다고? 부딪칠 텐데?"

순간 당황했다. 어? 그런 설정이었어?

"신력을 가진 사람은 마력을 익히기도 전에 심장이 터지니까, 절대 그런 짓 하지 마라."

되게 무시무시했다.

세상에. 내가 무식해서 용감했구나.

"몰랐어요."

"진짜 시골에서 와서 마력에 관해서는 아무것도 모르는구나. 성당이 마력을 사변적으로 취급하는 이유 중 하나가 이거란다. 자신들은 익힐 수 없는 힘이니까, 배척하고 보는 거지."

"전 성력에 대해서도 잘 몰라요. 그 힘도 여기 와서 본 걸요."

실제로 니나는 세라피 때문에 성력을 처음 봤다. 아직도 기억에 선했다. 하얗고 숭고한 빛이 몸 안쪽으로 들어왔다. 빛줄기는 빙글빙글 돌다가 부드러운 향기를 내며 사라졌다.

손끝에 잡히지 않음에도, 이상한 존재감을 가진 힘이었다.

"성녀는 기적이지. 그녀의 존재로 우린 엄청난 것을 얻었지만……."

기사는 말을 끝까지 하지 않았다. 나는 바닥에 깔린 초록 카펫을 보면서 남자의 심정을 상상했다.

'충성하는 주군이 이제 마력 부작용으로 아프지는 않은데, 또 다른 약점을 얻은 건가?'

성녀 때문에 왕은 더는 고통스럽지 않았다. 하지만 성녀를 잃으면 다시 마력 때문에 힘들 것이다.

그래서 이베리아는 성녀를 꼭꼭 가두고 지킬 수밖에 없었다.

'병력이 집중된 이유가 있구나. 그래서 국경지대에 있던 기사가 수도로 온 거구나.'

왕은 미연의 일을 방지하고자 군사들을 수도로 집결시켰다. 친애하는 폐하는, 얼굴만 잘생긴 분이 아니었다. 원작대로 능력도 겸비하셨다.

"그래. 마법사가 안 되니까, 학자라도 될 거냐?"

전혀 다른 생각을 하고 있는데 기사가 물었다. 어라, 이 사람이 내 진로에 대해 생각해 줄지 몰랐는데? 나는 순간 소리 내어 웃어 버렸다.

"학자는 학교에 가야 하지 않나요?"

"하긴 연구가는 그렇지. 약초 쪽은 아니지만. 꼬맹아, 학교 가고 싶니?"

나는 거꾸로 매달린 탓에 피가 몰린 이마를 쓸었다. 학교라. 하긴, 아이는 학교에 가는 게 정상이었다. 하지만 니나는 돈이 없었다.

'이래서 공교육 만세인 건데!'

태어나는 애들을 의무적으로 학교에 보내는 대한민국이 그리웠다.

"가면 좋죠. 그런데 학자는 싫어요."

이화윤일 때 질리게 했던 일을 여기까지 와서 다시 하고 싶진 않았다. 물론 시녀보단 학자가 백배 천배 낫지만, 뭔가를 깊숙이 학문적으로 파는 건 이제 안 하고 싶었다.

'연구비 때문에 시간과 예산을 달라고 비는 것도 싫어.'

정권이 바뀔 때마다 연구 방향도 획획 바뀌었던 나날들이 떠오르자 몸이 부르르 떨렸다.

'어쩔 수 없을 때는 선택지에 넣어야겠지만 웬만하면 피하고 싶다.'

먹고살기 급하면 그깟 연구가 대수겠냐마는, 좀 건실한 다른 일은 없는 걸까?

"그럼, 행정은 어떠냐? 학교에 안 가도 되고, 시험만 보면 된다."

순간 머리에 벼락이 떨어진 거 같았다. 왕궁의 행정은 어떤 식인 걸까? 그래도 나는 현대인의 수학적 지식과 체계가 갖춰져 있으니까, 잘 맞을 거 같았다.

"그거 어떻게 시험 보는 거예요?"

"주로 왕궁에서 심사하지. 여러 분야가 있지만, 대표적인 게……."

갑자기 기사가 몸을 떨며 웃었다. 덕분에 매달려 있는 내 몸도 같이 떨렸다.

"시녀란다."

순간 맥이 딱 떨어졌다. 아, 진짜! 이 사람 나 놀렸구나!

화가 나서 버둥거리자, 남자는 능숙하게 균형을 잡았다.

"위험하다, 꼬맹아. 얌전히 있어라!"

"저 진지한데 놀리지 마세요."

"네가 힘든 건 알겠는데, 시녀도 종류가 여러 가지야. 아무튼 시녀는 여자가 하기에는 나쁘지 않은 일이란 것도 알아 두는 게 좋아."

나는 조금 놀랐다. 남자가 한 말은 꽤 예리했다. 그리고 정말 니나를 생각해서 말해 줬다.

'처음 만난 애한테 나름 잘해 주는 건가?'

그러고 보면 포대자루처럼 어깨에 지고 가서 그렇지, 숙소까지 데려다주는 것도 나름대로 호의였다.

'좋은 사람인가?'

좀 열받지만 말이야.

'그나저나 난 아직 이 세계를 정말 몰라.'

니나의 기억은 고아원에 한정되어 있고, 성은 너무 넓고 컸다. 왜 여기 사람들이 머리를 기르는지, 애를 달랠 때 그렇게 머리를 그렇게 쓰다듬는지 모르는 것투성이었다.

'공부 좀 해야겠어.'

시녀의 종류가 많다는 것도 처음 알았다. 내 지식으로는 허드렛일만 하는 줄 알았는데, 아무래도 이베리아는 좀 독특한 모양이었다.

'애초에 글을 읽는 사람이 많잖아.'

중세시대에는 왕족도 글 모르는 사람이 많은 거로 아는데, 여기는 제법 기본 지식으로 깔고 가는 모양이었다.

'중세가 맞긴 한가?'

어째 역사의 구조가 내가 아는 것과 많이 다른 거 같은데?

급하다고 방향도 안 잡고 달릴 수는 없었다. 이곳을 좀 더 알아야 했다. 나는 팔자에도 없는 지식의 필요성을 느끼고 깊게 한숨을 쉬었다.

얼마나 그렇게 걸어갔을까. 생각에 잠겼다가 정신을 차리니, 초록색 카펫이 아닌 붉은 카펫이 보였다. 나는 깜짝 놀라 외쳤다.

"저기, 멈춰야 하는 거 아니에요?"

"왜?"

"붉은 카펫이면 높은 분들이 다니시는 길이잖아요."

"이쪽이 빨라. 그리고 걱정하지 마라. 꼬맹아. 나 여기 다닐 정도는 된다."

아니 당신이야 그렇겠지만, 나는 아니라고! 주근께가 이 길로 다니면 혼난다고 했단 말이야.

"그런데 아직도 그러냐?"

"예?"

"요즘도 붉은 카펫은 함부로 못 다니게 하니? 선왕 때야 그랬지 지금은 다 다니던데?"

나는 숨을 몰아쉬었다. 주근께 너 나한테 거짓말했구나.

'일부러 가까운 길을 안 알려 준 거냐!'

심보 좀 곱게 써라, 주근께야. 어리고 약한 애한테 그러는 거 아니다.

'너 내가 꼭 재수 없게 만들어 준다.'

이모가 메어리 님이라도 너 하나는 내가 물고 늘어진다. 두고 봐라. 인생 고달프게 해 주마!

기사의 말이 사실인지 시녀의 남색 치맛자락도 자주 보였다. 정말 다들 이 길로 마음대로 다니고 있었다. 나는 주근께에게 어떻게 엿 먹이면 좋을까 고민하다, 머리에 피가 쏠린 게 힘들어서 끙 하고 신음을 뱉었다.

그때, 낯선 옷자락이 보였다. 붉은 카펫과 잘 어울리는 고급스러운 옷감이었다. 기사의 발걸음이 멈췄고 나는 낑낑거리며 겨우 고개를 들었다.

'히익!'

고개를 반쯤 들었을 때 알았다. 얼굴이 보이지 않아도 반짝반짝 윤이 나는 검은 머리가 유난스럽게 살랑거렸다.

아니 친애하는 폐하! 당신은 왜 또 여기에 있는데! 왜 이럴 때 마주치고 난리야!

"폐하! 반년 만에 뵙습니다."

"레오로군. 국경은 어땠나?"

"여전합니다. 자세한 것은 나중에 얘기하겠습니다."

나는 필사적으로 팔에 힘을 줘서 고개를 마저 들었다. 이렇게 근육의 존재가 소중한지 처음으로 사무쳤다. 하지만 최대한 복근의 힘을 주고 버텨도 금방 무너졌다.

풀썩 무너지니, 기사가 등을 툭툭 쳤다.

"안 떨어트리니까 좀 가만히 있어라."

"아니, 지금……."

"배달 중입니다, 폐하. 디오가 좀 이상한 걸 먹였어요. 애가 다리가 풀렸어요."

내가 물건입니까! 배달이라니! 게다가 내가 언제 다리가 풀렸어? 좀 어지럽긴 하지만 다리는 멀쩡했다고!

"토끼가? 뭘 먹었지?"

왕은 뒤집힌 내 어깨를 아무렇지도 않게 올렸다. 얼굴에 피가 빨갛게 몰린 채로, 나는 그렇게 왕과 눈이 마주쳤다.

'마, 망했다.'

눈을 어디에다 둬야 할지 몰랐다. 이런 내 상황을 아는지 모르는지 드물게 잘생긴 데다 머릿결까지 좋은 미남은 내 얼굴을 보며 말했다.

"빨강군. 열나는 걸 먹은 건가?"

나는 필사적으로 고개를 저었다.

"아니요. 이건 피, 피가 몰려서예요."

"레오. 토끼가 피가 몰렸다는군."

"아, 그렇군요."

순간 엉덩이가 쑥 내려갔다. 갑작스러운 위치 변동 때문에 나는 작게 비명을 질렀다. 하지만 기사는 한쪽 손으로 안정적이게 내 엉덩이를 받쳤다.

"웃차. 진즉에 이럴 걸 그랬네."

어깨에 쌀 포대처럼 걸려 있던 나는 순식간에 기사에게 안긴 셈이 되어 버렸다. 나는 도대체 이 상황을 어떻게 해야 할지 몰라 눈만 깜박였다.

"꼬맹아, 잘 잡아라."

"뭐, 뭘요?"

"네 손으로 내 어깨를 짚지 않으면 떨어질 거야."

나는 조심스럽게 기사의 어깨를 짚었다. 단단한 갑옷이 손끝에 느껴졌다. 하긴 이러지 않으면 균형을 잡을 수는 없긴 했다.

그러고 보니, 이 자세는 기사의 얼굴도 꽤 가까웠다.

'이거 생각보다 기분이 이상하네.'

자세만 바꿨을 뿐인데, 기사의 체향이 훅 느껴졌다. 짙지만 나쁘지 향이었다. 왠지 이 사람과 잘 어울렸다.

"토끼가 뭘 먹은 거지?"

"디오 말로는 자백제 성분을 먹었다고 하던데요?"

"탈이 났나 보군."

기사는 웃으면서 내 어깨를 두들겼다.

"꼬맹이가 좀 재미있더라고요. 요 조그마한 머릿속에 엄청 난 생각을 많이 하던데요? 지금 자백제 먹어서 그런지 아주 솔 직해요."

"어떤 말을 했지?"

"글쎄요. 제가 심정을 물어보니까……."

나는 급히 기사의 입을 두 손으로 막았다. 그리고 간절히 속 삭였다.

"기사님, 제발……."

설마 왕 앞에서 내가 '죽겠어요'라고 한 걸 말할 셈이냐! 그 걸 말해서 뭐하게! 당신은 웃고 넘어가겠지만, 나는 아니란 말 이다! 내가 이제 얼마나 왕을 많이 봐야 하는데! 아침이랑 밤에 꼬박꼬박 저 미남을 봐야 하는데 어떡하려고 복도에서 그런 말 을 해!

진짜 눈물이 나올 거 같았다. 아니, 벌써 눈가가 뜨거웠다.

얼마나 그렇게 있었을까.

왕은 내 코를 톡 건드렸다.

"이러다 울겠군."

아니, 울지는 않을 건데요. 이건 그냥 생리 현상 비슷한 건데요.

이런 내 마음을 아는지 모르는지 기사는 어깨를 으쓱하고 손을 치워달라는 듯 흔들었다. 나는 천천히 기사의 입을 막았던 팔을 내렸다.

"이렇네요."

"평소보다 솔직하긴 하군. 좀 취한 거 같은데?"

"취하는 성분도 들어 있다더군요."

"디오라면 알아서 하겠지. 거기다 내 토끼는 체질이 좀 다르니까 곧 해독하겠군."

기사는 웃으면서 나를 고쳐 안았다.

왕은 뭔가 못마땅한 듯 내 볼을 잡았다가 놓기를 반복했다.

"이만 가 보겠습니다. 숙소로 데려다줘야 돼서요."

"국경 지역 보고는 기다리고 있겠다."

"곧 가겠습니다."

기사는 상큼하게 인사하고 앞으로 걸어갔다. 나는 그의 품에 안긴 채로 뒤돌아가는 왕을 바라보았다. 긴 흑발을 찰랑거리며 걷는 남자는 미남이란 수식어로는 부족했다.

어쩜 저렇게 모든 게 그림일까. 장신구도 많은 옷인데, 진짜 눈부시게 잘 어울렸다.

"절세미남."

"뭐?"

순간 깜짝 놀랐다. 아직도 생각이 입 밖으로 나와 버리다니! 자백제 효능 한번 대단했다.

"아니, 폐하께서 잘생기셔서요."

"아, 드문 미남이시지."

"여기 와서 제일 놀란 게 폐하의 외모와 부인의 미모예요."

소설 주인공들답게 선남선녀가 따로 없었다. 두 사람 다 거울 보면 밥 안 먹어도 배부르겠다 싶을 정도였다.

"나는?"

이건 또 무슨 말이야?

"예?"

"나도 꽤 잘생긴 편인데?"

나는 눈을 가늘게 뜨고 찬찬히 기사의 얼굴을 바라보았다. 가까이 있어서 보기도 참 편했다.

시원시원한 눈매에, 턱선은 강인했다. 두상이 예뻐서 짧은 머리가 잘 어울리기도 했다.

"조합이 좋네요."

"뭐?"

나는 아예 손으로 기사의 얼굴을 살짝 움직여 보았다. 턱이 괜찮아서 비스듬한 각도보단 정면이 더 잘생긴 남자였다.

손가락을 카메라 모양으로 잡아서 포커스를 이리저리 옮겨 봤다. 격하게 움직여서 중심이 흐트러졌지만, 그가 엉덩이를 받치고 있어서인지 퍽 안정적이었다.

'이베리아 와서 눈이 높아져서 그렇지, 진짜 괜찮은데?'

강인한 목선과 이어진 근육의 조합이 마음에 들었다. 이런 남자가 선 자리에 나오면 순수하게 얼굴만으로 몇 번 더 만날 수 있었다.

"안아 줬으면 하는 남자?"

"너 아까부터 무슨 말 하는 거냐?"

"얼굴 감상이요."

남자의 서글서글한 얼굴을 돋보이게 하는 건 눈가에 난 흉터였다. 기사라는 직업이랑 어울려서 뭔가 사연 있어 보이는 효과를 줬다.

"그래서 어떤데? 내 얼굴은?"

나는 활짝 웃으며 말했다. 자고로 여자는 멋진 남자에 약한 법이었다.

"잘생겼어요."

순수한 감상이었는데, 갑자기 남자가 내 시선을 피했다. 그는 조금 난처한 듯 웃었다.

'어? 부끄러워하나?'

뻔뻔할 만큼 신경줄 굵어 보이는 남자가 저러니까 좀 의외였다.

하지만 근육질에 준수한 남자가 부끄러워하는 건 꽤 보기 좋았다. 나는 이 순간을 놓치지 않으려고 눈을 크게 떴다.

'역시 착하게 살아야 해.'

심보를 곱게 쓰려고 다짐하니까 신께서 복을 주잖아. 이런 걸 생생하게 체험하다니, 신이여 감사합니다.

기사는 계속 민망해 했다. 나는 그게 너무 좋아서 심장이 떨릴 정도였다.

지금 이 순간을 영원히 기억하면 얼마나 좋을까. 진짜 상자에 넣어서 보관하고 싶었다. 이 기억 죽을 때까지 가져가겠습니다.

이런 내 마음을 모르는 기사가 작게 속삭였다.

"흉터가 있어서 거칠어 보이지 않니?"

"무슨 소리예요! 그게 더 매력적인 거예요! 기사님은 그냥 있으면 잘생긴 남자지만, 흉터 덕분에 사연 있는 잘생긴 남자로 보여요."

"그, 그러냐?"

"보는 순간 생각할 거예요. 저 흉터는 어떻게 생긴 걸까? 중요한 사람을 지키다가 생긴 걸까? 아니면 험한 전투 중에 베인 걸까?"

기사는 살짝 고개를 돌리며 멋쩍게 웃었다.

"호기심을 일으키는 건 굉장한 매력이에요!"

"그래. 고, 고맙다."

"왜요. 누가 못생겼다고 그래요? 보는 눈이 없네."

내가 혀를 차며 고개를 젓자, 기사는 나를 고쳐 안았다. 확실히 이렇게 있으니 아까 쌀 포대처럼 옮겨질 때보다 훨씬 편했다.

'얼굴도 잘 보이고 말이야.'

또 언제 이런 순간이 올까 싶어서, 난 기사의 얼굴을 대놓고 감상했다. 기사는 조금 난처해 하더니 결국 한마디 했다.

"너, 너무 본다?"

순간 양심이 찔렸다. 본인이 싫다면 실례지. 나는 고개를 살짝 숙이며 사과했다.

"죄송합니다. 기분 나쁘세요?"

"아니, 그 정도는 아니고⋯⋯."

기사는 조금 먼 곳을 보며 중얼거렸다.

"좀 부끄러워서⋯⋯."

어머나, 귀여워. 나 지금 심장이 조금 떨렸어!

'역시 남자의 매력은 근육과 귀여움이지.'

나는 필사적으로 표정을 관리했다. 마음은 전자레인지에 돌린 인절미처럼 풀어졌지만, 티를 내면 안 됐다.

남자는 묵묵히 걸어가며 중얼거렸다.

"소중한 사람을 지키고 얻긴 했지⋯⋯."

"네?"

"자랑스러운 흉터란 거란다. 꼬맹아."

뭔가 일이 있었나? 어쨌든 나는 알았다는 듯 고개를 끄덕였다. 그러자 기사는 웃으면서 내 볼을 손가락으로 눌렀다 뗐다.

"말랑말랑하네. 폐하께서 왜 만지는지 알겠다."

"폐하는 좀 다른 이유인데요?"

"아, 그랬지. 너 시원하다며?"

"예. 이유는 모르지만요."

기사는 나를 바닥에 내려놨다. 나는 그제야 시녀들의 숙소가 있는 곳으로 왔다는 걸 깨달았다. 남자는 금남의 구역을 지키는 병사와 인사하며 내게 말했다.

"폐하를 잘 부탁한다."

순간 할 말이 없었다.

'폐하께 저를 잘 부탁해야 하는 거 아닌가요?'

그 사람은 뭘 해도 잘 먹고 잘살 텐데, 뭔가 이상하다는 게 안 느껴지십니까? 기사여?

"푹 쉬어라."

"저, 기사님!"

나는 앞치마에서 귀퉁이가 조금 우그러진 과일을 꺼냈다.

"이거 괜찮으시면 가져가세요."

기사는 과일과 나를 번갈아 보다가 픽 웃었다.

"좀 이상해진 건 아까 기사님이 칠 때 넘어져서 그래요."

골탕 먹으라고 일부러 이런 거 드리는 거 아닙니다! 제 진심을 곡해하진 말아 주세요!

"아, 그랬냐? 고맙다. 잘 먹을게."

남자는 받은 과일을 바로 한입 베어 물었다.

"또 보자, 꼬맹아."

햇살 아래 하얀 건치로 과일을 먹는 남자는 썩 보기 좋았다. 나는 웃으면서 기사를 배웅했다. 시작은 열이 받았지만, 끝은 훈훈했다. 이건 다 귀여움과 근육의 위대한 힘이었다.

'뭐하는 사람일까.'

국경지대에 있었다면 실력이 대단한가 보다. 기사에 가주라면 여기서는 귀족이겠지? 나는 남자의 이름을 되뇌며 숙소로 걸어갔다. 좀 쉬었더니 해독을 했는지 그럭저럭 다리를 움직일 수 있었다.

'빨리 가서 쉬자.'

좀 쉬면 또 기미가 있을 예정이다. 나는 남쪽 끝 방으로 천천히 걸어갔다. 문득 니나의 스케줄은 한가해 보이지만 띄엄띄엄 있어서 생각보다 힘들다는 생각이 들었다.

'휴일은 있는 거 같은데…….'

그건 누가 알려 주려나. 아무래도 메어리 님이겠지?

'그런데 휴일에는 기미를 누가 하지?'

이 성에 다른 기미 시녀가 있나? 없던 거 같은데? 나는 고개를 갸웃거리며 방문을 열었다. 남쪽의 작은 방은 나갈 때와 똑같은 모습이었다. 냉큼 침대에 누워서 구두를 벗으니 좀 살 거 같았다.

"빨리 가라, 오늘이여…….."

나쁘지는 않은데 정말 벅찼다. 나는 한숨을 폭 내쉬며 침대에서 한 바퀴 뒹굴었다.

4

발밑을 주의합시다

왕과 사비나는 계속 복도를 걸어갔다. 연륜 있는 시녀는 평소처럼 그의 표정을 살폈다. 언뜻 봐서는 모르지만 수려한 얼굴에 다른 감정이 섞여 있었다.

사비나는 발걸음을 빨리하여 왕 옆으로 다가갔다. 그는 충실한 신하를 보며 말했다.

"왜?"

"무슨 용건이 있으신 거 아닙니까?"

그는 피식 웃으면서 고개를 저었다. 별거 아니라는 뜻이었다. 사비나가 다시 뒤로 물러날 때였다.

"자백제가 그렇게 효과가 좋은가?"

그녀는 순간 당황했다.

"네?"

"아까 토끼가 자백제를 먹어서 재밌다길래, 좀 흥미가 생기는군."

사비나는 도대체 왕이 어떤 점에 흥미가 생기는지 알 수 없었다.

"한번 내 앞에서도 먹여 보고 싶군."

"폐하, 지금 니나 케이지를 말하시는 겁니까?"

왕은 아무렇지도 않게 고개를 끄덕였다. 덕분에 결 좋은 검은 머리카락은 햇살에 가볍게 흔들렸다. 사비나는 애써 침착함을 유지했지만, 소리 없이 경악했다.

'지금 무슨 말을 하시었는지 아십니까?'

이런 사비나의 마음을 아는지 모르는지, 왕은 계속 말을 이었다.

"내 앞에서는 어떤 말을 할지 기대되는군."

왕은 별거 아니라는 듯 그녀를 뒤로 물렸다. 사비나는 당혹스러움에 발걸음을 조금 늦추었다.

왕의 일행이 완전히 앞으로 가서야, 그녀는 한숨을 내쉴 수 있었다.

'도대체⋯⋯.'

사비나는 이마를 짚었다. 그때의 불길함이 점점 현실이 되어갔다.

'어쩔 수 없지.'

혼란스러웠지만 그녀는 노련한 사람이었다. 사비나는 왕의 최측근이었고, 오직 그에게만 충성을 바쳤다.

'할 수밖에⋯⋯.'

마음에 안 들었지만 할 일을 해야 했다. 사비나는 바로 돌아서서 왕과 반대로 걸어갔다. 차분히 걸어갔지만, 속도는 조금 빨랐다.

∽∽

침대에서 눈을 감으니 세상이 다 조용했다. 나는 시트를 한껏 껴안았다. 불안할 때 나타나는 니나의 버릇이었지만 지금은 말리지 않았다. 휴식 시간에는 누가 보는 것도 아닌데, 마음 가는 대로 행동해도 되겠지.

'애는 애라니까.'

가끔 나오는 행동이 아이 같다는 걸 알아도 멈출 수 없었다. 사실 애는 애답게 사는 게 나았다.

'그러고 보면 니나도 불쌍하네.'

이 작은 아이는 어리광 한번 못 부리고 어른이 되었다. 나는 한숨을 쉬며 껴안은 시트에 얼굴을 문질렀다.

얼마나 그렇게 있었을까. 갑자기 어깨가 흔들렸다. 무심코 그 손길을 피하다가 깨달았다.

'내가 묵는 곳은 독방이라서 사람이 없을 텐데?'

나는 화들짝 놀라서 침대에서 벌떡 일어났다.

"어?"

그새 조금 잠들었었는지 목이 잠겨 있었다. 나는 내 어깨를 흔든 이를 보고 서둘러 고개를 숙였다.

"사비나 님!"

시원시원한 외모와 단정한 옷차림, 언젠가 술 한잔하고 싶은 그 언니였다.

갑자기 일어나서인지 정신이 하나도 없었다. 그녀는 그런 빤히 나를 보면서 아무 말도 하지 않았다.

'아니 왜 보고만 있어. 무섭게.'

일단 할 일을 해야 했다. 서둘러 올라간 치마를 수습하고, 침대에서 내려왔다. 허둥지둥 움직이는 나에게 그녀가 말했다.

"천천히 하렴."

"죄송합니다. 깜빡 잠들어서, 오신지도 몰랐어요."

"내가 언질도 없이 온 거니까 신경 쓰지 말렴."

그건 그렇지만, 듣기로는 이 언니가 시녀들 대장이나 다름없었다. 나는 사장님을 맞이한 신입사원처럼 사색이 되어 눈을 비볐다.

"몸은 좀 괜찮니? 아까 레오 님한테 들려가던데?"

나는 어색하게 웃으며 대답했다.

"예. 체질상 금방 나은 거 같아요."

"네 몸에 대한 조사는 디오 님이 하고 계신단다."

그게 내 몸에 대한 조사라고? 자기 연구만 잔뜩 하던데? 기름 나무 열매 때문에 간지러웠던 거 생각하면 이가 갈리는데?

수상해서 고개를 갸웃거리자, 사비나가 작게 한숨을 쉬었다. 그녀는 수심이 가득해 보였다. 아니, 언니가 왜 고민에 빠져 있나요?

'짚이는 게 있긴 있네.'

나 때문이겠지?

"저, 죄송합니다."

일이야 친애하는 왕님이 치셨지만, 나는 시녀이니 수습하는 건 이 언니일 수밖에 없었다. 그러고 보니 아까 기사가 사비나님이 시녀들의 입을 막았다고 했다.

"네가 사과할 일은 아니다."

"번거롭게 해 드린 거 같아요."

이 언니가 아니었으면 이상한 괴롭힘을 받을지도 몰랐다. 게다가 아무리 말렸다고 해도 사비나가 인덕이 없으면 시녀들이 잘 따를 리가 없었다.

'인정하는 거겠지.'

특유의 시원시원함과 책임감을 시녀들은 알았다. 그래서 다들 따르고 있었다.

"니나야."

사비나는 내 짧은 백금색 머리카락을 살짝 쓸었다.

"성은 무서운 곳이란다."

나는 고개를 끄덕였다. 압니다, 알아요. 모를 리가 있나요. 원작에서 니나가 왜 죽었는데요.

"이상한 곳이기도 하지."

역시 사비나 언니는 맞는 말만 했다.

"니나야, 너는 아직도 여기서 잘 해 보고 싶니?"

나는 즉시 대답했다. 고민할 필요가 없었다.

"네!"

"그래. 그래서 너는 변하지 않았구나."

아니, 이 성으로 온 지 며칠이나 됐다고 제가 변하나요? 사비나 언니, 그게 무슨 말이야. 변하다니 어떻게요? 나쁘게? 좋게?

"신기하구나. 온갖 생각을 다 했는데, 막상 너를 보면 내가 왜 고민했나 싶구나."

"저, 저는 사비나 님이 무슨 말씀을 하시는지 모르겠어요."

"모르면 신경 쓰지 마렴."

그러니까 더 신경 쓰이는데요.

점점 더 알 수 없는 말을 했다. 아무리 머리를 굴려도 도무지 갈피를 잡을 수 없었다.

"일단, 매일매일 목욕을 하렴."

"예?"

"꼼꼼하게 잘 씻어야 한단다. 시중도 필요하니?"

아니, 왜 갑자기 목욕에다 시중이야! 게다가 시녀라면 시중을 드는 역할이지 왜 시중을 받는 건데!

"목욕이야 제가 알아서 하는데, 왜 갑자기……."

"니나야, 성에서 일하다 보면 이해하기 힘들어도 해야 하는 경우가 있단다."

어디서 많이 들어 본 말이었다. 그때 메어리 님이 했던 말과 비슷했다.

'닥치고 하라는 건가?'

목욕을?

"저, 저 더러운가요?"

나 위생적으로 별로였어? 나는 서둘러 시녀복의 목깃과 소매를 확인했다. 움직인 탓에 때가 없을 수는 없지만, 꼬박꼬박 세탁실에 보낸 까닭에 보이는 부분은 멀쩡했다.

이래도 이베리아에선 부엌 강아지처럼 보이는 걸까? 나 꼬질꼬질하게 돌아다닌 거야?

"죄송합니다! 잘 씻을게요!"

오늘부터 아주 구석구석 닦을게요!

"아니란다. 니나야, 그게 아니야."

나는 치맛단까지 뒤집다가 겨우 정신을 차렸다. 사비나는 한숨을 쉬면서 내 어깨를 토닥였다.

"네가 그렇게 더러웠다면 폐하께서 만지실 리 있겠니?"

"아!"

난 작게 손뼉을 한 번 쳤다. 그러고 보니 친애하는 왕은 나를 참 잘 만졌다. 볼도 만지고 코도 만졌다.

'내 옷차림이 별로인가?'

나는 내 옷을 점검하다, 칼라가 헐렁해진 걸 이제야 알았다.

"제가 옷매무새가 단정치 못했네요."

사비나는 고개를 저으며 내 칼라를 평평하게 펴 줬다.

"너무 큰 것을 받았구나. 몸에 맞는 것을 다시 주마."

"감사합니다."

"이럴 줄 알았으면 처음부터 몸에 딱 맞는 것을 줄걸 그랬구나. 네가 폐하의 눈에 띌 줄은 상상도 못 했어."

그건 저도 몰랐습니다. 어쩌다 제 신세가 이렇게 되었을까요.

"어쨌든 그래서 목욕하라는 건 아니란다."

나는 이유를 묻고 싶었지만 입을 다물었다. 분위기를 보아 하니 왠지 그래야 할 거 같았다.

"그리고 니나야, 이거 받으렴."

사비나는 앞치마에서 작은 책을 한 권 꺼냈다. 좀 낡았지만 튼튼해 보여서 관리를 잘한 듯 보였다. 나는 책을 건네받자마자 제목을 읽어 보았다.

『이베리아의 풍습』

세상에! 어쩌면 지금 나에게 제일 필요한 지식이 담겨 있는 지도 모를 책이었다.

'사비나 언니! 오늘부터 찬양할래!'

말단을 알뜰살뜰 챙겨 주는 총책임자라니! 나는 이 언니를 높은 자리에 앉힌 폐하의 눈을 감탄, 또 감탄했다.

"감사합니다! 가뜩이나 제가 뭘 몰라서 폐를 끼칠 거 같아 걱정이었는데, 정말 감사합니다."

"내가 여기 처음 와서 봤던 책이란다."

그럼 사비나도 타국 출신이었어? 이 언니, 이방인임에도 능력으로 승진한 거야?

"의외로 이베리아에는 타지인이 많단다. 그러니까 외지에서 온 걸 흠으로 생각하지 마렴."

어쩜 이렇게 좋은 말만 하는 걸까. 진짜 감동에 겨워 눈물이 나올 거 같았다.

"그럼 니나야, 목욕 잘하렴. 그리고……."

사비나는 부드럽게 웃으며 내 머리를 살짝 뒤로 넘겨줬다.

"생일 축하한다."

순간, 나는 깜짝 놀랐다.

"네?"

오늘이 니나 생일이었어? 나는 재빨리 손으로 날짜를 계산해 봤다. 생각해 보니까 이쯤이긴 했었다.

"몰랐니?"

나는 사비나가 준 책을 소중하게 껴안으며 어색하게 웃었다.

"요즘, 정신이 없었어요."

미안하다, 니나야. 네 생일이었구나. 미안해. 요즘 내가 생존에 대한 것만 정신이 쏠려 있었어. 사느라 바빠서 그런 거니 마음씨 착한 네가 이해해 주렴.

"고아원에서도 생일은 정말 아무것도 아니어서요."

그러고 보니 잊는 것도 당연했다. 별로 중요한 날이 아니었다. 니나는 선물을 받은 기억이 없었다.

나는 품에 넣은 책을 바라보았다. 낡았지만 너무나 소중했다.

"생일 선물은 처음 받아 봤어요."

활짝 웃으면서 말하자, 사비나는 작게 숨을 내쉬며 내 머리를 한번 쓰다듬었다. 그녀는 쉬라는 말만 남기고 돌아섰다.

사비나가 만진 내 머리에 손을 얹었다. 저 사람 진짜 좋은 언니였다. 진짜 언젠간 술 한잔할 수 있는 사이가 되면 좋을 텐데. 정말 친해지고 싶었다. 저 사람은 총책임자고 나는 말단이라 아직은 멀어 보였지만 말이다.

그녀가 방에서 사라지자, 나는 품에 넣은 책을 살짝 쓸었다. 까슬까슬한 책 표지의 감촉이 손끝을 타고 올라왔다.

"감사합니다."

듣는 이는 없었지만, 다시 한번 인사했다.

그렇게 두꺼운 책은 아니었다. 하지만 사비나의 마음이 느껴져서 저절로 웃음이 나왔다. 누군가가 신경 써준다는 게 참 간지러우면서도 좋았다.

그때, 다시 방문이 열리는 소리가 났다. 문가를 바라보니, 시녀 세 분이 작은 욕조와 커다란 주전자를 들고 있었다.

"세상에!"

목욕하라는 게 이런 뜻이었어? 공용 목욕탕을 가라는 말이 아니라, 아예 목욕물을 들려 보내 준다는 얘기였어?

나는 침대에서 벌떡 일어나 구두도 신지 않은 발로 그들을 거들었다.

"아니, 안 그래도 돼."

커다란 주전자를 든 시녀가 말했지만 나는 고개를 저었다.

"이거 목욕물이에요?"

"향 좋은 찻잎을 띄운 물이야. 얘기 못 들었어?"

"방금 들었는데 이런 것인지 몰랐어요. 세상에! 무거우셨겠다. 다음에는 제가 그냥 가서 할게요. 어디로 가면 돼요?"

내 말에 그들은 동시에 고개를 저었다.

"우린 그냥 명령에 따른 것뿐이야. 여기 수건도 두고 갈 테니까 어서 목욕하렴."

"아니, 이럴 필요가 없는데……."

"이따 버릴 물 가지러 다시 올게."

그들은 매정하게 나가 버렸다. 나는 김이 모락모락 나는 커다란 주전자와 작은 나무 욕조 사이에서 눈만 깜박였다.

오늘따라 복작복작했던 숙소에 나만 덩그러니 남았다. 나는 그들이 남기고 간 것만 멍청하게 바라보았다.

'아니, 왜 목욕물을?'

그렇게 더럽지 않다며? 그런데 왜 특별히 씻으라 하지?

도저히 답이 나오지 않았다. 나는 끙 하고 신음을 내뱉었다.

"일단, 해야 하나?"

아니, 왜 번거롭게 물과 욕조를 가져다주고 난리야. 거기다 뽀송뽀송한 수건까지 있었다.

'중세식 호텔 서비스 부른 느낌인데?'

이런 건 귀한 사람만 하는 거 아니었나? 나는 얼굴을 잔뜩 일그러뜨리고 앞치마부터 하나씩 벗었다.

"물 아까워 죽겠네."

이베리아는 물이 흔한가? 나가 보질 못했으니 가늠을 할 수 없었다.

남색 치마와 하얀 속치마를 벗었다. 기분이 이상했지만, 얌전히 벗을 수밖에 없었다.

'누가 들어오진 않겠지?'

들어오더라도 다른 시녀겠지. 시녀들이 머무는 곳은 금남의 구역이었다. 다른 건 몰라도 치한이나 변태는 없었다.

나는 벗어 놓은 옷가지를 발로 쳐서 침대 위로 올렸다. 시녀복은 옷을 그렇게 많이 입지 않았다.

'코르셋이 없어서 다행이야.'

현대처럼 간편하진 않았지만 그럭저럭 실용적이었다. 나는 마지막으로 머리에 쓰고 있는 캡을 벗어서 침대로 던졌다.

주전자의 물을 나무 욕조에 부었다. 물은 그렇게 뜨겁지 않았다.

'그래도 향을 우릴 정도면 한번 끓였다 식혔다는 거겠지?'

나는 물 냄새를 맡으며 한숨을 쉬었다. 도대체 왜 이러시나요. 사비나 언니.

"암만 봐도 왕이 만진 후부터 씻으라는 거 같은데?"

물을 욕조에 적당히 붓고는 맨발로 들어갔다. 따듯한 물이 닿으니 온몸이 풀어졌다. 느낌은 좋았지만 마음이 찝찝했다.

'도대체 이유가 뭐지?'

나는 적당히 욕조에 앉았다. 주먹을 꽉 쥐었다가 놓으니, 물은 손가락 틈 사이로 들어갔다 흩어졌다. 찻잎이 들어가 있어서인지 좋은 향이 남쪽 방에 가득 찼다.

멍하니 욕조에 앉아 있으니, 이화윤일 때가 떠올랐다. 혈액순환에는 반신욕이 좋다고 해서 이렇게 욕조에 들어간 적이 많았다. 따듯한 물에서 멍하니 욕실 천장을 보고 있으면, 세상이 멈춘 거 같았다.

나는 머리까지 물속으로 넣었다가 천천히 올라왔다. 니나의 백금발이 귓가에 엉겨 붙어서 살짝 정리하다가 깨달았다.

"니나 약간 곱슬머리구나."

그러고 보니 기억 속에 니나의 긴 머리는 우아하게 웨이브가 져 있었다. 나는 손가락으로 머리를 빗으면서 한숨을 내쉬었다.

"예쁘면 뭐하니. 이렇게 고생하는데."

나는 고개를 저었다.

안 돼. 긍정적인 생각을 해야 해. 그래도 절망적인 상황은 아니잖아. 기운 내자!

젖은 머리에 물방울이 뚝뚝 떨어졌다. 왠지 한기가 느껴져서 나는 어깨까지 물에 담갔다.

처음부터 차근차근 생각해 봤다.

"일단 왜 씻으라는 걸까?"

왕이 만진 후부터 씻으라는 거면 그것이 이유일 것이다. 순간 나는 손바닥을 주먹으로 쳤다. 진짜 허무하게 깨달아 버렸다.

"왕이 만지니까 씻으란 거구나."

왕과 초야 치르는 궁녀 나오는 사극도 아니고, 그런 이유였냐!

허탈해서 웃음이 나왔다. 나는 다리를 욕조 밖으로 들었다가 다시 담갔다.

"왜 찻잎 푼 물을 줬나 싶더니만, 아이고 너무하다."

하긴 왕이 언제라도 덥석덥석 만질 텐데 꼬질꼬질하면 안 되겠지. 그런 쪽이 아니란 것은 아는데 괜스레 배알이 꼴렸다.

"그래서 사비나 언니가 묻지 말라는 기운을 폴폴 풍겼구나."

짜증나지만 의문은 풀렸다. 도대체 내 상황이 나아진 건지 아닌지 영 갈피가 잡히지 않았다. 일단 죽진 않을 거 같긴 했다.

"그런데 배로 신경 쓸 게 많아."

도대체 왕은 왜 니나를 만지면 시원한 걸까? 마력과 성력이 부딪친다면, 니나도 당연히 그래야 하는 거 아니야?

'모든 성력이 다 그런가? 아니다. 그건 이미 알아봤겠지. 니나가 좀 특이한 거 같던데?'

나는 다시 다리를 들었다가 물속에 담갔다. 물결이 좁은 욕조에서 일어났다가 곧 사라졌다.

"복잡해 죽겠다."

상황은 이상하게 꼬여 가는데, 막상 나는 아무것도 아는 게 없었다.

'설마 여기서 더 꼬이는 건 아니겠지?'

해결된 건 하나도 없는데?

나는 손으로 얼굴을 감쌌다. 그건 생각도 하기 싫었다.

"이러다가 남자 조연들도 갑자기 툭 튀어나오고……."

고개를 흔들었다. 불길한 생각 하지 말자! 정신 똑바로 차리면 될 거야! 아무리 더러운 세상이라지만 그럴 리가 있냐!

"게다가 생일이잖아!"

아무리 재수 없다지만 설마 생일에 운이 없겠니?

'니, 니나라면 가능할지도?'

재수가 없긴 하지. 요즘 들어 느끼는데, 애가 괜히 착한 일하다 죽은 게 아닌 거 같아.

'열다섯 살 된 기념으로 한없이 거지같은 일이 일어날지도 몰라.'

니나야, 언니가 부적이라도 살까?

더운 욕조에 있으니까 몸이 화끈거렸다. 목욕은 이 정도면 되겠지. 나는 자리에서 벌떡 일어났다.

"일단, 사비나 언니가 준 책을 읽자!"

조금이라도 지식을 얻으면 실마리까지는 아니더라도 꼬다리 정도는 얻겠지. 나는 지금 긍정적인 생각이 너무나 필요했다.

열다섯 살인 니나의 몸에 물방울이 뚝뚝 떨어졌다. 하얀 살 결에 흘러내리는 물방울을 보며, 나는 니나는 피부도 참 좋다는 걸 깨달았다. 희고 부드러운 살결은 꼭 우유 같았다. 어찌나 투명하고 예쁜지, 점 하나도 찾을 수 없었다.

"진짜 미래가 기대되는 미모였구나, 니나는."

앤 왜 몸도 예쁘니.

나는 한숨을 내쉬며 젖은 머리를 매만졌다. 수건으로 문지르기 전에 최대한 물기를 털어 냈다. 한참을 그러고 있다가 깨달았다.

욕조에 있는 물은 아직도 깨끗했다. 나는 커다란 수건으로 온몸을 감싸며 남은 물을 요리조리 살펴보았다.

"물 너무 아깝다. 빨래라도 할까?"

매일매일 이렇게 몸을 닦아야 하는 거면, 진짜 세탁실에 옷을 안 맡겨도 될 거 같았다. 나는 진지하게 빨래를 고민하다 고개를 저었다.

"시녀복에 찻잎 냄새가 배면 그것도 좀 그러네."

찻잎 좀 빼달라고 하면 해 줄까? 속옷 정도는 빨아도 될 거 같은데? 난 이런저런 생각을 하며 나머지 다리를 들었다.

그때였다.

문이 갑자기 벌컥 열렸다. 나는 화들짝 놀라서 들어온 이를 바라보았다.

'뭐, 뭐야!'

나는 내가 본 것을 믿을 수 없었다.

"여기가 형님의 여자가 있는 곳인가?"

미성이었지만, 남자의 목소리였다. 나는 뻣뻣하게 굳은 채 고개만 돌렸다. 금남 구역인 시녀들의 영역에 왜 남자가 있는 걸까.

"안 됩니다, 대공. 여기는!"

"놔! 성에서 내가 못 들어갈 곳은 형님 관저밖에 없다!"

소년은 아무렇지도 않게 들어오다가 날 보더니 그 자리에서 멈췄다. 나는 남자를 막는 시녀와 소년을 번갈아서 바라보았다.

'아니, 이게 도대체 무슨 일이야. 그보다······.'

나는 그제야 지금 내 꼴이 어떤지 깨달았다.

소년은 이럴 줄 몰랐는지 얼굴이 새빨개졌다. 나는 조용히 고개를 숙였다. 커다란 수건에 가려져 있지만, 제대로 된 옷이 아니었다.

'허, 허벅지가 그대로 드러났는데?'

그, 그럼 그 위에는?

깨닫는 순간, 나는 소리쳤다.

"꺄악!!"

좁은 방 안에 내 비명이 가득 찼다. 나는 허둥지둥 더 가릴 것을 찾다가 머리맡에 놔둔 다른 수건을 발견했다. 황급히 수건을 잡으려고 손을 뻗다가 순간 균형을 잃었다.

우당탕—!

욕조와 내가 한꺼번에 넘어지는 소리는 참 요란했다.

'제발 걸칠 걸 좀…….'

그것이 내가 마지막으로 느낀 것이었다. 금방 눈앞이 새까맣게 변했다. 정신을 잡으려 했지만 도저히 저항할 수 없었다.

그렇게 나는 알몸으로 엎어진 채 의식을 잃었다.

TL 소설 『묶인 새』에서는 당연히 남자 조연이 있었다. 형을 존경하지만 질투하는 철없는 대공이 그중 하나였다. 처음에는 형님의 여자에게 관심이 있어서 성녀를 보러 온 소년은, 세라피의 순수함에 반해 버리고 만다.

'뭐, 세라피는 예쁘니까.'

소년은 홀린 듯이 성녀에게 다가간다. 그리고 어느 날, 살짝 잠든 세라피에게 키스를 한다. 그때 성녀는 잠에서 깨고, 소년은 자신의 마음을 자각한다.

'여기까지는 순수한 사랑인데……'

아름다운 첫사랑의 추억이면 참 괜찮았을 텐데. 문제는 이 대공께서 사고를 빵빵 친다는 데 있었다.

'왕이 세라피를 놓친 건 이 대공 탓이 80퍼센트지.'

내성의 안쪽 방에서 세라피를 도망가게 한 것은 니나였지만, 국경을 넘을 수 있게 한 건 대공이었다. 덕분에 왕은 군대를 이끌고 힘들게 산을 넘고 강을 넘어야 했다.

'생각해 보니까 니나의 죄는 20퍼센트밖에 없네.'

니나는 형장의 이슬이 되어서 사라졌지만, 왕은 대공을 죽이지 않았다. 그저 평생 시골에서 감금시킨 게 다였다.

'와, 욕 나온다.'

형제라고 봐줬던 거냐? 동생이라서 그토록 소중한 세라피를 빼돌렸는데도 용서한 거야? 어디 핏줄 없는 사람은 서러워서 살겠니. 왕님, 당신 그러는 거 아닙니다?

'서러워라.'

이 쪼그마한 애가 착한 일 하다가 죄지은 건데, 적어도 목숨은 살려줬어야지. 아니면 애초에 세라피를 잘 설득을 하든가. 아, 생각해 보니까 더 열받네? 좀 용서해 주면 어디 덧납니까? 애가 자기 욕심 채우려고 성녀를 탈출시킨 게 아니잖아! 이 애가 바라는 건 세라피의 행복이었단 말이야!

그리고 애초에 당신이 성녀를 감금시킨 게 더 문제잖아! 당신이 잡아다 가두지 않으면 니나가 그러지 않았겠지!

'성녀가 탈출하는 게 싫으면 열심히 꼬셨어야지!'

조건을 걸고 거래를 하든가!

'차라리 미인계를 써!'

왕 잘생기고 몸도 좋더구먼! 몸이건 보석이건 잔뜩 안겨주고 세라피를 꼬시면 도망도 안 갔을 거 아니야.

깊게 한숨을 쉬자, 누군가가 가슴을 토닥거렸다. 일정한 박자가 은근히 기분이 좋았다.

누굴까.

다정한 감촉이었다. 왠지 굉장히 어린애가 된 거 같았다. 그래서일까. 웃음이 저절로 나왔다.

그 토닥거림은 곧 사라졌다.

아쉽다고 생각할 때였다. 갑자기 뭔가가 몸을 훅 당겼다. 손쓸 틈도 없었다. 순식간에 밀린 나는 눈을 깜박였다. 환한 빛이 콧등을 타고 내려왔다.

"디오 님, 일어났어요!"

상냥한 목소리가 들렸다.

나는 눈을 깜박이며 초점을 맞췄다. 흐릿한 시야가 제대로 보일 때쯤, 드디어 상황을 좀 알 수 있었다.

'기절했구나.'

이베리아에 온 지 며칠이나 됐다고, 또 의식을 잃은 걸까. 불쌍한 니나. 이리저리 치이다가 몸만 다치는구나. 시녀는 좋은 직업일지 모르지만 역시 다 때려치우고 싶었다.

하도 자서인지 더는 잠들고 싶지 않았다. 나는 하얀 스튜를 우물우물 넘기면서 주위를 둘러보았다. 붉은 앞치마가 어울리는 간호사 언니는, 새하얀 침대에 초록색 시트가 조화로운 이곳을 병실이라고 알려 줬다. 그녀는 여기가 전시에는 병동으로 쓰이지만 평소에는 다친 병사나 아픈 시녀가 사용하는 곳이라고 자세한 설명까지 해 줬다.

'친절한 언니네.'

전시에 사용하는 곳답게 넓은 공간에 수십 개의 침대가 있었다. 거기다 자세히 보면 가장자리 벽에는 매트도 겹겹이 쌓인 채였다. 침대를 둘 수 없을 때는 저걸 사용하는 걸까.

하지만 지금은 전시가 아니어서인지, 그 넓은 공간에는 나와 병사 몇 명밖에 없었다. 간호사 언니는 친절하게도 이동식 칸막이까지 쳐 주었다. 덕분에 사생활 보장도 문제없었다.

'은근히 세심하다.'

언니가 얼마나 싹싹하고 일을 잘하는지, 뭘 물어볼 틈도 없었다. 그래서 나는 얌전히 스튜를 먹으면서 생각을 정리했다.

'옷은 누가 입혀 줬을까.'

일단 그게 제일 걱정되었다. 알궁둥이 보이면서 엎어졌는데, 지금 생각하면 차라리 그게 나았다.

'앞으로 넘어지지 않아서 다행이다.'

그렇게 됐으면 일어나자마자 제대로 절망 속에서 허우적거렸을지도 모른다. 난 내 옷을 입혀 준 이가 부디 저 간호사 언니기를 간절히 바랐다.

"왜 이렇게 고생을 하나."

나는 스튜에 있는 고기 조각을 씹어 넘기며 한숨을 폭 내쉬었다. 뭔가 저항을 하면 할수록 수렁 속으로 굴러가는 느낌이 들었다.

'애초에 명줄이 늘긴 했나?'

세라피만 탈출 안 시키면 일단 죽지는 않는 걸까?

싱겁지만 감자는 고소했다. 도대체 어떻게 하면 상황이 나아질까 고민할 때였다. 칸막이가 젖혀지고, 익숙한 사람이 나타났다.

"깨어났군."

역시 할 말만 하는 사람이었다. 그래도 눈에 익은 외알 안경이라서 반갑게 인사하려던 나는 조용히 입을 다물었다.

'그래. 네가 그렇지.'

또 볼일만 보고 나가겠구나 싶어서 나는 계속 스튜를 먹었다. 환자식답게 간이 덜 되어 있었지만 부드럽고 고소해서 먹을 만했다.

"저 부딪쳐서 정신을 잃은 건가요?"

나는 손가락이랑 발끝을 움직여 봤다. 어디 하나 마비된 구석 없이 잘 움직였다.

남자는 그런 나를 보며 눈을 가늘게 떴다. 뭔가 못마땅한 표정이었다.

"오 일째 정신을 잃었었다."

"벌써 오 일이나 지났어요?"

기껏해야 반나절일 줄 알았는데, 생각보다 길었다. 어쩐지 잠을 실컷 잔 기분이더니, 닷새나 됐었나.

"어서 먹고 다시 일해야겠네요."

나는 스튜를 빨리 먹기 위해서 부지런히 스푼을 놀렸다. 그러자 빨간 머리가 내 팔목을 잡으며 먹는 걸 제지했다.

"더 쉬어야 한다."

"괜찮은데요? 기운이 없는 것만 빼면 움직일 만해요."

"심각했다."

뭐가?

말에 앞뒤를 잘라서, 어떤 게 심각한지 알 수 없었다.

"머릿속에 출혈이 있었다. 보통 사람 같으면 일어나지 못했을지도 몰라."

순간 등골이 서늘했다. 그, 그거 뇌출혈 아니야? 세상에 어떻게 심각하게 넘어졌길래 뇌출혈이 돼!

"다리도 주의해야 한다. 욕조와 함께 넘어졌다가 침대에 머리를 부딪친 거 같더군."

나는 급히 시트를 걷고 다리를 움직여 봤다. 빨간 머리의 말이 무색하게 다리는 아무렇지도 않게 움직였다.

"괜찮은데요?"

그는 내 발목을 물끄러미 바라보다 말했다.

"실례하겠다."

"예?"

남자는 내 왼쪽 발목을 잡고 한번 돌려보았다. 아무런 고통이 느껴지지 않았지만, 낯선 감촉이 느껴졌다.

'아, 장갑을 껴서 그렇구나.'

외알 안경은 하얀 장갑을 끼고 있었다. 그 책이 쌓인 방에서는 벗고 있었던 거 같은데, 이곳은 병동이라서 낀 걸까.

"이쪽 발목은 어젯밤까지 퉁퉁 부어 있었다."

"움직이는 건 지장 없어요."

"그래도 오늘은 병동에서 쉬는 게 낫겠군. 웬만하면 움직이지 마라."

자고로 의사 말은 듣는 게 좋았다. 내가 고개를 끄덕이자, 남자는 한숨을 쉬었다.

"너, 죽을 뻔했다."

"그 정도였어요?"

정말 놀랐다. 그냥 넘어진 거뿐인데, 어째 다친 게 교통사고 수준이었다.

'한 번만 이런 일이 더 벌어지면 뼈도 못 추릴 거 같아.'

오늘부터 몸을 소중히 여겨야지. 진짜 유리 인형처럼 다뤄야겠어. 이거 어디 무서워서 살겠냐.

"이마에서 피가 많이 났다."

진짜 머리가 깨졌었나 보네. 내가 무심코 이마를 만지려고 하자, 빨간 머리가 손목을 잡았다.

"아직 손대지 마라."

얌전히 손을 내렸다.

"원래 그런 상처를 입으면 위험을 감수하고 머리를 열어 피를 빼낸다. 하지만 네 경우는 일부러 그러지 않았다."

무시무시한 치료 방법이지만, 현대에서도 그런 방법을 쓰긴 했다. 의학에 대해서는 잘 모르지만 그렇게 뇌압을 조절한다는 얘기는 들은 적 있었다.

순순히 고개를 끄덕이자, 외알 안경이 말을 이었다.

"네 체질을 알아서 한 방법인데, 그게 맞았나 보군."

나는 양손을 오므렸다 펴면서 고개를 갸웃거렸다.

내 체질이라면? 뭐든 쉽게 낫는 그거?

"제 회복력이 그 정도였나요?"

소소하게 기미만 되는 줄 알았는데? 닷새 만에 뇌출혈도 나을 정도였어?

"의식을 잃어서 회복이 빨랐다고 추측하지만, 나도 놀랐다. 이런 적이 또 있었는지 묻고 싶다."

나는 고개를 저었다. 니나의 기억 속에 그런 건 없었다.

"남들보다 회복이 빠르긴 하지만 큰 상처가 나을 정도는 절대 아니었어요."

"왜 달라진 거지?"

"모르겠어요."

빨간 머리는 외알 안경을 고쳐 쓰고 생각에 잠겼다. 나는 혹시나 마비가 왔나 싶어서 몸 구석구석을 움직였다. 어깨도 무릎도 탈 없이 잘만 움직였다.

"오늘은 쉬고, 앞으로 주의해라."

"네. 감사합니다."

나는 어쨌거나 내 몸을 낫게 해 준 빨간 머리한테 인사했다. 그는 여전히 엉망으로 묶은 머리카락을 흔들며, 칸막이 밖으로 나갔다.

난 다 먹은 스튜를 침대 바깥쪽에 있는 테이블에 올려놓고 기지개를 켰다. 잠을 푹 자고 난 것처럼 상쾌하기 그지없는데, 죽을 뻔했다는 게 믿기지 않았다.

'진짜 나 요단강 건널 뻔한 걸까?'

아니 형장의 이슬로 사망하는 걸 막으려고 이리 뛰고 저리 뛰었는데, 이렇게 죽을 수도 있는 거였어? 와, 진짜 너무하다. 이제는 꺼진 불도 다시 보고 돌다리도 두들겨 봐야겠네.

'니나야, 미안하다.'

널 살리려고 했는데 어이없는 실수로 큰일날 뻔했어.

나는 침대 위에 누워서 천장을 바라보았다. 붉은색 천장에는 검은 얼룩이 유난스레 많았다.

'병실은 이래서 싫어.'

너무 조용해서 혼자인 게 사무치잖아.

그렇게 적막한 건 아니었다. 저 멀리서 병사들의 말소리와 간호사 언니의 인기척이 간간이 들렸다.

나만 혼자면 더 외롭잖아.

나는 침대 위에서 뒹굴다가 시트를 껴안았다.

'그나저나 대공 이놈은 뭐지?'

날 왜 위험에 빠지게 한 거야?

그러고 보니 이놈 좀 수상했다. 생각해 보니 『묶인 새』에서 니나가 세라피를 내보내 줄 때, 복도를 따라가면 대공이 기다린 다는 말을 했었다.

'내 저승사자가 따로 있었네.'

여태 세라피인 줄 알았는데 어째 임자는 따로 있었다. 진정 으로 피해야 할 사람은 대공이었다. 이 새끼가 성녀를 빼돌리지 않았으면 니나는 죽지 않을 수도 있었다.

'그런데도 대공은 살려 주고, 니나는 죽인 겁니까?'

왕님 이러시는 거 아닙니다. 아, 진짜. 이 세계는 왕후장상의 씨가 따로 있는 건 아는데, 이건 너무하잖아. 니나는 빽 없고 돈 없다고 형장의 이슬로 만들고, 대공은 시골에 가두는 거로 끝이 라니요! 아무리 봐도 네 동생이 더 잘못했잖아! 그럼 벌도 비슷 하게 받든가! 진짜 어디 서러워서 살겠냐!

'그런데 대공은 애초에 만날 일도 없어야 정상 아닌가?'

대공은 영지가 따로 있어서 성에 잘 들어오지 않았다. 그래 야 하는데, 왜 그놈은 금남의 구역에 흙발로 기어와서 목욕 중 인 내 방문을 연 걸까.

진짜 그때만 생각하면 아찔했다.

'나, 수건으로 다 가렸던 거 맞지?'

매우 큰 수건이었으니까 다 가렸을 거야. 그럴 거야.

"미안하다! 니나야!"

이 언니가 지켜 줘야 하는데, 어째 능력이 부족하다. 그런 놈 에게 속살 보기에는 너무 예쁜 애인데, 애먼 놈한테 이상한 일을 당해 버렸어!

'안 보였을 거야! 그럴 거야! 만약 그렇더라도 아니라고 믿을 거야!'

수건을 믿자!

눈을 가리려고 무심코 이마 가에 손을 대려다 황급히 뗄 때였다. 어디선가 낯선 인기척이 들렸다. 곧 칸막이가 걷히며 누군가가 들어왔다.

"어머!"

나는 침대에서 냉큼 일어나 옷매무새를 고쳤다. 들어온 이들은 그런 내 모습을 보면서 상냥하게 웃었다.

"몸은 괜찮니?"

"괜찮아요!"

좁은 공간이라 앉을 자리가 없었다. 난 다리를 모으고 최대한 뒤로 갔다. 침대에 앉으라고 손짓했지만, 두 천사는 고개를 저었다.

"일이 바빠서 오래 있지 못해."

라라와 쥬시는 작은 바구니를 건네주었다.

"저번에 말했던 천이야. 별거 아니라서 미안해."

나는 황급히 고개를 저었다. 나야말로 이분들이 올지 생각도 못 했다.

"아니에요! 정말 고마워요!"

"이런저런 일이 있어서 말 걸지 못해서 미안해."

나는 웃으면서 뺨을 살짝 긁었다. 하긴 이분도 그 엄청난 소문들을 들었겠지. 나는 살짝 숨을 골랐다.

"어떤 소문이 도는지는 모르지만 부풀려진 게 많아요."

"소문이 심하다는 생각은 했어. 특히 폐하와 관련된 건 말이야."

"그건 절대, 절대 아니에요."

나 두 번이나 강조했어요. 라라, 내 말 좀 믿어 줘요.

쥬시는 내 이마를 보면서 말했다.

"다친 건 심해?"

"그랬던 거 같은데 이젠 괜찮아요. 오늘까지만 있으래요."

"이미 죽었다는 소문도 들렸는데 다행이다. 사실 걱정하면서 왔거든."

아니, 멀쩡한 사람을 왜 죽이고 그래. 소문 한번 뻥튀기가 심하네.

'죽을 뻔한 건 맞지만……'

닷새 만에 나을지는 아무도 모르지 않았을까.

"뭐, 어느 정도는 예상해요."

내가 여기서 일하는 사람이어도 니나의 존재가 신기했다. 왕과의 소문이 무성하더니, 갑자기 대공 때문에 다쳤다니.

'각오해야겠다.'

나는 침을 꼴깍 삼키고, 마음을 단단히 먹었다. 어째 더 괴상한 소문이 돌 것 같았다.

"저기, 니나야. 말을 할까 안 할까 고민했는데……."

라라의 눈빛이 흔들렸다. 무슨 말을 하려고 고민한 걸까.

'심한 말을 하려나?'

그래도 어쩔 수 없어서, 나는 그들을 보며 웃었다.

"꼭 보상금을 받으렴."

"네?"

"대공께서 잘못한 거잖니. 죽을 뻔했는데 그냥 넘어가면 안 돼."

정말 생각지도 못한 부분이었다. 나는 이분들이 건네준 바구니를 보며 또 한 번 깨달았다. 이분들은 정말 천사였다.

"감사합니다."

그런 제도가 있는지 몰랐지. 보상금 얼마 나오려나. 나중에 집 살 때 보태야지. 꽤 짭짤하게 나오면 좋겠다.

"진짜 고마워요."

이래서 법은 있는 자의 것이 아니라, 아는 자의 것이라고 하는 거구나. 보상금에 대한 기대감이 씨를 뿌리고 새싹이 되어 쑥쑥 자랐다.

'한몫 단단히 잡아야지'

찬란한 햇빛을 받고, 희망은 나무가 되어 솟아났다.

기다려라. 돈, 나와라. 보상금 내놔, 대공 새끼야.

쥬시와 라라는 나에게 살이 되고 피가 되는 말을 해 주고, 금방 나으라고 인사하며 병동에서 나갔다. 그들을 배웅하면서도 나는 웃음을 참을 수 없었다.

스튜밖에 안 먹어서 배가 고팠지만, 심적으로는 포만감 속에 헤엄쳤다.

"니나야, 언니만 믿으렴."

무슨 일이 있어도 거하게 받을게! 개같이 물고 늘어지면 세상에 못 할 일이 없단다!

희망에 불타고 있는데, 간호사 언니가 음식을 들고 왔다. 나는 함박웃음을 지으며 열심히 환자식을 해치웠다.

일단 빨리 낫고 봐야 했다. 보상금을 거하게 받으려면 말이다.

⚬⚬⚬

빨간 머리는 내 이마에 붕대를 감아 주었다. 곧 나을 거 같지만 그래도 물이 닿지 않게 조심하라는 당부까지 곁들였다. 나는 멀쩡한 발목을 이리저리 돌리며 외알 안경의 진찰에 협조했다.

"의외로 말을 잘 듣는군."

안 들을 이유가 있나? 내가 고개를 갸웃거리며 물었다.

"환자는 의사 말을 잘 듣지 않나요?"

전문가 조언은 웬만하면 참고하는 게 좋던데?

내 말에 빨간 머리는 이마를 짚었다. 감정 표현이 담백한 사람인데, 얼굴에는 짜증이 가득했다.

"병사들도 그걸 좀 알았으면 좋겠군."

아, 그거였구나. 하긴 어딜 가나 병사들은 넘치는 힘 때문에 사고를 치기 마련이었다. 젊음은 치기를 부르고 치기는 부상을 불렀다.

어젯밤에도 병동에는 헛된 짓을 하다 다친 병사들이 왔었다. 도대체 칼로 묘기 부리다가 거하게 베이는 짓을 왜 하는 걸까.

"힘내세요."

웃으면서 대답하자, 빨간 머리는 못마땅한 듯 나를 바라보았다.

"다치지나 마라."

어, 걱정해 줬다.

뭐야. 이 사람 생각보다 착하네. 나는 뺨을 살짝 긁으며 감사하다고 말했다. 빨간 머리는 가보라고 손짓했고, 나는 병실에서 나와서 천천히 내 숙소로 걸어갔다.

머리는 상쾌했고, 몸은 아픈 곳이 없었다. 스트레스에 시달리다 병동에서 보낸 시간은 제법 괜찮았다.

'이래서 사람은 쉬어야 해.'

메어리 님께 쉬는 날을 꼭 물어봐야지. 나는 고개를 끄덕이며 내 일터로 향했다. 일단 대기실에서 기미부터 해야 했다.

메어리 님은 많이 다쳤었냐는 것만 물어보고, 기미할 음식을 건네주었다. 서둘러 먹고 넘기자, 주근깨가 트레이를 밀면서 나갔다.

"몸은 아주 괜찮아요!"

내 대답에 나이 든 시녀는 고개를 절레절레 저었다.

'무슨 의미지?'

나는 살짝 고민했다.

"네 옷은 내가 입혔단다."

순간 메어리 님께 무릎 굽혀 인사할 뻔했다. 세상에, 은인이 여기에 계셨군요.

"정말 감사합니다. 조금 걱정했거든요."

일어나보니 속옷까지 다 입고 있어서 안심했는데, 이분께서 입혀 주셨구나.

하지만 내 감사인사에도 메어리 님은 또 고개를 절레절레 저으셨다.

"이마에는 피를 줄줄 흘리고 있지, 발목은 비틀려 있지 내가 병동에서 얼마나 놀랐는지 아니?"

"그렇게 심각했는지 저도 나중에 들었어요."

"다 대공께서 잘못하신 거지. 금남의 구역에 함부로 들어가 서는……."

메어리 님은 혀를 차며, 붕대 감은 내 이마를 이리저리 살펴보았다.

"흉터가 남으면 안 되는데……."

"괜찮을 거예요. 안 남을 거 같아요."

"디오 님이 그렇게 말씀하시든?"

"아니요."

닷새 만에 뇌출혈이 나을 정도면 이마에 흉터는 안 남지 않을까? 빨간 머리도 붕대를 감아 주면서 부기랑 피멍만 조심하라고 했었다.

"그럼 어떻게 그렇게 단정하니. 아무튼, 흉터가 남더라도 무사하니 됐다. 그만 가 보렴."

제 특수한 체질을 믿으니까요. 나는 어색하게 웃으면서 무릎을 살짝 굽혔다.

"이만 가 볼게요. 아, 그리고 병실에서 여기 두들겨 주신 것도 감사해요."

내가 가슴 가를 가리키자, 메어리 님은 고개를 흔드셨다.

"그건 내가 아니란다."

"네?"

"기미 하는 네가 없어서 이곳도 비상이었단다. 시간이 없어서 병동에 잘 가지 못했어."

그럼 누구지?

나는 내 가슴 가를 바라보았다. 분명 애를 달래는 듯한 다정한 토닥임이었다. 꼭 할머니가 손주를 귀여워하는 듯한 행동이라 메어리 님인 줄 알았는데, 아니었나 보다.

'이곳에서 나한테 호감 있는 사람은 매우 드문데?'

매우 착한 사람인 거 같은데, 누구지?

'의사랑 간호사는 아닌 거 같던데?'

빨간 머리는 그럴 위인이 아니었고, 간호사는 매우 바빠 보였다.

나는 대기실에서 나오면서 고개를 갸웃거렸다. 아무리 머릿속을 탈탈 털어 보아도 적당한 이가 나오지 않았다.

"니나야, 많이 아팠다며? 걱정했어."

성녀의 목소리는 새가 지저귀는 거 같았다. 은쟁반에 옥구슬 굴러가는 게 이런 소리일까. 막 아침 식사를 끝낸 그녀는 나를 보며 활짝 웃었다. 햇살 사이로 흩어지는 백금발을 보며, 새삼 세라피의 아름다움을 절실히 깨달았다.

'이러니까 대공이 반하지.'

나는 다리를 굽혀서 인사했다. 나도 닷새 만에 그녀를 보게될 줄은 생각도 못 했다.

"이마에 붕대는 뭐야?"

"부딪쳤어요. 지금은 괜찮아요."

"내가 얼마나 걱정했는데! 이제 배는 괜찮은 거야?"

응? 웬 배? 내가 언제 배가 아팠어?

"배앓이가 심해서 혼났다며. 격리되어서 치료받느라 힘들었지?"

이건 또 무슨 일인 걸까. 내가 다친 것은 뇌와 발목 아니었나? 왜 세라피에게 배앓이로 되어 있는 거지? 거기다 격리는 뭐야?

"내가 치료하러 간다고 했는데, 다 말려서 못 갔어. 별거 아니라고 하지만 니나가 안 와서 얼마나 걱정한지 몰라. 이제 정말 괜찮은 거지?"

세라피가 봄날의 햇살처럼 따뜻하게 물어봤지만, 나는 대답할 수 없다.

이게 도대체 무슨 소리야. 세라피에게 왜 내가 배앓이로 치료받는 거로 되어 있어. 거기다 격리되어 요양하는 배앓이라면, 장염 비슷한 건가?

그때 킥 하는 웃음소리가 들렸다. 나는 조용히 웃은 당사자를 바라보았다. 주근깨는 세라피의 옷자락을 정리하며 나를 보며 비열하게 웃었다.

'네가 그런 거냐.'

뇌출혈이 장염이 된 건 주근깨 때문으로 보였다.

한숨이 저절로 나왔다. 하지만 아니라고 말하고, 세라피에게 처음부터 설명하는 것도 곤란했다. 솔직하게 말하면 목욕을 하게 된 이유부터 해명해야 했다.

'귀찮고 힘들어.'

욕조에서 일어나서 몸 닦는데 대공이 들어와서 엎어졌어요. 이마 깨지고 발목 나갔는데, 어머나 놀라워라! 특수한 체질 덕분에 살아서 왔습니다.

'그냥 장염 걸린 셈 치자.'

그게 낫겠어. 설명이 힘들어.

나는 활짝 웃으며 대답했다.

"다 나았어요. 아주 쌩쌩해요."

내 대답에 세라피는 활짝 웃으며 나를 껴안았다. 갑작스럽게 느껴지는 그녀의 체향에 나는 눈만 깜박였다.

세라피가 살살 녹을 거 같은 목소리로 속삭였다.

"앞으로 아프지 마? 응?"

진짜 사랑스러웠다. 이렇게 얼굴도 예쁘고 마음씨도 고운 미인이라니, 인류의 보배였다.

'이미 보배이긴 하구나.'

성녀는 그런 존재이긴 했지. 세상 모든 이보다 귀하고 소중한 이였다.

'그런데 이렇게 착해도 되나?'

참 이상하게도 가끔 세라피가 너무 순수해서 어디 가면 사기 잘 당할 거 같은 언니로 보였다.

'네가 지금 남 걱정할 때냐.'

옥장판 사는 세라피, 이상한 화장품 잔뜩 사는 세라피 생각하다 한숨을 내쉬었다. 이러니저러니 해도 이 사람을 지킬 사람은 많았다. 원작대로라면 평생 그녀를 지키는 왕과 함께 잘 먹고 잘 살 것이다.

'내 코가 석 자다.'

나는 세라피를 걱정하느니 니나의 목숨 줄부터 생각하기로 다짐했다.

그때, 낮은 목소리가 들렸다.

"다 나가라."

침대에서 안쪽에서 나는 소리였다. 그 사람이 누군지 이제는 알았다.

'그나저나 왕이랑 세라피랑 진도 많이 나갔나 보다.'

단둘만 있고 싶으니까 다 나가라는 거지? 하이고 원작 커플이라 그런가 빠르긴 하네요. 나는 세라피의 품에서 벗어나서 이따 뵙겠다고 속삭였다. 세라피는 나가지 말라고 칭얼거렸지만, 나는 침대 쪽을 손가락으로 가리키며 주근깨를 따라갔다.

막 나가려고 할 때, 등뒤에서 왕이 말했다.

"왜 토끼가 나가지?"

나는 발을 멈추고 돌아섰다. 왕은 팔짱을 낀 채 나를 못마땅한 눈으로 보고 있었다.

'아니 당연히 나가야 하는 줄 알았지.'

나는 시험지를 숨긴 애처럼 우물쭈물 그에게 다가갔다.

"더 가까이 와라."

내성 제일 안쪽 방에는 나와 성녀, 그리고 왕밖에 없었다. 물론 커튼 뒤로 지키는 병사들이 있었지만 그들은 침묵이 의무인 분들이셨다.

'기분이 좀 이상하네.'

주근깨는 나갔는데, 나는 왜 못 나가요.

내가 천천히 가는 게 마음에 안 들었는지, 왕이 성큼성큼 내 앞으로 다가왔다. 나는 얌전히 무릎을 굽히며 인사했다.

"오랜만이군. 토끼."

나는 뺨을 살짝 붉히며 웃었다. 그러게요. 절세미남 씨. 닷새 만입니다.

왕은 가까이 다가가서 내 뺨을 손바닥에 댔다. 뜨거운 체온이 얼굴에 닿았다.

"말을 해 봐라."

앞뒤 말을 다 잘라서, 도무지 무슨 뜻인지 잘 알 수 없었다.

"예?"

"아무 말이라도 좋으니까 해 봐라."

도대체 뭘 하라는 걸까. 말을 하라고? 차라리 노래를 부르라고 하면 영문을 모르지만 할 텐데, 그냥 말을 하라니. 성경 구절이라도 외우라는 걸까?

나는 솔직하게 대답했다.

"무슨 명이신지, 잘 모르겠는데요."

대답이 마음에 들었는지 왕은 픽 웃더니 내 볼을 살살 쓰다듬었다. 살결을 만지는 왕은 꼭 배부른 맹수 같았다.

기분 좋아 보이시네. 니나에게 느껴지는 청량함이란 게 꼭 마약 같은 걸까? 궁금해질 때였다. 갑자기 몸이 들썩였다.

"아니, 이게 무슨!"

왕은 갑자기 내 몸을 안아서 들어올렸다. 당황해서 팔을 버둥거렸지만, 그는 아무렇지도 않게 내 볼을 쓰다듬었다.

"생각보다 가볍군. 니나 케이지."

"예? 예."

"짐이랑 약속 하나 해야겠다."

갑자기 웬 약속?

저기요, 왕님. 무슨 약속인지는 모르겠지만, 제가 안 한다고 하면 들어주기라도 하나요? 저 이래 봬도 보증은 안 서고, 보험은 신중한 편인데요. 다른 이도 아니고 무를 수도 없는 거 같은데, 친애하는 폐하와 그 약속을 꼭 해야 하나요?

'도대체 왜 이러시나요?'

머리가 혼란스러웠다. 도대체 영문을 몰라서 눈만 깜박이는데, 왕은 아무렇지도 않았다. 나는 그를 바라보았다. 결 좋은 흑발을 늘어트린 미남은 나를 향해 웃었다.

"마음대로 죽지 마라."

무슨 소리지? 아, 뇌출혈로 죽을 뻔했던 거 때문에 이런 말을 하는 건가?

순간 아차 싶었다. 나는 급히 세라피를 향해 고개를 돌렸다. 그녀는 어리둥절한 표정으로 나와 왕을 보고 있었다.

'아, 아까 귀찮아서 대충 넘겼는데…….'

이럴 줄 알았으면 솔직하게 얘기할걸. 이래서 사람은 들킬 거짓말은 하면 안 되는구나!

"니나 케이지, 날 봐라."

왕은 내 볼을 톡톡 쳤다.

나는 어색하게 웃으면서 그가 바라는 대로 했다.

붉은 눈동자는 여전히 예뻤다. 정말인지 무서울 정도로 잘생긴 남자였다.

"대답해라."

"아, 그러니까 죽지 말라고요?"

애초에 죽을 생각 없는데요? 뇌출혈은 사고였잖아요. 아니, 개똥밭에 굴러도 이승이 낫다고 니나 명줄 늘리려고 이렇게 열심히 사는데, 왜 그런 말씀을 하시나요. 그것도 원작에서 니나를 죽인 당신이 이러니까 되게 웃겨요.

무슨 말을 해야 할까. 나는 필사적으로 머리를 쥐어짰다. 일단 사고에 대해서 뭔가 말을 해야 했다.

"폐하, 그건 어쩌다 일어난 사고였습니다."

"죽지 않는 게 그렇게 힘든가 보군."

이건 또 무슨 소리야.

도저히 내 머리로 따라갈 수 없었다. 나는 한숨을 폭 내쉬었다. 왜 이러십니까, 폐하. 무슨 수수께끼 하시나요. 머리가 나쁘니까 힌트라도 주세요.

'죽지 말라니.'

나는 붕대를 맨 이마 가를 더듬거렸다. 니나의 체질이 아니었으면, 그 사고로 진짜 요단강을 넘었을 것이다.

'죽지 말라고 하면 안 죽나?'

살면서 단 한 번도 죽고 싶은 적 없었다. 하지만 죽음은 충실히 한 걸음씩 다가왔다.

문득 이화윤이었을 때가 생각났다. 그녀는 죽음에 대해서 생각해 본 적 없었다. 그래서 그게 그렇게 가까이 있는 줄 몰랐다. 심장이 나빠서 수술해야 한다는 얘기를 들었을 때, 퇴원하고 복귀할 계획만 잡았었다.

나는 고개를 숙였다. 붕대를 감은 이마 사이로 니나의 백금발 머리카락이 흘러내렸다.

'죽고 싶지 않아도 죽던데?'

내가 얼마나 살고 싶었는지 당신은 알까.

나는 그럭저럭 행복했다. 과로가 많아도 세상은 살 만하다고 생각했다. 혼자였어도, 친척들이 돈을 바라고 다가와도, 애인과 헤어져도, 정말 사는 걸 좋아했다. 내가 집 있고 차 있어서 그래. 상속녀 참 좋다. 공짜 돈 최고! 그런데 내 힘으로 번 돈이 아니어서 저렇게 다 달려드나? 올 때는 자유였지만 나한테 온

이후는 아닙니다. 부모님 돈인데 내가 줄 거 같아?

나는 좋아하는 게 많아서 죽고 싶지 않았다.

향이 좋은 커피를 좋아했고, 크림치즈가 들어 있는 케이크는 참 맛있었다. 쉬는 날이면 가끔 햇살이 들어오는 소파에서 늘어져서 낮잠을 자기도 했다.

한껏 기지개를 켰던 달콤했던 한때가 생각나서, 나는 조금 웃었다. 햇살 사이로 유영하는 먼지를 보면서 식은 커피가 있는 머그잔을 입으로 가져갔다. 그런 시간에는 아무것도 안 해도 좋았다. 그저 숨을 쉬면서 시간을 보내는 게 좋았다.

'정말 죽고 싶지 않았어.'

하지만 죽었다.

순간 웃음이 나왔다. 살짝 터진 웃음은, 눈가에 눈물을 흘리면서까지 웃게 되었다. 자제해야 한다는 생각이 들었지만 소리 내어 웃는 것을 도저히 멈출 수 없었다.

"왜 웃지?"

"폐하의 명령을 들을 수 없으니까요."

왜 왕이 그런 말을 하는지 몰랐다. 하지만 폐하, 그건 정말 제 마음대로 되는 게 아니잖아요. 치안도 좋고, 살기 좋았던 곳에서도 그렇게 쉽게 죽었는데, 여기는 말할 것도 없어요.

"이상한 데 휩쓸려서 죽을 수도 있고……."

그저 발밑을 조심하지 못해서 그렇게 될 수도 있었다.

"그냥 누가 죽일 수도 있는 거 아닌가요?"

무엇보다 당신이 날 죽일 수도 있다.

나는 웃어서 흘러내린 눈물을 닦으며 그를 바라보았다. 친애하는 왕님은 못마땅한 눈빛이었다.

"누가 너를 죽이지?"

당신이라고 말할 수는 없었다. 대공 새끼를 떠나서 원작까지 가지 않아도, 아직 첩자 의심을 받는 몸이었다.

"혹시 모르잖아요."

"그렇군."

왕은 순순히 납득했다.

설득이 통해서 기뻤지만 저건 저거 나름대로 기분 나빴다.

뭡니까. 당신이 죽일 수도 있다는 걸 쾅쾅 박아 버리신 거예요? 서러워라. 진짜 만져서 시원함이 느껴지지 않으면 그날로 낙동강 오리알 신세 되겠어.

"그럼, 네 멋대로 죽겠단 말이군."

아니, 이건 또 무슨 소리야.

"절대 못 죽게 해 주마."

순간 너무 황당해서 멍해졌다.

"이상한 데 휩쓸려도 못 죽게 해 주마."

왕은 내가 했던 말을 알뜰살뜰 재활용했다.

"누가 토끼를 죽이려고 한다면 내가 그 사람을 죽여 주지."

내 어리둥절한 표정을 보며 왕은 만족한 듯 웃었다. 그러고는 갑자기 붕대 감은 이마에 자신의 이마를 대었다.

왕의 머리카락이 귓가를 간지럽혔다. 나는 멍하니 그를 바라보았다. 살짝 내리깐 눈에 긴 속눈썹이 유난히 눈에 들어왔다.

"갑자기 죽을 것 같다는 보고를 받아서 내가 얼마나 놀랐는지 아니, 토끼야?"

붉은 눈동자 보석처럼 빛났다.

"몸을 소중히 해라. 너는 나한테 관심 받는 아이다. 귀여워해 줄 테니까, 오래오래 내 곁에 있어라."

낮은 목소리가 귓가에 속삭였다.

멍하니 왕의 미모에 홀려 있다가 퍼뜩 정신을 차렸다. 웃으려고 했지만 어째 입꼬리가 잘 올라가지 않았다.

새삼스럽지만 그가 참 멀게 느껴졌다.

'이상해. 뭐든 기뻐해야 할 텐데…….'

좋지가 않았다. 방방 뛰어야 하는 마음은 오히려 무거운 추를 단 것처럼 한없이 가라앉았다.

믿을 수 있다면 얼마나 좋을까.

'그런데 믿을 수가 없어.'

오해하기 딱 좋은 말을 한 다스씩 하시네요. 잘생겨서 용서하고 싶은데, 그럴 기분도 아닙니다. 당신이 내 마음이 무슨 상관이겠느냐마는, 그래도…….

'거짓말 같아.'

아끼는 척하지 마세요.

언제든 처리할 수 있으면서 아이를 속이지 마세요. 나는 그래도 이화윤이니까 앞뒤 상황을 살펴볼 수 있지만 열다섯 살 니나라면 못 견뎠을 거야.

외로웠던 아이의 삶이 떠올랐다. 정이 매우 고픈 아이였다.

그런 아이에게 왕의 말은 독이었다.

'잘생긴 남자가 어린아이를 귀여워해 준다는 거 표면상으로 보면 그렇게 나쁘지는 않지.'

애완동물 취급이었지만 나이 차이를 생각하면 못 할 말은 아니었다. 게다가 그 사람은 이 나라의 권력을 한 손에 쥔 왕이었다.

하지만 그 말은 독이나 다름없었다.

다행이다, 니나야. 이화윤이랑 기억이 섞여서. 아무런 기대도 안 하고 침착하잖아.

나는 쓸쓸하게 웃었다. 그래도 왕이 은혜를 베풀었으니까, 나도 성인처럼 화답해야 했다.

"감사합니다."

"별로 기뻐 보이지 않는군."

"기뻐요. 최대한 조심해서 살게요. 이 몸을 소중히 여기겠습니다. 왕께서 은혜를 베풀어 주실 일 없게, 이 몸을 최선을 다해 아낄게요."

그건 진짜였다. 나는 처음 니나의 몸에 들어왔을 때처럼 손바닥을 쥐었다가 폈다. 그래도 그동안 거친 일을 안 해서 조금은 보들보들해진 손이었다. 이 손처럼 니나의 상황도 나아지면 얼마나 좋을까.

"토끼는 가끔 이상하군."

나는 언제나 당신이 이상합니다.

무덤덤하게 왕을 바라보았다. 그는 손가락으로 내 코를 살짝 튕겼다.

"자기 일을 남의 일처럼 얘기해."

순간 어깨가 움찔했다. 이건 조금 놀랐다.

"정말 이 조그만 머릿속에서 무슨 생각을 하는지 모르겠군."

통찰력이 대단했다. 진짜 예리한 사람이었다.

친애하는 폐하께서는 정말 능력 있는 군주인가 보네. 하긴 남들 위에 올라서려면 저런 능력은 당연한지도 모르지만, 정말 날카로웠다.

"궁금하니, 나도 디오처럼 자백제를 먹여 볼까?"

얼굴이 저절로 일그러졌다. 정말 끔찍한 말이었다. 아니 내 속에 있는 말을 알아서 뭐하려고 이러시나요. 그보다 왕 앞에서 자백제를 먹으면 무슨 참사가 일어나는 걸까.

나는 왕 앞에서 원작을 나불대는 것을 상상했다. 순간 식은 땀이 날 정도로 아찔했다.

"사색이 됐군."

왕은 내 코를 조금 쥐었다가 놨다.

"걱정하지 마라. 안 먹인다. 간자에게 항상 먹이는 게 자백제다. 그 약의 부작용이 뭔지 아는데 토끼에게 먹일 리 없지."

그 약 부작용이 있었어? 빨간 머리 나한테 그렇게 위험한 걸 먹인 거야? 역시 그 외알 안경을 박치기로 부쉈어야 했나?

"자백제의 부작용은 실성이다. 영원히 정신이 나가서 돌아오질 못하지."

나는 주먹을 꽉 쥐었다. 이 순간, 나는 빨간 머리의 안경을 부숴 버리기로 했다. 사람을 리트머스지로 쓰는 건 아는데 이건 너무한 거 아니니.

"디오는 우수한 의사니 너에게 해독제도 같이 처방했을 것이다."

왕은 변명했지만, 화가 가라앉지 않았다. 나는 입술을 살짝 깨물었다.

"니나 케이지."

그는 못마땅한 듯 내 볼을 살짝 꼬집어서 늘렸다.

"네가 알아야 할 것이 그게 아니다."

꼬집힌 볼이 더 아파졌다. 왕의 손에 힘이 들어간 게 느껴졌다.

"너를 걱정해서, 혹시나 있을 부작용 때문에 내가 안 먹인다는 점만 기억해라."

성은이 망극해야 하는 걸까. 나는 내 볼을 꼬집는 왕을 바라보았다. 그는 미간을 찌푸린 채 내 볼을 계속 흔들었다.

"못마땅하군."

그는 한참을 쥐고 흔들다가 볼을 놓아줬다. 나는 얼얼한 볼을 찬 손으로 식히면서 살짝 눈치를 봤다.

'내가 너무 차게 반응했나?'

애완동물 취급이어도 감지덕지했어야 하나? 침착하자. 생각을 해 보자. 이럴 때는 차라리 버릴 때 집이라도 남겨달라고 농담하면서 웃는 게 더 생산적인 건가?

'근데 그건 왠지 자존심이 상해.'

아무리 인권 최하위국에 말단이 되었다지만, 구차하게 매달리는 느낌이었다.

'사춘기인가. 내 마음을 내가 모르겠네.'

비굴해도 목숨 줄 유지하는 게 훨씬 나은데, 거부감이 장난 아니었다.

"뭘 그렇게 생각하지?"

나는 왕을 바라보았다. 여전히 무서울 정도로 잘생긴 남자였다.

"폐하께 말씀드릴 정도로 중요한 게 아닙니다."

그는 나를 바닥에 내려놨다. 닿았던 체온이 사라지자, 왠지 서늘한 기분이 들었다.

"말해 봐라."

"뭐든지 말해도 되나요?"

왕은 웃으면서 대답했다.

"허락한다."

복잡한 마음을 솔직하게 말할 수 없었다. 나조차도 모르는 마음인데, 어떻게 그걸 당신에게 물어봐.

하지만 한 가지 궁금한 건 있었다.

"왜 이런 은혜를 베풀어 주시나요?"

왕은 한쪽 뺨으로 픽 웃더니 팔짱을 꼈다. 뭘 이런 걸 묻냐는 표정이었다.

나는 그가 할 대답을 골라봤다.

'만지면 시원해서?'

그게 그렇게 마약 같은가? 막 한번 만지면 주기적으로 중독

증상이 오나? 사이다라고 생각했는데 민트향 담배 비슷한 건가?

하지만 그는 조금 다른 대답을 했다.

"생일 선물이다."

"예?"

"네게 과한 선물인 건 스스로도 아는군."

아니, 이건 또 무슨 말이야. 웬 자화자찬에 무슨 생일 선물인데? 나나 생일은 닷새 전 아니었나? 아니 그것보다 뜻부터 좀 알려 줘.

'머리에 한계가 느껴져.'

진짜 아무리 생각해도 왕이 무슨 말을 하는지 알 수 없었다.

"모르겠다는 표정이군."

나는 고개를 끄덕였다. 제발 설명 좀 해 줘요.

"계속 고민해 봐라. 다른 질문은 없나?"

이제는 숙제까지 내줬다. 눈을 가늘게 뜨고 왕을 바라보았다. 그의 얼굴에는 만족감이 어려 있었다. 마치 장난에 성공한 아이 같았다.

'나를 가지고 노나?'

생각해 보면 애완동물이 그런 존재이긴 했다. 어쩨 토끼라면서 똥개 훈련을 한 기분이어서, 한숨을 저절로 나왔다.

사실 이제 왕에게 물어볼 것은 없었다.

그때, 좋은 생각이 머릿속을 스쳤다.

"아, 폐하. 혹시 아시나요?"

나는 배시시 웃으면서 붕대를 감은 이마를 가리켰다.

"보상금을 받고 싶은데 어떻게 신청하면 되죠?"

왕은 뭐 이런 걸 묻냐는 표정으로 날 바라보았지만, 난 배시시 웃었다. 네 동생이 사고 친 거 알지? 그러니까 보상금 받는 방법 좀 알려 줘.

"받을 수 있다고 들어서요."

"하찮은 걸 묻는군."

폐하께는 별거 아니지만 저는 그걸로 밑천 좀 마련해 보려고요. 니나도 이제 비상금 좀 가질 때가 되지 않았나요. 죽을 뻔했는데 그만한 대가는 있어야죠.

그는 뒤돌아서서 대답했다.

"사람을 불러 주겠다."

검은색 망토 자락을 휘날리며 걷는 남자의 모습은 멋있었다. 제때 떠나는 이의 뒷모습은 참 보기 좋아서, 저절로 웃음이 나왔다. 한 대 먹인 기분이 짜릿하기 그지없었다.

'내가 왜 이러지. 한번 죽더니 간이 커졌나.'

왜 갑자기 왕 앞에서 나불나불하는 걸까. 꺼진 불도 다시 보고 돌다리도 두들겨 보고 건너자고 다짐한 지 하루 만에 달라져 버렸다.

'미쳤냐, 너.'

스스로 꿀밤을 때리려다, 니나가 머리를 다친 게 생각나서 조용히 손을 내렸다.

"정신 차리자!"

나는 옷매무새를 다시 정돈하며 중얼거렸다.

"외모에 속지 말자."

저 사람이 착한 니나를 죽이고, 더 잘못한 동생을 살렸다는 건 잊지 말자. 무엇보다 잘해 준다는 걸 어떻게 믿냐. 사람과 사람의 관계에 공짜가 있어?

앞치마를 툭툭 털며 정리할 때였다. 하얀 옷자락이 내 앞으로 다가갔다. 나는 그제야 누군가를 까먹고 있었다는 걸 깨달았다.

'맞다. 세라피!'

그러고 보면 이 방에는 당연히 그녀가 있었지. 왕과의 대화에 정신 팔려서 아주 기본적인 것을 잊고 있었다.

내가 진짜 정신이 나갔네.

"니나야."

은쟁반에 굴러가는 옥구슬 같은 목소리였는데, 어조가 너무나 딱딱했다. 나는 뺨을 긁으며 성녀님을 바라보았다.

"도대체 무슨 말을 한 거야? 저 사람은 왜 저래? 그리고 죽을 뻔한 건 또 뭐야?"

천사 같으신 성녀님은 왕과 나의 대화를 다 보셨고, 또 기억하는 모양이었다. 역시 그때 귀찮아도 대강 넘기는 게 아니었다.

세라피는 내 손을 꽉 잡았다. 설명하지 않으면 놓지 않겠다는 강경한 태도였다.

나는 어색하게 웃으며 고개를 푹 숙였다. 다른 건 모르지만 이건 정말 내 죄였다. 그러니 어서 수습해야 했다.

'죽겠다, 정말.'

이마가 깨져서 머리를 다쳤는데, 일어나 보니 머리 굴릴 일투성이였다. 나는 고개를 들었다가 다시 푹 숙였다.

'무섭다.'

그녀는 예뻐서 더 무서운 얼굴이었다. 죄인은 결국 설명을
할 수밖에 없었다.

"저, 성녀님. 그게요……."

도대체 어디서부터 설명해야 할까. 나는 한숨을 깊게 내쉬
었다.

5

너 대공인 거 다 알아

나는 앞치마에 책 『이베리아의 풍습』을 넣고 기운 없이 복도를 걸어갔다. 도대체 어젯밤을 어떻게 보냈는지 지금도 아찔했다.

'진짜 무서웠다.'

아름다운 성녀님은 '정직한 인간은 신이 창조한 가장 기품이 높은 작품이라'는 성전 구절까지 들먹이시며 설명을 요구하셨다. 덕분에 나는 있는 거짓말 없는 거짓말을 다 사용해서 필사적으로 변명했다.

"성녀님께서 걱정하실까 봐요."

세라피는 고개를 저으며 니나를 꽉 껴안았다. 그리고 걱정과 기도는 성녀의 일이라는 지극히 성자다운 말을 했다.

'양심의 가책이 느껴질 줄 몰랐어.'

앞으로 거짓말을 안 하겠다고 세 번 외치고서야 세라피의 품에서 겨우 풀려날 수 있었다. 부드러움이 거친 것을 이긴다는 게 이런 걸까. 미모와 화술로 꼼짝 못 하게 만들다니 역시 그녀는 여주인공다웠다.

나는 연구실 문을 열었다. 책이 겹겹이 쌓인 이곳은 여전했다. 내 인기척이 들렸지만, 붉은 머리 남자는 돌아보지 않았다.

"왔군."

나는 어설프게 묶인 그의 머리를 확 잡아다 내동댕이치고 싶은 것을 필사적으로 참았다.

'자백제 부작용만 생각하면 이가 갈린다.'

생각 같아서는 박치기가 아니라 더한 것도 하고 싶었다.

"몸은 괜찮은가?"

"예. 발목도 괜찮아요."

붉은 머리는 이런 내 마음을 아는지 모르는지 살며시 다가와서 붕대를 풀었다. 하얀 천은 눈앞에서 어른거리다 사라졌다.

그는 내 이마를 자세히 보았다.

"흉터 생겼나요?"

외알 안경은 고개를 저었다. 그나마 다행이었다.

"흉터를 걱정할 상처가 아니었다. 넌 죽을 뻔했어."

"그래도 없는 게 좋잖아요. 이마 가리려고 앞머리 자르는 거 귀찮기도 하고……."

나는 붕대 때문에 눌린 머리를 손으로 빗다가 머리에 쓴 캡을 떨어트렸다. 허리를 숙이기 싫어서, 발로 차서 캡을 잡았다.

남자는 아무 말도 하지 않았다. 이상하게 오늘은 약을 먹으라는 말도 하지 않았다.

'진짜 과묵하다.'

하고 싶은 말이 있으면 저쪽에서 하겠지. 나는 작은 의자에 앉아서 다리를 흔들었다.

적막이 내려앉았다. 그는 서류를 보기도 하고, 무언가를 쓰기도 했다. 아무래도 할 일이 많아 보였다.

'그냥 나갈까.'

그때, 빨간 머리가 말했다.

"물어봐라."

"네?"

"묻고 싶은 걸 물어봐라."

굉장히 뜬금없었다. 이곳 사람들은 거의 다 생뚱맞은 걸까. 아니면 내가 만나는 사람들이 이런 부류가 많은 걸까.

나는 의자에 기대서 책 더미를 바라보았다. 햇빛이 별로 안 드는 연구실이어서인지 책 냄새가 많이 났다.

물어보라니까 물어봐야겠지. 뭘 물어보라는 것인지는 모르겠지만.

일단 조심스럽게 운을 뗐다.

"저, 폐하께서 죽지 말라고 하시던데요."

"죽지 않으면 되겠군."

"귀여워해 주시겠다고 하던데요."

"귀여워하시겠군."

그런 대답은 나도 할 수 있겠다. 성의 없는 대답에 기대감이 바닥으로 떨어졌다. 나는 계속 다리를 흔들면서 말을 이었다.

"토끼라고도 하세요."

빨간 머리가 서류에서 시선을 떼고 나를 바라보았다. 그러고는 고개를 한 번 끄덕했다.

"닮긴 했군."

"설명 좀 해 주세요."

"폐하께서 어렸을 때 토끼 한 마리를 키우신 적 있다."

"그 토끼 어떻게 됐어요?"

왕의 사랑을 받은 애완동물은 어떻게 될까? 무병장수를 하나? 자식도 많이 낳고?

문득 홍삼 영양제를 먹던 친구의 작은 강아지가 생각났다. 친구는 본인은 못 먹는 귀한 홍삼을 개가 먹는다며, 아주 뿌듯해 하며 줬었다.

"너무 먹이를 많이 줘서 죽었다."

나는 붕대를 푼 이마를 쓸다가 고개를 푹 숙였다. 아니 먹이를 얼마나 많이 줬길래 죽었어.

이래서 애완동물은 함부로 키우는 게 아니었다.

생명은 키우기 전에 준비가 필요합니다. 귀엽다고 책임감 없이 데려오면 안 돼요.

"원래는 내가 실험하려고 키운 토끼였다. 그래도 폐하의 것이 되어서 오래 산 편이지."

빨간 머리는 아무렇지도 않게 말했지만, 어째 영 미심쩍었다.

"아끼신다고 그러시면 진짜 아끼실 것이다."

"하지만 전 토끼가 아닌걸요."

외알 안경은 나를 바라보았다.

나는 다리를 흔들며 의자에 몸을 기댔다.

이걸 굳이 내 입으로 말해야 하나 3초 고민했지만, 결국 터져 나왔다.

"사람이잖아요."

조금 웃음이 나왔다. 그러게, 나는 정말 토끼가 아니었다. 사람이라서 어떤 생각이든 할 수 있고, 다른 행동을 할 수 있었다. 물론, 책임을 져야 하지만 말이다.

"그렇게 일반적인 호의는 믿지 않아요. 이상하니까요. 토끼라면 그런 애정이 좋았을 수도 있지만, 사람이 잘해 주는 데는 다 이유가 있는 법이잖아요."

이화윤일 때 절실히 깨달은 것이었다. 어쩌면 삼십여 년을 살고 가슴속에 제일 남은 것이기도 했다.

"가끔은 시험하시는 듯한 느낌도 들어요. 뭐랄까, 진짜 믿고 날뛰면 그 애정을 금방 없애시지 않을까요?"

빨간 머리는 외알 안경을 고쳐 썼다. 나는 숨을 깊게 내쉬며 고개를 저었다. 씁쓸함이 올라오는 이런 생각은 빨리 털어내는 게 좋았다.

"너는 정말 어린애 같지 않군."

나는 억지로라도 조금 웃었다. 내가 좀 힘들고 외롭나 봐. 왜 상관없는 사람을 붙잡고 고민을 쏟아내고 있을까.

'이 사람이 내 얘기를 그대로 왕에게 고할지도 모르는

데…….'

뭐, 그래도 상관없긴 했다. 어쩌면 친애하는 폐하께서는 그때의 내 표정을 보고 어느 정도 알고 계실지도 모른다.

"칭찬으로 받아들이겠습니다."

흔들던 다리를 멈추고 붉은 머리를 바라보았다. 그는 다시 서류를 향해 고개를 돌리며 무심하게 한마디했다.

"칭찬이다."

순간, 웃음이 터졌다. 뭐야 박치기할 생각으로 왔는데, 갑자기 훈훈해졌잖아.

"아, 맞다. 자백제 부작용이 진짜 실성이에요?"

"일반적으로는 그렇다. 어느 정도를 넘어서면 뇌가 망가진다. 하지만 그래도 그들은 입을 열지 않지."

"그렇게 위험한 걸 먹이다니 너무한 거 아닌가요."

"그때 네게 썼던 건 극미량에다, 상쇄되는 효과가 있는 약초도 넣었다. 그런데 그걸 누가 얘기했지?"

나는 다시 다리를 흔들며 냉큼 대답했다.

"폐하요."

"쓸데없는 얘기를 하시는군. 아무튼, 날 믿어라. 애초에 간자에게 먹일 자백제는 양이 대단히 많다."

나는 자백제를 한 양동이 먹는 스파이를 상상했다. 왠지 굉장히 고통스러워 보였다. 하긴 억지로 말을 뱉게 하는 약이라면, 뇌가 망가지는 것도 어느 정도 이해가 갔다.

'스파이 의심은 빨리 풀렸으면 좋겠다.'

괜히 등골이 오싹했다. 나는 어깨를 으쓱하며 돋은 소름을 털어냈다.

그때 문밖에서 인기척이 들렸다. 저번처럼 기사가 오는가 싶어서 외알 안경을 바라보았다. 빨간 머리는 한숨을 쉬더니 아예 서류에서 눈을 뗐다.

문은 곧 열렸다. 들어온 사람은 내가 아는 이였다.

"꼬맹아, 너 죽을 뻔했다며?"

근육과 미소가 상큼한 기사였다. 나는 의자에서 일어나 살짝 다리를 굽혔다.

"네. 이제 괜찮아요."

"너 심각했어. 몸조심 좀 해라. 병실에서 보고 얼마나 놀랐는데."

"병실에 오셨었어요?"

기사는 아주 천천히 안으로 발걸음을 옮겼다.

"병사들이 자주 사고를 쳐서 병동 가는 게 내 일과 중 하나야. 거기서 널 보고 얼마나 놀랐는지 아느냐, 꼬맹아?"

혹시 이 사람이 내 가슴 가를 두들겼을까? 막 그것에 관해 물어보려고 할 때였다. 기사의 망토에 이상한 구김이 있었다.

나는 한 걸음 앞으로 갔다. 정면에서는 안 보였지만 각도를 달리하니까 확실히 보였다.

"뭐예요?"

기사의 허리춤에는 어떤 소년이 대롱대롱 매달려 있었다. 레오는 멋쩍게 씩 웃고는 머리를 긁적였다.

"나오세요, 대공. 다 들켰어요."

기사의 허리춤에서 금발이 쑥 드러났다. 나는 완전히 일그러진 얼굴로 소년을 바라보았다. 반짝반짝 빛나는 머리카락과 새싹을 닮은 초록빛 눈이 사랑스러웠다. 하지만 나는 소년이 예쁜 만큼 짜증이 났다.

'원수는 외나무다리에서 만난다더니.'

나는 주먹을 쥐었다 폈다. 여기에서 이 흉악한 저승사자를 만날 줄이야.

"레오, 나한테서 떨어지면 안 돼."

"곁에 있을 테니까 제발 떨어지십시오. 꼬맹이 보고 싶으시다면서요."

왜 나를 보고 싶은데? 설마 사과하려고?

왠지 믿기지 않아서 팔짱을 끼고 대공을 노려보았다. 금발 소년은 내키지 않는 듯 기사 뒤에서 나와서 내 앞으로 다가왔다.

"너……."

대공은 우물쭈물했다. 참을성 있게 기다렸지만, 속이 참 답답했다. 후딱후딱 해라, 이 자식아.

그때였다. 금발 소년은 갑자기 소리를 버럭 질렀다.

"나는 선택받은 사람이다!"

엄마야, 깜짝이야.

나는 대공이 무슨 말을 하는지 알 수 없었다. 조용히 시선을 기사에게 돌리자, 그는 이마를 짚으며 '그건 아니잖아요.' 따위의 말을 했다.

그러게. 뭔지 모르지만 이건 아닌 거 같네.

소년은 그 와중에도 또 소리쳤다.

"아니, 그러니까, 나는, 대공이다!"

그거 모르는 사람이 여기 있나? 응, 너 대공인 거 다 알아.

나는 더 해 보라고 가만히 바라보기만 했다. 금발 소년은 얼굴이 새빨개진 채 다시 소리 질렀다.

"대답해라!"

기사는 한숨을 깊게 내쉬었다.

"무슨 대답을 원하시는데요?"

나는 손뼉을 몇 번 쳤다. 짝짝짝. 손바닥이 부딪치는 소리가 번잡한 연구실에 가득 찼다.

"와~. 선택받으신 분이다~."

원하시면 만세 삼창도 할 수 있었다.

"그, 그러니까 나는 마도의 선택을 받은 이베리아의 왕족이다!"

아, 신분 얘기하려고 그랬구나. 그래서 너는 왕족이고 나는 시녀니까 내가 죽을 뻔했는데도 지 잘못은 아니라는 거냐?

'욕 나오네.'

난 다시 주먹을 쥐었다 폈다. 저 뺀질뺀질한 놈을 때리고 싶어서 내 주먹이 울고 있었다.

"너!"

소년은 나를 손가락을 가리켰다. 왜 그래. 네 곱게 곧은 손가락 꺾고 싶어지잖아.

'참자. 참아야 하느니라.'

그래도 저놈은 대공이었다. 빨간 머리와 기사보다 더 높으

222

신 분이었다.

금발이 물었다.

"왜 그때 목욕을 했지?"

순순히 대답했다.

"하라고 시켰으니까요."

"누가?"

"사비나 님께서요."

"왜?"

오늘 아침 세라피에게 했던 내 필사적인 변명들이 떠올랐다. 나는 또 한 번 그 짓을 하고 싶지 않았다. 그래서 대강 둘러댔다.

"어찌하다 보니까요."

내가 생각해도 참 대충 한 대답이었다. 내 말에 왕자는 입술을 깨물었고, 기사는 숨죽여 웃었다.

"제대로 대답해!"

"목욕하는 데 이유가 있나요? 더러워지면 씻는 거죠."

물론 매우 짜증나는 이유가 있었지만 난 나와 키가 비슷한 놈에게 구구절절 설명하고 싶지 않았다.

"시녀들이 머무는 곳은 금남의 구역 아닌가요? 누군가 들어온 데도 시녀 중 한 명일 거라 생각했지, 설마 대공께서 흙발로 목욕 중인 제 침소에 문을 열 거라고 상상이나 했겠어요?"

"넘어진 건 네 실수다."

나는 피식 웃었다. 아, 이런 식으로 가시겠다? 이래 봬도 별

명이 괜히 상어 이빨이 아니었단다. 아주 물고 뜯어 주마.

나는 앞에 있는 금발 소년을 바라보았다. 반짝반짝 빛나는 게 햇살에 잘 구워진 먹잇감으로 보였다.

"그렇죠. 대공께서 들어오지 않았더라면 하지 않았을 실수죠."

"나는 네가 발을 헛디딜 거라고 생각하지 못했다!"

"대공께서 들어오지 않았다면 그러지 않았겠죠."

"그러려고 들어간 게 아니다!"

"그래도 대공께서 굳이 들어오셔서 제가 다친 거겠죠?"

말로 밀리자 대공의 얼굴은 점점 빨개졌다.

그러게 왜 덤벼.

그때 기사는 고개를 저으며 한마디했다.

"꼬맹이, 너 말을 잘하는구나."

"기사님, 왜 여기로 데리고 오셨어요?"

"널 보고 싶다고 하니까 데려왔지. 아침이면 네가 여기 있겠다 싶어서 온 건데, 사과를 하실 줄 알았는데……."

기사는 어깨를 으쓱하며 윙크했다.

어쩔 수 없다는 표현을 상큼하게도 하시네요. 별거 아니면 상쾌하게 넘어갔겠지만, 이게 참 큰일이어서요.

"나, 나는 그저 형님의 여자를 보러 간 것뿐이다."

"폐하와 저는 아무 일 없어요."

"뭐? 하지만 소문이……."

"폐하의 동생이시면서 그분을 잘 모르시네요. 폐하께서 키가 대공과 비슷한 어린 시녀를 품으시겠어요? 그러실 분이에요?"

대공은 고개를 저었다.

나는 나풀거리는 금발을 보면서 한숨을 폭 내쉬었다.

"형님은 그러실 분이 아니다."

"그런데 왜 못 믿고, 굳이 금남의 구역에 들어오셨어요?"

"그, 그거야······."

소녀는 갑자기 고개를 푹 숙였다.

"헛소문을 확인하려고 했다."

아, 진짜 갑자기 속이 답답했다.

"그러면 오늘처럼 기사 데리고 이곳에 와서 확인하면 되잖아!"

소리를 지르니까 소년은 한 걸음을 물러섰다. 그러자 기사
는 턱을 쓰다듬으며 한마디 보탰다.

"정답!"

나는 기사를 노려보았다. 어째 수수방관하며 즐기는 게 얄
미웠다.

대공은 풀이 죽은 채 중얼거렸다.

"형님께 왜 그런 추한 소문이 도는지 빨리 확인하고 싶었다."

"그럼 인기척이라도 내고 오든가."

먼저 문을 두들긴다는 훌륭한 방법도 있습니다. 고귀하신
왕족은 이런 것도 모르시나요. 미천한 저도 아는데 이참에 배워
보는 게 어떠신가요.

내 말에 소년은 다시 고개를 들었다.

"나는 선택받은 사람이다!"

진짜 화딱지가 나서 얼굴이 일그러졌다. 선택받으면 뭐가

달라져? 왜 다시 처음으로 되돌아가는데?

"내가 못 갈 곳은 형님의 집무실밖에 없다!"

나는 기사에게 고개를 돌렸다. 기사는 어깨를 으쓱하며 웃었다. 참 가증스러웠지만, 일단 물어볼 것이 있었다.

"진짜예요?"

"그렇긴 한데 보통 시녀가 머무는 곳은 안 들어가지?"

역시 그렇구나. 생각해 보면, 시녀들이 머무는 곳인데 암묵적으로 들어가지 않는 게 당연했다.

"들어가려고 한 놈이 없는 건 아니야. 건드릴 목적으로 그 짓하다가 다들 감옥 갔지만."

"그렇다는데요, 대공님?"

대공은 벌겋게 변한 얼굴로 고개를 저었다.

"그런 불순한 목적은 없었다!"

"의도는 상관없어요. 결과가 중요하지. 이제 와서 아니라고 하면 뭐가 달라져요?"

"하긴 죄인들은 항상 그럴 의도가 아니었다고 변명하지."

금발 소년은 금방이라도 울 거 같았다.

"레오 경은 나를 그렇게 보는가!"

"대공께서도 남자니까요. 사내새끼들을 믿느니 지나가는 개를 믿는 게 낫습니다."

오, 기사님께서는 은근히 철학이 확실하셨다. 아무래도 그간의 경험으로 이런 훌륭한 결론이 나온 거 같지만 말이다.

"아니다! 믿어라! 난 선택받은 사람이다!"

아 또 원점으로 돌아왔어. 나는 답답해서 한숨을 내쉬었다.

"아까부터 생각했는데 선택받은 사람이랑 내 숙소에 함부로 온 거랑 무슨 상관이에요!"

"내, 내가 왕족이란 얘기다!"

"왕족인데 내 숙소에 들어왔잖아요!"

"나는 내가 왕족인 게 자랑스럽다!"

답답해 죽을 거 같아서 가슴을 쳤다. 기사는 고개를 저었고 빨간 머리는 붙잡고 있던 서류를 치우고 아예 구경 중이었다.

진짜 한 대 쥐어박고 싶어서 손가락이 드릉드릉 거렸다. 그때 대공은 의외의 말을 했다.

"책, 책임을 진다는 얘기다!"

이건 또 무슨 말이야. 돈 많이 준다는 얘기인가? 영문을 몰라서 다른 두 사람을 쳐다보니 그들은 동시에 혀를 찼다.

"저런……."

"말도 안 되는……."

아니 왜 저런 반응이야?

"너, 너는 신분이 미천하다."

나 신분이 그렇게 낮았어? 그래서 서러워하라고?

"나는 왕족이다."

"대공님 왕족인 거 와서 계속 말해서 알아요. 그래서 본론이 뭐예요."

"너랑은 결혼하지 못한다."

순간 주먹을 휘두를 뻔했다. 이게 도대체 무슨 말이야! 내가 너랑 왜 결혼을 해!

갑자기 화가 머리끝까지 솟아올랐다. 나는 필사적으로 숨을 몰아쉬었다. 화병 나서 다 때려 부수고 싶었다.

'침착하자, 침착하자.'

'참을 인' 자 세 번 쓰면 살인도 면한댔어. 나는 주먹을 꽉 쥐었다. 힘을 준 손이 부들부들 떨렸다.

"하지만 책임은 지겠다."

그러니까 그게 어떤 책임이냐고. 돈이라도 준다는 거야?

"너, 내 애인이 되어라."

순간 실소가 나왔다. 머릿속에 백지가 나풀거리는 게 느껴졌다. 와, 사람이 너무 화가 나면 머릿속이 새하얗게 변하는구나.

"내 영지에 저택과 땅을 주겠다. 나는 선택받은 왕족으로서, 너를 끝까지 책임지겠다."

더 들을 것도 없었다. 나는 아예 몸 방향을 바꿔서 빨간 머리에게 물었다.

"여기 왕족 폭행죄 있나요?"

"있긴 있다."

기사가 웃으면서 한마디 보탰다.

"직접적인 건 아무래도 처벌받지?"

무슨 말인지 알 거 같았다. 간접적인 건 처벌받지 않는다는 얘기였다.

"그럼 왕족 모독죄는요?"

"일백 년간 실행되지 않았지만 있긴 있다."

"그것도 직접적인 것이어서 처벌할 수 있었지. 아마?"

오, 이것도 간접적인 건 처벌받지 않는다는 소리였다.

"감사합니다, 여러분."

나는 다시 대공을 바라보았다. 이놈은 자신이 한 말이 자랑스러운지 가슴을 펴고 당당하게 서 있었다.

시선을 돌려 위를 바라보았다. 이곳은 책이 산더미처럼 쌓인 곳이었다. 책장에 꽂혀 있지 않은 책들은 참 위태로워 보였다.

"아직 발목이 낫지 않아서 큰일이에요."

대공이 나를 보며 물었다.

"무슨 말이지?"

"이런 소리죠."

나는 도움닫기 하듯 펄쩍 뛰어올랐다. 책이 잔뜩 쌓인 연구실 안에서 내 치마가 둥그렇게 말려 올라갔다. 나는 바람의 저항을 느끼며 배시시 웃었다.

왼쪽 다리로 착지했다. 어떠한 아픔도 느껴지지 않았다.

"앗, 균.형.을. 못. 잡.겠.네!"

말 마디마디를 끊어서 할 때, 카타르시스가 느껴졌다. 나는 비틀거리며 대공 위에 쌓여 있는 책을 건드렸다.

우당탕탕탕—!

아름다운 소리가 연구실 안에 울려 퍼졌다. 나는 대공을 지키는 척하면서 충분히 책에 맞도록 살짝 비켜섰다.

'살을 주고 뼈를 취한다!'

책 몇 개가 머리를 때렸지만, 너무 신이 나서 아프지도 않았다. 책이 다 떨어질 때쯤, 나는 바닥에 주저앉은 대공을 꽉 껴안 았다. 마지막 책이 어깨를 쳤지만 아랑곳하지 않았다.

좋은 타이밍이야. 이제 구해 줬다는 핑계를 댈 수 있겠지.

이제 연기만 완벽하면 끝이었다.

"세상에, 괜찮으세요? 죄송해요. 다리가 다 낫지 않아서 균형을 못 잡았어요."

애써 호들갑을 떨었지만 대공은 예상치 못한 공격으로 충격의 바다를 헤매는지, 멍하니 나만 바라보았다. 이놈, 어째 완전히 정신이 나간 거 같았다.

그때, 빨간 머리의 목소리가 들렸다.

"대단하군."

"와, 꼬맹아. 나 감탄했어."

갤러리들이 손뼉을 쳤다. 나는 주저앉은 대공을 바닥에 잘 놓고 자리에서 벌떡 일어났다. 그러고는 손뼉을 치는 그들에게 다리를 굽혀 인사했다.

"감사합니다."

"그 어떤 법도 어기지 않았다."

나는 외알 안경을 향해 한쪽 눈을 감았다 떴다. 우리 다 알면서 대놓고 말하지 맙시다. 알면서 왜 이러시나요.

"무슨 소리를 하시는 건지 모르겠네요. 저는 대공을 감쌌는데 그런 소리 들으면 마음이 아파요. 제 의도를 오해하지 말아 주세요. 아, 혹시나 나중에 벌받게 된다면 증언 부탁드려요. 제 다리는 아직 멀쩡하지 않은 거 맞죠?"

나는 일부러 비틀거리며 배시시 웃었다.

기사와 외알 안경은 서로를 바라보더니 동시에 고개를 끄덕였다.

'완벽한 범죄다.'

나 자신이 너무나 자랑스러웠다. 어떻게 이런 아이디어를 낸 걸까. 이게 이화윤이지! 아직 상어 이빨은 생생하게 살아 있었다.

대공은 아직도 바닥에 주저앉은 채였다.

'곱게 자랐나. 이게 그렇게 놀랄 일인가.'

나는 손을 내밀고 허리를 굽혔다.

"많이 놀라셨나요?"

대공은 나를 보다 눈이 마주치자마자 푹 고개를 숙였다. 얘 왜 그래. 심장마비 왔나?

나는 빨간 머리에게 물었다.

"대공께서 지병이 있으신가요?"

"내가 알기로는 없다."

다행이네. 뒤집어쓸 뻔했어.

그런데 왜 이렇게 비실비실해. 좀 일어나. 폐하랑 형제라면서 왜 이렇게 차이가 나냐. 그쪽은 날 번쩍번쩍 잘도 들던데.

다시 손을 내밀었지만, 대공은 내 빈손을 뚫어져라 바라보기만 했다. 나는 얘가 뭐하자는 건지 도무지 알 수 없었다.

하는 수 없이 다리를 굽히고 대공과 눈높이를 맞췄다. 자고로 완전범죄는 끝마무리까지 완벽한 게 좋았다.

고개를 살짝 기울이며 물었다.

"대공님?"

금발은 다시 나와 눈을 맞췄다가 푹 고개를 숙였다.

"어디, 아프시기라도?"

눈동자가 흔들리고, 얼굴이 빨갰다. 여기 들어올 때부터 상기되어 있긴 하지만, 지금은 불그스름한 게 도가 지나칠 정도였다.

'진짜 어디 다쳤나?'

그때, 갑자기 대공이 벌떡 일어났다.

"나, 나는 아프지 않다!"

소년은 그 말 한마디를 남기고 연구실 밖으로 뛰어나갔다. 너무 순식간에 일어난 일이라, 나는 멍하니 대공이 나간 문만 바라보았다.

'뭐야, 이건.'

잘 움직이는 거 보니까 다치지는 않은 거 같았다. 하지만 갑자기 뛰쳐나간 건 너무 이상했다.

"어라라라?"

기사는 무거운 갑옷을 끌고 내 곁으로 다가왔다. 빨간 머리는 다시 서류를 보며 말했다.

"그렇군."

"그런가 보네?"

이 사람들 의외로 쿵짝이 잘 맞았다. 아니 그런데 뭐가 그렇군, 그렇지야. 왜 둘만 아는데?

"왜 저러는지 알아요?"

기사는 상큼하게 웃으며 내 손을 잡고 일으켰다. 내가 영 모르겠다는 표정을 짓자, 그는 머리를 살짝 쓰다듬었다.

"꼬맹이, 너 예리한데 둔하구나?"

"그게 무슨 말이에요. 사람이 어떻게 예리한데 둔해요."

"아직 나이가 어려서 그런가."

더 알 수 없는 말을 했다. 나는 기사의 손을 잡고 자리에서 일어나서 앞치마를 털었다.

어쨌든 대공은 갔고, 나는 이제 대기실로 돌아가야 했다.

"이만 가 볼게요."

"나도 이만 가 봐야겠다."

빨간 머리는 무심하게 말했다.

"정리하고 가라."

아, 맞다.

나는 넘어진 책더미를 바라보았다. 책이 흩어져서인지 가뜩이나 어수선한 이곳이 아수라장이 되어 있었다.

내가 어질렀으니 치워야지. 깜박할 뻔했네.

조용히 다리를 굽혀서 책을 본래대로 쌓았다. 기사는 그런 나를 보더니, 멀리 떨어진 책을 주웠다.

"도와줄게."

"감사합니다."

"뭘 이런 거 가지고. 근데 꼬맹아, 너 그런 거 어디에서 배웠냐?"

"뭘 배워요?"

두 사람이 정리하니까 책은 순조롭게 쌓여 갔다. 아무리 봐도 이 공간이 어수선한 건 다 이 엄청난 책의 양 때문이었다.

대답한 건 외알 안경이었다.

"돌려서 먹이고 몰랐어요 하는 건 대표적인 귀족의 방식이지."

"그래요? 몰랐네."

"그 순간 어떻게 그런 생각까지 한 거냐?"

나는 책을 들고 먼지를 털었다. 생각보다 많이 나와서, 기침이 나오는 걸 억지로 참았다.

"몰라요. 그냥 열받아서 눈에 뵈는 게 없었어요."

나는 책을 정리해 주는 기사를 바라보며 방긋 웃었다.

"그런데 후회는 안 할 거 같아요."

다시 시간을 되돌린다고 해도, 똑같은 짓을 할 거 같았다. 진짜 오랜만에 듣는 개소리였다.

둘이 하니 책은 금방 정리되었다.

"다 정리했으니 갈게요."

"나중에 봐, 디오."

빨간 머리는 이번에는 잡지 않았다. 가도 된다는 말이겠지. 나는 다사다난했던 연구실을 뒤로한 채 밖으로 나갔다.

해결된 건 하나도 없었다. 단지 그 개소리 때문에, 마음속에 욕망 하나가 빼꼼 모습을 드러냈다.

'보상금 아주 제대로 받아 주마.'

원래 받을 생각이었지만 이제는 아주 충분히 받아야지 싶었다. 대공 새끼가 정신적 피해를 아주 독특한 방식으로 줬다.

나는 이를 갈면서 주먹을 꽉 쥐었다. 진짜 주먹이 울었다.

보상금은 어떻게 받는 걸까. 무슨 절차가 있는 걸까.

대기실은 여전히 한산했다. 메어리 님은 어제와 똑같이 웃으면서 인사했다. 몇 번 온 적 없지만 나는 이 공간이 좋았다.

높은 찬장과 튼튼해 보이는 테이블 하나가 전부인 곳이었다. 찬장에는 찻잔이랑 접시가 있었고, 구석에는 성녀가 먹을 음식이 있었다.

이상하게 마음이 놓이는 곳이었다. 별로 크지 않은 공간인데, 묘하게 차분해졌다.

성녀님은 지금 시각에는 기도 중일 게 뻔했다. 나는 기미를 끝내고 메어리 님을 향해 고개를 돌렸다. 경험 많은 시녀는 의자에 앉아서 뜨개질하고 계셨다.

주위를 둘러보았지만 물어볼 상대가 메어리 님밖에 없었다. 나는 애써 표정을 정리하고 질문했다.

"저 메어리 님, 아까부터 생각했는데요……."

"무슨 일이니, 니나?"

"저분은 누구시죠?"

나는 손가락으로 한 남자를 가리켰다. 메어리 님은 인자하게 웃으면서 대답했다.

"나도 잘은 모른단다."

아니, 그렇게 말해서는 안 되는 거 아닙니까. 메어리 님!

성녀가 먹을 음식이 돌아다니는 이 공간에 웬 남자가 아무 렇지도 않게 책을 보고 있는데 왜 아무 말도 안 하세요. 저는 처음 들어왔을 때, 잘못 온 줄 알고 다시 나갈 뻔했는데요!

"저분, 여기 계셔도 되는 거예요?"

성녀의 모든 것은 보안이 철저했다. 아무리 대기실이어도 문밖에는 병사들이 지키고 있었다. 그런데도 저 남자는 제 안방 처럼 테이블에 책을 쌓아 놓고 보고 있었다.

"병사들이 들여보내 줬으니 믿어도 되는 분이겠지?"

나는 안절부절못했지만, 메어리 님은 인자하게 웃으면서 다시 뜨개질을 할 뿐이었다. 아니, 왜 이러세요. 어색하고 껄끄러운 나만 바보가 된 거 같잖아요.

이런 분위기 속에서도 수상한 남자는 계속 책만 볼 뿐이었다. 나는 그 남자를 요리조리 훑어보았다.

짙은 갈색 머리를 땋아서 늘어트린 남자였다. 안경이 제법 잘 어울렸지만, 도수가 높아 보였다. 그는 아주 평온하게 독서 중이었다.

'인상이 묘하게 순해 보이는데……?'

책을 보는 남자는 입가에 옅은 미소가 걸려 있었다. 눈 색은 머리카락 색과 비슷한 갈색이었는데, 아주 잘 어울렸다.

'인정할 건 인정해야겠지?'

뭔가 수상하긴 한데, 인상은 부드러워 보이는 미청년이었다. 순한 눈매와 하얀 피부의 조화가 훌륭했다.

'이베리아가 물이 좋긴 해.'

무슨 미남 미녀가 이렇게 많은 걸까.

나는 아예 대놓고 수상한 청년을 바라보았다. 뚫어져라 쳐다봐도 내 눈빛이 거슬리지도 않는지 여전히 독서 삼매경이었다.

'신경 쓰는 내가 바보 같아진다.'

왠지 지는 기분이었다. 메어리 님도 할 일을 하시니까 나도 그래야겠지.

조용히 앞치마에 들어 있는 책을 꺼냈다.

『이베리아의 풍습』

사비나 언니가 준 책이다. 받자마자 읽으려고 했지만, 이런 저런 일로 미뤄졌다. 막 테이블 위에 책을 놓았을 때였다. 갑자기 낯선 목소리가 들렸다.

"『이베리아의 풍습』이군요. 좋은 책입니다."

순간 화들짝 놀랐다. 말한 이는 아까부터 망부석처럼 책만 보던 수상한 미청년이었다.

'왜 갑자기 말을 하고 그래.'

그렇게 쳐다볼 때는 미동도 없다가 책을 탁자에 놓자마자 말을 했다.

"좀 봐도 좋겠습니까?"

말은 정중한 제안이었지만, 이미 탁자에 놓은 내 책을 가져가서 보고 있었다. 이쯤 되니 나는 순수하게 궁금했다.

'뭐지, 이 또라이는?'

이런 내 생각을 아는지 모르는지, 남자는 환하게 웃었다.

"초판본이네요. 낡았지만 표면이 까슬한 거 보니 잘 관리되어 있던 책이군요. 어디에서 구하셨나요?"

"선물 받았어요."

"누구신지는 모르지만 아끼는 책을 줬네요."

나는 그분이 사비나 언니라고 말하려다 입을 다물었다.

'그나저나 초판본이라니 여기도 인쇄 기술이 괜찮나?'

역시 내가 알던 상식을 다 뒤집어야 할 거 같아. 하긴 책이 흔하다는 건 그런 거겠지. 나는 알던 역사 상식을 조용히 깊숙한 곳에 묻어 버렸다. 여긴 더 기상천외한 게 아무렇지도 않게 나올 거 같았다.

"저기, 그런데요."

난 아까부터 묻고 싶었던 걸 겨우 말했다.

"누구세요?"

"저요? 아, 소개를 안 했군요. 베아토 사베르라 합니다. 베아라고 불려요."

그쪽에서 이름을 말했으니, 나도 자기소개를 했다.

"니나 케이지예요."

"압니다. 소문의 그분이죠?"

아는 건 그렇다 쳐도 어떤 소문을 말하는 걸까. 왠지 무시무시한 설일 거 같아서, 나는 차마 눈을 마주칠 수 없었다.

'이미 죽었다거나, 왕의 여자라거나……'

내가 안 건 그 두 개였는데 다 범상치 않았다. 내 평판은 갈수록 망가지다 못해 기괴해졌다.

'나 그런 애 아니에요.'

어디 단상이 있으면 웅변이라도 하고 싶었다. '이 연사 힘차게 주장합니다!'라고 적극적으로 해명하면 내 평판 좀 나아질까.

"어디를 가도 당신의 이름이 들려서, 제법 귀가 어두운 저도 알게 됐습니다."

"그, 그런가요."

"그것이 아니더라도 전 당신을 알고 있습니다."

이건 또 무슨 말일까.

"폐하의 명으로 왔습니다."

순간 머릿속이 멍해졌다. 뭐라고요? 여기서 왜 갑자기 폐하가 나와!

"보상금을 신청하고 싶다면서요?"

나는 얼떨떨한데, 남자는 아무렇지도 않게 서류를 꺼냈다.

"절차는 제가 해 드리겠습니다."

"아, 아니 저기……."

"원래라면 심사가 좀 걸리지만, 폐하께서 제게 명령하셨으니 금방 끝나겠네요. 이걸 보세요."

보라니까 봐야겠지. 나는 서류를 훑어보았다. 별거 없긴 했다. 이름이랑 사고의 경위가 다였다.

"이것만 적으면 되나요?"

이렇게 간단해?

"네. 결정은 폐하가 하시니까요."

순간 화들짝 놀랐다. 아니 내가 대공한테 죽을 뻔했는데, 보상금 결정을 왜 폐하가 해?

"자, 잠깐만요. 보상금은 대공이 주는 거죠?"

"아니요. 보상금은 폐하께서 직접 내리십니다."

"왜요?"

나는 베아토의 옷자락을 꽉 쥐었다. 그는 내가 잡은 손을 보다가, 온화하게 웃었다.

"폐하께서 왕족의 수장이시니까요. 거기다 니나는 시녀잖아요. 시녀는 왕실 소속이라기보단 이 성의 소속입니다. 신하가 다쳤으니 이 성의 주인인 폐하께서 보상금을 주시는 게 당연합니다."

무슨 절차가 그따위일까. 나는 힘없이 옷자락을 놓고 이마를 짚었다.

"니나가 시녀가 아니었다 해도 왕족이 저지른 사고에 따른 보상금은 폐하께서 주십니다."

"아니, 그럼 대공은 아무렇지도 않은 거예요?"

"그렇지 않습니다. 폐하께서 니나에게 준 보상금만큼을 대공께 요청하겠죠."

나는 그제야 이 시스템을 알 것 같았다.

'일단 왕이 보상금을 먼저 주고, 사고 친 왕족에게 돈을 뜯어내는 거구나.'

하긴 나 같은 말단이 대공에게 보상금을 신청하면, 선택받았다느니 어쩌니 개소리하면서 안 줄 가능성이 컸다.

'그래서 이런 시스템이 되었나.'

어찌 보면 합리적인데 중간다리인 왕에서 막히면 말짱 도루묵이기도 했다.

'왕권사회는 원래 이런가.'

보면 볼수록 이베리아는 신기한 나라였다.

"어서 신청서를 작성하세요."

모로 가도 서울로만 가면 되긴 했다. 나는 천천히 신청서를 작성했다. 솔직히 내용은 아주 간단했다.

—금남의 구역에 갑자기 들어온 대공 때문에 넘어져서 하마터면 죽을 뻔했습니다. 그에 따른 육체적 정신적 보상을 요구합니다.

그 해프닝을 간추리니 단 두 문장이었다. 참 새삼스러웠다.

"이렇게 쓰면 되나요?"

베아토는 내가 쓴 서류를 보더니 고개를 끄덕였다.

"잘 썼네요. 그럼 이건 제가 기관에 제출하겠습니다."

청년은 유하게 웃으면서 서류를 챙겼다. 내가 잘 부탁드린다고 하자, 그는 폐하의 명이라고 대답했다.

'아 맞다. 그때 사람을 불러 준다고 했었지.'

머리에 한계를 느꼈던 그 날, 왕은 그 말을 분명 했었다. 그리고 이렇게 실제로 들어줬다.

뭔가 복잡한 느낌이 들었다. 나는 고개를 저으면서 애써 생각을 털어냈다.

그때 베아토가 말했다.

"여긴 참 좋군요."

청년은 주위를 둘러보더니 숨을 크게 내쉬었다.

"책 읽기 딱 좋은 곳이네요. 항상 이곳에 있나요?"

햇살 속에서 강아지처럼 웃는 남자는 참 훈훈했다.

'참 이상적인 연하남이다.'

아무리 일이 힘들어도 저런 남자가 집에서 앞치마를 입고 저녁 차려 놨다고 웃어 주면 스트레스가 사르르 풀릴 거 같아.

'어라?'

한참 훈훈함을 만끽하고 있는데 왠지 느낌이 이상했다. 나는 손으로 눈가를 가렸다. 묘하게 가슴이 시큼했다.

'왜 이러지?'

레몬주스를 열 잔 마신 거처럼 이상하게 시리고 눈가에 물기가 어렸다. 도대체 왜 이러는 걸까.

"어디 아픈가요? 안색이 안 좋아요."

"아니요. 괜찮아요."

슬퍼.

가슴 한구석에서 이 감정의 정체를 알려 줬다. 영문을 모르겠지만 지금 나는 울고 싶었다.

'드디어 내가 미쳤나?'

기억이 두 개일 때부터 정신적으로 경고음이 있었는데, 하도 이런저런 일을 당하니까 우울증 비슷한 거 걸렸나?

'그러기에는 지나치게 평온한데?'

슬픈데 왜 슬픈지 알 수 없었다. 참 이상하게도 의아하다고 생각한 순간 휘몰아쳤던 아련함이 순식간에 사그라졌다.

'모르겠네.'

내가 왜 이러지. 드디어 돌았나.

난 이런저런 감정을 묻고는 아까 청년이 물었던 질문에 대답했다.

"아니요. 여기는 대기실이에요."

"니나는 무슨 일을 하나요?"

"기미 시녀를 맡고 있어요."

"그래서 지키는 병사가 많았군요. 게다가 이 복도가 조용한 이유도 제일 안쪽에 있어서군요."

청년은 고개를 끄덕이며 메어리 님께 물었다.

"가끔 여기서 책을 읽어도 되나요? 도서관은 요즘 발정기라서 소란스럽거든요."

아니 누구 마음대로 여기서 책을 읽어? 그래도 되나? 아니, 그런데 발정기가 뭐지? 도서관 옆에 동물원이 있어?

메어리 님은 뜨개질을 멈추지 않았다. 그녀는 경험 많은 시녀답게 느긋하게 대답했다.

"학생들이 사춘기인가 보군요."

"다 아는 애들이라 혼낼 수도 없어서요. 제가 피하는 수밖에요."

"교수 일이 힘드신가 보네요. 하긴 사람을 가르치는 일은 원래 고된 일이죠."

두 사람의 대화는 물 흐르듯 흘러갔지만, 나는 떨떠름한 표정을 숨길 수 없었다. 이 남자, 사춘기를 왜 발정기라고 한 걸까.

'그걸 알아들은 메어리 님도 대단하네.'

그나저나, 이곳 꽤 중요한 곳으로 아는데 메어리 님이 과연 허락할까?

"저야 상관없습니다. 폐하께 허락을 받으신다면요."

"허락해 주실 겁니다. 감사합니다, 메어리 님."

내 생각이 무색하게 두 사람의 대화는 훈훈하게 끝났다.

나는 청년을 바라보았다. 그의 얼굴에는 웃음이 가득했다.

'책 읽을 공간이 절실히 필요했나 봐.'

메어리 님이 허락했으니 할 말이 없었다. 그리고 굳이 반대하고 싶지 않았다.

'뭐, 그렇다면 어쩔 수 없지.'

하긴 친애하는 왕님께서 허락하면 끝나는 거겠지. 믿을 만한 사람인가 보네. 그리고 아무리 봐도 저 남자는 여기 있으면 조용히 책장만 넘길 거 같았다.

청년은 다시 책을 폈다. 나는 메어리 님과 베아토를 번갈아 보다, 모든 걸 포기했다.

순식간에 할 일이 없어졌다. 하는 수 없이 나도 처음으로 되돌아갔다.

나는 테이블에 놔둔 『이베리아의 풍습』을 한 장 넘겼다.

그때, 청년이 말했다.

"『이베리아의 풍습』은 초판본이 귀한 책입니다."

나는 사비나가 준 책을 바라보았다. 이거 아무렇지도 않게 받았는데 귀한 거였구나.

"초판본에만 이베리아의 신화가 나와 있거든요. 논란이 있어서 2쇄부터는 그 부분이 빠졌어요. 여기, 이 부분입니다."

베아토는 책 한가운데를 짚어서 보여줬다.

—위대한 마도의 신이 물었다.

한 사람을 희생시키면 아흔아홉 명을 살릴 수 있습니다. 당신은 그 한 사람을 죽이겠습니까?

수장은 대답했다.

기꺼이 아흔아홉 명을 살리기 위해 그 한 명을 죽이겠습니다. 그리고 그 한 사람을 죽인 죄책감을 제가 떠안겠습니다.

위대한 마도의 신이 대답했다.

당신은 왕이 될 자격이 있습니다.

이게 이베리아의 신화야? 나는 고개를 갸웃거렸다. 무슨 이야기가 이래. 차라리 아비가 애 삼켰다가 토해내는 그리스 로마 신화가 낫겠네.

"이 신화에 대해 어떻게 생각해요?"

"별로네요."

"이유를 물어도 되나요?"

"이해가 가서 별로예요."

높으신 분들 입장에서야 한 명 희생시키고 아흔아홉 명 살리는 게 당연한지도 모른다. 실제로 이것도 병서라고 생각하면 그러려니 할 거 같았다. 하지만 나라의 근본인 신화로서는 너무 별로였다.

"너무 야박해요. 본인이 그 한 사람이라도 이런 말 할 수 있을까요?"

자기가 죽지 않으니까 단정하는 거 아니야?

내가 고개를 갸웃거리자, 베아토가 물었다.

"그래요? 그럼 니나는 이때 왕이 어떻게 대답했으면 좋겠어요?"

아니, 왜 갑자기 논리력 테스트를 하시나요. 면접 보는 거 같잖아요, 베아토 씨.

"아흔아홉 명을 살리기 위해서는 한 사람을 죽여야 한다는 건 압니다. 하지만 저는 왕으로서 그 한 사람을 구할 방법을 최선을 다해 찾겠습니다, 가 더 좋은 대답 아닐까요?"

열심히 대답했지만 베아토는 말이 없었다. 그는 조용히 『이베리아의 풍습』을 바라보다, 싱긋 웃었다.

"니나는 좋은 학생이군요."

아이고, 선생님. 아니 교수님. 제가 학창시절 때 성적이 좋긴 했죠.

"사실 이 책에는 안 나온 구절이 있습니다."

베아토는 가까이 오라고 속삭였다. 뭔가 일급비밀을 알려주는 형사 같았다.

'근데 이래 봤자 메어리 님께 들릴 텐데?'

살짝 그녀를 바라보자, 뜨개질하시는 메어리 님께서 말했다.

"내가 요즘 가는귀가 먹어서, 작은 소리는 잘 못 듣는단다."

입에 침도 안 바르고 거짓말을 하시는 메어리 님이다. 주근깨가 조그맣게 혼잣말하면, 쓸데없는 소리 하지 말라고 바로 뭐라 하시면서 은근히 능청스러우셔.

'뭐, 그래도 봐주겠다는 말이니까.'

나는 베아토에게 가까이 갔다. 그는 내 귓가에 조그맣게 속삭였다.

"왕은 마도의 신에게 권능을 부여받고, 저택으로 돌아갑니다. 자신을 마중 나온 사랑하는 반려를 보는 순간 깨닫습니다. 신이 말한 희생자는 바로 자신의 반려라는 것을요."

어째 신인데 심보가 자비와 사랑이랑은 백만 광년 떨어져 있었다.

"신과의 약속을 어기면 어떤 저주가 내릴지 모릅니다. 치욕을 두려워한 왕은 반려를 번제물로 바칩니다."

그냥 죽인 것도 아니고 태워 버렸다는 얘기였다. 신화에 나오는 왕님은 점점 좀팽이가 되어 갔다.

"그 뒤 반려를 잃은 왕은 지독한 고통에 시달리게 됩니다. 이것이 이베리아 왕의 고초의 시작입니다."

이제야 알 것 같았다. 저 신화는 왕의 마력과 관련 있는 모양이었다. 왕은 신처럼 위대한 힘을 지녔지만, 인간인지라 지독한 고통에 시달렸다.

'그럼 세라피는 뭐지?'

하지만 지금의 이베리아 왕은 성녀 덕분에 고통에 시달리지 않았다. 그럼 이건 또 뭘 뜻하는 걸까?

'세라피가 반려라는 건가?'

하지만 성녀는 누구든 치유하는 기적을 지닌 이였다. 굳이 왕이 아니더라도 어떤 이도 치료할 수 있었다.

'그럼 역대 왕들도 성녀를 납치하면 다 해결됐겠네.'

성당과 사이좋아지면 성녀 컬래버레이션이라도 하는 걸까?

뭔가 머릿속이 복잡했다. 그나저나 성녀는 이대로 괜찮나? 지금은 교단이 잠잠했지만, 평생 이러라는 법은 없었다.

'이러다가 이베리아랑 거하게 전쟁이 날 거 같은데? 이거 생각 좀 해 봐야겠다.'

교단은 성녀를 죽어라 찾을 테고, 이베리아는 능글맞게 그녀를 숨길 것이다.

'전쟁 준비도 해야 하나.'

오늘부터 피난용 보따리 좀 싸 놔야 하나 싶어서 왠지 슬퍼졌다.

'니나야, 언니가 잘살고 싶은데 건국 신화 보니까 이 나라는 근본적으로 좀 이상한 거 같아.'

좋은 나라 같긴 한데, 뭔가 많이 이상해.

전쟁 준비는 어떻게 해야 하지? 현금을 즉시 금으로 바꿔 놔야 하나? 난민 되면 치안이 불안할 테니 오늘부터라도 싸우는 방법을 알아둘까?

이런저런 생각을 하는데, 베아토가 말했다.

"니나는 어떻게 생각합니까?"

또 논술형 면접 시작이었다. 나는 한숨을 내쉬며 대답했다.

"뿌린 대로 거뒀네요."

교수는 입가를 가리고 시원하게 웃었다. 나는 도대체 뭐가 우스운지 영문을 알 수 없었다.

"저희 쪽도 비슷한 해석을 많이 합니다."

하긴 학자인데 생각이 있으면 자업자득인 걸 모를 리 없었다.

베아토는 『이베리아의 풍습』을 다시 나에게 건네주었다. 나는 순순히 책을 받아서 탁자에 놓았다.

"니나는 재미있는 분이군요."

청년은 부드럽게 웃으면서 내 머리를 쓰다듬었다.

"폐하께서 신경 쓰시는 이유를 조금 알 것 같네요."

베아토는 다시 자신의 책으로 시선을 돌렸다. 열심히 독서 중인 청년을 보며 나는 고개를 저었다.

'확실히 신경 쓰긴 하지만 그건 그냥 만지면 시원해서인데?'

나는 뒷덜미를 쓸어내렸다. 갑자기 가까웠던 그 순간이 떠올랐다.

낮은 목소리가 귓가에 속삭였다. 살짝 내리깐 속눈썹 속에 붉은 눈동자가 반짝였다.

"귀여워해 줄 테니까, 오래오래 내 곁에 있어라."

괜스레 얼굴이 화끈거렸다. 나는 손부채를 펄럭이며 열기를 식혔다.

'쓸데없이 얼굴만 잘생겨서는……'

잘생긴 주제에 요염하기까지 하면 반칙 아닌가요. 정신 차려라. 미모에 속으면 안 돼! 그건 함정이야!

　나는 고개를 저으며 애써 생각을 털어냈다.

　햇살 아래로 모랫빛 커튼이 흔들렸다. 나는 커튼을 손으로 잡으려다 놓치고 말았다. 활짝 열린 창문에는 바람이 그대로 들어왔다. 멈추길 기다렸지만 바람은 계속 불어왔다.

　도저히 커튼을 잡을 수 없었다. 그것이 너무나 슬펐다.

　눈물이 창틀 위로 떨어졌다. 물기에 어려 짙어진 흔적은 점점 늘어 갔다.

　눈물을 멈출 수 없었다. 그래서 계속 그대로 있었다.

　등뒤에서 목소리가 들렸다.

　"가끔 여기서 책을 읽어도 되나요? 도서관은 요즘 바쁜 시기라서 소란스럽거든요."

　나는 천천히 돌아서서 그를 바라보았다. 베아토였다. 그는 니나를 보고 환하게 웃었다.

　"니나는 볼 때마다 울고 있군요. 아직도 다른 시녀들이 많이 괴롭히나요?"

그때 나는 깨달았다. 이건 내 기억이 아니었다.

'니나의 기억이야.'

알게 된 순간, 가슴속이 시큼함으로 뒤덮였다. 어찌나 알싸한지 가슴 한구석이 저며지는 거 같았다.

"나는……."

니나의 목소리는 잘 들리지 않았다. 가슴이 아파서 숨을 들이쉰 순간, 나는 눈을 떴다.

"아!"

꿈에서 깨어났다. 나는 내가 있는 곳을 확인하려고 주위를 둘러보았다.

한밤중에 남쪽 끝 방은 여전했다. 접어놓은 시녀복과 테이블 위에 책 한 권이 다인 곳이었다. 나는 머리를 긁적이며 침대에서 일어났다. 아직 새벽인지 주위는 어두컴컴했다.

이곳은 내가 잠들었을 때와 똑같았다.

"니나야……."

나는 침대 옆에 둔 슬리퍼를 주워 신고 창가로 갔다. 커튼을 젖히니 새벽노을이 그대로 방 안으로 들어왔다.

팔짱을 끼고 계속 창밖을 바라보았다. 아름다워서 슬픈 노을은 한동안 계속 하늘에 걸려 있었다.

세상은 예쁜데 한숨이 저절로 나왔다. 나는 자리에 쭈그리고 앉아서 속삭였다.

"너 베아토랑 썸 탔었니."

언니는 몰랐어. 언제 그런 관계가 되었던 거니. 원작은 세라
피와 왕이 중심이어서, 네 이야기는 별로 없었거든.

"그래서 가슴이 아팠구나."

좋아했던 사람을 다시 봐서 우리 니나가 그렇게 슬펐구나.

나는 창문을 보며 중얼거렸다.

"우리 니나 슬퍼서 어떡하니."

15년 짧은 인생인데, 눈물이 가득 차 있는 삶이었다. 나는 다
시 자리에서 일어났다. 새벽의 카스텔리움성은 장엄하기까지
했지만, 어째 마음이 가지 않았다.

꿈속에서 베아토가 했던 말이 기억났다.

"가끔 여기서 책을 읽어도 되나요? 도서관은 요즘 바쁜 시기
라서 소란스럽거든요."

어째 발정기니 뭐니 했던 때와는 딴판이었다. 그 양반도 썸
을 탈 때는 로맨틱해지는구나. 새삼스러워서 조금 웃음이 나왔
다. 어이가 없으면서도 귀여웠다.

"뭐가 뭔지……."

진짜 어떻게 돌아가는지 알 수 없었다. 나는 고개를 저으면
서 잠옷을 벗었다. 새벽녘의 공기가 시원해서 기분이 좋았다.

"오늘 하루도 잘 버티자."

오늘도 힘낼게, 니나야.

나는 그렇게 속삭이며 시녀복에 손을 뻗었다. 가슴 한구석이 아렸지만, 그냥 내버려뒀다. 이것이 니나의 감정이라면 그냥 두고 싶었다.

아침 기미를 끝내자, 메어리 님은 오늘은 안쪽 방으로 가지 말라고 했다. 이유를 물어보자, 어젯밤 그 방에서 주무시지 않았다고 대답했다.

'하긴 매일 가는 건 아니었지.'

왕은 마력을 쓰지 않으면 아프지 않았다. 그래서 세라피의 방으로 갈 이유가 없었다.

'그런데 저 둘 진도는 어떻게 된 거지?'

묘하게 드라이하고 사무적인 느낌이 들었다. 왕은 세라피와 팔을 묶어놓고 잘 뿐이고, 성녀는 그냥 기도하며 신경 쓰지 않았다. 가끔 내보내달라고 말은 하는 거 같은데, 포기한 느낌마저 들었다.

'불꽃처럼 타올라야 하는 관계가 좀 맹숭맹숭한 거 같은데? 이거 내 착각일까?'

나는 목을 쓰다듬었다. 아직 잘 붙어 있는 목이었다.

"내 명줄 잘 길어지고 있을까?"

긍정적인 시선으로 그렇다고 하고 싶은데, 여기 와서 두 번이나 의식을 잃은 몸이었다. 거기다 한 번은 진짜 죽을 뻔했다.

"알 수가 없어."

길어지고 있는 걸까, 짧아진 걸까. 나는 고개를 저으면서 연구실 문을 열었다. 여전히 책 더미가 어마어마한 공간에서, 빨간 머리는 이런저런 약초를 배합하고 있었다.

나는 익숙하게 의자에 앉았다. 그는 내게 눈길조차 주지 않았다.

그저 딱 한마디 했다.

"먹어라."

이제 익숙한 그 열매였다. 오늘도 좀 간지럽겠구나. 나는 각오를 하고 열매를 씹어 먹었다. 익숙한 간지러움이 발끝을 타고 올라왔다.

"이것도 먹어라."

내 얼굴에 난 발진을 확인한 남자는 가루약과 물을 건넸다.

"또 상태 이상해지는 건 아니죠?"

"다시 개량했다."

미심쩍었지만 방법이 없었다. 가루약이 너무 써서 잔에 든 물을 다 마셨을 때였다. 벌컥 문이 열리고 다른 사람이 들어왔다.

"아, 역시 여기 있었구나."

갑옷을 입은 기사가 성큼성큼 다가왔다. 그때까지 미동도 없던 빨간 머리는 미간을 찌푸리며 말했다.

"레오 님, 용건이 있으십니까?"

"응? 없는데?"

"그럼 연구실에 왜 오셨습니까?"

짧은 머리의 기사는 사람 좋게 웃으며 말했다.

"그냥 꼬맹이랑 디오랑 얘기 좀 할까 해서."

외알 안경은 고개를 저으며 한숨을 쉬었다. 그 모습을 보니 어째 발정기를 피해서 대기실에 책을 보러 온 베아토가 생각났다.

'연구실이 시끄러운 거 생각보다 스트레스일지도 모르겠다.'

베아토 교수가 오늘 대기실에 올까. 도서관이 얼마나 시끄럽기에 여자 셋이 들락날락하는 그곳으로 피신하는 걸까.

"너무 그러지 마, 디오. 조용히 할게."

"당신이 온 뒤로는 시끄러워 죽겠습니다."

"에이, 디오도 즐기면서 왜 그래. 얘 되게 재미있잖아."

기사는 손가락으로 날 가리켰다.

난 뭔가 되게 마음에 안 들었다. 당신은 내가 재미있습니까? 난 아주 죽겠습니다.

"끊임없이 사건이 생기죠."

"그것도 얘가 의도한 게 아닌 게 웃기지 않아?"

의외로 핵심을 알고 있는 둘이었다. 뭐라 한마디 하려고 입술을 달싹일 때였다. 뭔가 이상해서 나는 조용히 소매를 걷어서 팔목을 확인했다.

"어? 나았어요."

내 말이 끝나자마자, 디오는 나를 이리저리 훑어보았다.

"진짜군."

"해독제 완성한 거야?"

"더 개량을 해 봐야겠지만 성공한 것 같습니다. 다른 증상은 없어?"

나는 의자에서 일어서서 몸을 이리저리 움직여 봤다.

"괜찮은 것 같아요."

"기분이 들뜨거나 이상하진 않아?"

나는 고개를 끄덕였다. 그때처럼 달아오른 것도 없고 평온하기만 했다.

"이거 변방에서 꽤 효과적이겠는데?"

"흔한 약초를 써서 보급에 힘들지도 않습니다."

"불 가지고 가는 것도 일이었는데, 기름 나무 열매를 사용하면 편하지. 폐하께서도 좀 편해지시겠군."

저건 또 무슨 말일까.

불을 가지고 가는 게 왜 힘들지? 성냥 비슷한 것도 있을 텐데? 거기다 폐하께서 불 피우시는 것도 아닌데 왜 편해져?

막 물어보려고 할 때였다. 갑자기 문이 활짝 열렸다.

'뭐, 뭐야.'

들어온 사람은 어제 그 난리를 쳤던 대공이었다. 앤 그렇게 나가더니 오늘 왜 온 걸까.

'한동안 나 피할 거 같았는데 의외네.'

또 당하고 싶어서 온 걸까. 그런 바람이라면 기꺼이 들어드리고 싶었다.

"너!"

하지만 내 예상과는 다르게 대공은 날 손가락으로 가리켰다. 나는 뚱하니 금발 소년을 바라보았다.

왜 그래. 뭐가 불만이야. 혹시 보상금 신청한 거 벌써 알았나?

이런저런 생각을 할 때였다. 난 순간 당황했다. 지금 내가 본 걸 믿을 수 없었다.

"이거 받아라!"

대공 뒤로 시녀 대여섯 명이 커다란 꽃다발을 가져왔다. 그들은 군인처럼 신속하게 걸어와서 내 품에 꽃다발을 던지고 밖으로 나갔다. 순식간에 꽃다발에 둘러싸인 나는 당황해서 눈만 깜박였다.

"어울리는군!"

대공은 고개를 끄덕이고 밖으로 나가 버렸다. 이유를 물을 틈이 없었다. 난 꽃들 사이에서 멍청하게 앉아 있었다.

연구실에는 세 명이나 있는데, 적막이 내려앉았다. 도무지 영문을 알 수 없어서 나는 그들을 바라보았다.

침묵은 쉽게 깨졌다.

"푸하하하하하하하하하!"

기사는 배를 잡고 웃기 시작했다. 빨간 머리도 사정은 다르지 않은지 입을 가린 채 계속 몸을 떨었다.

뭐가 웃긴데, 나도 좀 알자! 왜 자기들끼리 난리야!

"너, 진짜 웃기다!"

기사는 아예 바닥을 구를 기세였다. 나는 향긋한 꽃향기에 둘러싸여서 눈을 비비다가 혹시 꿈이 아닐까 싶어서 볼을 한번 쳐봤다.

짝.

손바닥에는 니나의 살결만 달라붙었다.

"현실 맞네?"

풋.

이번에는 빨간 머리가 제대로 터져 버렸다. 그는 책 사이에서 엎드려서 미친 듯이 웃어댔다.

세상 고고한 척은 혼자 다 했으면서, 의외로 개그에 약한 놈이었나.

갑자기 너무 억울해졌다. 이것들이 자기 일 아니라고 처웃고만 있어!

"저기, 웃으려면 돈 줘요."

이왕 이렇게 된 거 관람료나 내놔. 내가 손을 내미니까 기사는 눈물을 훔치며 말했다.

"꼬, 꼬맹아, 제, 제발 더 웃기지 마라. 죽을 거 같아."

"난 하나도 안 웃기거든요!"

"미치겠다. 이러니 내가 여길 안 오고 배겨?"

아주 사람을 동물원 원숭이로 생각하고 있었다. 나는 자리에서 일어나서 꽃다발로 기사의 이마를 때렸다. 딱 한 대 치고왔지만, 기사는 그것도 재미있는지 바닥을 뒹굴었다.

상황이 수습되기까지는 한참이 걸렸다. 나는 이 도움 안 되는 두 양반의 정신줄이 돌아오길 기다리며 의자에 뚱한 표정으로 앉아 있었다.

먼저 정신을 차린 건 외알 안경이었다. 그는 안경을 벗고 손수건으로 눈가를 닦으며 말했다.

"어떡할 거냐?"

"뭐가요?"

"꽃을 줬잖아."

나는 널린 꽃다발을 바라보았다. 형형색색의 아름다운 꽃들이 예쁘게 포장되어 바닥에 굴러다니고 있었다.

"왜 준 거지?"

없던 일로 해 달라고 회유하는 건가? 보상금은 이미 신청했는데? 나는 꼭 받을 건데?

"보상금 안 주려고 이러는 걸까요?"

바닥에서 숨을 헐떡이던 기사가 다시 풋 하고 숨을 뱉어냈다. 그는 튀긴 새우처럼 등을 굽히며 정신없이 웃었다. 바닥에 망토랑 갑옷이 다 뒹구는데 이제는 체통도 없는 모양이었다.

"꼬, 꼬맹아. 생각이 왜 거기로 튀냐."

"대공이 나한테 이런 걸 줄 이유가 그거밖에 없잖아요."

나는 꽃다발 하나를 들어서 향기를 맡았다. 내가 알던 세계와 모양이 달랐지만, 여기에서도 꽃은 그 자체로 아름다웠다.

"이거 꽤 비싸 보이긴 하네요. 설마 보상금을 꽃으로 때운 건 아니겠지?"

난 현물 안 받고, 온리 현금이 필요한데! 꽃은 좋아하긴 하지만 이걸로 받고 싶은 생각은 추호도 없었다.

빨간 머리는 외알 안경을 다시 쓰면서 말했다.

"잘못 짚었다."

"그럼, 알려 줘요."

빨간 머리는 턱을 괴고 아무 말도 하지 않았다. 그냥, 나를 바라볼 뿐이었다.

나는 미간을 찌푸렸다. 외알 안경의 표정이 왠지 참 재수 없었다.

"디오, 알려 주지 마."

"레오 님도 같은 생각이군요."

기사는 아예 바닥에 드러누워서 말했다.

"재미있잖아."

"재미있으니까요."

그 말을 들은 나는 조용히 자리에서 일어났다. 그리고 바닥에 둔 엄청난 꽃다발을 하나하나 들었다. 여섯 개나 되고 꽤 무거웠지만 못 들 정도는 아니었다.

"꼬맹아, 어디 가냐?"

"더럽고 치사해서 숙소에 갑니다."

피식 웃기만 하고 알려 주지도 않다니! 나는 고개를 저으면서 문 쪽으로 걸어갔다. 등뒤에서 또 웃음소리가 들려서 일부러 문을 세게 닫았다.

나는 꽃다발을 들고 연구실 문을 흘겨보았다. 문 안쪽에서는 아직도 웃음이 끊이지 않았다.

꽃다발은 아름다웠다. 꽃은 죄가 없었다. 그저 무겁고 향긋할 뿐이었다. 남자에게 꽃을 받은 지 참 오랜만이긴 한데, 이렇게 많아서 처치 곤란이긴 했다.

"아, 어쩌란 말이냐!"

버리기는 아까웠다. 게다가 이 많은 걸 어디에다가 버려야 하는 걸까. 이베리아에서는 분리수거는 없겠지. 나는 한숨을 폭 내쉬고 걸어갔다.

복도를 걸어가다 나는 내 멍청함을 자책했다. 커다란 꽃다발 여섯 개를 안고 가는 나는 누가 봐도 수상했다.

'무겁다.'

시녀들은 복도를 걸어가는 나를 보고 눈이 휘둥그레졌다. 손가락을 가리키며 속닥거리는 게 느껴졌다.

'하긴 나라도 어린 시녀가 꽃다발을 여섯 개나 안고 가면 신기하게 쳐다볼 거야.'

대공 새끼는 주려면 하나만 줄 것이지 왜 여섯 개나 준 것일까. 덕분에 팔도 아프고 얼굴도 따가웠다.

'나 여기 와서 뻔뻔해지는 거 같아.'

꽃다발들이 너무 커서 시야의 대부분을 가렸다. 덕분에 날 이상하게 보는 눈빛들이 안 보이긴 했다. 하지만 시각이 차단됐다고 해서 소리까지 차단되지는 않았다.

'그래요. 뭐라고 하세요. 이젠 나도 모르겠어요.'

내 평판은 실시간으로 안드로메다로 가고 있었다. 어디까지 갈는지 이제는 두 손 두 발을 다 들었다.

한참을 걷다가 복도에 꽃다발을 내려놓았다. 팔이 너무나 아팠다. 아까 바닥을 뒹굴던 기사한테 좀 옮겨달라고 부탁할걸. 이래서 사람은 화를 낼 때는 앞뒤를 생각해 봐야 했다.

'머리가 안 좋으면 손발이 고생한다더니…….'

나는 팔을 주무르면서 한숨을 쉬었다. 나름 인적 없는 복도에 서 있는데도 시녀들은 지나가면서 발걸음을 멈추었다. 그러다가 어떤 시녀와 눈이 마주쳤다.

"몇 송이 가지실래요?"

반쯤은 충동적으로 뱉은 말이었는데, 시녀는 천천히 고개를 끄덕였다. 그녀는 바닥에 쭈그리고 앉아서 가지고 싶은 꽃을 뽑아갔다.

"고마워."

"뭘요."

조금이라도 줄면 팔 안 아프고 좋죠. 뭐.

그러자 갑자기 여러 명이 다 같이 다가왔다. 나는 그들의 눈빛을 본 순간, 이 말을 해야 할 때라는 걸 알아차렸다.

"가지고 싶은 거 뽑아 가세요."

시녀들은 함박웃음을 지으며 주저앉아서 꽃을 몇 송이 뽑아갔다.

"고마워!"

"향기가 참 좋다!"

"잘 가지고 갈게."

그들은 웃으면서 뽑은 꽃을 소중히 안고 갔다. 나는 양손으로 턱을 괴고 바닥에 놓은 꽃다발을 바라보았다.

'이거 생각보다 좋은 방법일지도?'

소문이 빠른지 벌써 몇몇 시녀가 다가왔다. 나는 밝게 웃으면서 말했다.

"필요하면 가져가세요~."

시녀들은 우르르 다가왔다. 나는 어서 뽑아 가라는 듯 자리까지 피해 줬다. 그녀들은 둘러앉아 몇 송이를 가져가며 감사인사를 하고 사라졌다.

'남이 준 거로 생색내는 거 참 좋네.'

안드로메다로 가는 평판이 좋아지면 뭘 못 하리오. 거기다 내 돈 드는 것이 아니니 못 줄 것도 없었다. 가벼워지고, 감사인사도 받고! 나는 오늘 사방에 꽃 뿌리는 소녀가 되기로 했다.

'니나야, 언니가 잘하고 있는 거겠지?'

이제 이 복도에는 사람이 없었다. 나는 몇 송이 줄어든 꽃다발을 다시 들었다. 나눠 줬음에도 아직 묵직했지만, 전처럼 무겁지 않았다.

나는 가벼운 발걸음으로 복도를 걸어갔다. 시녀들이 지나갈 때마다 '몇 송이 뽑아 가세요~'란 말을 잊지 않았다. 대부분 시녀는 꽃을 가져갔고, 덕분에 남쪽 끝 방에 도착했을 때 꽃다발이 좀 줄어 있었다.

"이따가 다시 돌아 볼까. 아, 메어리 님도 드려야겠다. 사비나 언니는 바쁠 테니까 만날 수 없겠지? 이쪽은 안 되겠다."

나는 바닥에 꽃다발을 놓으면서 웃었다. 개똥도 약으로 쓸데가 있다더니, 대공 자식이 딱 그랬다.

그때 문이 열리고, 시녀들이 들어왔다. 그들은 우르르 들어와서 나무 욕조와 뜨거운 물을 방 한쪽에 두었다. 나는 얼른 일어나서 옮기는 것을 도왔다.

"언제나 생각하지만 번거롭게 해 드려서 죄송해요."

그들은 고개를 저으며 말했다.

"위에서 시킨 건데 뭘."

"그래도요. 아, 맞다. 혹시 꽃 좋아하시면 몇 송이 가져가세요."

나는 순순히 꽃다발을 가리켰다. 그들은 뺨을 엷게 붉히며 꽃다발로 달려갔다. 그 모습이 참 보기 좋아서 저절로 웃음이 나왔다. 나는 조용히 욕조에 물을 부으며 그들이 다시 나가길 기다렸다.

하지만 그들은 꽃을 소중히 품에 안고 나가질 않았다.

나는 조심스럽게 물어봤다.

"저, 왜?"

"아, 사비나님께서 당분간 목욕하는 걸 지켜보라고 했어."

"아니, 왜요? 그러실 필요 없어요!"

목욕하는 걸 지켜보신다니! 순간 너무 부끄러워서 얼굴이 빨개졌다. 다들 같은 성별이긴 했지만, 누군가 빤히 쳐다보는데 목욕을 하라니!

도대체 왜?

'설마, 이마 깨진 것 때문에?'

이거라면 대공 같은 놈을 못 들어오게 하면 끝나는 얘기였다. 나는 수치심에 달아오른 얼굴을 쓸어내렸다. 하지만 그들은 아무렇지도 않게 말했다.

"괜찮아. 없는 셈 쳐."

"명령이라서 어쩔 수 없어."

"꽃 예쁘다. 고마워."

나는 울상이었지만 그들은 침착했다. 나는 고개를 푹 숙였다.

"제가 면목이 없네요."

하긴 이분들도 싫겠지. 각자 바쁜 분들이 말단 시녀 목욕하는 걸 왜 지켜봐야 하는 걸까. 게다가 이대로 꾸물꾸물하는 게 더 폐일 수 있었다.

내가 할 수 있는 일은 일찍 끝내고 이분들을 보내는 거였다.

나는 부끄러워서 작게 웅얼거렸다.

"최대한 빨리 끝낼게요."

나는 벗은 옷을 대강 침대에 놓고 욕조 안으로 들어갔다. 도저히 얼굴을 들 수 없었다.

그때, 어떤 시녀가 수건을 옆에 두었다. 나는 고개를 저으며 말했다.

"아니, 이러실 필요 없어요."

제발 저를 더는 부끄럽게 하지 말아 주세요.

"그러니? 그래도 수건은 필요하잖아."

시녀는 선량하기만 했다. 진짜 쥐구멍에라도 숨고 싶은데, 나는 알몸에 욕조 안이었다.

"이러지 마세요. 그리고 두 분도 거기 서 계시지 마시고 앉아서 편히 쉬세요. 제가 진짜 민망해서 죽을 것 같아요."

내 말이 재미있는지 시녀들은 까르르 웃으셨다. 그러자 수건을 건네준 시녀는 내 목덜미에 물을 끼얹으며 말했다.

"너무 부끄러워하지 마. 우리 일이 이건데 뭐."

"조카 목욕 시키는 거 같아서 별생각 없어. 그리고 쉬는 시간이 생겨서 좋은걸."

"맞아 맞아."

그들은 그렇게 말하고 내 침대에 앉기도 하고, 커튼을 젖히고 밖을 보기도 했다. 말만 그렇게 했지, 그제야 정말 쉬시는 분들이었다.

침대에 앉은 분이 물었다.

"그나저나 꽃은 어디서 얻었니?"

"어쩌다가 얻었어요. 영문을 알 수 없지만요."

"굉장하네. 꽤 비쌌을 거 같아."

"그러게요. 그럴 바엔 차라리 돈으로 주지."

내가 고개를 저으니까, 시녀들은 까르르 웃었다.

"그건 그래."

"맞아. 맞아. 꽃은 예쁘지만 쓸모없어."

"기껏해야 말려서 쓰는 것 외에는 용도가 별로 없잖아. 어떤 건 먹기도 하지만 말이야."

아, 그런 방법도 있구나. 나는 욕조 안에서 손뼉을 한번 쳤다. 정말 생각지도 못한 방법이었다.

"꽃을 말려서 선물하는 거 다들 좋아하시나요?"

"꽃 주머니? 당연히 다들 좋아하지. 향기도 오래가고."

나는 욕조에 턱을 놓고 아직도 산더미 같은 꽃을 바라보았다. 버려야 하나 고민했는데, 다행히 쓸모가 있었다.

'천도 많고 바늘도 있으니, 실만 구하면 되나?'

남쪽 방은 휑할 정도로 넓고, 햇살은 잘 들어왔다. 생각해 보니까 꽃 말리기에는 안성맞춤이었다.

"꽃 주머니 말리게?"

"네. 안 해 봐서 좀 헤맬 거 같지만, 꽃이 아까워서요."

"다듬는 거 정도는 도와줄게."

나는 멍하니 그들을 바라보았다. 라라와 쥬시만 천사인 줄 알았는데, 이분들도 비단결 같은 마음을 가지고 계셨다.

"감사합니다. 정말 생각지도 못했어요."

"뭘. 이런 거 가지고. 네 덕분에 우리는 매일 쉬는 시간 생겨서 좋아."

"앞으로 차도 가지고 올게. 같이 마시자. 네 방에 찻잔 있니?"

이 방은 침대와 니나의 보따리 짐밖에 없었다. 그러고 보니 옷을 둘 행거도 없었다. 내가 고개를 젓자 그들은 방을 둘러보며 말했다.

"심하게 아무것도 없긴 하다."

"이왕 독방 쓰는 거 이것저것 두는 게 어때?"

나는 따듯한 물로 얼굴을 씻으며 말했다.

"아직 주급 받는 법도, 그리고 어디에서 물건을 사는지도 잘 몰라요. 쉬는 날 나가면 된다는 얘기는 들었어요."

내 말이 충격적인지 수건을 놔준 시녀가 소리를 질렀다.

"어머 어머!"

"물건을 사는 법을 모르다니, 도대체 어떻게 그렇게 사니!"

"뭘 사고 싶어? 내가 좋은 가게 많이 알아. 휴일이 언제야? 겹치면 같이 나가자!"

짧은 대화였지만 난 이분들의 정체성을 알게 되었다. 목욕물을 가지고 오시는 시녀 세 분은 성실하고 마음씨는 비단결 같았다.

"나 같으면 시트에 레이스를 달 거야."

"나 같으면 이쪽에 찬장 놓고, 예쁜 찻잔으로 장식했을걸?"

"의자도 하나 더 둘 거 같아."

꼭 예전의 이화윤을 보는 거 같았다. 그러고 보니 나도 그랬다.

'나도 꽤 지름신의 노예였지.'

하긴 술은 마셔서 없애야 하고, 돈은 써야 경제가 돌아가는 법이다. 시녀의 주급이 얼마인지 모르지만 나는 이 동질감을 마음속 깊숙이 받아들였다. 비록 지금은 집을 사야 해서 죽어라 모아야 할 테지만, 언젠가는 나도 저럴 날이 오겠지.

"잘 부탁드립니다. 저렴하고 좋은 물건 파는 가게 알려 주세요."

그들은 자신들이 가게의 전문가라며 뭘 사고 싶냐고 말만 하라고 대답했다. 나는 밀려오는 행복감에 눈을 감았다.

'대공한테 고마울 지경이네.'

쓸모없는 거 줬다고 욕했는데 뜻밖의 효과가 대단했다.

'그나저나 그놈은 왜 꽃을 준 거지.'

나는 뜨거운 물을 어깨까지 담갔다.

'그건가?'

그러고 보면 대공은 남자였고, 니나는 여자였다. 둘 다 너무 어려서 잊고 있었지만, 엄연한 사실이었다.

남자가 여자한테 꽃을 주는 것.

'나도 바보는 아니라고.'

나는 바닥에 늘어진 꽃들을 바라보았다. 형형색색의 꽃은 저마다의 아름다움을 싱그럽게 뿜냈다.

'최소 호감에서 최대는 청혼인데, 후자는 말도 안 되겠지?'

신분이 미천하다며 세컨드 제의를 하면 모를까.

나는 얼굴을 찡그리며 물에 한번 들어갔다 나왔다. 정말 그때 생각하면 아직도 화가 났다. 우리 니나 귀한 애거든요? 감히 이렇게 착한 애한테 그런 천박한 제의를 하다니!

'내가 아무리 생존우선주의지만 그건 아니다!'

철없는 대공 애인이라니 생각도 하기 싫었다. 여기서는 그런 게 흔한지는 모르지만, 우리 니나는 당당하게 잘 먹고 잘살아야 하는 애였다.

'일단 대화가 필요하긴 하다.'

도대체 무슨 의미로 꽃을 줬는지 물어봐야 했다. 적군과도 대화는 하는 법이었다. 어떤 상황에서도 대화는 해야 한다.

'하지만 개소리하면 얼굴도 보지 말아야지.'

기사가 또 데리고 들어올지 모르지만, 그건 그때 가서 협박하면 되겠지. 대공이니까 자기 영지도 있을 테고, 언젠가는 떠날 놈이었다.

'그런데 이런 대공을 왕은 왜 끼고돈 거지?'

TL 소설 『묶인 새』에서 그는 냉혹한 왕이었다. 세라피 외에는 발치에 굴러다니는 먼지 취급했다. 물론 능력 있는 신하에게는 나름 관대했지만, 그건 아주 극소수였다.

아무리 생각해도 어설픈 대공 따위야 대충 누명 씌워서 쓱 싹할 수 있을 거 같았다.

'멍청해서 그런가?'

그래도 자식이 없어서 지금은 왕이 죽으면 대공이 왕위 서 열 1위였다.

'하찮음이 도움 될 때가 있구나.'

너무 별거 아니어서 내버려두는 건가. 나는 뜨거운 물을 목 덜미에 끼얹으며 중얼거렸다.

"일단 말을 해 보자."

"응? 무슨 말이니?"

내 중얼거림에 천사님 중 한 명이 돌아보았다. 나는 웃으면 서 고개를 저었다.

"별거 아니에요."

"그래?"

시녀들은 다시 하던 일을 계속했다. 나는 살며시 욕조에서 일어나서 큰 수건으로 몸을 둘둘 감았다. 젖은 머리를 정리면서 다시 그들을 바라보았다.

'내 숙소도 그냥 4인실이면 좋았을 텐데……'

그러면 묻지 않아도 알게 되는 게 참 많을 텐데. 소소한 수다 라든가 일상 얘기가 이렇게 그리운지 처음 알았다.

'역시 누군가 있는 편이 훨씬 좋아.'

나는 어서 스파이 혐의가 풀리길 기도하며, 수건으로 맨몸 을 닦았다.

6

네 손에 닿은 것

중요한 보고는 왕의 손을 거쳤다. 그는 기다란 테이블 위에 아무렇게나 중요한 서류를 펼쳐 놨다. 국경의 치안과 지방의 강수량, 다리의 준공과 새로 개발된 시약까지 각종 보고서가 어지럽게 흩어졌다.

그는 마지막으로 본 서류를 테이블 위에 놓았다. 어제부터 계속된 문제는 해결되지도 않은 주제에, 지나치게 번잡했다.

사비나는 그런 왕에게 차를 한 잔 가져왔다. 그는 찻잔을 받아서 한 모금 넘겼다. 시녀는 아무렇지도 않게 테이블 위에 놓인 서류를 구분해서 정리했다.

집무실은 늘 조용했다. 두 사람은 거의 말이 없었다. 그들은 몇 년 전부터 쭉 이렇게 일해 왔다.

"피곤하십니까?"

하지만 그렇다고 대화가 전혀 없는 건 아니었다. 그는 고개를 저었다.

"마력을 가진 몸이 그럴 리가."

"어젯밤을 꼬박 새우셨습니다."

"내가 잠을 잘 수 있는 건 성녀 옆뿐이다. 잠을 잔 것도 그녀가 온 뒤부터인 거 알면서 왜 그래."

그는 왕의 문장이 있는 어깨를 쓰다듬었다. 신과 같은 능력을 줬지만 그를 지옥으로 떨어트린 힘이었다.

이것을 받고 그는 잠을 잃었다. 신경통과 작열감도 고통스럽지만, 영원한 밤은 좀 다른 느낌이었다.

그는 턱을 괴고 중얼거렸다.

"토끼가 필요하긴 하군."

사비나는 놀라서 서류 한 장을 놓쳤다. 얇은 종이는 팔랑거리며 테이블 위에서 조금 움직였다.

"니나 케이지 말씀입니까?"

"안고 있으면 시원해. 뭘 그렇게 놀라?"

왕은 빙그레 웃었다.

측근들에게는 꽤 장난스러운 분이다. 이런 건 왕자일 때부터 변하지 않았다.

"토끼는 뭘 했지?"

니나 케이지에 대해 보고하는 건 사비나의 몫이었다. 그녀는 감시 보고서에서 제일 중요한 것을 추려서 왕에게 전해 줬다.

"별거 안 했습니다. 평소처럼 디오에게 갔다가, 폐하께서 소개해 준 베아토를 만난 것뿐입니다."

"짐이 아끼는데 얌전하게 사는 토끼군."

"하지만 이건 좀 보고 드려야겠습니다."

왕은 어서 하라는 듯 손짓했다.

"대공께서 꽃을 줬습니다."

"토끼한테?"

"니나 케이지에게 커다란 꽃다발 여섯 개를 줬습니다."

왕은 실소하며 몸을 젖혔다. 새가 왔을 때는 몰랐는데 토끼가 온 뒤로 성이 복작복작해진 기분이었다.

"토끼가 그 애의 취향이었나?"

왕은 자신의 동생을 떠올리며 웃었다. 그러고 보면 몇 년간 본 적이 없었다. 기억 속에서는 항상 형님 형님 하며 뛰어오는 작은 소년이었다.

"니나 케이지는 그 꽃을 복도에 지나가는 시녀들에게 줬다고 하더군요."

이건 좀 의외였다. 그는 꽃을 나눠 주는 조그마한 시녀를 상상했다. 그 작은 몸으로 낑낑거리며 나눠 줬을 걸 생각하니, 묘하게 기분이 유쾌해졌다.

"시녀들은 니나 케이지를 이상하지만 착한 애라고 하더군요."

이번에는 제대로 웃겼다. 왕은 한쪽 손으로 턱을 기댄 채, 한참을 웃었다.

"네 말대로 진짜 호감을 사는군."

"폐하의 특혜에도 말이죠."

"짐의 인기가 별로인가? 흠모하는 시녀가 그다지 없나 봐?"

"폐하……."

역시 이런 쪽으로는 이용하고 있었나? 사비나는 고개를 저었다.

"짐을 흠모해서 새에게 쓸데없는 악의를 퍼트릴까 봐, 토끼에게도 특혜를 줬는데도 잠잠한 이유가 있었군. 토끼가 너무 귀여워."

평판은 잠시 안 좋아지기도 했었다. 니나 케이지의 정체가 뭐냐는 소리도 컸다. 하지만 며칠 사이에 죽을 뻔했다는 게 알려지자 상당히 유해졌다.

'쟤는 참 재수가 없나 봐.'

아직 어린아이인데 벌써 저렇게 운이 없으면 앞으로 어떻게 사냐는 이상한 동정 여론이 생겼다. 거기다 그 애는 아무것도 바라지 않았다. 그냥 도대체 자신의 처지가 어떻게 되는 거냐며 짧은 머리카락을 쥐어 잡을 뿐이었다.

솔직하고 예의 바른 아이는 사랑받기 마련이다. 거기다 잘 웃고 머리도 좋고 영리했다. 니나 케이지는 어린애답지 않게 남을 잘 배려했다.

좋은 아이다. 가엽게도 착하기까지 하다.

"아끼시는 거 맞습니까?"

"충분히 귀여워하고 있어. 그리고 시녀들은 네 말을 듣겠지. 사비나, 네가 쓸데없는 짓 말라고 했는데 명령을 거스를 시녀가 짐의 성에 있을까? 그래도 심한 괴롭힘이면 조처를 하려고 했다."

왕은 나름대로 아이를 아꼈다. 하지만 그는 늘 그렇듯 이용도 같이 했다.

"아이는 잘 지내고 있습니다."

"토끼는 더 귀여워해 줘도 잘 지내겠군."

"언제까지 아끼실 것입니까?"

왕은 웃으면서 다시 서류를 눈앞에 끌어왔다.

"굳이 기간을 정해 놔야 하는 이유를 모르겠군."

사비나는 알았다는 듯 고개를 숙이고 물러섰다. 하지만 오랫동안 그를 보아 온 시녀는 알았다.

'이렇게 즐거워하신 적도 처음이시면서……'

이용하면서도 아끼기는 했다. 진실을 얘기하지 않을 뿐이지, 거짓말을 하는 분은 아니었다.

"다른 표정이 되어 가는 걸 아시는 걸까."

새장 속에 갇힌 성녀보다, 니나 케이지가 폭풍의 눈이 되는 느낌이었다. 하지만 그 아이는 아무것도 모른 채 그저 열심히 살고 있었다.

사비나는 깊은 한숨을 쉬었다. 아무 변화가 없지만 뭔가가 달라지고 있었다. 그리고 그것을 자신은 막을 수 없었다.

어느 세계에서나 꽃은 예뻤다. 나는 내가 안고 가는 꽃다발의 향기를 듬뿍 들이켰다. 아는 향기와는 달랐지만 참 좋은 냄새였다.

'생각해 보면 꽃에 관심이 없어서 잘 모르겠네.'

정말 이 꽃들이 내가 살던 곳에서 없던 게 맞을까?

'몰라도 별수 없지 뭐.'

나는 이런저런 생각을 하며 천천히 복도를 걸어갔다. 이제는 소문이 제법 퍼졌는지 시녀 몇 분이 꽃을 달라고 다가오셨다. 나는 함박웃음을 지으며 기꺼이 내줬다. 하지만 미리 싸온 작은 꽃다발들은 슬쩍 뒤로 숨겼다.

'이건 메어리 님 거.'

일단 내 주위 분들에게 먼저 드려야 했는데, 어째 거기까지는 생각이 미치지 못했다.

'뭐, 그런 거 신경 쓰실 분은 아닐 거 같지만⋯⋯.'

메어리 님은 경험이 많으신 분답게 모든 게 확실했다. 이분이 왜 성녀의 담당이 되었는지 알 거 같았다. 책임감 있고, 임기응변이 좋았다.

"이건 성녀님 거."

나는 내가 들고 있는 꽃다발과 함께 있는 세라피를 상상했다. 아름다운 성녀님과 화려하게 핀 꽃은 너무 잘 어울려서 무서울 정도였다.

'그런데 그녀의 진짜 힘은 미모가 아닌 거 같아.'

세라피와 함께 있으면 있을수록, 그녀의 노력을 알게 되었다. 세라피는 매일매일 성녀의 일과를 보냈다. 빈틈없는 식단과 끊임없는 기도가 그 증거였다.

'게다가 진짜 착해.'

차라리 그녀가 패악을 부리는 성격이었으면 편했을지도 모른다. 하지만 그녀는 진짜 너무 선량해서 나도 모르게 지켜 주고 싶었다.

'성자를 치유하는 그 능력보단, 그 선량함이 그녀가 가진 진짜 힘 같다고 하면 웃길까?'

나는 그 자리에 잠시 멈춰서 미간을 찌푸렸다.

"진짜 웃긴 생각이었다."

정신 차리자. 너 요즘 왜 이러니.

정말 내가 배가 부른 모양이었다. 이러니저러니 해도 형장의 이슬로 가는 롤러코스터의 표를 파는 이는 세라피였다. 좋은 사람이면 어찌할 거야. 니나를 죽게 하는데!

'근데 그 일이 진짜 벌어질까?'

원작의 억지력이 범람해도, 내가 튜브 타고 버티고 있었다.

"둘 사이도 좀 다른 거 같은데?"

꼭 니나가 사고를 쳐야만 둘이 그렇고 그런 관계가 되는 걸까?

한창 고민할 때였다. 앞에서 높으신 분이 걸어오는 게 보였다. 나는 복도 한쪽에 물러서서 다리를 굽혔다가 폈다.

'폐하구나.'

고개를 숙여도 찰랑거리는 머리카락은 눈에 띄었다. 난 평소에 그가 성안에서는 기사 한 명과 사비나 님만 데리고 다닌다는 걸 지금에서야 알았다.

'호위를 늘려야 하는 거 아닌가?'

이 세계는 왕이 죽으면 그 나라 망하지 않나? 저렇게 단출하게 다녀도 되는 건가?

이런저런 생각을 할 때였다. 숙인 고개 사이로 손이 쑥 들어왔다.

'아, 깜짝이야!'

어깨를 움찔하자 작게 웃는 소리가 들렸다. 그냥 지나가는 줄 알았는데, 언제 날 본 걸까.

"웬 꽃이지?"

나는 순순히 대답했다.

"받았어요."

누구에게 받았는지는 일부러 대답하지 않았다. 하지만 나는 왠지 그가 알고 있을 거란 생각이 들었다.

그는 아무것도 묻지 않았다. 그저 웃으면서 꽃다발 속에서 빨간 꽃 하나를 뽑을 뿐이었다. 그러고는 아무렇지도 않게 내 귀에 꽂았다.

'뭐야, 날 왜 꽃 단 애로 만들어.'

졸업 기념으로 노래방에서 술 마시고 춤출 때 외에는 머리에 달아본 적 없는 꽃이었다. 내가 미심쩍은 얼굴로 바라보자, 그는 내 코를 살짝 쳤다.

"옛날에 키우던 토끼는 꽃을 주니 발로 차 버렸는데, 이 토끼는 그럭저럭 얌전하군."

그 먹이 너무 많이 줘서 죽었다는 토끼 말하는 걸까.

"원하신다면 저도 발로 찰 수 있는데요…….."

내 대답이 웃긴지, 왕은 한참을 웃다가 갑자기 내 몸을 들어올렸다. 그는 익숙하게 내 엉덩이를 받쳐 안은 채, 복도를 걸어갔다.

누가 보면 내가 조카인 줄 알겠어.

'부담스러워.'

왜 또 이러십니까, 폐하.

그는 내 손목을 자신의 눈가로 가져갔다.

"며칠째 서류에 파묻혀 있었다."

그러시군요. 과로는 피로의 원인이지요. 참 안타깝네요. 그런데 제 손목을 왜 눈에 대십니까.

'혹시 이거 아이스팩 같은 건가?'

나도 야근할 때 몇 번 이용한 적 있다. 너무 저렴한 걸 사서 금방 버렸지만, 눈이 피곤할 때는 효과적이었다.

꽃다발을 든 채여서 균형을 잘 잡을 수 없었다. 좀 뒤뚱거리자, 누군가 꽃다발을 가져갔다. 감사하다고 속삭였을 때, 그가 말했다.

"대공은 열여섯 살이다."

정말 뜬금없는 얘기였다. 대공도 그러더니 폐하도 마찬가지였다. 이 형제는 이런 점이 닮은 걸까.

아니, 그런데 대공님 열여섯이었나요.

'니나랑 동갑인 줄 알았는데 생각보다 나이를 먹었네.'

열여섯인데 키는 비슷하던데, 인류사의 비극인 걸까 아니면 성장이 늦은 걸까. 니나야 못 먹어서 작다 쳐도, 대공은 왜 덜 자라신 건가요.

'남자는 늦게 크긴 하지.'

성장판을 촉진시키기 위해 운동 좀 하셔야겠네. 그런데 이쪽에도 스포츠가 있나? 기사가 있으니까 검술은 당연히 있겠지? 그게 이쪽 사람들의 운동인가?

이런저런 생각을 하는데, 낮은 목소리가 귓가에 속삭였다.

"나는 그 나이 때 변경에 있었다. 왕비에게 죽을 뻔한 시기였지."

갑자기 툭 튀어나오는 폐하의 과거사였다. 나는 나도 모르게 주위를 둘러보았다. 이런 거 아무렇지도 않게 얘기해도 되는 거야?

"고생이 많으셨겠어요."

"굶은 채 짐승 먹이가 될 뻔한 게 고생이라면 고생이겠지."

아이고. 고생이 아니라 아주 상고생이었다. 아니, 날 때부터 나는 왕이다 싶은 사람한테 이런 과거가 있다고? 어디를 보내도 홀로 고고하실 거 같은데, 배고픔에 허덕이는 시절이 있었다는 게 영 이해가 가지 않았다.

"약하지 않으면 강함을 모르지."

나는 살짝 고개를 끄덕이다, 중심을 잃었다. 순간 비틀거리다 다시 돌아왔지만, 휘청거린 게 마음에 안 드는 모양이었다.

왕은 눈가에 대고 있던 내 팔목을 자신의 목 뒤로 가져갔다.

'자세가 너무 가까워.'

옷을 장식한 보석이 손끝에 닿았다. 어쩔 줄 몰라서 우물쭈물하자, 그는 내 손을 자신의 옷 안쪽으로 밀어넣었다.

당황할 겨를도 없었다. 처음에 느껴진 감촉이 너무나 생경했다.

'뜨거워.'

불에 닿은 것처럼 손끝이 화끈거렸다. 하지만 이상하게도 데이거나 아픈 느낌은 들지 않았다.

'이건 뭘까?'

그는 만족스러운 듯 웃으며 나를 더 가까이 끌어당겼다. 이마가 맞닿자 숨소리마저 들렸다.

"니나 케이지, 지금 네 손에 닿은 건 왕의 문장이다."

나는 그를 바라보았다. 붉은 눈동자가 눈앞에서 반짝였다.

'이상해.'

손에 닿는 살결도, 나를 보는 눈동자도 다 이상했다. 애써 고개를 돌렸지만, 이상하게 심장이 두근거렸다.

너무 뜨거웠다. 얼음인 몸으로 불을 만지면 이런 느낌일까. 이 감각에서 도망가고 싶은데, 그는 나를 꽉 안고 있었다.

"이베리아의 왕의 증거지."

그는 아랑곳하지 않고 말을 이었다.

"왕은 대대로 이 문장을 물려받는다. 왕족 중 마력이 가장 높은 한 명만이 문장의 선택을 받지. 몸에 새겨지면 지독한 고통과 함께 왕의 권능이 발현된다."

문장이란 게 문신 같은 건가? 새겨진다는 게 무슨 뜻이지? 왕의 권능은 또 뭐야?

여러 가지 의문이 들었지만, 왕은 항상 설명이 부족했다. 나는 일단 아는 것만 건져 올렸다.

'성에 들어올 때 봤었어.'

나는 불기둥과 구름 기둥을 떠올렸다. 그때 사비나는 '위대한 마도의 결정체'란 말을 했었다.

'혹시 이 문장으로 그 기둥들을 다룰 수 있는 걸까?'

그 기둥들이 이어져서 내려온 것이라면, 충분히 신빙성 있었다.

닿은 왕의 문장은 뜨거웠다. 마음 같아서는 손을 떼고 싶었지만, 나는 그러지 않았다.

"무슨 감각이 느껴지지?"

"뜨거워서 타들어갈 거 같아요. 하지만 아프지는 않아요."

"너는 참 희한하군."

그는 내 볼을 쓸어내리며 말을 이었다.

"성녀 외에, 성력을 가진 이는 내게 닿기만 해도 견디지 못한다. 너는 성력을 가졌으면서도 문장을 직접 만져도 괜찮군."

나는 고개를 끄덕였다. 그건 나도 참 이상했다. 성력과 마력은 닿기만 해도 반발하는 거 같은데, 왜 나는 멀쩡한 걸까.

왕은 내 머리카락을 쓸어 올렸다. 손가락에 낀 붉은 반지 사이로 니나의 백금발이 흩어졌다.

"그러고 보면 털빛도 이상하군. 머리카락은 성전에서 최고로 치는 성스러운 백금색인데, 눈은 마력의 붉은색이라니……."

니나의 머리카락 색은 성녀와 똑같았고, 눈동자 색은 왕과 똑같았다.

'나 혹시 무슨 중요한 걸 놓치고 있나?'

이게 무슨 의미가 있는 걸까?

"답답해요. 아무것도 아는 게 없어요."

아무리 아이의 기억을 뒤져 보아도 나오는 게 없었다. 니나는 그냥 성당에서 사는 고아일 뿐이었다.

"네게는 청량함이 느껴진다. 왕이 된 후로 오랫동안 잊고 있던 감각이지. 문장에 직접 닿아도 사라지지 않는 거 보니, 내 토끼는 내 생각보다 더 진귀한 종인가 보군."

그는 내 손을 더 깊숙이 집어넣었다. 뜨거움이 팔목에서까지 느껴졌지만, 여전히 아프지 않았다.

"니나 케이지."

왕이 내 이름을 불렀다.

"예. 폐하."

"오랫동안 내 곁에 있어라."

달콤한 말이었다. 오해하기 딱 좋았다. 누가 이런 나와 왕을 볼까 무서울 정도였다.

그래서 나는 조금 웃으며, 입술을 살짝 깨물었다.

"대공비는 되지 마라."

순간 깜짝 놀라 입술을 세게 깨물었다.

"네?"

"동생이 토끼에게 반했다는 소리가 내 귀에까지 들어오더군. 난 내 마음에 든 것을 형제와 나누는 취미는 없다."

"폐하! 아니, 그건……."

오해라고 말해야 하는데, 그의 손이 입가에 닿았다. 나는 입술을 달싹이다가 그냥 고개를 푹 숙였다.

그는 피가 나는 내 입술을 쓸어내렸다. 그러고는 아무렇지도 않게 피 묻은 손가락을 살짝 핥았다.

그저 손가락이 닿는 것뿐인데, 이상하게 조마조마했다.

'미치겠네. 그걸 또 왜⋯⋯.'

불안하고 초조했다. 어떻게 하면 이 상황에 대해서 조리 있고 차분하게 설명할 수 있을까.

'내가 왜 변명을 해야 하는 거지?'

대공 놈이 던지고 간 꽃 때문에 왕에게 안절부절못해야 한다니, 왠지 너무 억울했다.

"동생은 나와 어머니가 다르다."

이건 또 무슨 소리일까.

"그 아이는 왕비에게 태어났고, 나는 왕비의 시녀에게서 태어났지. 유명한 얘기다. 이베리아에 사는 사람들은 거의 다 알지."

나는 그제야 이 사람이 왜 거지꼴로 변경에 있었는지 알 거 같았다.

"선왕은 오랫동안 자식이 없었다. 초조한 왕비는 가장 충성스러운 시녀에게 왕과 동침하길 강요했다. 시녀는 그 명령을 들었고, 내가 태어났다."

그의 목소리는 평온했지만, 그가 말하는 건 절대 그렇지 않았다.

"태어난 아이는 마력이 강했고, 다들 그 아이가 왕이 될 거라고 점쳤다. 충성스러운 시녀는 자식에게 항상 왕비님께 감사하라는 말을 했지."

남의 일처럼 얘기했지만, 이건 왕의 이야기였다. 나는 그를 바라보았다. 그는 아무렇지도 않게 말을 이었다.

"하지만 왕비는 늘그막에 임신했고, 기적적으로 왕자가 태어났다. 금발의 초록빛 눈을 한 왕자의 마력은 별로 강하지 않았지만, 왕비는 자기 자식을 왕에 올리고 싶어했다."

굳이 말하지 않아도 알 수 있었다. 아마 수많은 모략에 시달렸을 것이다.

"충성스러운 시녀였던 어머니는, 왕비의 모함을 받아 죽었다. 나는 변경으로 쫓겨나서 칼 한 자루 가지고 살아남아야 했지. 마력이 없었으면 진즉에 죽었겠지."

손끝에 닿는 피부는 아직도 타는 듯이 뜨거웠다. 그는 팔에 힘을 줘서 날 끌어당겼다.

힘없이 그의 품에 안겼다.

"살아남으려면 이베리아의 왕이 되는 길밖에 없었다. 선왕이 죽자 문장은 내게로 왔고, 그렇게 나는 왕이 되었지."

낮은 목소리가 귓가에 속삭였다.

"마력은 나를 살렸고 고통은 내가 선택했지만, 선왕처럼 마약에 찌든 삶을 살 이유가 없었다. 그래서……."

나는 그가 할 말이 무엇인지 알 거 같았다.

"새를 납치한 거란다. 토끼야."

입술의 피는 멎지 않았다. 입안에서는 계속 비릿한 피맛이 느껴졌다. 나는 『묶인 새』의 프롤로그를 떠올렸다. 왕은 자고 있던 성녀를 납치한다. 약에 취해 자고 있던 성녀는, 자신의 납치되는 것도 몰랐다.

"난 내 것을 남과 나누지 않는다."

그는 그 말을 끝으로 날 바닥에 내려줬다. 그러고는 내 귀에 단 꽃을 살짝 고쳐 달고는, 아무렇지도 않게 앞으로 걸어갔다.

왕을 따라가는 기사는 내 꽃다발을 다시 건네주었다. 나는 멍하니 꽃다발을 받았다.

그는 곧 시야에서 사라졌다. 나는 복도의 벽에 등을 대고 주저앉았다. 시녀복이 다 쓸렸지만, 그것까지 신경 쓸 수 없었다.

"미치겠다."

나는 이마를 짚고 필사적으로 생각을 정리했다. 지도도 이정표도 없던 정보가 순식간에 흘러넘쳤다.

'지금 내가 들은 게 뭐지?'

왕의 과거와 성녀를 납치한 이유였다. 전자는 몰랐지만, 후자는 어느 정도는 알고 있긴 했다. 하지만······.

"좀 더 깊은 얘기잖아······."

차라리 남에게 들었으면 좋았을 이야기였다. 그랬더라면 이렇게 가슴이 떨리진 않을 거 같았다.

나는 아예 바닥에 주저앉아서 한숨을 쉬었다. 별거 아닌데 다리 힘이 풀렸다.

침착하자. 침착하게 생각을 해 보자.

'하나. 시녀에게서 태어난 남자는, 고생하며 지금의 왕이 되었다.'

여기까지는 이해할 수 있었다.

'둘. 선왕의 적자는 그 금발 대공이고, 선왕비는 현왕을 죽이려고 했지만 실패했다.'

나름대로 피 튀기면서 왕이 되었다는 얘기였다. 약하지 않으면 강함을 모른다는 얘기는, 자신이 약해서 힘들었던 시기가 있었다는 말과 일맥상통했다.

'셋. 고통은 자신이 선택했다. 하지만 선왕처럼 마약에 찌들어 살고 싶진 않으니까 성녀를 납치했다.'

이건 도대체 무슨 뜻일까. 열심히 병자를 치료하고 있던 성녀를 납치한 것에 대한 변명일까?

'그런 거 같진 않던데?'

변명이라기보다는 그냥 이유 같았다. 어떻게 보면 그냥 사건 사고에 대한 담백한 보고서 같기도 했다.

'왜 그걸 나한테 말한 거지?'

성녀를 빼돌리면 형장의 이슬로 만들어 버리겠다는 걸 돌려 말한 건가?

"이건 모르겠으니까, 넘어가자."

지금 짚어야 하는 게 참 많았다. 나는 세라피와 관련된 것을 과감하게 뒤로 밀었다.

'넷. 대공비 될 생각 마라.'

한숨이 저절로 나왔다. 나는 차가운 벽에 기대서 머리를 쥐어뜯었다.

그의 목소리가 귓가에 스쳤다. 뜨거운 살결과 속삭임이 떠오르자, 얼굴이 새빨갛게 달아올랐다.

'사람을 미인계로 꼬시고 난리야.'

왜 그 말을 귓가에 속삭이느냐고! 거기다 그 수상한 스킨십들은 뭔데! 페로몬에 질식하는 줄 알았네!

진짜 이베리아에 오고 나서는 미모의 힘을 깨달았다. 이화윤으로 살 때는 못 느꼈던 걸 요즘은 절실히 깨달았다. 잘생긴 남자를 싫어하는 여자는 없어요! 왜냐하면, 잘생겼으니까요!

"죽겠다, 진짜."

의도는 그게 아니겠지. 내 선풍기야. 대공에게 가지 마라. 딱이 정도 아닐까.

'살짝 억울하네.'

설마 친애하는 왕님께서는 내가 대공이랑 살림 차린다고 믿는 걸까?

"그건 진짜 모욕이다."

니나 좋은 거 먹이고 예쁜 거 입힐 거지만, 그게 세컨드로서는 절대 아니거든요? 지금 장난해? 사람을 어떻게 보고!

"미치겠다."

손바닥으로 이마를 비비니, 귓가에 달려 있던 빨간 꽃이 바닥으로 떨어졌다. 나는 턱을 괴고 그 꽃을 바라보았다. 붉은 꽃은 아직 예쁘기만 했다.

'일단 일어나자.'

난 옷을 털면서 자리에서 일어났다. 아직도 혼란스러웠지만, 이곳은 복도였다. 누군가 지나갈 수도 있었다.

나는 힘없이 걸어가다 뒤를 돌아보았다. 내가 버린 빨간 꽃이 복도 한가운데 있었다.

다시 돌아서서 걸어갈까 하다, 한참을 그 꽃을 바라보았다.

결국, 달려가서 떨어진 꽃을 주웠다.

'뭐하는 짓인지……'

귓가에 걸려 있던 꽃은 붉은색이었다. 왕과 니나의 눈 색이었다.

나는 꽃을 빙글빙글 돌리며 다시 걸어갔다. 생각할 것은 많은데, 결론이 난 것은 없었다.

"사람이 혼란스러울 때는 할 수 있는 일을 하는 게 먼저지."

나는 꽃다발을 바라보았다. 중간에 왕을 만나는 바람에 잊을 뻔했지만, 이 꽃다발을 메어리 님께 드리려고 가는 길이었다.

"일단 그거부터 하자."

부지런히 걷자, 익숙한 복도와 대기실 문이 보였다.

나는 작게 숨을 몰아쉬면서 문을 열었다.

메어리 님은 언제나처럼 뜨개질을 하고 계셨다. 작은 꽃다발을 드리니, 활짝 웃으셨다.

"어머나, 나 주는 거니?"

"너무 늦게 드려서 죄송해요."

꽃을 받고 싫어하는 사람은 없었다. 메어리 님은 고개를 저으며 고맙다고 말했다. 왠지 남의 선물로 생색내는 기분이어서 나는 살짝 뺨을 긁었다.

'소문 다 들으셨겠지.'

내가 지나가는 시녀들에게 꽃을 줬다는 걸 모를 리 없었다. 하지만 메어리 님은 그 말은 한마디도 꺼내지 않았다.

'저게 연륜인가……'

이래서 경험은 무시하지 못하는 법이다.

나는 트레이를 열어서 기미 할 음식을 바라보았다. 여전히 단출한 식단이었다.

재빨리 기미를 끝내고, 냅킨으로 입술을 닦았다. 왠지 아까 복도에서 있었던 일이 꿈만 같았다.

'그런데……'

테이블에는 그가 있었다.

책을 보러 오면 안 되겠냐고 물었던 그 사람이었다.

'허락을 받았나 보네?'

의외로 왕의 신뢰를 한 몸에 받는 사람이었나 보다. 나는 눈을 가늘게 뜨고 베아토를 살펴보았다. 별생각 없었는데, 니나와 이 남자랑 썸을 탄 거 같으니 샅샅이 보고 싶었다.

갈색 머리를 땋아서 늘어트린 남자는 행복하게 독서 중이었다. 그러고 보면 말투도 설명도 참 유한 사람이었다.

'알아듣게 설명해 주는 사람은 처음이었어.'

이곳 사람들은 앞뒤 말을 자르고 냅다 던져 버리고 사라졌다. 알지 못해서 우왕좌왕하면 겨우 한마디하지만, 그것도 완벽한 설명은 아니었다.

'이래서 니나가 좋아했나?'

생각해 보면 원작에서 니나가 어떤 삶을 살아갔는지 난 알지 못했다. 어쩌면 그때 꿨던 꿈은 잊힌 시간에 대한 유일한 증거였다.

나는 다시 내 두 손을 내려다보았다. 여전히 작았지만, 그래도 조금은 달라진 손이었다.

'좀 자라긴 했나?'

열네 살이 열다섯 살 된 건 별거 아닌데, 확실히 크긴 컸다.

손을 오므렸다가 다시 펴봤다. 분홍빛 손톱이 퍽 귀여웠다.

'우리는 섞인 걸까?'

나는 이화윤일 때 먹었던 카페라테를 떠올렸다. 커피에 넣은 우유는 다시는 분리할 수 없다. 라테처럼 우리는 이제 각자 분리될 수 없는 걸까.

'나는 너고, 너는 나?'

와, 미치기 딱 좋겠다. 지킬 앤드 하이드가 여기 있네.

역시 너무 어려웠다.

나는 고개를 저으며 의자에 앉아서 테이블 위에 엎드렸다. 생각해야 할 게 산더미 같았다.

"저 메어리 님, 하나 여쭤봐도 되나요?"

꽃다발을 받은 그녀는 기분이 좋아 보였다.

"물어보렴."

능숙한 시녀는 화병에 꽃을 장식하며 말했다.

"부인께 꽃다발을 가져가도 되나요?"

시녀는 고개를 저었다. 큰일날 뻔했네. 역시 여쭤보길 잘했어.

"꽃과 향료 같은 것은 위험해질 수도 있단다."

나는 고개를 끄덕였다. 성녀의 안전을 위해 제한하는 모양이었다.

"저, 또 여쭤봐도 되나요?"

"내가 대답할 수 있는 거라면 뭐든 물어보렴."

나는 조심스럽게 말을 꺼냈다.

"폐하께서는 강하신가요?"

그녀는 꽃을 화병에 꽂다가 조금 멈칫했지만, 곧 하던 일을 계속했다.

대답은 의외의 사람이 했다.

"폐하께서는 강하십니다."

베아토였다. 그는 책을 보면서 내 물음에 답을 했다.

"강대한 마력을 지니신 분입니다. 왕자일 때도 독이 듣지 않을 정도로 강하셨습니다. 하물며 지금은 왕의 증표인 문장을 받은 뒤입니다. 저는 카스텔리움의 모든 병력이 폐하를 공격해도 그가 이길 거로 생각합니다."

세상에, 그 정도로 강했어?

놀라서 엎드렸던 허리를 폈다. 교수는 아주 평온하게 말을 이었다.

"마력의 고통이 그나마 폐하를 약하게 하는 이유지만 지금 그에게는 그분이 있습니다. 가뜩이나 강력한 분이 이제 고통도 상쇄하게 되었으니, 교황이 와도 이기기 힘들 것입니다."

그분이라면 세라피였다. 나는 하얀 끈으로 묶었던 두 사람의 팔을 떠올렸다.

"폐하는 처음부터 강하셨습니다. 갓 태어나셨을 때부터 근력이 너무 세서 돌봐 준 이들도 고생이었다고 들었습니다. 오죽했으면 마도의 기적이라고 불리셨겠습니까."

"다 그렇게 강한 건 아닌가 봐요?"

베아토는 책에서 눈을 떼고 나를 바라보았다.

"왕족은 대개 강력한 마력을 타고납니다. 그들은 태어나서부터 자신의 힘과 일반인의 차이를 배웁니다."

나는 대공을 떠올렸다. 그러고 보면 그때도 선택받았다고 지껄이긴 했었다.

"강함으로 따지자면 니나는 작은 토끼지만, 왕족은 그리핀입니다."

아니, 토끼는 그렇다 쳐도 왜 그리핀이 나와. 그게 뭔데?

"그리핀이 뭐죠?"

내가 고개를 갸우뚱거리자, 이번에는 메어리 님이 대답하셨다.

"어머, 니나야. 그리핀이 뭔지 모르니?"

"네."

"그리핀은 날개 달린 괴수입니다. 새의 머리와 사자의 앞발을 가진 괴물이지만, 이베리아에서는 친숙합니다. 오히려 수호수에 가깝죠."

아니 어떻게 괴물이 친숙하지? 말처럼 키우기라도 하나? 거기다 수호수라면 나라를 지킨다는 건가?

"이베리아에는 그리핀 기사단이 있으니까요."

이번에는 제대로 놀라 버렸다.

"기, 기사단이 있다고요?"

"몰랐군요. 대표적인 그리핀의 기사는 레오 경입니다. 이분은 알고 있죠?"

나는 짧은 머리의 서글서글한 남자를 떠올렸다. 아니, 그 남자가 그냥 기사도 아니고 괴물 타고 날아다니는 기사였어?

"그리핀은 만나를 먹고 삽니다. 성에는 그리핀을 훈련시키는 곳이 있으니까 레오 경에게 부탁해 보세요. 위험하지만 한 번쯤은 보여 주실 겁니다."

만나라면 그 기능 좋은 영양제 말하는 건가? 그 기둥들과 똑같이 왕이 내리는 거라던 그거?

어째 내 상식이 다 파괴되는 느낌이었다. 나는 다시 한번 여기가 다른 세계라는 걸 깨달았다.

'애초에 성력과 마력이 나오는데, 내 상식으로 재단한 게 문제였어.'

처음부터 완전히 다르다는 걸 알았으면 공회전이 줄었을 텐데. 나는 넋이 나가서 의자에 온몸을 기댔다.

베아토는 그런 내 모습을 보고는 다시 책으로 시선을 돌렸다. 나는 이마에 손을 얹었다. 어려운 수학 문제를 공식도 모르는 채 푸는 느낌이었다.

'그래, 일단 숫자부터 배워야 해.'

난 일단 알쏭달쏭한 걸 다 던져 보기로 했다.

"문장이 뭔가요?"

나는 내 손을 바라보았다. 그때 만졌던 왕의 피부가 생각났다. 타는 듯이 뜨거웠지만 아프지는 않았다.

존재를 모르는데 일단 만지기부터 했다.

"마력을 섬세하게 쓰기 위해서는 문장이 필요합니다. 직접 보는 게 빠르겠네요."

베아토는 갑자기 겉옷의 단추를 풀었다. 갑작스러운 탈의에 나는 이마를 짚었던 손을 내렸다.

"이것입니다."

그가 상의를 내리고 뒤돌아서자, 이상한 문양이 보였다. 둥그렇고 안에는 기학학적 모형이 가득했다. 베아토는 아무렇지도 않게 다시 옷을 입었다.

"간단한 것은 문장이 없어도 쓸 수 있습니다. 하지만 복잡한 건 문장이 필요하죠. 주로 등뒤에 새깁니다."

"이거 새길 때 아파요?"

난 문신을 생각하고 미간을 찌푸렸다. 그거 되게 고통스럽지 않나?

내 질문에 그는 고개를 저었다.

"마력의 각인입니다. 아프다기보다는 맞지 않으면 힘이 듭니다. 속성에 어긋난 복잡한 문장은, 각인에 따른 반작용이 심합니다."

"여러 개도 새길 수 있나요?"

"가능하지만 효율이 떨어집니다. 제일 속성에 맞는 것을 새기는 게 일반적입니다."

나는 고개를 갸웃거렸다.

"그런데 속성이 뭔가요?"

"어떤 사람은 불을 쓸 수 있고, 어떤 사람은 바람을 쓰는 게 자연스럽습니다. 이것을 속성이라고 합니다. 아직 밝혀지지 않은 계열도 많아서, 학자들이 연구 중입니다."

나는 주먹을 꽉 쥐었다. 그때 내가 만진 게 저것이었구나.

'굉장히 뜨겁던데……'

왕은 그 작열감을 항상 느끼고 사는 걸까?

'만지는 이유가 있었네.'

나를 시원하다며 만지작거리는 게 이제야 이해가 갔다. 이건 인간 죽부인 수준이 아닌, 더 강력한 에어컨이었다.

'맨날 더운 사람이 팥빙수 먹는 거랑 비슷한 건가?'

한숨이 저절로 나왔다. 궁금한 것을 따박따박 알기 쉽게 설명해 주는 이를 만났는데, 어째 더 복잡해지는 기분이었다.

"성력도 문장을 새깁니다."

나는 깜짝 놀라 그를 바라보았다. 내가 아는 것이 뭐가 있냐마는, 이것도 전혀 모르는 것이었다.

"그쪽은 회로라고 하더군요. 성력도 섬세하게 사용하기 위해서는 문장을 새깁니다."

"그럼 성녀님도 그, 회로가 있나요?"

"성녀의 회로가 어떻게 전해지는지는 모르지만, 그녀도 있을 것입니다. 하지만 등에 새겨지는 건 아닌 거 같더군요. 눈에 보이는 곳에는 없다고 들었습니다."

잠깐, 그렇다면 한 가지 꼭 알아야 할 게 있었다.

나는 내 어깨에 손을 얹었다.

"저는 성력이 있는 거겠죠? 저도 회로를 새기면 성녀와 비슷한 힘을 쓸 수 있는 건가요?"

베아토는 잠시 생각에 잠기더니 고개를 저었다.

"니나의 힘은 약합니다. 만약 니나가 정말로 성력이 강했다면 고아원에서 자라지 않았을 겁니다. 교단은 성력을 지닌 이를 귀하게 여깁니다."

그는 다시 책으로 시선을 돌렸다.

"성당이 성력으로 돈벌이한 역사가 천 년이 넘습니다. 회로 연구도 우리와는 비교가 안 될 겁니다. 성력을 연구한 역사는 더 오래됐어요."

아, 그러니까 나는 쩌리라는 거구나.

참 합리적인 결론이어서 쓴웃음이 저절로 나왔다.

숨을 몰아쉬었다. 하긴 성력이 있다면 니나가 고아원에서 자라지 않았을 것이다. 억지로 사제라도 되게 했겠지.

'그래도 기미 능력 때문에 이상한 곳에 팔려가지 않은 게 어디야.'

나는 가슴을 폈다. 좀 슬프긴 하지만 당당하게 살자. 살다 보면 능력이 쩌리일 수도 있잖아. 누구나 다 금수저로 태어나는 거 아니니까.

'그런데 진짜 이 능력이 쩌리일까?'

닷새 만에 뇌출혈이 낫는데, 충분히 대단한 능력 아니야? 그 때 빨간 머리가 놀란 거 보면, 뭔가 더 있는 거 같던데?

'그건 빨간 머리한테 물어봐야겠다.'

외알 안경이 그쪽 전문가던데, 뭐라도 좀 알겠지. 모르면 어쩔 수 없고.

나는 베아토를 바라보았다. 책 읽을 곳을 찾아서 대기실에 자리 잡은 이 남자는 굉장히 좋은 말을 많이 해 줬다.

예상치 못한 호의에는 답례하는 게 좋았다.

"감사합니다. 모르는 게 많았는데, 알기 쉽게 설명해 주셨어요."

그는 온화한 어조로 말했다.

"학생을 가르치는 건 제 일입니다. 니나는 영리한 아이여서 설명하는 게 쉬웠습니다."

나는 손을 모아서 작게 속삭였다. 그래 봤자 메어리 님이 계신 곳이어서 비밀은 아니었다. 당연히 그녀에게 들리겠지만, 그래도 구색은 갖추는 게 나을 거 같았다.

"이런 거 막 가르쳐 주셔도 돼요?"

나는 그가 부드럽게 웃으면서 괜찮다고 넘길 줄 알았다. 하지만 베아토는 갑자기 나를 빤히 바라보았다.

"그렇군요."

그러고는 갑자기 고개를 끄덕였다.

"뭐, 뭐가 그런가요?"

베아토는 책과 나를 번갈아 보다가 대답했다.

"니나에게는 저도 모르게 마음이 유해지네요. 아마 그 이유는……."

심장이 두근거리고 온몸이 뻣뻣해졌다. 저번에 꾼 꿈이 생각났다. 나는 숨을 몰아쉬며 긴장을 가라앉히려고 노력했다.

하지만 그럴수록 심장박동 소리가 크게 들렸다.

혹시나 싶지만 설마…….

'원작의 니나를 기억하는 거 아니야?'

그래서 자기도 모르게 나한테 이것저것을 알려 준 걸까?

머릿속에 오만가지가 떠올랐다가 가라앉았다. 아무래도 진중한 대답이 나올 거 같았다. 그래서 나는 뻣뻣하게 긴장한 채 그의 말에 귀를 기울였다.

"니나는 제 조카를 닮았어요."

뭐야, 이건.

순간 맥이 딱 떨어졌다. 야구였으면 완벽한 헛스윙이었다.

어째 긴장한 내가 바보 같았다. 나는 어깨에 힘을 빼고 한숨을 작게 내쉬었다.

"정말 많이 닮았어요. 제 조카도 딱 니나 같았거든요."

아, 예. 그러십니까. 니나를 닮았다면 조카분도 참 귀여우시겠군요. 부디 건강하게 잘 자라길 빕니다.

괜히 억울했다. 나는 테이블에 턱을 괴고 고개를 저었다. 심각한 말 하는 줄 알았는데, 도대체 이 김샌 기분은 뭘까.

"니나, 기억합니까? 제가 저번에 말한 이베리아 신화요."

나는 고개를 끄덕였다. 그 쫌팽이 왕은 꽤 강렬해서 머릿속에서 잊히지 않았다.

"저는 폐하를 제 주군으로서 신뢰합니다. 그래서 그의 명이라면 무엇이든 들을 수 있죠."

참 뜬금없는 고백이었다. 아니 왜 갑자기 충성을 간증하시나요.

"그는 무슨 일이 있어도 이베리아를 위한 선택만을 할 거란 걸 알아서죠."

참 군은 믿음이었다. 나는 눈을 가늘게 뜨고 베아토를 바라보았다. 도대체 왜 그가 이런 말을 하는지 알 수 없었다.

교수는 나처럼 작게 속삭였다.

"그는 제가 말한 이베리아의 신화와 가장 잘 어울리는 남자입니다."

순간 나는 깜짝 놀랐다. 교수님, 갑자기 무슨 소리예요? 그 좀팽이랑 폐하가 잘 어울린다고요? 어떤 점이?

'이거 좀 깊은 뜻이 있는 거 같은데?'

한쪽으로만 해석하면 안 될 거 같았다. 말속에 뼈가 느껴졌다.

"그러니까, 니나."

베아토가 내 귓가에 속삭였다.

"울지 마세요."

이건 또 무슨 말일까.

"저는 쓸데없는 생각을 참 많이 합니다. 안타깝게도 학자의 염려는 맞을 때가 많더군요. 니나를 처음 볼 때부터 느꼈습니다. 왠지 니나는 많이 울게 될 거 같다고요."

머릿속이 멍해졌다. 도대체 무슨 뜻이냐고 묻고 싶은데 입술이 잘 떨어지지 않았다.

"정말 제 조카를 많이 닮았군요. 그래서 저도 어쩔 수 없이 유해지나 봅니다. 그럼 나나, 실례했습니다."

내 머릿속에 폭탄을 날려 놓고, 베아토는 다시 독서를 시작했다. 나는 그의 어깨를 잡고 흔들고 싶었지만, 그러지 않았다.

'대답하지 않을 거 같아.'

그래도 소용없을 거 같았다. 확실하게 선을 그은 것이 느껴졌다.

나는 의자에 오도카니 앉아 그가 한 말을 곱씹었다. 하지만 도저히 알 수가 없었다.

'내가 왕 때문에 슬퍼진다고?'

왜?

나는 내 손을 바라보았다. 손끝에 닿았던 문장은 뜨거웠다. 그는 자신의 문장을 억지로 만지게 하며 부드럽게 내 볼을 쓸었다. 그 감각은 아직도 생소했지만 잊을 수 없었다.

눈을 둘 곳을 몰라서 테이블을 바라보았다. 나무 탁자 위에는 내가 떨어트렸다가 가져온 붉은 꽃이 있었다.

왕이 장난쳤던 그 꽃이었다.

'나는 이걸 왜 여기까지 가져온 걸까.'

머리에서 떨어졌을 때, 그냥 내버려둬도 되는데 굳이 주워서 탁자에 났다.

고개를 저었지만, 상념은 사라지지 않았다. 나는 미간을 찌푸리며 자리에서 일어났다. 의자가 밀리는 조금 거친 소리가 났지만 아랑곳하지 않았다.

"메어리 님, 저녁때 다시 올게요."

그녀는 알았다는 듯 고개를 끄덕였다. 나는 성큼성큼 걸어가다, 탁자 위에 있는 꽃을 낚아챘다.

'찢어서 버리고 싶어.'

왠지 너무 화가 났다. 하지만 도대체 어떤 게 화가 나는지 알 수 없었다. 답답해서 머릿속이 어지러웠다.

대기실에서 나온 나는 계속 복도를 걸어갔다. 문득 손을 내려다보니 꽃잎이 짓뭉개져 있었다.

꽃은 약하고 생각보다 별것도 아니었다. 던져 버리면 너무나 쉽게 버릴 수 있었다.

게다가 이제는 뭉개져서 더는 예쁘지도 않았다.

하지만 나는 이 꽃을 버릴 수도 없었다.

결국, 나오는 건 한숨뿐이었다. 나는 힘없이 걸어가며 손에 퍼진 향기를 맡았다. 향기가 진해서 왠지 슬펐다.

7

귀여운 고백

머릿속이 잘 정리되지 않았다. 하지만 이것도 참 새삼스러웠다. 생각해 보면 이베리아에 온 뒤로 뭐 하나 확실하게 정돈된 게 없었다. 기미 시녀가 된 것뿐인데 모든 게 의문투성이였다.

'니나야, 언니가 미안해. 그런데 나도 이렇게 복잡해질 줄 몰랐어.'

그 일이 있고 난 뒤 며칠이 지나도 달라지는 건 하나도 없었다. 나는 때맞춰 기미를 하고, 아침이면 연구실에 갔다.

'아, 세라피를 좀 띄엄띄엄 보긴 했다.'

왕은 정무가 바쁜지 그때 이후로는 볼 수 없었다. 그래서 내가 안쪽 방에 가는 것도 징검다리가 많았다.

'왕은 1년 365일 고통스러운 게 아니었구나.'

원작을 볼 때는 하루하루가 힘든 줄 알았는데, 마력을 쓰지 않으면 제법 쌩쌩한 폐하셨다.

나는 한숨을 내쉬며 창밖을 바라보았다. 초록색 커튼 사이로 햇살이 어른거렸다.

대기실은 한산했다. 독서 삼매경인 교수님은 오늘은 오지 않았다. 이곳에는 오랜만에 나밖에 없었다. 주근깨와 메어리 님은 성녀의 시중을 들고 계셨다.

"그래도 생각은 해 보자."

나는 제일 중요한 생존부터 어지러운 상자에서 꺼냈다.

왕과 세라피의 관계에 진전이 없었다. 그래서 일단 형장으로 끌려갈 일은 없었다. 원작답게 언제 물고 빨게 될지는 모르지만, 지금은 좀 멀어 보였다.

'긍정적인 건 아닌데 부정적이지도 않네.'

안심은 일러도 구석에 빼둘 수는 있었다. 나는 일단 생존을 저 멀리 치워놨다.

"다음은 왕인데……."

긴 한숨이 저절로 나왔다. 진짜 고민 중에 왕이 빠지면 삶의 무거움이 반으로 줄 거 같았다.

'내가 왜 왕 때문에 울어?'

베아토 교수님, 제게 저주를 내린 건가요?

'내가 왕 때문에 슬퍼할 일이 뭐가 있어?'

그는 월급을 주는 최고 고용주요, 나를 인간 에어컨으로 사용하는 회장님이다. 뭐, 페로몬 풀풀 풍기는 몸이 내 취향이긴 했다. 하지만 호감이라기보다는 피하고 싶은 사람에 가까웠다.

'니나를 죽이는 사람인 건 둘째 쳐도 그 양반은 믿을 수 없는 말만 하잖아!'

뜬금없이 나타나서 토끼라 그러고, 죽지 말라고 하면 내가
뭘 어떻게 해야 하는데?

'성은이 망극합니다, 하고 절이라도 할까?'

닿았던 감촉이 아직도 생생했다. 순간, 얼굴이 화끈 달아올
랐다. 도대체 왜 이런 고민을 해야 하는 걸까. 손부채로 달아오
른 얼굴을 식히는데 대기실 문이 열리고 한 사람이 들어왔다.

"어, 기사님?"

메어리 님이나 주근깨인 줄 알았는데, 들어온 이는 짧은 머
리 기사님이었다. 기사는 머쓱한지 짧은 머리를 쓰다듬으며 걸
어왔다.

"여긴 왜 오셨어요?"

"아, 별거 아니긴 한데. 꼬맹아, 너 시간 좀 있니?"

나는 고개를 끄덕였다. 세라피의 저녁 기미는 벌써 끝났고,
오늘도 왕은 안쪽 방으로 오지 않는다는 얘길 들었다.

"나랑 같이 나가자."

"어딜요?"

기사는 나를 흘끔 보다가 고개를 푹 숙였다. 그러고는 내 어
깨를 살짝 쳤다.

"그냥 내성 주위?"

왜 이렇게 확실하게 대답하질 못하는 걸까. 내가 미심쩍은
눈빛으로 보자 기사는 작게 속삭였다.

"그냥 같이 나가 주면 안 되겠니?"

"뭘 믿고요?"

"나 그렇게 못 믿을 놈이냐?"

네, 그런데요.

나는 천천히 고개를 끄덕였다. 나쁜 사람이 아닌 건 알지만, 딱히 우리가 신뢰를 쌓을 일을 했던가?

"꼬맹아, 부탁이다. 날 믿고 나가 줘."

기사는 퍽 간절해 보였다. 그 모습을 보자 나는 이만하기로 했다.

나는 앞장서서 걸어갔다.

"나가죠."

"어?"

"나가자면서요. 나가요."

고민해 봤자 달라지는 게 없는 문제를 싸매고만 있으면 병나지. 원래 신경줄은 섬세해서 잘 달래 줘야 하는 아이잖아.

이럴 때는 차라리 과감하게 다른 일을 하는 게 나았다.

"못 믿겠다며?"

"그렇긴 한데요, 제가 나가고 싶어요."

그러고 보면 이베리아에 와서 내성에서만 빙빙 돌았지, 성 밖으로 나간 적이 없었다.

'심각하게 외출을 안 한 셈이잖아.'

기껏 바깥에 나간 건 외성에 있는 병동에 갈 때뿐이었다. 생각해 보면 휴일도 없었다.

'그나마 잘 먹고 잘 자긴 했는데……'

이대로 괜찮은 걸까. 나는 살짝 반성했다.

자유 시간이 생겼을 때 햇빛도 좀 보고 땅도 좀 밟았어야 했어. 그래야 애가 키도 크고 몸도 튼튼하게 자라지, 이대로는 쭉 정이잖아. 니나야, 언니가 잘못했다.

"어, 그래. 아무튼, 고맙다."

기사는 내 옆에서 서서 걸어갔다. 우리는 대기실에서 나와 복도를 가로질렀다. 나는 기사의 갑옷을 보며 말했다.

"저, 이베리아에 그리핀이 있는지 처음 알았어요."

"뭐? 성도 쪽 시골 출신이면 그리핀도 모르냐?"

"모를 수도 있죠! 시골 무시해요?"

아, 진짜 살다 보면 그럴 수도 있지. 자기는 수도에 산다고 되게 잘난 척하네.

"꼬맹아, 아무리 성도라도 그리핀을 모르는 게 신기해서 그런다. 거기서는 악마의 새라고 가르치잖아."

나는 니나의 기억을 뒤져 보았다. 그러고 보면 성당에서 악마의 새가 어린아이를 잡아먹는다는 얘기는 했었다.

"그건 알지만, 그 새가 그리핀이라고 하지는 않았어요."

"아, 그쪽에서는 그냥 악마의 새인가 보네."

"정말 날아요? 기사님은 그거 타고 다녀요?"

나는 단단한 갑옷을 입은 기사가 새를 타고 다니는 걸 상상했다. 왠지 무시무시했다.

"타고 싸우는 거 알면 더 놀라겠구나."

"어떻게 싸우는데요?"

기사는 내 어깨를 살짝 쳤다. 갑옷이 철커덕하며 소리를 냈다.

"여러 부대가 있어. 화살을 사용하기도 하고, 검을 쓰기도 하지. 각자 맡은 게 달라."

나는 새를 타고 화살을 쏘는 걸 상상했다. 뭔가 엄청났다.

'그런데 전투에서 공중을 지배하면 굉장히 유리한 거 아닌가?'

이베리아가 강한 이유가 새 타고 날아다녀서구나. 괜히 교황한테 고개 뻣뻣이 드는 게 아니었어.

"기사님은요?"

내 물음에 그는 대답하지 않았다. 대신 서글서글한 미소만 지었다.

'대답하기 어렵나 보네.'

뭐 특수부대라도 되시는가 보군요. 여기에 국가보안법이 있는지는 알 수 없지만, 기밀인가 봐요. 나는 신경 쓰지 말라는 듯 웃었다. 그는 내 표정을 보더니 짧게 웃으며 내 머리를 쓰다듬었다. 손길은 제법 다정했다. 깨지기 쉬운 귀한 것을 만지듯이 조심스러웠다. 힘이 세서 조절하는 게 힘들어 보였다.

그러고 보니 한 가지 안 게 있었다.

"저, 처음에는 여기 분들이 왜 이렇게 머리를 쓰다듬나 했어요."

"아, 몰랐구나."

"네. 책에서 읽었어요."

이베리아는 머리를 신성시했다. 여자도 남자도 장발이 많은 건 그 이유였다. 그래서 머리를 쓰다듬는다는 건, 굉장한 호감의 표현이었다.

"쓰다듬는 사람이 많았어?"

"네. 그러고 보니 진짜 한두 명이 아니네요."

난 내 머리를 만졌던 사람을 손가락으로 세어 보았다. 대강 훑어도 한 손은 벌써 넘어갔다.

"너 좋은 평가를 받고 있구나."

정말 그럴까.

나는 세고 있던 손을 폈다. 기사의 말이 맞으면 좋을 텐데, 애석하게도 걸리는 게 많았다.

스파이 의혹 때문에 떠보려고 잘해 준 것일 수도 있겠지. 그게 아니더라도 평이 괴상하니까 조심스럽게 대할 수도 있을 거다.

'생각해 보니까 주근깨만 독보적이네.'

얘만 한결같이 나를 구박했다. 넌 도대체 왜 그러니. 내가 뭘 잘못했다고.

"아직 이곳은 어려워요."

나쁜 사람들 같지는 않았다. 고아인 아이에게 호의적인 세상은 애초에 극히 드물었다.

"제가 머리가 나쁜가 봐요. 종종 말을 잘 알아듣질 못하겠어요."

친절하지만 이중적인 뜻을 담고 있을 때가 많았다. 니나도 이화윤도 단순하게 살아서일까. 여러 가지로 생각해야 하는 게 참 힘들었다. 직장생활의 경험도 꽤 있으니까 망정이지 아니면 진짜 못 알아들었을 것이다.

"꼬맹아, 이곳은 성이다."

기사는 힘내라는 듯 어깨를 툭툭 쳤다.

"작위를 가진 사람들은 말을 돌려 하는 게 일상이지. 그들이 드나드는 곳이니까, 시녀들도 당연히 그 어법에 익숙해져 있단다."

나는 정치인을 떠올리며 고개를 끄덕였다. 하긴 현대에서도 정치인은 돌려서 까는 게 일상인 직업이었다.

"너무 고민하지 마. 곧 익숙해질 거야."

왠지 말하고 조금 양심에 찔렸다. 사실 어렵다고는 생각하지만, 고민은 별로 안 했다.

'다른 거 생각할 게 하도 많아서 이런 건 그냥 그렇구나 싶었는데…….'

괜한 거로 투정한 거 같았다. 이렇게 친절하게 위로해 주다니. 왠지 미안해서 나는 기사의 망토 자락에 묻은 먼지를 털었다. 이런 거라도 해야 마음이 나아질 거 같았다.

한번 치자 엄청난 모래들이 떨어졌다. 망토가 잿빛이라서 잘 몰랐는데 보니까 어마어마했다.

"세상에!"

내가 팡팡 두들기면서 먼지를 털어내자, 기사는 그만하라는 듯 내 손을 잡았다.

"오늘 훈련이 좀 격했어. 이것들이 성에 오니까 늘어져서는……."

"그냥 세탁을 안 한 거 아니에요?"

"변방도 아니고 성에 올 때는 나름대로 깨끗한 거 입고 온단다. 이래 봬도 기사다. 응?"

터는 걸 말리니까 어쩔 수 없었다. 내가 망토를 놓으니, 기사도 잡은 손을 내려놨다.

문득, 이 망토 뒤에 대롱대롱 매달려 있던 대공이 생각났다.

'대공이 작은 걸까, 이 기사가 큰 걸까.'

혹시 이거 나도 되나?

나는 기사 뒤에 매달려 봤다. 가슴 가에 딱딱한 갑옷과 무기들이 느껴졌다.

"뭐하는 건지 물어도 되냐?"

기사는 어이없다는 듯 나를 매단 채 걸어갔다. 나는 기사의 발걸음에 맞춰서 다리를 움직였다. 각도만 정면이면 그럭저럭 내가 기사의 뒤에 매달려 있는지 아무도 모를 거 같았다.

"그때 대공이 이렇게 들어왔잖아요. 신기해서요."

한번 매달리니까 왠지 재미있었다. 나는 아예 망토를 내 등 뒤로 젖히고 본격적으로 매달렸다. 체온이 닿았다면 민망해서 금방 그만뒀겠지만 만져지는 건 딱딱한 갑옷밖에 없었다.

'이렇게 무거운 거 입고 잘 움직이네.'

그만큼 이 사람은 근력이 강한 걸까.

"재미있냐?"

"네. 되게 아이가 된 거 같아요."

"꼬맹아, 넌 아직 아이다."

아, 맞다. 나나는 아직 아이였지. 나는 기사 뒤에서 웃었다.

"어쭈? 웃어?"

"제가 어린아이면 안 되는 상황이라서요. 필사적으로 어른스럽게 생각하고 있습니다."

그럼 그럼. 애같이 행동했다가는 평판부터 낙동강 오리알이었다. 안 그러면 벌써 형장의 이슬이 되었겠지.

"근데 가끔 어른스러운 게 뭔가 싶기도 해요."

나에게는 분명히 서른 살 넘은 이화윤의 기억이 있다. 하지만 요즘은 왠지 어린애가 된 기분이었다.

'상황이 마음대로 되지 않아.'

파도에 이리저리 밀려 부유하는 나뭇가지가 된 거 같았다. 이리 밀면 저리 가고, 한 바퀴 돌리면 빙빙 회전했다.

나는 계속 그렇게 걸어갔다. 아무것도 안 보여도 따라가기만 하면 된다니, 이렇게 편할 수가 없었다.

문득 베아토의 말이 생각났다. 나는 기사의 딱딱한 갑옷을 이마로 누르며 말했다.

"기사님은 감을 믿나요?"

"전투 중에는 믿는 편이지."

"저는 믿어요. 잘 맞아서요."

가족이 사고를 당할 때도 맞았고, 수술을 받을 때도 맞았다. 그래서 나는 감을 많이 믿는 편이다.

'아니었다면 좋았는데 맞으니까······.'

그래서 믿지만 하나같이 내가 어쩔 수 없는 것들이었다. 사고가 나서 가족이 죽는 걸 막을 수 없었고, 내 수술이 실패하는 것도 되돌릴 수 없었다.

세상은 넓은데 나는 너무 작았다. 지독하게 무력한데 포기할 수도 없었다.

"제가 많이 울 것 같나요?"

반쯤 충동적으로 한 질문이었다. 기사는 잠시 걸음을 멈추더니 다시 걸어갔다.

딱히 대답을 바라진 않았다. 어쩌면 하소연에 가까웠다.

'뭐하냐. 정신 차려라.'

누울 자리를 보고 발을 뻗어야지. 이 사람이 뭘 알며, 알아도 뭘 어쩌겠어. 그냥 왕의 기사일 뿐인데.

"누가 그러는데요, 제가 많이 울게 될 거라고요. 아니라고 하고 싶은데 감이 그럴 거 같아서요."

가볍게 둘러댔는데 어쩐 더 무거워진 기분이었다. 어쩐 분위기가 수습이 안 됐다.

진지한 거 아니라고 변명할까? 아니다. 지금이라도 농담이었다고 하는 게 낫겠다.

'하지만 농담은 아니잖아.'

서둘러 핑계를 대도 왠지 소용없을 거 같아. 이 사람 제법 머리 좋아 보이던데. 아마 내 말이 진실인 건 애초에 알겠지.

"사람은 원래 쓸데없는 걱정을 많이 하잖아요. 대강 흘려들으세요."

애써 발뺌했지만, 기사는 핵심을 제대로 찔렀다.

"진짜로 그런 일이 벌어질까 봐 걱정하는 거야?"

정확하게 짚어서 할 말이 없었다. 나는 기사의 등뒤에서 쓰게 웃었다.

"비슷해요."

원작과 감정이 섞여서 좀 복잡하지만, 그의 말이 맞았다.

내 말을 들은 기사는 말없이 걸어갔다. 지금이라도 그의 뒤에서 나와야만 했지만, 왠지 부끄러워서 얼굴을 보이기가 싫었다.

얼마나 그렇게 걸어갔을까. 갑자기 그가 말했다.

"울어도 금방 웃을 거 같은데?"

의외의 대답이라 조금 놀랐다.

"넌 잘 웃잖아. 금방 웃지 않을까?"

나는 작게 웃었다. 덕분에 저절로 몸이 조금 떨렸지만, 멈출수가 없었다. 기분 좋은 말이기도 했지만, 참 다정한 위로였다.

이 사람 좋은 사람이네. 별거 아닌 시녀 기분도 맞춰 주고.

아무것도 바라지 않아서, 선물을 받은 거 같았다. 나는 그의 등뒤에서 한 발짝 밖으로 나갔다. 기사는 그런 나를 부드럽게 웃으며 바라보았다.

그래서 나도 활짝 웃을 수밖에 없었다.

"고마워요."

"이런 걸 가지고 뭘."

"만약에요, 진짜 만약에요."

나는 기사의 망토 자락을 잡았다.

"제게 다음 삶이 있다면 기사님 같은 분이 제 가족이었으면 좋겠어요."

이런 아무것도 없는 관계가 아니라, 조금이라도 이어진 선이 있다면 서로가 소중했을 거 같다.

'그냥 별거 안 해도 하루하루가 즐겁겠지.'

만날 때마다 매번 투닥거리고, 쉽게 화해할 거 같아. 아무렇지도 않게 허벅지에 다리 올려놓는 게 일상이었을 거 같기도 해.

현실은 그냥 왕의 기사와 어린 시녀지만 말이야.

내 말에 기사는 눈을 크게 뜨고 머리를 긁적였다. 그러고는 작게 한숨을 내쉬었다.

"너 아무것도 모르는 거지?"

이건 또 무슨 말일까.

"네?"

"빨리 이 나라에 대해서 알아야겠다, 꼬맹아. 오해하기 딱 좋겠어."

아니, 무슨 오해? 내가 뭐 잘못한 거야?

"두근거릴 뻔했네."

"뭐, 뭐가요?"

"이렇게 조끄만 걸 보고, 어휴. 기사의 수치다."

그는 내 어깨를 툭툭 치면서 이마를 짚었다.

"꼬맹아, 네 나이가 몇이었지?"

"열다섯이요."

"열다섯이면……."

그는 나를 힐끔 보다 깊게 한숨을 쉬었다. 그러고는 고개를 절레절레 저으면서 내 팔을 잡아끌었다.

"생각한 내가 싫다."

"아니, 뭐가요?"

"됐다, 꼬맹아. 내가 죄인이지. 어서 가기나 하자."

기사는 내 손을 끌고 열심히 걸어갔다. 종종 혼잣말했지만 어째 끼어들기가 힘들었다.

"저, 기사님."

"왜?"

"이름을 불러도 되나요?"

발걸음이 다시 멈췄다. 별거 아닌데 왠지 부끄러워서 뺨을 살짝 긁었다.

"레오 님이라도 불러도 돼요?"

그는 갑자기 잡았던 내 팔을 놓고 주먹을 꽉 쥐었다. 그러고는 몇 번 허벅지를 치더니 겨우 한마디 했다.

"어, 돼……."

"시, 싫으시면 앞으로도 기사님 할게요."

"아니, 싫다기보단……. 그냥 레오라고 해도 돼."

"에이, 그럴 수는 없죠. 레오 님."

그는 다시 주먹으로 허벅지를 몇 번 치더니 한숨을 쉬었다. 그러고는 다시 내 머리를 쓰다듬었다.

"그러고 보니 꼬맹이가 내 이름 부른 게 처음이구나."

"레오 님도 니나라고 안 부르잖아요."

"아니, 꼬맹이니까."

이 사람은 나를 어지간히 작게 보는구나. 나는 그게 우스워서 활짝 웃었다.

"니나라고 부르세요."

"니, 니…… 아니다. 그냥 꼬맹아."

니나가 그렇게 부르기 힘든 이름인가? 살짝 옆을 보니 그는 시선을 피했다.

"너 대공보다 작더라."

나는 고개를 끄덕였다. 그러고 보니 그 금발, 열여섯인데 나보다 키가 컸었다.

"대공이 그렇게 큰 편은 아닌데, 너도 열다섯치고도 너무 작아."

"그래도 여기 와서 좀 컸어요."

니나가 그렇게 작았나. 하긴 멀건 수프와 감자만 먹었는데 키가 클 수 없지. 이베리아로 와서 처음에는 좀 크다 싶었던 시녀복이 요즘은 길이가 좀 괜찮아진 거 같았는데, 아직 멀었구나.

'고아원에 있던 애들이 다 작은 편이었네.'

이래 봬도 니나는 성당 고아원에서 또래랑 비교했을 때 키가 제일 크긴 했다.

'영양이 부족해서 안 자랐다면, 밥을 잘 먹으면 되나?'

키는 거의 유전이라던데 영양가 있는 걸 먹으면 더 클 수 있겠지?

'니나야, 이왕이면 큰 게 좋단다!'

열다섯이면 시간이 촉박했다. 몇 년일까, 몇 달일까. 다행히 아이의 몸은 전체적인 성장이 느려서, 아직 사춘기 문턱도 오르지 않은 거 같긴 했다.

'흡수 잘되는 칼슘이 필요해!'

이럴 줄 알았으면 영양학이나 전공할걸. 칼슘은 우유랑 멸치밖에 모르는데.

'뭐든 잘 먹으면 되겠지.'

니나야, 언니가 부지런히 먹고 쭉쭉이 체조도 할게. 키는 큰 게 좋아. 사람은 올려다보는 것보다는 내려다보는 게 더 편하단다.

"빨리 크고 싶어요."

키라도 좀 크면 무거워서라도 왕이 덥석덥석 안아 올리지 않겠지.

"잘 먹으면 빨리 클 거다."

"골고루 잘 먹고 있어요."

"잘 크고 있는 숙녀에게는 예의를 갖춰야지."

레오는 씩 웃더니 한쪽 무릎을 살짝 굽혔다. 그러고는 손을 내밀며 말했다.

"호위를 허락하시겠습니까?"

이건 뭘까? 에스코트 비슷한 걸까?

순간, 평범한 복도가 파티장으로 보였다. 나는 웃으면서 그의 손을 잡았다.

"어떤 말을 하면 돼요?"

"호의에 감사합니다, 라고 하면 돼."

"호의에 감사합니다."

기사는 내 손을 잡고 정중하게 걸어갔다. 웃음이 저절로 나왔다. 레이디 놀이라도 하는 걸까, 이 사람.

'어지간히 불쌍하게 보였나 보다.'

전혀 상관없는 사람에게 투정을 부리다니 나답지 않았다.

정신 차리자. 이 사람 성격이 좋아서 받아 주지 다른 사람 같으면 이상한 애로 봤을 거야.

'정말 좋은 사람이네.'

동서고금 막론하고 힘없는 아이에게 친절한 사람은 좋은 사람이었다. 전장에서는 기사겠지만, 어쩐지 참 상냥한 사람이란 생각이 들었다.

"그런데 왜 나오자고 했어요?"

기사가 손짓하니 병사들이 겹친 창을 풀었다. 나는 기사님의 에스코트를 받으면서 내성 밖으로 나왔다.

처음 보는 곳에 한 발짝 내디디니 초여름의 더위가 물씬 느껴졌다.

"아, 그거……."

기사는 말하기 곤란한지 대답을 못 했다.

"어디에다가 저 팔아 버리는 거 아니죠?"

"꼬맹아, 나를 어떻게 보고!"

"어떻게 볼 거 같아요?"

레오는 고개를 푹 숙였다.

하긴 수상하긴 했다. 왜 갑자기 나를 끌고 나온 걸까.

"미안하다."

"뭐가요?"

옆에 가던 기사가 걸음을 멈췄다. 앞으로 고개를 돌리자, 나는 레오가 왜 미안하다고 했는지 알았다.

나는 눈을 가늘게 뜨고 그를 바라보았다.

성의 정원 입구에는 대공이 있었다. 초조한 듯 제자리에서 이리저리 돌다가, 날 보고는 깜짝 놀랐는지 그 자리에 멈춰 섰다.

"아, 이런 거였군요."

대공이랑 데이트하라고 날 데리고 온 거야?

"메어리 님께 허락받았으니 천천히 일보다 와라."

"와, 너무하네. 알려라도 주지."

"미안하다. 응? 정말 미안해."

"레오 님 못 믿을 분이네요. 높은 사람 명령이면 날 어디에도 데려다 놓겠어."

농담 삼아 말했는데 기사는 조금 놀랐는지 눈을 크게 떴다.

"아, 그게……."

레오는 갑자기 내 손을 꽉 잡았다. 나는 그가 잡은 손과 놀란 얼굴을 번갈아서 바라보았다.

아니 왜 당황하고 그래. 넉살 좋게 변명할 줄 알았는데?

나를 본 대공은 아닌 척 천천히 걸어왔다. 나는 다가오는 금발 소년을 보며 작게 한숨을 내쉬었다.

'대화는 해야지.'

무슨 속셈인지, 뭘 할 셈인지, 나에 대한 감정이 뭔지 대화가 필요하긴 했다. 그래서 이 자리가 그렇게 나쁘지는 않았다.

"꼬맹아, 나는……."

"어린아이 고집은 못 말리잖아요. 대공이 나 좀 데리고 나오라고 시켰나 봐요? 저 레오 님, 왜 그렇게 미안해 해요?"

손을 잡은 힘은 더 강해졌다. 이쯤 되면 내가 더 궁금했다. 척 보면 내가 그렇게 화나지 않았단 걸 알 텐데, 왜 그런 걸까.

"그게……. 미안하다."

"사과 안 하셔도 돼요. 레오 님 입장은 어쩔 수 없었을 거 같기도 해요."

"그러니까 더 미안하잖아."

괜찮다니까. 갑자기 왜 이러세요. 내가 괜찮다는데.

한참 실랑이하다 보니 대공은 이미 가까이 다가와 있었다. 금발 소년은 레오에게 말했다.

"레오 경, 고맙다."

역시 그랬구나. 처음부터 이런 거였어. 다 짜고 있었구나.

'하긴 그렇지 않고서야 왕의 기사가 나 같은 시녀를 데리고 나올 리가⋯⋯.'

기분이 꿀꿀해서 따지지도 않고 나왔는데 메어리 님의 허락이 있었으면 다 계획된 일이겠네.

대공은 내 앞에 섰다. 소년의 반짝이는 금발을 보며 나는 작게 숨을 내쉬었다.

생각해 보면 날 데리고 나올 사람은 이 기사밖에 없겠지. 이 사람도 반쯤은 떠밀렸겠다. 뭐, 애초에 기대한 게 없어서 다행이네.

나는 괜찮다는 듯 웃으면서 레오의 손에 얹어놨던 손을 뗐다.

그때였다. 손에 악력이 느껴졌다. 이상해서 바라보니 기사가 내 손을 꽉 잡고 있었다.

"레오 님?"

"레오 경?"

그는 내 손을 놓지 않았다.

"아니……."

기사는 내 얼굴을 한 번 보고 고개를 푹 숙였다. 여전히 손에
는 힘이 들어가 있었다.

"왠지 놓기 싫어서……."

얼굴은 잘 보이지 않았지만, 귓가가 조금 빨갰다. 덩치가 산
만 한 근육질 남자의 부끄러워하는 모습은 참 보기가 좋았다.

귀여워라. 내가 이런 거 좋아하는 거 어떻게 알고 저러지?
내 속에 들어갔다 나왔나? 되게 귀엽네!

기사는 내 손가락을 하나하나 놔줬다. 새끼손가락부터 천천
히 빠져나가는 손을 보며 나는 웃을 수밖에 없었다.

마지막 손가락이 빠지고 내 손은 자유가 되었다. 나는 휑한
손을 살짝 흔들었다.

"나중에 봬요."

기사는 알았다는 듯 손짓했지만, 여전히 고개를 들지 못했다.

'되게 신경 쓰네.'

다 알고 저런 거 아니었나? 저건 뭘까? 죄책감?

나는 고개를 갸웃거리며 시선을 살짝 옆으로 돌렸다. 금발
소년은 내 옆에서 뻣뻣하게 걷고 있었다.

'같은 방향의 손발이 올라가는 거 같은데?'

진짜 웃긴 일이 너무 많았다. 나는 입을 가리고 조금 웃었다.
대공은 그런 나를 향해 돌아봤다가 고개를 푹 숙였다.

"저, 저기로 가자!"

대공이 말하는 저기가 어디인지 모르지만, 대강 봐도 잘 꾸

며진 정원과 분수대가 보였다. 나는 살짝 고개를 끄덕였다. 초여름의 바람과 담뿍 피어난 꽃은 나쁘지 않았다.

햇살이 은은하게 비칠 때마다, 금색 머리카락이 반짝반짝 빛났다.

'게다가 자세히 보니까 그럭저럭 미소년이네.'

대공은 각종 브로치로 장식된 옷을 아무렇지도 않게 소화해 냈다. 생각해 보면 저것부터가 준수한 외모의 증거였다.

이베리아 터가 좋네요. 얘도 현대로 갔다면 인스타 스타였을 거 같아. 금색 단발과 보석 옷을 소화해내다니, 쟤도 장난 아니야.

'뭐, 압도적인 사람은 왕이지만.'

친애하는 왕님을 생각하니 기분이 좋지 않았다.

뭐, 겉모습은 사기 중의 사기지. 무서울 정도로 미남인데 그 근육이라니, 아무리 소설 속 주인공이라도 너무한다 싶었다.

'그건 세라피도 마찬가지이긴 하다.'

성녀님도 눈부시게 아름답긴 해. 괜히 남자 조연들이 줄줄이 반한 게 아니야. 물론 같이 있다 보면 그게 다가 아니란 걸 알게 되지만 말이다.

나는 니나의 짧은 단발머리를 살짝 매만졌다. 우리 니나도 잘 크자? 언니가 영양과 운동 다 밸런스를 잘 맞춰 줄게.

이런저런 생각을 하다 보니 벌써 정원 입구였다. 나는 옆에서 걷는 대공을 보며 말했다.

"왜 부르신 거예요?"

소년은 과하게 멈칫하다 필사적으로 아무렇지도 않게 다시 걸어갔다. 그러고는 한참을 고민하다 겨우 말을 뗐다.

"나, 나는 왕족이다."

아, 또 시작이야. 애는 그 말 좀 안 할 수 없나.

"네. 네. 대공님 왕족인 건 잘 압니다."

"하지만 너를 부르기는 좀 힘들었다."

이건 좀 의외였다. 그냥 기사 시키면 되는 일 아니었어?

"시녀한테도 기사한테도 약속해야 했다."

"무슨 약속이요?"

대공은 빨개진 얼굴로 고개를 푹 숙였다.

"털끝 하나 손대지 않겠다고……."

도저히 웃음을 참을 수 없었다. 저 말을 누가 했을지 안 봐도 알았다.

'메어리 님!'

아무렇지도 않게 넘겨 버려서 살짝 섭섭했는데, 나름대로는 걱정하셨나 보다. 하긴 혹시 모를 불상사를 내버려둘 분은 아니시지.

"그래서 저에게 무슨 말을 하고 싶었나요?"

"대화보다는……."

그는 나를 촉촉이 젖은 눈으로 바라보았다. 어린 고양이가 올려다보면 이런 느낌일까. 뭔가 가슴 한구석이 약해졌다.

"일단, 보고 싶었다."

와, 나 지금 조금 찡했어. 이 눈물 젖은 고양이를 안고 싶어서 어깨까지 들썩했잖아! 뭐야, 왜 이렇게 귀여워? 나 이런 거 약한데.

나는 필사적으로 마음을 가라앉혔다.

대단해. 미소년은 솔직해지면 시너지 효과가 장난 아니야. 햇살도 좋고 바람도 불어서인지 무슨 영화의 한 장면 같아.

나는 나도 모르게 소년의 머리를 쓰다듬을 뻔하다가 손을 내렸다. 『이베리아의 풍습』을 보면 이건 연장자가 아이를 귀여 워할 때 하는 행위라고 쓰여 있었다. 하마터면 큰 실례를 할 뻔 했다.

"꼬, 꽃은 잘 받았지?"

나는 고개를 끄덕였다. 받긴 잘 받았지.

"너무 크고 많았어요."

"무슨 꽃을 좋아하는지 몰라서 다 넣었다."

세상에! 그래서 그렇게 커다랬던 거야? 나는 호의인지 고의 인지 고민했는데, 이쪽은 순수했어!

'양심의 가책이 느껴진다.'

꽃을 들고 가면서 욕한 게 조금 미안했다.

"나중에 디오에게 한소리 들었다."

디오가 누구지? 많이 들어 봤던 이름인데? 아, 맞다! 빨간 머 리 이름이었지.

'처음에 자기소개도 한 거 같은데 일부러 기억 안 했지.'

다시 이름을 물어봐야 하나 고민할 때였다. 미소년이 나를 바라보았다.

"상대방이 좋아하지 않는 선물은, 폐밖에 안 된다고 했다."

어머나. 그 정도는 아닌데. 빨간 머리가 말을 참 단호하게 했네.

"꽃을 싫어하면 어쩌나, 그제야 생각했다."

"싫어하진 않아요. 꽃을 싫어하는 사람은 드물잖아요."

"그런가? 다행이다."

대공은 안심한 듯 살짝 웃었다.

그 모습을 보고 나는 가슴에 손을 올렸다. 솔직히 현금이 좋다는 생각은 백번도 넘게 했는데, 진짜 호의였다니!

굉장히 가슴이 찔렸다.

"저, 죄송해요. 너무 많아서 시녀들에게 좀 나눠 줬어요."

"네게 준 선물이다. 받은 사람 마음대로 하는 게 당연하다."

"다들 좋아하셨어요. 감사합니다."

생각해 보면 고맙다는 말을 먼저 해야 했다. 열여섯 애한테 내가 모범을 못 보일망정 허둥지둥이라니 참 어른답지 않았다.

'정신 차리자. 이화윤.'

아무리 어린애 몸으로 들어왔다고 해도 정신마저 그러면 안 되지.

"형님의 여자라 오해해서 미안하다."

나는 조금 웃었다. 그러고 보면 왕의 여자는 따로 있었다. 더 예쁘고 아름다우며 마음씨도 착한 성녀였다.

"형님이 그럴 리가 없는데, 생각이 짧았다."

저 말의 의미는, 왕의 출생과 관련 있는 걸까. 돌이켜 보면 다들 저 말을 한마디씩 했다. 예전에는 몰랐지만, 지금은 알았다.

"저보단 폐하께 물어보시지 그러셨어요."

대공은 고개를 작게 젓다가 푹 숙였다.

"형님은 어렵다."

그건 그렇지. 동의합니다, 대공님. 왕은 잘생긴 만큼 더럽게 어려웠다.

'말을 무슨 퍼즐처럼 해.'

어떤 게 진심인지도 알기가 힘들었다. 나중에 이리저리 짜 맞춰야 하는 게 정말 피곤한 양반이셨다.

"폐하는 어떤 분이신가요?"

반쯤은 충동적으로 한 질문이었다. 대공은 고개를 들어서 정원을 바라보았다. 녹색 눈동자가 살짝 흔들렸다.

"형님은 이베리아의 왕이다. 어머니께서는 나보고 왕이 되라고 했지만, 처음 보는 순간 알았다. 형님이 왕이 될 거란 것을."

하긴 고고한 분위기며 위압감이 장난 아니지. 그 분위기가 내적인 것에서 오는지, 외적인 곳에서 오는지는 알 수 없지만 말이야.

"나는 왕족이다."

아니, 여기서 또 왜 그 말이 나와. 뭐라 하고 싶지만, 이번에는 참았다. 잘난 척하느라 꺼낸 말 같지는 않았다.

"마도의 선택을 받아서 강하지만, 형님은 정말 달랐다. 만약 완벽한 왕의 표본이 있다면, 형님이라고 생각했다."

나는 조심스럽게 물었다.

"어떤 점이요?"

"형님은 이베리아를 위해서라면 무슨 짓이든 할 수 있다."

대공은 작게 속삭였다.

"나는 그렇게 할 수 없다. 그래서 형님이 왕이 되었을 때 다행이라고 생각했다."

생각보다 자기 자신에 대해 잘 아는 소년이었다. 아니 이런 애가 어떻게 휙 돌아서 세라피를 탈출시킨 걸까.

"어머니께서는 이런 내가 실망스럽다고 하셨다."

나는 고개를 저었다.

"아니요. 잘 모르겠지만요."

오히려 이 경우는 대공이 선왕비의 목숨을 살려 준 셈 같은데? 자신을 제대로 아는 사람은 드문데, 이 소년은 그걸 해냈다.

"저는 대공께서 위험한 상황에서 선택을 잘하신 거 같아요."

"정말 그런 걸까? 나는 힘없는 왕족이지만 어머니를 살리고 싶었다. 내가 할 수 있는 일은 이것뿐이었다."

참 이상했다. 대공의 말을 듣자마자 원작이 생각났다. 책에서 대공은 세라피를 탈출시키면서 말했다.

―저는 힘없는 왕족이지만, 당신 한 분은 탈출시키고 싶습니다. 제가 할 수 있는 일은 이것뿐이지만요.

그냥 세라피에게 반해서 그 짓을 벌인 줄 알았는데, 의외로 여러 상황이 겹쳐진 걸까.

'이런 게 개연성인가?'

묘하게 맞아 떨어지기도 하고 어처구니없게 다르기도 했다. 복잡했지만 뭐든 결론은 하나였다.

'어지러워 죽겠다!'

잘 먹고 잘살려면 이런 거까지 세세하게 고려해야 하는 걸까. 이러다가 머리가 터질 거 같았다.

"포기가 선택이라니. 나도 내가 초라한 것쯤은 안다."

"살다 보면 그런 선택도 있는 거죠."

나는 대공의 어깨를 살살 쳤다.

"인생은 길게 봐야 하는 겁니다, 대공님. 지금 이 순간이 다가 아니에요."

고작 열여섯치고는 박수 받아야 마땅한 결단이었다. 내가 왕과 라이벌이면 당장 집에 가서 짐 쌌을 거야. 그걸 어떻게 이겨.

내 말이 이상한지 대공은 초록색 눈동자가 휘둥그레졌다.

"그렇게 왕이 되고 싶은 것도 아니잖아요. 대공님은 그냥 어머니를 지키고 싶었을 뿐이죠? 그러면 훌륭하게 목적을 달성하셨네요."

그것도 무혈로 많이 남는 장사였다.

"비슷한 말은 많이 들었지만……."

대공은 내 손을 꽉 잡았다.

"나랑 나이가 비슷한 이에게는 처음 듣는군."

순간 아차 싶었다. 니나가 하기에는 지나치게 조숙한 얘기였다.

'나 같아도 열다섯 살이 이런 말 하면 이상하게 생각할 거 같아.'

지금이라도 애 같은 말을 해야 할까. 근데 청소년이 할 법한 말이 뭐지. 너무 오래전의 일이라서 기억이 안 나.

그때, 갑자기 대공이 확 치고 들어왔다.

"그대에게 사과한다."

금발 미소년은 내 오른손을 두 손으로 꽉 잡았다.

"침소에 함부로 들어간 것과 무례한 제안을 한 것, 두 가지 다 사과한다. 이 몸은 이제야 알았다. 식견이 짧아서 그 순간에는 알지 못했다."

진심 어린 사과여서, 괜스레 내가 부끄러웠다.

"디오와 레오의 말을 듣고 나서야 내 잘못을 겨우 알았다."

나는 웃고만 있었던 두 양반을 떠올렸다. 사람을 광대로 본다고 욕만 했는데, 생각보다 열심히 일하고 있었다.

'미안해지잖아!'

너무하다고 투덜거리기만 했는데, 나야말로 식견이 짧았던 거네.

'이 사람들이 하면 한다고 말을 해야지…….'

그러면 넙죽 감사인사부터 했을 텐데.

나는 솔직하게 말했다.

"사과해 주셔서 감사합니다."

사실 대공은 버티다가 보상금만 줄 수도 있었다. 하지만 이 아이는 상대방에게 직접 잘못했다고 말했다.

"감사하지 않아도 된다. 내가 잘못한 거고 사과하는 건 당연하다."

"당연한 거라도 안 하는 이도 많잖아요."

한쪽 다리를 굽혀서 예의를 표시하니 대공의 얼굴은 더 붉어졌다.

마음이 간질간질했다. 앞에 있는 소년이 굉장히 사랑스러웠다.

'솔직한 게 이렇게 귀여울 줄 몰랐어.'

감동받았어요, 대공 님. 저 쉽게 감동하는 사람 아닌데요, 이렇게 무너지네요.

어린아이가 힘냈으니, 아이보다 두 배 넘게 살아온 내가 운을 떼야 할 때였다.

깔끔한 게 좋겠지. 나는 그를 보며 미소 지었다.

"저 좋아하세요?"

대공의 입술을 달싹이다 고개를 푹 숙였다.

"그, 그게……."

나는 느긋하게 기다렸다. 향긋한 꽃향기 사이로 새들이 지저귀는 소리가 울려 퍼졌다.

"나도 처음이라서……."

그래서 좋아하니? 안 하니?

나는 여유롭게 주위를 둘러보았다.

하늘은 파랗고 바람은 기분 좋았다. 나는 흔들리는 머리카락을 뒤로 넘기며 하늘을 바라보았다.

"왜 제가 좋아요?"

참 이상했다. 첫 만남은 파격적이었고, 이어진 만남도 그렇게 유쾌하진 않았다. 그런데 왜 꽃을 줄 정도로 호감이 생긴 걸까.

'그래서 내가 눈치를 못 챘잖아.'

설마 나를 좋아할 거라고 생각이나 했겠어.

"나, 나는 왕족이라서 강하다."

또 왕족이 나왔지만, 이번에는 기다릴 수 있었다. 금발 소년은 고개를 젓다가 주먹을 꽉 쥐고 말했다.

"나를 지켜 준 사람은 그대가 처음이다."

아니 이게 무슨 말이야. 내가 대공을 지켰다고? 그런 적이 있어?

급히 기억을 뒤져 보니, 책이 흐트러질 때 꽉 안았던 게 떠올랐다.

세상에! 그건 나중에 핑계 대려고 한 건데! 무슨 내 뺨을 때리는 사람은 네가 처음이어도 아니고! 이런 거로 반하시면 안 됩니다!

"저, 죄송합니다. 그건 그냥 나중에 혼날까 봐 그런 거예요."

나는 서둘러 사과했다. 이런 것 때문에 나에게 호감을 주는 대공이 안쓰러웠다. 세상은 험합니다. 대공님. 속지 마세요!

하지만 금발 미소년은 담백했다.

"안다."

"예?"

"디오도 레오도 나를 위해서가 아닐 거라고 말했다. 하지만 그대는 이런 내 말을 들으면 사과할 거라고 하더군."

대공은 쥐었던 손을 힘없이 떨어트렸다.

"그런 건 계기에 불과하다. 생각해 보면 처음부터……."

아이는 얼굴을 들지 못했다.

"예쁘다고…… 생각……."

이번에는 내가 부끄러웠다. 나는 손부채로 달궈진 얼굴을 식혔지만, 도무지 가라앉지 않았다.

"그대가 다쳤다는 걸 알았을 때 병동으로 찾아갔다."

이건 정말 몰랐다. 대공님이 내 병문안까지 온 거야?

"그대는 사경을 헤매고 있었고 거기서 형님을 뵀다."

대공은 담담하게 얘기했지만, 나는 왠지 손이 떨렸다. 사실 믿을 수도 없었다. 왜 거기서 폐하가 나오는 건데?

'그냥 보고받은 거 아니었어?'

왜 왔지? 걱정해서? 설마. 그 사람이 나를 위해서 병동으로 찾아올 이유가 조금이라도 있나? 시원한 거? 더 좋은 거 있잖아. 죽부인은 고장 나면 그냥 버리면 될 텐데?

"형님께서는 네가 토끼를 이렇게 만들었냐고 물으셨다."

"그, 그래서 어떻게 말했나요?"

"나 때문이 맞아서, 그렇다고 대답했다."

도대체 내가 사경을 헤매고 있을 때 무슨 일이 벌어진 거야!

"형님은 그대의 가슴 가를 두들기기만 했다. 그러고는 나에게 책임을 질 수 있냐는 말 한마디 하시고 떠나셨다."

나는 머리카락을 쥐어 잡았다. 도통 알 수 없었던 말이 이제야 조금 이해가 갔다.

'그래서 죽지 말라고 했구나!'

아닌 밤중에 홍두깨인 줄 알았는데, 나름대로 이유가 있던 거였어!

혼란스럽기 그지없었다. 나는 숨을 몰아쉬면서 생각을 정리했다.

침착하자. 어른의 의연함을 보이자. 힘내. 할 수 있다!

"나는 책임을 지고 싶었다. 그래서 주위의 사람에게 물어보았다. 그러자 보통 왕족은 그런 식으로 책임진다고 들어서, 그대에게 이상한 말을 해버렸다. 다시 한번 사과한다."

나는 고개를 저었다. 처음 들었을 때는 열받아서 니킥을 먹이고 싶었지만, 사과도 받았고 이유를 아니까 분노는 눈처럼 녹았다.

"왜 그런 조언을 들으셨어요."

누가 우리 귀여운 대공님께 그런 말을 했어!

"내가 경험이 부족했다. 그렇게 말하면 그대가 감사할 거라고 하더군."

"누가요!"

"나를 돌보는 시녀들이 그랬다."

나는 한숨을 폭 내쉬었다. 진짜 그분들은 못 하는 말이 없네. 열여섯 되는 대공에게 그게 무슨 짓입니까.

'차라리 귀여움으로 승부하라고 하지.'

아무리 봐도 그런 개소리보단, 대공은 외모로 밀어붙이는 게 더 효과적이었다. 나는 안타까운 눈으로 소년을 바라보았다.

귓가에서 살랑거리는 금발이 햇빛을 받아 반짝반짝 빛났다. 하얀 피부의 미소년은 마치 꽃봉오리 같았다.

'예쁘기도 해라.'

누구를 닮았기에 이렇게 예쁜 걸까. 정말인지 이 소년이 정원에 핀 꽃보다 예뻤다.

"우리, 이상한 오해가 겹쳤네요."

어떻게 꼬여도 이렇게 꼬이는 걸까. 나는 숨을 몰아쉬었다. 어쩐지 이 금발 소년은 되게 운이 없어 보였다.

"내 주위에는 좋은 조언을 해 줄 이가 별로 없다."

대공은 하얀 조각상을 보면서 살짝 눈을 내리깔았다. 아이의 속눈썹이 소복해서 괜스레 마음이 아팠다.

"형님께는 좋은 사람이 많다. 가끔은 그것이 부럽다."

말끝에는 쓸쓸함이 가득 배어 있었다. 나는 그게 괜히 불쌍해서 대공의 손을 잡았다. 소년은 내 손을 꼭 붙잡았다.

"그대에게 꼭 묻고 싶은 게 하나 있다."

"뭐든 물어보세요."

"형님과 그대는 어떤 관계지?"

와, 세상에. 아주 깔끔한 직구네.

나는 한숨을 폭 내쉬었다. 그러게요. 왕과 저는 어떤 관계죠? 제가 더 궁금하네요.

"토끼라고 하시던데요."

내 말에 대공은 고개를 갸웃거렸다. 그 모습이 참 깜찍했지만, 나는 쓸쓸함을 안으로 삭였다.

뭐라고 설명해야 할까. 수많은 단어가 머릿속에 빙빙 도는데, 반은 내 추측이었다.

그래서 나온 게 결국 토끼였다.

"폐하께서 어릴 적에 토끼를 키웠는데, 저랑 닮았대요."

"아, 기억한다! 하얀 털에 빨간 눈을 가진 토끼였지."

"아세요?"

대공은 고개를 끄덕였다.

"안다. 가끔 형님께 가서 나도 구경했다. 형님은 그 토끼를 굉장히 귀여워했다."

"먹이를 많이 줘서 죽었다면서요."

순간, 소년은 고개를 푹 숙였다. 그는 내 손을 살며시 놓으며 말했다.

"아니다. 먹이를 많이 줘서가 아니었어."

대공은 고개를 살짝 들어서 내 얼굴을 찬찬히 바라보았다.

"토끼는 독 때문에 죽었다. 어머니가 죽였어."

별거 아닌데 괜히 슬펐다. 아니 왜 죽이고 그래. 토끼는 그래 봤자 배춧잎이나 씹고 똥 싸는 게 다일 텐데.

'왕이 아껴서 죽인 건가.'

왕비님 원한이 장난 아니다. 도대체 왜 그렇게 미워한 거야.

"형님이 잠시 기사들을 만나러 성을 비웠을 때 토끼를 죽였다. 핑계는 먹이를 많이 줘서라고 했지."

"왜 죽인 거죠?"

"화풀이겠지. 이미 그때는 내가 왕이 될 수 없는 것도 아셨다."

성격 정말 거지같네. 보통 미안하다는 시늉이라도 해야 할 텐데, 끝까지 난리라니.

"형님께서 토끼라고 하셨으면……."

대공은 정원에 있는 꽃을 살짝 건드렸다. 노란 꽃잎은 그의 손길에 잠시 흔들리다가 멈췄다.

"그대를 아끼시겠군."

작게 속삭였지만, 귓가에 들렸다.

시원한 바람이 이마 가를 살랑거렸다. 나는 고개를 저었지만, 대공은 쓰게 웃다가 내 시선을 피했다.

"형님은 자기 선에 들어온 이들에게는 상냥하신 분이다."

그야 그렇겠지. 원작에 그런 얘기가 있긴 했었다. 세라피에게도 그럭저럭 친절했었다.

하지만 그게 나한테도 맞는 걸까? 나는 내가 선 안에 있는 게 아니란 생각만 들었다.

바람결에 꽃잎들이 흔들렸다. 흐트러지는 노란 꽃을 바라보자, 대공은 내 소매를 살짝 잡았다.

"한 번도 이베리아의 왕이 되는 걸 바란 적 없었는데……."

나는 돌아서서 그를 바라보았다.

초록빛 눈동자가 나를 보며 반짝였다. 소매를 잡은 손은 살짝 손목으로 올라갔다. 스치는 체온은 이상할 만큼 애달팠다.

"그대를 보니 난생처음으로……."

아무 말도 할 수 없었다. 뭐라도 하고 싶었지만, 입술만 달싹일 뿐이었다.

진심으로 마주하는 사람에게 내가 무슨 말을 해야 할까.

위로? 감탄? 감사?

이렇게 고스란히 전해지는데, 내가 어떤 말을 해.

"그대는 지금 울 거 같다."

"전……."

"곤란하게 해서 미안하다. 나는 그저 내 마음을 전하고 싶었다."

금발을 가진 소년은 가볍게 고개를 저었다. 휘날리는 꽃잎 사이로 나는 이 소년이 마음을 정리하는 게 느껴졌다.

"여기 오면서, 한 가지는 꼭 묻고 싶었다."

나는 대답 대신 고개를 끄덕였다.

"이름이 뭐지?"

나는 조금 웃었다. 시녀들 사이에 내 이름은 이미 공공재였다. 대공이 모를 리가 없었다. 아마 숙소로 올라오기 전부터 알고 있었을 것이다.

"니나 케이지입니다. 고아여서 케이지의 성을 받았어요. 원래의 성은 모릅니다. 너무 어릴 적에 성당으로 들어갔거든요."

대공은 대답 대신 내 손에 살짝 입맞췄다.

부드러운 입술이 손등을 스쳤다. 이것이 무슨 의미인지 몰라도, 이 금발 소년의 진심은 전해졌다.

"알렉시온 셀렉 이베리아다. 친한 이는 나를 알렉으로 부른다."

나는 이 소년에게 해 줄 수 있는 게 없었다. 그래서 순간 조금 고민했지만, 이 말을 할 수밖에 없었다.

"저도 알렉이라도 불러도 될까요?"

조심스럽게 운을 뗐지만, 돌아온 대답이 너무나 따뜻했다.

"대공님보단 그게 기쁘다."

알렉이 밝게 웃었다. 처음 보는 소년다운 웃음이었다. 휘날리는 꽃잎과 웃고 있는 소년은 너무 아름다웠다.

한 폭의 그림 같은 모습을 보며 나는 숨을 작게 내쉬었다. 그리고 천천히 인정했다.

'원작이 변했어.'

이제는 내가 아는 『묶인 새』가 아니었다. 니나를 이용해서 세라피를 탈출시켰던 사람과 완전히 다른 인연이 되었다.

전혀 몰랐던 것을 깨달았다. 그래서 나는 그에게 말해야 했다.

"고마워요, 알렉."

만약 그렇다면 나는 무엇을 변하게 할 수 있고, 이미 변하게 한 걸까.

나는 알렉의 손을 잡고 살짝 흔들었다. 소년은 내 옆에서 같이 걸었다.

"정원 산책해요, 알렉. 저는 여기 처음이라서 아무것도 몰라요."

"안내해 주겠다."

발걸음은 가벼웠다. 나는 고개를 들어 하늘을 바라보았다. 어느덧 해가 지고 있었다. 붉은 노을이 길게 뻗은 하늘은 지나치게 아름다웠다.

바람은 계속 불어왔다. 흩날리는 머리카락을 뒤로 넘기자, 손가락 사이로 꽃잎 하나가 스쳤다.

"빨간색……."

왕과 니나의 눈동자 색이었다.

손가락을 스친 꽃잎은 잡을 틈도 없이 날아갔다. 나는 빈 손가락을 보다 그냥 웃었다. 휑하니 없어지는 게 꼭 그 남자 같았다.

생각해야 할 것이 산더미 같았지만, 지금은 옆에 있는 사람이 중요했다.

알렉은 내 손을 잡고 뛰어갔다. 나는 웃으면서 그의 발걸음 속도를 맞췄다.

세라피를 탈출시킬 대공님이 달라지셨습니다. 이제 예쁘고 착한 성녀님은 이 성에서 도망가지 못합니다. 그만큼 니나의 목숨 줄은 늘어났겠죠.

그런데 이제 나는 어떻게 될까요?

'몰라!'

알면 이렇게 살지는 않겠지. 원작을 알면 뭐하나요. 이미 변해 버렸는데!

'애초에 원작 내용은 큰 줄기만 있어서, 좋은 정보가 아닌 거 같아. 내가 미래를 알았으면 뇌출혈로 죽을 뻔했겠어? 진즉에 피하지.'

한숨이 저절로 나왔다.

'먼 미래는 둘째 치고 5분 뒤의 미래도 모르니 원……'

한 치 앞을 모르는 게 인생이었다. 이곳에 들어오기 전에는 이렇게 될 거라곤 상상도 못 했다.

나는 코가 간질거리는 것을 참으면서 한숨을 내쉬었다.

"저, 성녀님……."

"안 돼. 벌이야."

혹시나 싶어서 말해 봤지만 역시나였다. 손을 모으며 용서를 빌었지만, 세라피는 의지를 꺾지 않았다. 오히려 저 상냥한 말투로 날 어르고 달랠 뿐이었다.

진짜 수단과 방법을 가리지 않는구나. 그 얼굴로 협박과 애원이라니, 성녀님 그건 반칙이에요!

나는 필사적으로 말했다.

"저, 빨리 제 옷으로 갈아입고 싶은데요."

"안 된다니까!"

세라피는 내 머리에 커다란 리본을 달고 생글생글 웃었다. 내 힘으로는 어떻게 안 돼서 메어리 님을 바라봤지만, 그분은 오히려 옷을 고르고 계셨다.

"다른 옷도 가져올까요?"

"어머, 부탁드려요. 이왕이면 여름옷이 좋겠어요."

메어리 님은 알았다는 듯 고개를 숙이며, 주근깨에게 어서 가져오란 말을 했다. 주근깨는 레이스 달린 옷을 입은 나를 보고 눈을 흘기더니 문밖으로 사라졌다.

'너는 왜 째려보고 난리야!'

넌 이 모양 이 꼴인 내가 행복해 보이니?

"니나야, 다음에는 이거 입어 볼래?"

성녀는 벨벳 재질의 드레스를 가져와서 생글생글 웃었다.

"아니, 도대체 왜 이러시는 거예요."

성녀님께 말했지만 내 애타는 질문에 대답한 이는 메어리 님이었다. 그녀는 산더미 같은 옷 중에서도 맞는 옷을 잘도 골랐다.

"성을 정리하다 옷이 잔뜩 나왔거든. 원래는 공주님들 것이 지만, 이 성에는 공주님이 없으시잖아."

"귀한 옷이잖아요. 그걸 제가 입어 봐도 돼요?"

"사비나 님 허락을 받았단다."

성녀님은 내가 지금 입고 있는 드레스를 벗기며 속삭였다.

"벌이라니까."

"잘못했어요. 용서해 주세요."

"내가 니나를 얼마나 기다렸는지 알아? 어떻게 이렇게 안 올 수가 있어?"

내가 성녀가 있는 곳에 오랜만에 간 이유는, 그동안 갈 필요 가 없기 때문이었다. 왕이 오지 않으니 굳이 안쪽 방에 가지 않 아도 됐다.

"메어리 님! 메어리 님께서……."

당신이 가지 않아도 된다고 했잖아요! 변명 좀 해 주세요!

하지만 경험 많은 시녀는 매정했다. 그녀는 새 드레스를 꺼 내며 말했다.

"이거 어때요?"

"어머, 예뻐라. 니나야, 다음은 이거야!"

둘이 장단이 참 잘 맞았다. 메어리 님은 기다렸다는 듯 내 가 슴 가에 꽂은 핀을 척척 뽑았다.

"손을 들렴."

내가 울상인 건 아무렇지도 않은지, 드레스가 위에서부터 훌렁 벗겨졌다. 도대체 이 옷은 안에 몇 겹을 입어야 하는 걸까. 색색의 포장지가 열댓 겹 싸인 선물이 된 기분이었다.

'내가 움직이는 건지 천이 움직이는 건지……'

옥죈 코르셋은 숨을 쉴 때마다 답답했다. 이런 차림으로 일상생활을 하다니, 공주님들은 대단하시네요. 제 짧은 식견으로는 이거 만든 사람은 벌받아야 돼요.

"옛날에는 더 심했단다. 이건 아무것도 아니야. 많이 간소해진 거란다."

나는 메어리 님의 소매를 잡고 간절하게 말했다.

"아니, 평생 입을 일 없을 텐데 도대체 제가 왜 이런 불편한 드레스를 입어야 하나요?"

대답한 이는 시녀님이 아니었다. 성녀는 새처럼 아름다운 목소리로 대답했다.

"그거야 내가 입혀 보고 싶으니까!"

세라피는 내 몸에 드레스를 대며 빙글 한 바퀴 돌았다. 그 모습마저 눈부시게 아름답지만, 나는 도무지 알 수 없었다.

"부인께서 입어 보시면 되잖아요."

"어머나!"

세라피는 커다란 리본을 풀면서 속삭였다.

"성녀는 청빈해야 돼. 이런 걸 입으면 안 돼."

그, 그럼 남에게 입혀 보는 건 되는 거야? 뭔가 이상하지 않아요?

막 그 말을 하려고 할 때였다. 메어리 님은 나에게 드레스를 뒤집어씌우면서 말했다.

"니나야, 시녀 일을 하면서는 가끔 침묵해야 할 때가 있단다."

닥치고 들으라는 얘기를 친절하게 해석까지 덧붙이셨다. 참 너무하시네요. 나 하나만 인형 되면 끝나는 일이라서 그런가. 아주 도망갈 곳까지 막아버리셨다.

나는 한숨을 폭 내쉬고 모든 저항을 포기했다.

가지고 노세요. 대신 제자리에만 돌려놓으세요.

"그리고 한 번쯤은 입어 보는 것도 나쁘지 않단다. 니나 요즘 유명하잖니."

말에 뼈가 있었다. 나는 못 들은 척, 어색하게 웃었다. 대공과의 데이트가 언제 새어 나갔는지 어디를 가나 수군거림이 느껴졌다. 목욕물을 가져다주시는 세 분도 도대체 어떻게 된 일이냐며 나를 닦달하셨다.

내 대답은 단순하고, 담백했다.

"대공님은 곧 영지로 가시겠죠."

유통 기간 정해 둔 만남인데 무슨 일이 더 생길 리가. 이런 말을 하자, 어떤 시녀님은 대공의 영지는 시골 한구석이고 별거 없다는 현실적인 말을 해 주셨다. 정말 필요 없는 정보였지만, 나는 역시나 싫었다.

'애초에 이 나라에 대공이 하나라는 건 그런 거겠지.'

영지는 구실이고, 그냥 수도에서 먼 곳으로 보내는 게 맞을 거다. 홀로 고고하신 폐하께서 대공의 목숨을 살려 둔 건 하찮아서인지는 잘 모르겠지만 말이다.

'설마 진짜 형제라고 봐준 걸까?'

미리미리 고개 숙였다는 이유로 살려 둘 거 같지가 않았다.

'이러니저러니 해도 알렉도 살얼음이네.'

이렇게 장난감이 된 나보다 그 소년이 더 아슬아슬한 삶을 살고 있었다.

'착한 애던데……'

하지만 착하다고 해서 살아남을 수 있는 건 아니지. 후계 가능성이 있는 왕족이란 원래 복잡하니까.

나는 고개를 저으며 생각을 털어냈다. 내가 할 수 있는 일이 아무것도 없었다.

"니나, 너무 예쁘다!"

이런 내 마음을 아는지 모르는지 성녀님께서는 부지런히 다른 옷을 고르셨다. 나는 모든 걸 체념하고 인형 놀이에 순순히 몸을 맡겼다.

'기뻐 보이시네.'

내 옷을 갈아입히는 세라피는 정말 순수하게 즐기고 계셨다. 나는 문득 이상한 생각이 들었다.

'원작에서 세라피는 행복했을까?'

왠지 아닐 거 같다는 생각이 들었다. 세라피는 사랑을 많이 받았지만 그게 제대로 된 사랑일까?

'생각해 보면 세라피가 원했던 사랑이 아닐 거야.'

예쁘고 착하지만, 성녀라서 납치당했고, 이렇게 감금되어 있었다.

'사랑이 피어나면 더 이상한 상황이네.'

납치한 사람을 사랑하게 된다니! 이건 스톡홀름 증후군 수준이잖아.

그러고 보면 한 번도 성녀에 대해서는 진지하게 생각해 본 적이 없었다. 어차피 지금 와서는 뒤틀린 원작이었다. 나는 조심스럽게 물었다.

"저, 부인."

"응. 니나. 이거 써 보자."

세라피는 커다란 모자를 씌우며 생글생글 웃었다. 내가 순순히 머리를 상납하자, 그녀는 착하다며 어깨를 토닥거렸다.

"기적의 성녀님도 은퇴가 있나요?"

그녀는 내 앞머리를 정리하며 대답했다.

"니나야, 성녀는 스물다섯 이후로는 할 수 없어. 다음 성녀에게 기적을 양도하고 작은 수녀원으로 가."

순간 깜짝 놀랐다. 성녀가 이런 것인지는 상상도 못 했다.

아니 이건 또 무슨 말이야. 성녀 은퇴가 그렇게 빨랐어? 왜 스물다섯이지? 너무 젊은데?

'묶인 새에 이런 내용이 있던가?'

아무리 머릿속을 뒤져 보아도 원작에 이런 내용은 없었다.

"기적을 내릴 때는 나도 참 힘들 때가 많았어. 거친 곳도 많았고, 위험한 곳도 자주 가야 했으니까. 하지만 그럴 때마다 스물여섯 살에 살게 될 수도원을 상상했어."

세라피는 생각만으로도 좋은지 부드러운 미소를 머금었다.

"보좌 수녀님은 항상 말씀하셨지. 시골에 있는 수도원은 아름다운 곳입니다. 그곳에는 항상 꽃이 피고, 부드러운 바람이 불어요. 은퇴한 성녀님들은 그곳에서 꽃을 가꾸거나 아이들을 가르칩니다."

참 따뜻한 곳처럼 느껴졌다. 세라피는 자기가 씌운 모자를 벗기고 나를 꼭 껴안았다.

"은퇴를 싫어한 성녀도 많았다지만, 난 그 날을 기다려왔어. 조금 걱정도 한걸. 꽃을 잘 가꿀 수 있을까. 아이들이 나를 좋아할까."

"좋아할 거예요."

이렇게 예쁘고 상냥한 사람을 싫어하는 게 더 어렵지 않을까.

"그럴까?"

세라피의 품은 따뜻했다. 나는 그녀의 등을 두들겼다. 생각해 보면 성녀도 참 가여웠다.

'청빈이라⋯⋯.'

고아로 대놓고 돈놀이를 하는 성당에서 그런 걸 강조하는지는 생각도 못 했다. 물론 교리에는 청빈이 나와 있긴 하지만, 세상 어딜 가도 자기 입맛대로 해석하는 사람은 아주 많았다. 니나의 기억 속에 신부와 수녀는 그렇게 좋은 사람들이 아니었다.

'물론 니나는 그분들을 좋아했지만 난 아니지.'

애가 착하고 정이 고파서 그렇지, 제대로 알면 전혀 아니지.

니나 머리카락 값도 꿀꺽했을 거야. 그놈들은 그러고도 남아.

'그런 상황에서 청빈한 성녀라니. 성녀 가지고 온갖 돈놀이는 다 한 거로 아는데……'

고아인 니나도 알 정도로 공공연한 것이었다. 성당은 성녀를 결코 그냥 공짜로 보내지 않았다. 돈은 성녀로 엄청나게 벌어 놓고 막상 그녀는 소박하게 살게 하다니! 정말 믿기지 않았다.

'알면 알수록 사회악 같은데, 이 집단이 제일 강하다니 신은 어디에 있는지 모르겠네.'

성녀는 니나의 머리를 쓰다듬었다. 처음 만날 때부터 그녀는 이상하게 친밀감을 드러냈다. 아무렇지도 않게 심장을 낮게 해 주고, 이렇게 귀여워했다.

도망치게도 못 해 주는데, 뭐라도 해 줘야지. 이대로는 진짜 염치가 없다.

'그나저나 꽃이라……'

나는 세라피의 품안에서 주위를 둘러보았다. 제일 안쪽 방은 넓긴 했지만, 햇살은 잘 들어오지 않았다.

'응달에서 자라는 꽃도 있긴 있겠지.'

니나가 성녀에게 해 줄 수 있는 건 몇 개 없었다. 하지만 꽃 가꾸기 정도는 할 수 있을 거 같았다.

'좀 힘들긴 하겠지만……'

세라피는 나를 놔주고 방긋 웃었다. 나는 따라 웃으면서 고개를 푹 숙였다. 옆에서 메어리 님이 또 가슴 가에서 핀을 뽑고 있었다.

"여름 드레스도 입어 보자!"

즐거워 보여서 말릴 수가 없었다. 나는 순순히 손을 들었다. 메어리 님은 익숙하게 드레스를 훌렁 들어올렸다.

'참자. 참아.'

나 하나만 희생하면 두 사람이 즐겁다. 나는 그들의 손에 몸을 맡겼다. 곧 새 드레스가 위에서 들어왔다. 파란색 천으로 만든 얇은 드레스는 예쁜 만큼 불편해 보였다.

옷 갈아입는 건 그렇게 힘든 일은 아니었지만, 이상하게 지쳤다. 나는 오늘 하루 이것저것 다느라 고생한 머리카락을 뒤로 넘기며 한숨을 쉬었다. 아침부터 계속된 인형 놀이는 저녁이 되어서야 간신히 끝났다.

'폐하는 오늘은 안 오시나 보네.'

메어리 님은 수고했다며 이만 쉬라고 했다. 나는 패잔병처럼 비틀거리며 방에서 나왔다. 별거 아니지만, 맥이 딱 떨어졌다.

"밥이 필요해."

기름진 고기가 필요했다. 오늘 저녁이 뭔지 모르지만, 배 속에서 음식을 달라고 아우성쳤다. 자고로 이런 외침에는 정정당당히 응답할 필요가 있었다.

'조금만 쉬고.'

나는 벽에 기대어 쪼그려 앉았다. 옆에 있는 병사가 이상한 눈빛으로 쳐다봤지만, 내가 지쳤다고 속삭이자 고개를 끄덕이셨다.

식당은 외성에 있어서 꽤 멀었다. 이렇게라도 체력을 회복해야 했다.

'슬슬 일어날까.'

한참 그렇게 있다가 자리에서 일어났다. 병사는 내가 움직이는 걸 보고 안심한 표정이었다.

'지키는 분도 힘들겠어.'

희미하게 종소리가 들렸다. 짧게 두 번 울리고 끝이라서, 저게 무슨 의미일까 생각하며 모퉁이를 돌 때였다. 앞에서 어떤 귀부인이 병사 셋과 실랑이를 하는 게 보였다.

'뭐, 뭐야.'

나는 주위를 둘러보았다. 이곳은 안쪽 방이 있는 복도였다. 이대로 가면 성녀가 있는 곳에 도착했다.

그만큼 경비가 삼엄한 곳이었다.

'누구지?'

성에서 귀부인을 본 것은 처음이다. 그러고 보면 이 성에서는 드레스를 입고 사는 사람이 없었다.

높은 사람은 맞나?

나는 최대한 바깥쪽에서 서서 예의 바르게 물러났다. 그리고 배운 대로 살짝 고개를 숙였다.

그런데 뭔가 분위기가 이상했다.

병사들이 줄줄이 그녀를 말렸다. 하지만 귀부인은 막무가내였다.

"이러시면 안 됩니다!"

"날 막지 마! 이곳에 있다고 들었어!"

앞을 막았던 병사가 바람에 휙 날아갔다. 나는 벽에 어깨를 들이받는 병사를 보며 정말 깜짝 놀랐다.

'왜 갑자기 바람이 부는데!'

무장한 병사가 한순간에 휘말려서 벽에 부딪혔다. 그러자 남은 병사가 말했다.

"선왕비님! 이렇게 되면 우리도 마력을 쓸 수밖에 없습니다!"

"꺼져! 리카르도가 왕이 됐다고 네놈들 따위가 날 막을 수 있을 거 같아?"

병사 두 명이 다시 귀부인의 앞을 막았다. 그리고 벽에 충돌한 병사를 향해 말했다.

"존슨! 빨리 지안 경께 알려라!"

"네!"

신음하던 병사는 비틀거리면서 달려갔다. 그 모습을 보니 나는 내가 이렇게 있으면 안 된다는 걸 깨달았다.

'튀자!'

예의고 나발이고 이런 아수라장에서는 발 빼는 게 최고였다.

지금 바로 뛰면 되게 눈에 띄겠지. 저 귀부인이 앞으로 가면 바로 달려가자.

부인은 성큼성큼 복도를 가로질렀다. 그리고는 앞을 막는 병사들을 몇 번이나 팽개쳐 가며 소리 질렀다.

"내놔! 백금발에 붉은 눈인 그년을 내 앞으로 데려와! 감히!

내 아들을 꼬셔?"

이건 또 무슨 말일까.

병사들은 그녀를 말렸지만 몇 번을 더 벽에 부딪혔다. 그러다 결국에는 의식을 잃어버렸다.

"알렉의 문장을 다 잘라놓고! 이제 쓸데없는 년까지 붙여? 리카르도! 시녀의 몸에서 난 천한 핏줄이 감히 왕족을 농락해!"

복도에 목소리가 쩌렁쩌렁 울렸다. 그리고 나는 생각을 멈췄다. 뭐가 뭔지 모르지만, 이거 하나는 확실했다.

'뛰자!'

본능이 알려 줬다. 이건 뒤도 보지 말고 뛰어야 했다. 생각보다 몸이 더 빨랐다. 숨을 골랐을 때는 나는 이미 뛰고 있었다.

하지만 몇 걸음 가지 못했다. 이상한 돌풍이 발목을 감았다. 필사적으로 앞으로 나아가려고 했지만, 나는 병사처럼 벽에 처박혔다.

너무 갑작스러운 충격에 기침이 나왔다. 마치 안전장치 없이 롤러코스터를 탄 거 같았다. 정신없이 콜록거리자 입안에서 피맛이 느껴졌다.

"네년이구나!"

속이 아픈데, 이번에는 바람이 나를 질질 끌고 갔다. 지푸라기를 잡는 심정으로 카펫에 매달렸지만, 몸은 빨려 들어가듯 계속 움직였다.

'이게 도대체 무슨 일이야!'

왜 갑자기 이런 난장판이 벌어지는지 도무지 알 수 없었다.

왜 내가 진공청소기로 빨려 들어가는 먼지가 된 걸까.

주위를 둘러봤지만, 병사들은 이미 벽에 팽개쳐 있었다.

그때, 힘이 멈췄다. 나는 그제야 나를 끌고 온 귀부인을 바라보았다.

부인이라기보단 노인에 가까운 사람이었다. 금발을 꽉 올려 묶은 여자는 리본으로 장식된 벨벳 드레스를 입고 있었다.

노인의 눈가가 파르르 떨렸다. 나는 그제야 말했다.

"부인, 누구신지는 모르지만 오해가……."

"너구나. 그래. 여기 있다고 들었다. 감히, 내 아들을 꼬셔?"

이게 도대체 무슨 소리야! 내가 누굴 꼬셔!

"착각하신 거 같습니다. 저는!"

"착각이면 어때!"

순간 날카로운 바람이 뺨을 때렸다. 나는 깜짝 놀라서 볼을 매만졌다. 빨간 피가 손등을 타고 내려왔다.

"곤죽을 만들어 주마!"

매서운 바람이 송곳처럼 곳곳에서 날아왔다. 몸을 웅크렸지만, 도무지 피할 수가 없었다. 옷이 찢어지고, 온몸 구석구석 피가 흘렀다.

'뭐, 뭐지…….'

왜 내가 이런 취급을 당하는 거지? 이 사람은 누구야? 그거보단…….

"아파……."

가슴이 답답했다. 기침을 하니 피가 왈칵 올라왔다. 이 사람이 쓰는 게 마력이란 걸 아는데, 멈출 수가 없었다.

문득 베아토의 말이 떠올랐다.

"일반적으로 왕족은 마력이 강합니다. 그들은 태어나서부터 배우는 건 자신의 힘과 일반인의 차이입니다."

핏물이 손가락 사이로 타고 내려왔다. 가물거리는 눈으로 나를 죽이려 하는 여자를 바라보았다. 늘어진 입매 사이에는 만족스러운 웃음이 걸려 있었다.

노인은 즐거워 보였다.

'이게 뭐야…….'

이대로는 나, 죽는 건가? 이렇게 허무하게?

죽기 싫었다. 이러기에는 모든 게 아까웠다. 이러려고 내가 노력한 게 아니었다. 하지만 어떻게 할 수가 없었다. 나는 지독하게 무력했다.

여자는 쓰러진 병사의 칼을 뽑았다. 나는 그 여자가 무엇을 하려는지 알았다.

'날 찌르려는 거구나.'

몸이 움직여지지 않았지만, 기어서라도 도망갔다. 그런 내가 우스운지, 여자는 깔깔거리며 웃었다.

"추하게도 발악하는구나!"

바람에 의해 몸이 뒤집히고, 또 속절없이 끌려갔다. 여자는 칼을 들고 말했다.

"버러지들은 죽어야지!"

칼이 햇빛을 받아 반짝였다. 날카로운 쇠붙이가 허공을 갈랐다.

숨을 쉬기가 어려웠다. 순간이 길어져서 꼭 늘어진 테이프를 보는 거 같았다. 숨소리가 쪼개지고 순간이 흐트러졌다.

광기에 젖은 여자의 눈 속에는 피투성인 니나가 보였다.

'살고 싶어.'

다시 다리를 움직였다. 조금이라도, 아주 조금이라도 좋았다. 피하고 싶었다. 불쌍한 아이였다. 또 이렇게 죽을 수는 없잖아. 아무것도 없이, 누구도 슬퍼하지 않는 삶은 너무하잖아.

그때였다. 나를 찌르려던 칼이 허공에서 힘을 잃었다. 칼은 복도에서 공중에서 허무하게 바닥으로 떨어졌다.

'붉은 꽃?'

늘어진 턱살 사이로 붉은 꽃이 타고 올라왔다. 꽃은 무자비하게 여자의 한쪽 얼굴을 뒤덮었다.

"악! 아악!!"

여자는 갑자기 얼굴을 부여잡고 비명을 질렀다. 나는 기어서라도 최대한 여자에게 멀어지고 싶었지만, 온몸이 마음대로 움직이지 않았다.

이상한 냄새가 났다. 가끔 머리를 말릴 때 드라이어에서 맡았던 냄새였다. 나는 이 냄새가 왜 나는지 알았다.

단백질이 탈 때 이런 냄새가 났다.

"아악! 악!!"

여자는 비틀거리며 비명을 질렀다. 코앞에서 벌어진 일인데, 나는 그 여자가 참 멀게 느껴졌다.

얼굴에서 치익 거리는 소리가 들렸다. 노인의 얼굴이 타고 있었다.

'꽃이 아니었구나.'

붉은 건 불꽃이었다. 불은 여인의 머리카락까지 뒤덮었다.

매캐한 냄새가 났다. 여자는 복도에 발광하며 고통스러워했다.

"감히……."

낮은 목소리가 벽에 부딪혔다. 고개를 돌리고 싶은데 힘이 없었다. 하지만 나는 이 목소리의 주인공을 알았다.

"내 성에서……."

여자는 괴성을 지르며 비틀거렸다. 나는 따끔거리는 눈을 깜박였다. 피가 속눈썹을 타고 내려와서 시야가 이상했다.

그가 다리를 굽혔다. 장식된 보석들이 희미한 불빛에 반짝였다. 하얀 천 자락 사이로 검은 머리카락이 휘날렸다.

머리카락 몇 가닥이 손등을 간지럽혔다. 잡고 싶은데 손가락을 까닥하는 게 다였다.

그는 뒤에 오는 병사를 향해 외쳤다.

"디오를 불러라! 빨리!"

몸이 너무나 무거웠다. 눈을 깜박여 봤지만, 이제는 그것마저 힘들었다.

'나는 이렇게 죽는 걸까?'

안 그랬으면 좋겠다. 이베리아에서 사는 거 힘들지만 그렇게 나쁘진 않았는데. 미남 미녀도 구경하는 재미가 쏠쏠했는데.

내가 죽으면, 그래도 누군가는 슬퍼할까? 아니다. 뭐 그런 애가 있었네 하고 넘어가게 될지도 모르겠다.

'엄마, 아빠. 동생아. 나 좀 살려줘.'

수술 들어가기 전에는 무서워서 빌지 못했어. 감이 너무나 안 좋은데 정말 인정하게 되는 거 같아서.

'나, 이대로 죽는 거 싫어.'

어떤 사람이라도 시간 속에 잊힌다는 건 알아. 내가 별거 아니란 것도 알아. 하지만……

"니나 케이지. 명령이다. 죽지 마라!"

웃음이 나왔다. 그야 나도 그러고 싶은데요.

'봐요. 내 마음대로 안 되잖아요.'

그때처럼 무력할 뿐이야.

그가 내 몸을 들어올렸다. 축 늘어진 팔에 피가 줄줄 흘러서 이상한 자국을 남겼다.

노인의 비명이 아직도 들렸다. 죽을 때 마지막에 듣는 것 치고는 이상한 장송곡이었다.

나는 손가락을 움직여서 그의 옷자락을 꽉 쥐었다. 잘생긴 폐하의 얼굴이 내가 본 것의 마지막이었다.

지옥이든 천국이든, 죽으면 이렇게 생긴 천사가 나와 줬으면 좋겠어. 마지막에는 좋은 걸 봐서 다행이네.

그 생각을 끝으로 내 의식이 끝났다.

"니나 케이지……."

왕은 서둘러 아이의 목덜미에 손을 댔다. 맥박은 아직 희미하게 뛰고 있었다.

'살릴 수 있어.'

눈앞에서 선왕비는 페티코트를 드러낸 채 발길질하고 있었다. 반쯤 탄 드레스와 골조만 남은 속옷은 딱 그녀 같았다.

처분은 나중에 해도 충분했다.

그는 선왕비를 무시하고 토끼를 안고 뛰어갔다. 아직 크지도 못한 아이는 온몸이 찢겨서 너덜거렸다.

평소라면 살릴 수 없을 것이다. 이건 안 된다고 보자마자 포기했겠지.

"폐하!"

뒤에서 디오메데의 목소리가 들렸다. 그는 따라오라 소리치고는 방문을 열라고 눈짓했다. 병사들은 왕의 명령에 충실히 따랐지만, 속이 타들어갔다.

토끼의 늘어진 팔 아래로 핏방울이 뚝뚝 떨어졌다.

"죽게 하지 않아."

참, 말을 안 듣는 아이였다. 그렇게 신경 썼는데 멋대로 죽어갔다.

"아껴 준다고 했지 않느냐."

너는 왜 내 명령을 듣지 않지?

토끼 탓이 아니었다. 우연이 더럽게 섞여 버렸다. 그저 토끼는 그 자리에 있었을 뿐이란 것을 그도 알았다. 선왕비는 자신이 조금이라도 마음에 드는 것을 골라서 죽인 게 한두 번이 아니었다.

그런 면에서는 참 능력 있는 여자였다.

"내가 또 뺏길 거 같으냐."

안에 들어서니 기도를 준비하던 성녀가 비명을 질렀다.

왕은 웃었다.

그래. 새가 있었다.

그때와는 달랐다. 아무리 이베리아의 왕이 되어도 이 정도 상처가 있는 이는 살리지 못한다.

하지만 성녀라면 달랐다. 새는 진귀하기 그지없으니까, 그러니까…….

"니나야!"

살려라, 새야.

성녀는 날카로운 비명을 지르며 토끼에게 다가갔다. 그러고는 잔뜩 일그러진 얼굴로 성력을 퍼부었다. 상처를 보고 허둥지둥하지 않는 게 의외였다.

"아까까지만 해도 여기 있던 애가, 어떻게 이렇게 된 거죠?"

새가 물었지만, 왕은 아이만 바라보았다. 하얀빛은 빙글빙글 돌아 시녀의 전신에 퍼졌다. 베여서 뼈까지 보이던 살들이 붙고 상처는 흔적조차 사라졌다.

기적의 힘은 언제나 놀라웠다.

"디오."

디오메테는 장갑을 끼고 안고 있는 아이의 맥을 잡았다. 그러고는 머리를 뒤로 넘기고 안경을 벗었다.

마력이 문장을 타고 도는 게 느껴졌다. 디오의 눈동자 색은 순간 붉어졌다가 다시 원래의 색으로 돌아왔다.

의사는 사람의 안쪽을 볼 수 있었다. 아끼는 신하의 유용한 능력이었다.

"뼈가 부러져서 내장을 찔렀습니다."

디오는 시녀의 몸을 바닥에 눕히고 능숙하게 옷을 찢었다. 옷자락에 꼭꼭 숨어 있던 하얀 살결이 드러났다.

의사는 작은 칼을 꺼내서 아이의 환부를 갈랐다. 안경을 벗은 왼쪽 눈은 다시 붉어졌다 돌아왔다. 의사는 장갑 낀 손으로 뼛조각을 뽑아냈다.

"다 됐습니다."

"제가 할게요!"

새는 다시 아이에게 성력을 부었다. 하얀빛이 다시 빙글빙글 돌았다. 상처는 언제 그랬냐는 듯 아물었다가 흔적도 남지 않았다.

"말해 줘요! 니나가 왜 이런 거죠?"

왕은 이번에도 대답하지 않았다. 다시 의사가 맥을 잡는 것만 볼 뿐이었다. 붉은 머리를 가진 의사는 피에 젖은 장갑을 벗으며 말했다.

"살았습니다. 성녀가 없으면 어림도 없었지만요."

"또 다친 사람은?"

"급한 사람은 없었습니다."

왕은 알았다는 듯 고개를 끄덕이며, 바닥에 눕힌 아이를 다시 들어올렸다. 피 묻은 망토가 아이의 손가락 사이로 빠져나왔다.

토끼는 여태 왕의 옷자락을 잡고 있었다. 왕은 미간을 찌푸렸다. 이상하게 가슴이 답답했다.

의사는 작게 묵례하며 안쪽 방에서 나갔다.

"대답을 해 주세요!"

성녀는 답답한지 왕에게 다그쳤다.

"보는 그대로다. 다쳤다."

"왜요!"

글쎄. 왜일까.

왕은 바닥에 떨어진 핏줄기를 바라보았다. 입구부터 여기까지 아직 굳지도 못한 붉은 피였다.

그는 답을 알았다.

"내 탓이다."

그래. 자신의 탓이었다. 항상 몇 수 앞을 내다봤지만, 이럴 경우를 대비하지 못했다. 상상조차 못 했다.

왕은 아이를 안고 걸어갔다. 등뒤에서 새가 다시 소리쳤지만, 이번에는 돌아보지 않았다.

따라오던 신하들이 명령을 기다렸다. 그는 아이를 고쳐 안으며 말했다.

"내 침소로 간다."

토끼는 아직 의식이 없었다. 아이의 찢긴 옷 때문인지, 나이든 시녀는 허둥지둥 달려와서 하얀 천을 둘렀다.

선왕비는 복도에서 아직도 절규했다. 온몸을 뒤틀면서 고통을 호소했지만 아무도 그녀를 돕지 않았다.

"후에 죄목을 다시 묻겠다. 끌고 가라."

기사와 병사는 고개를 숙이고 몸이 반쯤 타버린 선왕비를 끌고 갔다.

"어떻게 선왕비가 내성까지 올 수 있었지?"

뒤에서 사비나가 말했다.

"마력으로 막무가내로 들어오셨다고 합니다."

"성에는 짐이 있는데?"

"알렉 왕자님 때문에 이성을 잃으신 것 같습니다."

복도 끝에서 탄 냄새만 가득했다.

병이 심해졌다는 것은 들었지만, 이 정도일 줄이야. 뱀보다 차갑고 머리가 좋았던 선왕비라고 믿기지 않았다.

"토끼는 왜 이렇게 된 거지?"

"다른 시녀들은 이미 대피했습니다만, 니나 케이지는……."

"몰랐던 거겠지. 온 지 얼마 안 되니까."

참 운이 안 좋은 토끼였다. 선왕을 겪은 시녀들은 종이 두 번 울리면 대피한다는 걸 알았다. 하지만 안쪽 방에는 종소리가 닿지 않았다.

애초에 인적이 드문 곳이었다. 안쪽 방 자체는 마력으로 보호되어 공격을 받지 않는다. 하지만 이어진 복도는 달랐다.

"제 잘못입니다."

나이 든 시녀가 왕 앞에 무릎을 꿇었다. 토끼에게 하얀 천을 둘러 준 시녀였다.

"제가 알려 줬어야 했습니다."

그는 저리 가라고 손짓했다. 메어리는 의식을 잃은 니나를 보며 고개를 저었다. 조금 전까지 옷을 갈아입혔던 아이였다.

그래서 믿기지 않았다. 그렇게 건강하게 움직이던 애가 한 순간에 시체처럼 변해 버렸다.

"물러가라. 후에 다시 얘기하겠다."

하지만 그녀는 물러나지 않았다. 죄책감이 사무쳤다. 그러자 사비나가 고개를 숙였다.

"제 탓이 더 큽니다. 메어리 님을 문책하지 말아 주세요."

"사비나."

"예, 폐하."

"너를 믿는다. 후에 대처를 맡기겠다. 지금은……."

왕은 자신의 품에서 정신을 잃은 아이를 바라보았다. 성력 때문에 치료는 됐지만, 아직 의식을 차리지 못했다.

"일단 토끼가 먼저다."

사비나는 고개를 숙이고 물러났다. 나이 든 시녀도 마찬가지였다. 왕은 그들 사이를 헤치고 앞으로 나아갔다.

안쪽 복도는 피 냄새가 났다. 그것이 아이의 피였던 것을 알아서 그는 끓어오르는 화를 애써 가라앉혔다.

"죽게 하지 않는다."

꼭 살릴 것이다. 그러니까, 너도 멋대로 죽을 생각 마라.

손에 닿는 피부는 여전히 서늘해서 그는 눈을 가늘게 떴다. 모든 게 마음에 들지 않았다.

니나는 대답이 없었다. 그저 왕의 품에서 흔들릴 뿐이었다.

카스텔리움성은 밤의 장막 안으로 들어갔다. 거대한 회색빛 성은 큰 사건이 있었지만, 사람들은 각자 자신의 할 일로 돌아갔다.

어떤 것은 변했고, 어떤 것은 변하지 않았다.

왕은 의자에 앉아서 서류를 바라보았다. 선왕비의 동선이 고스란히 적혀 있었다. 우연이 이상하게 겹쳤지만, 결론은 방심이었다.

담당자는 문책에 들어갔고, 선왕비는 감옥에 갇혔다.

피해는 별로 없었다. 다쳤던 병사는 괜찮다는 보고가 들어 있었다. 피 묻은 복도는 깨끗해졌고, 다시 평소로 돌아왔다.

단지 토끼만 이렇게 누워 있을 뿐이었다.

그때 자신이 오지 않았다면 이 작은 시녀는 죽었을 것이다.

그는 의식을 잃은 아이를 바라보았다. 교단에서 귀하게 여기는 백금발이 흐트러진 어린 시녀는 자기 몸보다 몇 배는 큰 침대에 누워 있었다.

"안 일어나는군."

아이는 며칠째 눈을 뜨지 않았다. 작게 숨만 쉴 뿐이었다.

디오는 시간이 지나면 자연스레 일어날 거라고 했다. 그도 그 말을 믿었다.

왕은 자리에서 일어나 아이가 누운 침대에 앉았다. 작은 시녀는 마치 잠든 것처럼 보였다.

그때, 사비나의 목소리가 들렸다.

"폐하, 알렉 대공께서 문밖에 계십니다."

"들어오라 해."

아이를 이렇게 만든 건 선왕비였다.

왕은 자신의 생모를 죽였던 여자를 떠올렸다. 왕위에 목마른 여자는 자신의 명령을 따랐던 시녀를 죽였다. 그저 아이를 낳았을 뿐이라는 애원은 듣지 않았다. 그는 어머니의 눈빛에 나타났던 절망을 기억했다.

선왕비는 뱀처럼 교활했다. 그만큼 차가웠던 여자가 광증을 가지게 된 건 알렉이 머리카락을 자르고 문장이 파괴되었을 때부터였다.

욕심은 죄의 아버지요, 죄의 값은 사망이었다.

그는 자신의 머리를 쓸어 넘겼다.

이베리아의 왕족은 웬만하면 머리를 기른다. 왕족이 머리카락이 짧은 건 치욕이었다.

유력한 계승자였던 어린 왕자는 영광을 포기하고 복종을 맹세했다. 스스로 문장을 파괴해서 마력마저 포기했다.

자신보다 나이가 어린 동생은 그렇게 해서 대공이 되었다.

문이 열렸다. 소년은 파리한 안색으로 비틀거리며 걸어 들어왔다. 어두운 왕의 침소에는 붉은 불빛만이 어른거렸다.

"알렉시온."

대공은 대답하지 않았다. 왕을 보다가, 아이에게 시선을 돌렸다.

"내가 그때 네게 말했다."

"책임을⋯⋯."

소년은 당연히 기억했다.

왕은 니나의 흘러내린 머리카락을 부드럽게 쓸었다.

"나는 네가 네 위치를 잘 아는 줄 알았다. 그때처럼⋯⋯."

대공은 고개를 푹 숙였다. 몇 년 전, 스스로 자른 머리카락은 아직도 짧았다. 하지만 머리카락은 다시 기를 수 있었다.

파괴되어 버린 문장은 돌아오지 못했다.

알렉은 자신의 어깨를 잡았다. 힘을 잃은 건 손발이 잘린 것처럼 괴로웠다. 매 순간 함께 있던 마력의 팔다리가 잘려 버렸다. 그 힘이 이제 자신의 것이 아닌 게 믿기지 않았다.

하지만 어머니를 지킬 수 있다면 상관없다고 생각했다. 비록 그 점이 어머니를 미치게 할지라도 말이다.

"너는 호감을 느낀 여자애 하나조차 지키지 못했다."

소년은 왕이 말했던 게 이런 것임을 짐작조차 하지 못했다.

"네 정보를 넘기는 수하를 막지 못했고⋯⋯."

알렉은 소녀를 바라보았다. 옅은 분홍빛 뺨을 가진 시녀는 왕의 침대에 누워 있었다.

첫사랑이라고 생각했다.

"네 어미가 오는 것도 알지 못했다."

난생처음 호감이란 걸 가졌다. 처음 봤을 때부터 머릿속에 빙글빙글 맴돌았던 여자아이였다. 왕의 것이라는 걸 알았을 때, 난생처음 왕의 자리가 부러웠다.

멈췄어야 했다.

호감인 걸 몰랐어야 했다.

한 번 더 보고 싶어서 찾아갔다. 어머니의 시녀들이 하는 잘못된 말을 멍청하게 믿고, 같이 있는 순간을 상상했다. 현실을 알고 포기했지만 그래도 함께 있고 싶었다.

많은 것을 바라지 않았다. 그냥 그때처럼 꿈같은 시간이 다시 오기만을 바랐다.

'당신 것이어서 탐내지 않았어.'

그냥 그 자리에 두려고 했단 말이야.

손가락이 어깨를 파고들었다. 피가 났지만 아픔이 느껴지지 않았다.

"아무것도 모른 채 살아도 된다고 생각했습니다."

어머니를 살렸으니 됐어. 나는 이제 아무것도 하지 않아도 돼. 시골이긴 하지만 답답하고 무거운 성보다 나으니까 괜찮아.

애초에 권력을 가지고 싶다는 의지도 희미했다. 소년은 왕좌 너머에 있는 것들이 무서웠다. 거대한 교단과 대립하는 상황도 두렵기 짝이 없었다.

소년은 진심으로 왕이 되고 싶지 않았다. 굳이 어머니가 아니더라도 이베리아 왕좌는 알 수 없는 거대한 것에 짓눌리는 기분이었다. 깊은 심연을 들여다보면 이런 기분일 거야. 알아서는 안 되는 것들을 깨닫게 될 거야.

그 모든 게 무서웠다.

"그래서 포기했습니다."

어머니가 돌아가실 그날을 기다렸다. 나이가 이미 많이 드신 분이었다. 그래도 사람이어서 애정을 가진 혈육을 미워하기가 힘들었다.

"형님, 제가 제 위치를 모른 겁니까?"

왕은 대답하지 않았다. 그저 조심스럽게 시녀의 뺨을 쓸었다. 여전히 청량함이 느껴졌다.

잊고 있던 감각이 다시 돌아오면, 누구나 잃고 싶지 않은 법이었다.

왕은 더 가까이 가서 어깨를 받치고 아이를 들어올렸다. 의식을 잃은 시녀는 실을 잃은 인형처럼 힘을 주는 방향으로 움직였다.

"의식을 오랫동안 잃어서 만나를 먹여야 한다고 하더군."

자신의 동생인 소년은 어깨를 부여잡고 있었다. 그 위치에 있던 문장은 이미 없어졌다. 알렉시온은 문장을 쓰지 못했다. 그가 가지고 있는 힘은, 선천적으로 사용할 수 있는 바람뿐이었다.

왕은 손바닥 안에 만나를 생성했다. 푸른빛이 휘몰아치며 그의 손에는 자잘한 결정이 채워졌다. 이 모든 것이 왕의 권능이자 축복이었고, 또 저주였다.

"형님……."

결정은 하얗지만, 맛은 떫고 썼다. 그는 손바닥에 있는 결정 하나를 아이의 입에 넣었다.

"짐의 토끼는 참 착하군."

그는 아이의 목덜미를 매만지며 얼굴을 바짝 들이밀었다. 작게 내쉬는 숨결이 느껴졌다.

그렇게 시녀에게 만나를 먹였다.

손가락에 아이의 입술이 닿았다. 단지 그뿐인데 이상하게 모든 게 충족되는 기분이었다. 생각해 보면 토끼에게 닿을 때는 항상 이랬다.

가슴속에서 간질간질한 게 터졌다. 이상한 만족과 갈증이 동시에 들었다. 그로서도 낯선 감정이었지만 그리 나쁘지는 않았다.

'더 만지고 싶군.'

이런 말을 하면, 사비나가 미쳤다고 하겠지.

그렇다고 손에 들어온 것을 놓을 이유는 없었다.

녹은 결정이 목 뒤로 넘어갈 때까지 기다렸다. 아이는 착하게도 쓴 만나를 저항하지 않았다. 고분고분히 받아들일 뿐이었다.

왜일까.

이 모든 것이 이상하게 달콤하게 느껴졌다. 순순히 따르는 아이가 사랑스러웠다.

"토끼가 대공비라……."

시녀가 대공비가 되는 건 바라지 않았다. 아이가 그것을 바라더라도 놔줄 생각은 없었다.

사적인 권력이 이렇게 즐거운지 처음 느꼈다. 참 이상한 일탈이었다. 그 계기가 토끼란 것이 묘하게 즐거웠다.

그는 느긋하게 토끼의 목덜미를 매만졌다. 청량함이 기분 좋게 뒤엉켰다.

"혀, 형님……."

아이가 착하게도 녹은 만나를 다 넘겼을 때, 왕은 동생을 바라보았다. 초록빛 눈동자가 물기에 가득 어려 있었다.

"알렉, 나는 너를 높게 평가했다."

왕의 문장이 자신에게 오기도 전에, 선왕비의 아들은 무릎을 꿇고 충성을 맹세했다. 어머니를 살려달라고 애원하는 어린 소년을 보며, 그는 제법이라고 생각했다.

"내게 네 어미를 살려 달라고 빌었을 때, 너는 선왕비를 묶어 둬야 했어."

자신이라면 식솔을 자르고, 어미를 가뒀을 것이다. 대공은 그녀가 미쳐서 죽든 발광을 하든 내버려뒀어야 했다. 그렇게 하지 못하면, 맹세는 힘을 잃고 다짐은 아무것도 아닌 게 된다.

희생조차 빛이 바래면, 그게 무슨 소용이지?

"내가 네 나이였을 때는, 나는 변경에 있었다."

그나마 마력의 불을 써서 추위는 없었지만, 굶주림 때문에 힘들었던 나날이었다. 오늘과 내일이 보장되지 않는 하루는 죽는 것보다 힘들었다.

"그래도 어머니입니다."

"너는 왕족이다."

소년이 버릇처럼 했던 말이었다.

"왕족으로서 일반적인 삶이 허락된다고 생각하면 오산이다."

이미 태어나면서부터 이 길밖에 없어서, 선택지가 없었다. 개개인이 어떻든 이미 서 있는 곳이 썩은 피가 흐르는 진창이었다.

"전 이미 어머니께 왕이 되지 못한 못난 자식입니다."

"설사 네가 왕이 되어도 네 어미는 넘어야 할 산이다."

알렉은 소스라치게 놀랐다. 한 번도 생각해 본 적 없었다.

"그런 생각해 본 적 없습니다."

처음 보는 순간, 왕은 형의 것이라 생각했다. 그래서 무리하는 어머니가 어리석어 보였다.

"선왕비에게 다가오는 세력만 봐도 쓰레기다. 그런 쓰레기를 안고 왕 노릇을 한다면, 그것이야말로 기적이겠지."

그는 의식을 잃은 소녀의 볼을 쓰다듬었다. 여전히 토끼는 신음 한번 내지 않았다.

"소년으로 살려면 소년으로 살아라."

알렉은 입술을 깨물며 눈물을 참았다.

"한량으로 살려면 한량으로 살아."

쓰레기 같은 세력만 다가오는 건, 자신에게 가망이 없기 때문이었다. 어머니가 미친 것도 그런 이유였다.

좋은 사람들이 형의 곁에 있는 것도 마찬가지겠지.

"눈을 감아도, 네 위치를 잊지 마라. 넌 왕족이다."

소년은 주먹을 꽉 쥐었다.

형의 말이 맞았다. 자신의 모든 것을 어머니께 알려 주는 사람들이 곁에 있었다. 하지만 설마 어머니가 마력을 써 가며 성에 올 거란 건 생각지도 못했다.

안일했다. 그래서 이런 결과가 나왔다. 멍청해서 희생자가 생기고 어머니의 얼굴이 타 버렸다.

"형님은 왜 저를 살려 둔 건가요."

자신을 확실히 죽이면, 어머니의 희망은 씨알도 찾을 수 없이 묻힌다. 그것이야말로 완벽한 형의 승리였다.

왕은 웃었다.

"네가 왕족이듯 나는 이베리아의 왕이다."

왕은 아이의 가슴 가를 토닥거렸다.

"갑자기 내가 죽으면 네가 왕이지 않으냐."

소년은 피 묻은 손톱을 바라보았다. 피투성이 손은 추하기 그지없었다.

그제야 자신이 아직 살아 있는 이유를 알았다.

"이베리아는 왕의 기적에 매달려 사는 사람들이다. 그 자리를 공석으로 만들 수는 없다. 힘없는 왕이라도 이베리아에는 필요하다."

"그, 그렇군요."

대공은 고개를 숙였다. 늘 느꼈지만 제 형은 정말 신화에 나오는 왕 같았다.

하나뿐인 사랑도 나라를 위해 태워버릴 수 있는 그런 왕.

"어머님에 대한 선처를 부탁드립니다."

"네가 처리할 거냐?"

소녀는 고개를 저었다. 금발이 붉은빛에 따라 빤짝였다.

"형이 하세요. 제 말을 듣지 않으실 겁니다."

"그럼, 탑에 가두겠다."

"부탁드립니다."

어머니를 감금해 달라는 부탁을 한 소년은 고개를 숙이고 물러났다. 왕은 미간을 찌푸렸다. 동생은 아직도 너무나 어렸다.

선왕비에게 드레스와 보석이 없는 삶은 지옥이었다. 탑에 갇히는 것과 죽는 것 중에 선택하라고 하면, 선왕비는 고민할 필요 없이 후자를 선택할 것이다.

'차라리 죽이는 게 나을 것을……'

목숨만 붙인다고 사람이 사는 건 아니었다. 그토록 권력을 원했던 상대였다. 그런 선왕비가 화상이 짓눌린 피부를 가지고 살아가는 건 죽기보다 싫을 것이다.

'살롱도, 모임도 없는 삶을 그 여자가 잘도 살겠군.'

소년은 천천히 걸어갔다. 그리고 마지막으로 나가기 전에 다시 고개를 돌렸다. 조그마한 목소리가 조용한 왕의 침소에 울려 퍼졌다.

"왜 토끼인가요?"

형의 시선이 느껴졌다. 대공은 쓰게 웃으면서 말했다.

"어머니가 독으로 죽인 토끼를 닮긴 했지만……."

목소리가 떨렸지만, 소년은 멈추지 않았다.

"그래도 형님의 침대에 있는 건, 여자아이입니다. 폐하."

왕은 대답하지 않았다.

대공은 작게 속삭였다.

"제가 좋아하는 여자아이예요. 좋아할 자격 따위는 처음부터는 없었지만요……."

왕은 무심하게 시선을 돌렸다. 소복한 눈두덩이와 눈동자가 그때 죽었던 토끼랑 똑같았다.

소년은 완전히 방을 나갔다. 열린 방문 사이로 사비나의 모습이 언뜻 스쳤다.

시녀는 조용히 문을 닫았다. 왕은 침대 위에 누운 소녀의 볼을 쓸어내렸다. 기분 좋은 청량함이 손가락 사이로 흘러 들어왔다.

"독에 당하지 않는 토끼가 생겼다 싶었는데……."

그래서 전처럼 죽지는 않겠구나 싶었다.

하지만 이 토끼는 온갖 사고를 몰고 다니는 주제에 운도 없었다. 철창에 갇혀서 주는 먹이를 먹으면 되는데, 묘하게 손에서 겉도는 아이였다.

새도 토끼도 완벽한 우리를 준비했지만 다 엇나가는 느낌이었다.

손에 들어왔는데, 놓칠 이유가 없었다. 이렇게 약한 것을 우리 밖으로 둘 생각도 없었다.

"늦었다. 니나."

니나 케이지는 여전히 조용했다. 왕은 토끼의 코를 매만졌다. 얌전한 토끼도 나쁘진 않지만, 그래도 움직이는 토끼가 좋왔다.

"어서 일어나라."

토끼는 여전히 잠든 채였다. 왕은 침대에서 내려왔다. 아직 시간은 많았고, 그는 느긋하게 기다릴 수 있었다.

～◆～

탑은 낮에도 춥고 눅눅했다. 그나마 맨 위에 있는 층은 햇빛이 들어왔지만, 계단은 거미줄투성이에 깜깜했다.

이곳이 참 싫었다. 지금도 싫긴 했다. 하지만 벌써 몇 년째 이곳에 있었다. 좋든 싫든, 끔찍하든 적응을 할 수밖에 없었다.

나는 처음 여기 왔을 때를 떠올렸다.

그때는 나가고 싶어서 울면서 소리쳤다. 하지만 그 외침에 대답해 주는 사람이 없었다. 문을 두들겼지만, 손에 피가 날 뿐이었다. 목이 쉬어도 달라지는 게 없었다.

그렇게 얼마나 시간이 지나갔을까.

하루하루가 무력하게 지나갔다. 아무리 간절한 바람이라도 빛이 바래진다는 걸, 탑에 와서야 알았다. 나는 햇살이 들어오는 곳에 앉아서 밖을 바라보았다. 조그마한 창문에는 희미한 햇살이 어른거렸다.

모든 것을 포기했을 때, 한 사람이 말을 걸었다.

'왜 지금일까.'

그 사람은 지금도 이곳으로 올라오고 있었다. 힘없는 발소리여서, 나는 작게 속삭였다.

"고마워요, 베아토. 하지만 이제 안 와도 좋아요."

"니나……."

손가락 사이로 작은 바람이 느껴졌다. 나는 체력도 없는 그가 날 위해 매일 그 어두운 곳을 올라온다는 걸 알았다.

"제가 죽는 이유를 알았으니 됐어요."

호의에 보답할 방법이 없었다.

친절한 사람이다. 너무나 착한 사람이라서 손해를 봤다. 그냥 무시해도 좋을 텐데, 쓸데없는 정이 많았다.

"아니요, 니나. 전 끝까지 여기 있을 겁니다."

"그럴 필요 없어요. 베아토 말이 맞아요."

나는 햇살 속에 손을 담갔다. 황금빛 빛줄기가 손등을 타고 내려왔다.

"누군가는 나를 죽이라고 했을 테고, 왕은 결정한 거죠?"

빛은 따듯해서 조금 슬펐다.

"성녀님은 나를 잊었고, 이제 누군가가 나를 죽이러 올 테죠."

베아토는 울고 있었다. 나는 고개를 저었다. 그럴 필요 없었다.

"누굴까요? 기사일까?"

나는 갑옷을 입은 사람의 칼에 찔리는 나를 상상했다.

그래서 간절히 부탁했다.

"내가 죽는 모습은 보지 마세요. 베아토. 당신에게 악몽으로 남고 싶지 않아요."

억울했지만 그건 원하지 않았다. 나에게 잘해 준 유일한 사람이었다.

"언제 죽나요? 이왕이면……."

나는 뻗었던 손을 내리고 눈을 감았다. 아무것도 보이지 않으니 마음이 편했다.

"햇살이 좋은 날이면 좋겠어요."

왜냐하면, 이제 더는 어둡고 습한 건 싫으니까.

나는 가물거리는 눈을 떴다. 희미한 초점은 깜박이다가 곧 제자리를 찾았다. 하지만 아직 눈을 잘 뜰 수 없었다.

손가락에 힘을 줬지만 어째 몸이 뻑뻑했다. 내 몸이 내 몸 같지가 않았다.

목이 말랐지만, 목소리가 나오지 않았다. 멍한 머릿속에는 한 가지 생각밖에 없었다.

'살았나?'

목을 감싸고 작게 소리를 냈다. 목소리가 아닌 이상한 쇳소리가 들렸다.

그때 누군가가 내 어깨를 들어올리고 물 컵을 입에 대줬다. 이상한 맛이 나는 물이었지만 정신없이 들이켰다.

천천히 마시란 소리가 들렸다.

얼마나 그렇게 물을 마셨을까. 나는 목을 가다듬고 겨우 소리를 내봤다. 다행히 아까처럼 쇳소리는 나지 않았다.

'아, 좀 움직일 만하다.'

손가락 하나를 까닥하자 드디어 다리도 움직였다. 나는 발가락까지 움직여 보다 숨을 내쉬었다. 그제야 주위를 볼 수 있었다.

'여기가 어디지?'

붉은 휘장이 화려하게 장식된 곳이었다. 등이 별로 없어서 어두웠지만, 식별을 못 할 정도는 아니었다.

살았다면 병동이나 내 숙소인 남쪽 끝 방에 있어야 하지 않아? 설마 또 성녀가 있는 안쪽 방은 아니겠지? 만약 거기라면 살아난 게 무색하게 심장이 떨릴 거 같아.

나는 다시 말을 해 봤다. 거친 소리가 났지만 그래도 단어 정도는 내뱉을 수 있었다.

"사흘 만이다."

낮은 목소리가 들렸다. 나는 이 목소리의 주인을 알았다.

뻣뻣한 목을 움직여서 소리가 난 방향을 바라보았다.

'설마……'

눈부시게 잘생긴 폐하께서 침대 옆에 같이 앉아 있었다.

'다시 기절할까?'

왜 여기 계세요? 아니, 여기는 어디예요? 이 침대는 뭐죠? 삼 일 만이라니, 저 설마 그동안 쭉 여기 있었던 거 아니죠?

수많은 질문이 머릿속에 빙빙 돌았다. 하지만 결론은 하나였다.

다시 쓰러지고 싶었다.

"이상한 표정이군."

왕은 그게 마음에 들지 않는지 내 코를 살짝 쳤다.

나는 잘 움직이지 않는 팔을 들어올렸다. 처음에는 힘들었지만 그래도 착실하게 힘이 들어갔다.

내가 어떻게 됐더라?

날 내려다보았던 왕의 모습이 떠올랐다. 그러자 바닥에 흘렸던 피가 순식간에 기억을 뒤덮었다.

눈을 감았지만, 몸이 떨렸다. 피 냄새와 고통이 어지럽게 교차했다. 왠지 숨쉬기가 힘들었다. 진정하고 싶은데 그게 마음대로 되지 않았다.

그때 강한 힘이 어깨를 끌어당겼다. 세상이 순식간에 검게 물들고, 익숙한 체향이 느껴졌다.

"떨지 마라. 토끼야."

닿은 목소리가 기분 좋았다. 나는 손에 닿는 왕의 옷자락을 꽉 잡았다.

얼마나 그렇게 있었을까.

왕은 내 손을 잡으며 속삭였다.

"죽을 뻔했다."

나는 고개를 끄덕였다.

그러게 진짜 죽을 뻔했어. 상상도 못 했는데 이런 일이 벌어질 수도 있구나.

나는 작게 숨을 내쉬었다. 혼란스러울 때 누군가가 안아 준다는 게 이렇게 빨리 진정이 될지는 몰랐다.

'그게 폐하라는 게 문제이긴 한데……'

그래도 이왕 이렇게 듬직한 게 있는데 이용하는 게 좋겠지. 나는 왕의 품안에서 눈을 감았다. 닿은 체온이 좋았다. 몸이 추워서일까. 자꾸 그의 품에 파고들었다.

그는 내 떨림이 나아질 때까지 아무 말도 하지 않았다. 나는 천천히 숨을 골랐다.

"저는 산 건가요?"

갈라진 목소리에서는 쇳소리가 났다. 묻고 나서야 아차 싶었다.

팔다리가 멀쩡히 움직이는데 당연히 살았겠지. 거기다 아까는 물까지 마셨다. 머릿속이 복잡해서 잘 모르겠지만, 지금은 아프지 않았다.

"토끼를 죽게 하지 않을 거란 짐의 말을 잊었나 보군."

난 작게 웃었다. 그러고 보면 이 모양 이 꼴이지만 죽지 않게 해 주겠다는 걸 생일선물로 받았었다.

"내 토끼는 어지간히 짐을 안 믿는군."

죄송합니다. 정말로 살려 주셨네요.

"폐하께서 살려 주신 거죠?"

어떻게 살려 주셨나요. 그렇게 큰 상처가 났는데 살 수 있나요. 저는 거의 죽을 줄 알았는데요.

그는 잡은 내 어깨에 더 힘을 줬다. 왜일까. 조금 웃음이 나왔다.

"감사합니다."

나는 다시 손가락을 움직여 봤다. 아까보다는 더 유연하게 움직였다.

'살았다.'

정말 살았어. 죽지 않았어.

살이 타는 냄새가 기억나서 크게 숨을 내쉬었다. 여기에는 그 냄새가 없었다.

"네가 다친 건 짐의 탓이다."

나는 천천히 고개를 들었다. 이 사람이 무슨 말을 하는지 알 수 없었다.

붉은빛이 왕의 섬세한 이목구비를 비췄다. 생각에 잠긴 그는 수려하기 그지없었다.

"성에서는 종이 짧게 두 번 울리면 대피를 하지."

나는 안쪽 방에서 나왔던 기억을 더듬어 봤다. 그러고 보면 종소리를 듣긴 했었다.

"기사 몇이 약에 취해 있었다."

이건 또 무슨 소리일까.

"알렉의 시녀들이 안쪽에서 문을 열었더군. 그래서 감히 내 성에 선왕비가 들어왔다."

나는 얼굴에 붉은 꽃이 피던 여자를 떠올렸다. 과한 드레스를 입고 미친 듯이 소리치던 노인은 너무나 무서웠다.

조금만 늦었어도 죽었겠지. 그녀는 정말 칼을 휘두를 셈이었다.

몸이 다시 떨렸다. 왕은 한숨을 쉬며 내 어깨를 토닥거렸다.

"떨지 마라."

"그게, 제 마음대로 안 돼요."

살짝 두들기는 일정한 박자가 기분 좋았다. 누군가에 품안에 있는 건 꼭 보호받는 거 같았다.

진짜 작은 토끼가 된 거 같았다.

'잠시만……'

아늑해라. 좋은 냄새도 나고 포근해. 폐하, 조금만 더 이렇게 있으면 안 될까요? 가족이 죽은 후에 이렇게 안아 주는 상대가 없어서 그런지 되게 좋네요.

'아니다. 있긴 있었다.'

친척들이 만나기만 하면 불쌍하다며 참 많이 안아 줬다. 그때는 남자친구도 있긴 했지. 물론 다 각자 목적을 가졌다는 걸 알고 슬펐지만 말이다.

나는 눈을 떴다. 그만 빠져나가자. 이화윤. 폐하의 품 참 좋네. 너무 편해서 중독될 거 같아. 앞으로 이 품이 생각나면 어떡하지.

왕이 가려서 만들어 준 세상은 안락했다. 하지만 여기에서 머물 수는 없었다.

"이베리아는 강하지만 환각제의 나라이기도 하다."

고개를 들고 그의 품에서 빠져나왔다. 그는 내 뺨을 쓰다듬으며 말을 이었다.

"선대왕들은 마력의 고통을 잊기 위해 각종 환각제를 흡입했다. 원래는 왕실에서만 쓰여야 하지만, 이런 건 늘 그렇듯 밖에도 떠돌기 마련이지. 대대적으로 단속했지만, 아직도 도는 것도 사실이다."

그 약을 먹고 기사들이 손을 못 쓴 걸까. 하지만 그 선왕비를 막았던 병사도 분명 있었다.

"미안하다."

나는 고개를 저었다.

"일부러 그러신 것도 아니잖아요."

만약 이 사람에게 이리저리 이용되다가 죽을 뻔하면 좀 슬펐을 거 같긴 했다. 하지만 이건 사고처럼 느껴졌다.

"그 사람은 선왕비인가요?"

나는 나를 죽이려고 했던 여자를 떠올렸다. 순간 겁이 나서 소름이 돋았지만, 이제는 조금 참을 만했다.

"그녀가 쓴 게 마력이죠?"

다리를 휘감은 바람을 자유자재로 부렸다. 나는 이제야 알렉이 왕족은 강하다고 한 말을 떠올렸다.

마치 짐승 앞에 먹이가 된 기분이었다.

"마력이다. 선왕비는 마력을 가진 탓에 많은 기대 속에서 왕비가 됐지."

왕은 다시 내 어깨를 토닥이며 부드럽게 나를 달랬다.

'이제 괜찮은데……'

이 사람은 좀 너무하다 싶을 정도로 니나를 작은 아이처럼 다뤘다.

'아, 생각해 보니까 니나는 아직 어리구나.'

애 취급이라고 생각했는데, 니나는 애가 맞았다. 나는 순간 짧게 웃었다. 몇 번 죽을 뻔하니까 나이가 헷갈렸다.

"선왕의 불과 바람의 왕비가 만나서, 강한 왕자가 태어날 거라고 주목받았다."

"왜 아이가 태어나지 않은 건가요?"

"그건 나도 모른다. 시녀에게서는 그렇게 쉽게 태어났던 아이가, 그녀에게는 너무나 늦었다. 여러 가지 설은 존재하지만, 자세히 파고들진 않았다. 어쨌든 알렉은 너무 늦게 세상에 나왔다."

나는 금발 왕자님을 떠올렸다. 초록색 눈을 가진 예쁜 대공의 어머니가 그 노인이라고 생각하니 소름이 돋았다.

"선왕비님은 어떻게 되셨나요?"

"탑에 갇혔다."

탑? 서쪽에 있는 탑?

순간 축축함과 추위가 떠올랐다. 손에 닿는 바람과 이끼가 머릿속을 어지럽혔다.

거긴 너무 외롭고 쓸쓸했다. 그래서 어떻게든 빨리 끝나기만을 간절히 바랐다. 제발, 끝내줘요. 여기는 싫어요.

나는 입을 막았다. 이상한 신음이 나올 거 같았다.

'난 탑에 대해 몰라.'

하지만 마치 가 본 것처럼 기억했다.

꿈이 생각났다. 의식을 잃고 있을 때 계속 꿨던 그 꿈이었다. 나는 살짝 입술을 깨물었다.

'그건 원작에 나오지 않은 니나의 기억이겠지?'

나는 필사적으로 기억을 묻었다. 니나야. 언니가 미안한데, 지금 거기까지 가면 진짜 신경줄이 갈릴 거 같아. 조금만, 기다려. 조금만 괜찮아지면 나중에 생각할게.

한참을 숨을 막고 있는데, 왕이 말했다.

"괜찮다."

나는 대답 대신 그를 올려다보았다. 왕은 미간을 찌푸린 채 내 뺨을 매만졌다.

"탑에 가뒀으니 괜찮다. 서쪽에 있는 탑은 내 마력이 관장하는 곳이다. 이제 선왕비는 거기서 나올 수 없다."

이 사람은 내가 그 여자 때문에 겁을 먹은 거로 생각하는구나.

'사실 선왕비보다는 탑 자체가 겁나는 건데……'

눈이 따끔거렸다. 나는 주먹을 꽉 쥐었다. 손톱이 파고들었지만, 도저히 이 무서움이 가시지 않았다.

"네가 다칠 일은 이제 없다."

순간 웃음이 나왔다.

아니 그걸 어떻게 알아요. 있잖아요, 폐하. 제가 니나가 된 후부터는 그 부분은 완전히 포기했어요. 세상에, 이베리아로 온 후에 도대체 몇 번을 앓아누운 거야.

그는 내가 웃는 것을 보며 내 눈가를 톡톡 쳤다.

"짐의 말을 안 믿는군."

"저도 안 다치고 싶어요."

정말 고이고이 사는 게 이렇게 힘든지 몰랐다.

"다시는 이런 일 없을 것이다."

"글쎄요."

나는 고개를 저었다.

"그렇게 쉽지 않다니까요. 삶은 예측할 수 없는 겁니다. 폐하!"

특히 니나는 한 치 앞도 모르겠어요. 아무리 조심스럽게 살아도 이 모양이잖아요! 목욕하다 머리가 깨지고, 성 복도에서 미친년한테 죽을 뻔하고!

왕은 내 코를 톡톡 치면서 말했다.

"말이 많아졌군."

"그러게요. 이제 막 가나 봐요."

확실히 몇 번 골로 갈 뻔하니까 이렇게 살면 안 되겠다는 마음이 드네요. 살얼음 밟는 건 똑같은데 이상한 객기는 왜 생기는 걸까요.

'이래도 한세상, 저래도 한세상.'

다 포기하고 술 취한 듯 막 가버리면 안 되는 걸까.

'당연히 안 되지.'

나는 급히 반성했다. 미안해, 니나야. 언니가 미쳤나 봐. 당연히 조심조심 살아야 하는데, 하도 많은 일이 있어서 탈선 욕구가 들었어.

"이 조그마한 머릿속에서 무슨 생각을 하는지 모르겠군."

나는 어색하게 웃었다. 별거 없습니다, 폐하. 사람이 생각하는 게 거기서 거기죠 뭐.

목을 다시 가다듬었다. 이제는 제법 매끄럽게 소리가 나왔다.

"그나저나 여긴 어디인가요?"

주위를 둘러보니 화려한 휘장이 제일 눈에 띄었다. 이쪽도 캐노피와 커튼이 겹겹이 쳐져 있어서 밖이 잘 보이진 않았다. 나는 시트를 한번 잡아당겨 보았다.

'침대 크다.'

정말 몇 바퀴 굴러도 되는 침대였다. 안쪽 방에 있는 침대도 참 크다고 생각했는데, 이것도 그 못지않았다.

"성에서 제일 동쪽에 있는 곳이지."

나는 계속 두리번거리며 침대를 구경했다. 침대 머리에는 독수리 머리에 사자 발을 단 맹수들이 장식되어 있었다.

'이거 다 금일까?'

번쩍번쩍 빛나는 게 아무래도 금처럼 보였다. 하나 떼다가 팔면 쏠쏠하겠네요. 누가 이렇게 화려한 곳에서 자나요?

순간, 불길한 생각이 들었다.

"저, 폐하."

아니겠지? 아니라고 해 주세요. 잘생긴 폐하. 제가 지금 이상한 생각을 했다고 혼내도 좋아요.

그는 내 간절한 바람을 단칼에 베어 버렸다. 폐하는 아무렇지도 않게 말했다.

"내가 머무는 곳이다."

"힉!"

너무 놀라서 이상한 소리가 나왔다.

아니, 이 양반이 미쳤나! 왜 나를 이곳에서 재우고 난리야!

388

성에는 병동도 있고, 내 숙소도 있잖아! 왜 이런 곳에서 날 재웠는데!

'내 평판!'

나는 시트를 꽉 움켜쥐었다. 이제야 그 소문이 조금 가라앉는데, 왜 더해지고 난리야!

'망했다. 완전히 망했어.'

이제는 무슨 변명을 해야 할지 감이 잡히지 않았다. '어머나, 세상에! 눈떠 보니까 왕의 침소였어요. 물론 아무 일도 없었습니다!'라고 하겠지만…….

'그걸 누가 믿을까!'

내가 지나가는 사람이라도 이런 생각에 저런 말을 덧붙일 거야.

"왜 사색이 됐지?"

"폐하, 제가 왜 여기 있어요?"

병동이라는 아주 좋은 곳이 있잖아요! 능력 있는 간호사와 특출한 의사가 있는 그곳!

왕은 미간을 찌푸리고 내 코를 톡톡 쳤다.

"넌 내가 아끼는 토끼다."

"그게 중요한 게 아니잖아요!"

"그럼 뭐가 중요하지?"

순간 할 말을 잃었다. 그러고 보니, 제일 중요한 걸 잊고 있었다.

'왜 여기다 데려다 둔 거지?'

왕의 침소라면 아무나 들어올 수 없었다. 아마 이곳은 이베리아에서 제일 안전한 곳 중에 하나겠지.

나는 빤히 그를 바라보았다. 왕은 그런 내 눈빛이 기분이 나쁜지 내 코를 잡고 이리저리 흔들었다.

순간, 충동적으로 묻고 싶었다.

'저기, 폐하. 나 좋아해요?'

머릿속에 한번 휙 돌았지만, 다행히 입 밖으로 튀어 나가진 않았다. 나는 그가 놓은 코를 잡으며 안도의 한숨을 내쉬었다.

'이 사람은 대공이 아니라고!'

그 미소년은 괜찮지만 폐하는 안 된다! 누울 자리를 보고 발을 뻗어야지. 침착하자. 이 사람은 날 살려 주고 재워 주고 먹여 줬지만 그래도 왕이다.

하지만 궁금하긴 했다.

좋아해서 이곳에 둔 거냐고 물으면 폐하는 어떤 대답을 할까.

"폐하."

그래서 나는 답을 알고 있는 것을 물었다.

"저는 폐하의 무엇인가요?"

그러고 보면 꽤 많은 사람이 이 사람과 무슨 관계냐고 물었다. 적당히 얼버무렸지만, 사실 대답하기 힘들었다. 폐하. 우리가 무슨 관계인가요.

"너는 토끼다."

나도 아는 대답이었다.

그는 조심스럽게 내 뺨을 쓰다듬었다. 나는 작게 숨을 내쉬었다. 뭔가를 기대했던 걸까. 이상하게 마음 한구석이 쓸쓸했다.

답이 나왔으니, 이제 나도 그렇게 대답하면 되겠지. 전에도 그렇게 말했으니까, 앞으로도 토끼라고 대답하면 된다.

"그때는 무력해서 잃어버렸다. 조금씩 힘을 잃고 죽는 걸 바라볼 수밖에 없었다."

선왕비가 죽인 애완동물을 굉장히 아끼셨나 보네요. 하긴 나도 15년 살다 간 우리 강아지를 아직도 기억합니다.

'하지만 강아지는 강아지고, 사람은 사람이죠.'

이미 죽은 것은 돌아올 수 없다. 열심히 가족사진을 붙잡고 울어 봤자 손에 남은 것은 현실이었다.

"니나 케이지."

익숙한 목소리가 귓가에 속삭였다. 어느덧 이렇게 가까워진 남자였다.

"네."

"너를 여기에 둔 건 그러고 싶었기 때문이다."

대답은 나쁘지 않은데. 나는 왠지 울고 싶었다.

"쓸데없는 것을 신경 쓰지 마라."

하지만 폐하, 이곳은 성입니다. 평판 신경 쓰는 게 쓸데없다니요. 저는 이곳에서 잘하고 싶어요. 저 혼자 사는 게 아니잖아요.

"전처럼 독으로 죽지는 않겠다 싶더니……."

나는 쓰게 웃었다. 그러게. 생각해 보면 니나는 기미 시녀라서 독살은 안 당할 텐데, 무던히도 피를 흘렸다.

'이렇게 운이 없는 것도 대단하네.'

나는 다쳤던 팔목을 바라보았다. 그러고 보면 그때 온몸이 찢기는 줄 알았다.

새삼스럽지만 조금 궁금했다.

"저, 어떻게 산 건가요?"

소매를 걷어 보니 흉터 하나 보이지 않았다. 뇌출혈을 겪었을 때처럼 내가 혼자 회복한 걸까?

"새가 너를 살렸다."

깜짝 놀라서 어깨가 저절로 들썩였다. 세상에, 세라피가? 성녀는 도대체 나를 몇 번 살리는 거야!

'와, 도망치는 건 못 도와줘도 세라피가 이리 굴러 하면 이리 구르고, 저리 굴러 하면 데굴데굴 굴러야겠다.'

충성을 다 바치겠습니다, 성녀님. 당신은 진정한 성녀이십니다. 미천한 시녀가 이렇게 큰 은혜를 바구니째 받네요.

내 표정을 본 왕은 한쪽 눈을 찌푸렸다. 절세미남은 찡그린 미간마저 멋있었지만, 옆에 있는 난 살짝 눈치를 봤다.

'왜 서시빈목이라는 말이 나왔는지 알겠다. 저렇게 잘생기면 어떤 표정을 지어도 괜찮구나.'

미모의 힘이 대단해서 고개를 젓자, 그는 내 코를 잡았다.

"널 살린 건 나다."

아니, 바로 전까지는 성녀라면서요!

"아주 먹이만 주면 어디든 따라가겠군."

왕은 내 얼굴을 두 번 흔들다가 놔줬다. 살짝 잡아서 아프진 않았다. 나는 콧등을 매만지며 중얼거렸다.

"그럼, 제일 좋은 먹이를 주세요."

순간 말하고 아차 싶었다. 내가 지금 무슨 말을 한 걸까.

'미쳤나 보다.'

니나야, 미안해. 언니가 잘못했어. 몇 번 죽을 뻔하니까 정신이 휙 돌았나 봐.

차마 고개를 들 수 없었다.

그때였다.

작은 웃음소리가 들렸다. 나는 천천히 고개를 들어 그를 바라보았다. 정말, 믿을 수 없었다.

'웃고 있어.'

왕은 가볍게 웃었다. 큰 웃음은 아니었지만, 분명히 그는 웃고 있었다.

'웃을 수 있는 사람이었어?'

믿을 수 없어서 볼을 꼬집었다.

이런 게 취향이신가요. 도대체 뭐가 웃긴가요. 폐하의 개그 코드는 참 이상하네요. 저는 아무리 생각해도 모르겠습니다.

그는 그렇게 한참 웃다가, 내 뺨을 다시 매만졌다.

"토끼야."

"예……."

"내가 주는 먹이만 먹어라."

나는 고개를 저었다. 그런 게 어디 있어요.

"제일 좋은 걸 줘야 먹죠. 토끼도 식성이 있잖아요."

"뭘 원하지?"

낮은 목소리가 귓가에 속삭였다.

나는 피식 웃었다. 솔직하게 금괴라고 대답하고 싶었지만, 그렇게 말하면 어떻게 되는 걸까.

안 봐도 훤했다. 이 사람은 왕이었다. 그것도 이베리아를 위해서라면 뭐든 할 수 있는 사람이었다.

"아무것도요."

조금 가까워지면 확 멀어지는 사람이었다. 나는 그의 수려한 얼굴을 바라보았다. 이제야 조금 알 거 같았다. 우리 폐하는 바라보는 것만 즐거운 사람이었다.

"사실 좋은 먹이도 필요 없어요."

"아무것도 바라지 않다니, 이번 토끼는 참 이상하군."

"글쎄요. 아마 진정으로 바라는 것이 생긴다고 해도……."

웃음이 나와서, 억지로 표정을 관리했다.

"그걸 폐하께서 주실 수는 없을 것 같아요."

그의 준수한 얼굴이 굳었다. 나는 아차 싶어서 허둥지둥 변명했다.

"제가 바라는 것은 좀 어려워요."

"그게 뭐지?"

생존이라고 말하고 싶었지만, 적당한 대답이 아니었다. 나는 필사적으로 머리를 굴렸다. 하지만 나오는 게 없었다.

"가족이요."

탈탈 털어서 나온 대답은 내가 봐도 어이없었다.

"레오 경 같은 오빠라든가, 대공님 같은 남동생이 있으면 좋겠다 싶어서요.”

그의 한쪽 미간이 미세하게 움직였다. 나는 서둘러 변명했다.

“잘생기고 듬직하고, 또 대공님은 예쁘잖아요.”

망했다. 완전히 망했어. 어떡하지.

“성녀님 같은 언니도 좋아요.”

변명하면 할수록 수렁에 빠지는 느낌이었다.

‘완전히 아무 말 대잔치다.’

니나야, 미안해. 몇 번 기절하더니 뇌세포가 이상한가 봐. 언
니 완전히 바보 됐어.

왕은 조용히 자리에서 일어났다. 그리고 나를 보더니 한마
디 했다.

“아직 어리긴 하군.”

다행이다, 니나가 어려서.

나는 필사적으로 웃었다. 웃기라도 해야 상황이 넘어갈 거
같았다.

“쉬어라.”

폐하는 그렇게 말하고 뒤돌아 걸어갔다. 그가 완전히 사라
질 때까지 나는 어색하게 웃었다.

문이 닫히는 소리가 들렸다.

갔다. 갔어. 정말 갔어.

나는 안도의 한숨을 내쉬며 시트를 위로 당겨 불빛을 가렸다.

‘아, 숙소로 돌아가면 안 되냔 말을 했어야 하는데······.’

이것도 깜박했다. 해야 할 말은 못 했고, 쓸데없는 말만 늘어

놔 버렸다.

나는 시트 속에서 버둥거렸다. 아까 도대체 무슨 말을 한 거니!

'어쩌다 그렇게 된 거야! 미쳤어!'

대화를 되돌려 봐도 망했다는 생각만 들었다. 헤엄치듯 침대에서 버둥거리다가, 겨우 숨을 골랐다.

'근데 완전히 거짓말은 아니네.'

진짜 레오 경 같은 오빠와 알렉 같은 동생이 있으면 얼마나 좋을까. 레오 경은 항상 사람 좋게 웃을 거 같고, 알렉은 안 그런 척하면서 신경 써 주겠지.

나는 고개를 저으며 뺨을 살짝 쳤다. 그러다가 중요한 걸 깨달았다.

'몸이 이제 괜찮네?'

벌떡 일어나서 팔을 쭉 펴 봤다. 좀 기운 없긴 했지만 자유롭게 움직였다.

"희한하네."

밥만 제대로 먹으면 다시 일해도 괜찮을 것 같았다.

'성녀님의 능력일까, 아니면 니나가 회복력이 좋은 걸까?'

그건 알 수 없었다. 나는 다시 침대에 벌렁 드러누웠다. 몸 상태와는 별개로, 이상하게 피곤했다.

'쉬자.'

나는 시트를 껴안고 눈을 감았다. 삼 일 동안 의식이 없었다면서, 잠은 기다렸다는 몰려왔다.

9

나한테 부탁해

하루이틀 정도는 왕의 침실이 신기했다. 하지만 삼 일째가 되자, 이제는 내가 못 견뎠다.

'돌려보내 줘요.'

호화로운 방에 감금된 기분이었다. 할 일이 없는 게 이렇게 괴로운 것일 줄이야.

'밥 먹고 싶다.'

식사하고 싶다고 했지만, 간호사 언니는 고개를 저었다. 쓰러질 때 뼈가 장기를 찔러서 삼 일은 금식해야 한다며 이상한 맛이 나는 물만 줄 뿐이었다.

희한하게 물을 마시면 허기는 없어졌지만, 사람은 먹어야 사는 법이었다.

'기름진 고기가 먹고 싶어.'

그러고 보면 그 일이 있기 전에 나는 식당으로 가고 있었다. 그때도 고기를 원했던 거 같은데 왜 나는 지금까지 육즙과 혜

어져서 만나지 못하게 된 걸까.

보고 싶다, 고기야. 넌 지금 어디 있는 거니. 이렇게 애타는 내 마음을 아니, 모르니. 숨을 쉴 때마다 네가 보고 싶어. 나는 너 없이는 못 산단다.

고기 외에 간절한 게 또 있었다.

"나가고 싶다."

나는 한숨을 쉬며 침대에서 일어났다. 그 뒤로 왕은 여기에 오지 않았다. 시녀님에게 살짝 물어보니 정무가 바쁘다는 대답이 돌아왔다.

"그냥 병동 가면 안 되나."

날 왜 여기다 두는 거지? 여기 너무 휘황찬란해서 적응이 안 됩니다, 폐하. 이런 곳에서 어떻게 쉬라는 건가요. 아니 그보다 시녀를 여기다 둬도 되는 건가요.

"모르겠다."

나는 중얼거리면서 침대에서 벌떡 일어났다. 지겨워서 굴러다니는 것도 한두 번이지, 이제는 도저히 좀이 쑤셔서 살 수 없었다.

그때였다. 문이 열리는 소리가 들렸다.

'시녀님인가?'

심심해 죽겠는데 사람이 들어오니 반갑기 그지없었다. 나는 활짝 웃으면서 말했다.

"저, 시녀님. 삼 일 지났으니까 이제 식사해도 되나요?"

하지만 들어온 사람은 너무나 의외였다. 나는 허둥지둥 내 모습을 정리했다. 시트는 마구 흐트러져 있었고, 잠옷도 엉망이었다.

소년은 힘없이 나에게 다가왔다. 칼라를 정리한 나는 그를 보며 어색하게 웃었다.

'세상에 피부 거칠어진 거 봐.'

매끈했던 미소년이 엉망이었다. 알렉은 천천히 걸어왔다. 그가 밝게 웃었던 때가 기억나서 가슴이 한쪽이 아렸다.

그는 조심스럽게 말을 꺼냈다.

"미안하다."

나는 고개를 저었다. 한 번도 알렉의 잘못이라고 생각한 적은 없었다.

"어머니께서 성으로 온 건 내 탓이다."

이건 좀 의외였다. 알렉은 주먹을 꽉 쥐었다. 그는 고통스러운 것을 토해내듯 말을 이었다.

"내 주위에는 내 사람이 없다. 어머니의 시녀가 대부분이지. 그들이 나의 모든 걸 고하는 건 알고는 있었다."

소년은 나를 바라보았다. 나는 웃을 수도 말을 할 수도 없었다.

"내가 그대에게 호감을 느낀 걸, 지독하게 오해하셨다. 이번 일의 원인은 나였어."

나는 천천히 손을 뻗어서 알렉의 손을 잡았다. 살짝 떨림이 느껴져서 가슴이 아팠다.

"선왕비는 제가 니나 케이지란 걸 알아서 다치게 한 게 아니에요."

그 순간이 떠올랐다. 도망치려고 했지만 바람에 질질 끌려 갔다. 나는 작게 숨을 내쉬었다. 괴로웠지만 한 가지는 알았다.

"그냥 제가 거기 있어서 그런 거예요. 선왕비님은 제 머리카 락 색이랑 눈 색을 보지 않았어요. 그냥 화풀이였어요."

광기의 번들거리는 눈빛이었다. 그래서 그녀가 칼을 들었을 때, 죽을 거 같다는 생각만 들었다.

"제 머리카락 색이 검은색이어도 같은 짓을 하셨을 거예요."

"그대의 말이 맞다. 어머니는 눈이 어둡다."

한숨 속에 그의 목소리가 섞였다.

"미안하다."

나는 억지로 웃으며 고개를 저었다.

"아니요. 알렉이 사과할 일이 아니에요. 하지만……."

말을 할까, 말까.

고민했지만 결국 말할 수밖에 없었다.

"저는 그게 더 심각한 문제라고 생각해요."

이런 미소년에게 쓴소리하는 건 가슴 아팠다. 굳이 내가 말 하지 않아도 알고 있을 거란 생각도 들었다.

"알렉은 대공이고, 왕이 되셨을지도 모르는 분이죠?"

그는 고개를 저었지만, 중요한 것은 그게 아니었다.

"그런 분이 권력을 잡았다고 생각하면 아찔해요."

나는 천천히 숨을 골랐다. 그녀를 생각할 때마다 살이 타는 냄새가 기억났다.

"저를 죽여도 되는 장난감으로 여겼어요. 그냥 기분이 나빠서 몸을 찢었어요. 병사들도 그분을 막았지만 마찬가지였어요. 사람을 함부로 죽이는 사람이 권력을 잡으면, 그런 일이 일상으로 벌어지겠죠."

소년은 고개를 숙였다. 나는 그의 손을 꽉 잡았다.

"알렉은 어머님을 살리시고 싶겠지만……."

아직 열여섯밖에 안 되는 아이의 상황이 가슴 아팠다.

"그걸 바라는 사람은 이베리아에서 별로 없을 것 같아요."

내가 할 말은 아니란 걸 알고 있었다. 말한 순간까지 후회했다. 하지만 그 왕비가 권력을 잡은 미래는 너무나 위험했다.

'오지랖이겠지.'

이베리아에 온 지 얼마 안 되는 아이가 이런 말을 한다고 해서, 이 소년이 깊게 받아들일 거 같지 않았다.

그래서 말을 할 수 있었다.

"제가 하찮긴 해요. 어쩌면 이 성에서 가장 신분이 낮은 사람일지도 몰라요. 하지만 그래도 죽여도 되는 건 아니잖아요."

투명한 물방울이 시트 위로 떨어졌다. 나는 다른 손으로 그의 뺨을 매만졌다. 까칠해진 피부 위로 소년의 눈물이 느껴졌다.

"그래도 된다고 생각하는 사람은 무서워요. 무슨 짓이든 할 수 있으니까요."

눈물이 손가락 사이로 흘러넘쳤다. 알렉은 떨리는 목소리로 말했다.

"형님과 비슷한 말을 하는군."

나는 쓰게 웃었다.

설마. 그 사람과 나는 처지가 다른걸. 아는 것도 바라보는 것도, 너무나 달랐다.

"알렉이 몰랐을 거라 생각하진 않아요."

앞에 있는 소년은 영리했다. 적어도 내가 보기에는 그랬다. 이베리아에서는 미리 고개를 숙인 그의 행동을 치욕으로 여겼지만, 알렉은 실리를 챙겼다.

"그대의 말이 맞다."

소년은 내 손바닥에 짧게 입맞췄다.

"나는 알았다."

부드러운 입술이 닿았다 떨어졌다.

"모르는 척했지만, 알았다. 하지만 그럴 때마다 생각이 났다."

알렉은 내 손을 자신의 눈가에 닿게 했다. 손가락 사이로 보이는 녹색 눈이 아름다웠다.

"어렸을 적, 어머니는 나를 안고 달랬지. 잘 웃던 분이셨다. 나를 보면 세상의 모든 것을 가진 기분이라 하셨지."

천천히 닿았던 손을 내렸다. 손안에서 그의 숨결이 느껴졌다.

"돌아갈 수 있으면 좋을 텐데."

"알렉……."

"돌아갈 수 없는 것도 안다."

그는 내 손목을 놓지 않았다.

"그리워하는 것도 지금뿐이겠지."

피지도 못한 꽃봉오리가 눈물에 젖었다. 그 모습이 너무나 처연해서 나는 아무 말도 할 수 없었다.

"나는 왕족이다. 나나."

수도 없이 들었던 말이었지만, 지금은 의미가 달랐다.

"그 무게를 이제야 알았다."

소년은 천천히 잡았던 것들을 놓았다. 그는 흘러내린 머리를 쓸어 올렸다.

"멀리 가게 될 것 같다."

"영지로 돌아가시나요?"

알렉은 고개를 저었다.

"사실 울고 있을 시간도 없다. 이것도 아직 내가 어리기에 허락된 것이겠지."

"어디로 가는데요?"

소년은 쓰게 웃기만 했다. 나는 그가 대답하지 않을 거란 걸 알았다.

"언제 가는지는 알려 주세요."

나는 급히 그의 옷자락을 잡았다.

"그건 알려 주세요. 어디로 가는지는 묻지 않을게요."

"미안하다."

"험하고 거친 곳은 아니죠?"

이 소년이 그런 걸 견딜 수 있으려나. 수행원이 항상 있던 아이 아니었나.

"저 때문이라면 그러지 마세요."

"그대 때문이 아니다."

그는 내가 잡은 옷자락을 천천히 잡아당겼다.

"그저 때가 온 것뿐이다."

손가락 사이로 하얀 천이 빠져나갔다. 하얀 옷을 입은 금발 왕자님은 홀가분한 미소를 지었다.

"언젠간 이럴 때가 온다는 걸 알았다. 무서웠고 싫었는데, 막상 이때가 오니까 이상하게 어깨가 가볍다."

알렉은 정말 편해 보였다. 그렇게 웃는 대공은 왠지 소년처럼 보이지 않았다.

'그렇구나.'

소년이 이제는 아니구나. 이제 내가 알던 꽃봉오리 같던 금발 소년은 없구나.

"아무런 미련이 없지만, 단 하나가 걸린다."

난 그것이 서쪽 탑에 갇힌 어머니일 거라 생각했다. 하긴 아무리 그런 어머니라도 두고 가는 게 힘들긴 하겠지. 그것도 죄인을 가두는 탑이었다.

"그대가 걸린다."

깜짝이야. 왜 거기서 내가 나와.

"보고 싶을 것이다, 니나."

나는 살짝 고개를 숙였다가 다시 들었다. 아, 그런 의미였구나. 정말 나를 순수하게 좋아했군요.

아무것도 줄 수 있는 게 없어서 너무나 슬펐다.

"내가 형님보다 그대를 먼저 만났다면 좋았을 텐데……."

나는 조금 웃었다. 상상해 보았지만, 그렇다고 해서 이 인연이 달라질 거 같지는 않았다.

"전 가끔 알렉이 꽃 같아요. 너무 화사하고 예뻐서요."

젖은 눈동자를 가진 소년이 나를 바라보았다. 소년의 시간은 짧았다. 다시 만나면 이제 이런 대공님이 아니겠지.

"꽃길을 걸으라는 말을 아세요?"

"모른다."

당연히 여기에는 없겠다. 나는 대충 둘러댔다.

"제가 있던 성당 고아원에서는 종종 쓰는 말이었어요. 고생하지 말라는 뜻인데요, 대공님을 보면 항상 그 말이 떠올라요."

많이 힘들지는 않았으면 좋겠다. 너무 거친 곳은 가지 말길, 식사는 꼭 챙겨 먹길. 이상하게 동생처럼 느껴지는 사람이었다.

"그대는 참 사랑스럽다."

나는 고개를 저었다. 그 말은 그대로 이 소년에게 돌려주고 싶었다.

사랑스러운 건 당신입니다. 대공님.

"절 좋아해 주셔서 감사합니다."

"인사를 받을 일이 아니다."

"다시 만날 수 있나요?"

소년은 꽃처럼 웃었다. 너무 예뻐서 나도 웃을 수밖에 없었다.

"언젠가는 꼭 돌아오겠다."

"꼭 건강하게 돌아오세요. 식사도 꼭꼭 챙기시고요!"

알렉은 고개를 끄덕였다. 그는 자리에서 천천히 일어났다.

"그대의 안전과 평안을 빈다."

성은 안전하다고 말하고 싶은데, 전적이 있어서 차마 그 말은 할 수가 없었다. 이제 나조차도 이러다 한번에 훅 갈 거 같아서 걱정이었다.

"잘 있어라, 니나."

대공은 뒤돌아서서 걸어갔다. 나는 무릎을 모은 채, 그의 뒷모습을 바라보았다.

햇살에 금발이 반짝반짝 빛났다. 초록색 눈을 가진 동화 속 왕자님의 마지막 모습이었다.

'다시 만났을 때는 더는 소년이 아니겠죠.'

잘 가요, 알렉.

눈가가 조금 시렸지만 참을 수 있었다. 나는 작게 숨을 내쉬었다.

부디 저 소년의 앞날이 그렇게 험하지는 않길.

그것을 되뇌며 눈을 감았다.

왕의 침실에서 해방된 것은 사흘째가 다 되어서였다. 간호사 언니에게 고기를 달라고 애원했지만, 그녀는 냉정하기 짝이 없었다.

"소화 잘되는 것부터 천천히 먹어야 해."

결국, 멀건 수프부터 시작할 수밖에 없었다. 동동 떠 있는 야채들이 야속해서 눈물이 나올 거 같았다. 그렇게 멀쩡하다는 것을 확인받고 나서야 드디어 감금이 풀렸다.

나는 창을 젖히는 병사들에게 인사하며 밖으로 나왔다. 그들은 묵묵히 내 인사를 받으며 눈인사를 했다. 오랜만에 입은 시녀복이 괜스레 어색했다.

'돌아가자, 니나야.'

내 숙소로 가자. 그리고 생각을 하자.

'내 평판⋯⋯.'

긴 한숨이 저절로 나왔다. 비적비적 붉은 카펫이 깔린 복도를 걸어가다가 또 한 가지를 깨달았다.

'여기가 어디지.'

왕의 침실은 처음 보는 곳이었다. 나는 지나가는 병사님께 어떻게 하면 남쪽으로 갈 수 있냐고 물었다. 병사는 친절하게 설명해 줬지만, 너무 복잡했다.

'걷다가 다시 물어봐야겠다.'

나는 느긋하게 처음 보는 복도를 구경했다. 그리핀 휘장이 잔뜩 늘어서 있는 곳은 확실히 내가 갔던 곳 중에서 제일 웅장했다.

'이러다 이상한 곳으로 새면 안 되는데⋯⋯.'

비록 헤매고 있지만 그래도 갇혀 있을 때보단 훨씬 나았다. 왕의 침실은 더럽게 화려하고 넓었지만 다시는 거기로 가고 싶지 않았다.

그때, 눈앞에서 익숙한 사람을 발견했다. 나는 살짝 빨리 걸어갔다. 옆에서 보니까 내가 아는 그 사람이 맞았다.

"베아토 님!"

안경을 쓴 남자는 나를 보며 반갑게 말했다.

"니나군요! 이제 다 나으셨습니까?"

나는 살짝 뺨을 긁었다. 그러고 보면 내가 다친 것도 다 알려졌겠지. 그러면 왕의 침실에서 머물렀다는 것도 이미 다 퍼진 걸까.

'무섭다.'

다른 사람 만나는 게 살짝 무서웠다. 나는 심호흡을 하며 마음을 가라앉혔다.

무서우면 어쩌겠어. 사람 안 만나고 살 것도 아닌데. 진정하자. 이 또한 지나갈 거다. 힘내라. 나는 할 수 있다!

"네. 멀쩡해요. 저, 베아토 님……."

나는 그에게 바짝 가까이 붙어서 속삭였다.

"지금 소문 어때요?"

사람 좋은 교수님은 말없이 웃기만 했다. 참 선량한 미소여서 가슴이 답답했다.

아니, 이 양반이 왜 말을 안 해!

"죄송합니다. 어떤 소문인지 잠시 생각했어요. 지금 도는 소문이 많거든요."

"일단, 저에 대한 거요."

"니나요?"

밥 짓는 것도 아닌데 교수님은 굉장히 뜸을 들였다.

"운이 안 좋아도 너무 안 좋다고 불쌍하다는 말이 돌던데요?"

사실이라 할 말이 없었다. 미신을 안 믿는 편인데, 니나를 위해 진짜 굿이라도 하고 싶었다.

어떻게 된 애가 여기 온 후부터 쓰러지고, 다치고, 또 다치는지…….

'이베리아도 부적 파나?'

시장 뒤져 보면 하나쯤은 나올 거 같기도 했다.

"그, 그리고 또 없어요?"

"니나에 대한 소문은 별로 없어요. 특별병동에서 요양 중이란 말이 끝이에요. 지금 성은 대공에 대한 거로 시끌시끌하니까요."

아, 거대한 떡밥이 있어서 나는 상대적으로 묻힌 건가?

'왕의 침소에 있다는 건 불문으로 부쳐졌구나.'

다행이다. 정말 다행이야.

감격스러워서 눈물이 날 거 같았다. 정말 그게 퍼지면 어떻게 해명해야 할지 감이 잡히지 않았다.

"아, 한 가지 더 있어요. 그런데 별로 중요한 소문은 아니에요."

베아토는 천천히 걸어가면서 말을 이었다.

"니나가 형제 둘을 다 꼬신 대단한 수단을 가진 이란 소문이 잠깐 돌았어요. 크게 다쳐서 금방 없어졌지만요."

나는 그 자리에 잠시 멈췄다.

'수단…….'

내가 형제 둘을 꼬실 수 있다고?

헛웃음이 나왔다. 세상에, 그런 능력이 있으면 내가 이 모양이 꼴로 왜 살아.

'열다섯 살 애로 무슨 상상을 하는 거야!'

우리 니나 아직 어리거든요! 그런 난잡한 소문의 주인공이 되기에는 너무 불쌍하지 않습니까? 여러분?

"진짜 헛소문이네요. 금방 없어져서 다행이에요."

"그러기에는 너무 크게 다쳤으니까요."

"죽을 뻔한 게 도움이 될 수도 있네요."

베아토는 나를 보며 싱긋 웃었다. 그는 아무렇지도 않게 나를 위해 걸어가는 속도를 늦췄다.

"걱정하지 않아도 돼요. 지금은 선왕비에 대한 걸로 시끌시끌하니까요."

얼굴이 타던 노인을 생각하니 별로 기분이 좋지 않았다. 나는 입을 막았다. 왠지 그 냄새가 다시 날 거 같았다.

"니나? 얼굴색이 안 좋은데요?"

"아, 괜찮아요. 그때가 생각나서요."

"더 쉬어야 하는 거 아니에요?"

나는 급히 입에서 손을 떼고 고개를 저었다. 다시는 그곳에 갇혀 있기 싫었다.

"아니요! 전 건강해요! 일할 수 있습니다!"

아파도 남쪽 끝 방에서 일할래요! 그 커다랗고 화려한 방은 다시는 가고 싶지 않습니다!

"너무 무리하지 마세요. 정말 괜찮은 거예요?"

"네. 이제 정말 괜찮아요. 그분이 매우 무섭긴 하지만, 이제 제가 뵐 일은 없잖아요?"

내 말에 그는 생각에 잠겼다. 나는 교수님의 사색을 느긋하게 기다렸다.

"니나 말이 맞네요. 서쪽 탑에서 살아서 내려온 이는 극히 드무니까요."

별거 아닌데, 이상하게 충격적이었다. 나는 순간 발걸음을 멈췄다. 억지로 밀어 뒀던 꿈이 가까이 다가왔다.

그곳은 항상 축축하고 추웠다. 햇살이 들어오는 곳은 맨 위층밖에 없어서, 항상 그곳에 있었다.

하지만 비가 오는 날이면 그것도 포기해야 했다.

나도 모르게 주먹을 꽉 쥐었다. 꿈인데도 이렇게 뇌리에 남을 정도면, 니나는 그곳이 얼마나 싫었던 걸까.

"서쪽 탑은 어떤 곳인가요?"

뜬금없는 질문을 했는데, 베아토는 너무나 자연스럽게 대답했다.

"죄인을 가두기 위한 곳이죠. 그곳에 갇히면 왕의 허락 없이는 나올 수 없습니다."

"보통 어떤 사람들이 갇히나요?"

"죽어야 하는 사람이 갇히죠."

순간 뒷목이 서늘했다. 나는 나도 모르게 뒷덜미를 매만졌다.

'니나는 왜 서쪽 탑에 있었던 거야?'

성녀를 탈출시킨 게 선왕비가 성에서 마력을 쓴 것과 비슷할 정도로 큰 죄인가?

'따지면 그럴 거 같기도 한데……'

그토록 사랑하는 세라피를 도망가게 한 게 괘씸할 수도 있겠지. 하지만 그러면 대공도 비슷한 처벌을 받아야지. 니나만 갇힌 건 너무 이상하잖아. 작은 시녀가 힘이 있으면 얼마나 있다고 그렇게 무자비하게 감금을 시켜.

'무슨 이유가 더 있나?'

예전 같으면 상상할 수 없지만, 지금은 알았다.

이 나라 왕은 합리적이었다.

나라의 체계도 왕을 닮았다. 이곳에는 능력 있는 사람이 많았다. 적어도 내가 만난 사람들은 성실하고 자신의 위치에서 최선을 다했다.

'그저 감정적으로 그런 일을 할 사람이 아닌 거 같은데……'

그럼 니나는 왜 죽은 걸까.

'너무 이상해.'

거대한 수수께끼 같았다. 원작에서는 왜 이 부분이 통째로 사라진 걸까.

'원작은 변했지만 아예 배제하진 못하겠어.'

서쪽 탑에는 니나가 아니라 선왕비가 갇혀 있다. 성녀를 탈출시켰던 대공은 세라피의 존재조차 몰랐다.

하지만 이상하게 불안했다.

내가 모르는 거대한 악마가 꼭꼭 숨어 있는 거 같아. 알고 싶은데 무섭기까지 해. 수수께끼가 깊은 심연처럼 느껴져.

건드렸다가 빠지면 영원히 빠져나올 수 없을 거 같아.

"니나?"

베아토가 나를 불렀다.

한참 생각에 빠져 있어서인지 나는 조금 놀랐다.

"아…….."

나는 서둘러 손을 아래로 내렸다. 불안해서인지 손톱을 깨무는 버릇이 도져 버렸다.

'여기 와서 고친 줄 알았는데…….'

이건 이화윤의 나쁜 습관이었다. 1년에 한두 번 이래서 버릇이라고 하기에도 이상하지만, 깊은 생각에 잠겼을 때 나도 모르게 이랬다.

"안색이 더 안 좋아졌어요."

"아, 좀 심각한 생각을 했어요. 몸 문제가 아니에요."

나는 서둘러 변명했다.

"그때 생각하면 아직도 무서워서요."

베아토는 안쓰러운 눈으로 나를 바라보았다. 아예 거짓말은 아니었지만, 왠지 양심에 찔렸다.

나는 그에게 가까이 다가가서 속삭였다.

"저, 베아토 님. 물어볼 게 있는데요. 곤란하시면 대답해 주지 마세요."

"물어보세요. 저는 니나에게는 좀 약해지니까요."

저렇게 말하니 더 양심이 아팠다. 죄송해요, 교수님. 그렇게 곤란한 질문은 안 할게요.

"죽어야 하는 사람은 어떤 이들인가요? 반역이나 암살 같은 건 쉽게 상상이 가는데요, 조금 다른 예도 있나요?"

내 질문을 들은 남자는 생각에 잠겼다. 복도는 아무도 지나가지 않아서 침묵이 맴돌았다.

나는 아무 말도 하지 않고, 그저 기다렸다.

베아토는 천천히 설명했다.

"니나, 서쪽 탑에는 보통 왕위에 위협이 되는 왕족들이 갑니다. 직접 죽일 수는 없으니 쇠약해져서 죽는 걸 기다리는 거죠."

나는 대공이 서쪽 탑에 있는 것을 상상했다. 그 금발 왕자님에게는 너무나 힘든 곳이었다.

"대공처럼 영지를 주고 보내는 일도 있지만, 심각한 위협이 될 때는 서쪽 탑에 가둡니다."

설마.

순간 어떤 생각이 뇌리를 스쳤다. 베아토는 그런 나를 바라보았다.

"혹시, 폐하께서 왕이 되시지 못했다면……."

"네. 높은 확률로 서쪽 탑에 계시겠죠."

나는 이마를 짚었다. 언제나 위풍당당하신 폐하께서 탑에 갇힌 건 잘 상상이 가지 않았다. 하지만 있을 법한 가정이긴 했다.

'굉장히 잘생긴 죄수였겠네.'

원판 불변의 법칙으로 그 넝마조각조차 잘 소화할 거 같긴 했다.

'그런데 그러면 이 나라 망하는 거 아니야?'

정말 힘들게 왕이 되셨구나. 아마 내가 짐작할 수조차 없는 일을 많이 당하셨겠지. 그나저나 선왕비 같은 사람이 권력을 잡으면 큰일이잖아.

'부정부패는 기본에다가 사람도 아무렇지도 않게 죽일 거 같아.'

내가 너무 꼬아보는지 몰라도, 아마 알렉도 지금의 알렉이 아니지 않을까. 그렇게 되면 그 꽃 같은 왕자님은 어떻게 되었을까.

'뭐든 좋은 방향은 아닐 거 같아.'

나는 고개를 저으며 생각을 털어냈다.

"저는 폐하께서 왕이 되셔서 다행이라고 생각합니다."

베아토는 싱긋 웃으며 말했다.

"사실 꼭 폐하여야만 했지만요."

나는 순순히 고개를 끄덕였다. 하긴, 그렇지. 알렉에 대한 호감은 둘째 치고라도, 어린 왕자가 높은 자리에 오르면 나라가 안정될 리가 없었다.

"서쪽 탑을 보면 알 수 있습니다. 왕족의 길은 극단적으로 갈려요. 죽느냐, 사느냐, 모조리 굽히느냐."

"알렉은 어느 쪽인가요?"

"알렉? 아, 대공님 말하는 거군요. 굳이 말하자면 굽힌 길이지만, 전 대공님이 운이 좋다고 생각합니다."

복도는 어느덧 내가 아는 길로 들어섰다. 눈에 익은 얼굴의 병사들과 익숙한 무늬의 천장이 보였다.

"보통의 왕이라면 서쪽 탑으로 보내고도 남으셨을 겁니다. 하지만 폐하는 그러지 않으셨죠."

"이유가 뭔가요?"

베아토는 싱긋 웃기만 했다. 그를 만난 건 세 번째였지만, 이제는 알았다.

'대답 안 하시겠구나.'

이 사람은 곤란할 때 웃기만 했다. 나는 알았다는 듯 고개를 끄덕였다.

"어쨌든 서쪽 탑은 꼭 죽어야만 하는 죄인이 가는 곳이네요."

"예. 그 탑 안에서는 도망갈 수가 없으니까요."

"왜요?"

"왕의 문장이 관여하는 공간입니다. 출입이 극히 제한됩니다."

잘 이해가 가지 않았다. 좀 더 묻고 싶었지만 그러지 않았다.

'기밀 비슷한 것 같은데 안 알려 줄 거 같다.'

뭐가 뭔지는 모르겠지만, 왕이 안 내보내면 못 나가나 보다.

'그런데 베아토는 어떻게 왔다 갔다 한 거지?'

나는 짙은 갈색 머리를 땋아서 늘어트린 교수님을 요리조리 관찰했다. 인상 좋은 학자는 그런 나를 보며 부드럽게 웃기만 했다.

"저, 베아토 님. 이런 거 물어도 될지 모르겠는데요."

나는 조심스럽게 물었다.

"베아토 님은 그냥 교수님이시기만 한가요?"

"아, 저는 스게르토입니다."

어떤 지위지? 대단한 건가? 하지만 어조는 오늘 저녁 메뉴 얘기하는 것처럼 평이하기 그지없었다.

"그게 뭔가요?"

그가 말하는 게 무슨 직책인지 알 수 없었다.

"왕의 조언자 중 하나죠."

순간, 화들짝 놀랐다. 뭔지 모르지만 그거 굉장히 높은 지위 아니야?

"높으신 분이었나요?"

"스게르토는 지위가 아닙니다. 저는 그저 폐하를 볼 기회가 많을 뿐이죠. 학자의 관점이 필요하면 조언하는 게 제 일 중 하나입니다."

나는 완전히 질린 얼굴로 고개를 저었다.

그러니까 그게 높은 사람이라는 얘기 아닌가요? 원래 왕을 보는 건 하늘의 별 따기 수준이잖아요. 어쩐지 메어리 님이 아무렇지도 않아 하시더니 이런 배경이 있었군요.

'그래서 거기에 당당하게 앉아 있어도 되는 거였구나.'

하도 아무렇지도 않게 있기에 이상한 사람인가 싶었는데, 다 누울 자리를 보고 발 뻗은 거였다.

"니나 표정이 이상한데요?"

"좀 기가 막혀서 그래요."

묘한 배신감이 느껴졌지만 이건 말하지 않았다. 나는 작게 한숨을 내쉬었다.

"저, 베아토 님, 그런 의미에서요. 한 가지 더 부탁해도 돼요? 베아토 님의 도움이 필요해요."

"제가 할 수 있는 일이라면 기꺼이 도와드리겠습니다."

나는 목을 가다듬고 속삭였다.

"보상금 신청 더 되나요?"

돈을 생각하니 저절로 기분이 좋아졌다. 왕의 침대에서 뒤구르기를 하면서 생각했다.

대공에게 받을 수 있는 보상금이면, 선왕비에게도 뜯어낼 수 있지 않을까?

"더 될 겁니다. 각자 다른 사건이니까요. 이미 과거에 동일한 사례도 있을 겁니다."

"어머나, 빨리 신청해야겠네요. 그때처럼 쓰면 되나요?"

"서식은 제가 준비하겠습니다."

나는 활짝 웃었다. 이왕 죽을 뻔한 거 굳세게 탈 생각이었다.

'얼마를 받을지 모르지만 제대로 받아야지.'

모르면 모를까, 이미 알아 버렸다. 이 훌륭한 제도를 알게 된 순간, 운명을 느꼈다. 사랑에 빠지면 이런 기분일까. 왕비님! 사람을 죽이려고 했으면 돈을 내봐요!

"얼마 받게 될까요. 저 너무 기대돼요."

햇살이 너무 아름다웠다. 세상이 반짝반짝 빛났다.

니나야, 언니가 꼭 받을게! 흘린 피가 아까워서라도 절대 포기하지 않을 거야! 내가 그때 얼마나 무서웠는지 아니?

"그럼 니나, 내일 뵙죠."

"네. 대기실에서 봬요!"

나는 손을 흔들며 베아토를 배웅했다. 땋은 머리를 늘어트린 남자가 보상금의 천사로 보였다.

복 받으세요! 베아토! 보상금 받으면 한턱 제대로 낼게요!

주위를 둘러보니 내가 아는 복도였다. 나는 가벼운 발걸음으로 걸어갔다. 받을 돈을 생각하니 춤이라도 추고 싶었지만, 안타깝게도 여기는 노래방이 아니었다.

'그립다, 노래방!'

스트레스 받으면 탄산수 들고 코인 노래방 가는 거 참 좋았는데, 여기는 비슷한 거 없으려나.

'노래방은 같이 가는 게 재미있는데…….'

나는 살짝 발걸음을 멈췄다. 말단에다 고아요, 이방인인데 평판마저 이상해서 이곳에서는 친한 사람이 별로 없었다.

'니나는 고립되면 안 될 텐데, 어째 상황이 받쳐 주질 않네.'

친구나 동료를 사귀는 데 힘든 적이 없었는데, 성에서는 묘하게 엇나가는 느낌이었다. 좀 친해지려고 하면 사건이 빵 터지고, 좀 가까워지면 무슨 일이 생겼다.

'어렵다, 어려워.'

한숨이 저절로 나왔다. 보상금으로 인해 찬란했던 세상이 급하게 현실로 돌아왔다.

'뭐, 고민한다고 되는 일도 아니고…….'

주근깨 빼고는 괴롭히는 사람도 없으니까 시간이 지나면 괜찮아지겠지. 니나는 원작에서 매우 외로웠던 거 같던데, 솔직히 그렇지는 않으니까.

'정신없어서 외로울 틈도 없다.'

이런저런 생각을 하다 보니, 벌써 남쪽 끝 방이었다. 나는 손잡이를 잡아당겨 문을 열었다.

침실에서 앞구르기 하면서 그토록 그리워했던 곳이었다.

드디어 돌아왔어! 방은 나갈 때 그대로였지만 향기는 달랐다. 나는 향기를 따라 앞으로 걸어갔다.

'저게 뭐지?'

창가 아래 작은 조개껍데기가 빼곡히 있었다. 그것이 하얀 천 위에 말리는 꽃잎들이라는 건 가까이 가서야 알았다.

다가가서 무릎을 굽혔다. 황금빛 햇살 아래 색색의 꽃잎들이 예쁘게 말라갔다.

'세상에⋯⋯.'

이걸 누가 한 걸까.

꽃잎을 말릴 예정이었지만 다친 탓에 완전히 잊고 있었다.

그때 방문이 열리는 소리가 났다. 돌아보니 목욕물을 가져다주는 시녀들의 모습이 보였다.

"왔구나!"

"기다렸어! 이제 몸은 괜찮아?"

"마음에 들어? 우리가 했는데!"

그들은 아무렇지도 않게 들어와서 내 옆에 섰다. 나는 조금 떨리는 목소리로 말했다.

"이거 해 주신 거예요?"

"꽃잎이 아깝잖아. 네가 없으니까 시간도 많이 비더라고!"

"어때? 마음에 들어?"

"마침 햇살도 좋더라!"

눈물이 찔끔 났다. 서둘러 소매로 닦았지만 한번 터진 눈물은 퐁퐁 잘도 솟았다.

"어, 어머?"

"어머, 애! 울지 마!"

내가 코를 훌쩍이자, 그분들은 앞다투어 손수건을 꺼내서 내 눈가를 문질렀다. 나는 손수건 세 개에 얼굴을 묻고 아예 엉엉 울어 버렸다.

"감, 감사해요."

목소리가 잘 나오지 않아서, 그 말밖에 할 수 없었다.

"진짜 별거 아니야!"

"우리 되게 한가했거든!"

"꽃이 아깝잖아! 그래서 한 거야!"

변명을 들을수록 더 눈물이 났다. 세상에! 완전히 고립될 줄 알았는데, 이렇게 좋은 분들이 계시다니!

"진짜 세 분은 행운을 바구니째 받으실 거예요! 아니, 받으세요!"

튀어나온 말이 이상했지만, 그 말이 재미있는지 그분들은 까르르 웃었다. 내가 계속 눈물을 흘리자 머리를 쓰다듬으며 말했다.

"울지 마. 진짜 심심해서 한 거야."

"맞아, 맞아! 꽃이 아까워서 한 거니까 그렇게 고마워하지 않아도 돼!"

손수건으로 눈가를 문질렀지만, 눈물이 그치지 않았다. 목소리도 점점 울음이 섞여서 괴상해졌다.

"고, 고맙습니다."

니나야, 언니는 여기서 외톨이가 아닌 거 같아. 이분들이 친절하셔서 그런지 모르지만, 지금 너무 기뻐.

'솔직히 되게 이상한 애일 텐데⋯⋯.'

이분들 내가 폐하랑 이상한 소문 도는 거 아실 텐데, 이렇게 다가와 주시다니!

"울지 마. 정말 별거 아니야."

"몸은 이제 괜찮아?"

"특수병동이라고 해서 찾아가지도 못 했어."

세상에! 문병도 오시려고 했나 보다. 점점 더 감동이었다. 고마워서 어떡하지.

나는 훌쩍거리며 대답했다.

"이제 괜찮아요. 고기를 못 먹어서 기운 없긴 하지만요."

"어머, 왜 못 먹은 거야?"

"속이 다쳤다고 소화 잘되는 것만 먹었어요."

그들은 서로를 바라보다 말했다.

"식사하러 갈래? 마침 점심 다 되어 가는데!"

"그래그래. 울음 그치고 빨리 뭐 먹으러 가자!"

맞다. 밥 먹어야지. 고기 먹어야 돼.

빨리 식사하러 가고 싶어서 눈물을 참으려 했지만 어째 더 심해졌다. 나는 계속 훌쩍거렸다. 사실 이분들이 날 달래 주려는 거 자체가 너무 고마웠다.

"아이참! 몸도 아팠던 애가 이렇게 울면 어떡해!"

"맞아, 울면 기운 빠져!"

"빨리 식당 가자!"

그들은 내 손을 잡았다. 나는 고개를 끄덕이며 천천히 따라 갔다.

'니나야, 세상은 밝은 것 같아.'

언니가 필사적으로 버틸게. 또 이런 일이 생길지도 모르잖아.

세 분의 시녀는 내가 올 때까지 기다렸다. 나는 그들에게 다 가가며 활짝 웃었다. 생각지도 못한 선물을 받은 기분이었다.

대리석으로 장식한 정원은 참 아름다웠다. 색색의 꽃들 사 이로 멋스러운 조각들이 잘 어울렸다. 나는 천천히 걸어갔다. 물동이를 든 소녀상 분수가 예뻐서, 가까운 의자에 냉큼 앉았 다. 파란 하늘과 싱그러운 정원은 그때처럼 아름다웠다.

'덥다!'

이제 더위가 물씬 느껴지는 날씨였다. 칼라와 소매를 조금 풀었지만, 열기가 가라앉지 않았다.

옷이 두껍네. 그러고 보면 여름 시녀복은 따로 있을까? 이따 물어봐야겠다.

섬세한 조각상은 계속 물을 부었다. 졸졸졸 흐르는 물소리 가 마치 음악 같았다. 나는 양팔을 뻗으며 스트레칭을 했다. 별 거 안 했는데 온몸이 뻐근했다.

하얀 나비가 노란 꽃 사이에서 놀다가 사라졌다. 세상은 참 평화로웠다.

'낮이라 그런가, 빛이 좀 강하네.'

손으로 햇살을 가려 보았다. 손가락 사이로 황금빛 빛줄기가 어른거렸다. 살짝 모아 봤지만, 그래도 빈틈이 있었다.

다리를 흔들며 그렇게 하늘을 바라보았다. 그러고 보면 서쪽 탑에서 니나도 이런 행동을 자주 했다.

'니나는 얼마나 그 탑에 있던 걸까.'

작게 한숨이 나왔다. 햇살 좀 보면 복잡함이 가실까 해서 나왔는데, 여전히 혼란스러웠다.

나는 햇살을 가린 내 손을 바라보았다. 그러고 보면 그때 니나의 손은 지금의 내 손보다 좀 컸었다.

'금방 죽은 게 아니었구나.'

도대체 몇 년을 갇혀 있던 걸까. 그 습기 차고 추운 곳에서 얼마나 긴 시간을 버틴 걸까.

'잘 정리해 봅시다. 그래도 생각은 해야지.'

나는 다리를 계속 흔들었다. 시원한 바람이 치마를 흐트러뜨렸다.

'일단, 원작은 변한 거 맞지?'

이 정원에 같이 왔던 알렉 때문에 확신한 거지만, 정말 원작은 변했다. 만약 소설책 내용대로라면 세라피는 진즉에 탈출했고, 그 잘생긴 왕은 긴 머리를 휘날리며 산을 넘고 강을 넘었을 것이다.

"그런데 나는 왜 죽을 뻔한 건데!"

원작 피했다고 안심한 순간, 웬 미친년이 날 죽이려고 칼 들고 덤빌 줄은 상상도 못 했다. 더구나 그 사람이 선왕비요 알렉의 어머니일 줄이야!

'어떤 의미에서는 알렉이 저승사자인 건 맞나?'

나는 목덜미를 쓰다듬었다. 어쩐지 뒷목이 싸했다.

"알렉 잘못은 없지."

만약 정말 그 칼이 내려쳐져서 죽었다고 해도, 예쁜 금발에 초록빛 눈을 가진 소년을 미워하는 건 힘들 거 같았다.

'내가 너무 무른가?'

하지만 그 대공님은 니나를 정말 좋아하는 것처럼 보였다. 그리고 선왕비는 내가 니나 케이지인 것도 몰랐다.

'그냥 거기 있다는 이유로 사람을 죽일 수 있다니⋯⋯.'

자신이 높은 사람이라고 생각하면 그런 짓을 아무렇지 않게 할 수 있는 걸까. 화풀이로 사람을 해치다니 금수만도 못했다.

이런저런 생각을 할 때였다. 멀리서 다부진 기사 한 분이 날 향해 걸어오는 게 보였다. 눈을 가늘게 뜨고 자세히 보니 내가 아는 분이었다.

반갑게 손을 흔들자, 레오가 웃으면서 인사했다.

"꼬맹아, 몸은 좀 어떠냐?"

나는 손을 쥐었다 펴면서 대답했다.

"아주 건강합니다. 고기를 못 먹어서 기운이 없지만요."

"식당에 고기가 안 나올 리가 없을 텐데?"

깊은 한숨이 저절로 나왔다. 꽃을 말려주신 천사 세 분이랑 식당에 간 것은 참 좋았다. 오늘따라 고기 향은 참 향기로웠고, 그렇게 살코기는 내 안으로 들어올 줄만 알았다.

"간호사님이 제가 고기 먹는 거 보시고 비명을 지르시며 뺏어 가셨어요."

막 고기를 포크로 콕 찔렀을 때였다. 숨 가쁘게 뛰어오신 간호사님이 나를 발견하고 안 된다고 소리쳤다.

"내상 환자가 지금 고기 먹으면 안 된대요."

간호사님은 헐레벌떡 내 접시를 낚아챘다. 그렇게 나는 육즙이 흐르는 고기와 헤어져 버렸다.

"대신 뭘 먹었는데?"

나는 고개를 푹 숙였다. 고기 대신 받은 건 왕의 침실에서 물리도록 먹은 밍밍한 야채 스튜였다.

"단계적으로 올려야 한대요. 레오 님, 저 진짜 고기 먹고 싶어서 죽겠어요."

"꼬맹아, 의사 말은 꼭 따라라. 디오는 무서운 놈이야."

"하지만 저 신력도 있으니까 회복은 이미 예전에 다 됐을 거예요! 기미 시녀잖아요! 고기 먹어도 된다고 제 피와 살이 말해 준다고요!"

나는 기사의 망토 자락을 붙잡았다.

"진, 진정해라."

"기름이 줄줄 흐르는 고기가 먹고 싶어요. 그것만 먹으면 없던 기운도 다 돌아올 거 같아요."

기분 같아서는 사냥도 할 수 있을 거 같았다. 정말 이렇게 고기랑 못 만나게 될 줄이야!

"그런데 레오 님은 왜 여기 있어요? 훈련 안 해요?"

"이미 끝났어. 그러는 너는 왜 여기 있는데?"

나는 다리를 쭉 폈다. 천사 세 분이랑 식사를 한 뒤, 그분들은 날 이 정원으로 끌고 왔다. 식후에는 산책과 수다라는 바람직한 습관을 지닌 분들이었다.

그렇게 좋은 시간을 보낸 뒤, 세 분은 일하러 성으로 들어가셨다. 하지만 나는 이 정원에서 왠지 발을 뗄 수 없었다.

'알렉이 생각나.'

그 소년은 이제 어디로 가는 걸까. 멀리 떠난다고 했는데, 험한 곳은 아니겠지.

'식사는 잘 챙기려나……'

떠나는 날짜도 시간도 다 알려 주지 않았다. 그래도 배웅이라도 하고 싶었다.

"꼬맹아?"

생각에 너무 빠져 있었는지, 조금 놀랐다.

"죄송해요. 무슨 말씀 하셨죠?"

"너 내가 옆에 있는데, 너무한다?"

그렇게 말한 레오는 장난스럽게 날 흘겨보았다. 와, 이 사람 생각보다 귀엽구나. 나는 웃으면서 기사님의 갑옷에 머리를 기댔다.

"내가 이래 봬도 잘나가는 남자다?"

"죄송합니다. 사과드려요. 여기에 앉아 있으니까 아무래도 대공님 생각이 나서요."

내가 정원을 바라보자, 레오는 어깨를 움직여서 내가 기대기 편하게 만들어 줬다.

와, 이 사람 진짜 큰오빠 같네. 배려가 장난 아니다.

"대공님 좋아했냐?"

"아직도 좋아는 하죠."

"대공비가 되고 싶을 정도로?"

나는 고개를 저었다. 가끔 생각하지만, 이베리아는 아직 열다섯인 애한테 못 하는 말이 없었다.

"그건 불가능하잖아요."

"대공이 좋다면 가능하지 않아? 이제 선왕비도 없는데?"

나는 내 목덜미를 쓸었다. 원작에서 벗어났지만 아직은 혼란스러운 신세였다. 그리고 그건 반짝반짝 빛나는 머리카락을 가진 알렉도 비슷했다.

"저 잘 모르지만, 이베리아도 비슷한 가문끼리 결혼하지 않나요?"

안 봐도 뻔했다. 권력이 있는 곳에는 항상 정략결혼이 있었다.

"그렇지?"

"만약 대공님이 결혼한다면, 편하게 살 수 있는 배경을 지닌 사람이 좋겠어요."

그는 잠시 생각에 잠겼다가 씩 웃었다.

"할머니 같은 말을 하네. 우리 꼬맹이."

아니! 어른스러운 것도 아니고 할머니라니! 나는 너무하다며 말하며 소리 내어 웃었다.

얼마나 그렇게 웃었을까.

색색의 꽃이 펼쳐진 정원에 하얀 나비가 나풀거렸다. 가냘픈 날갯짓이 나와 알렉의 신세 같았다.

'아니다. 알렉은 그래도 대공이잖아.'

영지도 있고 저택도 있었다. 먹고살 지위가 있지만 나는 아니지. 나는 말단 중의 말단인 기미 시녀잖아.

"꼬맹아, 아마 안 됐을 거다. 너희 둘은."

"당연히 안 됐겠죠."

"폐하가 반대하셨을 거야."

제가 왕이라도 동생이 시녀랑 결혼하는 건 반대했을 거 같은데요.

"아, 그러고 보니까 저한테도 비슷한 말 하셨어요. 대공비는 되지 말래요."

"직접? 폐하께서 널 진짜 아끼시는구나."

"그게 아끼는 건가요?"

친애하는 폐하는 정말 어려웠다. 살려 주고 재워 주시는 거 보면 나름대로 신경 써 주는 거 같긴 한데, 도대체 어떤 의미인지 알 수 없었다.

"폐하께서는 책임지지 못할 일은 절대 하지 않으시지."

나는 고개를 끄덕였다. 그건 나도 느꼈다. 그 사람은 유능해 보였고 일도 많았다. 이베리아를 위해서라면 쇠라도 씹을 양반이셨다.

'워커홀릭 같아.'

이화윤일 때 나도 만만치 않게 일을 했지만, 그 남자는 정말
차원이 달랐다.

'그렇게 책임감이 있기도 쉽지 않은데 말이야.'

세습한 왕이 원래 이렇게 사명감이 넘치나요. 이베리아가
참 복 받았네요. 그런 왕이면 삼대가 먹고살겠어.

"그런 폐하께서 아끼신다면 정말 아끼시는 거다."

나는 픽 웃어 버렸다. 사람을 사람으로 안 보고 토끼로 아껴
주는 걸 영광으로 여겨야 하는 걸까.

'내가 아무리 인권 하위국에 말단이더라도 그건 아니지.'

사람과 사람과의 관계는 그런 게 아닙니다. 물론 돈도 주고
먹을 것도 줘서 충성할 수는 있지만 그건 그거고, 이건 이거죠.

"적당히 아끼시다가 괜찮은 때에 독립시키겠죠?"

내 물음에 레오는 미간을 찌푸렸다.

"평생 끼고 사실 건 아니잖아요?"

"너, 정말 폐하를 모르는구나."

깜짝이야. 놀라서 눈이 휘둥그레졌다. 아니, 이게 도대체 무
슨 말이야!

"폐하도 언젠간 결혼하실 테고, 그러면 토끼는 필요 없지 않
을까요?"

누가 왕비가 될지 모르지만 단란한 가족이 생기면 애완동물
은 좀 소홀해지는 게 당연하지 않나?

"상관없을 거 같은데?"

나는 자리에서 벌떡 일어났다. 저기요, 기사님? 지금 뭐라고 하셨나요? 저 지금 매우 당황했는데요!

"아끼신다고 했으면 평생 아끼실 거다."

"아니, 질릴 수도 있잖아요."

"질려도 옆에 두고 아끼실걸?"

호러 영화가 따로 없다. 난 완전히 넋이 나간 채 레오를 바라보았다.

'왕비가 생기고 자식이 잔뜩 생겨도 토끼로서 귀여워한다고?'

그게 말이 돼? 어떤 왕비가 그 꼴을 보고 있는데! 남편이 웬여자아이를 끼고 있는데 그걸 봐준다고?

'끔찍하다!'

혹시, 여기서는 문화가 달라서 그게 가능한가?

'그럴 리가!'

이화윤일 때 봤던 수많은 소설과 드라마가 떠올랐다. 가능할 리가 없지! 아무리 문화가 달라도 그런 게 괜찮았던 때는 단한 번도 없어!

그건 내가 싫었다! 왕비님과 공주님들 옆에서 먹는 눈칫밥이라니! 우리 니나가 천덕꾸러기도 아니고 도대체 이게 무슨 일이야!

'별일 없다 그래도 안 믿겠지?'

내가 왕비라도 안 믿을 거 같았다. 나는 머리를 쥐어 잡았다. 원작을 피했다고 생각했는데 니나의 인생이 신속하게 나락으로 떨어지고 있었다.

'어떡하지?'

도무지 방법이 생각나지 않았다. 그냥 돈 좀 벌고 시녀를 은 퇴하면 되나? 하지만 그래도 안 버린다고 하면 소용없잖아!

"꼬맹아, 머리 좀 그만 잡아당겨라. 그러다 뽑히겠다."

"저, 지금 진지해요! 기사님! 전 눈칫밥 먹기 싫거든요? 거친 빵과 질긴 고기라도 좋아요! 마음 편하게 정정당당히 먹고 싶 어요!"

레오는 머리카락을 쥐어뜯는 내 손을 잡아서 내렸다. 나는 작게 심호흡을 했다. 하지만 마음이 가라앉지 않았다.

"진정해라."

"전 지금 진정 못 해요!"

"폐하께서 결정하신 일이다. 포기하렴."

"누구 마음대로요! 어떡하지. 도망갈까?"

순간 니나의 손을 잡은 힘이 강해졌다. 레오는 무서운 얼굴 로 내 입을 막았다.

"농담이라도 그런 말은 하지 마."

서글서글했던 눈동자가 날카로워졌다. 순간 온몸이 긴장돼 서 소름이 돋았다. 앞에 있는 이 사람이 내가 아는 이가 아닌 것 같았다.

"누가 들으면 큰일난다."

그렇게 말한 기사는 다시 사람 좋게 웃었다. 나는 천천히 고 개를 끄덕였다.

"미안하다. 겁먹었니?"

손은 천천히 내려갔다. 나는 숨을 몰아쉬며 대답했다.

"조금요. 하지만……."

살짝 주위를 둘러보았다. 아무런 인기척도 들리지 않았다. 새소리만 몇 번 날 뿐, 이곳은 여전히 아름다운 정원이었다.

"절 위해서 그런 거잖아요."

기사가 내 입을 막을 정도면 정말 해서는 안 되는 말이었구나. 나는 목덜미를 쓸어내렸다. 뻣뻣하게 굳은 몸이 느껴졌다.

"꼬맹아, 폐하는 이베리아에서 제일 강하신 분이다."

"그건 저도 알아요."

"제일 고집이 세신 분이기도 하지."

나는 기사에게 가까이 다가갔다. 그러고는 손을 모으고 아주 조그맣게 속삭였다.

"하지만 전 저인걸요."

각 잡고 반항할 생각은 없었다. 웬만하면 유하게 가고 싶었다. 하지만 그렇게 살 수는 없었다.

"꼬맹아."

기사는 한숨을 내쉬었다. 그러고는 부드럽게 내 머리를 쓰다듬었다.

"네가 은퇴하는 방법은 하나란다."

"뭔데요?"

레오는 안심하라는 듯 미소 지었다. 나는 그의 이런 점이 좋았다.

"신분 높은 사람이랑 하는 결혼?"

나는 미간을 찌푸렸다. 이화윤도 니나도 다 결혼은 부정적이었다. 좋은 놈 있으면 같이 사는 것도 나쁘지는 않지만, 그 괜찮은 놈이 주위에 없다는 게 문제였다.

그런데 신분은 알렉도 높잖아?

"대공비는 안 된다던데요?"

"대공은 공이 없잖아. 공을 무지하게 많이 세운 놈이 폐하께 무릎 꿇고 너를 달라고 하면 혹시 아냐? 좀 먹힐지?"

"불가능해요."

나는 이마를 짚었다. 사람답게 사는 게 이렇게 힘들 줄이야.

"왜 불가능해?"

"공을 세운 사람이 주위에 없어요. 설사 있다 해도 그러려면 친분도 있고 연정도 있어야 할 텐데, 이 상황에서 연애하라고요?"

레오는 아무 말도 하지 않았다. 그는 나를 빤히 바라보았다.

"왜, 왜요?"

"있으면 어떡할 건데?"

나는 한숨을 폭 내쉬었다. 그러게 어떡할까. 공 세운 놈에게 돈 가져다주고 청탁을 할까? 그러면 그놈이 날 폐하 곁에서 빼주나?

난 혹시나 싶어서 물어보았다.

"돈으로 매수될까요?"

내 말에 레오는 입을 가렸다. 그러고는 정신없이 웃기 시작했다.

"푸하하하하!"

호쾌하게 웃는 기사가 참 기분 좋아 보여서, 나는 그를 사정없이 흘겨보았다. 남은 지금 진지하게 지푸라기 잡는 심정인데, 웃다니!

"저 심각하거든요?"

"진짜, 우리 꼬맹이. 이렇게 귀여워서 어떡하나."

그는 내 어깨를 가볍게 툭툭 쳤지만, 나는 아예 고개를 돌렸다. 속에서 천불이 나는데 레오만 희희낙락했다.

나는 숨을 몰아쉬었다. 조각상에서 물 흐르는 소리가 유난스럽게 귓가에 잡혔다.

'진정하자, 이화윤. 정리 좀 해 보자.'

눈을 감으니까 헐레벌떡 뛰는 심장이 좀 누그러졌다.

'왕이 날 안 보내 준다고?'

저절로 미간이 찌푸려졌다. 그 양반 그렇게 안 생겨서 참 욕심이 많았다. 에어컨 가지고 있으면 선풍기에는 자유를 줘야지. 청량함이 좀 특이하다고 해도 이건 아니지.

'그냥 말하면 내보내 줄 거 같기도 한데?'

언젠가는 만지는 것도 질릴 테고, 나는 일상 속에 파묻히겠지. 니나는 귀엽지만, 왕에게는 별 메리트 없는 시녀였다. 그냥저냥 살다가 결혼도 하고 애도 생기면 잊지 않을까.

'그 사람이면 결혼도 이베리아를 위해서 하겠지?'

나는 왕의 결혼생활을 상상했다. 사랑하건 안 하건 아버지로서는 그냥저냥 괜찮지 않을까. 게다가 쓸데없는 분쟁이 싫어서라도 바람은 안 피울 거 같았다.

'왕비가 울면서 저 시녀가 싫다고 하면, 아무렇지도 않게 치울 거 같기도 한데?'

그 사람이라면 대강 돈 주고 밖으로 내보내지 않을까? 나 혹시 쓸데없이 흥분한 거 아니야? 되게 비효율적인 짓을 한 거 같은데?

나는 다시 돌아서서 기사를 보았다. 그는 벤치에 기대서 턱을 괴고 나를 보고 있었다.

"생각을 해 봤는데요."

"그래. 결론이 나왔냐?"

"역시 돈을 벌어야겠어요."

레오가 미간을 찌푸렸다. 나는 팔짱을 끼고 만족스럽게 웃었다.

"뭐?"

"아무리 생각해도 전 언젠가 성을 나갈 것 같아요. 여기서 평생직장을 잡으면 좋겠지만, 아니면 어쩔 수 없잖아요. 그러면 돈이 최고죠."

시골로 내려가서 농사짓는 것도 나쁘지 않을 거 같았다. 이화윤은 도시에서만 자랐지만, 니나는 성당에서 소와 양 떼를 돌본 경험이 있었다.

돈 많은 전원생활 괜찮네. 가끔 친한 사람들 초대하는 것도 좋겠다. 나는 양 떼를 돌보며 치즈를 만드는 삶을 그려 보았다. 하도 죽을 뻔해서 그런지, 그런 생활이 천국처럼 느껴졌다.

느긋하게 전원생활을 하면서 치즈의 질을 높이는 삶도 괜찮겠다. 아, 치즈는 소의 위장이 필요하던데 이왕이면 버터가 좋을까? 양 젖도 버터를 만들 수 있나?

기사는 나를 보다 고개를 들어 하늘을 보았다. 그러고는 땅이 꺼져라 한숨을 내뱉었다.

"아니, 왜 그러세요."

"아직 어려서 그런가?"

"나름 합리적으로 도출한 결론인데요?"

"그렇게 어려운 말은 또 어디서 배웠냐."

레오는 고개를 저으며 자리에서 일어났다. 그러고는 나에게 가까이 오라며 손짓했다.

나는 냉큼 그에게 다가갔다. 그는 내 귓가에 작게 속삭였다.

"나한테 부탁해."

뭘?

도무지 영문을 알 수 없어서 레오를 바라보았다. 그는 언제나처럼 사람 좋은 미소를 지으며 내 어깨를 툭툭 쳤다.

꽃이 핀 정원에서 햇살처럼 웃는 기사는 참 보기 좋았다. 나는 무슨 말이냐고 되물으려 했지만, 그는 내 입을 다시 가렸다.

기사의 손은 참 크고 거칠었다. 나는 알았다는 듯 고개를 끄덕이며 양손으로 기사의 손을 잡아서 내렸다. 굳건한 손은 내 힘에 따라 순순히 움직였다.

'어떤 질문도 하지 말라는 건가?'

뭘 부탁하라는 거야? 설마 돈 빌려준다는 얘기는 아니겠지?

그러고 보니 이 사람 인사할 때 가주라고 했었는데, 집에 돈이 많나?

너무 이상해서 레오만 바라보았다. 그는 머리를 긁적이며 한숨을 내쉬었다.

그때, 뭔가 이상한 걸 하나 발견했다. 나는 옆으로 살짝 돌아섰다. 그러자 확실히 보였다.

기사의 귓가가 조금 발긋했다.

이 남자 뭘 부끄러워하는 거야?

'그러고 보니까 시선도 피하네?'

레오는 먼 곳을 보고 있었다. 왜 부탁하라고 말하고는 혼자 부끄러워하는데?

수상했지만 질문을 막았으니 물어볼 수 없었다.

"이만 가 봐야겠다. 변경에 가는 부하를 좀 봐야 해서."

"레오 님도 변경으로 돌아가세요?"

이 사람이 멀리 가면 좀 싫을 거 같았다. 이런 내 마음을 아는지 그는 내 질문에 기분 좋게 웃었다.

"나는 여기 남아. 우리 꼬맹이, 내가 어디 가면 섭섭해?"

"네."

나는 순순히 고개를 끄덕였다. 이 사람이 떠나면 정말 서운할 거 같았다.

"어, 그래?"

그의 귓가가 더 빨개졌다. 이번에는 확실히 실시간으로 봤다.

와, 이 사람 부끄러울 때 저기가 발긋해지는구나. 귀여워라.

근육질에 덩치도 큰 기사가 부끄러워하는 건 참 보기 좋았다.

나는 나도 모르게 따봉을 날릴 거 같아서 억지로 팔짱을 꼈다. 살짝 몸이 떨린 걸 티 내지 않기 위해서 힘을 잔뜩 줘야 했다.

좋아요. 아주 좋아요. 뭔지 모르지만 좋긴 되게 좋네요.

"아무튼, 가 봐야겠다. 아, 꼬맹아. 혹시 대공께 마지막으로 할 말 있니? 전해 줄까?"

기사는 아무렇지도 않게 말했지만 나는 순간 깜짝 놀랐다.

"대공님이 변경으로 가요?"

"아차. 이거 기밀이었지."

나는 입술을 깨물었다. 기밀이야? 왜? 그보다 어디 간다더니, 그게 변경이었어? 그걸 왜 숨긴 거지. 설마 내가 걱정할까 봐?

왕의 침소에서 봤던 대공은 떠난다는 말만 했다. 금발의 초록색 눈을 가진 소년은 나에게 언제, 어디로 간다는 말은 하지 않았다.

"신분을 숨기고 가는 거라 기밀이었는데, 미안하다. 잊어 줘라."

나는 고개를 저었다. 이미 들은 것을 잊을 수 없었다.

"지금 당장 가나요?"

레오는 머리를 긁적이며 고개를 끄덕였다. 차마 말은 못 하지만 그렇다는 얘기였다.

심장이 두근거렸다. 너무나 초조했다. 그 소년을 이대로 보낼 수는 없었다. 정말 뭐라도 해 주고 싶었다.

'내가 할 수 있는 게 뭐지?'

먹을 거? 입을 거?

아무것도 해 줄 게 없었다. 니나가 가지고 있는 것도 아무것
도 없었다. 설사 무언가를 가지고 있더라도, 대공에게 필요한
건 없었다.

나는 주위를 둘러보았다. 색색의 꽃들이 아름다운 정원만
눈에 들어왔다. 이 예쁜 곳에서 알렉은 마음을 고백했다. 소년
의 수줍은 고백은 기뻤지만, 대답할 수가 없었다.

그때였다. 한 조각상이 눈에 띄었다. 청동으로 된 아기 동상
은 바구니에 담은 꽃을 뿌리고 있었다.

순간, 어떤 생각이 뇌리에 스쳤다.

'혹시, 되나?'

나는 급히 레오의 망토 자락을 잡았다.

"저, 부탁이 있어요!"

사람 좋은 기사는 당황스러운 얼굴로 나를 바라보았다.

"레오 님! 제 부탁 좀 들어주세요! 저도 레오 님 부탁이면 뭐
든 들어드릴게요!"

무리한 간청인 건 알았다. 하지만 도저히 애원을 멈출 수 없
었다. 기사는 내 어깨를 토닥이면서 진정하라고 했지만, 도저히
그럴 수 없었다.

"제발요! 급해요!"

사람 좋은 기사는 알았다는 고개를 끄덕였다. 나는 기사의
손을 잡고 뛰었다. 뒤에서 천천히 가자고 했지만, 도저히 멈출
수 없었다. 한시가 급했다.

10

그대에게 떨어진 꽃

"꼬맹아, 너 정말 괜찮냐?"

나이 든 기사가 소년의 허리를 툭툭 쳤다. 금발을 하나로 묶은 소년은 아무렇지 않다는 듯 웃었지만, 기사는 고개를 저었다.

"아무리 봐도 너무 말랐어. 넌 어디서 자랐길래 그렇게 근육이 없어? 굶고 살았어?"

이번 변경으로 가는 길은 사람이 모자랐다. 하는 수 없이 루테가 병사 하나를 구해 왔는데, 저게 저놈이었다.

소년은 너무 어리고 작았다. 실력이야 그럭저럭 봐줄 만했지만, 저 조그만 것이 힘든 변경 생활을 견딜 거 같지 않았다.

기사는 계속 소년의 등과 허벅지를 툭툭 건드렸다. 너무 가느다래서 부러질 거 같았다.

"뭐든 맡겨 주세요. 할 수 있습니다."

소년은 자신감 있는 표정으로 말했지만, 나이 든 기사는 영 미덥지 않았다.

"얼굴도 해사하니 예쁜 것이, 변경 생활을 잘도 지원했네. 웬만하면 수도에 박혀 있어라, 응?"

안타깝게도 기사의 바람을 들어줄 수 없었다. 소년은 씩 웃으면서 밧줄을 묶었다. 하지만 손에 익지 않아서인지 매듭이 자꾸 풀어졌다. 나이 든 기사는 고개를 저으면서 손짓했다.

"내놔. 내가 할게."

"알려 주세요. 배울게요."

"수상하단 말이야? 내 감으로는 영 아닌데 말이지. 꼬맹아, 말해 봐라. 너 무슨 이유로 변경을 지원한 거냐?"

소년은 자리를 비키고는 쓰게 웃었다.

하긴 자신이 생각해도 수상하긴 했다. 밧줄 하나 못 매는 병사라니, 어설프기 그지없었다.

뭐라고 말하면 좋을까. 이럴 줄 알았으면 핑계를 만들어 뒀을 텐데.

방법이 없었다. 소년은 대충 둘러댔다.

"어머니께서 사고를 치셔서 감옥에 갇히셨어요."

의외로 거짓말은 아니었다.

"어이쿠! 뭐 어떻게 노셨길래? 환각제라도 판 거야?"

"그것도 했지만, 길 가던 여자애를 거의 죽일 뻔했거든요."

나이 든 기사는 능숙하게 밧줄을 묶고는 짐마차에서 내려왔다. 소년은 가볍게 마차에서 뛰어내렸다. 그는 오랜만에 마력을 썼다. 발끝에 부는 바람은 그가 땅에 닿는 충격을 줄여 줬다.

문장이 없어도 이 정도 바람은 쓸 수 있었다.

"어쩌다가?"

소년은 어깨를 으쓱했다.

"별 이유 없어요. 그냥 화가 났나 봐요."

신분만 얘기하지 않았을 뿐 사실이었다. 나이 든 기사는 꽤 놀란 표정이었다.

믿는구나. 생각보다 순박한 사람이네.

"어이쿠야!"

기사의 신음을 들으며 그는 어깨를 폈다. 익숙지 않은 일을 해서인지 꽤 뻐근했다. 가는 숨을 몰아쉬며 고개를 들었다. 파란 하늘이 보였다.

막 반나절 온 길이 눈앞에 어른거렸다. 아직 수도도 벗어나지 못했지만, 이미 그가 평생 살아온 세상이 아니었다.

이곳은 성도 저택도 없었다. 그저 숲만 우거져 있을 뿐이었다.

그는 숨을 크게 들이마셨다. 나무 냄새가 청량하기 그지없었다.

여기에는 대공도 왕족도 없었다. 알렉도 없고 알만 있었다.

소년은 다시 기사를 바라보았다. 나이 든 얼굴에는 궁금함이 가득했다. 그는 더 솔직하게 대답했다.

"미치는 줄 알았어요. 그 여자애는 제가 좋아하는 아이였거든요."

"난리도 아니네. 그래서 그 애는 살았냐?"

소년은 웃으며 고개를 끄덕였다. 능력 있는 형은 아무렇지도 않게 그 아이를 살렸다. 그때 자신은 아이가 다친 것도 몰랐다.

'형님이 좀 대단하긴 하지.'

알은 어깨를 으쓱했다. 신분을 가리고 변경을 지원하자, 형은 알았다는 말뿐이었다. 건강하게 돌아오라는 말도 없었다. 언제 오냐고도 묻지 않았다.

"어쭈! 어린놈이 세상 다 산 것처럼 웃네?"

"돈 많이 벌어야 해요. 어머니 옥바라지해야 돼서요."

"벌금도 셌나 봐? 어떻게 냈어?"

그때 누군가가 소년의 이름을 불러서 기사의 물음에 대답할수 없었다. 알은 손짓으로 양해를 구하고 급히 뛰어갔다.

"이것 좀 날라라! 조심하고!"

그는 알았다는 듯 고개를 끄덕였다. 투박한 그리핀으로 장식된 램프에는 주황색 불이 타고 있었다.

"왕의 불인가요?"

"변경에서는 우리 목숨 줄이지. 없으면 힘들어."

알은 조심스럽게 램프를 날랐다. 불을 짐마차에 단단하게 고정하고 나오자, 이곳저곳 분주한 게 눈에 띄었다. 변경으로 가는 병사들은 부지런히 뭔가를 나르고, 닦았다.

전혀 몰랐던 세계였다. 준비된 일행 앞에 서보는 건 많이 했지만, 어딘가의 일원이 된 것은 처음이었다.

알은 흘러내린 머리를 넘기면서 다시 나이 든 기사에게 갔다.

"꼬맹아! 아까 했던 말 다시 해 봐. 벌금 어떻게 냈냐?"

기사는 소년의 등을 치며 물었다. 알은 웃으면서 대답했다.

슬슬 거짓말을 해야 했다.

"일단 형이 내줬어요."

"형이 있어?"

"무지막지하게 잘난 형이 있어요. 배다른 형이라서 어머니는 달라요."

참 먼 존재였다. 태어났을 때부터 출발선도 달랐고, 가는 길도 달랐다. 가끔 물끄러미 그의 길을 바라보면 몸서리가 쳐졌다.

'별로 좋은 길은 아니지.'

진심으로 존경한다면 형님은 웃을까.

아직도 존경한다면 바보라고 하겠지. 형님은 이베리아와 관련되지 않는 것에는 친절하긴 하지. 손에 잡히는 모든 것이 죄다 관련되어 있긴 하지만 말이야.

기사는 한숨을 푹 내쉬며 알의 머리를 거칠게 쓰다듬었다.

"쪼그만 게 사연이 많구나."

"갚아야 돼요. 사정사정해서 빌렸거든요."

"그래서 그 좋아하던 아이는 너에게 뭐라든?"

소년은 쓰게 웃었다. 백금발에 붉은 눈이 예뻤던 소녀가 기억 속에서 아련히 떠올랐다.

처음에는 외모 때문에 눈에 들어왔다. 하지만 나중에는 그저 함께 있고 싶어졌다. 같이 있던 순간이 좋았다고 하면 그녀는 무슨 말을 할까.

'미안하다고 하겠지.'

예쁜 얼굴에 죄송함을 가득 담고 고개를 숙이겠지. 시녀는 솔직하고 착한 아이였다. 그것뿐이라면 좋을 텐데, 애석하게도…….

그때였다. 알이 한참 생각에 빠져 있는데, 병사들이 하늘을 보라고 소리쳤다.

"그리핀이다!"

혹시나 괴조일 줄 알았던 병사들은 병기를 들었다. 하지만 대부분 하늘을 확인하고 나서는 하던 일을 계속했다. 나이 든 기사는 햇빛을 가린 채 보더니 퉁명스럽게 말했다.

"레오 경이다. 무슨 일이시지. 전해 줄 거라도 있나?"

거대한 새는 태양을 등진 채 허공에 섰다. 알은 늙은 병사와 마찬가지로 손으로 그늘을 만들었다.

파란 하늘 아래 거대한 새가 날갯짓했다.

'그러고 보면 폐를 끼쳤어.'

레오 경은 훌륭한 기사였다. 그런 사람에게 자신은 정말 쓸데없는 부탁을 했다. 대공이어서 가능했지만, 그때는 그걸 몰랐다.

"뭐지?"

병사들이 웅성거렸다. 파란 하늘에서 뭔가가 떨어졌다.

초록색 두건을 쓴 병사는 손으로 나풀나풀 떨어진 것을 잡았다. 모든 사람은 하던 일을 멈추고, 정신없이 하늘만 바라보았다.

"꽃잎?"

햇살에 말라 바삭거리는 꽃잎들이 손바닥에 사뿐히 내려앉았다. 다른 병사들처럼 알도 팔을 들어서 꽃잎 하나를 낚아챘다. 그녀의 눈동자처럼 붉은 꽃잎이 손안에 들어왔다.

시원한 바람이 귓가에 스쳤다. 흐트러트린 소년의 머리카락이 눈앞에서 흔들렸다.

손바닥에 꽃이 들어왔다. 그도 아는 꽃이었다.

앞은 꽃잎에 살짝 입을 맞췄다. 이 작은 것이 미치도록 사랑스러웠다.

그녀의 목소리가 떠올랐다.

"꽃길을 걸으라는 말을 아세요?"

그때 처음 듣는 말이었다. 알렉은 조금 웃었다.

"제가 있던 성당 고아원에서는 종종 쓰는 말이에요. 고생하지 말라는 뜻인데요, 대공님을 보면 항상 그 말이 떠올라요."

그대구나.

그대가 나에게 꽃잎을 뿌리는구나.

꽃잎들이 바닥으로 떨어졌다. 알렉은 마력으로 부드러운 바람을 일으켰다. 손안에 있는 붉은 꽃잎 하나는 다시 하늘 위로 팔랑 날아올랐다.

붉은 꽃잎은 나비처럼 날아갔다. 닿지 않겠지. 그도 이 꽃잎이 자신의 마음처럼 그녀에게 전해지지 못할 거란 걸 알았다.

그녀를 손에 꽉 쥐고 놓지 않던 사람이 떠올랐다. 알은 웃으면서 말했다.

"토끼라고 믿고 싶은 거겠지."

말하고 나니까 시원하기 그지없었다. 마치 금기의 상자를 연 거 같았다. 알은 활짝 웃었다.

"형님은 의외로 겁쟁이입니다. 니나!"

나이 든 병사가 이상한 눈빛으로 자신을 바라보았다. 청년이 된 소년은 웃으면서 다시 바람을 일으켰다.

"꼭 돌아가겠습니다! 기다리세요!"

태양을 등졌던 그리핀은 다시 수도로 방향을 틀었다. 알은 웃으면서 고개를 돌렸다. 나이 든 병사가 미쳤냐고 물었지만, 그는 웃기만 했다.

왠지 등이 가벼웠다. 지금이라면 뭐든 할 수 있을 거 같았다.

그리핀을 탄 레오가 완전히 떠나자, 병사들은 바스락거리는 꽃길을 밟으며 걸어갔다. 그중 하나인 알도 그렇게 나아갔다.

꽃은 그녀처럼 향기로웠다. 그것이 너무나 기뻤다.

기사는 거대한 새에서 가볍게 뛰어내렸다. 자욱한 흙먼지가 흩어졌지만, 아랑곳하지 않았다. 그는 늘 그랬던 것처럼 그리핀에게 만나를 한 줌 줬다. 새는 날카로운 이빨을 들이밀며 남자가 준 것을 씹어 먹었다.

"수고했다, 릴리."

새는 날카로운 울음으로 오랜 동료의 말에 화답했다. 레오는 그리핀의 목 아래를 부드럽게 쓰다듬었다. 거대한 새는 눈을 깜박거리다가 기사의 손길에 눈을 감았다.

"오랜만에 실컷 나니까 좋지?"

새는 즐겁게 꼬리를 흔들었다. 별거 아니었지만, 워낙 커다란 새여서인지 위협처럼 보였다.

"성이 좀 갑갑하긴 하지. 다음에 또 멀리 나갈래?"

그리핀은 눈을 크게 떴다. 몇십 년 동료인 레오는 안 봐도 알았다. 자신의 동료는 멀리 나가는 산책을 간절히 원했다.

한참을 어깨 깃을 쓰다듬는데, 병사가 달려왔다.

"레오 경!"

"아, 우리 릴리 부탁해."

레오는 그리핀에게 다시 보자고 인사했다. 새는 끼룩거리며 그의 말에 화답했다.

언제 봐도 사랑스러운 녀석이었다. 처음 만났을 때는 사나워서 길들이느라 혼났지만, 변경이나 전쟁터에서는 그 누구보다 믿음직한 동료였다.

기사가 잿빛 망토를 휘날리며 걸어갈 때였다. 멀리서 백금발의 시녀가 뛰어왔다. 열다섯 살 아직 작은 시녀는 자신의 앞에 서서 숨을 골랐다.

얼마나 뛰어왔는지 머리카락이 엉망이었다. 시녀는 기사의 팔을 붙잡으며 말했다.

"하, 하셨어요?"

레오는 웃으면서 아이를 바라보았다. 붉은 눈동자에는 걱정이 가득했다.

"꼬맹아, 기사는 웬만하면 약속은 지킨다?"

안심한 모양이지 상기된 뺨에 미소가 맴돌았다. 요 조그만
건 귀엽기 짝이 없었다. 레오는 자기도 모르게 시녀의 머리를
쓰다듬었다.

"아, 병사들이 물으면 뭐라고 해야 할지. 벤셀 가문 가주가
허공에 꽃을 뿌리다니……."

"죄송해요. 곤란하시겠어요."

니나의 머리는 보들보들했다. 그동안 아이의 머리를 쓰다듬
은 사람이 많은 건 이 이유가 아닐까. 레오는 부드러운 감촉을
느끼면서 말했다.

"어떻게 할까?"

슬쩍 운을 떼니, 아이의 표정이 확 변했다. 솔직한 모습이 귀
여워서 저절로 웃음이 나왔다.

"네?"

"뭐든 들어준다고 했지?"

아이는 당황해서인지 눈을 마주치지 못했다. 저 조그마한
머릿속에서는 또 무슨 재미있는 생각을 하는 걸까. 레오는 중독
성 강한 머리에서 손을 뗐다.

"꼬맹아, 인제 와서 하는 얘긴데 함부로 그런 얘기는 하는 거
아니야."

기사의 말에 시녀는 고개를 끄덕였다.

"죄송해요. 레오 님 말이 맞아요. 뭐든지 해 주겠다니, 제가

생각해도 참 멍청하네요. 너무 안일했어요."

"내가 뭘 바랄 거 같냐?"

붉은 눈동자가 깜박였다. 머리가 좋아 보이는 꼬맹이지만 모르는 모양이었다.

"뭘 원하세요?"

"글쎄다. 이래 봬도 가주라서 먹고 자는 건 넉넉하거든."

"애초에 전 돈도 별로 없어요!"

"그럼 어쩔 수 없지. 몸으로 때우렴."

깜짝 놀랐는지 아이의 어깨가 떨렸다.

기사는 시원하게 웃으면서 시녀의 머리를 다시 쓰다듬었다.

"나랑 어디 좀 가자."

"이, 이상한 곳은 아니죠?"

헛웃음이 나왔다. 요것 봐라?

"너 아직도 나 못 믿냐?"

반쯤은 충동적으로 나온 말이었다. 시녀는 눈을 동그랗게 뜨고 자신을 바라보았다.

'못 믿나 보네.'

신뢰는 그럭저럭 준 줄 알았는데, 요 조그만 녀석은 남을 잘 믿지 못했다.

아니 그리핀 타고 꽃까지 뿌려 줬는데, 아직도 못 믿어?

'뭐, 그편이 더 낫나?'

꼬맹이는 시녀였다. 그 처지가 되어 보지 않아서 모르지만, 사람을 함부로 믿는 것보다는 의심이 많은 편이 나았다.

지금이야 그런 일이 별로 없지만, 선왕 때는 숨소리 한번 내기 힘든 게 시녀들이었다. 환각제에 중독된 왕과 권력을 노리는 선왕비가 있는 성은 반쯤은 지옥이었다.

"저, 죄송해요."

"못 믿어서?"

아이는 시선을 피했다. 붉은 입술을 오물거리다가 겨우 한마디 했다.

"그게 사람은 항상 꺼진 불도 다시 봐야 하고, 돌다리도 두들겨 보고 건너야 하잖아요. 레오 님 탓이 아니에요! 세상이 험해서 그래요! 눈 뜨고 코 베어가는 세상이잖아요!"

기사는 고개를 저었다. 아이가 하는 말을 반밖에 알아듣지 못했다.

"설마 내가 네 코를 왜 베겠니?"

"그냥 비유죠. 제 코를 가져다 어디에다 쓰게요. 팔 수도 없고."

"그게 아니라…… 됐다. 어쨌든 시간과 몸을 내놔라!"

"뭐하시게요?"

아이는 자신을 바라보았다. 반짝거리는 눈이 보석처럼 빛났다.

그러고 보면 처음 볼 때부터 아이의 눈이 붉은 보석 같다고 생각했다.

'폐하랑 비슷한 색이긴 한데, 다르게 느껴진단 말이야.'

성벽 아래에서 환한 햇살을 받는 아이는 참 귀여웠다. 꼬맹이는 알까. 백금발과 붉은색 눈은, 사실 묘한 분위기를 뿜었다. 하지만 아이는 아무것도 모르고 솔직하기만 했다.

'영리하기도 한데, 그만큼 틈도 많아.'

그러면서도 가끔은 놀랄 만큼 어른스러웠다.

"꼬맹아, 여자 물건 잘 보니? 향수라든가, 브로치 같은 거."

"글쎄요. 여기서는 물건을 사 본 적이 없어서요. 어떤 게 고급인지 잘 몰라요."

"나보다는 잘 보겠지?"

아이는 기사가 입은 망토를 바라보았다. 누런 흙먼지가 가득 묻어 있었다.

"그야 그렇겠죠."

기사는 활짝 웃으며 아이의 어깨를 툭툭 쳤다.

"생일 선물 좀 골라 줘라!"

"누구 생일 선물인데요?"

"세상에서 제일 소중한 사람인데, 여자가 좋아하는 선물은 잘 모르겠어."

시녀는 잠깐 멈춰 서서 기사를 아래위로 훑어보았다.

"레오 님, 애인 있으세요? 하긴 있을 거 같긴 해요……."

아이는 계속 기사를 보며 고개를 끄덕였다.

"뭐?"

"몸 좋고 성격 좋고, 사연 있어 보이는 미남이잖아요. 있겠다, 있을 만해. 휴일이 언제인지 알아볼게요. 그러면 되죠?"

아이는 변명도 듣지 않고 냉큼 결론을 내려 버렸다. 레오는 머리를 긁적이며 웃는 시녀를 바라보았다.

'뭐, 나중에 얘기해도 되겠지.'

사실 그 소중한 사람은 여동생이고, 이미 오래전에 죽었다는 걸 알려 주면 아이는 어떤 표정을 지을까. 아마 저 조그마한 얼굴에 미안함을 가득 담겠지.

그때, 앞에 가던 시녀가 멈춰 섰다.

"꼬맹아?"

"저, 레오 님……."

"왜 그래?"

아이는 갑자기 풀썩 주저앉았다가 그대로 뒤로 넘어졌다. 기사는 황급히 쓰러지는 아이를 받았다.

"꼬맹아! 니나!"

갑자기 쓰러진 시녀의 얼굴은 하얗게 질린 채였다. 더는 보고 있을 수 없었다. 레오는 아이를 안아 들고 서둘러 달려갔다.

순간 아차 싶었다.

'아직 다 낫지 않았구나.'

최대한 빨리 달려갔지만, 병동이 유난스럽게 멀게 느껴졌다.

마음이 너무 조마조마했다. 도대체 무슨 일이야.

선왕비 때문에 부상이 심했다고 디오에게 들었다. 하지만 요 며칠간 건강해 보이기만 했다. 타고난 체질도 있고 해서 다 나은 줄 알았는데, 그게 아니었다니!

레오가 달려가자 병사들은 황급히 창을 치웠다. 그는 병동으로 뛰어 들어가며 의사의 이름을 불렀다.

"디오!"

붉은 머리를 한 남자는 기사의 목소리에 서둘러 병실에서 나왔다. 의사는 쓰러진 이를 확인하며 말했다.

"니나 케이지입니까?"

"갑자기 쓰러졌어."

"안색이 안 좋네요."

의사는 외알 안경을 벗고 장갑을 꼈다. 아이를 침대에 눕히자 간호사는 간이벽을 세우며 레오 보고 나가라는 말을 했다.

그는 알았다는 듯 고개를 끄덕이며 천천히 뒷걸음질쳤다.

'우리 꼬맹이, 사람을 아주 조마조마하게 만드는구나.'

처음 알게 된 후부터 지금까지 참 파란만장한 아이였다. 레오는 작게 숨을 내쉬었다. 파티션 안은 소란스럽기 그지없었다.

'별거 아니었으면 좋겠는데…….'

도대체 저 아이는 왜 이렇게 운이 없는 걸까.

기사는 머리를 긁적였다. 걱정됐지만 일이 있어서 여기에 있을 수도 없었다. 그는 잘 떨어지지 않는 발걸음을 애써 돌렸다.

그때 파티션 안에서 니나가 의식을 차렸다는 말이 들렸다. 레오는 작게 웃었다. 그나마 다행이었다.

조금 전에는 연병장 근처였는데, 눈 떠 보니까 다른 곳이었다. 나는 눈을 깜박였다. 가물가물하던 시야가 갑자기 맑아지고 눈에 익은 천장 무늬가 보였다.

'병동인가?'

여기가 어디인지 안 순간, 나는 벌떡 일어났다. 세상에, 왜 내가 여기 있어?

"니나 케이지! 누워 있어라."

옆에서 팔이 쑥 다가왔다. 옆을 보니 빨간 머리가 내 어깨를 잡아 누르고 있었다. 기운이 없어서인지 나는 그대로 침대에 다시 누웠다.

"니나 케이지. 내 이름을 말해 봐라."

나는 외알 안경을 바라보았다. 순간 남자의 이름이 기억이 안 났다.

'아, 나 원래 저 남자 이름을 몰랐지.'

어떡하지. 진짜 모르는데.

공부 안 하고 놀았는데 갑자기 쪽지 시험을 보는 느낌이었다. 나는 어색하게 웃으며 말했다.

"오랜만이네요. 잘 계셨어요?"

"내 이름이 뭐지?"

"디오라고 불리시는 건 알아요."

빨간 머리는 미간을 찌푸렸다. 나는 필사적으로 웃었다. 웃어야만 의사가 화를 덜 낼 거 같았다.

죄송합니다. 처음에 이름을 밝히셨을 때, 기억을 못 했어요. 우리가 이렇게 오래 만날 줄 알았나요.

"정신은 멀쩡한가 보군."

아, 그런 의미로 물은 거였구나. 기억력 테스트였군요. 빨간 머리 양반.

"마지막으로 어디에 있었지?"

나는 냉큼 대답했다.

"연병장 근처요. 레오 님과 같이 있었어요. 그런데 왜 저 여기 있어요?"

외알 안경은 한심한 눈초리로 나를 바라보았다. 아니, 왜 그런 눈빛으로 나를 보시나요.

"무리했다."

"여태 침대에 굴러다니면서 쉬었는데요?"

"일단 이거부터 마셔라."

디오는 잔을 건넸다. 나는 당연히 물인 줄 알고 달게 넘겼다가 그대로 도로 뱉을 뻔했다.

'이게 도대체 무슨 맛이야!'

물은 쓰고 떫었다. 나는 디오를 바라보았다. 이 사람, 이름 기억 못 했다고 걸레 빤 물을 준 건 아니겠지?

"만나를 희석한 물이다. 끝까지 넘겨."

너무 맛이 없어서 눈물이 나올 거 같았다. 나는 꾸역꾸역 잔을 비웠다. 빨간 머리는 빈 잔을 보며 고개를 돌렸지만, 나는 봤다.

'웃고 있네.'

그의 입꼬리가 은근히 올라가 있었다. 이 사람 맛없다는 거 알았어. 일부러 말 안 해 준 거야.

'사람이 그렇게 사는 거 아닙니다.'

살짝 올라오려는 걸 누르고 억지로 다 먹었더니 눈물이 한 방울 툭 떨어졌다. 나는 소매로 눈가를 문질렀다.

"맛없다고 하면 각오하고 마셨을 텐데요. 말 좀 해 주지 그러셨어요."

"병사들도 끔찍해 하는 맛이다. 아예 모르고 먹는 게 좋아."

"어떻게 물이 쓰고 떫을 수가 있어요? 한쪽만 있어도 끔찍한데 두 개가 합쳐지니까 진짜 이상한 맛이 나요."

입안에서 돌아다니는 맛을 지우고 싶은데, 이곳에 사탕 같은 게 있을 리 만무했다.

'단 거 없냐고 물으면 대답도 안 하겠지?'

서러워라. 이화윤일 때 책상 한구석에 있던 목캔디가 참 그리웠다. 미안하다. 잘 안 먹어서 몇 년째 먼지만 쌓여 갔는데, 네가 그렇게 소중한 존재였구나.

"원래는 꿀 같은 맛이었다고 하지."

"그런데 지금은 왜 이런가요? 혹시 내 것만 이런 거 아니죠?"

"아니. 지금은 다 이런 맛이다. 만나의 맛이 변한 건 왕의 반려가 없는 탓이라고 하더군."

아니, 이건 무슨 귀신 씨나락 까먹는 소리야.

"반려가 왜 없는데요? 데려오면 되잖아요."

"왕이 죽였다."

폐하가? 왜?

순간, 고개를 들었다. 어디서 들어 본 말인데?

'아!'

기억이 떠올랐다. 이제야 디오가 무슨 말을 하는지 깨달았다.

"이베리아 신화요?"

그는 고개를 끄덕였다. 그 쫌팽이 왕이 나오는 신화 얘기였구나. 아니 왜 뜬금없이 이게 나와. 헷갈렸잖아! 우리 전설은 전설로만 남겨 둡시다.

"먹는 방법이 있긴 있다."

"그게 뭔데요?"

아니, 있는데 왜 나한테는 안 해 줬나요. 말단이라고 차별하나요? 살짝 흘겨보니까 빨간 머리가 말했다.

"코를 잡고 마시면 된다."

이 사람 나랑 장난하는 걸까? 그건 나도 알거든요? 저도 어렸을 때는 그렇게 가루약 먹었거든요?

"참 대단한 방법이네요."

"간단하지만 의외로 모르는 방법이지."

한마디도 지지 않았다. 그래요. 당신이 이겼어요.

나는 한숨을 폭 내쉬며 두 손 두 발을 다 들었다.

"그래도 그 만나라는 거 효과는 좋은 거 같아요. 금방 기운이 도네요."

"전쟁터에서는 필수품이지. 왕의 권능 중에서 제일 유용하다."

"배도 좀 부른 거 같아요. 진짜 대단하다."

그는 윗배를 쓰다듬는 날 보며 작게 한숨을 쉬었다. 왜 그러세요. 제가 의사 말을 얼마나 잘 듣는데요.

"네 체질은 특이하다."

나는 고개를 끄덕였다. 그야 나도 기미가 되는 니나의 몸이 참 신기했다.

"성력을 가졌는데 마력과 부딪치지 않는 것도 특이하지만, 네 몸의 회복력도 이상하다."

맞는 말만 하시네요. 하긴 니나가 회복력이 좋아도 뇌출혈이 나을 정도는 아니었다.

"성력을 가지면 원래 이렇게 벌떡벌떡 일어나나요?"

외알 안경이 고개를 저었다. 대강 묶은 붉은 머리카락이 흔들거렸다.

"모른다. 우리는 마력은 연구했지만, 성력에는 무지하다. 하지만 그들과 싸워 본 적은 많지."

붉은 머리는 내 턱을 잡고 고개를 살짝 들어올렸다.

"백금발은 교단에서 귀히 여긴다. 성력을 지닌 이가 많기 때문이지."

성녀가 떠올랐다. 하긴 기적의 세라피도 이 머리카락 색이었다.

"이상하다 생각한다. 아무리 내재되어 있는 회복력이라도 이 정도면 독보적인데, 왜 성당은 너에게 아무것도 안 한 거지?"

"머리카락 색만 이렇고 막상 성력은 너무 약해서 그런 거 아닐까요?"

그는 손을 떼고 고개를 저었다.

"성기사들이 너 정도로 회복이 잘된다면 우린 아주 오래전에 멸망했다."

아니, 이 정도가 기본이 아니었어? 그럼 니나는 도대체 뭔데?

"너는 이상하다."

"그러네요. 진짜 이상하네."

왜 성당에서는 니나를 기미 시녀로 보낸 걸까.

"저, 애초에 이 수준이 아니었어요. 그냥 상처가 빨리 낫는 정도였어요."

"언제부터 이렇게 강해진 거지?"

나는 곰곰이 생각에 잠겼다.

"모르겠어요. 하지만 이베리아로 온 뒤는 확실해요."

"특별한 일이 없었나?"

하도 많은 일이 있어서 정신없지만, 그래도 그때를 기억했다. 그래, 그때부터였어.

나는 콩닥콩닥 뛰는 심장을 손바닥으로 눌렀다.

"성녀님이 이곳을 고쳐 주셨어요."

"심장?"

고개를 끄덕이자 빨간 머리는 생각에 잠겼다. 나는 외알 안경을 물끄러미 바라보다 시선을 내렸다.

손바닥 사이로 두근거림이 느껴졌다. 그때 심장이 아무렇지도 않게 고쳐지는 걸 보고, 성녀의 기적을 확실히 알았다.

'진짜 모르겠네.'

도대체 니나의 정체가 뭘까.

나는 물끄러미 손을 내려다보았다. 아직 작았다. 이제야 좀 자라고 있는 아이였다.

'혹시 이 체질이 니나가 탑에서 죽은 거랑 관련 있는 걸까?'

니나야, 이왕 꿈에서 보여 줄 거면 거두절미하고 중요한 정보만 꽉꽉 알려 줄 수 없니? 언니가 좀 답답해서 그래.

'뭔가 일이 터질 거 같아.'

분명히 뭔가 있었다. 지금은 꼬리조차 보이지 않지만 언젠가 잡아끌면 거대한 게 보일 거 같았다.

"알았다. 그리고 일단 이걸 먹어라."

의사는 가루약과 물 잔을 건넸다.

"이게 뭐죠?"

"수면제다."

"저 또 자야 해요?"

"네가 쓰러진 건 계속 긴장하고 있어서다."

나는 아니라고 하려다가 입을 다물었다. 생각해 보면 긴장시킬 만한 사건이 너무 많았다. 오히려 마음 편한 것을 찾는 게 빠를 지경이었다.

'스트레스 받았다는 거구나.'

그동안 있었던 일이 주마등처럼 스쳐 지나갔다. 하긴 이 조그만 애가 그런 일을 겪으면 스트레스로 기절하고도 남았다.

"영양 부족도 있다."

"고기를 먹었어야 했네요."

어쩐지 그렇게 고기가 당기더라니. 단백질이 얼마나 소중한데 그걸 못 먹게 하니까 애가 비실비실하잖아요.

"그러니까 일단 자라."

"저 수면제 별로 안 듣지 않아요?"

"그래서 용량을 높였다."

맞춤형으로 해 주셨군요. 손이 더 가게 해서 미안합니다. 나는 가루약을 입안에 털어 넣고 물을 마셨다. 아까 하도 이상한 걸 마셨더니, 쓴 약이 아무렇지도 않았다.

"뭐가 그렇게 힘든 거지?"

나는 빨간 머리를 바라보았다. 굉장히 뜬금없었다. 갑자기 왜 이런 걸 묻는 걸까?

"저요?"

"여기 너 말고 누가 있지?"

아니, 갑자기 그래서 나한테 묻는 게 아닌 줄 알았지.

어색한 웃음이 나왔다. 그러게 뭐가 힘들까.

'다 힘든데?'

생각해야 할 게 한두 개가 아니었다. 니나의 정체가 수상하고, 왕과의 관계도 이상했다. 또 세라피는 어떻게 해야 할지 영감이 잡히지 않았다. 거기다 평생 기미 시녀만 할 수 없으니 진로도 생각해야 했다.

'머리 터지겠다.'

어떡하면 이 상황을 잘 헤쳐 나갈까. 생각만 했는데도 머리에 쥐가 날 거 같았다. 너무나 복잡한 문제여서 그럴까. 갑자기 머릿속이 멍해졌다.

나는 그를 바라보았다.

"뭐, 여러 가지가 다 힘든데요."

"이해할 수 없군."

나는 살짝 볼을 긁었다. 열 길 물속은 알아도 한 길 사람의 속은 모른다고, 이 사람이 내 마음을 알 거 같지는 않았다.

"제가 별로 고민이 없어 보이나 봐요?"

"겉에서 보기에는 그렇다."

나는 작게 숨을 내쉬었다. 조금 거친 숨소리가 들렸다.

"다행이네요, 그렇게 보여서."

아직 의심을 받는 몸이었다. 우울하게 보이는 것보다는 밝게 느껴지는 게 나았다. 사람 사는 곳은 다 똑같다. 어디를 가도 심각한 아이보단, 명랑한 이가 호감을 사기 쉬웠다.

"얘기를 안 하겠군."

"좀 그렇잖아요. 우리가 친한 것도 아니고요."

어떻게 제가 홀랑 다 말해요.

빨간 머리가 눈을 새초롬하게 떴다. 날카로워 보이는 미남자가 살짝 삐진 모습은 보기 좋았지만, 조금 당황스러웠다.

아니, 왜 그러시나요. 우리가 친한 사이였나요?

"나는 너를 두 번쯤 살린 거로 아는데?"

"감, 감사합니다."

그건 매우 고마웠다. 하지만 이건 이거죠. 게다가 선왕비한테 당했던 건 세라피가 고쳐 준 거잖아요.

"뼛조각이 내장을 찌르고 있었다."

"아, 간호사님께 들었어요."

"내가 제거했다."

뭐 어쩌라는 걸까. 고맙다고 인사하라는 건가?

이상한 압박이 느껴졌다. 뭐, 인사는 돈 드는 게 아니었다.

나는 순순히 그가 원하는 대로 했다.

"감, 감사합니다. 어떻게 하셨는지는 모르지만 굉장하시네요."

"네 몸은 내 담당이다."

그러신가요. 잘 부탁드립니다. 무려 주치의시군요. 그런데요. 예전부터 생각했는데요, 당신 말투 묘하게 폐하를 닮았네요.

'생색 부리는 것도 비슷한가?'

두 사람 예전부터 아는 사이 같던데, 서로 영향을 받은 걸까?

"그러니까 말해 봐라."

"뭐, 뭘요?"

"네가 긴장하는 이유를 말해야 네 몸을 고칠 수 있다."

순간 웃음이 터졌다. 입을 가렸지만, 도저히 웃음을 참을 수 없었다.

'그거 때문에 여태까지 그렇게 생색을 낸 거야?'

왠지 앞에 있는 남자가 굉장히 귀여워 보였다. 뭐든 다 잘할 거 같은 사람인데, 묘하게 요령이 없었다.

'신뢰를 주려고 그런 거구나.'

인간 사이의 믿음이라기보다는 의사에 대한 신뢰에 가까운 거겠지. 난 또 왜 그런 말을 하나 했네.

"저 죽을 뻔했잖아요."

"두 번이나 그랬지."

"솔직히 아직도 무섭긴 해요."

악몽은 꾸지 않았다. 하지만 선왕비는 악몽보다 더 무서운 미친년이었다. 삶은 한 치 앞을 모르지만, 그래도 사람답게 죽고 싶었다. 화풀이 대상으로 죽거나 다치는 건 정말 싫었다.

"하지만 그것보다는 다른 게 신경 쓰여요."

나는 고개를 숙였다. 붉은색 시트에 이상한 얼룩이 있어서 살짝 문질렀다. 하지만 이미 색이 바래 있는지 지워지지 않았다.

이제 위협은 없었다. 아직 무서웠지만 서쪽 탑에 갇힌 사람이었다. 다시 볼 일은 없었다.

"대공님이 안타까워요."

마음에 걸리는 건 그 왕자님이었다.

반짝반짝한 금발을 가진 대공님이 고생한다고 생각하니 마음이 편치 않았다. 내 탓인지 아닌지 모르지만, 어느 정도는 내 책임 같았다.

"알렉시스 대공을 말하는 건가?"

"네. 대공님은 정말 저를 좋아하신 거 같아요."

기쁘긴 했지만 깊이 생각한 감정은 아니었다. 진지하게 여기지도 않았다. 그래서 더 죄책감이 들었다.

눈앞이 살짝 떨려서 아예 감아 버렸다. 깜깜한 세상에서 작았던 대공을 떠올렸다. 동화 속 왕자님 같았던 사람이다.

"많이 미안해요."

내가 아닌 다른 이였다면 좀 나았을 거 같다. 니나처럼 복잡한 사연을 가진 시녀가 아니라, 어디 귀족 집에 귀여운 영애였다면 어떻게 됐을까.

'선왕비가 성으로 들어오지도 않았겠지.'

어쩌면 첫사랑 그대로 이루어졌을지도 몰라.

나는 반짝반짝한 대공과 예쁜 드레스를 입은 소녀를 상상해 보았다. 그 옛날에 봤던 동화처럼 잘 어울렸다.

"어떡하죠. 정말 미안해요."

눈물이 나올 거 같아서 입술을 깨물었다. 대공은 인생이 변했는데 해 줄 수 있는 게 기껏 꽃 뿌리는 거라니 너무나 초라했다.

그것도 레오가 없었으면 어림도 없었겠지.

할 수 있는 최선의 부탁이 이런 것이라니…….

아무리 인맥도 능력이라지만 이건 아니지. 어떻게 내 힘으로는 아무것도 못 하니.

'난 정말 이제 이화윤이 아니구나.'

30대의 직장인은 이렇게 무력하지 않았는데, 열다섯 니나는 손에 쥔 게 아무것도 없었다. 거기다 아직도 주렁주렁 걱정거리가 달려 있는데, 처리한 것은 하나도 없었다.

'이걸 다 언제 해결해.'

마음 편히 사는 날이 오긴 오는 건가?

점점 눈이 감겼다. 나는 그제야 수면제가 듣는 것을 깨달았다.

"정말……."

빨간 머리의 목소리가 들렸다.

"쓸데없는 생각을 하는군."

순간 피식 웃음이 나왔다. 참 저 사람다운 말이었다.

"사람 마음이 마음대로 되지 않네요."

솔솔 잠이 왔다. 나는 까만 세상에서 중얼거렸다.

"진심인 알렉에게 다가가지 않았던 건……."

눈을 감았지만 눈물이 어렸다. 나는 티를 내지 않기 위해 한쪽 팔로 눈가를 가렸다.

"끝이 보이니까, 조금이라도 좋아하면 힘들잖아요."

굳이 애정이 아니라 그냥 인간 사이에 정이라도 아플 거 같아서, 아무것도 주지 않았어요. 알렉은 진지하게 말했는데 저는 거의 농담처럼 지나갔어요. 참 이기적이죠.

천 자락이 축축해졌다. 숨을 몰아쉬었지만 눈물이 멈추지 않았다.

"니나 케이지."

나는 작게 코를 훌쩍였다.

"대공 일은 네가 아니더라도 언젠간 터졌을 것이다. 넌 휘말린 것뿐이야."

빨간 머리의 목소리가 둥실둥실 떠다녔다. 나는 가만히 그의 목소리를 경청했다.

"운이 없는 거뿐이다."

위로해 주는 거구나. 나는 입술을 깨무는 것을 멈췄다. 이상하게 웃음이 나왔다.

'그렇다면 좋을 텐데.'

이게 과연 우연일까? 설사 그렇더라도 니나가 이렇게 휘말리는 건 좀 이상하지 않아?

"점점 복잡해져요."

내 삶이고 내 운명인데 어떻게 할 수 있는 게 하나도 없어.

감정이 격한 만큼 머릿속이 멍해졌다. 생각이 점점 사라지자 말이 이상하게 헛돌았다.

"쉬어라."

그는 그렇게 말했지만 인기척이 느껴졌다. 의사는 침상을 아직 떠나지 않았다.

"나에게······."

코를 훌쩍거리는데 디오의 목소리가 들렸다.

"부탁할 건 없나?"

나는 다시 피식 웃었다. 세상에. 많이 의외였다.

한번 터진 웃음은 도저히 멈출 수 없었다. 숨소리만 조금 난 헛웃음이었지만 이상하게 기분이 좋았다.

그가 이런 말을 할 줄은 몰랐다.

오늘따라 내 부탁을 들어주는 사람이 참 많네. 상황은 점점 꼬이는 거 같은데, 인간관계에서 영 꽝은 아니었나 봐?

나는 조그맣게 속삭였다.

"손 좀 잡아 주세요."

이마를 가리지 않은 팔을 시트 위로 뺐다.

"잠들 때까지만요."

바쁜 사람의 시간을 뺏고 싶지 않았다. 곧 장갑 낀 손의 감촉이 느껴졌다. 체온은 닿지 않았지만 왠지 안심됐다.

"감사합니다, 디오."

일어나면 다시 이름을 물어봐야지. 이번에는 꼭 외울게요. 두 번이나 살려 주셔서 감사합니다. 아, 인사도 제대로 다시 해야겠다.

세상은 금방 깜깜해졌다. 나는 다가오는 수마에 몸을 맡겼다.

누군가와 이어져 있는 게 이상하게 달콤했다. 울다가 웃으면 엉덩이에 뿔 나는데, 웃음을 멈출 수 없었다.

그렇게 잠이 들었다. 솜사탕처럼 감미로운 잠이었다.

커다란 탁자에 서류가 겹겹이 쌓였다. 왕은 종이를 한 장 한 장 보다가 나중에는 읽지도 않았다. 그는 서류를 뭉텅이째 테이블 위에 놓았다.

탁—

쌓였던 서류가 흐트러졌지만, 그는 의자에 기대서 눈을 감았다.

사비나는 그런 왕에게 다가갔다. 그녀는 서류를 정리해서 한곳에 놓으면서 말했다.

"힘들어 보이십니다."

"같은 안건이 반복이군."

"선왕비 때문입니까?"

그는 고개를 저었다. 그랬으면 처리하면 그뿐이니 피곤하지는 않았을 것이다. 선왕비의 지지 세력은 조용하기 짝이 없었다. 더러운 권력의 힘을 받은 것들은 하나같이 다리 힘이 강했다. 그들은 명목상 유지했던 줄이 떨어지자 재빨리 다른 쪽으로 몰려갔다.

그 야비한 것들이 꼬리 하나 보이지 않았다.

"숨을 죽이고 있나 봅니다."

"살려면 그래야지."

알렉시스를 대공으로 만들 때는 꽤 반발이 있었는데, 선왕비를 서쪽 탑에 가둔 건 아무 말도 없었다. 하긴 왕이 있는 성에서 마력을 쓴다는 건 반란으로 봐도 무방했다. 너무나도 명확한 사고에 그들은 다들 입을 틀어막았다.

왕은 오래전부터 선왕비를 흔들고 있었다. 이 시기에 일을 벌일 줄 몰랐지만, 시간문제이기도 했다.

"대공님이 행방불명 됐다고 아우성치지는 않나 보네요."

"그들이 진정으로 알렉시스를 걱정했다면 애초에 내 성에서 그 아이부터 빼돌렸겠지."

왕은 턱을 괴고 자신의 동생을 생각했다. 아직 앳된 얼굴의 금발 소년은 참 의외의 부탁을 했다.

"병사의 신분으로 변경으로 가고 싶습니다."

아이는 왜 그런 청을 한 것일까.

"대공께서는 형님을 닮고 싶었나 봐요."

"알렉시스가 나를?"

"아니면 변경으로 가서 공을 세우고 싶은 거 아닐까요?"

"뭘 얻으려고?"

선왕비를 놔 달라고? 그건 들어주지 않을 거란 걸, 그 애도 알 텐데?

사비나는 서류를 정리하고 방긋 웃었다. 예상이 가는 게 있지만 왕께 고하기는 지나치게 사적이었다.

그녀는 허리를 펴고 말했다.

"보고드릴 게 있습니다."

"뭔데?"

"니나 케이지가 또 쓰러졌습니다."

수려한 미간이 찌푸려졌다. 그 토끼는 상처를 잘 치료해서 정원에 놔줬는데, 몸이 약한지 잘 쓰러졌다.

"이유가 뭐지?"

"디오 말로는 심적 긴장으로 인한 실신이라는데, 그냥 걱정이 많았던 거 같습니다."

"그 조그마한 머리에는 무슨 걱정이 그렇게 많은지 모르겠군."

왕은 팔을 내리고 의자에 등을 기댔다.

"저는 짐작이 가는데요?"

"말해 봐."

"선왕비 일도 있고, 알렉시스 대공님과 일도 있으니까요. 니나는 생각이 많잖아요."

그는 피식 웃으며 시녀장의 말을 넘겼다. 하지만 사비나의 말에는 어느 정도 동의했다.

'겁이 날 수도 있겠군.'

아무렇지도 않게 씩씩하게 나갔지만, 막 깨어났을 때는 벌벌 떨던 아이였다. 죽을 뻔한 기억은 삶에 큰 상처를 낸다.

변경에서 다쳤던 기억 때문에 환각제를 먹던 병사들이 떠올랐다. 죽기 싫어서 남을 필사적으로 베는 삶도 분명 있었다. 그리고 그것으로 망가지는 것도 여전히 존재했다.

"지금 어디 있지?"

"병동에 있다고 합니다."

왕은 다시 턱을 괴었다. 검은 머리카락이 손등을 살짝 스쳤다.

"계속 다치는군. 짐의 성이 언제부터 이렇게 험한 곳이었지?"

"운이 없는 거겠죠."

"토끼는 영리한데 사고에 잘 휘말리는 거 같군."

사비나는 조금 웃었다. 시녀들 사이에서도 비슷한 말이 자주 돌았다. 아니, 한두 명 모여 있으면 누구나 그 말을 했다. 그 작은 시녀는 영리하고 사리도 밝은데, 왜 자꾸 다치는 거냐며.

"저는 조금 알 거 같습니다."

왕은 충직한 신하를 바라보았다. 사비나는 어깨를 으쓱하며 대답했다.

"눈에 띕니다."

그의 눈초리가 가늘어졌다.

"토끼가?"

"예뻐요. 게다가 강렬하잖아요. 백금발도 눈에 띄는데 붉은 눈이니 더하죠. 처음 볼 때 뭐 저렇게 생긴 애가 있나 감탄할 정도였어요."

그런 얼굴을 하고 표정을 잘 숨기지도 못했다. 사비나 본인도 그래서 니나에게 한 수 약해졌다. 발그레한 뺨을 하고 호감을 표시하는 아이를 싫어하기는 힘든 법이었다.

"그러니까 대공께서 반하신 거겠죠."

왕은 미간을 살짝 찌푸렸다. 사비나는 송구스럽다는 듯 고개를 살짝 숙였다.

"영리하기도 합니다."

"말은 잘하더군."

그는 그날 밤의 아이를 떠올렸다. 조금 전까지 품에서 벌벌 떨었으면서 자신을 잃지 않았다.

"신기할 정도였다."

시녀는 자기 자신을 잘 지켰다. 별거 아닌 거 같지만, 권력의 정수 앞에서 꼿꼿이 생각을 말하는 건 쉽지 않았다. 뭐든 동조하고 휩쓸리는 게 일반적이었다.

하지만 니나 케이지는 항상 고개를 들었다.

그러고 보면 그 아이는 처음 만났을 때부터 그랬다. 당황은 했지만 쓸려 다니지는 않았다.

"뭐든 주겠다고 하니, 줄 수 없는 것을 말하더군."

아이다운 바람이라서 뭐라 할 수도 없었다. 심지어는 귀엽기까지 했다.

"흥미로우십니까?"

사비나의 질문에 그는 순순히 수긍했다.

"그게 흥미롭지 않으면, 어떤 게 흥미롭지?"

사비나는 고개를 살짝 숙였다. 예상대로였다. 왕은 아이에게 특별한 감정을 품었다. 하지만 자각이 없었다.

아직은 걱정이 앞섰다.

'하지만 이미 들어왔군요.'

왕의 관심이 언제까지일까. 3년? 5년? 그녀로서도 난생처음 있는 일이라 속단할 수 없었다.

하지만 꼭 확인해야 할 것이 있었다. 사비나는 조심스럽게 운을 뗐다.

"니나 케이지는 토끼입니까?"

왕은 고민하지 않았다.

"토끼다."

"예. 알았습니다."

그렇다면 나머지 부분은 보고하지 않아도 됐다.

참 애매한 문제였다.

레오 경이 그리핀을 타고 대공이 있는 곳까지 날아가서 꽃을 뿌렸다는 것은, 왕께 고하기에는 참 쓸모없었다. 그가 니나 케이지를 토끼로 생각한다면, 정말 필요 없는 정보였다.

왕은 정리된 서류를 한 장 끌어왔다. 여전히 같은 내용이었다.

"서쪽에서 가뭄이 날 거 같다고 하더군."

"잦은 지역인데, 이번 해는 유독 심하다고 들었습니다."

"할 수 있는 일은 다 해 봐야겠지만 최악에는 그걸 보내는 수밖에 없다."

사비나는 걱정스러운 눈으로 왕을 바라보았다.

"괜찮으시겠습니까?"

"문제없다. 새도 있고 토끼도 있다."

"때가 오면 준비하겠습니다."

충실한 신하는 작게 묵례했다. 그는 그것을 물끄러미 바라보다 고개를 들고 자리에서 일어났다.

"병동으로 간다."

호위기사가 재빨리 뒤에 붙었다. 사비나는 그가 나가는 뒷모습을 물끄러미 바라보았다.

여태까지 왕을 움직인 여자는 없었다. 굳이 꼽으라면 안쪽 방에 갇힌 성녀가 있지만, 한 번도 정무를 보는 시간을 뺀 적은 없었다.

'달라지고 있는 걸 아는지, 모르는지…….'

정말 토끼가 맞습니까?

그녀는 살짝 고개를 저었다. 맞춰서 준비해야 하지만 그가 자각이 없다면 아무런 소용없었다.

'아시는 편이 좋겠지만 나는 말을 못 하지.'

아니, 못 한다기보단 안 해. 말을 해 봤자 알아듣기나 하실까.

사비나는 탁자 위에 있는 서류를 정리했다. 그의 말대로 서쪽 지역 가뭄에 대한 서류만 한가득했다. 그녀는 창문을 바라보았다. 맑게 갠 하늘은 파랗기만 했다.

이쪽은 이렇게 예쁜데, 서쪽은 말라 간다는 게 믿기지 않았다. 하지만 엄연한 사실이었다. 탁자 위에는 자신이 모르는 진실도 분명 존재했다.

초저녁이지만 병동에는 사람이 없었다. 왕의 갑작스러운 방문에 간호사는 당황하며 고개를 숙였다.

"어디 있지?"

간호사는 서둘러 안내했다. 사실 그럴 필요가 없었다. 넓은 병동에서 파티션을 친 건 한곳밖에 없었다.

그는 거침없이 안으로 들어갔다. 그러고는 조금 웃었다. 아무도 없을 줄 알았던 좁은 공간에 익숙한 사람이 있었다.

"폐하."

붉은 머리카락을 엉망으로 묶은 의사는 병실에서 의학서를 보고 있었다. 왕이 알기로는 그는 굳이 여기에서 볼 필요가 없는 이였다.

"토끼는?"

"괜찮습니다."

왕은 물끄러미 아이를 바라보았다. 시녀는 왕의 침실에 있었을 때처럼 잠들어 있었다. 하지만 하나는 달랐다.

아이는 장갑을 낀 의사의 손을 꽉 잡은 채였다.

맞잡은 손이 유난스레 눈에 들어왔다.

"그래서 여기 있는 건가?"

"놓지 않더군요."

왕은 아무렇지도 않게 토끼가 있는 침대에 걸터앉았다. 아이는 아직 작아서인지 침상의 아랫부분이 많이 남았다.

그는 흘러내린 머리를 뒤로 넘기며 디오를 바라보았다. 오랜만에 보는 친우는 여전했다. 대강 묶은 머리도 장갑 낀 손도 외알 안경도 늘 한결같았다.

왕은 그래서 물었다.

"언제부터 그렇게 친절했지?"

"제 마음입니다, 폐하."

"내가 알던 디오메데가 아닌 거 같군."

의사는 의학서를 덮으며 말했다.

"사람은 변하는 존재니까요."

왕은 짧게 웃었다. 그러고는 색색 잠들어 있는 아이를 바라보았다. 백금발은 처음 만났을 때보다 조금 자랐지만, 여전히 짧았다.

사비나의 말을 들어서인가, 새삼스럽게 아이의 외모가 눈에 들어왔다.

속눈썹은 머리카락 색과 같은 백금색이었다. 볼은 조금 발그레했고, 입술은 옅은 분홍빛이었다.

'눈 색은 나와 같지.'

하지만 조금 다르기도 했다. 아이의 눈은 항상 반짝반짝 빛났다.

'그 눈은 까마귀가 좋아할 거 같군.'

가끔 그 눈을 보고 있으면 기분이 좋아졌다. 그래서일까. 곁에 두고 싶었다.

그는 아무렇지도 않게 아이의 입술을 살짝 쓸었다. 시녀는 그게 귀찮은지 작게 잠꼬대를 했다.

"응!"

손을 치우라는 듯 다른 쪽 팔을 움직이기도 했다. 왕은 그것이 재미있어서 또 웃고 말았다.

디오가 고개를 저으며 말했다.

"자는데 건드리지 마십시오."

"수면제를 먹였나?"

"보통 장정의 세 배를 먹였습니다. 안 그러면 듣지도 않을 테니까요."

꽤 독한 약을 먹인 셈이었다.

"애가 왜 아픈 거지?"

디오는 왕을 빤히 바라보았다. 그가 이런 걸 물을 줄 몰랐다.

"왜 그렇게 보는지 모르겠군."

"아직 추측만 많습니다. 확실해지면 보고 드리겠습니다."

"뭐든 좋다. 말해 봐."

왕은 아이의 코를 살짝 쳤다. 시녀는 그것도 싫은지 미간을 찌푸렸다.

"내 토끼니까 짐이 뭐든 알아야지."

의사는 쓰게 웃으며 고개를 저었다.

"꽤 귀여워하시는군요."

"사비나도 비슷한 말을 하더군."

"이용하면서 그런 말을 하니까 사비나도 그런 말을 하는 거겠죠."

오래된 관계는 설명이 필요 없어서 좋았다. 왕은 웃으면서 친우를 바라보았다. 디오는 한숨을 쉬며 안경을 벗었다.

"처음에는 성녀에 관한 관심을 분산시키려고 일부러 그러신 줄 알았습니다. 하지만 선왕비에게 다쳤을 때는 꽤 본심이시더군요."

"진귀한 토끼다. 허무하게 잃을 수 없어."

"서늘한 감촉 때문이더라도 과하셨습니다."

왕은 턱을 괴었다. 생각해 보면 좀 의외이긴 했다. 하지만 언제부터인가 굉장히 신경이 쓰였다.

일부러 거대한 새장을 만들었는데, 토끼는 매일 다치고 아파했다.

"이런 존재는 처음이긴 하군."

새를 위해 만들었던 새장에 토끼를 들여놓은 게 문제였을까. 그는 진심으로 고민했다.

'떼어 놓아도 되지만 새가 난리를 치겠군.'

새는 토끼를 좋아했다. 오히려 토끼 쪽이 냉정해 보일 정도였다.

"신경 쓰이십니까?"

저것도 사비나에게 들었던 질문이었다.

"내 토끼다."

"체질이 특이합니다."

아이는 숨소리 하나 내지 않은 채 달게 자고 있었다. 충분히 자게 했지만, 여태 피곤했다는 증거였다.

"폐하께서 만지면 서늘한 이유는 짐작조차 할 수 없습니다. 하지만 아이의 회복력은 성녀가 심장을 고쳐 준 뒤로 비약적으로 커졌다고 하더군요."

"그런데 왜 쓰러지는 거지?"

"본인의 회복력과 성녀의 성력이 조금 부딪치는 게 아닐까 싶습니다."

왕은 미간을 찌푸렸다. 성녀의 성력과 부딪치는 사람은 없었다. 마력을 지닌 이도 회복시키는 강력한 힘이었다.

"알 수 없군."

"희귀한 체질입니다. 그리고 또 하나 걸리는 게 있습니다."

"말해 봐."

"성당에서 이걸 몰랐을까요?"

왕은 곰곰이 생각에 잠겼다. 자신이 겪었던 그들이라면 알고도 남았을 거란 생각이 들었다.

선왕비보다 배는 교활한 이들이었다. 진절머리 날 만큼 끈질기기도 했다.

"교단에서 일부러 보냈다?"

"거기까지는 모르겠습니다. 어떻게 하시겠습니까?"

왕은 아이를 바라보았다. 니나 케이지는 아무것도 모른 채 잠만 자고 있었다.

그는 살짝 시녀의 볼을 쓸어내렸다. 여전히 기분 좋은 서늘함이 느껴졌다.

"위험을 감수하겠다."

원칙대로라면 떼어놓는 게 맞았다. 하지만 이 아이를 곁에 두고 싶었다.

"내 것이다."

"폐가 돼도요?"

"그저 토끼일 뿐이다. 토끼 귀여워하는데 못 할 것도 없지."

디오는 고개를 숙였다. 왕이 결정했으니 자신은 따르기만 하면 되었다.

"다행이군요. 그럼 저도 마음 놓고 연구하겠습니다."

"참 재미있군."

왕은 아이의 이마를 쓰다듬었다. 청량함이 손끝을 타고 올라왔다.

"내 주위 사람들은 이 아이한테 무르단 말이야."

"제일 무르신 건 폐하이십니다."

"토끼는 이제 아무 곳도 보내지 않는다. 곁에 둘 거라고, 그렇게 정했어."

"이유를 물어도 됩니까?"

"이유가 필요한가? 나는 왕이다."

왕은 아이가 잡은 디오의 손을 바라보았다. 그러고 보면 사람과 닿는 걸 좋아하는 아이였다.

그는 잠결에 자신의 손에 얼굴을 비비던 아이를 기억했다. 하지만 의식이 있을 때 만지면 항상 놀라고 당황스러워했다.

그건 그거대로 재미있긴 했다.

'그래도 이건 좀 마음에 안 드는군.'

생각보다 여기저기를 돌아다니는 토끼였다. 레오, 디오, 알렉시스까지. 벌써 세 명이었다.

제일 좋은 먹이를 주면 이 토끼는 자신만을 따를까?

그는 작은 시녀가 종종거리며 자신을 따라오는 걸 상상해 봤다.

'그러지 않겠지.'

사리가 밝은 아이였다. 토끼답게 도망갈 구석부터 항상 찾았다.

그때, 디오가 의외의 말을 했다.

"필요 없어지면 제게 주십시오."

"뭐?"

"흥미로운 존재입니다. 약과 성력을 연구하고 싶습니다."

아, 그런 의미였군. 하긴 아이의 체질은 굉장히 연구감이긴 했다. 하지만 왕은 그것을 허락하고 싶지 않았다.

"이만 가 보겠다."

왕은 걸터앉은 침대에서 내려왔다. 의사는 다시 의학서를 펼치면서 살짝 묵례했다. 디오는 책을 보는 척하면서 왕의 뒷모습을 바라보았다.

검은 머리카락이 우아하게 흘러내렸다.

'허락 안 해 주시는군.'

그는 자신의 손을 내려다보았다.

아이는 아직도 자신의 손을 잡고 있었다. 반쯤은 충동으로, 반쯤은 연민으로 잡은 손이었다. 아이야 잠들 때까지만 붙잡아 달라고 했지만, 왠지 놓고 싶지 않았다.

연민이 생길지는 몰랐다. 하지만 상황이 좋지 않았다.

"니나 케이지."

신기한 몸을 가진 소녀. 원치 않는 사건에 휘말려서 매일 다치고 깨지는 주제에, 남을 생각하는 아이.

"네가 대공을 걱정할 때가 아니다."

그렇게 말해 줘도 소용없을 거 같은 생각이 들었다. 니나 케이지는 참 이상한 아이였다. 실리를 계산하는데도, 마음이 약하기 짝이 없었다.

어설프게 착해서 시선을 끌었다. 한번 눈에 들어오면 재미있어서 계속 보고 싶기도 했다.

생각해 보면 걱정되는 것도 당연했다. 착하고 솔직한 아이를 싫어하는 건 힘들었다.

"레오도 걱정되는군."

아이를 안고 온 기사도 꽤 걱정하는 눈치였다. 폐하 때문에라도 언질은 줘야 하는 걸까.

'이미 알고 있을 거 같기도 하군.'

레오도 자신만큼이나 폐하를 잘 알았다.

"태풍의 눈이군."

본인만 평화롭고 주위는 요동치고 있었다. 그런 걸 아는지 모르는지 아이는 깊은 잠에 빠져 있을 뿐이었다.

11

운이 안 좋은 것 같습니다, 폐하

나는 비적비적 자리에서 일어났다. 머릿속은 멍했지만 이상하게 몸은 한결 가뿐했다.

'만나 효과 좋다.'

그거 도대체 정체가 뭘까. 홍삼 같은 자양강장제 같은 걸까? 이베리아 왕의 권능은 정말 대단하네요. 그런데 맛은 개량할 생각은 없으십니까.

나는 주위를 둘러보았다. 시야가 돌아오지 않았지만 아직 밝은 거 보면 그렇게 많이 잔 거 같지 않았다.

양쪽 팔을 들어서 기지개를 켜려 할 때였다. 뭔가 이상하게 몸이 움직이지 않았다. 나는 왼쪽을 바라보았다. 그쪽 손이 움직이지 않았다.

"히익!"

내 손을 누군가가 잡고 있었다. 순간 깜짝 놀랐지만 다행히 다른 손으로 입을 막았다.

내 손을 꽉 잡은 남자는 의자 등받이에 기댄 채 자고 있었다.

엉망으로 묶은 붉은 머리가 의자에 흐트러졌다. 장갑은 여전히 끼고 있지만 안경은 윗주머니에 넣은 채였다.

나는 조용히 그를 관찰했다.

'날카로워 보이는 미남이긴 하다.'

항상 대충 묶은 머리만 신경 써서 얼굴을 보지 않았는데, 그때 라라와 쥬시가 잘생겼다고 한 이유가 있었다.

'자고 일어났더니 앞에 잘생긴 남자가 잠들어 있다니…….'

뭐지. 나름대로 양심을 지키고 살았다고 신이 주신 선물인가?

나는 혹여나 남자가 깰까 봐 미동도 하지 않았다. 그저 신이 주신 이 선물을 바라보기만 했다.

'감사합니다.'

날카로운 눈매와 코로 이어지는 선이 예술이었다. 그러고 보면 붉은 머리가 꽤 잘 어울렸다.

'피부가 하얀가?'

그래서 이 모든 게 찰떡같이 잘 어울리나?

나는 다른 손으로 니나의 머리카락을 매만졌다. 그래도 여기 와서 조금 자란 머리였다.

'돈 많이 벌면 나도 머리 기를까?'

단발이 편하긴 했다. 하지만 니나의 미모라면 좀 가꿔 주고 싶다는 이상한 의무감이 생겼다.

'내가 보고 싶어.'

우리 니나는 어울리는 옷만 입어도 장난 아닐 거 같긴 해. 언니가 가끔 안쪽 방에 있는 큰 거울을 보다 너무 예뻐서 놀라잖아.

나는 턱을 괴고 계속 남자를 바라보았다. 오수에 젖은 흐트러진 미남자라니 시가 절로 나올 거 같았다.

'내가 심적으로 고생이 심해서인지 참 좋다.'

그런데 왜 이 남자는 내 손을 붙잡고 자는 걸까. 기분은 매우 좋은데, 바쁜 사람 아니었나?

'깨워야 하나?'

나는 고개를 저었다. 신이 주신 선물인데 웬만하면 그대로 내버려두고 싶었다.

그때, 남자는 작게 신음을 뱉으며 잠에서 깼다. 그는 미간을 찌푸리며 나를 바라보았다.

'민망하다.'

자고 일어났는데 여자애가 멀뚱멀뚱 쳐다보고 있으면 좀 그렇긴 하겠지.

"죄, 죄송합니다."

이럴 줄 알았으면 바로 깨울걸.

"얼마 못 잤군."

그는 뻐근한 목을 매만지며 말했다.

"전 푹 잤어요."

"네게 준 약은 성인 남자가 이틀은 자고도 남을 수준이다. 너 회복력이 빨라졌어."

깜짝 놀랐다. 이대로 발전한다면 세상 모든 독도 니나를 못 죽이지 않을까.

"외상도 이럴까요?"

이 정도 회복력이라면 선왕비 때 세라피가 치료 안 해 줬어도 살 수 있지 않았을까?

"비교할 게 없어서 모르겠군."

"이렇게 회복력이 좋은데 왜 쓰러졌을까요?"

스트레스에는 정말 장사가 없는 걸까. 역시 현대인의 최종 보스다웠다.

그는 그제야 자신이 잡은 손을 알아챘다. 순간 되게 민망했다. 나는 어색하게 웃으면서 사과했다.

"죄송해요. 제가 폐를 끼쳤어요."

빨간 머리는 조용히 손을 놓았다. 나는 빈손을 물끄러미 바라보았다. 체온이 사라져서일까. 왠지 좀 휑하게 느껴졌다.

"바쁘실 텐데 시간을 뺏었네요."

"한가하다."

"네?"

"낮잠을 잘 정도로 한가했다. 신경 쓰지 마라."

순간 웃음이 나왔다. 이 사람 배려를 이상하게 했다.

감사인사에 익숙하지 않은 사람이구나. 날 위해서 그랬으면서 막상 감사하다고 인사하면 뒤로 빠졌다.

'귀엽다.'

뭔가 톡톡 튀기는 매력이 있었다.

"별거 아니라고 생각했는데, 정말 쓸데없는 걱정이 많았나 봐요."

자고 나서 가뿐해진 머릿속에 알렉의 모습이 스쳤다. 나는 숨을 깊게 내쉬며 고개를 저었다.

'이미 다 끝났어.'

그러게. 정말 끝났네.

알렉은 변경으로 갔고, 나는 해결된 게 하나도 없었다.

'멍청하게 뭐하는 거니. 정신 차리자.'

살날이 구만리인데 우물쭈물할 시간이 없었다.

꾸물거릴수록 니나의 소중한 목숨 줄이 하나하나 없어집니다. 정신 바짝 차립시다. 알겠습니까?

한참 반성을 하고 있는데 디오가 말했다.

"너는 머리가 좋다."

굉장히 뜬금없는 칭찬이었다.

"감, 감사합니다."

"그런데 바보군."

네? 지금 뭐라고 하셨나요?

'요, 욕인가?'

왜 저런 말을 하는지 알 수 없어서 나는 멍하니 그의 얼굴을 바라보았다.

'어?'

순간 아무 말도 할 수 없었다.

붉은 머리가 잘 어울리는 남자는 나를 보며 부드럽게 웃었다. 항상 짓던 무표정한 얼굴이랑 너무 달랐다.

'사람이 달라 보여.'

말도 행동도 굉장히 담백한 남자였다. 처음 만났을 때는 용건만 말해도 다행이었다.

"그래서……."

그는 다음 말을 하지 않았다. 나는 침을 꼴깍 삼키며 다음 말을 기다렸다.

입가에 웃음이 계속 머물렀다. 날카로워 보이는 미남의 미소는 왠지 마음을 조마조마하게 만들었다.

그래서 뭐요? 빨리 말해요. 다음 말이 뭔데요? 저는 지금 당신의 말을 매우 듣고 싶답니다.

"가라."

"네?"

"가서 쉬어라."

디오는 입가에 머금었던 웃음을 지우고 밖을 가리켰다. 나는 눈을 깜박이다가 겨우 한마디 했다.

"가, 감사합니다."

아니 다음 말을 왜 안 해 줘. 나 되게 기대했단 말이야.

슬금슬금 나가면서 살짝 눈을 돌렸다. 의사는 엉망으로 흐트러진 머리를 뒤로 넘기며, 주머니에 넣었던 외알 안경을 다시 꼈다.

나는 침을 꼴깍 삼키고 돌아섰다. 별거 아닌데 왠지 용기가 필요했다.

"저, 성함이 어떻게 되시나요?"

남자는 꼈던 장갑을 치아로 물어서 뺐다. 팔의 각도와 흐트러진 머리카락, 그리고 잡은 책까지 마치 영화의 한 장면 같았다.

'왠지 봐서는 안 되는 걸 본 거 같아.'

별거 아닌데 왜 은밀한 느낌이 드는 걸까. 나는 애써 표정 관리를 했다. 분명 좋은 걸 본 건 맞는데, 되게 예의 없는 사람이 된 기분이었다.

그가 나를 바라보았다.

"디오메데 인 타르스다."

"죄송합니다. 여태 몰랐어요."

남자의 눈이 살짝 가늘어졌다.

"이제부터라도 알면 됐다."

그는 나가라고 손짓했다. 왠지 송구스러워서 고개를 꾸벅 숙이고 파티션 밖으로 뛰어나갔다.

'와우.'

나는 병동을 나가면서 속으로 손뼉을 쳤다. 왜 쳐야 하는지 모르지만, 내 피와 살이 알려 줬다. 나는 방금 좋은 것을 봤다.

'손이 예쁘시네요.'

살다 살다 손이 예쁜 남자는 처음이었다. 아니야. 외모가 받쳐 주니까 손이 예쁜 게 드러난 거겠지. 손만 예쁜 남자는 은근히 흔할지도 몰라. 하지만 잘생겼는데 손도 예쁜 남자는 드물 거야.

미남의 힘인 걸까. 밥을 안 먹어도 배부르기 그지없었다. 머릿속에 엔도르핀이 퐁퐁 샘솟았다.

'손이 너무 예뻐서 장갑을 끼는 걸까?'

보험 드는 거처럼 보호하려고?

'에이, 그건 아니겠지. 하지만 손목 선은 예술이야.'

와, 떠올리니까 조금 설 어. 숨어 있는 게 더 매력적일 수도 있구나.

전자레인지에 돌려서 늘어진 인절미처럼 웃고 있는데 간호사가 다가왔다. 그러고 보면 왕의 침소에서부터 날 돌봐 주던 이였다.

'고기를 못 먹게 한 사람이기도 하지.'

몰래몰래 숨어서 먹고 싶었는데, 어찌나 예리한지 포크 한번 들이밀 수 없었다. 나는 그녀를 보며 인사했다.

"안녕하세요. 신세를 졌습니다. 감사해요."

"어? 어, 안녕?"

하지만 언니는 왠지 내 시선을 피했다.

왜 그러세요. 죄라도 지으셨나요.

이상해서 고개를 갸웃거리자, 간호사는 갑자기 고개를 꾸벅 숙였다.

"미, 미안해!"

뭐가?

깜짝 놀라서 눈만 깜박였다. 아니, 갑자기 왜 이러세요.

'약이라도 잘못 먹이셨나?'

뭔가 문제가 생겼나? 나는 발끝을 꼼지락거렸다. 여전히 잘 움직였다. 팔과 어깨도 다 잘 움직였다.

'몸에 이상은 없는데?'

설사 문제가 생겨도 니나는 기미 시녀니까 다 나을 텐데?

나는 이 언니가 왜 이러는지 도무지 알 수 없었다.

"일부러 못 먹게 했어!"

듣는 순간 번개처럼 무슨 말을 하는지 깨달았다.

"고기요?"

간호사 언니는 정신없이 머리를 끄덕였다.

'맞나 보네.'

나는 살짝 뺨을 긁었다. 소화 잘되는 것부터 먹어야 한다고 해서 철저하게 지켰는데, 아니었구나. 고기를 먹어야 했던 거였어.

"전 의사 선생님이 시키신 줄 알았어요."

"아니야. 디오 님은 요양이 끝나면 오히려 영양가 있는 걸 먹어야 한다고 했어. 그런데 내가 일부러 막았어."

육즙이 흐르는 고기가 아련하게 떠올랐다. 어쩐지 되게 당기더라.

"왜 그러셨어요?"

나는 도무지 알 수 없었다. 이 사람 병동에서 일하는 간호사였다.

환자가 회복하는 걸 왜 방해한 걸까.

"심, 심술이 났어."

"저한테요? 왜요?"

간호사는 입술을 깨물었다. 말해야 하나 고민하는 모양이었다.

나는 느긋하게 기다렸다. 도무지 영문을 알 수 없었다. 설마 허구한 날 다치는 게 부러웠던 건 아니겠지?

간호사는 작은 목소리로 속삭였다.

"너한테 신경 쓰셔서……."

"누가요?"

나는 사비나 님이나 메어리 님을 떠올렸다. 아직 스파이 혐의는 가라앉지 않아서 그분들이 날 무지하게 신경 쓰고 계시긴 했다.

'괜히 죄송하네.'

가만히 일만 열심히 해도 시원치 않은데, 어째 사고가 빵빵 터졌다.

'그러고 보니 그때 쓰러진 뒤로 메어리 님은 얼굴도 못 뵌 거 같아.'

걱정하시려나. 언제 한번 제대로 사과드려야겠다. 되게 죄송스럽네. 밥 먹자마자 인사부터 드릴걸.

하지만 간호사는 굉장히 의외의 말을 했다.

"폐, 폐하께서……."

머릿속에 절세미남 폐하가 둥실 떠올랐다.

저기요, 번지수를 잘못 짚으셨어요. 어떤 의미에서는 맞지만 아니야. 절대 아니야!

'그 사람이?'

순간 웃음을 참을 수 없었다. 애써 입을 가렸지만 한번 터진 웃음은 끊임없이 이어졌다. 나는 그냥 허리를 굽히고 웃었다.

"저, 저기……."

간호사는 당황했는지 눈빛이 흔들렸다. 나는 한참을 웃다가 눈물을 닦았다.

"괜찮아요."

"뭐?"

"뭘 오해하신 거 같지만 괜찮아요. 나았으니 됐어요. 전 잊을
게요."

더 이상 이곳에 볼일도 없었고, 신경 쓸 건 더 없었다. 막 돌
아서려고 하자 그녀가 말했다.

"지, 징계는 받을 거야!"

이건 좀 의외였다. 나는 병동 문손잡이를 잡으려다가 다시
돌아섰다.

"어쨌든 이건 굉장히 잘못한 거야. 환자를 환자로 대하지 않
다니 간호사로서 큰 실책이야. 이미 징계는 들어갔고, 곧 받을
거야."

"징계란 게 감봉인가요?"

그녀는 고개를 저었다.

"이 직업을 잃을지도 몰라. 어쨌거나 사적으로 이용한 셈이
니까."

생각보다 직업윤리가 꼼꼼한 곳이었구나. 하긴 병동이면 더
심하겠지.

나는 조금 안쓰러운 눈으로 그녀를 바라보았다. 잘은 모르
지만 성에서 일하는 건 꽤 대우가 좋아 보였다.

'성에 있으면 의식주가 다 해결되긴 하지.'

일은 힘들지 모르지만 개인에게는 괜찮은 경력일 수도 있었다.

"사과하고 싶었어. 괜찮아져서 다행이다."

나는 살짝 뺨을 긁었다. 참 새삼스러웠다. 솔직히 신경도 안 썼다.

'이럴 수도 있구나.'

평판 때문에 고민했지만, 막상 악의를 겪은 건 이번이 처음이었다. 뭐, 주근깨도 있지만 그 애는 처음부터 그랬으니 예외였다.

'특혜처럼 보이나?'

이런 게 부러울 수도 있구나. 질투 나서 직업을 잃을 정도로 이성이 마비될 수도 있는 일이었어.

'내가 이베리아의 사람에 대해 잘 모르는 거 같아.'

나는 반쯤 읽은 『이베리아의 풍습』을 떠올렸다. 책 자체는 흥미진진하게 낯선 세계라고 생각하면서 봤었다.

'조금 더 사람 중심으로 생각해 볼까?'

목욕물을 가져오는 세 시녀분과 쥬시와 라라가 생각났다. 나는 작게 한숨을 내쉬었다.

"저는 정말 괜찮아요. 하지만 한마디는 하고 싶어요."

나는 간호사를 똑바로 바라보았다. 꼬불거리는 옅은 갈색 머리카락이 눈에 띄었다.

그녀는 내 눈을 피하지 않았다. 그래서 웃을 수 있었다.

"고기 정말 먹고 싶었어요."

한번 크게 웃고는 뒤돌아서 나갔다. 문을 닫자 크게 우는 소리가 들렸다.

'되게 죄책감이 심하셨나 보네.'

솔직히 모르고 넘어갔을 일이었다. 나는 병동 앞을 지키는 병사에게 인사하며 계속 앞으로 나아갔다.

울음소리는 계속 새어 나오다가 어느 순간 끊겼다. 나는 기지개를 켜고 천장을 바라보았다.

'생각해야 할 게 너무 많다.'

누가 나 대신 생각 좀 해 줬으면.

바람이 불어왔다. 나는 창가로 가서 하늘을 바라보았다. 잠들기 전과는 같았지만, 분명히 다른 하늘이었다.

'자잘한 인간관계를 귀하게 여겨야겠다.'

내 어떤 점을 보고 다가오셨는지 모르지만 소중한 분들이었다. 변한 원작에서 이제 이분들은 귀한 내 친구였다.

'친구보다는 직장 동료에 가깝나?'

뭐든 괜찮았다. 다시 알렉과 같은 선례를 만들고 싶지 않았다.

'할 수 있는 정도만 하자.'

모든 걸 내던질 정도로 한다는 게 아니었다. 그냥 후회할 정도만 아니면 됐다.

깊게 숨을 내쉬었다. 때마침 종소리가 세 번 울렸다.

'벌써 식사 시간이네.'

나는 발걸음 가볍게 식당으로 뛰어갔다. 드디어 내가 사랑하는 고기와 만날 수 있다. 그게 기뻐서인지 저절로 웃음이 나왔다.

나는 탁자 위에 그대로 엎어졌다. 한 일도 없는데 굉장히 지쳤다.

'아니, 도대체 왜 그러시는 거지?'

오랜만에 뵙는 메어리 님은 나를 보자마자 미안하다고 손을 붙잡고 우셨다. 순간 간호사가 떠올라서 혹시 이분께서도 내 고기를 숨겼는지 3초 고민했지만, 이유는 생각보다 별거 아니었다.

'뭐, 깜박 잊으셨을 수도 있지.'

그게 손 붙잡고 울 정도로 잘못한 일인가. 누가 보면 곗돈 들고 튀었다가 잡힌 줄 알 거야.

'종이 짧게 두 번 울면 대피구나.'

나는 고개를 끄덕이며 새로운 것을 암기했다. 또다시 그런 미친년을 만나고 싶지 않았다.

한숨이 저절로 나왔다. 나는 탁자에서 비적비적 일어나 허리를 세웠다. 더운 열기를 품은 바람이 들어왔다.

나는 턱을 괴고 창문을 바라보았다. 좁은 대기실 안에도 여름이 느껴졌다.

대기실에는 아무도 없었다. 그래서 다리를 흔들면서 중얼거렸다.

"오천 골드를 받았습니다."

두들겼더니 열렸네요. 보상금의 주머니가 활짝 열렸습니다. 이날이 오다니 감격스럽네요.

어제 목욕 준비를 해 주시는 세 시녀님은 나를 주급을 주는 곳으로 데려갔다. 나비 모양의 안경이 잘 어울리는 시녀님은 보상금이 나왔다며 종이 한 장을 내밀었다. 서류를 뜯어 보니 오천 골드를 준다는 증명서가 들어 있었다.

시녀님들은 잘됐다고 소리쳤지만, 나는 어리둥절했다. 이베리아는 화폐가 달라서 이게 어느 정도의 금액인지 영 감이 잡히지 않았다.

하는 수 없이 붙잡고 물어봤더니 나비 안경을 쓴 시녀가 대답했다.

"평생 놀고먹을 수 있단다."

마치 기적 같은 말이었다. 내가 정말이냐고 반문하자 그분께서는 다시 한번 귀한 말씀을 내리셨다.

"누더기를 입고 물과 보리빵만 먹는다면 말이지."

잘 감이 잡히지는 않았다. 하지만 이 돈이 대강 어느 정도의 금액인지는 짐작할 수 있었다.

"애매한 금액 같아."

목돈이긴 한데 평생 먹고살 수는 없어 보였다.

"그래도 공돈이 어디야."

나는 계속 다리를 흔들었다. 아직 수령은 안 했지만, 목돈이 생기자 마음이 든든했다.

"좀 섭섭한 돈이긴 하다."

베아토에게 오천 골드면 학교에 들어갈 수 있냐고 물어봤다. 그는 학비는 감당할 수 있지만 먹고살기에는 부족할 거라고 대답해 줬다.

'보상금보다는 시녀 주급이 의외였어.'

주마다 돈을 주는 것도 신기했지만, 그 금액이 한 주에 50골드인지는 상상도 못 했다. 세 시녀님은 경력이 늘면 받는 돈도 많아진다는 피가 되고 살이 되는 말을 해 줬다.

'먹고 자는 게 다 해결되는데 이 돈이면 굉장하지.'

그래서 시녀는 어딜 가나 환영받는 존재라는 사담까지 들었다.

'몰랐는데 시녀는 엄청난 골드미스 같다.'

세 시녀님은 남자 따위는 언제든지 골라잡을 수 있다고 진심 어린 조언을 해 줬다. 그러니까 결혼은 늦게 하라는 말을 한시간 가까이 듣고 나니, 나는 이분들이 더 좋아졌다.

'밥 한번 사야겠다.'

진심으로 나를 생각하는 게 느껴졌다. 정말 좋은 분들이구나. 이런 분들 때문에 세상이 참 밝았다.

그런데 돌아오니 상황이 조금 변했다.

"메어리 님은 왜 안쪽 방에 못 가게 하는 걸까?"

좀 이상했다. 처음 이베리아에 왔을 때는 안쪽 방에 거의 매일같이 갔어야 했다. 하지만 이상하게도 요즘은 꽤 줄어들었다.

'심지어 지금은 가지 말래.'

왜 그러냐고 묻자, 메어리 님은 눈물도 닦지 않은 채 내 손을 꼭 붙잡았다.

"성녀님께서 많이 놀라셔서 많이 불안해 하신단다. 그러니까 당분간 괜히 자극하지 말렴."

'내가 뭘 자극하는데?'

나쁜 물이라도 들인다는 건가? 담배랑 술 같은 거?

'그러고 보면 내가 친구들에게 수입 맥주 전파했지.'

국산 맥주만 마시던 불쌍한 중생들은 추천에 따라서 몇 번 마시더니, 나중에는 아마추어 맥주 평론가가 될 정도였다.

'술은 마셔서 없애야지.'

그런 주제에 나는 건강을 위해 술 끊었지만.

나는 다시 탁자에 엎드렸다. 안쪽 방에 안 가니 할 일이 없었다.

메어리 님의 간청을 웬만하면 들어드리고 싶었지만 아무래도 세라피가 걱정할 거 같았다. 얼굴을 보는 건 무리더라도 편지는 보낼 수 없냐고 묻자, 그녀는 내키지 않는 표정으로 고개를 끄덕였다.

별수가 없어서 편지를 썼다.

저는 지금 병동에 있어요. 곧 나아서 뵈러 갈게요.

대강 그런 내용을 늘려서 써서 보냈다. 진짜 그냥 가서 보면 되는 걸 왜 이렇게 해야 하는 걸까.

"왜 만나는 걸 막는 거지?"

미간이 저절로 찌푸려졌다. 정말 한없이 수상했다.

누구를 위해서 이러는 걸까. 나? 세라피?

"당연히 세라피겠지?"

한없이 수상했다. 왜 이러시나요. 제가 많이 겁나잖아요. 도대체 누가 이런 명령을 내린 겁니까.

'메어리 님일 리는 없고, 그럼 사비나 님?'

나는 고개를 저었다. 그분들은 직접 명령을 하실 분들이 아니었다.

'아무리 봐도 한 사람이다.'

폐하.

한숨이 저절로 나왔다. 아니, 왜 그러시나요. 제가 뭐 잘못했나요. 진짜 나쁜 물이라도 들인답니까.

"물어보면 어떻게 될까?"

그래도 되나?

나는 고개를 푹 숙였다. 이런 거 물어봤다고 해서 예전처럼 형장의 이슬이 될 거 같진 않았다. 그 남자는 오히려 솔직한 걸 마음에 들어했다.

'아니다. 너무 솔직해서 건방진 걸 더 좋아하는 거 같기도?'

정말 이상한 취향이었다. 위가 없고 아래만 있는 지위여서 그런가, 괴이하기 이를 데 없었다.

'물어봐도 될까?'

나는 의자 등받이에 몸을 기댔다. 더위를 품은 바람이 불었지만, 다행히 습기가 느껴지진 않았다.

사실, 레오가 말한 게 아직 믿기지 않았다.

'그 사람이 날 계속 옆에 둔다고?'

왜? 이유가 뭐지?

'선풍기라서?'

정말 그 명목이라면 너무 비효율적이었다.

"물어보고 싶다."

의뢰로 배짱 좋게 물어보면 대답해 줄 거 같아. 대답이 사실인지 아닌지는 또 다른 얘기지만.

'어렵다. 어려워!'

나는 한숨을 쉬며 자리에서 일어났다. 저녁 기미까지 끝났으니 이제 여기에 있을 필요가 없었다.

'그나저나 베아토는 안 오네.'

메어리 님의 말로는 거의 매일같이 여기서 책을 본다고 들었다. 이런 게 아니더라도 이것저것 물어보고 싶었는데, 조금 아쉬웠다.

굳이 질문을 안 해도, 왠지 곁에 있는 것만으로 안심되는 분이었다.

'좋은 남편감 같아.'

왜 니나가 이 사람이랑 썸을 탔는지 알 거 같았다. 나는 자리에서 일어났다. 대기실을 지키는 병사들에게 인사하고 밖으로 나가자 환한 햇살이 쏟아졌다.

어디선가 새소리가 들렸다. 혼란스러운 마음과 달리 세상은 평화롭기만 했다.

나는 천천히 복도를 가로질렀다. 모퉁이를 돌자 선왕비 때문에 피투성이가 되었던 복도가 보였다.

'싫다.'

다리가 떨리거나 숨을 못 쉴 거 같지는 않았다. 하지만 웬만하면 그 길로는 가고 싶지 않았다.

'좀 돌아가지 뭐.'

이런 게 트라우마일까. 나는 다른 쪽으로 길을 틀면서 혀를 찼다. 왠지 아주 어리고 약한 여자아이가 된 기분이었다.

'그게 맞긴 하는데…….'

니나는 어리고 약한 아이가 맞았다. 하지만 이화윤은 성인이었다.

'나 요즘 좀 철딱서니가 없는 거 같아.'

몸이 어리게 됐다고 해서, 정신마저 그런 게 아닐 텐데 왜 이러는 걸까.

나는 그 자리에서 멈췄다. 그리고 내가 피했던 길을 노려봤다. 왠지 화가 났다. 미친년이 날뛰었을 뿐이다. 길이 날 아프게 한 게 아니었다.

나는 이를 갈며 피했던 길로 성큼성큼 걸어갔다.

'이 길로 가고 만다!'

이래 봬도 혼자 잘 먹고 잘살았던 몸이다. 여기서 질 수 없었다.

내가 다쳤던 곳이 나오자, 나는 침을 꿀꺽 삼켰다. 탄 냄새와 기어갔던 기억이 얼핏 머릿속을 스쳤다.

'질 줄 알고?'

나는 천천히 복도를 걸어갔다. 다리는 멀쩡했지만 왠지 숨을 쉬기가 힘들었다.

얼마나 그렇게 나아갔을까.

하지만 복도는 언젠가 끝나기 마련이었다. 나는 숨을 작게 몰아쉬면서 계속 걸어갔다. 곧 복도는 끝났다.

'봐. 괜찮지?'

왠지 몸이 더웠지만 견딜 만했다. 나는 손부채로 달아오른 피부를 식히면서 활짝 웃었다.

'별거 아니야.'

나는 고개를 끄덕였다. 내가 묻고 내가 대답하는 게 웃겼지만, 은근히 뿌듯했다.

'니나야, 언니만 믿으렴. 너는 너무 착해서 약했지만 언니는 별로 안 착하단다.'

몇 번 죽을 뻔했지만, 조금이지만 목돈도 챙겼어. 좀 미덥지 못한 거 알지만 믿어 보렴. 꼭 잘 먹고 잘살 거야.

그러니까…….

나는 고개를 숙였다. 초록색 카펫이 끝나고 붉은 카펫이 깔려 있었다.

이 길은 높은 분들이 지나가는 길이었다. 나는 칼라와 소매를 다듬고 다시 천천히 걸어갔다.

몇몇 분이 스쳐 지나갔다. 나는 계속 나아갔다.

그때였다.

그가 보였다.

나는 멍하니 그 사람을 바라보았다. 긴 흑발을 늘어트린 그 사람이 다가왔다.

보석으로 장식된 옷은 오늘도 무서울 만큼 잘 어울렸다.

나는 고개를 살짝 숙이고 벽 쪽으로 비켜섰다. 내려간 시야 사이로 남색 치맛자락과 갑옷들이 스쳐 지나갔다.

긴 머리카락이 보였다. 그리고 그 사람은 어김없이 내 앞에 멈춰 섰다.

나는 얼굴을 들었다. 남자는 아무렇지도 않게 내 볼을 쓰다듬었다.

"이번에는 안 놀라는군."

"지금이라도 놀랄까요?"

그런 게 취향이라면 얼마든지 연기할 수 있었다.

내 말이 재미있었는지, 그는 한쪽 뺨으로 웃었다. 그러고는 뒤따라오는 사람을 물리더니 조용히 나를 바라보았다.

"역시 움직이는 게 좋군."

"네?"

친애하는 폐하께서 무슨 말을 하는지 도저히 알 수 없었다. 살짝 고개를 갸웃거리자, 그는 아무렇지도 않게 나를 들어올렸다.

엉덩이를 받친 팔이 신경 쓰였지만 이제는 이것도 익숙했다.

사람은 적응의 동물이 맞네. 벌써 이게 몇 번째지.

나는 손으로 몇 번인지 세어 봤다. 그때부터 지금까지 벌써 세 번째였다.

'새삼스럽지만 힘이 세신가 보다.'

니나가 작지만 그렇다고 무게가 아예 없는 것도 아닌데, 이 사람은 덥석덥석 잘도 들어올렸다.

"너무 귀여워서 큰일이군."

이건 또 무슨 말일까.

"몸이 약한데 귀엽기까지 하니 내 옆에만 계속 둬야겠어."

순간 당황해서 어깨가 움찔했다. 뭐가 귀여운지도 모르겠지만, 옆에만 둔다는 것도 이해하기 힘들었다.

"토끼."

"네? 네."

"몸은 다 나았나 보군."

나는 정신없이 고개를 끄덕였다. 하지만 아까의 말 때문에 머릿속이 혼란스러웠다.

'무슨 소리야, 진짜!'

설마 진짜 레오의 말이 맞나? 이 남자는 정말 나를 계속 옆에 두려는 걸까?

'언제까지?'

진짜 결혼하고 애 낳고도 토끼를 옆에 끼고 살 거야?

그때였다. 당황해서인지 순간 중심을 잃고 비틀거렸다. 왕의 어깨를 잡으려고 했지만, 그가 내 등을 감싸 안는 게 더 빨랐다.

순간 너무 아찔했다. 바닥으로 떨어지지 않아서 천만다행이었다.

"가, 감사합니다."

"토끼라서 잘 매달리지 못하는군."

토끼는 고양이가 아닙니다, 폐하. 당연히 못 매달리죠. 그러고 보니 다큐멘터리에서도 토끼가 어디 매달려 있는 건 본 적 없었다.

또 이럴 수 없어서 나는 재빨리 왕의 어깨를 잡았다. 벌써 몇 번이나 봉변당한 몸이었다. 이대로 또 다칠 수는 없었다.

"저, 자주 다치긴 하지만 몸이 약하진 않아요."

"그게 약하다는 증거다."

"웬만한 독도 안 듣는 걸요. 몸이 허약한 게 아니라, 전 그 냥……."

나는 한숨을 쉬며 말했다.

"운이 안 좋은 거 같습니다, 폐하."

나는 깔끔하게 인정했다. 맞아요. 나나 운 안 좋아요. 여기에 그런 게 있는지 모르지만 이 아이는 부적이 필요합니다.

'진짜 시장에 가면 팔까.'

열두 장 정도 사서 여기저기 붙여 놓으면 봉변이 좀 줄어들까?

왕은 나를 안고 등을 살짝 두들겼다. 원치 않게 붙어 있어서 알게 됐다.

'웃고 있네.'

그가 낮게 웃을 때마다 몸이 살짝 흔들렸다. 나는 왕의 어깨를 붙잡고 깊게 한숨을 쉬었다.

'이러다 또 오해를 받지.'

이제 슬슬 포기해야 하지 않을까. 오해를 부추기는 게 폐하인 이상 어쩔 수 없었다.

"왜 한숨을 쉬지?"

순간 아차 싶었다. 너무 붙어 있어서인지 들킨 모양이었다.

나는 필사적으로 머리를 굴렸다. 오해받기 싫다고 하면 이 사람은 무슨 말을 할까.

'직장생활 오래했는데 진짜 단어가 생각 안 난다!'

도와줘요! 내 사회 경험. 나와라! 교수님에게 용비어천가를 했던 내 훌륭한 언어 능력. 전두엽아, 도와줘! 부디 당신의 힘을 보여 주세요!

도대체 어떻게 하면 이 난관을 헤쳐 나갈 수 있을까.

나는 일단 핑계를 살짝 깔아 봤다.

"조, 조금 무서워서요."

"짐이 옆에 있는데 뭐가 두려운지 모르겠군. 무엇이 너를 무섭게 만들지?"

나는 눈을 질끈 감았다.

"폐, 폐하!"

"말해 봐라. 토끼야."

"인기 많으십니다!"

망했다. 이건 망해도 너무 망한 아부야. 아니다. 아부가 아니야. 그냥 망한 거야.

나는 살짝 눈을 떴다. 나는 이 잘나신 폐하가 한심한 눈으로 날 볼 줄 알았다.

"당연한 말을 하는군."

"네?"

"나는 이베리아의 왕이다. 어디를 가도 나를 보는 눈이 존재한다. 하찮게 인기를 논할 지위가 아니다."

그, 그러신가요.

순간 할 말이 없어졌다. 심지어 너무나 맞는 말이었다.

'하긴. 이베리아는 왕이 신이긴 하지.'

불기둥과 구름 기둥을 부리고 만나를 뿌리는 존재. 기적이란 단어가 무색할 정도로 엄청난 능력을 지닌 사람.

'그런데 그런 거치고는 너무 잘생긴 거 아닌가?'

존재만으로도 귀중하지만 심지어 이 사람은 절세미남이었다.

나는 이화윤일 때 소중히 간직했던 따오기 폴더를 떠올렸다. 거기에는 동서양 할 거 없이 엄선한 미남들 사진만 모아 놨었다.

'그 폴더에서도 이런 절세미남은 없었어.'

몸도 얼굴도 내가 봐 왔던 모든 이 중에서 제일 미남이었다.

'내가 괜히 코피를 흘린 게 아닌 거 같아.'

만약 죽을 때 악마가 이런 외모를 하고 있으면 손 붙잡고 행복하게 지옥으로 갔을 거야.

"그러나 네 말도 맞다."

한참 생각에 빠져 있다가 고개를 들었다. 그는 자신만만하게 웃으며 말을 이었다.

"나는 평판이 좋다. 그래서 누군가는 너를 질투할 수도 있다."

역시 간호사 징계받은 거 아는구나. 굉장히 하찮은 일일 텐데 어떻게 아는 걸까.

"영광으로 여겨야 하나요?"

"뭐든 상관없다."

왕은 내 어깨를 토닥였다.

"그런 이들이 수없이 나와도 너는 내 옆에 있어야 할 테니까."

"왜, 왜요?"

"너는 짐의 토끼이지 않으냐."

도대체 그 토끼는 어떤 의미인 걸까. 아니 그보다 이런 자잘한 것까지 알면, 내가 레오에게 부탁한 것도 아는 걸까.

'화제를 돌려야겠어.'

왜 그랬느냐고 물으면 대답하기가 곤란했다. 나는 억지로 웃으면서 할 말을 골랐다.

마침 옆을 보니 그리핀 모양의 휘장이 보였다. 까만 깃발에 금박으로 새겨진 모양은 섬세하고 아름다웠다.

"폐하, 저 그리핀을 처음 봤어요. 그렇게 큰 새인지 몰랐어요. 날갯짓할 때마다 모래가 날리더라고요. 괜히 신전에서 악마의 새라고 한 게 아닌 거 같아요. 부리에 한번 찍히면 큰일나겠죠?"

애써 말을 돌렸지만, 그는 날카로웠다.

"어디에서 봤지?"

"네?"

"내 성에서 그리핀이 있을 곳은 뻔하긴 하군. 어떻게 봤지?"

순간 식은땀이 흐를 거 같았다.

'말해도 괜찮을 거 같긴 한데……'

연병장 근처에는 벤치와 나무가 있었다. 병사와 기사, 그리고 시녀까지 그곳에서 자유롭게 쉬는 분위기였다.

무엇보다 식당과 가까웠고 대공과 있었던 정원에서 그렇게 많이 떨어진 곳이 아니었다.

"잘은 모르지만, 병사님이 많았어요."

"연병장인가 보군. 내 토끼는 이상한 것에 관심이 많아."

나는 멀리서 본 그리핀을 떠올렸다. 이상하다고 말하기에는 너무 아름다운 새였다.

"그리핀은 만나가 주식이다."

"그 맛없는 거요?"

"그걸 좋아하지. 그래서 이베리아에서만 다룰 수 있지."

그는 내 얼굴을 느긋하게 쓰다듬었다.

"보여 줄 수 있다."

"그리핀을요?"

폐하, 제발 주어 말하기 운동하면 안 되나요? 저 진짜 알아듣기 힘든데요.

이런 내 마음을 아는지 모르는지 왕은 만족스러운 미소를 지으며 갑자기 앞으로 척척 나아갔다. 갑작스러운 이동에 깜짝 놀라서 왕의 어깨를 더 잡았다.

"좀 더 가까이 와라."

지금도 충분히 가까운데요. 막 숨소리도 들리는데, 여기서 더요?

우물쭈물하자 왕은 아예 내 등을 살짝 눌렀다. 중심이 바뀌자 나는 반강제적으로 왕의 어깨에 매달렸다.

"훨씬 낫군."

낮은 목소리가 귀가에 속삭였다. 민망하기 짝이 없어서 나는 고개를 푹 숙였다.

"그래. 잘하고 있다."

뭐, 뭘요?

"좀 더 붙잡아라. 네게 닿으면 청량함이 느껴진다."

더운 바람이 느껴졌다. 나는 그제야 왕이 더워하고 있단 걸 깨달았다.

'이 사람이 느끼는 통증도 불에 타는 듯한 작열통이었지.'

그래서 시원함에 더 집착하는 걸까.

나는 소매를 걷어서 팔을 더 드러냈다. 그러고는 더 확실하게 왕의 어깨를 끌어안았다. 그래 봤자 손목까지였지만, 그는 내 볼을 쓰다듬으며 느긋하게 속삭였다.

"오늘따라 애교를 부리는군."

"애교는 아닌데요."

"그럼 이건 뭐지?"

나는 솔직하게 말했다.

"아부요."

가까이 붙어 있어서 그가 웃는 게 고스란히 느껴졌다. 그는 여유롭게 내 어깨를 토닥이며 말했다.

"더 해 봐라."

"아부를요?"

이런 걸 좋아하세요? 딸랑거리는 거 되게 싫어할 거 같은데, 좀 의외시네요.

"무슨 목적인지 알 수 없지만 나쁘지는 않다."

나는 눈을 가늘게 떴다. 혹시나 싶었는데 역시나였다.

'항상 의도를 헤아리는 사람이구나.'

통찰력이 좋다고 생각했는데, 그 정도가 아니었구나. 하긴 왕도 힘들게 됐으니까, 이런 면에서는 전문가겠지.

'이런 사람 앞에서는 차라리 솔직한 게 좋은 걸까?'

나는 이 사람을 어떻게 대해야 할지 아직 헷갈렸다. 처음 봤을 때부터 쭉 정신없이 휘둘리기만 했다.

'나도 결단을 내려야 할 거 같긴 한데……'

어떤 쪽이든 목숨과 안정이 보장되는 쪽으로 하고 싶은데 어렵기 그지없었다.

'천 길 낭떠러지를 줄 하나에 매달려 건너는 거 같아.'

어떻게 하면 좋은 선택을 할 수 있을까.

'용비어천가라도 할까?'

왕님 잘생겼습니다! 충성합니다! 뭐든 시켜만 주세요! 이러면 내 삶이 좀 나아질까.

나는 작게 숨을 골랐다. 아슬아슬하지만, 못 할 것도 없었다.

'죽이진 않겠지.'

힘을 내자 이화윤! 할 수 있다! 상어 이빨! 사회생활은 괜히 한 게 아니다! 자부심을 품자!

"폐하."

그는 아무렇지도 않게 나를 들고 계속 걸어갔다. 나는 침을 꼴깍 삼키고 겨우 말했다.

"요즘 성녀님을 못 만나는 이유가, 혹시……."

왕은 짧게 웃었다.

"내가 시켰다."

의외로 담백하게 대답이 나왔다.

"이유를 여쭤봐도 되나요?"

"자극된다."

"제가요? 그녀에게요? 어떻게요?"

진짜 불량 청소년이 착한 학생을 꼬시는 것처럼, 제가 나쁜 물이라도 들인다는 겁니까? 여기에 술이 있습니까, 담배가 있습니까? 뭘 어떻게 꼬시는데요.

"새는 너를 좋아한다."

"그렇긴 하죠."

이유를 모르겠지만 세라피는 나를 좋아했다. 누구에게나 공정한 성녀지만 주근깨와 나를 대하는 태도를 보면 알 수 있었다. 마치 정해져 있는 것처럼 예쁜 성녀님은 니나만 보면 밝게 웃었다.

"의외로 토끼가 냉정하군."

그야 나는 여기서 잘하고 싶으니까요. 세라피의 입장은 잘 알지만, 내 삶도 중요하지 않나요. 이래 봬도 잘해 드리려고 노력하고 있는데요.

'할 수 있는 게 별로 없지만요.'

조건 없이 친절하고 예쁜 언니에게는 뭘 해 줘야 하는 걸까. 솔직히 탈출만 빼고는 뭐든 할 수 있었다.

"저야 폐하께 주급받는 처지이잖아요."

그는 나를 안은 채 또다시 웃었다. 의외로 참 잘 웃으시네요. 기분 나빠서 그러시는 건 아니겠죠?

왕은 계속 내 볼을 쓰다듬었다. 여전히 느긋한 손길이었다.

"간호사 얘기는 들었다."

"저는 몰랐어요."

"어떤 처벌을 원하지?"

나는 조금 웃어 버렸다. 내가 말한다고 그걸 들어줄 분도 아니었다.

"규정대로 해 주세요."

"의외인 대답을 하는군."

얼굴이 잔뜩 찌푸려졌다. 저, 폐하? 설마 제가 그 간악한 년을 처벌해 주세요, 하고 눈물 질질 짜면서 부탁할 줄 알았나요?

'고기 못 먹어서 좀 그렇긴 하지만 그걸로 사람 인생 망치고 싶진 않은데?'

굳이 그럴 이유가 있나?

고개를 갸웃거리자, 왕이 말했다.

"용서해 달라고 할 줄 알았다."

이건 좀 의외였다.

"제가요?"

"간호사에게 어떤 처벌도 내리지 말아 달라고 할 줄 알았는데 의외군."

아니 제 대답을 왜 마음대로 정하시나요.

'그럴 수도 있겠네.'

처음에는 별거 아니라고 생각하고 가볍게 넘어가려고 했다. 별로 다친 것도 없었고, 오히려 수면제 먹고 잘 쉬었다 싶었다.

"진심으로 사과하셨어요."

하지만 그분은 자신이 무슨 잘못을 했는지 아셨다. 한순간의 감정으로 간호사로서의 직업윤리를 벗어난 것을 수치스럽게 여겼다.

"그분을 위해서는 규정대로 처리하는 게 훨씬 좋아요."

볼을 쓰다듬는 손길이 잠깐 멈췄다.

"정말 의외군."

뭐가 그렇게 의외이신가요. 전 처음부터 이랬는데요. 게다가 근본적인 원인은 폐하시잖아요.

'인기가 부른 참사지.'

그 간호사분은 폐하를 좋아한 걸까. 나는 힐끔 그의 옆모습을 바라보았다. 턱선이 참 예술인 남자였다.

콧대도 입매도 그림 같았다. 너무 잘생겨서 무서울 정도였다.

'외모는 인정하지만, 정신없이 좋아하기에는 너무 먼 사람인 거 같은데?'

게다가 이 사람은 좀 위험하지 않나?

"이번 토끼는 참 재미있군."

저번 토끼가 재미는 없으셨나 봐요. 나는 일그러지려는 표정을 애써 참았다.

이런저런 얘기를 하니 벌써 성문이었다. 내려 달라고 속삭였지만, 그는 듣지도 않았다. 병사들이 아무렇지도 않게 내주는 길을 보며, 나는 울고 싶었다.

'포기하자.'

아무리 평판에 신경 쓰려고 해도 근본적인 원인인 폐하가 들어주지 않으면 말짱 도루묵이었다.

'좀 무서운데 괜찮으려나.'

앞으로도 간호사 같은 사람들이 많이 나오면 어떡하지.

"내게 부탁해 봐라."

뭘?

나는 흔들거리는 옷자락을 바라보며 고개를 갸웃거렸다.

"무서우면 지켜 달라고 하면 된다."

"폐하께요?"

"네 부탁을 들어줄 사람이 짐 말고 누가 있지?"

쓴웃음이 저절로 나왔다. 부탁하면 들어주기나 합니까? 폐하?

"안 죽이시는 거로 충분합니다."

"욕심이 없군."

"그리고 목숨이 아슬아슬할 때는 이미 지켜 주셨잖아요."

선왕비가 칼을 들었을 때, 저지한 사람은 왕이었다. 솔직히 이 남자 없었으면 나는 그대로 황천길에서 저승사자 만나고 있겠지.

"그때는 토끼를 잃는 줄 알았다."

"저도 제가 죽을 줄 알았어요. 새삼스럽지만 감사합니다, 폐하. 살고 싶었거든요."

살려고 아파도 땅을 기어갔었다. 추잡스럽고 비루했지만 그렇게라도 살고 싶었다.

"그 여자를 생각하니까 화가 나는군."

나는 그를 돌아보았다. 왕은 아무렇지도 않아 보였다.

'항상 냉정할 거 같은데 화를 내기도 하나?'

잘 상상이 가지 않았다. 이 사람은 어떻게 화를 낼까.

"내가 아끼는 것을 찾는 능력 하나는 인정해야겠어."

말투가 평온해서 전혀 화를 내는 거 같지 않았다.

"아끼는 것을 많이 잃으셨나요?"

왕은 짧게 한 번 웃고는 다시 볼을 매만졌다.

"애초에 손에 쥔 게 별로 없었다."

그는 멈추지 않고 계속 걸어갔다. 어느덧 성 밖이었다.

"아낄 수 있는 것도 몇 개 없었지."

나는 그가 지나갈 때마다 고개를 숙이는 병사들을 바라보았다. 민망해서 같이 묵례를 했지만, 진짜 기분 나쁘실 거 같았다. 죄송합니다. 고의는 아니에요.

'이 사람은 정말 왕이구나.'

태어날 때부터 왕 같은 사람이었다. 어떠한 아픔도 불안도 없을 거 같았다.

'잘 숨기는 것일 수도 있겠다.'

내가 왕의 심리를 어찌 알겠느냐마는 그래도 사람이니 고민 정도는 하나?

"토끼야, 저길 보아라."

그는 내 볼에서 손을 떼고 능숙하게 등을 받쳤다. 어깨를 살짝 트니, 그가 보라는 것이 무엇인지 알 수 있다.

"세상에!"

거대한 새들이 넓은 풀밭에 모여 있었다. 그는 나를 천천히 바닥에 내려줬다. 그러고는 느긋하게 그리핀에게 다가갔다.

나는 조심스럽게 왕을 따라갔다. 새는 굉장히 신기했지만 그만큼 무섭기도 했다.

'너무 커.'

새라기보다는 공룡 같았다. 나는 멍하니 그리핀들을 바라보았다. 사자 앞발을 가진 새들은 평화롭게 풀밭을 걸어 다녔다.

가까이 갈수록 참 신기했다. 그리핀 대부분 안장과 등자는 있었지만 목을 매 둔 줄은 보이지 않았다.

'이걸 어떻게 다루는 거지?'

그리핀들은 폐하와 나를 힐끗 보다가 계속 할 일만 했다. 무서운 건 아닌데 너무 큰 새라서, 나는 그의 뒤에 딱 붙어서 갔다.

폐하는 나를 보며 말했다.

"걱정하지 마라, 토끼야. 신전이 한 말은 거짓이다. 그리핀은 어린아이를 먹지 않는다."

"오직 만나만 먹나요?"

"야생 그리핀은 맹수를 사냥해서 먹지. 그리핀은 거칠고 딱딱한 힘줄을 좋아한다. 그래서 인간은 먹지 않아."

참 특이한 식성이었다. 그래서 만나처럼 맛없는 것을 좋아하는 걸까.

그는 그리핀에게 가까이 가려는 나를 저지했다.

"하지만 공격은 한다."

"예?"

"심심해서지."

나는 일그러지려는 얼굴을 애써 숨겼다. 역시 생김새만큼이나 위험한 짐승이 맞았다.

'하지만 예뻐.'

녹색 눈동자와 부리에서 날개로 이어지는 선이 참 아름다웠다. 새가 날갯짓을 할 때마다 강인하고 유려해서 시선을 뗄 수 없었다.

그리핀은 아름다운 생물이었다. 물론 그런 만큼 위험해 보였다.

"소개해야겠군."

그는 나에게 호수 쪽을 가리켰다.

"저쪽에 있는 게 짐의 그리핀이다."

나는 순순히 왕이 가리킨 곳을 바라보았다. 홀로 작고 파란 호수를 보는 그리핀이 한 마리 있었다.

'와!'

저절로 감탄이 나왔다. 나는 저렇게 아름다운 새를 본 적 없었다.

폐하의 그리핀은 굉장히 특이했다. 다른 새들은 그저 짙은 갈색 털을 지니고 있지만, 이 새는 가슴 털은 하얗고 나머지는 검은색이었다.

'조합이 훌륭하다.'

검은색 날개는 튼튼해 보였고, 앞발도 윤기가 흘렀다.

내가 홀린 듯이 다가가자 그는 손으로 저지했다.

"저놈은 좀 위험하다."

아니 당신 전용이라면서요. 폐하가 타는 건데, 제일 얌전해야 하는 거 아닌가요?

왕은 다시 나를 들어올렸다. 꼭 이래야 할 정도로 위험한 거야? 저 그리핀은 가시가 잔뜩 있는 장미 같은 성격인가? 잔인해라.

죽기는 싫었다. 그래서 얌전히 그의 목에 팔을 둘렀다.

왕은 나를 가뿐히 안고 호숫가로 걸어갔다. 나는 계속 그 새를 바라보았다. 까만 독수리는 초록색 눈으로 나를 주시했다.

"예뻐……."

어쩜 저렇게 아름다운 생물이 다 있을까. 내가 황홀하게 보는 걸 알았는지, 새는 꼿꼿이 고개를 세웠다.

'그런데 저게 뭐지?'

까만 털도 희한하지만, 폐하의 그리핀은 뭐가 달라도 확실히 달랐다.

"왜 보석이?"

새는 머리에 짙은 파란색으로 장식한 서클릿을 쓰고 있었다. 내가 고개를 갸웃거리자, 왕은 짧게 웃었다.

"저놈은 욕심이 많다."

파란 보석으로 장식된 그리핀은 동화에 나올 것처럼 아름다웠다. 하지만 이상하긴 했다.

보통 야생동물은 몸에 뭐 다는 거 싫어하지 않나?

폐하는 그리핀에게 가까이 다가갔다. 왠지 손을 대면 안 될 거 같아서 난 멍하니 그 큰 새를 바라보았다.

"만져도 된다."

"안 위험해요?"

"머리가 좋은 놈이다. 내가 안고 있는 것을 공격할 정도로 바보는 아니다."

나는 조심스럽게 팔을 뻗었다. 새가 고개를 갸웃해서 나는 어색하게 웃었다.

"저기, 나는 니나라고 해."

내 소개가 마음에 들었는지, 그리핀은 눈을 깜박였다.

"혹시 만지는 거 싫어하니? 그러면 안 만질게."

그리핀이 갑자기 작게 끼룩! 하고 울었다. 생각보다 귀여운 울음소리였다.

"사람이 만지는 걸 좋아한다."

"그게 그런 뜻이에요?"

정말 의사소통이 되는 모양이었다. 이번에야말로 나는 조심스럽게 다리털을 매만졌다. 털은 굉장히 부드러웠다.

"너 되게 예쁘다. 내가 본 새 중에서 제일 예뻐."

그리핀은 다시 끼룩! 울었다.

"동의하는군."

폐하는 훌륭한 통역기였다. 능력 좋으시네요. 어떻게 알아듣는 걸까.

'그만큼 이 새와 친하다는 거겠지?'

하긴 같이 전쟁터에서 싸움도 하고 산책도 했으면 당연히 막역하겠지.

내 손길이 마음에 들었는지 그리핀은 다리를 접고 고개를 숙여서 나와 눈높이를 맞췄다.

"어? 고마워!"

나는 그리핀의 얼굴을 쓰다듬었다. 가슴 쪽이랑은 다른 감촉이었다. 좀 더 부드럽고 가벼웠다.

"폐하, 껴안아도 되나요?"

그리핀은 눈을 감았다. 그는 나를 고쳐 안으며 대답했다.

"허락하는군. 자존심 강한 놈이 의외군."

쓰다듬는 게 마음에 드는 걸까. 나는 양팔을 힘껏 뻗어서 그리핀의 목을 껴안았다. 부드러운 털에 폭 안기니 이상하게 마음이 포근해졌다.

왠지 옛날에 키웠던 강아지가 생각났다. 천수를 누리고 강아지 나라에 갔지만, 그 애도 이렇게 포근했다.

"저 서클릿은 원래 내 것이다."

나는 그리핀을 안았던 팔을 풀고, 왕을 바라보았다.

"저놈이 원했지."

"원한다고 주셨어요?"

"잡느라 고생한 놈이다. 저놈 길들이다가 어깨가 너덜거린 적이 한두 번이 아니다."

나는 눈앞에 있는 새를 다시 봤다.

'롤 모델로 삼을까?'

너 진짜 굉장한 애였구나. 어떻게 폐하를 공격했니?

"왕자일 때라서 가능했지. 왕이 돼서야 겨우 길들인 놈이다."

나는 다시 그리핀을 쓰다듬었다. 알고 보니 불쌍한 애구나. 어쩌다 찍혀서는. 이 사람 왕 될 때 도망가지 그랬어. 그때가 기회였을 텐데. 정말 대단하다. 불기둥이랑 구름 기둥 다루는 사람에게 반항이라니!

"그런데 보석이 정말 잘 어울려요."

황금빛 부리와 까만 털, 그리고 푸른 보석은 맞춘 것처럼 잘 어울렸다. 심지어 서클릿으로 늘어트린 금줄조차 멋스러웠다.

끼룩! 끼룩!

내 칭찬이 기분 좋은지 그리핀은 좀 더 보라는 듯 고개를 이리저리 돌렸다.

찬란한 햇빛에 파란 보석이 눈부시게 빛났다.

'진짜 비싼 보석 같아.'

너 어떻게 이거 뺏은 거니. 대단하다. 폐하에게 뭔가를 뜯어내다니, 스승으로 모시고 싶을 지경이었다.

'그나저나 진짜 재미있는 성격이네.'

새에게도 성격이 있는지 몰랐다. 하지만 눈앞에 있는 이 그리핀은 과시욕이 대단해 보였다.

"이놈은 항상 호숫가에 있다."

나는 고개를 돌려서 작은 호수를 바라보았다. 물이 맑아서 내 모습이 고스란히 보였다.

'새들 물 마시려고 만들어 놓은 거 아닌가?'

폐하에게 시선을 돌렸다. 그는 미간을 찌푸리며 그리핀을 보고 있었다.

'별로 안 좋아하나?'

자신의 그리핀인데?

왠지 폐하답지 않았다. 이 사람은 자신의 손에 들어온 것에는 상냥한 줄 알았는데, 예외도 있나?

"자신의 모습을 보고 싶어서 항상 여기에 있지."

"네?"

나는 호수와 그리핀을 번갈아 바라보았다. 새는 왕의 말이 마음에 안 드는지 눈을 부라리며 짧게 끼룩! 하고 울었다.

왠지 웃음이 나왔다.

'나르시스트구나!'

그래서 폐하의 서클릿을 강탈해서 꾸미고, 호숫가에서 자신의 모습에 빠져 있다니 대단했다.

"귀엽네요."

무슨 개성이 이렇게 강한 걸까. 너무 웃겨서 눈물이 나올 거 같았다.

그는 내가 웃는 모습을 보며 코를 살짝 잡았다.

"웃지 마라, 토끼야. 저 녀석은 정말 머리 아픈 녀석이다. 이렇게 있으면 뭐라도 쪼려고 할 텐데, 너는 마음에 들었나 보군."

코를 잡던 손은 금방 사라졌다. 나는 눈물을 훔치며 새를 바라보았다. 새는 여전히 자신의 모습을 보라는 듯 고고하게 턱을 추어올렸다.

"저도 이 그리핀이 좋아요."

살짝 팔을 내밀어 다시 가슴 털을 쓸어내렸다. 그리핀은 처음처럼 눈을 감고 내 손길을 음미했다.

"이상한 걸 좋아하는군."

"자기 생각이 확실하잖아요. 그리고 폐하께서 선택하실 정도면 이 아이가 제일 센 거 맞죠?"

그는 고개를 절레절레 저었다.

"그리핀 무리의 수장이다. 그리핀들이 저렇게 얌전하게 있는 건, 다 이 녀석에게 덤볐다가 다쳐서 그렇다."

"조류의 생에서 비싼 경험 했네요."

레오의 그리핀도 이 녀석에게 덤볐다가 다쳤을까.

'참 희한하다.'

지금은 얌전하기만 했다. 이렇게 쓰다듬을 받는 걸 좋아하는 거 같은데 그렇게 난폭하다니 신기했다.

하긴 이거랑 그거는 다르긴 한가.

잠시 손을 멈추니 그리핀은 다시 끼룩! 하고 울었다.

"이거 멈추지 말라는 거 맞죠?"

그는 고개를 끄덕였다. 나는 웃으면서 다시 새를 쓰다듬었다.

"그리핀은 마력과 상성이 좋지."

이건 좀 의외였다. 하긴 만나를 먹는 새였다. 이베리아에서만 쓸 수 있는 이유가 있었다.

"제 손길이 좋다니 이상하네요."

나는 마력과 상반된 성력 쪽 아니었나? 닿기만 해도 불쾌해야 하는데?

'설마 서늘함이 느껴지는 이유와 똑같나?'

다시 그리핀을 바라보았다. 초록색 눈동자가 예쁜 새는 눈을 반쯤 감은 채, 내 손길을 즐기고 있었다.

'좋은 게 좋은 건가?'

어차피 또 이런 기회가 있을 거 같지 않았다. 나는 부지런히 새를 쓰다듬었다.

"왕의 그리핀은 문장이 새겨진다."

그가 손을 내밀자, 새는 그르륵 거리며 위협을 했다.

'아니 왕의 새라며……'

평소에 만질 수나 있는 겁니까? 왜 이렇게 사이가 안 좋나요.

"내 의지를 어느 정도 공유하지."

왕은 손에 푸른빛이 감돌았다. 곧 돌멩이 같은 투명한 알갱이가 손바닥 안에 가득 찼다.

"만나다. 이놈들 주식이지."

그가 만나를 내밀었다. 하지만 새는 꾸룩! 거리며 고개를 돌렸다.

'대, 대단하다.'

나는 새의 용기에 깊은 감명을 받았다. 너 진짜 대단한 애였구나. 저렇게 무서운 사람한테 한결같이 반항하다니!

'롤 모델로 삼고 싶다.'

방법이 도대체 뭐니? 일단 강해지면 너처럼 될 수 있니?

왕은 고개를 저으며 만나 결정을 호수 속으로 던졌다. 투명한 결정들이 퐁당퐁당 호수 안으로 떨어졌다.

"이름이 뭔가요?"

나는 계속 새를 쓰다듬으며 물었다. 그때였다. 새의 근육이 이상하게 뻣뻣해졌다.

'갑자기 왜 이래?'

새는 꾸룩! 꾸룩! 두 번 울었다. 나는 조용히 왕을 바라보았다. 그는 아주 만족스럽게 웃었다.

"날름이다."

순간 내가 잘못 들은 줄 알았다.

"네?"

"날름이다. 처음 만날 때 추하게 혀를 날름거려서 붙인 이름이지."

새가 날카롭게 꾸룩! 울었다.

저, 폐하. 얘 화내잖아요. 왜 그렇게 이상한 이름을 붙인 건데?

"잘 어울리는 이름이다."

"어디가요!"

그는 여전히 씨익 웃을 뿐이었다. 나는 그제야 이들이 왜 사이가 안 좋은지 알았다.

'저거 분명히 일부러 그랬다.'

말 더럽게 안 들어서 이름을 우스꽝스럽게 지었구나. 그것도 나르시시즘에 빠진 새가 계속 화를 내도록 말이다.

'성격 나쁘다.'

나는 왕을 다시 봤다. 미모는 여전하셨다.

"짐의 날름이 만나를 거부하는군."

새는 다시 꾸룩! 꾸룩! 울었다.

"싫어하잖아요."

"날름이를 날름이라고 하는데 왜 이러는지 모르겠군."

나는 그리핀이 불쌍할 지경이었다. 그래서 한숨을 쉬며 눈가를 부드럽게 쓸었다.

"너, 고생이 많구나."

새가 나를 바라보았다. 그 예쁜 눈동자를 보며 나는 그리핀에게 이마를 댔다. 뻣뻣하지만 부드러운 털이 느껴졌다.

'처음 보는 새와 우정이 생길 거 같다.'

왕은 그런 나를 보더니 내 코를 톡 건드렸다.

"짐의 그리핀과 새와 토끼는 서로 친하단 말이야."

원래 사장님이 악독하면 직원은 서로 뭉치기 마련입니다. 폐하.

'그나저나 세라피도 날름이를 본 적이 있나?'

조금 궁금하긴 했다.

"저 폐하, 이 그리핀도 성녀님을 아나요?"

"새를 데려올 때 날름이를 탔었다."

그리핀은 다시 구룩거리며 울었다. 아무리 봐도 그 이름을 엄청 싫어하는 거 같았다.

'아, 그래서 아는구나.'

나는 다시 날름이를 바라보았다. 정말 그런 이름을 가지기에는 너무 늠름하고 아름다운 그리핀이었다.

"날름이는 예쁜 것을 좋아한다."

그리핀은 다시 두 번 울었다. 애가 싫어하는데도 왕은 이름을 부르는 걸 멈추지 않았다.

'심술쟁이.'

너무 갈구는 거 아닙니까. 가뜩이나 예민한 애 같은데, 계속 속을 벅벅 긁으시면 어떡해요.

그는 갑자기 나를 그리핀에게 들이밀었다.

"짐의 토끼다."

새는 짧게 한 번 울었다.

"마음에 든다는군."

"그걸 어떻게 알아요?"

"이 녀석과 함께 변경을 날아다녔다. 왕자 시절이라 만나를 생성하지 못해서 사이좋게 굶어 죽을 뻔한 적도 많았다."

나는 날름이를 보며 고개를 갸웃거렸다. 다른 그리핀보다 덩치가 두 배는 커 보였다. 이런데도 힘들었다고?

"이놈은 색이 달라서 무리에서 배척받았다. 특히 수컷한테는 집요하게 공격을 받았지."

"이유가 뭐죠?"

"그리핀은 영리하고 기억력이 좋다. 색이 다른 그리핀은 더 크고 강해진다. 그걸 수컷들은 알았던 거지."

나는 다시 새의 가슴 털을 쓰다듬었다.

"너도 고생이 많았구나."

변경에서 왕과 날름이는 얼마나 고생을 많이 한 걸까. 나는
여전히 절세미남인 그를 바라보았다. 한결같이 강해 보였다. 이
렇게 나를 오래 들고 있어도 아무렇지도 않은 사람이었다.

'이런 사람이 약했다니 진짜 안 믿긴다.'

불에 들어가도 안 타고, 쇠도 씹어 먹을 거 같았다. 세상에
어떤 칼날이 다가와도 아무렇지도 않게 피하지 않을까.

"그래. 토끼가 마음에 들었으면 타도 괜찮겠군."

왕이 엄지와 검지를 튕기니 그리핀이 다리를 굽혔다. 그는
나를 그리핀에 올려놨다.

"저, 폐하. 정말 타시게요?"

"얌전히 있어라."

다리를 어떻게 해야 할지 알 수 없었다. 이리저리 비틀거리
자, 그는 다시 사람을 불렀다. 병사들은 단단한 가죽줄을 가지
고 달려왔다.

"제대로 앉아라."

"어떻게 앉으면 되나요?"

"다리를 더 벌리고 상체를 그리핀에게 붙여라."

나는 그가 하라는 대로 움직였다. 하지만 그가 시키는 자세
는 좀 요상했다.

"이, 이게 맞나요?"

정말 이렇게 가야 해? 이건 좀 아니지 않나요?

"맞다. 짐의 토끼는 참 영리하군."

병사들은 가죽끈으로 나와 그리핀을 둘둘 묶었다. 얼마나 딱 붙여서 묶는지 그리핀이 날개를 퍼덕일 정도였다.

"조금 느슨하게 해라."

그들은 그제야 줄을 조금 느슨하게 했다. 나는 왠지 모를 수치심에 그리핀의 털에 얼굴을 묻었다.

'개구리 자세잖아.'

난 이런 건 좀 우아하게 탈 줄 알았다. 그런데 개구리 자세로 납작 붙어 있어야 한다니…….

'진짜 현실은 가혹하다.'

영화에서는 기품 있게 타면서 막 팔도 벌리고 그러던데! 아무리 안전을 위해서라지만 이건 너무한 거 아닙니까!

일을 마친 병사들이 물러서자 그리핀은 우아하게 날갯짓을 했다. 어찌나 센지 눈을 바로 뜨기가 힘들었다.

순식간에 중력이 사라졌다. 땅이 움직이고 곧 디디는 곳이 사라졌다.

'날고 있어.'

누런 바닥이 보이지 않았다. 회색빛 성벽 너머인 하늘만 보였다.

"너무 빠르게 날진 말아라. 토끼가 놀랄 수도 있다."

그리핀은 끼룩! 거리며 속도를 조정했다.

'세상에…….'

그리핀의 털과 내 머리카락 때문에 시야가 좋지 않았다. 하지만 세상을 보는 데는 문제없었다.

롤러코스터를 탔을 때가 기억났다. 안전장치가 없을 뿐, 그때랑 비슷했다.

'신기해……'

하늘을 날고 있었다. 파란 하늘과 하얀 구름이 다가왔다 물러섰다. 나무 위를 서행하던 그리핀은 살짝 왼쪽으로 방향을 틀었다.

"와……."

짙은 강물이 멀리서 보였다. 나는 정신없이 세상을 바라보았다. 걸으면서 본 것과 날면서 본 것은 너무나도 달랐다.

물 냄새가 났다. 긴 강줄기는 유유히 흘러갔다.

'농지가 있구나.'

밀농사를 짓는 농민이 보였다. 쌓아 놓은 건초와 옹기종이 모여 있는 집은 참 평화로워 보였다.

"의외로 무서워하지 않군."

"너무 좋아요. 하늘을 나는 건 이런 거네요."

두려워하기에는 너무 꽁꽁 묶여 있었다. 허리와 엉덩이가 빈틈없이 묶여서 떨어지는 게 더 힘들어 보였다.

코끝을 스치는 바람과 공기가 너무나 시원했다. 무엇보다 뒤에는 폐하가 있었다.

나는 피식 웃었다. 이러니저러니 해도 안전 때문에 이렇게 해 놓은 거겠지.

나름대로 우려해서 이런 걸까.

"떨어지면 구해 주실 거죠?"

폐하가 뒤에 있어서 무슨 표정을 짓는지 볼 수 없었다. 그래서일까. 이상하게 마음이 풀어졌다.

"이제야 짐을 믿는군."

나는 살짝 고개를 저었다. 아닙니다. 믿지는 않습니다. 하지만 구해 주시긴 할 거 같네요.

'토끼라서.'

저 사람이 하는 말 중에 어떤 게 진실이고 어떤 게 꾸며낸 걸까. 아낀다는 게 어떤 의미이고 살려 준다는 게 무슨 뜻인 걸까.

"폐하, 그거 아시나요?"

나는 깊은 강물을 바라보았다. 그리핀은 강물에 다리를 조금 담갔다가 다시 날갯짓했다.

"그때 폐하께서 하신 말이 맞아요. 저는 참 냉정해요."

책에서 나왔던 인물들이다. 하지만 이제는 책으로 한정할 수 없었다.

『묶인 새』에서는 성녀와 왕만 나왔다. 간호사나, 시녀들이나, 레오나 디오는 없는 사람이었다. 그들의 존재는 한 줄도 나오지 않았다.

'하지만 그분들은 진짜로 존재해서요.'

그래서 저도 제대로 봐야겠단 생각이 들어요. 이분들은 살아계시잖아요. 안일하게 생각했다가 알렉처럼 후회하고 싶지 않았다.

나는 눈을 감았다가 다시 떴다. 시원한 바람이 귓가를 간질였다.

"간청드려요."

말을 할까 말까 굉장히 고민했었다. 하지만 말할 수밖에 없었다.

"성녀님이랑 만나게 해 주세요."

아직도 그녀가 나에게 왜 이렇게 잘해 주는지는 알 수 없었다. 하지만 세라피는 소설처럼 선하기만 했다.

'언니 같다고 느껴지면 웃을까.'

나에게 산더미 같은 옷을 입히며 즐거워했던 그녀를 떠올렸다. 아무리 성녀라도 이렇게 오래 갇혀 있으면 한계가 다가오겠지.

"그리고 새도 좀 밖으로 나가게 해 주세요."

이파리가 부딪치는 소리가 들렸다. 짧은 침묵이 내려앉았다. 나는 조용히 그의 말을 기다렸다.

"이유를 말해 봐라."

"그리핀도 가끔은 날아야 하잖아요. 새도 가끔은 새장 밖에서 날갯짓해야 하지 않을까요?"

세라피를 위해서 같지만, 사실 날 위해서 하는 말이었다. 이대로 가다가는 언젠가는 원작의 결말이 다가올 것이다. 그녀의 힘은 성력만이 아니었다. 아름다움과 솔직함, 그리고 선량함이었다.

그런 성녀의 부탁을 거부할 사람이 과연 몇이나 될까.

'갇혀 있으면 안 돼.'

아름답고 가련한 사람이 자유가 없었다. 그런 이가 불쌍한 건 당연했다. 그렇다면 누군가는 그녀의 부탁을 들어줄 것이다.

'그들의 죄책감을 덜기 위해서라도 조금이라도 자유를 주는 게 나아.'

비열하다, 이화윤. 정말 이기적이네.

"이상한 부탁을 하는군."

나는 피식 웃었다. 폐하의 말이 맞았다. 정말 묘한 간청이었다.

"도망가지 않는다면 자유를 준다고 했다. 그러나 새가 거부하더군."

"성녀님이시잖아요."

끝까지 굽히지 않는 게 참 그녀다웠다.

"네 말이 맞다. 계속 가둬 놓을 수는 없겠지."

나는 고개를 끄덕였다. 맞습니다, 폐하. 지금까지는 평온했지만 앞으로도 그러라는 법은 없어요. 방심하시면 안 돼요. 원작에서는 니나가 탈출시키고 대공님이 도와주셨어요. 그 정도로 세라피는 대단한 사람이에요.

"네 말을 들어주면, 너는 어떻게 할 거지?"

12

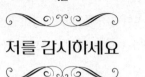

저를 감시하세요

조금 당황했다.

내가 뭘 어떻게 해? 나야 그냥 기미를 하며 옆에 있겠지. 따로 할 일이 있나?

"뭘 원하세요?"

"새와 만나지 마라."

조금 의외였다. 왜 저런 명령을 하시는 거지? 하긴 이유는 모르지만 지금도 못 만나고 있긴 했다.

'상관없나?'

보고 싶고 그립긴 했다. 하지만 나와 만나서 갇혀 있느니, 안 만나고 산책 정도는 나가는 게 더 좋아 보였다.

"어쩔 수 없죠. 안 만날게요."

시원섭섭하지만 별수 없었다. 생각해 보면 내 목숨을 두 번이나 구해 준 이였다. 이것밖에 해 줄 수 있는 게 없었다.

"저런. 새가 울겠군."

왕의 웃음 섞인 목소리가 들렸다.

"새는 토끼에게 애틋하던데, 토끼가 의외로 냉정해."

나는 그 말을 또 할 수밖에 없었다.

"저는 폐하께 주급 받는 처지이잖아요."

"그렇군."

뭐가 뭔지 모르겠지만 친애하는 폐하께서는 아주 깔끔하게 이해하셨다. 나는 다시 앞을 바라보았다. 파란 하늘과 그 아래 펼쳐진 이베리아는 평화롭기만 했다.

그런데 왜 만나지 말라는 걸까.

"이유를 물어도 되나요?"

오른쪽의 가죽줄이 조금 팽팽해졌다. 그는 그리핀의 방향을 조정하며 말했다.

"니나 케이지, 너는 무르다."

제가요?

너무 의외였다. 아니요. 그 반대 같은데요. 오히려 이기적이면 모를까.

'혹시 내가 호구라는 말인가?'

나, 나도 모르게 빚진 거 있나?

나는 그가 왜 무르다고 하는지 영문을 알 수 없었다.

"넌 새의 부탁이면 뭐든 들어줄 것이다."

고개를 저었다. 오히려 그 반대였다. 난 세라피에게 거리를 두면 됐지, 가까이 다가가는 건 오히려 피했다.

"성녀와 너는 같이 있으면 위험하다. 너는 성녀를 탈출시키지는 않겠지만……."

낮은 목소리가 바람 속에서 흩어졌다.

"같이 가자는 부탁은 거부할 수 없을 것이다."

잠깐만요. 제가요?

왕의 말에 곰곰이 생각에 빠졌다. 만약 세라피가 같이 탈출
하자고 하면, 내가 나갈까?

나는 고개를 저었다. 웬만하면 맞는다고 하고 싶은데, 그건
절대 아니었다.

'세라피를 뭘 믿고 내가 여기서 탈출을 해.'

게다가 어떻게 나가요. 병사가 이중 삼중으로 지키고 있는
데요. 무슨 사술이라도 부리지 않는 이상 힘들지 않을까요.

그리고 제일 중요한 이유가 있었다.

"저 폐하, 저는 성국이 싫어요."

나는 작게 숨을 내쉬었다. 시원한 바람이 머리카락을 흐트
러트렸다. 하지만 그때를 생각하니 가슴이 답답했다.

"저를 딸로 삼고 싶다는 사람은 많았어요."

이건 니나의 기억이었다. 어느 날 아이는 원장 수녀의 부름
을 받았다. 그녀는 항상 사탕을 주던 이였다. 어린 니나는 다가
올 단맛을 생각하며 두꺼운 나무문을 열었다.

'몇 명이었을까.'

열댓 명의 사람들이 그곳에 있었다. 그들은 니나가 들어오
자 걷는 거부터 숨쉬는 것까지 대놓고 관찰했다. 원장 수녀는
니나의 어깨에 손을 얹으며 말했었다.

"어떠세요? 아직은 건강한 아이입니다. 보세요. 어리지만 예뻐요. 이 머리카락 색도 희귀하지만, 눈 색은 더 드뭅니다."

온몸에 소름이 돋았다. 도망가고 싶지만, 다리가 움직이지 않았다.

생각하니 숨이 막혔다. 나도 모르게 주먹을 쥐었다.

'성국은 미친 곳이야.'

성당은 광기가 번들거리고 인신매매를 대놓고 했다. 아무리 세라피가 천사 같아도, 이건 변함없는 사실이었다.

"그게 어떤 의미인지는 폐하도 아시죠? 저는 성국이 싫습니다. 그곳으로 돌아가는 건 악몽보다 더 끔찍해요."

그는 말이 없었다. 솔직히 왕이 믿을지는 알 수 없었다. 하지만 그곳은 정말 싫었다.

'생각만 해도 재수 없는 곳이야.'

타락해도 어떻게 그렇게 끔찍하게 한 걸까.

나는 왕의 대답을 기다렸다. 그때, 그는 의외의 말을 했다.

"왜 사비나가 토끼에게 유한지 알겠군."

좀 의외였다. 왜 갑자기 시녀장님이 나오나요?

"사비나도 성국에 대한 반감이 크지."

"이유를 물어도 되나요?"

"비슷한 과거를 그녀에게도 들었다. 그래서 사비나는 성국을 정말 혐오하지."

나는 막 카스텔리움성에 들어왔을 때를 떠올렸다. 첩자 의심받기 싫어서 막 던졌는데, 그거 의외로 홈런이었구나.

'언젠가 진짜, 같이 술 마시고 싶다.'

왕이랑 성당 욕하면 날이 새도록 마실 수 있을 거야.

그리핀은 하늘 위로 더 올라갔다. 한여름 날의 초록빛 밀밭이 바람에 흔들렸다. 갑자기 오른쪽으로 조금 기울어졌지만, 온몸이 단단하게 매여 있어서인지 겁이 나지는 않았다.

"폐하, 저는 갈 곳이 없어요."

나는 솔직하게 말했다. 너무 탈탈 터는 거 같아서 좀 그랬지만, 이왕 이렇게 된 거 탁 터놓고 시원하게 고백했다.

"제가 뭐가 좋다고 성국으로 가요. 먹는 거, 입는 거, 자는 거 다 여기가 나은데요."

등 뒤에서 웃음소리가 들렸다.

그래요. 웃으세요. 제 진실한 고백이 친애하는 폐하께는 개그라는 게 참 가슴이 아프네요.

"여기에서 잘살고 싶어요."

"의외군."

아니, 왜 자꾸 의외라고 하세요. 전 처음부터 지금까지 한결같았습니다. 뭘 그렇게 오해하고 계신 건가요.

"이베리아는 도망자의 나라다."

오른쪽으로 늘어졌던 가죽끈이 다시 팽팽해졌다. 나는 날름이의 푹신한 털에 얼굴을 묻었다.

"성국은 마력을 가진 이들을 무조건 쫓아냈다. 갈 곳이 없어진 사람들은 그들이 버린 땅에 하나둘씩 모여들었다."

낮은 목소리가 바람에 흩어졌다. 나는 눈을 뜨고 아래를 바라보았다. 초록빛 신록들이 햇살에 반짝였다.

"하지만 지나치게 험준한 땅이었다. 괜히 성국이 버린 곳이 아니었어. 괴수가 날뛰고 변경에는 불조차 피우기 힘들었다. 그래서 그들은 필사적으로 마도를 연구했다."

베아토에게 들었던 건국신화와는 좀 달랐다. 나는 조용히 그의 목소리에 귀를 기울였다.

"불기둥과 구름 기둥이 세워지고서야, 그들은 겨우 사람다운 생활을 할 수 있었다. 그리고 제일 강한 이에게 문장을 승계시키도록 결정했지."

이건 좀 이상했다. 그럼 강하기면 하면 누구나 왕이 될 수 있다는 걸까?

"마력은 대부분은 혈연으로 이어진다. 그래서 왕족이 생겼지. 선왕이 죽었을 때 이곳에서 짐이 제일 마력이 강해서 왕이 됐지만, 동시대에 강한 누군가가 있었다면 아니었겠지."

나는 알렉을 떠올렸다. 예뻤던 그 소년은 어느 정도 강했을까.

"이베리아에 온 것을 환영한다."

나는 그를 돌아보았다. 흘러내린 머리카락을 뒤로 넘기는 남자는 너무나 아름다웠다.

"솔직하게 굴었으니 상을 주지."

그리핀이 갑자기 반 바퀴 돌았다. 덕분에 바람이 불어서 나는 눈을 질끈 감았다.

"새와 만나는 걸 허락하마."

바람이 계속 심하게 불어서 눈을 뜰 수 없었다. 잦아지길 기다렸지만, 계속 바람이 불어왔다.

'왜 허락한 거지?'

영문을 알 수 없었다. 하지만 이 사람은 거짓말은 하지 않았다.

'모르겠다.'

참 힘든 남자였다. 변덕이 심하면 차라리 그것이 핑계가 될 수도 있었다. 하지만 이 왕은 그렇게 주먹구구식으로 움직이는 사람이 아니었다.

'어떻게 대해야 할지 모르겠어.'

계속 같이 있으면 이런 점에 익숙해질까?

'아니 그 전에 이 사람은 니나를 끼고 뭘 하려는 거지?'

아끼는 게 진심이긴 한가? 뭔가에 이용하려고 아낀다는 핑계를 대는 거 아니야?

'와, 좀 상처받았다.'

그렇게 되면 되게 슬플 거 같았다. 아무리 기대하지 않은 관계지만, 최고 권력자가 나를 이용한다고 생각하면 골치가 아팠다.

'욕 나올 거 같아.'

만약 잘해 주는 게 다 속셈이라면?

'가슴이 아프네.'

가뜩이나 도망갈 곳도 없는데, 너무한 거 아닌가. 가정만 했는데도 침울했다.

'아닐 수도 있으니까 너무 그쪽으로 가지 말자.'

나는 날름이 털에 이마를 비볐다. 그래. 그래도 구해 줬으니까 적어도 죽이진 않겠지.

'정말 힘든 사람이다.'

좋아할 수도 싫어할 수도 없었다. 그래서 그냥 한 걸음 뒤에만 있으면 되는데, 그것마저 힘들었다.

이런 내 마음을 아는지 모르는지, 왕이 등뒤에서 속삭였다.

"새와 못 만나게 한 이유는 너를 위해서다."

이건 또 뭘까.

"제가 너무 물러서요?"

막 부탁하면 다 들어줄 거 같아서 그래요?

"네 힘과 성녀의 성력이 부딪친다는 얘기를 들었다."

순간 깜짝 놀라서 어깨가 떨렸다. 아니 그러기에는 너무 잘 낫지 않았나? 심장병도, 선왕비 때도 나는 성녀의 힘으로 잘만 회복했다.

"저번에 쓰러진 게 그 이유일 수도 있다더군."

"성녀의 힘과 부딪치는 사람이 있나요?"

"모른다. 하지만 생각해 보면……."

다시 회색 성벽이 보였다. 그리핀은 천천히 아래로 내려왔다.

"네 존재 자체가 희귀하다."

나는 침을 꼴깍 삼켰다. 이건 좀 생각해 봐야 할 일이었다.

'마력과 충돌 안 하고, 심지어는 왕이 만지면 시원한데 성녀의 힘이랑 부딪친다고?'

뭐 그런 말도 안 되는 힘이 다 있어.

'거기다 기미의 능력 자체는 성력이잖아?'

자욱한 흙먼지가 날려서 눈을 감았다. 왕은 등자에서 가볍게 내려왔다. 병사들이 우르르 달려와서 날 묶은 가죽끈을 풀었다.

나는 조용히 내 손을 내려다보았다. 조금 자랐지만 그래도 작은 손이었다.

"전 정체가 뭘까요?"

살짝 오므렸다 펴 봤다. 처음 니나의 몸에 들어왔을 때랑 별다른 게 없었다.

"교단 쪽에는 관련된 정보가 있을지도 모른다. 중요한 건 그들이 왜 너를 짐에게 보냈냐는 점이다."

순간 스파이란 세 글자가 떠올랐다. 나는 주먹을 꽉 쥐었다. 식은땀이 날 거 같았다.

'진짜 모든 악의 근원이다. 성당 새끼들.'

그러게. 왜 니나였을까. 이건 나도 좀 생각해 봐야 할 문제였다.

"저, 폐하."

가죽끈에서 해방되자, 그는 내 허리를 잡고 들어올렸다. 그러고는 천천히 바닥으로 내려 줬다.

"저를 감시하세요."

왕의 수려한 미간이 찌푸려졌다.

"혹시 모르잖아요. 안전하게 그냥 감시하세요. 아무리 성이라도 보는 눈이 없을 때가 있잖아요. 의심받느니 차라리 감시받는 게 좋을 거 같아요."

그는 고개를 돌리고 웃었다. 잘게 떨리는 넓은 어깨를 바라보며, 나는 눈을 가늘게 떴다.

'남은 사생결단인데, 왜 웃어요.'

한참을 웃은 왕은 나를 내려다보았다. 비스듬한 시선은 그리 차갑지 않았다. 오히려 계속 바라보고 싶을 만큼 따듯했다.

"정말 내 토끼는 사랑스럽군."

"저, 폐하? 이거 빈말이 아닌데요."

"성당을 진심으로 싫어하는군. 훌륭한 이베리아의 사람이다."

참 영광인데요. 감시는 이미 저도 모르게 하고 계셔서 더 안 하시는 건가요? 잘 모르지만요. 남들이 봐도 '저 시녀는 감시받네' 할 정도로 더 철저하게 해 주시면 될까요? 저 쓸데없는 의심받다가 형장의 이슬이 되긴 싫은데요.

'원작 피한 줄 알았는데, 생각보다 가까이 있구나.'

그쪽이랑 별일 없는 줄 알았는데 아주 뒤통수를 맞은 기분이었다.

나는 팔을 쓸어내렸다. 서쪽 탑을 생각하니 소름이 돋았다. 니나를 또 그곳으로 보낼 수 없었다.

"짐이 책임지겠다."

그는 다시 나를 들어올리고는, 아무렇지도 않게 볼을 매만졌다. 나는 한숨을 쉬며 오늘부터 내 볼때기를 포기하기로 다짐했다.

'뭘 책임진다는 거지?'

니나의 인생? 혹시 모를 첩자질에 따른 목숨 줄?

도무지 알 수 없어서 고개를 갸웃거리자, 그가 말했다.

"교단의 의도에 당할 정도로 짐은 호락호락하지 않다. 그러니까 안심해도 좋다."

뭘 믿고 저렇게 자신만만하신가요. 저기요, 폐하. 그래서 원작에서 성녀가 도망간 겁니다. 그때도 당신은 세라피가 도망갈 줄 몰랐어요. 무슨 짓을 했는지 모르지만, 니나는 그 철통같은 감시를 뚫고 성녀를 내보낸 존재예요.

"저는 제가 안심이 안 돼요."

위험한 짐승이 된 기분이었다. 그리고 내가 아무리 조심한다고 해도, 원작은 운명처럼 갑자기 훅 들어왔다.

"토끼는 짐을 믿지 않는군."

"폐하, 사람 일은 원래 모르는 겁니다."

제발 감시 좀 해 주세요. 방도 독방 말고 4인실로 바꿔 주세요. 화장실 가는 것만 빼면 다 감시해도 좋아요. 어차피 목욕도 세 분이 지켜보는 데서 하잖아요.

"쓸데없는 걱정이다."

답답하기 그지없어서 나는 한숨을 폭 내쉬었다. 왕은 그런 나를 보며 안심하라는 듯 등을 톡톡 쳤다.

"토끼는 영리하지만, 자신의 가치를 잘 모르는군."

그는 느긋하게 다시 피부를 쓰다듬었다. 에어컨이 있는데 선풍기가 그렇게 큰 가치를 지니나요. 전 잘 모르겠는데요.

한숨을 내쉬자, 그는 내 엉덩이를 다시 받쳐 안았다.

"볼이 부풀었다."

"네?"

"뭔가 불만이 있을 때는 항상 그러더군."

깜짝 놀라 볼을 매만졌다. 진짜 볼이 땡땡하게 부풀어 있었다.

"저 혹시 매번 이랬나요?"

왕은 웃기만 할 뿐 대답하지 않았다. 난 그제야 내가 이 남자에게 허를 찔리는 이유를 알았다.

'표정이 티 났구나.'

왠지 기운이 쭉 빠졌다. 내 딴에는 열심히 정극을 준비했는데, 재롱잔치를 선보이면 이런 기분일까.

'진짜 계속 이랬나 봐.'

어쩐지 왕이 머리 위에서 놀더라. 그런데 이렇게 티가 났으면 다들 알았나?

머릿속에 레오와 디오, 사비나와 메어리 님이 스쳐 지나갔다. 나는 고개를 푹 숙였다. 부끄러워서 차마 들 수가 없었다.

왕은 그런 내 모습을 보며 여전히 웃고 있었다. 그는 내 어깨를 토닥였다. 나름 달래는 거 같지만, 왠지 더 비참했다.

'이래 봬도 서른 살 가뿐히 넘었는데……'

나 여기 와서 계속 이들한테 재롱잔치를 했던 걸까.

'되게 웃겼겠네.'

열다섯 살 애가 표정은 다 티 나는데 행동만 어른스러우면, 얼마나 재미있을까.

'수치스럽다.'

쥐구멍에라도 들어가고 싶었다. 볼이 화끈거리고 차마 고개를 들 수 없었다. 나는 심호흡을 하며 입술을 깨물었다.

왕은 어깨를 토닥이며 웃을 뿐이었다. 달래려고 그러는 거 같은데, 나는 이게 더 부끄러웠다.

그때 멀리서 인기척이 들렸다. 나는 손부채질을 하며 얼굴의 열기를 가라앉혔다.

웅성거림이 느껴졌다. 왕은 여전히 나를 안고 있었다.

"폐하!"

레오의 목소리였다. 나는 그의 품에서 고개를 들었다. 기사 무리가 왕에게 다가오고 있었다.

'내려 줬으면 좋겠다.'

처음 보는 사람들이 많았다. 하지만 그는 나를 고쳐 안을 뿐 미동도 없었다.

"레오 경."

"여기서 뵐 줄 몰랐습니다. 그리핀을 타셨나요?"

"날름이를 탔다."

기사들 사이에서 웃음을 참는 소리가 들렸다. 나는 왕의 품에서 어색하게 웃었다. 이렇게 마주치니 괜스레 민망했다.

"웬만하면 이름 바꿔 주세요."

"짐의 그리핀이니 짐의 마음이지."

"일부러 그러신 거잖아요."

레오는 나와 눈을 맞추며 사람 좋게 웃었다.

"다 나았니, 꼬맹아?"

울 수 없으니 웃어야 했다.

'도대체 이게 무슨 일이야.'

왜 여기서 레오와 기사 무리를 만나는 건데. 그것도 왕에게 안긴 채잖아.

'오해받겠다.'

평판이 수직으로 하락하는 게 느껴졌다. 나는 정말 울고 싶었다.

'지금 내려 달라고 하면, 왕은 내려 줄까.'

나는 고개를 저었다. 내려 주려면 진즉에 내려 줬겠지.

그는 이런 내 맘을 아는지 모르는지 계속 어깨를 토닥였다. 누가 보면 내가 이 사람의 조카인 줄 알겠어.

나는 작게 숨을 몰아쉬며 말했다.

"다 나았어요. 그때 놀라셨죠?"

"그래. 놀랐다, 꼬맹아."

레오는 아무렇지도 않게 내 머리를 쓰다듬었다. 나는 어색하게 웃었다. 왕의 품에 안긴 채 레오의 쓰다듬을 받다니, 뭔가 아이러니했다.

"쓰러질 때 경이 옆에 있었군."

"제가 병동으로 데려다줬습니다. 꼬맹아, 너 왜 쓰러졌던 거냐?"

나는 솔직하게 대답했다.

"고기를 안 먹어서요."

"뭐?"

레오의 손길이 멈칫했다. 입꼬리가 아팠지만 나는 계속 웃었다.

안 믿기겠지만 진짜입니다. 여러 이유 중의 하나이긴 해요. 레오, 미안해요. 하지만 제가 이 자리에서 성녀의 성력이랑, 스트레스는 말할 수가 없잖아요. 그건 단둘이 있을 때 따로 얘기할게요.

그때, 거친 웃음소리가 들렸다. 왕도 레오도 아니었다. 주위에 있던 기사들이었다.

"꼬맹아, 밥 굶으면 안 된다."

"맞아. 편식하면 안 돼."

"쓰러질 정도로 안 먹었다니, 우리 조카도 그러던데……."

그들의 눈빛이 따가웠다. 다행히 의심하거나 배척하는 눈은 아니었다. 좀 신기한 걸 보는 표정이었다.

나는 방긋 웃으며 대답했다.

"앞으로는 골고루 먹을게요."

기사들은 다시 웅성거렸다. 그러라는 둥 자라려면 당연하다는 둥. 레오는 내 머리에서 손을 떼며 말했다.

"시끄럽게 굴지 말고 돌아가! 각자 연인 좀 챙기고!"

기사들은 우렁차게 구호를 외치고 와르르 흩어졌다. 갑작스러운 고함에 깜짝 놀라서 어깨가 움찔했다.

"토끼가 놀랐군."

"어, 미안. 놀랐냐?"

나는 고개를 저었다. 정말 별거 아니었다. 그보다 여기는 원래 기사들이 훈련하는 곳이었다.

'내가 있을 곳이 아니지.'

바람처럼 빨리 사라지는 게 좋을 거 같아. 진짜 부담스러움에 죽을 맛이었다.

"꼬맹아, 너 머리 엉망이다."

나는 왕의 품에서 꼼지락거리며 머리를 정리했다. 하도 정신이 없어서 머리가 흐트러진 줄도 몰랐다.

"폐하, 꼬맹이 데리고 그리핀 타셨나요?"

"날름이를 탔다."

"성질 별난 놈인데 진짜 태워 줬습니까??"

"토끼를 마음에 들어하더군."

레오는 턱을 쓰다듬으며 나와 날름이를 번갈아서 바라보았다.

"묶으셨겠군요."

"토끼가 등자로 타기에는 무리다."

나는 개구리처럼 탔던 내 자세를 떠올렸다. 역시 그거 변칙이었구나. 정석인 방법은 따로 있었어.

"하긴 그렇게 타면 튕길 거 같네요. 체구가 너무 작습니다."

나는 그리핀 위에서 튕겨 나가는 나를 상상했다. 말에서 떨어져도 크게 다치는데, 그리핀은 안 봐도 뻔했다.

'그럼 이 사람들은 어떻게 훈련하는 거지?'

바닥에 매트라도 깔고 연습하나?

"꼬맹이 허벅지 근육으로는 무리죠."

"나는 건 좋아하더군."

"그건 의외네요. 보통은 무서워하는데요."

이분들이 이것저것 얘기하는 가운데에서 나는 곰곰이 생각에 빠졌다.

'허벅지 근육이 중요한가 보다.'

왜 하필 그쪽 근육일까. 하긴 균형을 잡을 때는 필요할 거 같긴 했다.

'폐하도 레오도 허벅지가 굉장히 튼튼하겠다.'

나는 시선을 밑으로 내려서 레오의 허벅지를 바라보았다. 갑옷과 망토에 가려서 근육의 기역 자도 찾을 수 없었다.

'보고 싶다.'

그냥 순수하게 궁금했다. 도대체 얼마나 단련된 허벅지여야 이 큰 새에 덥석덥석 타는 걸까.

그때였다. 레오 앞으로 누군가가 달려왔다.

'어, 어머?'

보통의 기사들은 갑옷으로 온몸이 가려져 있었다. 하지만 저 기사는 달랐다.

'반바지?'

그것도 핫팬츠 비슷한 길이였다. 그래서 허벅지가 아주 잘 보였다.

'와우.'

나는 살짝 눈을 내리깔고 남자의 허벅지를 감상했다.

'보통 근육이 아니네.'

덩어리가 증식하듯 우락부락 붙은 그런 근육은 아니었다. 현대 스포츠 선수로 치환하면 축구선수에 가까웠다.

'다리가 길어서 그런가 저런 근육이 붙어도 짧아 보이지 않네.'

허벅지와 종아리를 잇는 선이 그럭저럭 보기 좋았다. 선천적인 피부가 너무 창백한 게 별로이긴 했지만, 그래도 햇볕에는 많이 그을린 거 같았다.

'폐하도 저런 허벅지인가?'

나는 시선을 돌려서 아직도 날 안고 있는 그를 바라보았다. 처음 봤을 때 눈을 뗄 수 없었던 몸을 가진 사람이었다.

그리핀 타는 거 운동 효과가 좋네요. 인류를 위해 자주 타셨으면 좋겠습니다. 저는 온 마음과 정성을 다해 응원할게요!

"토끼 눈이 반짝반짝하군."

나는 재빨리 시선을 내렸다. 순간 속마음이 들킨 거 같았다.

"대장! 저 갈게요!"

"너 정말 그러고 탄 거냐?"

"저와 힐데는 영혼의 짝입니다. 그녀가 절 떨어트릴 리 없어요. 그런데……."

곱슬머리와 주근깨를 가진 남자였다. 그는 맨발로 성큼성큼 걸어오다가, 왕을 물끄러미 바라보았다.

레오가 이마를 짚었다.

'기사인가?'

좀 어려 보이는 사람이었다. 나는 조용히 상황을 음미했다.

"누구시죠?"

레오는 한숨을 쉬었다. 왕은 나를 고쳐 안고 은은하게 웃기만 했다.

'성격 별로다. 좀 알려 주지.'

노련한 기사들은 폐하의 얼굴을 거의 아는 거 같았다. 그렇다면 결론은 하나였다.

'신참이구나.'

왠지 주근깨 기사가 딱했다. 나중에 얼마나 구를까.

"누구신 거 같냐?"

짧은 반바지의 기사는 왕과 나를 훑어보았다.

"저 잘생긴 남자는 그렇다 쳐도, 여기에 왜 어린애가 있어요? 거기다 시녀잖아요."

"미치겠네."

레오는 큰 손으로 남자의 입을 막으려고 했다. 하지만 주근깨는 이리저리 피하며 말했다.

"야, 꼬맹아! 여기는 시녀가 들어올 곳이 아니다! 잘생긴 분! 어서 나가주십시오! 이러다 사고 치면 우리가 혼난단 말이야."

왕의 몸이 웃느라 조금 떨렸다. 나는 조용히 숨을 내쉬었다. 그렇다고 내가 말해 줄 수도 없는 노릇이었다.

"아, 대장님. 제 입 막으려고 하지 마시고 왕의 그리핀이나 어떻게 해 주세요. 힐다가 멋도 모르고 호수에 갔다가 얻어맞아서 우울해 하잖아요."

"너나 네 그리핀이나 아주 똑같다."

"칭찬 감사합니다. 힐다도 좋아할 거예요."

이제는 나도 웃음이 나올 거 같았다. 레오가 둘 다 묶어서 멍청하다고 하는데, 새내기만 못 알아들었다. 나는 고개를 푹 숙이고 애써 시선을 피했다.

'순수해서 귀여운데 승진은 글렀다.'

기사건 신하건 제일 먼저 챙겨야 하는 건 눈치이거늘, 어쩜 저렇게 없는 걸까.

"그런데 진짜 누구예요? 색 한번 특이하네. 백금발에 붉은 눈이라니, 괴조 같네요."

어머나, 얘 지금 뭐라고 한 거야.

괴조라면 괴물 비슷한 건가? 칭찬이 아닌 건 확실했다.

'니나를 보고 괴물이라니……'

가엽게도 시력도 별로네.

안쪽 방에 큰 거울을 볼 때마다 감탄했다. 이 몸이 되고 나서 내가 괜히 금이야 옥이야 다루는 게 아니었다. 눈도, 코도 입술도 진짜 미래가 기대되는 얼굴이었다.

"야, 말 좀 그만해라."

레오가 말렸지만, 주근깨 기사는 나를 아래위로 훑어보았다. 곱지 않은 눈길이 굉장히 부담스러워서, 나는 애써 고개를 돌렸다.

"아, 알겠다."

신참 기사의 목소리가 날카로웠다.

"쟤가 그 유명한 개예요? 진짜 별거 아니네. 야, 너 좀 내려와. 네가 뭔데 샬롯을 힘들게 해?"

이건 또 무슨 소리지?

나는 주근깨가 있는 기사를 바라보았다. 도대체 무슨 소리를 하는지 알 수 없었다.

"좀 내려와! 너 잘 만났다. 샬롯이 너 때문에 울더라? 이게 내 동생을 울려?"

아니 샬롯이 누구야. 거기다 왜 나 때문에 울어.

머릿속에 간호사가 스쳐 지나갔다. 하지만 그녀는 나에게 고기를 안 먹이면 안 먹였지, 울 거 같지는 않았다.

'어쩔 수 없다.'

나는 고개를 들어서 기사와 눈을 마주쳤다. 흐릿한 갈색 눈동자에는 분노가 담겨 있었다.

"샬롯이 누구예요?"

"뭐?"

"누군데 저 때문에 울어요? 제가 뭘 했는데요?"

"샬롯을 몰라?"

나는 고개를 끄덕였다.

"너, 메어리 이모랑 같이 일하잖아."

"메어리 님은 알아요. 그런데 샬롯은 몰라요."

기사의 눈이 멍청하게 커졌다. 대기실을 쓰는 시녀는, 메어리 님과 주근깨 그리고 나였다.

"아!"

나는 작게 손뼉을 쳤다.

"샬롯이 주근깨예요?"

이제야 누군지 알 수 있었다.

순간 정적이 내려앉았다. 레오는 이마를 짚었고, 왕은 그저 내려다보기만 했다.

"너, 뭐야."

기사는 성큼성큼 다가왔다.

"너 이름도 몰랐어? 네가 그렇게 대단해? 네가 뭔데 그러는데?"

"저기요, 기사님? 그런데 기사는 맞아요?"

한숨이 저절로 나왔다.

"제가 주근깨 때문에 힘들면 힘들었지, 그녀가 나 때문에 힘들 거 같진 않은데요?"

"뭐?"

"처음부터 이유 없이 머리를 쥐어박고, 식당에서 정강이 얻어맞은 건 저인데요? 솔직히 말해 보세요. 제가 뭘 어떻게 괴롭게 했는데요?"

그래. 들어나 보자. 내가 뭘 어떻게 했는데?

'욕이 나올 거 같다.'

나는 작게 한숨을 내쉬었다. 솔직히 사사건건 이상한 짓을 했지만 하도 상황이 복잡해서 무시한 게 주근깨였다.

'사람이 가만히 있으니까 진짜 물러 보였나…….'

주근깨는 메어리 님께 항상 혼났다. 경력 많은 시녀님은 꼼꼼함의 차원이 다른 탓도 있지만, 애초에 주근깨는 손이 야물지 못했다.

'나 진짜 한 번도 걔한테 뭐라 한 적 없는데?'

진짜 약 올리고 뭐라 했으면 이런 말 들어도 억울하지나 않지.

"네가 부인께 샬롯 욕을 했다며!"

"이름도 모르는 사람 욕을 어떻게 해요?"

"너 때문에 부인이 정을 안 준다고 샬롯이 얼마나 울었는데!"

"부인이 정 주는 건 부인 자유고 애초에 전 샬롯에 대해 말 한마디 꺼낸 적 없습니다."

"너 때문에 샬롯이 자꾸 메어리 이모께 혼나잖아."

나는 이마를 짚었다. 왜 이런 말에 내가 변명을 해야 하는 걸까. 정말 대답할 가치가 없었다.

"이봐요, 기사님

"왜!"

아, 깜짝이야. 이 사람 기차 화통을 삶아 먹었나. 목소리 되게 크네.

"메어리 님, 그러니까 기사님 이모께 여쭈어 봤어요?"

아주 근본적인 걸 물었는데 신참 기사는 입을 다물었다. 나는 작게 한숨을 내쉬었다. 진짜 별일이 다 있었다.

진짜 저질이다. 나한테 소리 지르는 건 쉽지만, 메어리 님께 물어보는 건 어렵나 봐?

"주근께, 아니 샬롯이 혼나는 건 덤벙거려서예요. 저한테 당당하게 이러기 전에 메어리 님께 물어보셨어야죠. 기사님은 동생의 말이라면 무조건 믿고 보시나 봐요?"

나는 고개를 저었다. 팔은 안으로 굽는다지만 이건 너무 이상했다.

"걔 거짓말 잘하지 않아요? 같이 살았으면 모를 리가 없는데? 이거 알았죠?"

"그, 그렇긴 한데……."

아니, 동생이 거짓말쟁이인 걸 아는데도 그걸 믿었어? 적어도 확인은 했어야지!

"저야말로 주근깨, 아니 샬롯이 저한테 왜 그러는지 알고 싶 거든요? 이제부터 뭔 일 있으면 무조건 메어리 님께 말해야지. 이러다가 나만 이상하게 되겠네."

나는 진짜 피곤했다. 내 처지를 생각하는 것도 머리가 아픈 데, 이제 별것도 아닌 게 난리였다.

"샬롯이 메어리 님도 널 좋아한다고 얼마나 울었는데!"

"그럴 리가 있나요! 전 메어리 님과 친척이 아니거든요? 만 약 혈혈단신에 고아를 더 좋아하다면 그 이유가 뭘까요?"

"그, 그게 뭔데!"

순간 화가 머리끝까지 차올랐다.

"말귀를 잘 알아먹으니까 그렇지! 너희가 못 하는 걸 내가 하 니까 날 좋아하는 거잖아! 등신들아! 사람 말 좀 알아 처먹어라!"

말하고서는 아차 싶었다. 나는 지금 친애하는 폐하에게 안 겨 있었다. 나는 살짝 고개를 들어 그를 바라보았다.

몸이 조금 떨렸다. 내가 떠는 게 아니었다. 그가 웃고 있었다.

'진짜 성격 별로다.'

그는 즐겁게 내가 화내는 걸 보고 있었다.

'좀 말려주든가.'

왕이라고 밝히고 그만하라고 하면 기사는 당장 입을 다물 텐데.

나는 이번에는 레오 쪽을 바라보았다. 그는 미간을 찌푸리 고 신참의 정강이를 한 대 찼다. 그러고는 고개를 숙였다.

"송구합니다."

젊은 기사는 맨다리에 맞아서인지 그 자리에서 주저앉았다.

"이렇게 시답지 않은 걸 구경하게 될 줄은 몰랐군."

"죄송합니다."

"징계를 내리기는 애매하군. 그리핀 기사들이 한가한 시간이 너무 많나 보군. 그렇지 않으면……."

왕은 나와 기사를 번갈아 바라보았다.

"이런 헛소문을 믿을 리 없지. 이자의 실력은 어떻지?"

"이번에 들어온 녀석입니다. 실력은 괜찮은데 보다시피 이렇습니다."

"눈과 귀가 많은 곳에서 외골수면 살아남기 힘들지. 기사의 자격 중에 괜히 유연한 사고가 있는 것이 아닐 텐데……."

그는 느긋하게 내 머리를 쓰다듬었다.

"채용에 비리가 있는 건 아니겠지?"

레오는 칼을 뽑아 바닥에 두고 한쪽 무릎을 꿇었다.

"자신합니다. 그리핀 기사단에 그런 일은 없습니다."

"나는 레오 경을 믿는다."

나는 멀뚱히 신참 기사를 바라보았다. 아직도 눈치가 없는 애였다. 분위기상 레오가 무릎을 꿇으면 같이 해야 하는 거 아닌가.

'애초에 이 사람이 왕이란 건 알까?'

처음에는 길 건너 불구경하는 기분이었다. 조금 안쓰러웠는데 지금은 하나도 불쌍하지 않았다.

'저쪽 집안 가풍은 눈치 없음인가?'

거짓말쟁이 여동생과 그런 여동생을 믿는 외골수 기사 오빠라니. 여태 성에서 일하는 게 용했다.

젊은 기사는 레오에게 맞은 다리를 만지면서 말했다.

"저, 레오 경……."

"닥치고 사죄부터 해."

"누군지 알아야지 하죠."

주근깨 오빠의 툴툴거림에 폐하가 대답했다.

"네가 알 필요 없다."

레오는 이마를 짚었다. 신참은 어리둥절한 표정으로 왕을 바라보았다.

"예?"

"앞으로도 모르는 게 좋겠군."

그는 아무렇지도 않게 나를 안고 걸어갔다. 폐하의 긴 머리카락이 눈앞에서 흔들렸다.

한숨이 저절로 나왔다.

'주근깨 오빠는, 저 말의 뜻도 모를 거 같다.'

너 잘렸다는 얘기야. 기사면 계속 왕을 보는데, 앞으로는 보기 싫다는 거잖아. 그러게 사람 말 좀 알아들으라니까.

'그런데 이렇게 잘려도 되나?'

왠지 찜찜해서 그를 바라보았다. 왕은 아무렇지도 않게 다시 내 뺨을 쓰다듬었다.

왕의 목소리가 낮게 속삭였다.

"네 탓이 아니다."

내가 무슨 생각을 하는지 아는구나. 나는 조용히 한숨을 내쉬었다. 왠지 모르게 나쁜 짓을 한 기분이었다.

"기사는 눈치가 빨라야 한다."

나는 레오를 떠올렸다. 사람 좋은 서글서글한 웃음을 짓는 남자지만, 그 사람도 잘 알아차리긴 했다.

"기사는 제일 앞에 서서 싸우는 이들이다. 저런 유형은 지금은 아니더라도 언젠가는 일을 벌이지."

그건 나도 동의했다.

"군대에서는 외부의 적보단 내부의 멍청이가 더 힘든 법이다. 레오 경이 사람을 잘못 뽑았어."

나는 천천히 고개를 끄덕였다. 하지만 조금 걱정이 됐다.

"이상한 소문이 돌면 어떻게 하죠?"

"짐이 토끼를 아껴서 기사를 내쳤다는 소문을 걱정하는 모양이군."

그는 느긋하게 내 피부를 매만졌다.

"연병장에는 눈과 귀가 있다. 병사들은 멍청하지 않아. 왕도 못 알아본 얼간이가 시답지 않은 거로 시녀에게 소리 지른 걸 알면, 그들이 더 욕을 할 것이다."

나는 고개를 끄덕였다. 하긴 내가 병사라도 저런 멍청이는 상사로 삼고 싶지는 않을 거 같았다.

"이건 네가 짐의 토끼인 것과는 상관없다. 판단력의 문제다."

하긴 자기 여동생이 거짓말쟁이인 걸 알아도 믿었다면, 그것도 참 바보였다. 그리고 그 사람은 기사고 나는 어린 시녀였다. 그가 소리 지른 건 아마……

'지위로 내리누른 거구나.'

기사가 위협을 하면 당연히 겁이 나겠지. 그때 나는 하도 어이가 없어서 반박했지만, 보통의 경우에는 협박 그 자체였다.

'깡패 짓이네.'

기사가 조직폭력배나 하는 짓을 하다니, 확실히 대형 사고였다. 아무리 여동생을 아껴도 그렇지 이건 아니지.

'만약 아무도 없는 데서 그 기사가 그랬다면 나는 반박할 수 있었을까?'

나는 고개를 저었다. 분명히 겁에 질려서 한마디도 못 했을 거야.

"그는 너도 아는 걸 몰랐다."

"네?"

"애초에 그의 이모에게 확인해 보면 될 일이었다. 남을 탓하기는 쉽지만, 책임을 지는 건 어려운 법이지. 기사라는 지위에 있음에도, 그걸 모르면 결국 피와 살을 잃는 건 병사들이다."

저절로 수긍이 갔다. 그렇구나. 저 신참은 지금이 아니더라도 언젠가는 비슷한 일이 생겼을 수도 있겠네.

'왕의 시각이 참 합리적이네.'

어떤 제왕학을 공부하면 이렇게 되는 걸까. 이베리아는 내가 생각하는 것보다 학문이 더 발달한 것처럼 보였다.

"하긴 이모님께 물어보는 것보다 저에게 다그치는 게 더 편하긴 하겠네요."

생각을 안 한 게 아니라 하기 싫었을 수도 있겠다. 나만 나쁘면 끝나는 얘기니까.

좀 안타깝긴 하지만 매사가 저런 식이면 답이 없었다.

'그런데 주근깨는 어떻게 되는 걸까?'

걘 뭐가 그렇게 억울한 걸까. 처음 만날 때부터 쭉 한결같은 애였다.

'나한테만 이러는 거야, 아니면 누구한테나 다 이러는 거야.'

별로 관심이 없어서 캐 보지도 않았다. 정말 무관심했던 애가 이러니까 황당하기까지 했다.

"너는 내 토끼다."

아, 그러세요. 감사합니다.

나는 볼을 부풀리지 않으려고 억지로 웃었다. 이래야지 표정관리가 될 거 같았다.

난 아직도 친애하는 폐하의 토끼가 무슨 의미인지는 알 수 없었다.

'내려나 줬으면……'

왕은 아직도 나를 안은 채였다. 어찌나 힘이 좋은지 팔 한번 털지 않았다.

'포기하자.'

내려 주는 걸 바라느니, 시선에 익숙해지는 게 빠를 거 같았다. 뻔뻔해지자. 나는 할 수 있다!

"토끼는 어떤 처벌을 원하지?"

이건 또 무슨 소리일까. 아까 그 기사는 잘린다면서요.

"사랑스러운 내 토끼를 발로 차거나 쥐어박는다니 짐의 가슴이 매우 아프군."

아, 주근깨 얘기였구나. 그나저나 기억력 좋으시네요. 화나서 말했던 건데 그걸 토시 하나 안 틀리고 말씀하시다니, 대단하십니다.

"별거 아니에요."

처음에는 신입에게 있는 텃세인 줄 알았다. 하지만 아무리 그래도 그런 짓까지 하는 건 주근깨밖에 없었다.

'의외로 이베리아는 직업윤리가 제대로 박혀 있는 곳이었어.'

병사나 기사면 모를까, 시녀님들은 제법 잘 대해 주는 편이었다.

'나랑 사귀어 봤자 아무 이득도 없을 텐데, 다들 천사들이야.'

이상한 소문이 많이 나서 꺼림칙할 법한데, 오히려 더 다정해졌다. 혹시나 싶어서 마음을 완전히 놓지는 않았지만, 그래도 다들 진심 어린 충고를 해 줬다.

"내 토끼는 기회를 줘도 뒷발로 차 버리는군."

나는 쓰게 웃었다. 기대에 부응하려면 눈물 조금 흘리면서, 나를 괴롭히는 주근깨를 내쳐 달라고 간청이라도 해야 하는 걸까.

"그냥 내버려두고 싶어요."

"왜지?"

"이유는 모르겠지만 샬롯은 절 질투하나 봐요."

천애고아에다 이방인이었다. 게다가 맨날 다치고 쓰러지는 애를 왜 부러워하는지 알 수 없었다.

'참 특이한 애야.'

안 좋아하면 차라리 사무적으로 대하든가. 질투하는 게 더 자존심 상하는 일 아닌가.

'아직 애라서 그런가.'

어려서라고 핑계 대기에는 안 그러는 애들한테 미안했다.

'그냥 못된 거지 뭐.'

니나를 소소하게 괴롭히는 거로 끝내지 그랬니. 이상하게 모함하다 대형 사고를 치면 수습은 누가 하라고.

'메어리 님이 하시려나?'

나름 조카라고 신경 쓰시는 거 같던데, 결과가 이러니까 괜히 죄송했다.

"왜 질투하는지는 모르겠지만요."

"그럼 다시 묻겠다. 어떤 처벌을 원하지?"

나는 고개를 저었다.

"어떤 처벌도 원하지 않아요."

그는 손가락으로 내 코를 톡 쳤다.

"무르군."

"아니요. 제가 물러서가 아니에요."

무서워 그럽니다. 무서워서!

왕은 마치 나에게 결정권을 준다는 태도였다. 솔직히 내가 주근깨를 처벌해 달라고 해도, 이 사람이 들어줄 거 같지 않았다.

'그냥 떠보는 거겠지?'

친애하는 폐하는 참 악취미이셨다.

"이유가 뭐지?"

"질투는 하는 사람이 힘들죠."

그래서 나는 주근깨를 그냥 내버려두고 싶었다. 한참 하다 보면 지쳐서라도 관두겠지.

'게다가 쓸데없는 원한 사고 싶지 않아…….'

메어리 님 보기에도 좀 그랬다.

"무르군."

나는 쓰게 웃었다. 물론 그 애가 괴롭힐 때마다 혼자 죽지 않는다고 물어뜯으려고 했지만, 조금 허무해진 것도 사실이었다.

'그래도 주근깨는 좋겠다. 무조건 믿어 주는 오빠도 있고.'

나는 세상 아래 혼자인데, 너는 오빠도 있고 이모도 있는데 왜 나를 질투하니. 내가 쥔 것은 오천 골드 외에는 아무것도 없는데 말이야.

"제일 좋은 먹이를 달라고 한 건 너다."

나는 살짝 입술을 깨물었다.

참 기억력이 좋으시네요. 순간 뭔가 했잖아요.

"제일 좋은 먹이는, 제가 사냥해서 찾아 먹어야죠."

남이 준 먹이에 길들여지면 그게 더 문제였다.

"그래도 피치 못할 때는 폐하가 준 먹이도 잘 먹겠지만요."

이미 주급 받고 일하는 처지에서 이런 말 하는 게 웃기긴 했다. 하지만 충성은 충성이고, 이건 이거였다.

"후회할 거다."

나는 고개를 끄덕였다. 주근깨가 나 때문에 오빠 잘린 거 알면 당연히 피곤해지겠지.

"그럴 거 같긴 해요."

"이해를 못 하겠군."

나는 활짝 웃으면서 대답했다.

"그야 폐하는 폐하시고, 전 토끼니까요."

다 당신처럼 살 수는 없는 거 아니겠어요. 폐하의 책임이랑, 저의 소양은 다르잖아요. 전 지금은 시녀니까 뭐든 조금만 있어도 됩니다.

"마음에 안 드는군."

왕은 수려한 미간을 찌푸리며 내 코를 살짝 쳤다. 나는 그가 만진 코를 문지르며 계속 웃었다. 전혀 쓸 수 없는 패지만, 말이라도 해 준 건 고마웠다.

'언젠간 나도 이 사람에게 익숙해질까?'

그게 좋은 걸까. 나쁜 걸까. 아직 어린 몸으로 안겨 있는 나는 알 수 없었다.

폐하를 알아보지 못한 그리핀 기사가 잘렸다는 이야기는 이미 유명했다. 저녁 시간부터 아침까지, 이미 식당은 이 얘기로 시끌시끌했다.

'내 얘기는 없는 거 같네.'

나는 이름 모를 과일을 먹으며 소문에 귀를 기울였다. 니나의 이야기가 쏙 빠져서 그다지 맞는 정보는 아니었다. 하지만 원래 멍청했다, 갑옷을 잘 입지 않았다 따위의 이야기는 둥실둥실 떠다녔다.

'레오가 고생이 많겠다.'

이럴 때는 중간 관리자가 제일 고생하는 법이다. 나는 고기를 오물오물 씹어 넘기면서 레오의 평안을 빌었다.

'사과는 해야겠지?'

나는 작게 한숨을 내쉬었다. 주근깨와 그 오빠한테 미안한 건 아니었다. 내가 마음에 걸린 건 메어리 님이었다.

'나한테 잘 대해 주셨는데……'

졸지에 앞길 창창한 조카를 백수로 만들어 버렸다.

'아니지. 그건 주근깨 탓이지.'

애초에 욕을 안 했으면 이런 일이 안 벌어지잖아.

고기는 고소하고 맛있었지만, 영 식욕이 나질 않았다. 나는 접시를 들고 일어났다. 그래도 억지로라도 먹어서 꽤 비어 있었다.

'잘 먹어야 돼.'

아직 어린 니나에겐 충분한 영양소가 필요했다.

'운동도 할까?'

하도 왔다 갔다 하느라 걷는 건 충분했지만, 그래도 근력운동을 해야 얘가 건강해질 거 같았다.

'성 밖엔 햇살이 세니까 남쪽 끝 방에서 맨손체조라도 할까?'

나는 이화윤일 때 했던 운동들을 떠올리며 천천히 걸어갔다. 더위가 물씬 느껴졌지만 시원한 바람만 불었다.

복도는 언제나 한가했고, 기사들은 창을 들고 순찰을 하였다. 나는 눈에 익은 병사들에게 눈인사했다. 그들도 친절하게도 답인사를 해 줬다.

'다른 사람들은 이렇게 정상적인데 말이야.'

주근깨 너는 왜 그런 거니.

'세 치 혀 때문에 오빠 직업이 날아가다니, 그것도 대단하다.'

하지만 운이 없는 것도 사실이었다. 니나가 그냥 기미 시녀였다면 기사 오빠에게 말단 시녀 욕하는 건 정말 별거 아니었을 것이다.

어쨌거나 내가 왕이랑 가까워서 벌어진 일이었다.

'우연이 겹쳤지만, 판단을 잘해야겠다.'

나는 내 두 손을 내려다보았다. 여전히 작았지만 그래도 많이 컸다. 니나는 지금 쑥쑥 자라고 있었다.

'니나야, 언니가 힘에 좀 부친다.'

어쩌다가 이렇게 되어 버린 걸까. 이 혼란스러운 상황에서 뭘 어떻게 해야, 잘 먹고 잘사는 걸까.

대기실에 도착하자, 병사님이 저지했다. 순간 당황했지만 곧 이유를 알 수 있었다. 대기실 문틈으로 주근깨의 목소리가 새어 나왔다.

"이모 너무해요! 이모는 왜 그 애를 싸고도는 건데요!"

"끝까지 남 평계구나! 네 오빠가 기사를 못 하게 된 건 순전히 네 탓이야!"

"그게 왜 내 탓이에요! 그년 탓이지!"

여기서 그년이란 나인 걸까.

병사들은 고개를 저으며 작은 목소리로 말했다.

"좀 있다 들어가는 게 좋겠다."

"저, 언제부터 이랬어요?"

"꽤 오래되었단다."

나는 문밖에서 깊은 한숨을 쉬었다. 주근깨는 아주 전방위로 민폐를 뿌리고 있었다.

"죄송해요. 시끄럽죠? 본의 아니게……."

"네 탓 아니다. 신경 쓰지 마."

"따지고 보면 다 쟤 탓이야. 그리고 기사가 멍청하면 고생하는 건 우리야."

아무래도 이분들은 사실관계를 제대로 알고 계신 모양이었다. 하긴 저쪽에서 소리 질렀으면 다 아셨겠지.

나는 앞치마에 넣어두었던 과일을 꺼냈다. 이따 남쪽 끝 방에 가서 먹으려 했지만, 이분들에게 드리는 게 나을 거 같았다.

"그래도 죄송해요."

병사들은 순순히 내가 준 과일을 받았다. 그때 다시 소리가 새어 나왔다.

"엄마가 죽기 전에 절 부탁하셨잖아요! 이모가 어떻게 이러실 수 있어요!"

"네 엄마 부탁을 들어주는 게 아니었어."

"이모!"

"소리 지르지 마라! 나 귀 안 먹었다! 이게 다 내 잘못이지. 너 이왕 이렇게 된 거 관둬라. 여긴 네가 있을 곳이 아니야!"

기사들은 내가 준 과일을 먹으며 고개를 저었다. 내가 괜히 부끄러웠다.

"저 일 잘해요! 그러니까 부인 심부름을 하죠!"

"넌 내 충고가 없으면 잔심부름 하나 제대로 할 수 없어! 아주 자신만만하구나! 이러니까 내가 너랑 니나를 비교할 수밖에 없는 거야!"

'비교하는 건 좋은 교육방식이 아니긴 한데, 여기는 집이 아니라 직장이구나.'

나는 문 옆에 쪼그리고 앉았다. 병사들의 과일 먹는 소리를 들으면서, 나는 조용히 사태가 나아지길 기다렸다.

언제 이 싸움이 끝날까. 나 빨리 기미해야 되는데요.

"너무해요! 내가 그년을 얼마나 싫어하는지 알면서!"

"네 멋대로 욕하는 걸 내가 모를 줄 아니? 안 되겠다. 관둬! 너희를 성으로 데려오는 게 아니었어!"

"헤픈 애잖아요! 벌써 몇 명을 꼬셨는데요!"

순간 깜짝 놀랐다. 쟤 지금 열다섯 니나에게 무슨 말을 하는 거야!

'와, 미쳤다.'

너무 놀라서 눈이 휘둥그레지자, 손을 닦은 병사들은 내 어깨를 툭툭 치며 위로했다. 나는 작게 숨을 내쉬었다. 왠지 속이 걸리는 느낌이었다.

'내 이상한 소문에 반절은 주근깨가 냈는지도 모르겠다.'

나는 이마를 짚었다. 도대체 얘는 왜 이러는 걸까.

"니나, 밖에 있는 거 안다! 들어오렴."

나는 앞치마를 툭툭 털며 일어났다. 병사들은 힘내라고 작게 속삭였다. 나는 고맙다고 살짝 고개를 숙였다.

조심스럽게 문을 열고 들어갔다. 씩씩거리는 주근깨와 냅킨을 접는 메어리 님이 보였다.

이런 상황에서는 무슨 말을 해야 할까. 분위기가 날이 서다 못해 서슬이 파랬다.

'따갑다.'

주근깨는 나를 엄청나게 째려보았다. 질 수 없어서 그냥 웃었다.

메어리 님이 작게 한숨을 내쉬었다.

"미안하다, 니나야."

나는 조용히 주근깨를 바라보았다. 눈물 어린 눈으로 씩씩거리는 아이는 앞치마를 꼭 쥔 채였다.

와, 대단하네. 누가 보면 진짜 억울한 일 당한 줄 알겠다?

"사과는 샬롯이 해야죠."

"야!"

"이름도 어제 알았지만요."

갑자기 그녀의 얼굴이 새빨개졌다. 하지만 나는 묻고 싶은 게 많았다.

"왜 그랬어?"

"뭐?"

"처음부터 괴롭혔잖아. 왜 그랬어? 뭐가 그렇게 마음에 안들었어?"

나는 아이를 빤히 바라보며 대답을 기다렸다.

"이유가 있긴 했니?"

아무 이유 없이 사람을 괴롭히는 사람도 분명 있었다. 하지만 이런 타입은 그런 게 아니었다.

'니나가 이방인이고 고아라서 그랬겠지.'

자신보다 가진 게 없으니 만만해서 괴롭혔겠지.

'진짜 싫다.'

왜 그렇게 사니, 주근깨야. 그러다 큰 코 다쳐. 이미 다쳤겠지만 말이야.

"네가, 지금 남자를 등에 업고 눈에 보이는 게 없나 본데……."

와, 헤픈 애라고 한 거 빈말 아니었구나. 너 진심으로 나를 그렇게 생각하는구나.

메어리 님은 냅킨을 팽개쳤다. 그러고는 주근깨에게 다가가서 손바닥으로 뺨을 내려쳤다.

짝—

살이 부딪치는 소리가 귓가에 울렸다. 나는 메어리 님을 바라보았다. 연륜 있는 시녀는 계속 조카의 뺨을 쳤다.

짝— 짝—

결국, 주근깨는 그 자리에서 주저앉았다.

"저, 메어리 님⋯⋯."

이쯤 하면 됐다 싶어서 나는 메어리 님을 말렸다. 그녀는 숨을 몰아쉬며 소리쳤다.

"관둬! 나가!"

"이모!"

"나가!"

주근깨는 울면서 뛰쳐나갔다. 문이 닫히자 메어리 님이 비틀거리셨다. 나는 그녀를 부축해서 의자에 앉혔다.

"미안하다."

그녀는 숨을 몰아쉬며 내 손을 잡았다. 나는 고개를 저었다. 메어리 님이 어떤 심정일지, 조금은 알았다.

'비슷한 경험이 있긴 하네.'

이화윤일 때 친척 아이를 괜찮은 직장에 넣어줬다가 곤란해진 적이 있었다. 사람을 함부로 소개하면 안 된다는 걸 그때 알았다.

"네게 정말 미안하다."

"아니요. 저는⋯⋯."

"저 애가 무슨 짓을 했겠지 싶었지만, 이렇게 심각한지는 몰랐어. 내 잘못이야. 주의하라고 경고하면 안 할 줄 알았어."

메어리 님은 캡을 벗어서 탁자에 놓았다. 꽤 지쳐 보이셨다. 나는 트레이에 놓인 물잔을 건네 드렸다.

"동생이 3년 전에 맡긴 아이란다. 갑작스럽게 폐병으로 가

버려서 내가 맡았어."

"다른 친척은 없었나 봐요."

"생전에는 별로 친하지 않은 동생이었지. 나는 독신이고 모아 놓은 돈도 있어서, 다 자란 아이쯤은 책임질 수 있을 줄 알았다."

그녀는 내가 건넨 물을 다 비우고 깊게 한숨을 내쉬었다.

"오만했어. 사람이 사람을 책임질 수 없지."

"호의셨잖아요."

"그렇게 거짓말을 하지 말라고 했는데 일까지 벌이다니……."

메어리 님은 마른세수를 하셨다. 그 모습을 보니 뭐라 할 수도 없었다.

"왜 그랬을까요."

"저 애는 성녀님을 많이 따른단다."

이건 좀 의외였지만 납득은 갔다. 주근깨는 세라피에게 굉장히 노력했다.

"하지만 부인께서는 너를 찾을 때가 잦아서……."

나는 어색하게 웃었다. 참 새삼스러웠다.

'질투네.'

도대체 뭘 질투하는지 모르겠던데 그거였었니. 너도 참 쓸데없는 짓을 하는구나.

"아이의 엄마가 성녀님을 좀 닮았단다."

"굉장한 미인이셨겠네요."

"그랬지. 그래서 더 너를 질투했을 수도 있단다."

주근깨 너 니나보다 나이 많지 않니? 그래도 열여섯은 되어 보이던데 엄마 사랑 뺏긴 일곱 살처럼 굴면 어떡하냐.

나는 고개를 저었다. 생각해 보니, 그 이유가 아닐 거 같았다.

"부인께 가기 전부터 제 머리를 쥐어박았어요."

"세상에, 머리를?"

"네. 그냥 처음부터 마음에 안 들어 했어요."

나중에 알았지만, 이베리아는 머리를 중요하게 여기는 나라였다. 다짜고짜 머리부터 때린 건 굉장한 모독이었다.

그녀는 다시 마른세수를 하였다.

아이고, 메어리 님. 원래 가족은 객관적인 측면에서 보기 힘들어요.

"미안하구나. 내가 또 비슷한 실수를 했어."

"많이 아끼셨나 봐요."

"다 내 잘못이야. 시녀가 되고 싶은 사람들이 그렇게 많은데…… 괜히, 내가……."

나는 빈 잔에 다시 물을 채웠다. 경험 많아 보이는 시녀는 속이 타는지 내가 따라 준 물을 다 마셨다.

"시녀가 되면 그래도 괜찮을 줄 알았어."

나는 그녀를 보며 돌아가신 엄마를 떠올렸다. 우리 엄마도 내가 사고 치면 저렇게 슬퍼했을까.

그래서일까. 엄마 생각이 났다.

동생이랑 장난치다 거실 TV를 부쉈을 때, 엄마는 국자를 들고 달려와서 내 몸부터 확인했었다. 어디 베었냐고, 몸은 괜찮냐고 그렇게 당황한 엄마를 본 건 처음이었다. 혼날 줄 알고 울던 눈물이 쏙 들어갈 정도였다.

'보고 싶다.'

오늘따라 우리 엄마 되게 보고 싶네. 올 엄마도 나 많이 걱정했었는데.

"샬롯의 오빠가 기사가 되었을 때, 그렇게 기뻤는데……."

메어리 님이 엄마처럼 보였다.

정이 많으셔서 힘드시네. 나는 긴 숨을 내쉬었다. 왠지 속이 답답했다.

'엄마 보고 싶다.'

기억 속에만 남은 가족 때문에 눈가가 시큰거렸다. 나는 입술을 깨물었다. 화가 나고 주근깨가 미워야 하는데 이상하게 서러웠다.

'진짜 부럽다.'

거짓말쟁이라도 믿어 주는 오빠와 저런 이모가 있는데 걘 뭐가 그렇게 질투가 났던 걸까.

'피해자는 난데 내가 더 슬퍼졌어.'

나는 한숨을 쉬며 의자에 앉았다. 열린 창문으로 바람이 들어왔지만, 답답한 마음은 가시지 않았다.

"어떻게 하고 싶니?"

창문에 비치는 하늘은 아름다웠다. 나는 작게 속삭였다.

"기회를 주고 싶으세요?"

그녀를 바라보지 않았지만 메어리 님을 비친 그림자가 흔들렸다.

"그럼 기회를 주세요."

차마 얼굴을 보고 말할 수는 없었다.

"메어리 님, 저에게 큰 빚을 진 거 맞죠?"

"니나야……."

"언젠가 크게 받을 거예요. 이상한 소문은 막아 주세요. 그부분에 대해서는 저도 두 번은 없어요. 그리고……."

쓴웃음이 저절로 나왔다. 폐하의 말대로 나는 정말 물렀다.

"두 오누이 다 저에게 손대지 않게 해 주실 수 있죠?"

"그럼, 당연하지. 꼭 그러마."

메어리 님의 목소리에는 울음이 섞여 있었다. 나는 조용히 자리에서 일어나 트레이로 다가갔다. 뚜껑을 열자, 내가 기미해야 할 음식들이 보였다.

기미를 끝내고, 조용히 대기실에서 나갔다. 등뒤에서 메어리 님은 여전히 울고 계셨다.

걱정해 준 병사들에게 살짝 인사하고 복도를 걸어갔다. 한일은 하나도 없는데 이상하게 기운이 쭉 빠졌다.

'이러다 또 쓰러질라.'

우리 니나 스트레스에 약한 거 같던데, 미안해. 언니가 판단력이 이상해졌나 봐.

'고기 먹어야겠다.'

기운이 없을 때는 고기가 최고였다. 그러고 보면 벌써 점심이 훌쩍 지나 있었다.

'밥 먹자. 니나야.'

아무리 서럽고 힘들어도 식사는 해야 해. 언니가 경험해 봤는데, 그게 훨씬 낫더라.

'그때도 그렇게 버텼지.'

엄마와 아빠, 동생까지.

한순간에 내 곁을 떠났을 때도, 언니는 밥을 꾸역꾸역 먹었어. 밥이 먹히나 싶었는데 들어가긴 하더라.

'가족이 내 곁에 없는데 배가 고픈 게 신기하긴 했어.'

살아 있으려면 어쩔 수 없나 봐. 원래 그런 건가 봐.

나는 조용히 식당으로 걸어갔다. 가슴이 무겁고 답답했지만 정말 어쩔 수 없었다.

도와줄게

햇살 좋은 정원은 아름다웠다. 나는 벤치에 앉아 다리를 흔들다가 깨달았다. 며칠 전에 땅에 닿지 않았던 다리가, 이제 살짝 바닥에 끌렸다.

나는 다리를 들어 구두를 바라보았다. 남색 치마가 종아리에서 살랑거렸다. 시녀 옷이야 원래 커서 줄였던 봉제선만 뜯으면 되지만, 고아원에서 신던 낡은 구두는 점점 한계였다.

원래는 헐떡였던 구두가 이제는 꽉 끼었다.

'휴일에 꼭 구두는 사야겠다.'

세 시녀님께 물어보니 좋은 곳이 있다고 했다. 특히 니나처럼 성장기에는 좋은 것을 신어야 한다며 약도까지 그려 줬다.

'신발은 중요하지.'

허리디스크와 발목 건강을 생각하면 꼼꼼하게 따져야 했다. 이렇게 예쁜 외모를 가진 니나가 나이 들어서 허리로 고생하는 건 내가 싫었다.

'아니 그전에 내가 이 몸으로 늙을 수나 있을까?'

나는 하늘을 바라보았다. 구름 한 점 없는 파란 하늘에는 새만 지저귀었다.

한숨이 저절로 나왔다.

'니나야, 언니가 미안하다.'

언니가 완전히 바보 됐나 봐. 미안해. 요즘 점점 자신감마저 증발하는 느낌이야.

"내가 무른 걸까."

상황이 이상한 걸까, 내가 판단을 잘 못 하는 걸까.

나는 턱을 괴고 다시 정원을 바라보았다. 담뿍 피웠던 꽃들은 이제 슬슬 지고 있었다. 영원히 피어 있는 꽃은 없었다.

"관심도 그럴까?"

나는 친애하는 폐하를 떠올렸다. 인정할 건 해야 했다. 그 사람은 나에게 과분할 정도로 잘 해 줬다.

'그 관심의 유통기간이 몇 개월일까?'

월 단위야, 연 단위야.

순간 레오의 말이 떠올랐다. 서글서글하지만 영리해 보이는 기사님은, 니나가 죽기 전까지는 계속 끼고 살 거라는 굉장히 소름 끼치는 말을 했다.

'내가 이렇게 살 때가 아닌가?'

머리 풀고 미친년 연기라도 해서, 시선을 돌려야 하나?

'그런데 왕은 사람을 너무 잘 봐서 내가 연기하는 거 정도는 다 들킬 거 같던데?'

처음에는 몰랐지만 몇 번 만나 보니 절실하게 깨달았다. 그 사람은 내 머리 위에 있었다. 왕 노릇을 하면서 익혔는지, 원래 그랬는지 모르지만 통찰력이 초능력 수준이었다.

'진짜 청탁이라도 해야 하나?'

공 세워서 돌아온 기사한테 오천 골드 내밀면서, 가짜 약혼이라도 하자고 꼬셔야 하나?

'근데 그걸 왕이 모를까?'

적이 되면 정말 무서운 남자였다. 게다가 그 사람 곁에는 머리 좋은 사람들이 많았다.

'이리 뛰고 저리 뛰어도 제자리인 느낌이 든다.'

앞이 보이지 않았다. 심지어 상황이 어두운지 밝은지도 알 수 없었다.

'생존은 확실해?'

나는 목을 쓰다듬었다. 이상하게 생존만 생각하면 목덜미가 서늘했다.

일단, 살아남은 건 확실했다. 내가 성녀님을 탈출시킬 리가 없었다.

'그런데 이렇게 이상하게 살아도 되는 걸까?'

생존 대신 새장에 갇힌 것 같았다.

환한 햇살 아래에서 나는 미간을 찌푸렸다. 도무지 미래가 보이질 않았다.

'되는 대로 살다가는 또 죽을 거 같아.'

아무리 주위를 둘러보고 걸어도 선왕비 같은 미친년이 또 등장할 거 같았다.

나는 깊게 한숨을 내쉬었다. 그때, 인기척이 들렸다.

"꼬맹아!"

이미 익숙한 목소리였다. 나는 고개를 들어 그 사람을 바라보았다. 오늘따라 더 단단해 보이는 갑옷을 입은 기사는 성큼성큼 다가와 옆에 앉았다.

"물러!"

우리 설명 좀 하고 삽시다. 다짜고짜 그 말부터 하면 제가 어떻게 알아듣겠어요.

'아니다. 알아듣긴 했나?'

무슨 말인지는 알긴 했다.

나는 조용히 양손을 쫙 폈다가 세 개의 손가락을 접었다.

"이건 뭐냐?"

"일곱 번째예요."

주근깨의 처리를 놓고 다들 나에게 무르다고 했다. 친애하는 폐하부터 얼굴도 모르는 시녀까지. 심지어 복도를 지나가 병사들에게도 들었다.

다들 나에게 기다렸다는 듯 한마디했다.

"아, 다들 무르다고 하냐?"

"네."

솔직히 너무 무른 선택이긴 했다. 한번 샌 바가지는 계속 새는 법이다.

'사람은 변하는 법이긴 한데, 그것도 의지가 있을 때지.'

정말 주근깨가 입을 다물고 살까? 마음에 손을 얹고 생각해 봤다.

'한번 터진 주둥아리가 다물어질 리가.'

메어리 님이 말린다고 해도 스물네 시간 전담 관리도 아니고 영 불가능했다.

"지금이라도 제대로 해라. 응?"

"괜찮아요. 이름도 몰랐던 애예요."

"너의 그런 게 무르다는 거야. 이런 일은 확실히 해야 해."

나는 쓰게 웃었다. 잘 몰랐지만, 이번 일을 겪고 알았다. 이베리아는 직업윤리가 굉장히 빡빡한 편이다. 평범한 농부나 상인도 그런지는 모르지만, 성에서 일하는 이들은 현대에 살던 내가 놀랄 정도였다.

"미안하다."

뭐가?

나는 갑작스러운 사과에 고개를 갸웃거렸다.

"그놈을 제대로 관리하지 못했어."

아, 주근깨 오빠 말하는 거였구나.

나는 고개를 저었다. 레오의 잘못이라고 한 번도 생각해 본 적 없었다.

"그건 레오 님 탓이 아니에요."

"내 탓이야. 안일했다. 두고 보면 된다 싶었어. 애초에 심사 기간이 되면 떨어질 놈이어서, 내버려둔 게 잘못이야. 변경이 아니어서 풀어진 건 나더군."

중간 관리직도 그렇게 편하지만은 않아 보였다.

나는 턱을 괴고 레오를 바라보았다. 눈가의 흉터가 매력적인 기사는 내 얼굴을 바라보질 못했다.

"절차대로 뽑은 사람 맞죠?"

"그리핀하고는 묘하게 상성이 좋았거든. 나머지는 끌어올리면 된다 싶었어. 자신만만했던 거지. 이렇게 사고를 칠 줄은 정말 몰랐어."

나는 조용히 어제 보았던 기사를 떠올렸다. 처음에는 나도 좋은 분위기에 웃을 정도였다.

"저, 레오 님. 하나 물어봐도 돼요?"

조심스럽게 목소리를 낮췄다.

"레오 님도 그 기사가 이번 일이 아니더라도 언젠간 사고 쳤을 거라고 생각하나요?"

기사는 턱을 쓰다듬으며 생각에 잠겼다.

"가능성이 상당히 크지."

"그렇군요. 다들 그렇게 말씀하시더라고요."

"내가 막을 수 있을 줄 알았어. 내 능력을 과신했지."

그는 팔을 내리고 나를 바라보았다.

"처음에는 폐하가 말씀하셨지?"

"네."

"어떻게 하고 싶냐고는 안 물으셨어?"

순간 깜짝 놀랐다. 아니 그걸 레오가 어떻게 아나요.

"비슷한 말씀은 하셨어요."

"거부했구나?"

초능력자인가? 어떻게 알았지?

그는 당황한 내 표정을 보며 조금 웃었다.

"너라면 그랬겠지."

도대체 여기 사람들은 왜 이렇게 나에 대해 잘 아는 걸까.

'나도 모르는 내 마음을, 이분들은 다 아시네.'

나는 볼을 잡아당겼다. 또 표정이 티 나는 걸까.

"꼬맹아, 사람이 그렇게 무르게 살면 안 된다?"

레오는 고개를 저으면서 한숨을 내쉬었다.

"처리할 수 있을 때 제대로 처리하는 게 나아. 왜 후환을 만드냐."

"별거 아니기도 했고 또⋯⋯."

나는 땅에 닿는 다리로 엑스 자를 그렸다. 흙이었으면 바로 티가 났을 테지만, 대리석에는 모양조차 드러나지 않았다.

"메어리 님께 빚을 달아 두고 싶었어요."

"왜?"

"글쎄요. 왜일까요."

"꼬맹아, 내가 이런 말까지는 안 하려고 했는데⋯⋯."

사람 좋아 보이는 기사가 나를 바라보았다. 진중해 보이는 눈빛이었다. 그래서 나도 시선을 뗄 수 없었다.

"넌 가끔 되게 안전한 곳에서 자란 아이 같아."

깜짝 놀랐다. 나는 현대인의 기억이 있는 대한민국을 떠올렸다. 확실히 이곳보다는 치안이 훨씬 좋은 곳이었다.

"성도 시골에 있는 고아원이 그렇게 평온했냐?"

나는 고개를 저었다. 겉으로 보기에는 평화로울지 모르지만 썩어 문드러진 과일에 가까웠다.

"그런데 왜 이렇게 여유가 넘쳐."

나는 입술을 깨물었다. 레오가 거짓말을 할 리 없었다.

'미치겠다.'

입술에서 피맛이 느껴졌다. 나는 이제야 내가 잘못한 게 무엇인지 깨달았다.

'내 방식대로 생각하면 안 되는구나.'

이걸 어떡하면 좋아.

여긴 대한민국이 아니었다. 내가 아는 법이 있고, 내가 가진 재산이 있는 곳이 아니었다.

나는 두 손을 내려다보았다. 이제 더는 거칠지 않은 손이었다.

'그렇구나.'

여기는 이베리아구나. 나는 여기에서 니나가 된 거구나.

두 손을 모았다가 다시 펴봤다. 마차에 있었을 때보다 자랐지만, 여전히 작은 손이었다.

"꼬맹아?"

레오가 내 어깨를 잡고 살짝 흔들었다. 나는 그와 내 손을 번갈아 보다, 깊게 숨을 내쉬었다.

"레오 님 말이 맞아요."

혼란스러웠지만 인정할 수밖에 없었다.

"꼬맹아, 미안하다. 내가 말을 잘해야 했는데, 말주변이 없어서……."

"아니에요."

나는 고개를 저었다. 기사는 정말 당황했는지 안절부절못했다.

"그게, 잘못했다거나 나쁜 건 아니야. 그래서 네가 눈에 들어오는 거니까. 아마 다들 비슷하게 느끼고 있을 거다. 나도, 디오도, 대공님도 그리고……."

깨문 입술에서 피 냄새가 멈추지 않았다. 나는 고개를 숙이고 바닥만 바라보았다.

"폐하도 그렇겠지."

기사는 내 얼굴을 살짝 돌렸다. 그답지 않게 복잡해 보이는 표정이었다.

"어쩌면 너를 아는 모든 사람이 그래서 너를 좋아하는지도 몰라."

왠지 숨을 쉬기가 힘들었다. 나는 쓸쓸하게 웃었다.

"저 좋아하세요?"

반쯤은 충동적으로 한 질문이었다. 레오는 멍하니 나를 바라보았다.

"뭐?"

"잘 모르겠어요. 언제부터인가 늘 그랬어요. 좋아하는 게 뭘까. 그걸 믿어도 되는 걸까."

"꼬맹아?"

나는 고개를 저었다. 정말 쓸데없는 말이었다.

"실없는 말을 했네요. 잊어 주세요."

"무슨 일 있었니?"

쓴웃음이 나왔다. 이화윤일 때 애인과 헤어졌던 일을 얘기할 수 없었다.

믿었던 놈이었는데, 돈이 많아지니 아주 노골적으로 변하더라고요. 갑자기 앓는 소리 하면서 결혼하자고 하던데, 어이가 없어서 빰을 한 대 쳤어요.

'힘든 일을 생겼을 때 위로해 주는 게 연인인 줄 알았어요.'

생판 남도 위로부터 하던데, 유산으로 받은 돈을 노리다니.

부모님이 돌아가시자 그 새끼는 눈이 아주 반짝반짝해졌다. 그놈은 갑자기 결혼하자고 싸구려 반지를 내밀었다. 그러고는 대출받은 학자금과 어려운 집안 환경을 펼쳐 놓더니, 뜬금없이 외제차를 사고 싶다고 했다.

원래 이런 새끼였나. 여태까지 내가 본 놈은 뭐였나.

'내가 사람 보는 눈 없단 걸 절실히 깨달았어.'

속이 빈 싸구려 반지를 보며 얼마나 웃었는지.

'세상에 믿을 놈 하나 없어요.'

그렇게 애인과 헤어졌고 친척과 절연했다. 다 돈 때문이었다. 고아가 되면 다 이런 걸까. 그때는 서러워서 사는 게 힘들었다.

'친척은 둘째 치고 그 새끼는 헤어져서 천만다행이야.'

본색을 드러내 줘서 차라리 고마웠다. 그때는 힘들었지만 돌이켜 보면 행운이었다. 만약 결혼했더라도 그런 놈이면 금방 갈라섰겠지.

'니나는 유산도 없어.'

나는 짧은 머리를 손가락으로 쓸어내렸다. 여기에서 나는 열다섯 살 아이 니나였다. 여비가 없어서 머리카락을 판 아이였다. 그 정도로 아무것도 없었다. 이화윤이야 스무 살 중반에 고아가 됐지만, 이 아이는 처음부터 고아였다.

"없어요."

나는 정원을 바라보았다. 머릿속의 모든 것이 구멍에 빠진 기분이었다.

"아무 일도 없어요."

큰 실수였다.

정말 큰 실수를 계속하고 있었다. 심지어는 알아채지도 못했다.

'마음속 한구석에서는 인정하고 있지 않았구나.'

내가 니나가 됐다는 걸 이해하지 않았다.

한숨이 저절로 나왔다. 로마에 왔으면 로마의 법을 따른다고, 이베리아라면 이베리아의 법칙을 따르는 게 좋았다.

"레오 님 말이 맞네요. 물렀어요."

주근깨는 또 헛소문을 퍼트리겠지. 솔직히 갠 니나의 인생에 해충이나 다름없으니까, 멀리 보내 버려야 하는 게 맞았다.

어쩌려고 그래. 주근깨가 한밤중에 칼이라도 들고 오면 막을 수 있니?

'내가 물렀던 거야.'

솔직하게 대답해 봐. 이화윤.

메어리 님이 펑펑 울어서 용서한 거지?

'대한민국에서는 그게 되는데 여기선 안 돼. 왜냐하면, 이곳은 안전하지 않으니까.'

쓴웃음이 나왔다. 여기에 와서 죽을 뻔한 게 벌써 두 번이었다. 이곳은 이베리아였다. 마력과 신력이 있었고, 날아다니는 새도 존재했다.

'그걸 왜 지금 인정하니, 너 바보니?'

한숨이 저절로 나왔다. 잘은 모르지만, 니나도 참 바보라고 생각할 거 같았다. 언니만 믿으라고 매일 주문을 외웠는데 하는 짓은 멍청하기 그지없었다.

"꼬맹아. 저기, 아니 네가 잘못했다는 게 아니라……."

"잘못한 거 맞아요. 내가 뭐라고 내버려뒀을까요."

"꼬맹이가 착해서 그런 거지 뭐."

"이건 착한 게 아니라 호구예요."

안타깝지만 사실이었다. 나는 볼을 살짝 긁으며 한숨을 내쉬었다. 정말이지 처음부터 단추가 엇나가 있었다.

'이제라도 깨달았으니 다행이다.'

레오가 아니었으면 여전히 거지꼴로 부르주아 행세를 하고 있었겠지. 가진 것도 없는 주제에 자신의 몫조차 못 챙기면 그건 바보였다.

'니나야, 언니가 잘못했어.'

늦었을지도 모르지만 정신 바짝 차릴게.

"저, 꼬맹아. 뭔지 모르지만 미안하다. 내가 괜한 말을 한 거같다."

"아니에요. 레오 님 덕분에 정신이 번쩍 났어요."

"아니, 내 말은 그 뜻이 아니라······."

"제가 왜 헤매는지 이제 알았어요. 이렇게 안일할 때가 아니었어요."

최우선으로 할 일을 정하고, 그 외에는 바라보지 않아야 했다. 주근깨에 대해서 고민하느니, 나에게 잘 대해 준 사람에게 선물을 준비하는 게 나았다.

"저기, 꼬맹아! 나를 봐라."

고개를 돌려 그를 바라보았다. 잘생긴 눈가의 흉터가 조금 떨렸다. 레오는 복잡한 표정으로 내 손을 잡았다.

"너는 안일하지 않아."

아니요. 안일해요. 나는 고개를 저었다.

"내가 말한 게 네 단점이 아니야. 오히려 장점이야. 너의 그런 면 때문에 여기 사람들은 너를 좋아하는 거야."

"싫어하는 사람도 있잖아요."

"그야 그렇지만, 만약 꼬맹이 네가 평범한 소녀였으면 우리는 이렇게 대화하고 있지 않을 거다."

나는 이마를 짚었다. 이건 또 뭘까. 너무 복잡했다.

"그러니까······."

레오는 갑자기 고개를 푹 숙였다. 짧은 머리 탓에, 그의 귓가가 발긋한 게 한눈에 들어왔다.

"그렇게 자책하지 마."

"레오 님, 저는······."

"만약 네 착한 성격 때문에 무슨 일 벌어지면 도와줄게."

이건 많이 의외였다. 순간 할 말을 잃었다. 어색한 정적이 내려앉았다.

'아니야! 이건 아니야!'

남자의 귓가가 점점 빨개졌다. 나는 황급히 고개를 저었다.

"감사합니다. 하지만 그러지 마세요."

"꼬맹아?"

"제가 어떻게 될 줄 알고 그런 말을 함부로 하세요. 그러지 마세요. 레오 님은 기사고, 가주고, 책임도 크잖아요. 가뜩이나 무거운데 짐 덩이에 저를 더 올리지 마세요."

그는 말이 없었다. 다시 짧은 침묵이 감돌았다. 나는 초조해서 주먹을 꽉 쥐었다.

이 사람은 좋은 사람이었다. 그래서 그 말을 취소하길 바랐다.

그때였다. 레오는 피식 웃으며 나를 바라보았다. 그러고는 폐하처럼 내 코를 살짝 쳤다.

"착한 녀석."

"레오 님……."

"누가 누굴 걱정하는 거냐. 네가 이러니까 디오도 나도 너에게 눈을 못 떼는 거야."

아니라고 고개를 저었지만, 레오는 웃기만 했다. 그는 나를 보며 너무나 밝게 웃었다.

"할 수 없지."

그는 내 머리를 한번 쓰다듬고 고개를 휙 돌렸다. 여전히 귓가는 붉었다.

"내가 도와줄 수밖에."

나는 고개를 저었다. 기뻤다. 너무 좋았지만, 아직도 스파이 혐의가 지워지지 않은 신세였다.

"아니, 하지 말라니까요."

"내 마음이다."

"레오 님은 기사단장에다 가주잖아요."

그는 턱을 괴고 하늘을 바라보았다. 덕분에 나도 파란 하늘로 시선을 돌렸다.

구름 한 점 없는 하늘은 맑기만 했다.

"높은 자리에 올라가면 자유가 없어지긴 하지."

"책임이란 게 그런 거잖아요. 그러니까 제발 그러지 마세요."

"꼬맹아, 너는 내가 왜 이를 악물고 위로 올라갔는지 아냐?"

당연히 몰랐다. 눈가에 난 흉터처럼 뭔가 사연이 있겠다 짐작할 뿐이었다.

"힘이 없으면 지키고 싶은 것을 지킬 수 없지."

그는 살짝 고개를 숙였다 다시 들었다.

"네가 말려도 소용없어. 내 마음대로 할 거야."

나는 이마를 짚었다. 폐하만 옹고집인 줄 알았는데, 기사도 이렇게 황소고집이었다.

레오는 고개를 돌려 나를 바라보았다.

"그런데 너, 하나도 안 기쁘냐?"

"네?"

"이래 봬도 인기 많은데 말이야. 내가 지켜 주겠다는 게 그렇게 사색이 되어 반대할 일이야?"

나는 고개를 저었다. 설마요. 그럴 리가 있나요.

"기쁘긴 하죠."

"그럼 계속 기뻐하면 안 되냐?"

"하지만 저 때문에 레오 님이 잘못되면 어떡해요."

착한 사람이 나 때문에 큰일나면 어떡해. 거기다 나는 이 사람에게 줄 수 있는 게 아무것도 없단 말이야.

"꼬맹아, 쓸데없는 걱정이다. 좀 믿어라."

나는 살짝 입술을 깨물었다. 비릿한 피맛이 느껴졌다. 나는 한숨을 쉬며 고개를 숙였다.

"저, 레오 님. 그거 아세요?"

새소리가 귓가에 들렸다. 나는 눈을 감아 버렸다. 아무것도 보이지 않으니, 청각이 예민해졌다.

물 흐르는 소리가 기분 좋았다. 나는 눈을 뜨고 그를 바라보았다.

짧은 머리를 가진 기사가 너무 선량해서 울고 싶었다.

"전 악의보다 호의가 힘들어요."

"뭐?"

"악의는 받아치면 되지만, 호의는 보답할 길이 없잖아요. 더군다나 전 지금 아무것도 가진 게 없어요."

나는 눈을 뜨고 자리에서 일어났다. 그러고는 살짝 묵례했다.

"그러니까, 만약 저에게 무슨 일이 생기면 무시하세요. 절대 휘말리지 마세요."

고마운 사람한테 이딴 말밖에 할 수 없는 게 참 슬펐다. 나는 한숨을 내쉬고 돌아섰다. 가슴이 답답해서 나도 모르게 걷다가 뛰어 버렸다.

정원을 가로질러야 내성의 입구가 보였다. 나는 숨이 찰 정도로 뛰어갔다.

'진짜 싫다.'

무능력한 것도, 무른 것도 다 싫었다. 솔직히 이제는 아직 아이인 것도 싫었다. 어서 자라서 조금이라도 힘을 가지고 싶었다.

'권력 같은 게 아니야.'

그냥 한 사람의 몫을 다 하고 싶었다. 이리 치면 저리 가고, 저리 치면 이리 가는 게 참 싫었다.

하도 뛰어서인지. 내성 문에 도착하니 숨이 차올랐다. 나는 눈가를 문질렀다. 숨이 가빠서 나도 모르게 눈물이 났다.

'이건 호흡이 힘들어서야.'

절대 슬퍼서가 아니다.

내성 문을 지키는 병사에게 인사하고 눈물을 닦았다. 입술을 깨물고 먼 곳을 봤더니, 다행히 더는 눈물이 나지 않았다.

'미치겠다. 이화윤.'

정말 가진 게 아무것도 없구나. 열다섯 살 니나는 이렇게 어리고 약하구나.

'정신 차리자.'

나는 손등을 꼬집었다. 지금 감정이 복받쳐서 울고 있을 때가 아니었다. 어떻게든 하나라도 해결해야 했다.

'결심한 대로 딱딱 이루어지면 얼마나 좋을까.'

나는 팔짱을 끼고 분수대를 바라보았다. 우산처럼 위로 솟
은 물줄기들은 햇살을 받아 보석처럼 빛났다. 손을 넣어 보고
싶은 충동이 들었지만, 고개를 저었다. 지금 내가 가슴에 안고
있는 건 도서관에서 빌린 책이었다.

'빌린 책이 젖으면 안 되지.'

나는 혹시나 싶어서 두 발자국 뒷걸음질쳤다. 물줄기는 나
를 따라오듯 했다가 다시 멀어졌다.

나는 고개를 숙여 책을 바라보았다. 초록색 바탕의 책에는
붉은 글씨가 큼지막하게 박혀 있었다.

『이베리아의 시녀 잔혹사』

제목을 보자마자 빌릴 수밖에 없었다.

책은 얇고 가벼워서 단숨에 읽을 수 있었다. 나름 빌리는 사
람이 많았는지 손때도 타 있고, 모서리도 헤져 있었다.

'무서워.'

하지만 읽고 난 뒤에 심정은 참담 그 자체였다.

'시녀가 참 위험한 직업이었구나.'

나는 땅이 꺼져라 한숨을 내쉬었다.

'돈을 잘 주는 이유가 있었어.'

나는 왜 시녀가 월급도 아닌 주급을 받는지 몰랐다. 나중에 한번 물어봐야지 싶었는데, 이 책에 적나라하게 나와 있었다.

'목숨이 위험해서라니.'

이유는 그럭저럭 간단했다.

이베리아 왕은 마력에 따른 고통 때문에 대부분 환각제에 취해 있었다. 동서고금 막론하고 자고로 약쟁이는 돌아다니다가 사고를 치기 마련이었다.

'위험수당이었구나.'

이 책을 읽고 나서야 겨우 알았다. 보상금이 괜히 있는 게 아니었다. 시녀는 그렇게 안전한 직업이 아니었다.

'하지만 돈 때문에 되고 싶어하는 사람이 많다니……'

책에서는 이베리아에서 한가하게 뛰놀고 있는 여자아이에게 시녀가 되고 싶니? 하고 물으면 대부분은 '네!'라고 대답한다고 쓰여 있었다.

'나라면 안 해.'

목숨을 소중히 여깁시다. 하나뿐인 인생 위험하게 사는 건 너무 힘든 일입니다.

정말 울고 싶었다. 다른 나라도 이런가. 이베리아만 특히 위험한 걸까.

'왜 나를 신기하게 보는지도 이제야 알았어.'

몇 번 죽을 뻔한 몸이었다. 다른 시녀님들이 니나에게 따듯해진 건 동병상련을 느껴서였다.

'꽃 줘서 친절해진 게 아니었구나.'

어쩐지 모르는 시녀님도 길 가다 붙잡고 무르다고 충고하더라. 난 내가 점수 잘 땄는지 알았는데, 좀 더 깊은 이유가 있었어.

'지금이라도 시녀 안 하고 싶다.'

한숨이 저절로 나왔다. 정말이지 다른 직업을 찾고 싶었다.

나는 주위를 둘러보았다. 색색의 벽돌로 장식된 광장에는 꽤 사람이 많았다. 나는 빈 벤치에 앉았다. 멀리서 악사가 연주하는 음악이 들렸다.

'첫 외출 재미있었어.'

세 시녀님은 나를 데리고 여기저기를 돌아다녔다. 그분들은 네게 필요한 게 많다며 정말 좋은 곳에 데려가 줬다.

'필요한 게 구두밖에 없는 줄 알았는데……'

나는 치마를 살짝 걷어서 새로 산 구두를 확인했다. 백 년간 시녀 전용 구두만 만들었다는 장인은 내 발의 본을 떴다. 앞으로의 성장까지 예측하여 만든다는 대를 이은 장인정신 때문에, 조금 비쌌지만 살 수밖에 없었다.

'처음 신을 때 넣는 깔창이 무료라니, 좋은 가게야.'

지금 신고 있는 구두는 그냥 막 구두였지만, 고아원에서 신었던 것보다는 훨씬 편했다. 구두 장인은 내 너저분한 구두를 보더니 이런 건 쓰레기라며 혀를 내둘렀다.

'덕분에 두 개나 샀네.'

나는 어깨를 으쓱했다. 첫 쇼핑에 2주분 주급을 몽땅 다 썼지만 후회하진 않았다. 얼굴에 바르는 크림도, 머리에 바르는 기름도, 속옷이랑 구두도 다 필요한 것이긴 했다.

'제일 놀란 건 배달이었어.'

세 분이 데려다준 거리는 시녀들을 상대로 장사하는 곳이었다. 그래서인지 배달도 가능했다.

'의외로 보안이 철저한가 봐.'

짐이 없어지지 않냐고 묻자, 그분들은 한 번도 그런 적이 없다고 대답했다. 중간에 시녀들이 위험한 물건이 없나 한번 검수하지만, 대체로 얌전하게 온다고 했다.

'즐거웠어.'

돌아다니며 군것질도 잔뜩 했다. 거리서 파는 꼬치와 주스가 맛있었다. 염치가 없어서 마지막으로 산 음료의 값은 내가 냈다. 별거 아니지만 꽃 말려 주신 거 감사했다고 하니, 그분들은 아니라고 손사래를 치셨다.

'진짜 좋은 분들이야.'

시녀들의 거리는 참 좋았다. 상인들은 친절했고 치안도 제법 안전했다. 나는 새로 산 구두를 바닥에 한번 튕겨 보았다. 얼마나 편한지 이렇게 해도 발이 아프지 않았다.

'뭐 시녀들은 돈이 많으니까…….'

그 거리는 제법 고급품만 파는 거 같았다. 그래서 솜이랑 천 따위는 좀 더 깊숙한 곳에서 샀다. 물론 그곳도 세 분의 시녀님이 소개해 준 곳이었다.

'그분들은 쇼핑의 대가셨어.'

같은 지름신의 노예인 줄 알았는데, 전혀 아니었다. 그분들은 내가 범접할 수 없는 곳에 계신 분들이었다.

'진짜 크면 술 한잔해야지.'

이화윤일 때는 간이 제법 괜찮았는데, 니나는 어떨까. 니나야, 너 술 잘 마시니?

나는 니나가 성당에 있었을 때 살짝 맛봤던 희석된 와인을 떠올렸다. 물을 잔뜩 탔지만, 제법 알코올이 느껴졌었다.

'기대된다.'

술을 생각하니 저절로 웃음이 나왔다.

그렇게 한참 웃고 돌아다니다, 그분들은 성으로 돌아가셨다. 나는 일부러 남았다. 따로 갈 곳이 있었다.

'꼭 가 보고 싶었어.'

메어리 님께서 말한 도서관은 광장에서 멀리 떨어져 있지 않았다. 자그마한 도서관을 상상해서, 들어가자마자 깜짝 놀랐다. 천장 높이까지 꽉꽉 채워져 있는 책은 장관이었다.

나는 품에 안고 있는 책을 다시 내려다보았다. 그 도서관에서 빌린 책이었다.

'이베리아는 왜 책이 많은 걸까?'

도서관에는 사람이 꽤 많았다. 어린아이도 있었고, 사서들도 바쁘게 돌아다녔다.

'문자 보급률이 굉장하다.'

성당 고아원에 있을 때 만났던 농민들은 거의 다 글을 몰랐다. 하지만 이베리아의 사람들은 제법 자유롭게 책을 빌려 봤다.

'좋은 나라 같아.'

솔직히 조금 놀랐다. 정말, 문맹률이 몇 퍼센트일까.

나는 벤치에 앉아서 허리를 폈다. 하도 많은 것을 봐서인지 몸이 뻐근했다. 외출 시간은 아직 한참 남았지만, 슬슬 들어가 볼까 싶어서 자리에서 일어났다.

그때였다. 기지개를 켜는데 익숙한 사람이 보였다.

'디오 님?'

광장과 가까운 카페에서 책을 읽는 남자가 보였다.

'웬일이야?'

조금 신기했다. 항상 엉망으로 묶었던 머리가 오늘따라 참 단정했다. 게다가 하얀 의사복이 아닌 검은 셔츠가 굉장히 잘 어울렸다.

'미남은 미남이다.'

항상 끼고 있던 장갑도 없었다. 하지만 외알 안경은 여전히 쓴 채였다. 나는 팔짱을 끼고 유심히 그를 관찰했다.

'100점 만점에 98점!'

카페 의자에 앉아서 다리를 꼬고 책을 보는 남자는 마치 그림 같았다. 나는 숨을 몰아쉬면서 계속 그 남자를 바라보았다. 우연히 마주친 이 순간이 너무나 소중했다.

얼마나 그렇게 보고 있었을까.

다시 갈 길을 가려 할 때였다. 갑자기 디오가 고개를 들었다.

순간, 눈이 마주쳤다.

나는 어색하게 웃었다. 외알 안경을 쓴 남자는 그런 나를 보며 미간을 찌푸렸다.

'도, 도망갈까?'

하지만 내일 아침에 당장 봐야 하는 사람이었다. 미안해서 살짝 고개를 숙였지만, 남자는 여전히 못마땅한 표정이었다.

내일 만나면 사과하자. 눈치껏 봤어야 하는데, 너무 잘생겨서 이성을 잃었어.

참담하게 돌아가려고 하는데 디오가 오라고 손짓했다. 죄인은 순순히 따를 수밖에 없었다. 나는 조용히 그에게 다가갔다.

"언제부터 보고 있었지?"

디오는 맞은편을 가리켰다. 나는 반성하는 심정으로 의자에 앉았다.

"그렇게 오래 보진 않았어요."

남자는 턱을 괴고 나를 바라보았다. 어쩔 수 없었다.

"좀 오래 보긴 했네요."

"차라리 말을 걸어라."

"독서 중인데 방해하기 싫었습니다."

디오는 고개를 저었다. 지은 죄가 있어서 진실을 얘기해도 믿어 주질 않았다.

내가 앞자리에 앉자, 점원이 메뉴판을 들고 옆에 섰다. 아무것도 먹어 본 게 없어서 뭘 시켜야 할지 감이 잡히지 않았다.

"라이카 차를 시켜라."

"맛있어요?"

"달콤하다."

설명은 짧았지만 충분했다. 나는 라이카 차를 시키고 디오를 바라보았다. 오늘따라 단정히 묶은 붉은 머리가 굉장히 잘 어울렸다.

"제가 단 거 좋아하는 거 어떻게 아셨어요?"

"쓴 걸 먹을 때마다 미간을 찌푸리더군."

"쓴 걸 좋아하는 사람이 세상에 어디 있어요."

나는 만나를 생각하며 고개를 저었다.

"나는 좋아한다."

순간, 할 말을 잃었다.

아, 그러시군요. 쓴 걸 다루셔서 그런가, 비슷한 것을 좋아하시네요. 참 디오답습니다.

"책을 빌렸군."

나는 『이베리아의 시녀 잔혹사』를 탁자에 놓았다. 그는 제목을 보고 미간을 찌푸렸다.

"다 믿지 마라."

"다 실화라던데요?"

머리말부터 실화라고 큰 글씨로 강조한 책이었다. 내가 책장을 펴서 보여 주니, 그는 불만스럽게 턱을 괴었다.

"다 실화이긴 하다."

아니, 아까 전까지만 해도 다 믿지 말라면서요. 사람이 한 입 가지고 두말하는 거 아닙니다. 우리 솔직하게 살아요.

"하지만 제일 중요한 것이 없군."

그는 손을 내밀어 책을 가져갔다. 그러고는 책장을 휘리릭 넘겼다가 닫았다.

"이베리아의 현왕에 대해서는 내용이 없다. 지금의 왕이 누구인지 써놓지 않았어."

"그야, 폐하시잖아요."

고개를 갸웃거리자 그의 미간이 더 찌푸렸다.

"넌 폐하의 존함도 모르는 거 같군."

나는 웃으면서 시선을 다른 곳으로 돌렸다. 왠지 양심이 찔렸다. 이 사람 안 그런 척하면서 이름 못 외운 거 은근히 앙금으로 남아 있구나.

'모를 수도 있지.'

폐하라고 지칭되는 인물이, 이 나라에는 한 분밖에 없잖아요. 굳이 이름을 알 필요가 있을까요.

"시녀가 위험한 일을 겪는 건, 환각제 때문이다. 하지만 폐하는 환각제에 취해 있지 않다."

그는 나에게 책을 돌려줬다. 나는 얌전히 받아서 탁자 한쪽에 뒀다.

"역대 왕들은 고통을 참기 위해 온갖 환각제를 흡입했지. 하지만 폐하는 그러시지 않았어. 이베리아의 역사를 통 틀어도 오직 그분 한 분뿐이다."

나는 고개를 끄덕였다. 성녀를 납치한 건 몇 달 전이었다. 그러면 그 전까지 폐하는 고통을 어떻게 참은 걸까.

'그냥 견디신 걸까?'

그 남자라면 그러고도 남을 거 같았다.

"나는 폐하를 존경한다. 이베리아의 사는 모든 이들에게 폐하는 희망이다."

비슷한 말을 다른 사람에게도 들은 적 있었다.

"그를 위해서라면 죽음을 각오할 정도지."

나는 고개를 살짝 숙였다. 솔직히 현대인이라서 충성이 어떤 것인지 잘 몰랐다. 하지만 이곳 사람들에게 그 남자는 신이나 다름없었다.

'책임감 있는 신이라니……'

그래서 이베리아는 절차가 꼼꼼한 좋은 나라가 된 걸까.

"고통이 그렇게 심한가요?"

"역대 왕들의 기록을 보면 온몸이 타들어 가는 아픔이라고 하더군."

"왜 고통스러운 건가요?"

점원이 라이카 차를 가지고 왔다. 나는 달콤한 차를 한 모금 넘겼다. 아무것도 하지 않았는데 왠지 목이 탔다.

"여러 의견이 있다."

디오는 외알 안경을 벗으며 말했다.

"왕의 권능은 쓰는 순간은 아프지 않다. 고통스러운 건 마력을 사용하고 나서 한두 시간 뒤지."

나는 고개를 끄덕였다. 하긴 쓰는 순간부터 괴롭다면 싸우기도 힘드시겠지.

'그런데 정말 그 권능 쓰기 싫겠다.'

아플 것을 뻔히 알면서 써야 한다니. 지옥을 예약한 것과 다름없었다.

"많은 가설이 있다."

"디오 님은 어떤 것을 믿나요?"

그는 다시 턱을 괴며 대답했다.

"나는 왕의 권능에 쓴 마력이 회복되는 과정에서 고통이 온다고 믿는다."

마력에 대해서는 하나도 모르지만, 나도 왠지 그쪽 같다는 생각이 들었다.

'그만큼 앞에 있는 디오를 신뢰해서일까?'

다른 건 모르지만 이 사람의 전문분야에서는 팥으로 메주를 쑨다고 해도 믿을 거 같았다.

라이카 차를 한 모금 넘겼다. 달콤한 맛이 혀끝에 맴돌았다.

'베아토가 말해 준 이베리아의 신화가 생각나네.'

"그 뒤 반려를 잃은 왕은 지독한 고통에 시달리게 됩니다. 이것이 이베리아 왕의 고초의 시작이었습니다."

하나뿐인 존재를 나라를 위해 태워버린 왕은 그 뒤에 잘 먹고 잘살았을까.

"여기 분들은 왕을 위해서라면 무슨 일이든 하실 거 같아요."

"당연하다."

"그 당연한 걸, 저는 잘 몰랐어요."

알면 더 용비어천가를 온 마음과 정성을 다해 불렀을 텐데 말이죠. 그냥 절세미남에 강한 사람이라고 생각했지, 이 정도일 줄 몰랐다.

단것을 마셨는데 입안이 썼다. 어색하게 웃으니까 디오가 물었다.

"요즘 어떻지?"

나는 치맛자락을 꽉 쥐었다.

"소란스러웠던 걸 안다."

나는 다시 라이카 차를 마셨다. 그렇게 적은 양이 아니었는데도 벌써 차는 바닥을 드러냈다.

"어디까지 아세요?"

"네가 말하는 데까지 알게 되겠지."

순간 웃음이 나왔다. 정말 이런 부분이 좋은 사람이었다.

'소문에 휩쓸리지 않고 내 말을 믿겠다는 건가?'

나는 그를 바라보았다. 미남은 뭔가 달라도 달랐다. 안경을 쓴 것도 잘 어울렸지만, 벗은 것도 근사했다.

"그럭저럭 평온해요."

다시 만난 성녀님은 울면서 날 껴안더니 그날 저녁까지 날 놓아주지 않았다. 메어리 님은 혹시 내 마음이 변할까 봐 눈치를 봤고, 주근깨는 계속 나를 노려보았다.

'대기실 분위기가 참…….'

주근깨가 날 흘겨볼 때마다 메어리 님은 그 애의 볼을 치셨다. 주근깨는 메어리 님이 때릴 때마다 이리저리 비틀거리면서도 날 노려보는 걸 멈추지 않았다.

"흉흉하게 바라보는 사람도 있지만요."

맞고 있는 주근깨를 볼 때마다 내가 말려야 하는지 영 갈피가 잡히지 않았다. 말리면 말리는 대로, 가만있으면 있는 대로 가시방석이었다.

'일단 못 본 척하고 있긴 한데⋯⋯.'

호의로 용서해 줬는데 너도 조금이라도 달라지면 안 되니? 왜 쓸데없이 이렇게 공격적이야. 아주 오빠가 기사라더니 그 기세를 닮았나.

"아무래도 걘 또 사고 칠 거 같아요."

두 번은 없으니까 알아서 하렴, 주근깨야. 솔직히 이제 나도 지쳤어.

"그 아이가 사고 칠 때 피해 입는 건 높은 확률로 저겠죠?"

괜히 다른 사람들이 무르다고 하는 게 아니었다.

내 무덤을 내가 팠어. 제가 이베리아의 호구입니다. 니나야, 미안해. 다시는 이러지 않을게. 내가 폐하의 조언만 들었어도 근무환경이 이렇게 나빠지진 않았을 거야.

땅이 꺼져라 한숨을 내뱉어 봤자 달라지는 건 없었다. 이런 내 마음을 아는지 모르는지 디오는 조용히 손을 들어 점원을 불렀다.

검은 바지를 입은 점원은 재빨리 메뉴판을 가져왔다.

"뭐가 먹고 싶지?"

조금 뜬금없었다.

디오가 뭐 먹고 싶은 거 아니었나요? 나보고 시키라고?

배가 부르다는 말을 할 틈도 없었다. 디오는 메뉴판 한쪽을 쭉 그으며 말했다.

"여기서부터 여기까지 부탁합니다."

점원은 메뉴판을 다시 가져갔고, 나는 눈만 깜빡거렸다.

"배, 배고프세요?"

"아니."

"그런데 왜 그렇게 많이 시키셨어요?"

붉은 머리의 날카로운 미남은 나를 지그시 바라보았다.

"먹어라."

"저 그렇게 많이는 못 먹는데요."

"대여섯 개밖에 안 시켰다."

이 사람 나를 잘 먹는 애로 보는구나. 하긴 니나가 입이 짧은 애는 아니긴 하지. 하지만 대여섯 개는 아무래도 무리였다.

"다는 못 먹을 거 같은데요. 지금이라도 취소시켜요."

"먹고 남겨라."

쿨하다 못해 추운 남자였다. 그러네. 남긴다는 선택지도 있구나. 항상 싹싹 다 비워서 생각을 못 했네.

나는 조용히 고개를 끄덕였다. 이제야 이 남자의 의도를 알 수 있었다.

'기운 없어 보이니까 뭘 먹이는 건가.'

참 의사다운 방법이었지만 굉장히 뜬금없었다.

"가, 감사합니다."

하지만 날 위해서였다.

'먹을 것을 사 주는 사람은 좋은 사람이지.'

다시 봤어요. 인권 유린의 수장인 줄 알았는데, 좋으신 분이네요.

'아니다. 친절한 사람이긴 하지.'

그때, 손도 잡아 줬었어.

나는 조금 웃었다. 그래서일까, 왠지 안심되었다.

그는 테이블 위에 올려놓았던 책을 치우며 말했다.

"어리석은 선택이었다. 물렀어."

아, 또 이거다. 나는 조용히 손가락 열 개를 쫙 폈다.

"축하합니다. 열 번째세요. 이미 다른 분들이 아홉 번이나 그 말을 했어요!"

조금 늦으셨군요. 저도 제가 무르고 바보였단 걸 이미 인정했답니다!

"레오 님이 한탄하더군."

"네?"

이건 좀 의외였다.

"일주일 내내 연구실에 와서 몇 번 말하다 갔다. 괜히 그런 말을 해서 네가 충격을 받았다고 하더군."

나는 고개를 푹 숙였다. 얼굴이 화끈거렸다.

충격받은 건 맞았다. 하지만 그때 알아서 다행이었다. 잘하면 평생 호구로 살 뻔했다.

'게다가 그 말……'

그때 레오가 한 말은 다시 생각하면 굉장히 기뻤다.

'사과해야겠다.'

고아에다 이방인인 니나였다. 그런데 그리핀을 다루는 기사 단장이 지켜 주겠다는 건, 엄청난 호의였다.

'그걸 너무 매정하게 거절했어.'

나는 입술을 살짝 깨물었다. 덕분에 겨우 나았던 자리에서 다시 피맛이 느껴졌다.

'하지만 다시 그때로 돌아가도 그 말을 할 거 같아.'

니나에게는 아직 스파이 혐의가 있었다. 굉장히 기쁘고 고마웠지만, 레오가 져야 할 짐이 너무 무거웠다.

"죄송합니다."

"네가 죄송할 일이 아니다."

점원은 케이크 접시를 대여섯 개 가져왔다. 하나같이 맛있어 보이는 것들이었다.

"먹어라."

나는 어색하게 포크를 들고 고개를 살짝 숙였다.

"감사합니다."

분홍색 케이크 모서리부터 살짝 베어 먹었다. 은은한 단맛이 입안에 부드럽게 퍼졌다. 루비처럼 빛나는 빨간 쨈이 새콤해서 질리지 않았다.

'맛있다.'

이런 케이크라면 서너 개쯤은 다 먹을 수 있을 거 같아.

이화윤일 때는 단것을 그렇게 좋아하진 않았지만, 니나는 아닌 모양이었다. 나는 피가 나는 입술로 열심히 케이크를 먹었다.

분홍색 케이크를 반쯤 먹었을 때였다. 다시 감사인사를 하려고 고개를 들었다.

'어?'

붉은 머리를 단정하게 묶은 남자가 날 보며 웃고 있었다. 너무 희미한 미소라서 자세히 보지 않으면 모르지만, 이제는 알았다.

"잘 먹는군."

그렇게 말하는 남자는 뿌듯해 보이기까지 했다.

'왠지 부끄러워.'

그저 앞에서 케이크를 먹고 있을 뿐인데, 괜히 얼굴이 화끈거렸다. 나는 고개를 숙이고 다시 케이크를 먹었다. 분홍색 케이크는 곧 사라졌다.

'아!'

하나를 다 먹고 나서야 그 말을 깜박했다는 걸 깨달았다.

"감사합니다. 굉장히 맛있어요."

"인사는 하지 않아도 된다."

그는 찻잔을 우아하게 기울였다.

"표정이 이미 알려 주니까."

또 얼굴이 화끈거렸다. 폐하가 말한 뒤로 쭉 얼굴에 신경 썼지만, 아직 어려서 그런지 속마음이 그대로 드러났다.

"많이 먹어라."

"가, 감사합니다."

나는 다른 케이크에 손을 뻗었다. 이번에는 까만 과일이 장식된 케이크였다.

"다시 말해 봐라."

뭘 말하라는 건가요?

케이크에서 깔끔한 우유 향이 느껴졌다. 까만 과일은 조금 새콤했지만, 굉장히 좋은 향기가 났다.

"요즘 어떻지? 수면은 충분한가?"

나는 희미하게 웃었다. 뭔가 했는데 그때 쓰러진 것 때문에 이런 걸 묻는 거구나.

"잘 자요. 잘 먹기도 해요."

"다행이군."

"그때 다쳤던 복도로도 잘 다녀요. 처음에는 좀 힘들었지만, 요즘은 그럭저럭 다닐 만해요."

"굳이 그 길로 다니지 않아도 된다."

나는 고개를 저었다. 복도가 잘못한 게 아니었다. 그곳을 지나가는 선왕비가 한 짓이었다.

"그럭저럭 괜찮아요. 아까 말했던 그 일이 터질 거 같긴 하지만요. 아슬아슬한데, 내가 물러서 생긴 일이니 어쩔 수 없죠, 뭐."

나는 검은 과일을 포크로 살짝 눌렀다. 얇은 껍질에 싸인 과육이 단물을 내며 터져 버렸다.

이 과일처럼 주근깨도 언젠간 터져 버리는 걸까.

"폭풍 전야이긴 하네요."

하얀 접시 위에 터진 과일은 지저분했다. 나는 왠지 이 더러워진 접시가 내 신세 같았다.

"폭풍이라도 오면 좋겠군."

좀 뜬금없는 말이었다.

"예?"

고개를 갸웃거리자, 남자가 말했다.

"서쪽 지방 가뭄이 심하다고 하더군. 이제 한계이니 폐하가 구름 기둥을 보내는 수밖에 없을 테지."

나는 처음 이 성에 들어와서 봤던 까만 기둥을 떠올렸다.

'그게 어딘가로 보낼 수 있는 거였어?'

정말 비를 뿌리는 거였구나. 대단하다. 인공 강우라니. 이베리아는 왕이 있으면 가뭄 피해 따위는 별로 없겠네.

"폐하의 마력의 속성은 불이다."

나는 포크를 놓았다. 하얀 접시 위로 넝쿨로 장식된 은색 포크가 살짝 부딪쳤다.

"속성에 맞지 않는 권능은 고통이 더 심하지."

"저도 그건 들었어요."

"그녀가 있으니 다행이지만 그렇다고 고통 자체가 사라지는 건 아니다."

이건 또 무슨 말일까. 성녀만 있으면 모든 고통이 씻은 듯이 없어지는 거 아니었어?

"이제 괜찮은 거 아니었나요?"

"타는 작열통은 사라지지만, 뭔가가 숨을 압박하는 감각은 계속 있다고 하더군."

"계속 부인과 닿아도요?"

디오는 대답하지 않고 고개를 끄덕였다.

'『묶인 새』에 이런 내용이 있었나?'

그러고 보면 고통스러운 왕은 성녀와 닿아 있는 거로 만족하지 않았다. 계속 무슨 감각이 남아 있다면서…….

'그 장면이…….'

나는 이마를 짚었다. 하긴 그렇고 그런 게 참 많이 나왔었지. 그게 그런 의미였구나.

오랜만에 『묶인 새』를 생각하니 얼굴이 화끈거렸다. 그냥 소설 인물이었을 때는 괜찮았지만, 그 인물들이 내 주위에 있는 사람들이라서 그런 걸까. 왠지 생각해서는 안 될 것을 떠올린 기분이었다.

"폐하는 참 이상하신 분이네요."

나는 손부채로 화끈거리는 얼굴을 달랬다.

디오는 나를 빤히 바라보았다.

"왜, 왜 그러신가요?"

"동의한다."

"그렇죠?"

나는 고개를 끄덕였다. 날름이도 그렇고 역시 성격이 이상한 분이었다.

다시 침묵이 내려앉았다. 나는 조용히 케이크를 먹었다. 은은한 단맛이 입안에 맴돌았다.

"정말, 저를……."

이런 말을 함부로 하면 안 되는 거 같은데, 물어봐도 되는 걸까. 살짝 갈피가 잡히지 않았다.

"토끼로서 아끼시겠지."

대답은 디오가 먼저 했다. 나는 작게 속삭였다.

"그 토끼가 도대체 뭔가요? 정말 죽을 때까지 옆에 두시는 건가요?"

"그럴지도 모른다."

"왜요?"

"그러기로 결정하셨으니까."

미치고 팔짝 뛰겠다. 그럼 그 결정은 어떻게 하면 바꾸실까.

"언젠가 질리시지 않을까요?"

"그때가 언제인지는 아무도 모른다."

"충실한 신하가 저 토끼 좀 치우라고 하면 기다렸다는 듯 어디 보내지 않을까요?"

그는 다시 나를 빤히 바라보았다. 눈빛이 이상해서 왠지 겁이 났다.

"제가 이상한 말 했나요?"

"말해 봤다."

"네?"

디오는 턱을 괸 채 아무렇지도 않게 대답했다.

"네 체질이 흥미 있어서 필요 없어지면 달라고 했더니, 아무 말씀 없으시더군."

나는 미간을 찌푸렸다. 왕도 왕이지만 디오도 참 디오였다.

체질이 흥미 있다는 건 뭐지. 기미 능력 말하는 건가?

'실험용으로 쓴다는 거야?'

독 감별용 리트머스지로 활용하려고?

케이크는 여전히 맛있었지만, 마음이 굉장히 찜찜했다.

'내 인권이 망망대해를 떠돈다.'

왕은 애완동물 취급이고, 의사는 실험용 쥐 취급이네. 내 신세 왜 이렇게 됐을까. 니나야 언니가 좀 서럽다.

"왜 그런 표정이지?"

그런 말을 들었는데 당신이라면 웃겠습니까.

"언제쯤 이 신세에서 벗어날까요."

나는 『이베리아의 시녀 잔혹사』를 바라보았다. 이제야 깨달았다. 시녀는 나쁜 직업이 아니었다. 주급도 빵빵하고 휴일도 있었다.

'기미 시녀가 나쁜 직업이었어.'

이렇다 할 독을 먹은 적은 없지만, 이대로 가면 어딜 가도 가시방석이었다.

'정신 차리고 다른 직업 찾자.'

어차피 기미 시녀는 어릴 때밖에 하지 못했다. 어린아이가 독이 빨리 돈다는 이유였다.

'이대로 세월아 네월아 할 수 없어.'

찾자! 전문직! 뒤지고 또 뒤지다 보면 뭐든 나오겠지.

나는 주먹을 꽉 쥐고 물었다.

"도서관에 직업 전문 책도 있을까요?"

디오는 그런 나를 보며 눈을 가늘게 떴다. 그제야 내가 뜬금없는 말을 했다는 걸 깨달았다.

"아니, 궁금해서요."

"있긴 있겠지."

"저 도서관 가서 되게 놀랐어요. 메어리 님께 들었을 때는 그냥 건물 하나인 줄 알았는데 작은 성 같더라고요. 책이 많아서 고르는 것도 힘들었어요."

의사는 조용히 빈 접시를 치우고 케이크가 든 접시를 가까이 밀었다. 나는 어색하게 웃었다.

'먹으라는 거겠지?'

나는 다시 케이크 모서리를 베어 먹었다. 부드러운 치즈의 향기가 느껴졌다.

"이베리아는 책을 중요시한다."

"이유가 있나요?"

"우리는 죽음을 인생의 책이 덮인다고 표현하지."

전혀 몰랐던 사실이어서, 깜짝 놀랐다.

"마도의 신이 우리에게 준 건 삶이란 '한 권의 책'이므로, 우리는 오늘도 한 장을 써 간다고 믿지."

뭔가 이상해.

나는 『이베리아의 시녀 잔혹사』를 바라보았다. 그냥 사담이 적힌 평범한 책이었다.

순간 『묶인 새』가 생각났다. 현대에 있을 때 성녀와 왕의 이야기는 스마트폰에 있는 소설이었다.

'이거 우연일까?'

목 뒤가 스산했다. 나는 나도 모르게 뒷목을 매만졌다.

"수많은 인생이 모인 곳, 세상의 모든 책이 있는 곳을 '아카식 레코드'라 부른다. 그래서 도서관을 중요하게 여기지."

〈2권에서 계속〉

TL 소설 속 시녀가 되었습니다 1.

초판 1쇄 인쇄 2020년 7월 2일 **초판 1쇄 발행** 2020년 7월 9일

지은이 다나리
펴낸이 연준혁

웹소설본부 본부장 이진영
책임편집 조윤희 오가진
디자인 함지현

펴낸곳 ㈜위즈덤하우스 **출판등록** 2000년 5월 23일 제13-1071호
주소 경기도 고양시 일산동구 정발산로 43-20 센트럴프라자 6층
전화 031)936-4000 **팩스** 031)903-3893 **홈페이지** www.wisdomhouse.co.kr

ⓒ 다나리, 2020

ISBN 979-11-90786-92-8 04810
ISBN 979-11-90786-91-1 (세트)

이 도서의 국립중앙도서관 출판예정도서목록(CIP)은 서지정보유통지원시스템
홈페이지(http://seoji.nl.go.kr)와 국가자료종합목록시스템(http://www.nl.go.kr/
kolisnet)에서 이용하실 수 있습니다. (CIP제어번호: CIP2020023488)